अर्पिता : एक देवदासा

(शोषण से संघर्ष तक)

एक उपन्यास

एडवोकेट नवल किशोर सोनी

अर्पिता : एक देवदासी

(शोषण से संघर्ष तक)

Author : Advocate Naval Kishor Soni
E-mail- navalkishor.s@gmail.com

Arpita : Ek Devadasi (Novel) by Naval Kishor Soni

अपनी बात

मानव समाज को विकसित, प्रगतिशील और मानवीय मूल्यों से परिपूर्ण कहा जाता है। लेकिन जब हम अपने अतीत और वर्तमान के कुछ अंधेरे कोनों में झांकते हैं, तो कई ऐसे स्याह सच सामने आते हैं जो इस सभ्यता के चेहरे पर धब्बे बनकर उभरते हैं। देवदासी प्रथा भी ऐसा ही एक सच है, एक ऐसी कुप्रथा जो सदियों से स्त्रियों की स्वतंत्रता, गरिमा और इंसानियत का हनन करती आ रही है।

छठवीं शताब्दी में शुरू हुई यह प्रथा आज इक्कीसवीं सदी के विज्ञान और तकनीक से समृद्ध युग में भी तमिलनाडु, कर्नाटक, आंध्र प्रदेश, महाराष्ट्र और उड़ीसा जैसे राज्यों में किसी न किसी रूप में जीवित है। यह वह कुप्रथा है जिसमें एक बच्ची को, एक किशोरी को धर्म और भक्ति के नाम पर देवता से विवाह के बहाने मंदिरों को दान कर दिया जाता है। फिर वह लड़की न समाज की मानी जाती है, न अपने परिवार की। वह बन जाती है एक ऐसी "देवदासी", जिसका जीवन भक्ति से नहीं, तथाकथित त्याग, तिरस्कार और शोषण से परिभाषित होता है।

देवदासी : ईश्वर की पत्नी या समाज की गुलाम ?

देवदासी शब्द सुनते ही भक्ति, सेवा और आध्यात्मिक समर्पण का भाव उभरता है। लेकिन वास्तविकता इससे बिल्कुल उलट है। किसी गरीब परिवार की बेटी को मंदिर में चढ़ा देना,और फिर उसे तथाकथित धार्मिक अनुशासनों की आड़ में यौन शोषण का साधन बना देना, यह न तो धर्म है, न भक्ति और न ही किसी भी सभ्य समाज की निशानी।

जिस समाज में देवदासी प्रथा प्रचलित रही, वहाँ यह मान लिया गया कि लड़की अब "ईश्वर की पत्नी" है, और चूँकि उसका विवाह मनुष्यों से नहीं हुआ, इसलिए वह किसी सामाजिक बंधन में नहीं बंधी, यही सोच समाज के तथाकथित ऊँचे तबकों को यह अधिकार दे देती थी कि वे उसका शारीरिक, मानसिक और भावनात्मक शोषण कर सकें ।

गरीबी, अंधविश्वास और पितृसत्ता : तीन मुख्य स्तंभ हैं इस देवदासी प्रथा के ।

देवदासी प्रथा के पीछे जो सबसे बड़ा कारण रहा है, वह है गरीबी। जिन परिवारों के पास अपनी बेटियों की परवरिश और शादी की जिम्मेदारी उठाने के संसाधन नहीं होते थे, वे मंदिर में "दान" के नाम पर उसे छोड़ आते थे । इस सोच को धार्मिक जामा पहनाने के लिए कई मिथकों और आस्थाओं का सहारा लिया गया। जैसे बेटा न होने पर बेटी को मंदिर को समर्पित करना, या किसी मन्नत के पूरा होने पर लड़की को देवता को "अर्पित" कर देना ।

दूसरा बड़ा कारण है अंधविश्वास । आज भी भारत के कई हिस्सों में धार्मिक अनुष्ठानों में लड़कियों की "बलि" सांकेतिक रूप में दी जाती है । उन्हें किसी देवता की सेविका मानकर उनके जीवन को पूरी तरह नियंत्रित किया जाता है । शिक्षा, विवाह, आत्मनिर्णय इन सब अधिकारों से उन्हें वंचित कर दिया जाता है।

तीसरा स्तंभ है पितृसत्ता । वह मानसिकता जो आज भी बेटी को बोझ समझती है, जिसे कन्यादान जैसे शब्दों से ढक दिया जाता है । यह वही सोच है जो एक लड़की को "दूसरे घर की" मानती है, और

उसके जीवन की दिशा तय करने का अधिकार सिर्फ पुरुषों को देती है । चाहे वह पिता हो, पति हो या मंदिर में शरण लेने वाला कोई पुजारी।

एक बार देवदासी बनी तो जीवन भर गुलामी

देवदासी प्रथा का सबसे भयावह पक्ष यह है कि एक बार कोई लड़की इस रास्ते पर डाल दी गई, तो फिर उसके लिए वापसी का कोई रास्ता नहीं होता । वह न तो सामान्य जीवन जी सकती है, न विवाह कर सकती है, न ही समाज में अपनी कोई पहचान बना सकती है और अगर वह माँ बनती है , विशेषकर एक बेटी को जन्म देती है तो वह बच्ची भी उसी चक्रव्यूह में फँस जाती है । इस तरह यह प्रथा पीढ़ी दर पीढ़ी चलती रहती है, एक सामाजिक अभिशाप बनकर ।

क्या कानून पर्याप्त हैं ?

सरकारों ने समय-समय पर इस प्रथा को समाप्त करने के लिए कानून बनाए हैं। कर्नाटक देवदासी निषेध अधिनियम 1982, महाराष्ट्र देवदासी प्रथा उन्मूलन अधिनियम 2006 जैसे कानून उदाहरण हैं । इन कानूनों के तहत देवदासी बनाना अपराध है, और दोषियों को दंडित करने का प्रावधान है ।

परंतु, सवाल यह है कि क्या केवल कानून बना देने से यह कुप्रथा खत्म हो गई है? क्या आज भी उन गांवों में लड़कियों को मंदिरों में नहीं छोड़ा जा रहा? क्या आज भी तथाकथित भक्तों द्वारा उनके शरीर का दोहन नहीं हो रहा ? उत्तर दुखद है, हाँ, अब भी हो रहा है। क्योंकि जब तक समाज की सोच नहीं बदलेगी, तब तक कोई भी कानून प्रभावी नहीं हो सकता।

समाज की भूमिका : चुप्पी या बदलाव ?

हर बार जब एक लड़की देवदासी बनाई जाती है, तब न सिर्फ उसका जीवन तबाह होता है, बल्कि समाज की सामूहिक चेतना भी मर जाती है । इस प्रथा को जीवित रखने में हमारी चुप्पी, हमारी अनदेखी, और कभी-कभी हमारी मौन सहमति भी उतनी ही जिम्मेदार है जितना कि वे लोग जो प्रत्यक्ष रूप से इस कुप्रथा को चलाते हैं।

समाज की भूमिका केवल कानून का पालन करने तक सीमित नहीं होनी चाहिए। हमें यह सोचना होगा कि हम एक ऐसी सामाजिक व्यवस्था का हिस्सा हैं जिसमें आज भी एक लड़की को उसकी मर्जी

के बिना, "ईश्वर" के नाम पर शोषण की वेदी पर चढ़ा दिया जाता है ।

नारी : शक्ति या सम्पत्ति ?

हम एक ऐसे युग में जी रहे हैं जहाँ नारी को शक्ति कहा जाता है, परन्तु व्यवहार में हम उसे अब भी सम्पत्ति मानते हैं , वह भी पराई सम्पत्ति । कन्या दान, सती प्रथा, बाल विवाह, और देवदासी प्रथा , ये सब उस ही मानसिकता के अलग-अलग रूप हैं ।

एक स्त्री को सम्पूर्ण व्यक्ति के रूप में देखने की बजाय हम उसे हमेशा किसी न किसी रिश्ते की परिभाषा में बाँधते रहे हैं ,किसी की बेटी, बहन, पत्नी या माँ और जब वह इन रिश्तों से बाहर खुद को परिभाषित करना चाहती है, तब समाज उसे स्वीकारने को तैयार नहीं होता ।

क्या हमें उम्मीद रखनी चाहिए ?

हाँ, हमें उम्मीद रखनी चाहिए लेकिन आँख मूंदकर नहीं। हमें बदलाव की उम्मीद तभी करनी चाहिए जब हम खुद उस बदलाव के वाहक बनें । जब हम बेटियों को मंदिर नहीं, स्कूल भेजें । जब हम कन्या दान नहीं, कन्या सम्मान की बात करें । जब हम नारी को अबला नहीं, सबला मानें ।

हमें उम्मीद रखनी चाहिए कि जिस समाज ने सती प्रथा, बाल विवाह और पर्दा प्रथा जैसी कुरीतियों को खत्म किया, वह देवदासी प्रथा को भी इतिहास बना देगा । पर इसके लिए ज़रूरत है निरंतर जागरूकता की, शिक्षा की, संवेदनशीलता की और सबसे ज़रूरी , कठोर सामाजिक इच्छाशक्ति की ।

अंत में...

देवदासी प्रथा केवल एक सामाजिक कुप्रथा नहीं, यह स्त्रीत्व का अपमान है। यह उस इंसानियत पर धब्बा है, जिसकी दुहाई हम अंतरराष्ट्रीय मंचों पर देते हैं । इसलिए, इस प्रथा का अंत केवल कानून से नहीं होगा, यह तभी खत्म होगी जब हम अपनी सोच बदलेंगे । जब हम बेटियों को बोझ नहीं, आशीर्वाद समझेंगे । जब हम उनकी इच्छाओं, सपनों और आत्मसम्मान को उतना ही महत्व देंगे जितना एक बेटे को देते हैं ।

देवदासी प्रथा को खत्म करना सिर्फ एक सामाजिक सुधार नहीं, बल्कि इंसानियत को पुनर्जीवित करने का प्रयास है. एक ऐसा प्रयास जो हम सबको मिलकर करना होगा । "अर्पिता : एक देवदासी" में मैंने लेखक के तौर पर इसी प्रयास को सँजोने की कोशिश भर की है। यह प्रयास कितना सफल हो पाया है, इसका निर्णय आप पाठकों पर छोड़ रहा हूँ

-एडवोकेट नवल किशोर सोनी

भाग 1 : देवदासी प्रथा-एक सामाजिक विडम्बना

छठी शताब्दी में आरंभ हुई देवदासी प्रथा विडंबना है कि इक्कीसवीं सदी में भी कर्नाटक, आंध्र प्रदेश, तमिलनाडु, महाराष्ट्र और उड़ीसा की धरती पर जीवित बनी हुई है। इस परंपरा के अंतर्गत निर्धन और विवश माता-पिता अपनी किशोर वय बेटियों को देवता से विवाह के नाम पर मंदिर की चौखट पर छोड़ आते हैं, मानो आस्था की आड़ में अपनी ही संतानों का समर्पण कर रहे हों। कभी किसी मनोकामना की सिद्धि, तो कभी पुत्र-प्राप्ति की कामना में यह अमानवीय प्रथा अपनाई जाती रही है। देवता के नाम पर समर्पित इन युवतियों को ही "देवदासी" कहा जाता है। इसके बाद आरंभ होता है उनके जीवन का सबसे यातनापूर्ण अध्याय-अनवरत यौन शोषण का, जो उनकी अंतिम साँस तक उनका पीछा नहीं छोड़ता; और यदि इस शोषण से जन्मी संतान कन्या हो, तो उसका भाग्य भी उसी अभिशप्त मार्ग पर नियत कर दिया जाता है। युग बदले, समय बदला, पर स्त्री को समाज ने प्रायः बोझ ही माना। 'कन्यादान' जैसी कुप्रथा इसका प्रत्यक्ष प्रमाण है। बेटी को पराया धन मानकर उसकी इच्छा-अनिच्छा जाने बिना किसी अपरिचित व्यक्ति से बाँध देना; ऐसे संबंध या तो समय से पहले टूट जाते हैं अथवा दोनों पक्ष विवश होकर जीवन भर ढोते रहते हैं।

इसी पृष्ठभूमि पर आधारित है उपन्यास अर्पिता : एक देवदासी। इसमें नायिका अर्पिता के जीवन-संघर्ष के माध्यम से स्त्री-अस्तित्व के सामाजिक, आर्थिक और सांस्कृतिक आयामों को समझने का प्रयास किया गया है। साथ ही यह प्रश्न भी उठाया गया है कि आखिर कैसी विवशताएँ होती हैं जो माता-पिता को अपनी ही पुत्रियों को इस अग्निकुंड में झोंकने पर बाध्य कर देती हैं।

प्रश्न यह भी है कि पितृसत्ता और पुरुष-प्रधान समाज का यह अहंकार कब तक मासूम जिंदगियों को निगलता रहेगा ? कब तक नारी पुरुष की इच्छाओं की वेदी पर बलिदान देती रहेगी ? कब तक स्त्रियाँ धर्म, पाखंड, अंधविश्वास और सामाजिक कुरीतियों की बलि चढ़ती रहेंगी?

इन्हीं प्रश्नों के उत्तर खोजने की एक संवेदनात्मक यात्रा है अर्पिता : एक देवदासी। विश्वास है कि आप इस उपन्यास के प्रत्येक अंक को धैर्य और सहानुभूति के साथ पढ़ेंगे तथा अपनी अमूल्य टिप्पणियाँ साझा करेंगे। इस उपन्यास के सभी पात्र, स्थान और घटनाएँ लेखक की कल्पना पर आधारित हैं; यदि इनका किसी वास्तविक घटना से साम्य प्रतीत हो तो वह मात्र संयोग होगा। लेखक उपन्यास में उल्लिखित तथ्यों और घटनाओं की पूर्ण ऐतिहासिक सत्यता का दावा नहीं करता।

-एडवोकेट नवल किशोर सोनी

भाग 2 : अर्पिता की कहानी,उसकी अपनी जुबानी !

"मैं अर्पिता हूँ। मतलब एक लड़की जिसे मेरे अपने माता-पिता ने देवता या ईश्वर के नाम पर अर्पित कर दिया। जिसका जीवन उसकी इच्छा से नहीं, बल्कि परंपरा और समाज के हाथों समर्पित कर दिया गया। जन्म से ही मेरे जीवन की डोर किसी और ने थाम रखी थी। कहा जाता है कि मैं देवी माँ की कृपा से पैदा हुई हूँ। मेरे माता-पिता ने पुत्र प्राप्ति के लिए अनगिनत व्रत-उपवास, पूजन और यज्ञ किए थे। अंततः जब मैं इस धरती पर आई, तो पूरे परिवार ने इसे भगवान का वरदान मान लिया। मेरी दादी और गाँव के मन्दिर के महन्त ने मिलकर यह निर्णय लिया कि यदि मेरी माँ को पुत्र चाहिए तो मुझे देवदासी परंपरा में बाँधना अनिवार्य होगा।

मेरी माँ जब गर्भ धारण यज्ञ के बाद गर्भवती हुई और यह तय का दिया गया कि अब वे पुत्र को ही जन्म देंगी तो मेरे हाथों में चूड़ियाँ पहना दी गईं और कहा गया कि अब मैं "भगवान की दुल्हन" हूँ। मुझे समझ नहीं आता था कि इसका अर्थ क्या है। मैं मासूमियत से सोचती कि शायद सचमुच ईश्वर मेरे जीवन का साथी होंगे, मुझे हर संकट से बचाएँगे। मेरे लिए बचपन का खेल ही पूजा और भजन गाना बन गया था।

धीरे-धीरे मेरी उम्र बढ़ी और मैंने अपनी सहेलियों को सामान्य जीवन जीते देखा, वे पढ़तीं, खेलतीं और भविष्य के सपने सँजोतीं। जबकि मुझे हमेशा यह याद दिलाया जाता कि मेरा भाग्य विशेष है, मैं साधारण नहीं हूँ, क्योंकि मेरा विवाह किसी मानव से नहीं, बल्कि स्वयं भगवान से हुआ है।

समय बीतता गया । जब मैं किशोरावस्था में पहुँची तो मेरे चारों ओर एक अजीब-सी दीवार खड़ी कर दी गई। मेरी हर हरकत पर मंदिर की वृद्ध देवदासियों की निगाहें रहतीं। वे मुझे सिखातीं कि एक दिन "हरी मिलन" होगा, और वह क्षण मेरे जीवन का सबसे बड़ा सौभाग्य होगा । मैं उनकी बातों को विश्वास से सुनती, यद्यपि भीतर कहीं न कहीं डर भी समाया रहता ।

फिर वह दिन आया । श्रीकृष्ण जन्माष्टमी का दिन । मंदिर रोशनी से जगमगा रहा था। बाहर भक्तों की भीड़ थी, भजन-कीर्तन की गूँज थी, पर भीतर मेरे लिए कुछ और ही आयोजन था। मुझे लाल सिल्क की साड़ी पहनाई गई, घूँघट निकाला गया, और सोलह श्रृंगार से सजाया गया । बुजुर्ग देवदासी ने मेरे कानों में कहा, "आज रात तुम्हारा सौभाग्य है, भगवान स्वयं तुम्हारे पास आएँगे।"

उस पल मेरा मन उत्सुकता और भय के बीच झूल रहा था। मैं सोच रही थी, क्या सचमुच भगवान मुझसे मिलने आएँगे ? क्या मेरी वर्षों की प्रार्थना रंग लाएगी?

रात गहराने लगी । कमरे में एक छोटा-सा बल्ब जल रहा था। मैं बिस्तर पर बैठी प्रतीक्षा कर रही थी। अचानक दरवाज़े पर आहट हुई। मेरा दिल तेजी से धड़कने लगा। मैंने घूँघट के भीतर से देखा, कोई हृष्ट-पुष्ट पुरुष भीतर आया और दरवाज़ा बंद कर लिया ।

उस क्षण मेरे सपने टूट गए । वह भगवान नहीं था, बल्कि मंदिर का महन्त था । उसके माथे पर चंदन का तिलक और कंधे पर जनेव लटका हुआ था। मुझे समझते देर न लगी कि यह वही है, जो प्रतिदिन प्रवचन में ईश्वर और धर्म की बातें करता है ।

मैं भय से सिमट गई । मैंने चाहा कि चीखूँ, परंतु मेरे चारों ओर इतनी ऊँची आवाज़ में भजन बज रहा था कि मेरी आवाज़ किसी तक पहुँच ही नहीं सकती थी। उसने ठंडी, कठोर आवाज़ में कहा, "चुपचाप

रहो, यह तुम्हारा भाग्य है। तुम्हारे माता-पिता ने तुम्हें इसी दिन के लिए पैदा किया था।"

उसके बाद जो हुआ, वह मेरी आत्मा पर अंकित हो गया । मैं शब्दों में बयान नहीं कर सकती, पर इतना कह सकती हूँ कि उस रात मेरा विश्वास, मेरी मासूमियत, मेरा स्वाभिमान, और मेरा सब कुछ मुझसे छीन लिया गया ।

जब सब समाप्त हो गया, तो मैं अकेली, टूटी हुई और अपमानित बिस्तर पर पड़ी रही। मैंने दर्पण में अपना चेहरा देखा, वह चेहरा, जिसे अभी कुछ घंटे पहले देवी का रूप मानकर सजाया गया था, अब मुझे अजनबी लग रहा था।

मेरे भीतर एक तूफ़ान उमड़ रहा था । मैं सोच रही थी, क्या यही भगवान का मिलन था? क्या मेरे माता-पिता ने सचमुच मुझे इसी रास्ते पर धकेला? क्या मेरी पूजा, मेरी आस्था, सब व्यर्थ थी ?

उस रात मेरी आँखों से आँसू नहीं रुक रहे थे । मैं महसूस कर रही थी कि मेरा शरीर तो घायल हुआ ही है, लेकिन उससे भी अधिक मेरी आत्मा लहूलुहान हो गई है । मंदिर की दीवारें, जो मेरे लिए सुरक्षा का आश्रय थीं, अब कैदखाने की दीवारें बन गई थीं ।

मैंने उस महन्त का चेहरा साफ देखा और मन ही मन कसम खाई कि अब मैं यह अपमान सहकर चुप नहीं बैठूँगी । मेरी चुप्पी ही उसके अपराध को ताक़त देती है । मुझे बोलना होगा, भले ही समाज मुझे दोषी ठहराए। मैं सिर्फ़ एक देवदासी नहीं, मैं एक इंसान हूँ। मुझे अधिकार है कि मैं अपने जीवन का निर्णय स्वयं करूँ ।

उस रात के बाद मैंने यह तय किया कि मैं अपनी कहानी दुनिया को सुनाऊँगी। लोग समझें कि देवदासी जैसी परंपराएँ किसी लड़की का भाग्य नहीं, बल्कि उसके जीवन की सबसे बड़ी त्रासदी हैं । मेरे माता-पिता ने शायद श्रद्धा और अंधविश्वास में मुझे इस राह पर धकेला,

लेकिन मैं अब अपनी आने वाली पीढ़ियों को इस अंधकार से बचाना चाहती हूँ ।

मेरी यह आत्मकथा सिर्फ़ मेरा दर्द नहीं है, यह उन हज़ारों बच्चियों की चीख है, जिन्हें मंदिरों, पुत्र प्राप्ति की चाह, परंपराओं और धार्मिक पाखंड के नाम पर शोषण की आग में झोंक दिया जाता है ।

मैं जानती हूँ कि मेरा संघर्ष कठिन है । समाज मेरी आवाज़ दबाने की कोशिश करेगा। लोग कहेंगे कि मैं झूठ बोल रही हूँ, या यह सब मेरी कल्पना है । लेकिन मैं जानती हूँ कि मेरी आत्मा पर अंकित यह घाव सच्चाई से भरे हैं ।

आज मैं लिख रही हूँ, क्योंकि लिखना ही मेरा प्रतिरोध है । मैं यह चाहती हूँ कि जब कोई और लड़की मेरी कहानी पढ़े, तो वह समझे कि ईश्वर का नाम लेकर होने वाला यह पाखंड दरअसल मनुष्यों का घोर अपराध है ।

मैं अर्पिता हूँ, टूटी हुई, परंतु मौन नहीं। मेरी कलम अब मेरी आवाज़ है और यह आवाज़ तब तक गूँजती रहेगी, जब तक एक भी बच्ची को धर्म,मंदिर अथवा पाखण्ड की आड़ में शोषण का शिकार बनाया जाता रहेगा।

भाग 3 : अर्पिता का देवदासी बनना- एक त्रासद आरंभ

अर्पिता अपने परिवार में पाँच बहनों में सबसे बड़ी थी। माता–पिता दिन-रात मेहनत–मजदूरी करके किसी तरह घर का चूल्हा जलाए रखते। घर में कोई बेटा न होने के कारण अर्पिता की माँ को अपनी सास और ससुर के ताने आए दिन सहने पड़ते । सास अकसर तिक्त वचनों से बहु की आत्मा छलनी करते हुए कहती –“पता नहीं यह कलमुंही मुझे कब पौते का मुँह दिखाएगी ! हर बार पेट फूलाती है, जी-भर खाती है, और जनेगी तो लड़की ही । पाँच तो अब तक जन

चुकी है । अब मैं घर बैठी-ठाली इन नामुराद छिंदियालों की रखवाली करती फिरूँ । गाँव भर की नजरों से इन्हें बचाना भी दूभर हो गया है । कल ही जमना का छोरा जवान लड़कियों को ताकता हुआ घर में घुस आया था। उसके माँ-बाप से शिकायत की, तब जाकर बात दबाई। नहीं तो इन पाँचों कुलटाओं ने घर की नाक कटाने की ठान रखी है । मैंने तो हर बार लड़की के जन्म पर कहा था कि इन्हें किसी नाले में बहा दो, न रहे बाँस और न बजे बांसुरी । पर किसी ने मेरी एक न सुनी ।"

ऐसे जहर-बुझे तानों ने अर्पिता की माँ का जीना दूभर कर दिया था । बेटियों को नाम देते समय भी माता–पिता की व्यथा झलकती थी । सबसे बड़ी को अर्पिता नाम दिया गया- समर्पण का प्रतीक । दूसरी को *मनभर*, मानो बेटियों की भीड़ से मन भर चुका हो । तीसरी का नाम आचुकी, जैसे संतानों का ऋण चुकाना ही नियति हो या अब बहुत हो गया । चौथी को सीमा और पाँचवीं को अंतिमा, जैसे और बेटियों के जन्म की सीमा यही हो और अब यह बस पुत्री के रूप में अन्तिम संतान ठहरे ।

अर्पिता को मंदिर में देवदासी बने अभी तीसरा दिन ही बीता था। हर रात मंदिर का महन्त उसे ईश्वर के नाम पर अपनी वासना का शिकार बना रहा था । उसका कोमल शरीर घावों से छलनी हो गया था । आज मंदिर की सबसे बुजुर्ग देवदासी उसके घावों पर मलहम लगा रही थी । उस अधेड़ महन्त की निर्दयी पकड़ से बने निशानों पर हाथ फेरते हुए वृद्धा बोली- "बेटी, यह तो बता, तू इस महन्त के जाल में फँसी कैसे ?"

इतना सुनते ही अर्पिता फूट पड़ी । उसके आँसू थमने का नाम नहीं ले रहे थे । सिसकियों के बीच उसने वृद्धा की गोद में सिर रख दिया और दहाड़े मारकर रोने लगी। "रोने से दुख कम नहीं होगा, बच्ची । यहाँ कोई किसी का दुःख सुनने वाला नहीं । पर यदि तू अपना

किस्सा मुझे बताएगी तो शायद तेरे दिल का बोझ हल्का हो जाए ।" बुजुर्ग देवदासी ने उसके आँसू पोंछते हुए धीरे से कहा ।

सुबकियों के बीच अर्पिता ने कहना शुरू किया- "हम पाँच बहनें हैं । दादी को बेटे की इतनी चाह थी कि दिन-रात टोने-टोटके करती रहती । उनका मंदिर में रोज आना-जाना लगा रहता । वे महन्त और मन्दिर के देवता के सामने हाथ फैलाकर जोर-जोर से चिल्लाकर बेटे की मुराद माँगती रहतीं। महन्त ने उनकी इस व्यथा का फायदा उठाया। एक दिन दादी से महन्त ने कहा- "कल रात भगवान ने स्वप्न में आदेश दिया है । यदि तुम अपनी सबसे बड़ी और सबसे छोटी पौतियों को देवालय में देवदासी के रूप में समर्पित कर दोगी, तो तुम्हारी बहु पुत्र को जन्म देगी ।'' बस, इतना सुनना था कि दादी ने मानो अपने दुखते दिल को तसल्ली दी और उन्होंने अपनी एक शर्त पर महन्त की बात मानने के लिए हाँ कर दी ।"

भाग 4 : दादी की शर्त - परम्परा या श्राप?

अर्पिता को देवदासी स्वरूप मंदिर में अर्पित करने की बात सुनकर महन्त का हृदय भीतर ही भीतर उल्लास से भर उठा । वर्षों से उसके मन में पल रहा वासना का बीज जैसे हरा हो उठा था । किंतु अपने चेहरे पर उसने उस आनंद की छाया भी प्रकट न होने दी । संयत स्वर में वह बोला- "शर्त? कैसी शर्त? बेटी, प्रभु के दरबार में तो कोई शर्त नहीं चलती । परंतु यदि बात धर्म-सम्मत और योग्य हुई, तो अवश्य ही हम ईश्वर से प्रार्थना करेंगे कि तुम्हारी मनोकामना पूर्ण हो ।"

दादी दोनों हथेलियाँ जोड़कर गिड़गिड़ाते स्वर में बोली- "महन्त जी, मेरी बस यही शर्त है कि मेरी बहु के गर्भवती होते ही मैं अपनी बड़ी बेटी को मंदिर में देवदासी रूप में अर्पित कर दूँगी, ताकि मेरे घर शीघ्र

ही पुत्र का आगमन हो और मैं पोते का मुख देख, निश्चिंत होकर स्वर्ग की सीढ़ियाँ चढ़ सकूँ । घर में हम सब उसे 'बड़की' कहकर पुकारते हैं। परंतु जब उसे मंदिर में अर्पित करूँगी तो आप अपने हाथों उसका नाम 'अर्पिता' रख दीजिए । यदि नामकरण संस्कार भी आपके करकमलों से सम्पन्न हो जाए तो यह हमारे लिए सौभाग्य होगा। आपका यह उपकार हम जीवनभर नहीं भूलेंगे ।"

महन्त ने धीरे से मुस्कुराकर कहा-"तो जाओ, आज से ही उस कन्या का नाम हमने "अर्पिता" रखा। अब घर जाकर ईश्वर से प्रार्थना करो कि तुम्हारी बहु शीघ्र ही गर्भवती हो। साथ ही अर्पिता के देवदासी रूप में समर्पण की तैयारियाँ भी प्रारंभ कर दो। और हाँ, प्रभु के सम्मुख यह भी संकल्प लेना उचित होगा कि अपनी सबसे छोटी पौती को कब देवदासी के रूप में अर्पित करोगी ?"

दादी ने बिना एक क्षण गंवाए उत्तर दिया- "महन्त जी, इसमें सोचने की क्या बात है? मैं भगवान को साक्षी मानकर प्रण लेती हूँ कि जैसे ही मेरे आँगन में पोते की किलकारियाँ गूँजेंगी, मैं अपनी सबसे छोटी पौती अंतिमा को भी प्रभु की सेवा में समर्पित कर दूँगी। पाँच-पाँच बेटियों का पालन-पोषण करना न मेरे बेटे के बस का है और न मेरे बूढ़े कंधों का ।"

इतना कहकर दादी ने महन्त के चरणों में माथा रख दिया ।

महन्त का मन अब प्रफुल्लित हो उठा था। उसे लगा मानो उसकी मनोकामनाएँ बिना किसी विरोध के पूरी हो रही हैं। योजनाएँ उसके मस्तिष्क में तेजी से आकार लेने लगीं। इतने में दादी ने चिंतित स्वर में पूछा-"महन्त जी, आप तो सर्वज्ञ हैं, प्रभु तक आपकी सीधी पहुँच है। कृपा कर यह तो बताइए कि मुझे अपनी बहु के गर्भवती होने का शुभ समाचार कब तक मिलेगा ?"

महन्त ने मन ही मन सोचा- "यह बुढ़िया तो पोते की चाह में आधी मरी जा रही है। क्यों न इस अवसर का भी लाभ उठा लिया जाए।

बहु को मंदिर बुलाकर गर्भधारण यज्ञ का बहाना बनाया जाए और उसकी भी आहुति इस अग्नि में डलवा दी जाए।"
वह गहरी साँस भरकर आँखें मूँदने लगा । हाथ में लिपटी मालाके मनकों को घुमाते हुए गंभीर स्वर में बोला-"प्रभु का आदेश हुआ है कि यदि तुम शीघ्र ही पोते का मुख देखना चाहती हो तो अपनी बहु के लिए गर्भधारण यज्ञ अनिवार्य है । यदि तुम तैयार हो, तो मैं तुम्हें उस यज्ञ की विधि और आवश्यक सामग्री का पूरा विधान बता दूँ ।"
दादी की आँखों में चमक दौड़ गई । उसके मन में मानो आशा का दीप जल उठा ।

भाग 5 : गर्भाधान यज्ञ की रहस्यमयी विधि!

महन्त की बातों से अर्पिता की दादी पूरी तरह सम्मोहित हो चुकी थी । उसके भीतर पोता पाने का लालच इतनी गहरी जड़ें जमा चुका था कि अब उसे न तर्क दिखाई दे रहा था, न विवेक की कोई आवाज़ सुनाई पड़ रही थी । महन्त का हर शब्द, हर निर्देश उसे मानो सीधे भगवान का आदेश लग रहा था ।
उसने दोनों हाथ जोड़कर, कंठ में भक्ति की लय और आँखों में लोभ की चमक भरकर कहा – "महन्त जी, आप जो कहेंगे वही होगा । मेरे लिए तो आपके वचन ही भगवान के वचन हैं । कृपा करके गर्भ धारण यज्ञ की विधि विस्तार से बता दीजिए।"
महन्त ने मन ही मन मुस्कुराते हुए बुढ़िया को निहारा। उसकी चालाक आँखों में जीत का भाव था । उसने धीमे स्वर में बुढ़िया को पालथी मारकर बैठने का इशारा किया और सामने कागज़-कलम रखकर

सूची बनाने लगा। उसकी आवाज़ में अब एक गंभीरता थी, जैसे वह कोई गूढ़ रहस्य खोल रहा हो ।

"देखो, समय बहुत महत्वपूर्ण है । कल से सावन का महीना शुरू हो रहा है और यह मास देवताओं को अति प्रिय है। यदि इस पावन समय में गर्भ धारण यज्ञ प्रारम्भ कर दिया जाए, तो सफलता अवश्य मिलेगी।"

वह लिखते-लिखते आगे बोला –"यह यज्ञ पूरे एक मास चलेगा। तुम्हारी बहु को प्रतिदिन रात्रि के ग्यारह बजे से लेकर प्रातः चार बजे तक मन्दिर के गर्भगृह में रहना होगा । इस बीच उसे मौनव्रत धारण करना पड़ेगा। किसी भी व्यक्ति से कोई वार्तालाप नहीं होना चाहिए, अन्यथा यज्ञ की सिद्धि अधूरी रह जाएगी।"

महन्त ने गहरी सांस लेते हुए अपने शब्दों में रहस्य और भय का रंग घोल दिया –"यज्ञ के दौरान उसका दुग्धाभिषेक होगा, शुद्धिकरण होगा। दूध, घी, मधु और अन्य पवित्र द्रव्य आवश्यक होंगे। यहाँ इस कागज़ पर मैंने सारी सामग्री लिख दी है – ताम्बूल, पुष्प, धूप, शहद, विशेष जड़ी-बूटियाँ और मंत्रोच्चारण के लिए कुछ दुर्लभ वस्तुएँ । इन्हें आज ही रात ग्यारह बजे तक मन्दिर में पहुँचा देना।"

उसने कागज़ बुढ़िया के हाथ में थमाते हुए कठोर स्वर में कहा – "और सुनो! यह बात सबसे गुप्त रखनी होगी। घरवालों, पड़ोसियों, यहाँ तक कि अपने पति से भी बहु को कुछ न बताना होगा । वह अकेली प्रभु के दरबार में आएगी, मौन रहेगी और सब कुछ अपने मन में समेटे रहेगी । तभी प्रभु प्रसन्न होंगे और तुम्हें पोता देंगे ।"

महन्त के शब्द मानो जादू का असर कर रहे थे। अर्पिता की दादी ने कागज़ को अपनी साड़ी के पल्लू में कसकर बांधा और आँखों में संतोष की चमक भरकर बोली –"जैसा आप कहें, वैसा ही होगा, महराज। संयोग देखिए, मेरा बेटा कल से ही सावन की कांवड़ यात्रा पर निकल रहा है। पूरे महीने बाहर रहेगा। पोतियों को मैंने उनकी

नानी के घर भेज दिया है । सब परिस्थितियाँ प्रभु ने अपने हाथ से बना दी हैं । बहु को भी मैं शीघ्र समझा दूँगी । सारी सामग्री आपको आज रात मिल जाएगी ।" महन्त ने आँखें मूँद लीं, होंठों पर धीमी मुस्कान तैर गई । उसकी योजना अब आकार ले रही थी।

बुढ़िया घर लौटी तो उसके कदमों में एक विचित्र उत्साह था। भीतर-ही-भीतर वह बड़बड़ा रही थी–"आखिर कब तक इन पाँच-पाँच पोतियों को ढोएँगे? सब की सब काम की न काज की, दुश्मन अनाज की। पोता ही तो वंश बढ़ाएगा ।"

घर पहुँचते ही उसने बहु को रसोई में काम करते देखा। बहु पसीने से तर-बतर, थकी हुई-सी थी। पाँच बच्चियों का पालन-पोषण और घर-गृहस्थी की जिम्मेदारी ने उसकी देह को झुका दिया था । पर आँखों में अब भी ममता की शांति थी ।

दादी ने बिना किसी प्रस्तावना के सारा किस्सा सुना दिया- "सुन बहु! अब तेरे भाग्य का समय आ गया है। महन्त जी ने गर्भ धारण यज्ञ का उपाय बताया है। यदि तू विधिपूर्वक इस यज्ञ में सम्मिलित होगी, तो इस बार तुझे बेटा अवश्य होगा । और बेटा ही तो घर की शान है।"

बहु ने चौंककर दादी को देखा। उसका हृदय संदेह और भय से काँप उठा। वह बोली- "माँजी... यह कैसा यज्ञ है ? रात-रात भर मन्दिर में ठहरना, मौन रहना... और सब छिपाकर करना ? यह सब कुछ मुझे उचित नहीं लग रहा।"

दादी का चेहरा लाल हो उठा। उसने कठोर स्वर में कहा– "चुप रह! तू क्या जाने धर्म-कर्म की बातें ? तेरे जैसी औरतों को सोचने का अधिकार नहीं । जो मैं कह रही हूँ वही कर । नहीं तो सोच ले, तेरी पाँचों बेटियाँ बोझ बनकर तेरे सिर पर ही बैठी रहेंगी।"

बहु की आँखों में आँसू भर आए। उसने कांपते स्वर में कहा –“माँजी, मैंने तो कभी कोई भेद नहीं रखा। जो भी संतान प्रभु देंगे, मुझे स्वीकार है। बेटा या बेटी, दोनों ही तो उसके उपहार हैं।”

दादी ने उसके शब्दों को अनसुना कर दिया। उसके कानों में बस महन्त की बात गूँज रही थी –“पोता पाने का उपाय ।”

“बहु बहस मत कर। कल से सावन शुरू हो रहा है। आज रात ही तुझे तैयारी करनी होगी। तुझे मन्दिर जाना ही होगा। यह आदेश है मेरा।”

बहु मौन खड़ी रही। उसका मन विद्रोह करना चाहता था, पर भीतर कहीं एक भय ने उसे जकड़ रखा था । समाज की दहलीज़, परिवार का दबाव और अपनी असहाय स्थिति ने उसके कदम रोक दिए। उस रात वह अपने कमरे में बैठी बहुत देर तक सोचती रही । पाँच बेटियाँ गहरी नींद में सोई थीं। उनके मासूम चेहरे देख उसका हृदय पिघल उठा। “क्या इन बेटियों का कोई मूल्य नहीं? क्या ये भी भगवान का ही रूप नहीं?”

उसकी आँखें छलक आईं। पर तभी दादी की कठोर आवाज़ उसकी स्मृतियों में गूँज उठी–“पोता चाहिए...पोता ही वंश बढ़ाएगा.। बहु का मन छटपटाता रहा। एक ओर मातृत्व की ममता थी, दूसरी ओर परंपरा की बेड़ियाँ। सुबह होने से पहले ही दादी फिर से उसके पास आई। उसके हाथ में पूजा सामग्री की लंबी सूची थी। “देख ले, सब तुझसे ही जुड़ा है। आज से ही तेरी परिक्षा शुरू होगी । तैयार रहना।”

बहु ने धीमी आवाज़ में प्रतिवाद करना चाहा, पर उसके शब्द होंठों से निकलने से पहले ही दब गए । उसने सिर्फ इतना सोचा– “क्या यही मेरा भाग्य है ? क्या मुझे अपने ही अस्तित्व को बलिदान करना होगा केवल इसलिए कि मैं बेटियों की माँ हूँ?” कमरे की खिड़की से बाहर झाँकते हुए उसने आकाश की ओर देखा । कहीं न कहीं उसे लगा कि शायद भगवान उसकी मौन प्रार्थना सुन रहा है।

भाग 6 : क्या विमला यज्ञ के लिए तैयार हो पाई ?

अर्पिता की दादी ने अपनी ओर से गर्भ धारण यज्ञ की सारी तैयारियाँ कर ली थीं । पूजा सामग्री की लंबी सूची, दूध-घी से लेकर दुर्लभ जड़ी-बूटियाँ और पुष्प, सबकुछ जुटा लिया गया था । अब केवल एक ही कड़ी शेष थी, अपनी बहु विमला को मानसिक रूप से इसके लिए तैयार करना । वह समय का इंतज़ार करती रही और जैसे ही अवसर मिला, उसने अपने स्वर में मीठास घोलते हुए विमला को पुकारा- "अरे बहु सुनती हो! बहुत जल्द तुम्हारी गोद में तुम्हारा लल्ला और इस घर का चिराग आने वाला है । मेरा मतलब है, इस बार तुम बेटे को ही जनोगी ।" विमला ने चौंककर अपनी सास की ओर देखा- "मैं आपकी बात समझी नहीं माँजी," उसने विस्मित होकर कहा ।

दादी ने धीमे स्वर में परंतु आत्मविश्वास के साथ कहा- "पगली ! कल रात मन्दिर के महन्त जी को स्वप्न में साक्षात भगवान के दर्शन हुए । उन्होंने स्पष्ट कहा कि यदि हम अपनी बड़ी बिटिया अर्पिता और सबसे छोटी अंतिमा को देवदासी के रूप में भगवान को अर्पित कर दें, तो भगवान तुम्हें बेटा देने की कृपा करेंगे ।"

सुनते ही विमला का चेहरा तमतमा उठा । उसकी आँखों में मातृत्व की ज्वाला भड़क उठी और वह बोली- "क्या कह रही हैं आप माँजी? बेटे की चाहत में मैं अपनी बेटियों को, जिन्हें मैंने अपने खून-पसीने से पाला है, देवदासी बना दूँ ? नहीं, कभी नहीं ! मैं माँ हूँ, कोई कसाई नहीं जो अपनी फूल जैसी बच्चियों को भगवान के नाम पर बलिदान कर दूँ । कह दीजिए अपने महन्त जी से और भगवान जी से भी कि यदि उन्हें कृपा करनी ही थी तो बेटा भी दे देते। पर मेरी बेटियों की बलि पर नहीं ।"

वह अब बिना रुके बोलती चली गई- "पाँच-पाँच बेटियों को जन्म देने के बाद अब मैं और संतान नहीं चाहती । अगर फिर कोई लड़की हो गई तो मैं उनका पालन कैसे करूँगी ? इनके बाप को देखिए, धर्म-कर्म के नाम पर केवल दिखावा करता है । घर-गृहस्थी की जिम्मेदारी से मुँह चुराता है और आप कहती हैं कि मैं फिर संतान पैदा करूँ? नहीं माँजी, अब और नहीं ।"

विमला की आवाज़ में ऐसा तेज था कि सास के कदम जैसे लड़खड़ा गए। वह विमला के उग्र तेवरों से सहम गई, पर जल्दी ही अपने मनोबल को सँभालते हुए बोली- "बहु, गुस्सा करने से कुछ हासिल नहीं होगा । तुम्हारा दर्द मैं समझती हूँ । पर सोचो, कलुआ किस लिए कांवड़ लेने गया है ? वह बेटे की मन्नत मांगने ही तो पैदल यात्रा पर निकला है । अब यदि उसकी मन्नत पूरी न हुई तो ? क्या पता वह तुम्हें छोड़कर दूसरी शादी कर ले और घर में किसी और को ले आए।"

दादी की आँखों में स्वार्थ का अंधकार गहरा गया था । वह आगे बोली-"मैं तो बूढ़ी हूँ। मेरा क्या है ! तुम्हें ही इस बारे में सोच लेना चाहिए, अगर बेटा हुआ तो वंश बढ़ेगा, घर में तुम्हारा स्थान सुरक्षित रहेगा।"

सास की बातों ने विमला के मन में उथल-पुथल मचा दी । वह गहरे विचारों में डूब गई। उसका चेहरा पीला पड़ गया, मानो भीतर से सारा रक्त खिंच गया हो । एक ओर माँ का हृदय था, जो अपनी बेटियों को किसी भी कीमत पर बचाना चाहता था । दूसरी ओर सास की धमकी, पति कि उपेक्षा और समाज का दबाव ।

रात गहराई तो विमला अपने कमरे में अकेली बैठी रही। सामने अपनी पाँचों बेटियों के मासूम चेहरे थे । वे गहरी नींद में डूबी थीं, उनके होंठों पर अनजानी मुस्कान थी । विमला के हृदय में अपनी पाँचों बेटियों के मासूम चेहरे देखकर कसक उठी और सोचने लगी- "क्या मेरी

बेटियाँ केवल बोझ हैं ? क्या इनकी कोई कीमत नहीं ? क्या इन्हें भगवान को अर्पित कर देना ही उनके जीवन का भाग्य है ?"

उसकी आँखों से आँसू बह निकले । पर तभी दादी के शब्द उसके दिमाग में गूँजे-"अगर बेटे की मुराद पूरी न हुई तो कलुआ तुझे छोड़ देगा ।" विमला कांप गई। उसका मन कह रहा था कि उसे इस अन्याय के आगे झुकना नहीं चाहिए । पर मन ही मन उसे अपने पति के स्वभाव का भी बोध था । कलुआ धर्म भीरु था, और परिवार की जिम्मेदारियों से मुँह चुराता रहा था । अगर उसने सचमुच दूसरी शादी कर ली तो?

उस रात विमला ने करवटें बदलते-बदलते यही सोचती रही कि एक ओर उसकी बेटियों की मासूमियत है , दूसरी ओर समाज और परिवार का भय । सुबह हुई तो दादी फिर उसके पास आई । उसके हाथ में पूजा सामग्री का थैला था । उसकी आवाज़ में कठोरता थी- "विमला, अब समय बर्बाद मत कर । आज रात से गर्भ धारण यज्ञ का प्रारम्भ है। तैयार रहना । यह तेरा कर्तव्य है ।" विमला मौन खड़ी रही। उसका गला सूख गया। होंठ काँप उठे। भीतर से एक आवाज़ कह रही थी-"ना कह दो ! अपनी बेटियों को बचाओ!" पर दूसरी आवाज़ फुसफुसा रही थी- " अगर सास सही हुई ? अगर पति ने सच में त्याग दिया तो ? " उसके भीतर का द्वंद्व और गहरा हो गया। अगले भाग में आप पढ़ेंगे कि क्या विमला इस अन्याय के खिलाफ साहस दिखा पाती है, या फिर सास की जिद और पति के भय के आगे हार मान लेती है ?

भाग 7 : साहस या समर्पण-विमला का निर्णय ?

अपनी सास की बातें सुनकर विमला का मन विचलित हो उठा । वह घर के सारे काम-काज छोड़कर अपने कमरे में चली गई और बिस्तर पर लेट गई । परन्तु उसकी आँखों से नींद कोसों दूर थी । उसकी चेतना बार-बार वही शब्द दोहराने लगी- "कहीं एक बेटे के लिए कलुआ ने तुझे छोड़कर दूसरा ब्याह कर लिया तो..।"

यह वाक्य उसके मन-मस्तिष्क में हथौड़े की तरह बजता रहा । विमला जितनी कोशिश करती कि वह उन शब्दों को अपने दिमाग से निकाल दे, उतनी ही तीव्रता से वे उसके भीतर घूमने लगते ।

उसके हृदय में प्रश्नों की आंधी उठने लगी- "अगर कलुआ बेटे के लिए सचमुच दूसरी औरत को ले आया, तो मेरी बेटियों का क्या होगा? कौन देखभाल करेगा उनकी ? क्या सौतेली माँ उन्हें अपनाएगी ? और अगर उसने बेटे को जन्म दिया, तो क्या मेरी बेटियों की इस घर में कोई कद्र बचेगी?" ये विचार विमला को भीतर तक हिला रहे थे।

कभी उसके मन में यह भी खयाल आता- "बेटियों की चिन्ता छोड़, विमला, तू अपनी सोच । दूसरी औरत के आने के बाद क्या तेरा इस घर में ठिकाना बचेगा ? कहाँ जाएगी तू ? तेरे न माँ-बाप जिन्दा हैं, न कोई सहारा । बेघर होकर कहाँ सिर छुपाएगी?"

वह और गहरे भय में डूबने लगी और सोचने लगी-"फिर मेरी यह सुन्दरता और यौवन... यही तो मेरी सबसे बड़ी समस्या है । लोग तो आज भी फब्तियाँ कसते हैं, सीटियाँ बजाते हैं । अगर मैं अपने पति से ठुकरा दी गई, तो सब मुझ पर टूट पड़ेंगे । कौन बचाएगा मुझे ?"

सोचते-सोचते विमला का मन भारी हो गया । उसका गला भर आया और उसने अचानक अपना सिर पकड़ लिया । एक तीखी चीख उसके

गले से निकली । उसकी चीख सुनकर सास दौड़ती हुई कमरे में पहुँची और बोली- "क्या हुआ बहु ? कोई डरावना सपना देखा क्या ? ऐसे भी कोई चिल्लाता है भला ?"

विमला ने उत्तर देने के बजाय अपनी सास की गोद में सिर रख दिया और जोर-जोर से रोने लगी । आँसुओं में भीगे स्वर में वह बोली- "मैं आपकी हर बात मानूँगी मांजी... बताइए, मुझे कौन-सा यज्ञ करना होगा ? मैं सब करने को तैयार हूँ ।"

सास के चेहरे पर संतोष की हल्की रेखा दौड़ गई। उसने शांत स्वर में कहा- "ठीक है बहु। सुन, गर्भ धारण यज्ञ के नियम आसान नहीं हैं । महन्त जी की शर्त है कि तुझे रात नौ बजे से लेकर सुबह चार बजे तक मंदिर के गर्भगृह में अकेले ही बैठना होगा । नग्न अवस्था में आहुतियाँ देनी होंगी। आहुतियाँ देने से पहले महन्त जी तेरा दुग्ध-अभिषेक करेंगे। यह प्रक्रिया पूरे एक महीने तक चलेगी। इस दौरान तुझे मौन व्रत रखना होगा और किसी से कोई बात नहीं करनी। किसी को यज्ञ के विषय में कुछ बताना भी मत।" विमला का चेहरा पीला पड़ गया। परन्तु वह अर्ध-बेहोशी की हालत में बस सिर हिलाती रही। सास ने अपनी बातें आगे बढ़ाते हुए कहा - "और हाँ, यदि इस दौरान तुझे गर्भ ठहर गया, तो तुझे अपनी बड़ी बेटी अर्पिता को भगवान के चरणों में चढ़ाना होगा। महन्त जी ने कहा है कि अर्पिता को देवदासी के रूप में भगवान से ब्याहना होगा। पाँच-पाँच बेटियों का क्या करेगी तू ? और यदि भगवान प्रसन्न होकर तुझे बेटा दे देते हैं, तो फिर अपनी सबसे छोटी बेटी अन्तिमा को भी मंदिर में देवदासी बनाना होगा ।" यह सुनते ही विमला की आत्मा भीतर तक कराह उठी । उसकी आँखों से आँसुओं की धारा बह निकली ।

उसका मन बार-बार पुकार उठा- "हे भगवान ! क्या यही मेरी नियति है? क्या माँ होकर मैं अपनी ही बेटियों को बलि चढ़ा दूँ ? या पति

और समाज के डर से अपने अस्तित्व को खो दूँ ?" उसके भीतर एक गहरी जद्दोजहद शुरू हो चुकी थी ।

सास तो कमरे से जा चुकी थी, पर विमला अपने आँसुओं में डूबी पड़ी थी। उसे हर ओर अंधेरा दिखाई देता था । कभी वह अपनी बेटियों का चेहरा देखती, तो उसका हृदय विदीर्ण हो जाता । कभी पति के रूप में कलुआ का धार्मिक, जिद्दी चेहरा आँखों के सामने आ जाता और वह भय से काँप उठती ।

वह मन-ही-मन सोच रही थी- "क्या मैं इतनी निर्बल हूँ कि अपनी संतानों की रक्षा न कर सकूँ ? क्या मेरा मातृत्व इतना खोखला है कि बेटे की चाहत में अपनी बच्चियों का जीवन मिटा दूँ ?" रात का सन्नाटा गहरा चुका था । पर विमला की आँखों से आँसू और मन से द्वंद्व थमने का नाम नहीं ले रहा था ।

अगले भाग में आप पढ़ेंगे कि क्या विमला अपनी बेटियों की रक्षा के लिए साहस जुटा पाती है या सास की कठोर शर्तों के आगे घुटने टेक देती है ?

भाग 8 : महन्त और ग्रामप्रधान की गुप्त बैठक !

मन्दिर की पवित्रता में व्याप्त शांत वातावरण को तोड़ती हुई घंटों की तेज़ आवाज़ ने महन्त के मन को विचलित कर दिया था । प्रातःकालीन स्नान और विधिपूर्वक पूजन-अर्चन के बाद वे गर्भगृह में बैठे ही थे, तभी यह अनहोनी घटी । क्रोध से तमतमाए हुए महन्त जैसे ही बाहर आए, सामने ग्राम प्रधान दलपत सिंह को खड़े देखा तो उनकी भृकुटि स्वतः ही ढीली पड़ गई ।

क्षणभर पहले तक जो स्वर कठोर और रूखा था, वही अब दीनता में बदल चुका था । महन्त झुककर प्रधान के चरणों में लोट गए-

"प्रणाम प्रधान जी ! अरे आपने स्वयं आने का कष्ट क्यों किया ? कोई संदेशा भेज देते तो यह सेवक दौड़ा चला आता ।"

परंतु प्रधान दलपत सिंह के चेहरे पर कोई करुणा न थी । उनका लहजा तलवार की धार की तरह कड़क और चुभता हुआ था- "बहुत उड़ने लगे हो महन्त! अपनी औक़ात भूल मत जाना । हमारी रगों में दौड़ता राजपूताना खून अभी पहचानना बाक़ी है तुम्हें । कल पंचायत की बैठक में आना और अपना आदेश ले जाना।"

महन्त का शरीर कांप उठा । आँखों में भय तैरने लगा। उन्होंने प्रधान के चरण पकड़ लिए- "किस आदेश की बात कर रहे हैं प्रधान जी ?"

दलपत सिंह ने मूँछों पर ताव देते हुए तीखे स्वर में कहा- "इतनी जल्दी भूल भी गए ? इस मन्दिर की सौ एकड़ जमीन, जिससे तुम्हारे परिवार का वर्षों से पालन-पोषण होता आया है, वही जमीन पंचायत ने तुम्हारे हाथों से छुड़ाने का फ़ैसला किया है। यह चारागाह की ज़मीन है, गाँव वालों की धरोहर। अब इसमें तुम फ़सल नहीं बो सकोगे। अभी जो खड़ी फ़सल है, उस पर भी गाँव का ही अधिकार होगा ।"

महन्त ने आतंकित दृष्टि से प्रधान की आँखों में झाँका। हाथ जोड़कर गिड़गिड़ाते हुए बोले- "यह तो अन्याय है प्रधान जी ! मेरी सात पुश्तें इसी सेवा में लगी रही हैं। यह जमीन छिन गई तो हम भिक्षुक बनकर सड़कों पर आ जाएँगे। दया कीजिए, कृपा कीजिए।"

दलपत सिंह के ओंठों पर एक कुटिल मुस्कान तैर गई। वह झुककर धीरे-धीरे बोला- "दया ? कृपा ? यह सब किताबों में अच्छे लगते हैं महन्त । हक़ीक़त यह है कि हुक़ूमत वही करता है, जिसके हाथ में ताक़त होती है और आज ताक़त मेरे हाथों में है। तुम तो जानते ही हो, मैं रंगीन मिज़ाज आदमी हूँ। एक बार जिसकी चाहत कर ली, उसे पाकर ही दम लेता हूँ । सोच लो, तुम्हारे लिए क्या उचित है।"

महन्त का चेहरा पीला पड़ गया। गला सूखने लगा। शब्द जैसे होंठों तक आते ही दम तोड़ देते ।

महन्त ने आगे बढ़ते हुए, जैसे अपने ही निष्कर्ष को पुष्ट करते हुए कहा- "चलो, प्रधान जी ज़्यादा देर यहाँ खड़े रहना उचित नहीं। भक्तों की आवाजाही शुरू हो जाएगी । नीचे तहखाने में चलते हैं । वहाँ सब इंतज़ाम किया है मैंने आपके लिए,। वहीं खुलकर बात करेंगे।"

धीरे-धीरे दोनों पत्थर की सँकरी सीढ़ियों से नीचे उतरने लगे । तहखाना मन्दिर के गर्भगृह से बिल्कुल भिन्न था । अंधेरा, दीवारों पर टिमटिमाते दीपक, लोहे के संदूक और बीचों-बीच बिछा हुआ डबल बेड पर गद्देदार आसन । वातावरण में एक अजीब-सी सिहरन समाई हुई थी ।

प्रधान ने आसन पर बैठते हुए अपनी मूंछों पर पुनः ताव दिया । महन्त सामने ज़मीन पर बैठ गया । कमरे की निस्तब्धता में केवल दीपक की लौ थरथरा रही थी, मानो वह भी इस सौदेबाज़ी की गवाही देने को विवश हो।

भाग 9 : तहखाने की रात-मदिरा और मंसूबे !

तहखाने का दरवाज़ा जैसे ही बंद हुआ, वातावरण में एक रहस्यमयी सन्नाटा पसर गया। ऊपर मन्दिर की घंटियों की ध्वनि और भक्तों की आहट अब कहीं सुनाई नहीं दे रही थी । चारों ओर फैली दीवारों पर टिमटिमाते दीपक की लौ से झिलमिलाते साए उस कमरे को और भी भयावह बना रहे थे । प्रधान दलपत सिंह ठाठ से उस विलायती सोफ़े पर जा बैठा, मानो यह उसका अपना कक्ष हो । उसकी आँखों में सत्ता और वासना का वही मिश्रण था, जो वर्षों से उसके स्वभाव

का परिचायक रहा था। दूसरी ओर महन्त, जो बाहर भक्तों के सामने तपस्वी और संयमी साधु का अभिनय करता था, भीतर इस कमरे में एक चतुर व्यापारी और स्वार्थी सौदागर की तरह खड़ा था।

महन्त ने झुकते हुए अलमारी खोली और बोला- "हुज़ूर, देखिए आपकी सेवा में सब हाज़िर है। बताइए, आज क्या पसन्द करेंगे आप ?"

दलपत सिंह मुस्कुराया, मूंछों पर ताव देते हुए बोला- "महन्त जी, हमें तो आपसे बेहतर कौन जानेगा ? हम इस गाँव के सबसे रंगीन मिज़ाज आदमी हैं और हमारी चाहतें भी उसी हिसाब से बड़ी होती हैं। चलो, आज ब्लैक डॉग का पैग बना डालो। फिर बताएँगे कि तुम्हारी जमीन कैसे बचाई जा सकती है ?"

महन्त ने सिर झुकाया और चुपचाप आदेश का पालन करने लगा। विदेशी बोतल खोली, सुनहरे तरल को गिलास में उंडेला और बर्फ के कुछ टुकड़े डाल दिए। गिलास की खनक कमरे की खामोशी में किसी षड्यंत्र की घंटी जैसी सुनाई दी। महन्त ने गिलास प्रधान के आगे रखते हुए धीमे स्वर में कहा- "लीजिए हुज़ूर, आपकी सेवा में।"

प्रधान ने गिलास उठाया, होंठों से लगाया और एक ही घूँट में आधा गिलास ख़त्म कर दिया। शराब की तपिश से उसकी आँखें और भी लाल हो उठीं। वह महन्त की ओर इशारा करते हुए बोला- "अरे महन्त जी, डरिए मत। आज का दिन खास है। एक पैग अपने लिए भी बनाइए। दोनों साथ पीएंगे, तभी मन की बातें खुलेंगी।" महन्त ने थोड़े संकोच का अभिनय किया, फिर अपने लिए भी एक पैग बना लिया। धीरे-धीरे दोनों के बीच गिलास बदलते रहे और शराब के नशे ने प्रधान दलपत सिंह की जुबान को और भी बेलगाम कर दिया। वह ठहाका लगाकर हँसते हुए बोला-"देखो महन्त जी, तुम्हारे मन्दिर की ज़मीन बचाने का सिर्फ एक ही रास्ता है कलुआ किसान की बीवी विमला ! हाँ, वही विमला...जिसकी सुंदरता पर हमारा दिल आ गया

है । गाँव भर में उसके जैसी हसीन औरत दूसरी नहीं मिलेगी । बस हमें उससे मिला दो, फिर तुम्हारी जमीन और फसल दोनों सलामत रहेंगी ।"

महन्त ने सिर झुका लिया। उसके चेहरे पर मजबूरी और चतुराई दोनों के भाव तैर रहे थे । वह धीमे स्वर में बोला- "जी प्रधान जी, आपके आदेशानुसार सब होगा । मैं पूरी कोशिश कर रहा हूँ।" दलपत सिंह अचानक गरज पड़ा, उसकी आँखों में नशे की लालिमा और क्रूरता चमक रही थी- "सिर्फ कोशिश नहीं, काम शत-प्रतिशत होना चाहिए! समझे महन्त ? वरना न जमीन बचेगी, न तुम्हारा आसन । याद रखो, यह मौका दुबारा नहीं मिलेगा। विमला का पति कलुआ इस समय कावड़ यात्रा पर गया है और पूरे एक महीने तक गाँव लौटकर नहीं आएगा । उसकी पाँचों बेटियाँ भी नानी के घर हैं । यह परिस्थिति ईश्वर नहीं, बल्कि हमारी किस्मत ने तुम्हें दी है । अगर ऐसे अनुकूल समय में भी तुम कामयाब न हुए तो समझ लेना... तुम्हारा भी काम तमाम है।"

प्रधान दलपत सिंह ठहाका लगाकर हँस पड़ा । उसकी हँसी पूरे तहखाने की दीवारों से टकराकर भयावह गूँज में बदल गई । महन्त ने काँपते हुए सिर हिलाया, मानो अपनी सहमति दर्ज करा रहा हो । कमरे की हवा अब और भारी हो गई थी । दीपक की लौ डगमगाने लगी थी, जैसे वह भी इस कुटिल सौदे की गवाही देने से हिचकिचा रही हो । महन्त जानता था कि अब उसके पास कोई दूसरा रास्ता नहीं बचा । प्रधान की बात मानना उसकी मजबूरी बन चुकी थी ।

उसकी आँखों के सामने बार-बार वही दृश्य घूमने लगा- सौ एकड़ उपजाऊ ज़मीन, जिस पर उसका और उसके पूरे कुनबे का जीवन टिका हुआ था। अगर यह ज़मीन चली गई तो न महन्त रहेगा न मन्दिर का वैभव । उसने मन ही मन ठान लिया कि किसी भी कीमत पर प्रधान की यह चाह पूरी करनी होगी, लेकिन भीतर का एक कोना

उसे धिक्कार रहा था। धर्म की आड़ में इस तरह का पाप, यह कैसी साधुता ? परंतु उसी क्षण लालच और भय उसके भीतर उठे उस प्रश्न को दबा देते। प्रधान अब आधे नशे में डूबा था। उसकी आँखें बंद होती जा रही थीं, पर होंठों पर वही शब्द गूँज रहे थे—"विमला...बस विमला चाहिए हमें...फिर सब तुम्हारा।" महन्त ने सिर झुकाकर हामी भरी। उसके चेहरे पर पसीने की बूंदें चमक रही थीं। तहखाने का वातावरण अब किसी अपराध की कथा सुनाने लगा था। कमरे की हवा में वासना, भय और स्वार्थ का मिला-जुला ज़हर घुल चुका था। महन्त जान चुका था कि कल का सूरज उसके लिए नई साज़िश लेकर उगने वाला है।

भाग 10 : महन्त की योजना-एक कुटिल षड्यंत्र !

प्रधान दलपत सिंह की कुटिल बातें सुनकर महन्त का चेहरा फक्क पड़ गया था। कमरे में लगी पीतल की दीपक ज्योति जैसे एकाएक काँप उठी हो। महन्त के भीतर कहीं गहरे भय की लहर उठी वैसी भयावह लहर, जो किसी साधु के मन में शायद ही कभी उठती हो। पर महन्त साधु कहाँ था ? वह तो उस मंदिर की सौ एकड़ उपजाऊ खेती का नंगा सच था, जिसके सहारे उसकी ऐशपरस्ती, उसका प्रभाव, उसका परिवार और उसकी आने वाली पूरी पीढ़ियाँ पलती थीं। मंदिर का चढ़ावा, दान–दक्षिणा सब उसके लिए अतिरिक्त कमाई थी; वास्तविक सामर्थ्य तो खेतों की सोने उगलती मिट्टी में था और अब वही मिट्टी उसकी मुट्ठी से फिसलने को तैयार थी।

प्रधान दलपत सिंह बेड पर अधलेटा ठहाके लगाता रहा। उसकी हँसी की थरथराहट कमरे की दीवारों पर जैसे किसी शिकारी जानवर की गर्जना की तरह गूँज रही थी। महन्त का मन काँपता गया और वह

गिड़गिड़ाते हुए प्रधान के पैर छूकर बोला- "प्रधान जी... मेरी पूरी बात तो सुनिए। आपके लिए मैंने सब इंतजाम कर दिया है। विमला को आपके हवाले करने की राह खुल चुकी है। उसकी सास को भी समझा लिया है। उसे पोते का मुँह देखने का लालच दिया है। मैंने उसे बताया कि मंदिर में 'गर्भ–धारण यज्ञ' होने वाला है, जिसके बाद उसकी बहू माँ बन जाए, तो उसकी बड़ी पोती अर्पिता को देवदासी के रूप में मंदिर में अर्पित कर दिया जाएगा। वह बुढ़िया अब इस प्रस्ताव को वरदान समझकर तैयार हो गई है।"

यह सुनते ही दलपत सिंह के ठहाके अचानक थम गए। वह झपटकर बिस्तर पर बैठ गया। फिर जेब से सौ–सौ की नोटों की मोटी गड्डी निकालकर महन्त की ओर उछालते हुए बोला- "वाह महन्त जी ! कमाल कर दिया आपने। एक ही घर से दो–दो शिकार निकाल लाए ! अब तो मैं इस विमला को गर्भवती करके ही छोड़ूँगा... ताकि उसकी बड़ी बेटी पर भी मेरी नज़र और हक़ दोनों बने रहें। जीवन भर रंग–रेलियाँ चलेंगी।"

प्रधान फिर ठहाका मारकर हँसा, इतना कि उसकी आँखों में पानी छलछला आया। महन्त भी अपने भय, अपनी लालसा और अपनी विवशता को उसी हँसी में घोलकर साथ देने लगा।

कुछ देर बाद महन्त ने हाथ जोड़कर धीरे से कहा- "ठाकुर साहब, मैंने आपका काम आधा कर दिया है। अब इस गरीब ब्राह्मण का भी खयाल रखिएगा।" प्रधान ने महन्त के दोनों हाथ अपने हाथों में ले लिए एक शिकारी की पकड़, जिसमें शिकार का कंधा भी पिघलने लगता है और फिर बोला- "महन्त, विमला से एक बार मिलवा दो। फिर जो कहोगे, सब मिलेगा। पर ध्यान रहे गाँव में किसी को कानों कान भनक न पड़े। अगले साल चुनाव हैं। जरा सी गलती हुई तो प्रधानी पर आँच आ जाएगी।"

प्रधान के शब्दों में चेतावनी कम, धमकी ज़्यादा थी । महन्त ने उसकी आँखों में आँखें डालकर आत्मविश्वासी स्वर में कहा- "आप निश्चिंत रहिए ठाकुर साहब । ब्राह्मण और सामंत ये दो धुरों पर खड़े होकर भी एक ही रथ के दो पहिये हैं । जब–जब सामंतवाद पर संकट आया है, ब्राह्मणवाद ने अपने प्राणों की बाज़ी लगाकर उसे बचाया है।"

दलपत सिंह खिलखिलाकर हँसा और बोला- "महन्त जी, आप भी तो जानते हैं जब ब्राह्मणवाद पर चोट आई है, हम सामंतों ने भी तलवार उठाकर आपकी ढाल बनना अपना धर्म समझा है ।"

दोनों फिर एक साथ हँस पड़े । कमरे में फैली वह हँसी मानो निष्ठुरता, सत्ता और पाप के सम्मिलित उत्सव का संगीत थी ।

कुछ क्षण बाद महन्त ने सिर झुकाकर कहा- "फिलहाल तो आप विमला के 'गर्भ–धारण यज्ञ' में आहुति देने की तैयारी कीजिए । वो बुढ़िया तो अभी विमला को लेकर मंदिर की तरफ़ आती ही होगी । आप जाइए मैं सब संभाल लूँगा ।"

प्रधान उठकर बाहर जाने को हुआ । उसके कदम लड़खड़ा रहे थे- शराब की वजह से भी, और भीतर पसरे पाशविक सुख की कल्पना से भी । पर दरवाज़े पर पहुँचते ही वह अचानक रुक गया । जैसे किसी नए विचार ने उसे झकझोर दिया हो ।

वह घूमकर बोला- "हाँ महन्त जी... यदि गर्भ–धारण यज्ञ के वक्त विमला ने मेरे साथ हम बिस्तर होने से इंकार कर दिया, तो तुम्हारा 'बी–प्लान' क्या होगा ?"

महन्त ठहरकर मुस्कराया । (उसके चेहरे पर एक ऐसी मुस्कान फैल गई, जिसमें धर्म का मुखौटा और पाप की परछाईं दोनों झलक रहे थे ।) और बोला-"ठाकुर साहब, मैं उसे इस तरह सम्मोहित कर दूँगा कि वह सब कुछ भूलकर आपकी बाँहों में होगी" लेकिन प्रधान को इस जवाब में भरोसा नहीं हुआ । उसने माथे पर उँगली रखकर कहा- "नहीं महन्त... सम्मोहन–वम्मोहन पर मुझे ज़्यादा भरोसा नहीं । तुम

कुछ और उपाय सोचो। कुछ ऐसा, जो पक्का हो... निशाना एकदम अचूक लगे।"

कहकर प्रधान दलपत सिंह महन्त के घर से निकला और आँगन पार करता हुआ दरवाज़े की ओर बढ़ गया। रास्ते में उसकी हट्टास भरी हँसी फिर एक बार सुनाई दी दूर तक और देर तक।

प्रधान के जाते ही कमरा जैसे ठंडा पड़ गया। दीवारें भी जैसे चुपचाप सुन रही थीं। महन्त धीरे–धीरे चलकर खिड़की के पास पहुँचा। बाहर पीपल के पत्ते हवा में काँप रहे थे। मंदिर का कंगूरा डूबते सूरज की लालिमा में चमक रहा था, पर महन्त का मन अशांत था। उसे पता था सम्मोहन तो वह दिखावा मात्र था। असल योजना अभी दिमाग में आकार ले रही थी। एक ऐसी योजना, जिसमें धर्म का चोला होगा और अधर्म का नंगा सच भीतर छिपा होगा।

उसने अपनी दाढ़ी सहलाई, आँखें बंद कीं और सोचा-"विमला को झुकाया जा सकता है भय से, लालच से,या फिर किसी पवित्र आयोजन के नाम पर छल से। अगर प्रधान को संतुष्ट करना है, तो इस बार कुछ नया सोचना होगा। ऐसा तरीका, जिसमें वह खुद अपनी इच्छा से समर्पण करती प्रतीत हो और कोई उंगली उठाने की गुंजाइश न बचे।" यही सोचकर उसके होठों पर एक शातिर मुस्कान उभरी। आगे क्या ? वह धीरे से बुदबुदाया- "अगर सम्मोहन नहीं... तो फिर कोई ऐसा उपाय, जो मन को बाँध ले। कोई ऐसा खेल, जिसे समझने से पहले ही इंसान जाल में फँस जाए !" अचानक उसका चेहरा चमक उठा। जैसे कोई पुरानी, तांत्रिक सी युक्ति स्मरण हो आई हो। उसने खुद से कहा-"हाँ यही सही होगा। इस बार 'गर्भ–धारण यज्ञ' केवल यज्ञ नहीं होगा...वह एक ऐसा जाल होगा, जिसे कोई स्त्री, चाहे कितनी ही तेज क्यों न हो, काट नहीं पाएगी !" कमरे में उसकी धीमी हँसी फिर गूँज उठी , खतरनाक, ठंडी और निष्ठुर।

अगले भाग में पढ़िए कि महन्त विमला को वश में करने के लिए क्या भयावह तरकीब रचता है ?

भाग 11: विमला की तैयारी-यज्ञ की ओर पहला कदम !

विमला की सास ने आज फिर उसे अपनी कठोर, किंतु भीतर से काँपती हुई आवाज़ में पुकारा । घर के पिछवाड़े बने छोटे से "ओसारे" में दोनों आमने–सामने बैठी थीं । सांझ का धुँधलका उतर रहा था और कोठरी की दीवारों पर दीये की लौ लहरा रही थी। इसी अस्थिर प्रकाश में सास ने वह वाक्य कहा, जिसने विमला के पैरों के नीचे से ज़मीन खिसका दी- "बहू, तू अगर गर्भ धारण यज्ञ के लिए तैयार नहीं होगी न... तो तेरे ससुराल में तेरी जगह नहीं बचेगी । मेरा बेटा बोझ नहीं चाहता । पाँच–पाँच बेटियाँ हो गईं, पर लल्ला अब तक नहीं हुआ । तेरा पति तलाक देकर नई ब्याह लाए तो क्या करेगी?"

विमला का चेहरा सफ़ेद पड़ गया । तलाक ! वह शब्द उसके लिए किसी तांडव नृत्य जैसा था, जो स्त्री के जीवन का समूल विनाश कर देता है । वह चुप रही । उसकी साँसे भारी हो गई । तभी उसकी सास ने नई चोट करते हुए कहा-"और सुन...अगर इस यज्ञ से तेरे गर्भ में लल्ला पनप गया, तो मैं अपनी बड़ी नातिन अर्पिता को देवदासी बनाकर भगवान को अर्पित कर दूँगी । और अगर तेरे भाग्य से पुत्र रत्न मिल गया, तो सबसे छोटी बेटी अन्तिमा को भी देवदासी के रूप में मन्दिर में चढ़ा दूँगी । भगवान के चरणों में जा कर पलेंगी तो पाप नहीं लगेगा । गाँव में रहेंगी, तो जब जी चाहे उनसे मिलने चली जाना । भगवान से बड़ा पालनहार कौन हो सकता है ?"

विमला ने अपनी सास की आँखों में झाँका । वहाँ मातृत्व नहीं था केवल वर्षों से जमा हुआ अंधविश्वास, समाज का दबाव और

पुरुषसत्ता की स्वीकृति थी । पर यह बात विमला को तब समझ नहीं आई । उसके मन में केवल एक ही बात गूँज रही थी- "लल्ला हो जाएगा... घर में इज़्ज़त बच जाएगी... तलाक नहीं होगा...!"
और शायद बेटियों को मन्दिर में अर्पित करने का विचार उसे इसलिए कम क्रूर लग रहा था क्योंकि उसकी सास ने उसे वह बात बेहद सहजता से समझाई थी जैसे बेटियों को भगवान के चरणों में भेजना कोई पुण्य–कर्म हो। विमला के मन में किसी अजीब–सी शून्यता ने जन्म लिया । वह धीरे से बोली- "बताइए माँजी, मुझे क्या करना होगा ? मैं... मैं सब मानने को तैयार हूँ ।" विमला के इन शब्दों को सुनकर सास के चेहरे पर ऐसी संतुष्टि उभरी, जैसी एक बाज़ को अपने पकड़ में आया हुआ शिकार देखकर होती है ।
उसने विमला को गले लगाते हुए कहा- "बहू, महन्त जी ने जो-जो सामान मंगाया था, सबका इंतज़ाम हो गया है । आज रात नौ बजे ठीक समय पर तुझें अकेले मंदिर के गर्भगृह में पहुँचना होगा । वहाँ यज्ञ शुरू होगा और सुबह चार बजे तक चलेगा । महन्त जी जो कहें, तू बिना सोचे–स्मझे मानना। यह सब प्रभु की इच्छा है । बीच में तनिक भी व्यवधान हुआ, तो यज्ञ निष्फल हो जाएगा ।"
विमला ने सिर झुका दिया । उसकी साँसें तेज़ चलने लगीं । सास ने आगे कहा- "और एक बात ग़ौर से सुन, इस पूरे माह तू मौन व्रत धारण करेगी । यज्ञ की रात भी किसी से एक शब्द नहीं बोलना । न घर में, न बाहर किसी से यज्ञ की बात कहना । महन्त जी भगवान के दूत हैं । उनकी बात को प्रभु की आज्ञा मानकर निभाना । देखना, इसी महीने तेरे गर्भ में लल्ला की किलकारी पनप उठेगी ।"
दीये की लौ फड़फड़ाई, जैसे वह भी इन शब्दों पर काँप उठी हो । विमला सब कुछ सुन रही थी और सास के हर वाक्य के साथ उसकी स्वीकृति गहरी होती जा रही थी। अब वह उस मोड़ पर आ चुकी थी

जहाँ उसकी चेतना पर भय, लालसा और सामाजिक दबाव ने काला घेरा डाल दिया था।

थोड़ी देर की चुप्पी के बाद सास ने फिर कहा- "और हाँ बहू, एक बहुत ज़रूरी बात... महन्त जी तुझे पहले शुद्ध करेंगे। भगवान के सामने पवित्र होने के लिए पंचगव्य- गाय का दूध, दही, घी, गोबर और गौ–मूत्र से स्नान करना पड़ेगा। वह भी नग्न होकर। गर्भगृह में ही तू अपने कपड़े उतारकर स्नान कर लेना।" विमला का सिर तुरंत झुक गया। उसे असहजता हुई, पर सास की आवाज़ इतनी कठोर, इतनी निर्णायक थी कि वह आपत्ति के बारे में सोच भी न सकी।

सास ने बात को सामान्य बनाने के उद्देश्य से ठंडी हँसी के साथ कहा- "अरे, जब पाँच–पाँच बेटियाँ जननी थीं, तब भी तो दाई माँ के सामने नंगी हुई थी न? फिर भगवान के घर में कैसी शर्म ! महन्त जी भी दाई माँ जैसे ही हैं। भगवान के दूत हैं। समझी ?"

विमला की देह में जैसे कोई सिहरन दौड़ गई। पर वह विरोध न कर सकी। उसकी आँखें भर आईं, किंतु वह चुप रही। वह चुप रहना सीख चुकी थी- बचपन से, विवाह के बाद से, और अब समाज की उन परंपराओं के बीच, जिन्होंने स्त्री की देह को बलि या भेंट समझ लिया था। सास ने आगे कहा- "बहू, सब कुछ प्रभु के नाम पर है। आज अगर तूने हिम्मत दिखाई, तो कल तेरी कोख में पुत्र भाग्य खिलेगा। तेरी इज़्ज़त बचेगी। तेरे पति का प्रेम तुझे फिर मिलेगा। बस आज की रात भगवान की परीक्षा समझकर निभा जा।"

विमला की आँखों में किसी गहरे अंधकार का फैलाव हुआ। उसकी आत्मा कहीं भीतर रो रही थी। पर उसकी देह और उसकी इच्छाएँ आज उसके अपने अधीन नहीं थीं। वह अपने भाग्य को, अपने भविष्य को, और अपनी आत्मा को "प्रभु की इच्छा" के नाम पर महन्त और अपनी सास के आगे समर्पित करने लगी। वह उठी, कपड़े सँवारे, और धीमे स्वर में बोली- "ठीक है माँजी... मैं तैयार हूँ

।" सास ने संतुष्टि भरी साँस ली, जैसे उसके मन का बोझ उतर गया हो । "शाबाश बहू। भगवान तेरा भला करे । चौखट पार करते ही तू अब केवल बहू नहीं...यज्ञ की साधिका होगी।"

उस रात घर में अजीब–सी निस्तब्धता थी । विमला ने पाँचों बेटियों को सुलाया, पर उनकी मासूम साँसों की धुन उसे बेचैन कर रही थी । उसे अचानक लगा क्या वह सचमुच अपनी बेटियों को मंदिर के अंधेरे गलियारों में अर्पित कर देगी ? क्या उसकी लाड़ली अन्तिमा भी उसी मार्ग पर जाएगी जिसकी राह में केवल शोषण और दासता है ? पर सास के शब्द, पति की उपेक्षा, समाज का भय, और पुत्र रत्न का सपना सब मिलकर उसके भीतर एक ऐसी गाँठ बाँध चुके थे, जिसे खोलने का साहस उसमें शेष न था ।

वह चुपचाप तैयार हुई, नज़रें झुकाए आँगन की मिट्टी को देखा, जैसे उससे क्षमा माँग रही हो । रात के नौ बजे घर से निकलकर वह मंदिर की दिशा में चल पड़ी धीमे, थके, किंतु दृढ़ क़दमों से । उसकी चाल में एक अजीब–सा समर्पण था, समर्पण किसी ईश्वर का नहीं, बल्कि उन रूढ़ियों का, जो सदियों से स्त्री की देह को देवता के नाम पर नरभक्षियों के हवाले करती आई हैं । अगले भाग में पढ़िए कि गर्भधारण यज्ञ के बहाने महन्त विमला के साथ क्या करने की कुटिल योजना रचता है ?

भाग 12 : मंदिर में विमला का प्रवेश-संस्कार या अन्याय ?

विमला उस रात लगभग सो ही नहीं पाई । वह लेटी अवश्य थी, पर उसकी आँखें छत पर टिके किसी अनजाने अंधकार को टटोलती रहीं । बीच-बीच में वह करवट बदलती और उसके कानों में सास के शब्द फिर से हथौड़े की तरह पड़ते-"देख बहू, अगर पौते का मुँह नहीं

दिखाया, तो कलुआ किसी और से ब्याह रचा लेगा...!" विमला इन वाक्यों को जितना झटकना चाहती, वे उतनी ही मजबूती से उसकी चेतना में लौट आते। मगर केवल सास की धमकी ही नहीं, उसके भीतर का वैज्ञानिक ज्ञान भी इस रात उसे बेचैन कर रहा था। उसने थोड़ी-बहुत पढ़ाई की थी।

उसे अपनी स्कूल टीचर के वे शब्द आज भी याद थे- "बच्चे का लिंग माँ नहीं, पिता के क्रोमोसोम तय करते हैं। XY मिलेगा तो लड़का और YY यानी दोनों तरफ़ स्त्री-लक्षण हो तो लड़की। स्त्री तो केवल X ही दे सकती है। लड़का होना या न होना पिता के हिस्से की देन है, माँ का दोष नहीं।"

विमला को यह ज्ञान भीतर ही भीतर कचोट रहा था। वह बुदबुदाई- "जब विज्ञान कहता है कि लड़का-लड़की बनने में सिर्फ़ पुरुष का हाथ है, तो फिर दोष मुझे क्यों ? पाँच बेटियाँ मैंने अकेली थोड़ी पैदा कीं। कलुआ को तो कोई कुछ नहीं कहता...?"

उसके मन में अतृप्त पीड़ा का सैलाब उठता गया, वह सोचती रही- "अब तो लड़कियाँ भी हर काम कर रही हैं। पढ़ती हैं, कमाती हैं, बड़े-से-बड़े पदों पर पहुँच रही हैं। मेरी बेटियाँ भी कर सकती हैं, अगर उन्हें मौका मिले। पर कलुआ को तो धर्म-परायणता और पाखण्ड से ही फुर्सत नहीं। न पढ़ना, न काम, न परिवार का दायित्व... ऊपर से शराब, कांवड़, जगराता बस यही उसका जीवन है।"

वह स्मृतियों में चली गई। कलुआ के पिता की बीमारी, घर की दयनीय हालत, और वह दिन जब इलाज़ के अभाव में बूढ़ा आदमी तड़प-तड़प कर संसार से विदा हो गया था। "कलुआ अपने बाप का इलाज तक न करा पाया... और दोष मुझे देता है कि मैं लड़का नहीं जन पाई !" उसकी आँखें भीगने लगीं। वह माथा दबाकर बैठ गई। भय, अपमान, विवशता और अपराधबोध की मिलीजुली आँधी

उसके भीतर चल रही थी । वह समझ भी रही थी कि यह सब अंधविश्वास है, धोखा है, परंतु फिर भी उससे निकल नहीं पा रही थी।

सास की आवाज़, जैसे कानों में जलती हुई लोहे की छड़ की तरह, बार-बार गूँज उठती- "कलुआ तुझे छोड़ देगा... किसी और को ब्याह लाएगा... लड़का चाहिए, लड़का !" थककर, टूटकर, और घिरकर विमला ने अंततः हथियार डाल दिए । वह समझने लगी कि शायद उसकी ज़िंदगी का एकमात्र शेष रास्ता वही था जो उसकी सास दिखा रही थी चाहे वह रास्ता कितना ही अंधकारमय क्यों न हो ।

सवेरे उसकी आँखें लाल थीं, न मन शांत था, न शरीर । किंतु सास के दबाव और पति की उदासीनता ने उसकी आत्मा को इतना कमजोर कर दिया था कि वह विरोध का साहस न कर सकी । दिन ढलते-ढलते उसने अपने आपको मजबूरन तैयार पाया।

"बस रात नौ बजे मंदिर जाना है... महन्त जी के पास... गर्भ धारण यज्ञ के लिए...!" इन शब्दों ने उसके मन में एक भयावह अंधेरा भर दिया, परंतु वह अब इस जाल में फंस चुकी थी । वह किसी तरह अपने विचारों को शांत करने की कोशिश करती रही परंतु कहीं गहरे, उसे स्वयं पर क्रोध भी आता- "मैं ही क्यों? सारा बोझ मुझ पर ही क्यों ?"

रात के नौ बजे एक ऐसा पहर जब सामान्यतः वह घर के आँगन में बेटियों के साथ बैठी चूल्हा बुझाती । पर आज वह चुपचाप, बिना किसी शोर के, अपनी ओढ़नी को कसकर लपेटे, मंदिर की ओर निकल पड़ी। गांव से दूर, एक छोटे टीले पर स्थित जगन्नाथ का प्राचीन मंदिर जहाँ दिन में तो श्रद्धा का दीपक जलता था, किंतु रात में रहस्य और भय की गहरी छाया उतर आती थी ।

मन्दिर में प्रतिदिन की अंतिम आरती शाम सात बजे ही हो जाती थी । गांव वाले अंधेरा होते ही लौट आते थे। उसके बाद मंदिर का प्रांगण

लगभग एकांत में डूब जाता केवल महन्त और दो-चार बुजुर्ग देवदासियाँ जो धूप-दीप जलाते हुए मीरा और कृष्ण के भजन गुनगुनाती थीं वहीं रुकती थीं ।

मंदिर के तहखाने में बने महन्त के निजी आवास के बारे में भी विमला ने कई कहानियाँ सुनी थीं । कहते हैं वह तहखाना किसी गुप्त महल जैसा है, संगमरमर की फर्श, महँगी चादरें, मोटी दीवारें और चारों ओर सुरक्षा के नाम पर लगे सीसी टीवी कैमरे ।

"कहीं आदमी की निगाह न पहुँचे... पर महन्त जी की निगाह हर जगह पहुँचे...!" गांव में ऐसी बातें धीमी आवाज़ों में कही जाती थीं, पर कोई खुलकर विरोध करने का साहस नहीं करता था । महन्त का रसूख, धन और प्रधान से उसकी साँठगाँठ इन सबने उसे लगभग अजेय बना रखा था ।

विमला मंदिर के गर्भगृह की सीढ़ियाँ चढ़ रही थी । हवा में शीत और मौन की मिश्रित कंपकंपी थी । दूर कहीं किसी रातपक्षी की कर्कश चीख ने उसके कदम और भी डरा दिए । उसके मन में एक अंतिम प्रश्न उठ रहा था- "क्या यह सचमुच यज्ञ है...या कोई षड्यंत्र?" पर उसने उस विचार को वहीं दबा दिया । सास का चेहरा, पति की धमकी, बेटियों का भविष्य, और समाज का भय इन सबने उसकी स्वतंत्र सोच को जैसे जंजीरों में जकड़ दिया था । वह गर्भगृह के द्वार पर पहुँची । अंदर हल्का-सा दीपक जल रहा था, और हवा में धूप-गंध का भारीपन स्पष्ट था । वह धीरे-धीरे भीतर दाखिल हुई और उसी क्षण उसे लगा कि वह किसी साधारण मंदिर में नहीं, बल्कि किसी ऐसे बंद संसार में प्रवेश कर चुकी है जहाँ से निकलना आसान न होगा ।

अगले भाग में पढ़िए कि मंदिर में प्रवेश करते ही विमला के साथ क्या होने वाला है?

भाग 13 : गर्भाधान यज्ञ की शुरुआत- विधि या प्रपंच ?

विमला अपनी सास द्वारा बताए गए समस्त नियम और विधि के अनुसार मन्दिर पहुँच चुकी थी । रात का पहला पहर ढल चुका था और दूर-दूर तक पसरा हुआ अँधेरा उस सुनसान क्षेत्र को और भी भयावह बना रहा था । जगन्नाथ मन्दिर के ऊँचे शिखर पर टंगी घण्टियाँ मंद-मंद हवा के झकोरों से टनक उठतीं मानो किसी अनजानी आशंका की पूर्वसूचना दे रही हों ।

महन्त जी अधीर होकर विमला की प्रतीक्षा में थे । अपने निजी कक्ष में रखी बड़ी स्क्रीन पर वे सीसी टीवी कैमरों की सहायता से मन्दिर में आने-जाने वाले हर व्यक्ति की गतिविधि पर बाज़ की तरह नज़र गड़ाए हुए थे। जैसे ही स्क्रीन पर उनके नेत्रों ने विमला की आकृति को मन्दिर में प्रवेश करते देखा, उन्होंने अपने लंगोट को कसकर बाँधा, लाल रंग का तहमत सही तरीक़े से लपेटा और तत्काल गर्भगृह की ओर बढ़ गए। वहाँ पहुँचकर वे ध्यानस्थ मुद्रा में चुपचाप बैठ गए मानो वर्षों के तपस्वी हों, जबकि वास्तविकता बिलकुल विपरीत थी ।

महन्त जी का संकेत पाकर सेवादार ने मन्दिर के पट बंद कर दिए । परिसर एकदम निस्तब्ध हो गया । अब वहाँ सिर्फ़ दीपक की हल्की लौ, अगरबत्ती की सुगन्ध और महन्त की रहस्यमयी उपस्थिति थी । विमला ने गर्भगृह में प्रवेश करते ही सामने विराजमान जगन्नाथ जी को दण्डवत प्रणाम किया और फिर धीमे से महन्त के चरणों में सिर झुका दिया । उसके मन में भय, श्रद्धा, आशंका और विश्वास सब कुछ मिला-जुला था।

महन्त ने आशीर्वाद की मुद्रा में दाएँ हाथ को उठाते हुए मधुर किंतु अधिकारपूर्ण स्वर में कहा- "पुत्रवती भव! विमला, गर्भ धारण यज्ञ में तुम्हारा स्वागत है । यह वह दुर्लभ यज्ञ है जिसमें पत्नी को पति

की आवश्यकता नहीं पड़ती । अन्य सभी यज्ञों में युगल का संयुक्त रूप से उपस्थित होना अनिवार्य होता है, परन्तु यह यज्ञ स्वयं भगवान की इच्छा से अपवाद माना गया है ।”

विमला ने सिर झुकाकर कहा- “जी, महन्त जी । आपके आदेशानुसार मैं यज्ञ के लिए उपस्थित हूँ ।” “बहुत अच्छा किया,” महन्त ने उसके चेहरे के भाव भाँपते हुए कहा, “तुम्हारी सास ने अवश्य ही तुम्हें यज्ञ की सफलता हेतु आवश्यक शर्तों और गोपनीय नियमों से अवगत करा दिया होगा । यह यज्ञ अत्यन्त पवित्र, अत्यन्त संवेदनशील और परिणामदायी है । हम प्रार्थना करेंगे कि शीघ्र ही तुम्हारी कोख में पुत्ररत्न का अंकुर फूटे।”

विमला ने संयमित परंतु थरथराते स्वर में कहा- “जी महन्त जी, मैं सब जानती हूँ और सब स्वीकार करती हूँ ।” “ठीक है,” महन्त ने गम्भीरता का आभास देते हुए कहा,- “किन्तु एक बात स्मरण रखना यह यज्ञ पूरे सावन मास तक चलेगा । प्रतिदिन ठीक रात नौ बजे तुम्हें गर्भगृह में उपस्थित होना होगा । पूर्ण मौन और पूर्ण एकाग्रता के साथ । यदि किसी दिन तुम देर से आईं, किसी से बात की, या किसी भी नियम को तोड़ा तो यज्ञ निष्फल हो जाएगा और उसका प्रतिकूल प्रभाव तुम्हारे गृह जीवन पर पड़ेगा। अनिष्ट से बचना है और अपनी मनोकामना पूर्ण करना है तो नियमों का पालन शत–प्रतिशत आवश्यक है ।”

उनकी बातों में ऐसा भय मिश्रित आदेश था कि विमला अनायास काँप उठी। उसने दोनों हाथ जोड़कर कहा-“मेरी ओर से कोई चूक नहीं होगी, महन्त जी। कृपया यज्ञ आरम्भ करें ।” महन्त के चेहरे पर एक विचित्र संतोष की रेखा उभर आई । वे बोले- “अच्छा ! यज्ञ की शुरुआत शुद्धिकरण से होगी । तुम जानती ही हो कि मन, वाणी और शरीर तीनों की पवित्रता के बिना किसी भी दिव्य क्रिया की सिद्धि सम्भव नहीं । अतः तुम्हें अपने समस्त वस्त्र उतारकर निर्वस्त्र अवस्था

में प्रभु के समक्ष खड़ा होना होगा । आँखे बंद रखना क्योंकि यह मेरा नहीं, प्रभु का आदेश है ।

हम गौमूत्र से प्रथम अभिषेक करेंगे, यह समस्त दैहिक अशुद्धियों का संहारक माना गया है। इसके बाद गौ माता के शुद्ध दूध से दूसरा अभिषेक होगा जो तुम्हारे गर्भ को दिव्यता प्रदान करेगा । ध्यान रहे इस सम्पूर्ण प्रक्रिया में तुम्हारे मन में भय, संकोच, संशय या किसी भी सांसारिक सम्बन्ध का भाव नहीं आना चाहिए । सिर्फ़ और सिर्फ़ जगन्नाथ प्रभु । तुम जब तक हम न कहें, अपनी आँखें न खोलना। हम भी इस प्रक्रिया के दौरान आँखें बंद रखेंगे , यह भी प्रभु का आदेश है।"

महन्त के शब्दों में एक सम्मोहक दृढ़ता थी, और विमला उस सम्मोहन में जैसे धीरे-धीरे डूबती जा रही थी । वह खड़ी रही निस्पंद, नि:शब्द मानो कोई कठपुतली, जिसे किसी ने अदृश्य डोरियों से बाँध रखा हो गर्भगृह की क्षीण रोशनी में उसका चेहरा पीला पड़ गया था, पर भीतर एक अजीब-सी स्वीकृति उभर आई, पुत्र की चाह, समाज का दबाव, सास की धमकी, पति की बेरुख़ी ये सब मिलकर उसे उस स्थिति तक ले आए थे जहाँ वह अपने को पूर्णतः महन्त की इच्छाओं के हवाले कर चुकी थी।

महन्त ने धीमे स्वर में कहा- "विमला, अब निश्चिंत होकर प्रभु का ध्यान करो । तुम्हारे भीतर आज से एक नया आरम्भ होने जा रहा है ।" विमला ने आँखें मूँद लीं । उसकी साँसें भारी होने लगीं । मन्दिर के चारों ओर पसरा सन्नाटा अब और गहरा हो चुका था। महन्त धीरे-धीरे आगे बढ़े । उनकी चाल में अजीब-सी सतर्कता, अजीब-सा आत्मविश्वास और अजीब-सी अधीरता थी...!

अगले भाग में आप पढ़ेंगे कि शुद्धिकरण की प्रक्रिया के दौरान महन्त क्या-क्या करता है...?

भाग 14 : विमला का शुद्धिकरण संस्कार ?

गर्भ धारण यज्ञ की शुरुआत के लिए महन्त ने शुद्धिकरण क्रिया आरम्भ कर दी थी । गर्भगृह की दीवारों पर टिमटिमाते छोटे दीपक उस अंधेरी और ठंडी जगह को किसी गूढ़ रहस्य की गुफा जैसा बना रहे थे । हवा में फैली धूप और अगरबत्तियों की सुगन्ध मानो किसी अनुष्ठान के पवित्र होने की गवाही दे रही थी जबकि भीतर कुछ और ही चल रहा था ।

विमला अपनी सास द्वारा समझाई गई विधियों से परिचित थी । वर्षों से समाज द्वारा थोपे गए नियम-बंधनों ने उसके भीतर एक प्रकार की निस्प्रह सहमति पैदा कर दी थी। पाँच बेटियों की माँ होने के बाद भी वह अपने को दोषी मानती रही जैसे पुत्र न होना किसी स्त्री की कमी हो । इसी अपराधबोध ने उसे आज इस अजीब-से यज्ञ तक पहुँचा दिया था ।

महन्त ने गंभीर स्वर में कहा- "आँखें बंद रखो, विमला । अब से तुम्हें सिर्फ़ प्रभु की साधना में लीन रहना है । हम मन ही मन मंत्र जाप कर रहे हैं और शीघ्र ही शुद्धिकरण प्रारम्भ होगा।"

विमला ने श्रद्धा और भय के मिले-जुले भाव से अपनी पलकें मूँद लीं । उसने सोचा कम से कम महन्त ने भी आँखें बंद रखी हैं । यह विचार उसे थोड़ी राहत दे गया। परंतु वास्तविकता इससे भिन्न थी । विमला महन्त जी के आदेश के अनुसार एक -एक करके अपने वस्त्र उतारने लगी और मन्दिर के ही गर्भ गृह में टंगी हुई एक खूँटी पर उसने अपने वस्त्र टांग दिए । पांच बेटियों की माँ होने के बावजूद भी सुगठित और सुन्दर बदन के ऊपर उसका खूबसूरत चेहरा चांद की तरह दमक रहा था । इतना हसीन बदन, सुन्दर और आकर्षक व्यक्तित्व की महिला महन्त जी ने आज तक नहीं देखी थी। उन्हें अब समझ में आ

रहा था कि गांव का प्रधान दलपत सिंह इस विमला पर लट्टू क्यों हुआ जा रहा था?

महन्त अपने आन्तरिक अंधेरे में डूब रहे थे। उनके भीतर यौन इच्छाओं, भय, दायित्वों और लालच का तूफ़ान उठ रहा था। वर्षों से गाँव वाले उन्हें देवतुल्य मानते आए थे, और आज वही सम्मान उन्हें विचलित कर रहा था। सामने खड़ी भोली-भाली स्त्री, जो समाज की मजबूरियों के चलते यहाँ तक आई थी उसकी सरलता महन्त के मन पर चोट कर रही थी, लेकिन मनुष्य का मोह बड़ा विचित्र होता है वह व्यक्ति को पलभर में देवत्व से पाताल तक गिरा देता है।

महन्त ने कुछ क्षण अपने भीतर उठते विकारों से जूझने का प्रयास किया, फिर अचानक उन्हें ग्राम-प्रधान दलपत सिंह की वह धमकी याद आ गई जो दो दिन पहले दी गई थी- "यज्ञ में कोई गलती नहीं होनी चाहिए। विमला को अपने वश में करना ज़रूरी है। नहीं तो समझ लो, महन्त, तुम्हारी जमीन, यह मठ सब कुछ मेरे कब्जे में चला जाएगा।"

उस धमकी ने महन्त के भीतर दबी हुई आशंकाओं को फिर से सतह पर ला दिय। दलपत सिंह का सामर्थ्य, क्रूरता और स्वार्थ वह अच्छी तरह जानता था। "नहीं, मैं अपनी जमीन नहीं खो सकता... मठ की परंपरा भी नहीं... और दलपत सिंह से बिगाड़ कर लेना तो विनाश है...!"

उसका माथा पसीने से भीगने लगा। क्षणभर पहले जो दर्प उसके चेहरे पर था, वह अब किसी अस्थिर बेचैनी में बदल चुका था। विमला अब भी आँखें बंद किए खड़ी थी अचल, निश्चल, मानो किसी मूर्ति की भाँति।

महन्त ने धीरे से मंत्रोच्चार शुरू किया। उसकी आवाज़ में गहराई तो थी, पर भीतर का द्वंद्व हर शब्द में काँप रहा था। विमला शांति से

मंत्र सुनती रही; उसे मंत्रों की भाषा समझ नहीं आती थी, पर मंत्रों की ध्वनि उसे किसी अज्ञात भय से आच्छादित कर रही थी ।

धीरे-धीरे तथाकथित शुद्धिकरण की प्रक्रिया प्रारम्भ हुई । गौमूत्र से स्नान की परंपरा को महन्त ने अत्यंत विधिपूर्वक निभाना शुरू किया । उनकी उँगलियाँ काँप रही थीं, पर उन्होंने अपने चेहरे पर संयम का मुखौटा बनाए रखा । वे हर क्रिया को इतना धीमा, इतना गंभीर बना रहे थे कि इसे देखकर कोई भी बाहरी व्यक्ति यही मानता कि यह एक महान धार्मिक क्रिया है परंतु महन्त के भीतर चल रहा संघर्ष इस पवित्र माहौल से बिलकुल विपरीत था।

"क्या मैं सही कर रहा हूँ? कहीं यह सब छल तो नहीं? क्या इस स्त्री के विश्वास का उपयोग करना अधर्म नहीं है ?" उनके मन में उठे इन प्रश्नों का उत्तर देने वाला कोई नहीं था । गर्भगृह में सिर्फ़ दो धड़कनें थीं - विमला की और महन्त की । शुद्धिकरण की प्रक्रिया आगे बढ़ी तो महन्त ने अपने भीतर बसी दुष्चिन्ताओं और इच्छाओं को वश में करने की बेहद कोशिश की। उन्होंने स्वयं को संयम के कठोर आवरण में कैद कर लिया । दूध अभिषेक के दौरान गर्भगृह में फैली ठंडक और मंत्रोच्चार की ध्वनि, दोनों मिलकर एक विचित्र सम्मोहन उत्पन्न कर रहे थे ।

विमला को मंत्रों की ध्वनि में एक अजीब-सी झुनझुनी महसूस हुई जैसे कोई अदृश्य शक्ति उसके मन पर धीरे-धीरे कब्ज़ा कर रही हो । उसे लगा कि उसके विचार धीमे पड़ रहे हैं, उसकी चेतना किसी धुँध में लिपट रही है । इसी क्षण महन्त को वह अवसर दिखाई दिया जिसकी उन्हें प्रतीक्षा थी । उन्होंने अपने स्वर में एक विशेष लय और उतार-चढ़ाव भरते हुए नए मंत्र पढ़ने शुरू किए । ये मंत्र सामान्य शुद्धिकरण का भाग नहीं थे । यह वे गुप्त सूत्र थे जिन्हें वह दलपत सिंह के कहने पर कई दिनों से अभ्यास कर रहे थे । एक प्रकार की सम्मोहक विधि । विमला ने पलकें और अधिक कसकर बंद कर लीं

। उसके शरीर में हल्की झुरझुरी उठी । यह भय था या सम्मोहन, वह स्वयं नहीं जानती थी ।
महन्त ने धीरे से कहा- "मन को शून्य करो, विमला...अपने सभी विचार त्याग दो... अब तुम सिर्फ़ प्रभु की धुन सुन रही हो...!"
विमला की साँसें धीमी पड़ने लगीं । उसके कंधे ढीले हो गए । वह किसी अज्ञात शक्ति के प्रभाव में धीरे-धीरे डूबती चली गई । महन्त को लगा *सम्मोहन* विधा *सफल हो रही है,* परन्तु तभी एक विचार बिजली की तरह उनके मन में कौंधा- "यदि यह प्रक्रिया अधूरी रही तो ? यदि विमला को होश आ गया तो ? यदि वह सब समझ गई तो ? और यदि दलपत सिंह को पता चला कि मैं असफल हो गया?"
यह भय इतना तीव्र था कि उनका मन फिर से काँप उठा । मंत्रोच्चार का प्रवाह टूट गया । उनकी साँसें भारी हो गईं । सम्मोहन की प्रक्रिया बीच में ही डगमगाने लगी । गर्भगृह का वातावरण अचानक तनाव से भर गया । विमला, जो आधे सम्मोहन में थी, हिल गई मानो उसका मन महन्त के भय को सूँघ रहा हो । महन्त का गला सूख गया । उनके भीतर प्रश्न गूँज उठा- "क्या मैं सफल हो पाऊँगा... या यह सब मेरे लिए विनाश का कारण बन जाएगा?"
अगले भाग में आप पढ़ेंगे कि क्या महन्त विमला पर सम्मोहन विद्या का स्तेमाल करने में सफल होता है या नहीं ?

भाग 15 : सम्मोहन विद्या का जाल !

महन्त को जैसे ही ग्राम प्रधान दलपत सिंह की दी हुई धमकी याद आई, उसका पूरा बदन पसीने से तरबतर हो गया । उधर, विमला पंचगव्य से स्नान कर चुकी थी और ठंड के कारण कांप रही थी, तो

वहीं महन्त अपने पसीने को पोंछते हुए इस चिंता में डूबा था कि कैसे वह ग्राम प्रधान की हवस पूरी करेगा । उसने मन ही मन अपने सम्मोहन विद्या को विमला पर आजमाया, परन्तु उसका कोई असर दिखाई नहीं दे रहा था । विमला अभी भी पूरी तरह होशो-हवास में, जगन्नाथ की साधना में लीन दिखाई दे रही थी ।

महन्त भीतर ही भीतर घबराया हुआ था । वह सोच रहा था- "यदि आज विमला को सम्मोहित करके अपने वश में नहीं कर पाया, तो ग्राम प्रधान दलपत सिंह को क्या जवाब दूँगा ? वह तो बेसब्री से तहखाने में मेरा इंतजार कर रहा होगा। वहीं, यह महिला अब भी संपूर्ण चेतनावस्था में प्रभु की साधना में लीन है ।" इसी सोच में महन्त अपनी नजरें मंदिर के गर्भगृह में टंगी घड़ी पर टिकाए हुए था । घड़ी की सूइयाँ रात के तीन बजा रही थीं । महन्त ने महसूस किया कि अब उसके पास मात्र एक घंटे का समय बचा है । वह जानता था कि ग्राम प्रधान नीचे बेसब्री से उसका इंतजार कर रहा होगा और प्रातःकाल में किसी भक्त के आने की संभावना भी बनी हुई है।

यह सब सोचते हुए महन्त ने अत्यंत सावधानी से विमला की साधना से उसे जगाया और कहा-"प्रभु जगन्नाथ तुम्हारी इस पहले दिन की साधना से अत्यंत प्रसन्न हैं । अब मैं प्रभु की साधना में एक घण्टे के लिए लीन होकर तुम्हारे लिए पुत्र रत्न की प्रार्थना करूँगा । इस दौरान तुम मन्दिर के तहखाने में बने महिला स्नानागार में जाकर स्नान करो और फिर अपने वस्त्र धारण करके मन्दिर की सात परिक्रमा पूरी करो। इस समय तुम्हें मौन व्रत का पूरी तरह पालन करना है। सात परिक्रमा समाप्त होने के बाद अपनी पूजा का थाल लेकर घर चली जाओ और सभी को प्रसाद वितरित करके मौन व्रत तोड़ सकती हो ।" महन्त ने विमला को विस्तारपूर्वक समझाया कि यह यज्ञ और आज की विधि-विधान प्रभु जगन्नाथ को अत्यंत प्रिय हुए हैं । उन्होंने एक बार और स्पष्ट किया- "गर्भ धारण यज्ञ के लिए आज की गई

सभी विधाओं का कोई जिक्र किसी के साथ नहीं करना । यदि भूलकर भी किसी को बताया गया, तो यज्ञ असफल होगा और पूरी प्रक्रिया को फिर से आरंभ करना पड़ेगा।"

विमला ने महन्त की बातें ध्यान से सुनी। उसकी आँखों में श्रद्धा और आत्मविश्वास झलक रहे थे । इशारों में उसने महन्त को आश्वासन दिया कि वह इस यज्ञ की सभी शर्तों और विधियों का पूर्ण पालन करेगी । उसके चेहरे पर गंभीरता और संकल्प स्पष्ट दिखाई दे रहा था।

महन्त ने भीतर ही भीतर राहत की साँस ली । हालांकि विमला पर सम्मोहन का असर नहीं हुआ, लेकिन उसकी श्रद्धा और नियम पालन का संकल्प महन्त को संतोष दे रहा था । उसने सोचा कि यद्यपि प्रधान की हवस पूरी करनी उसकी जिम्मेदारी है, परन्तु अब विधि और भक्ति के माध्यम से यह कार्य सुव्यवस्थित तरीके से संपन्न हो सकता है ।

विमला स्नान करके अपने वस्त्र पहन चुकी थी । महन्त ने उसे निर्देशित किया कि सात परिक्रमा करते समय हर कदम में केवल प्रभु की भक्ति में लीन रहना है । विमला ने सिर झुकाकर पुष्टि की। मन्दिर का गर्भगृह अब शांति और धार्मिक भावनाओं से परिपूर्ण था । बाहर के संसार की हलचल और प्रधान की धमकी की गूंज दोनों ही महन्त के मन में छिपी हुई थी, परन्तु गर्भगृह की आत्मिक शांति ने उसे थोड़ा स्थिर किय ।

महन्त ने अपनी दृष्टि विमला पर रखते हुए सोचा- "अब केवल एक ही चुनौती शेष है, पहली रात को अगर प्रधान दलपत सिंह के उद्देश्य पूरे न हों तो उसके क्रोध का सामना करना पड़ेगा ।"वास्तव में, महन्त के लिए यह समय कठिन और निर्णायक था । उसे समझ में आ गया था कि अब केवल सावधानी, बुद्धिमत्ता और विधि के पालन से ही यज्ञ सफल हो सकता है । उसने अपनी दृष्टि विमला की ओर स्थिर

की और स्वयं को मानसिक रूप से तैयार किया कि किसी भी हाल में यज्ञ में कोई चूक न हो । विमला ने अपने मन में संकल्प लिया कि वह सभी शर्तों का पालन करेगी । उसके लिए अब केवल प्रभु जगन्नाथ की भक्ति और साधना ही प्राथमिक थी । महन्त ने भी अब अपनी सम्मोहन विद्या को पूरी तरह पीछे रख दिया और विधि और शुद्धिकरण के नियमानुसार यज्ञ की प्रक्रिया आरंभ करने का मन बनाया ।

अगले भाग में आप पढ़ेंगे कि विमला को पाने के लिए प्रधान दलपत सिंह ने क्या कदम उठाया ?

भाग 16 : गर्भाधान यज्ञ के अनुष्ठान-परदे के पीछे की सच्चाई !

विमला महन्त के बताए गए सभी निर्देशों का पालन करते हुए अपने घर लौट चुकी थी। पहले दिन जब महन्त ने स्वयं अपने नियंत्रण और संयम से गर्भ धारण यज्ञ की सभी विधियाँ संपन्न करवाई थीं, तब विमला के मन में बैठा सारा भय धीरे-धीरे दूर हो गया था । निर्वस्त्र होकर जब उसने यज्ञ के लिए बैठने का निर्णय लिया था, तो उसके मन में यही डर था कि कहीं कोई उसके साथ अन्याय या छल न कर दे । वह अपनी आबरू और इज़्ज़त को लेकर अत्यंत सजग थी ।

परन्तु महन्त ने जिस तरह निष्ठा और शालीनता के साथ यज्ञ की प्रक्रिया संपन्न की, उसने विमला का विश्वास जीत लिया । अब वह गर्भ धारण यज्ञ के लिए उत्साहित हो गई थी और उसके मन में अपने आने वाले पुत्र की किलकारियों का सपना जीवंत हो उठा । उसके हृदय में उम्मीद की एक नई किरण चमकने लगी थी ।

इधर महन्त जब यज्ञ संपन्न कर अपने निजी कमरे में पहुंचे, तो देखा कि उनकी अलमारी में रखी महंगी विलायती शराब की बोतलें फर्श

पर गिर चुकी थीं और ग्राम प्रधान दलपत सिंह पूरी तरह नशे में डूबे, पलंग पर औंधे मुँह पड़े हुए थे । उनको कोई सुध-बुध नहीं थी । महन्त ने सोचा कि इसे जगाना अभी ठीक नहीं होगा। मन ही मन उन्होंने कहा- "शैतान और शैतान की औलाद जितनी देर तक सोए रहेगी, उतनी ही देश और समाज में शांति बनी रहेगी । यदि इस प्रधान को अभी जगाया गया, तो यह मेरी नींद और शांति दोनों उड़ा देगा ।"

महन्त ने प्रधान को वहीं सोता हुआ छोड़कर अपने दैनिक कार्यों के लिए सुस्ताने का निर्णय लिया । पिछली रात से लेकर सुबह तक महन्त नींद से वंचित रहे थे । विमला के साथ यज्ञ की विधियों को संपन्न कराते हुए उन्हें पूरी रात जागना पड़ा था । उन्हें समझ में आया कि यह जागरण उन्हें पूरे एक माह तक जारी रखना होगा, ताकि उनकी मन्दिर की जमीन और रोजी-रोटी सुरक्षित रह सके ।

महन्त अपने कमरे में लेटे-लेटे विचारों में डूबे हुए थे । उनके मन में अनेक चिंताएँ और खयाल एक साथ उभर रहे थे- "मैंने प्रधान दलपत सिंह के कहने पर विमला को इस षड़यंत्र में फंसाया है । यदि विमला इस षड़यंत्र को समझकर गांव या परिवार के सामने मेरी पोल खोल देती है, तो मैं घर का रहूँगा, ना घाट का । और यह प्रधान का बच्चा, अपनी ऊँची पहुँच के बल पर, किसी भी तरह मेरी कमज़ोरी का लाभ उठा सकता है।"

इसी चिंतन में महन्त लगे हुए थे कि तभी प्रधान दलपत सिंह की आवाज़ उनके कानों में गूँजने लगी । प्रधान जोर-जोर से चिल्ला रहे थे-"अरे ओ महन्त के बच्चे, साले पाखण्डी ! कहाँ मर गया ? इधर आ सामने और बता विमला कहाँ है ?"

प्रधान की यह अचानक और गुस्से में भरी हुई हड़बड़ी महन्त के लिए डरावना क्षण था। उनकी नींद, जो आधी अधूरी थी, पूरी तरह रफू हो गई । महन्त ने महसूस किया कि अब उन्हें तत्काल किसी प्रकार का

समाधान खोजना होगा । प्रधान की इस चिल्लाहट से महन्त भीतर तक घबरा गया था । उनकी आँखों में भय और चिंता झलकने लगी । महन्त को मालूम था कि प्रधान दलपत सिंह केवल अपनी हवस के लिए किसी भी हद तक जा सकते हैं । अब महन्त के लिए चुनौती यह थी कि कैसे वह विमला की सुरक्षा सुनिश्चित करे और प्रधान के क्रोध से अपनी मन्दिर की जमीन और प्रतिष्ठा को बचाए।

महन्त ने गहरी साँस ली और अपने मन को संयमित किया । उसने ठान लिया कि वह किसी भी कीमत पर यज्ञ की विधियों और विमला की गरिमा का उल्लंघन नहीं होने देगा । यह घटना महन्त के लिए एक कठिन परीक्षा बन चुकी थी ।अगले भाग में आप पढ़ेंगे कि आखिर महन्त और ग्राम प्रधान के बीच विमला को लेकर यह झगड़ा क्यों हुआ ?

भाग 17 : महन्त और प्रधान में मतभेद की चिंगारी !

होश में आते ही प्रधान दलपत सिंह के गुस्से और उत्तेजना का ठिकाना नहीं रहा । उन्होंने महन्त को जोर से आवाज़ देकर बुलाया और विमला के लिए रट लगाने लगे। उनके शब्दों में हताशा और हवस की झलक स्पष्ट दिखाई दे रही थी । महन्त ने प्रधान की आवाज़ सुनते ही तत्काल सचेत हो जाना उचित समझा । वे दौड़े और प्रधान के पास पहुंचे और विनम्र स्वर में बोले- “अरे महाराज, कृपया धीरे

बोलिए । किसी ने कुछ सुन लिया तो सारी तैयारी और योजना व्यर्थ हो जाएगी।"

महन्त की यह चेतावनी सुनते ही प्रधान और भी गुस्से में लाल-पीले हो गए और चिल्लाते हुए बोले-"महन्त जी, मेरे लिए तो अब सब कुछ व्यर्थ ही हो गया । आपने तो रात भर सारा गुड़ खुद ही चखा और विमला को अपने जाल में फंसाकर मुझे यह समझा रहे हैं कि सब कुछ ठीक है ! अब मेरे लिए बचा क्या है ?" महन्त ने प्रधान की यह गुस्से भरी प्रतिक्रिया शांत करने की कोशिश करते हुए कहा- "प्रधान जी, ऐसा कुछ भी नहीं हुआ जैसा आप सोच रहे हैं । विमला के लिए आज गर्भ धारण यज्ञ का पहला दिन था । हमने किसी भी अनैतिक कार्य की अनुमति नहीं दी।"

लेकिन प्रधान दलपत सिंह अपनी नशे की स्थिति में और भी उत्तेजित हो गए। उन्होंने महन्त की बात काटते हुए कहा-"पहले दिन ही तो तुमने आहुति डाल दी और यह खेल शुरू हो गया । मुझे तो पता भी नहीं चला कि यह यज्ञ कब तक चलता रहा होगा तुमने मेरे नशे में पड़े रहने का पूरा फायदा उठा लिया, महन्त जी । अब मुझे बताओ, जो करना था, क्या अब सब हो चुका ?"

महन्त ने प्रधान के समीप आकर गंभीर स्वर में कहा-"प्रधान जी, जैसा आप समझ रहे हैं, वैसा कुछ भी नहीं हुआ । मैंने विमला पर सम्मोहन विद्या आज़माई, ताकि वह भयभीत न हो और यज्ञ की विधियाँ पूरी ईमानदारी से संपन्न हो सकें । परन्तु यह विद्या अभी तक पूरी तरह सफल नहीं हुई ।"

प्रधान दलपत सिंह ने फिर से महन्त की बात बीच में ही काटते हुए जोर देकर कहा-"महन्त, इन नीच जात की औरतों की आदतें हम अच्छी तरह जानते हैं। जब ये किसी ऊंची जात के आदमी से परिचित हो जाएँ तो कभी पीछे मुड़कर नहीं देखतीं । इनके पुरुष अपने कर्तव्यों और इच्छाओं में असफल रहते हैं, और ये अपने लिए हम

जैसे पुरुषों से मिलने का बहाना खोज निकालती हैं । अब तुम चिंता मत करो कि विमला वापस आएगी या नहीं । एक बार उसका गोरा बदन मेरी बाहों में आ गया, तो वह खुद पीछे नहीं हटेगी । मैं उसे ऐसा सुख दूँगा कि अपने कलुआ को तो क्या, सब कुछ भूलकर वह केवल मेरे वश में रहेगी ।"

महन्त ने प्रधान की बात सुनते हुए उनके मुँह पर हाथ रखते हुए शांत किया और गंभीर स्वर में कहा-"प्रधान जी, अभी आप पर नशे का प्रभाव है । लगता है कि रात को आपने बहुत अधिक शराब पी थी । फ्रेश हो जाइए, फिर हम विमला के विषय में विस्तार से चर्चा करेंगे । आपका शिकार केवल और केवल आपके लिए सुरक्षित रहेगा । जब वह गर्भवती हो जाएगी, तब उसकी बड़ी बेटी अर्पिता को भी मन्दिर में देवदासी के रूप में अर्पित किया जाएगा । मेरी नज़र तो अर्पिता पर है, महाराज ।"

महन्त की यह बात सुनते ही प्रधान दलपत सिंह फिर से ठहाका मारकर हँस पड़े । उनके साथ महन्त भी ठहाके लगाते हुए हँस पड़े । दोनों की हँसी में थोड़ी शांति के साथ-साथ षड़यंत्र की योजना की गंभीरता भी झलक रही थी। उनके इस हँसी-ठहाके के बीच कुछ समय के लिए कमरे में एक अजीब तरह का संतुलन बना रहा ।इस प्रकार महन्त और प्रधान के बीच झगड़ा केवल विमला के विषय पर हुआ था। प्रधान अपनी हवस और लालच से उत्तेजित था, जबकि महन्त अपनी सूझ-बूझ और संयम से स्थिति को नियंत्रित करने का प्रयास कर रहा था । दोनों ने हँसी और गंभीर वार्ता का मिश्रण कर अपने-अपने हित साधने का प्रयास जारी रखा।

भाग 18 : सम्मोहन विद्या की विफलता !

गाँव के पुराने मन्दिर में महन्त और प्रधान दलपत सिंह देर रात तक ठहाके लगाते रहे। वातावरण में मदिरा की गन्ध घुली हुई थी, परन्तु उन ठहाकों के पीछे छिपी थी गहरी लालसा और चालाकी । हँसी थमती है तो चेहरों पर वही पुराना तनाव लौट आता है । प्रधान दलपत सिंह ने अचानक गंभीर स्वर में कहा-"महन्त जी, मुझे अब समझ में आ गया कि कलुआ की विमला पर आपका सम्मोहन क्यों बेअसर रहा । अच्छा हुआ, वरना आप भी उस झूठे माल के पीछे भागते रहते।"

वह महन्त के कंधे पर हाथ रखकर और पास झुकते हुए बोला-"अब जरा यह बताइए, आखिर आपकी सम्मोहन विद्या क्यों नाकाम रही ? आप तो बड़े गर्व से कहा करते थे कि आपकी नज़र से कोई स्त्री बच नहीं सकती ।"

महन्त ने गहरी साँस लेकर स्वीकार किया-"महाराज, मुझे भी यही भरोसा था । बरसों से यह विद्या मेरे लिए कारगर रही है, लेकिन इस विमला पर पता नहीं क्यें कोई असर नहीं हुआ । उसकी आँखों में अजीब-सी दृढ़ता है । मानो किसी अदृश्य शक्ति ने उसे सुरक्षित कर रखा हो ।"

प्रधान ने तीखी हँसी के साथ कहा-"महन्त जी, यह सब ढोंग है । ये सम्मोहन– तमोहन की बातें मुझे मत सुनाइए । मैं तो साफ कहता हूँ, ऐसी विद्या झूठी है । औरतें बस मौके की मार खाती हैं, विद्या से नहीं झुकतीं ।"

महन्त ने धीमे स्वर में कहा- "तो महाराज, आप ही कोई मार्ग सुझाइए। यदि विमला होशोहवास में है, तो वह हमारी इच्छा का पालन कभी न करेगी ।"

प्रधान की आँखों में चमक उभर आई । वह कुर्सी पर पीछे टिकते हुए बोला- "शाबाश महन्त जी, आपने सही बिंदु पकड़ा । अगर होशोहवास में वह नहीं मानेगी, तो क्यों न उसे बेहोशी में ले आया जाए ? एक बार उसे नशे या औषधि के असर से अचेत कर दिया जाए, फिर उसके शरीर पर अधिकार पाना कठिन नहीं होगा ।" यह कहते ही प्रधान जोर से हँस पड़ा । उसकी हँसी में निर्ममता थी ।

महन्त ने हिचकिचाते हुए कहा- "परन्तु महाराज, मैं कोई वैद्य या डॉक्टर नहीं जो उसे बेहोश कर सकूँ ? यह मेरी विद्या से बाहर की बात है ।"

प्रधान ने माथे पर हाथ मारते हुए कहा- "अरे वाह ! डॉक्टर से मुझे एक उपाय याद आया । यदि विमला को काबू करने के समय उसे एनेस्थिसिया दे दिया जाए, जिससे उसके शरीर का निचला हिस्सा सुन्न हो जाए, तो ? फिर वह प्रतिरोध नहीं कर पाएगी।"

महन्त चौंककर बोला- "पर यह कार्य करेगा कौन ? जैसा कि मैंने कहा, मैं इस विषय में अक्षम हूँ ।"

प्रधान ने गर्व से ठोड़ी ऊँची की और बोला- "उसके लिए हमारे गाँव का डॉक्टर कमरूद्दीन मौजूद है। भूल गए क्या ? उसे इसी गाँव में ट्रांसफर करवाने में किसकी भूमिका रही थी ? वह हमारा ऋणी है । उसे आदेश देंगे तो टाल नहीं पाएगा ।"

महन्त ने सावधानी से कहा- "मगर महाराज, सोचिए। यह काम एक दिन का तो है नहीं । आपको तो विमला का शरीर लम्बे समय तक चाहिए । महीने भर की बात है । क्या वह डॉक्टर बार–बार आपकी सेवा करेगा ? और यदि कभी वह आपकी बातों से असहमत हुआ तो वही आपके गले की फाँस भी बन सकता है ?"

प्रधान दलपत सिंह ने अपनी भौहें तानकर, एक शिकारी की तरह दृढ़ता से कहा- "महन्त जी, आप हमें कम न आंकिए । राजनीति का खेल हमसे बेहतर कौन जानता है ? कमरूद्दीन हमारी जेब में है । वह

चाहे या न चाहे, उसे वही करना होगा जो हम चाहें। यदि उसने टालमटोल की, तो रातों-रात उसका ट्रांसफर इतना दूर करवा देंगे कि न घर दिखेगा, न गाँव । साले को अपनी औकात याद दिला देंगे ।"

महन्त ने दोनों हाथ जोड़कर विनम्रता से कहा- "आप सही कह रहे हैं महाराज। आप चतुर, विद्वान और दूरदर्शी हैं । हम तो ठहरे निरक्षर पण्डित, जो न पढ़ाई समझते हैं , न राजनीति । बस आपकी शरण में ही हमारी भलाई है ।"

प्रधान ने महन्त के कंधे पर थपकी दी और बोला- "बस यही समझदारी बनाए रखो । हमारी जुगत को अब कोई रोक नहीं सकता । विमला चाहे कितनी भी पवित्रता का दावा करे, अब उसका भाग्य हमारे हाथ में है और जब वह थककर टूट जाएगी, तो उसकी बड़ी बेटी अर्पिता अपने आप तुम्हारे मंदिर में देवदासी बन जाएगी ।"

इतना कहकर दोनों ने एक-दूसरे को देखा और ठहाके लगाने लगे। पर इस बार उनकी हँसी में पहले जैसी मस्ती नहीं थी । उसमें एक षड्यंत्र की गंध थी, एक ऐसा षड्यंत्र जिसमें शक्ति, लालसा और पाप का गठजोड़ था ।

रात गहराती गई । मंदिर की दीवारों पर टंगे दीपक की लौ तेज गति से झिलमिला रही थी, मानो ईश्वर भी इन दोनों के षड्यंत्र से काँप उठा हो ।

अगले भाग में आप पढ़ेंगे कि क्या विमला को बेहोश करने के लिए एनेस्थिसिया दिया गया ? क्या वह इस षड्यंत्र की शिकार बनी ?

भाग 19 : विमला को किया गया बेहोश-षड्यंत्र की गहराई!

मंदिर परिसर के बाहर बने एक पुराने, किंतु साफ-सुथरे कमरे में ग्राम प्रधान दलपत सिंह लापरवाही से सोफे पर पसरे हुए बैठे थे । बाहर साँझ की हल्की हवा पीपल के पत्तों को छेड़ती हुई गुजर रही थी, पर प्रधान के भीतर उठ रहे तूफ़ान को कोई थाम नहीं सकता था।

महंत जी पहले ही प्रधान जी को आगाह कर चुके थे कि –"डॉक्टर कमरूद्दीन से सारी बात मंदिर के भीतर नहीं, बाहर के कमरे में करना और देखो, इस मामले में मेरा नाम न आए । बदनामी झेलने की उम्र अब नहीं बची ।" इतना कहकर महंत जी तो किनारा कर चुके थे, पर प्रधान के चेहरे पर एक शातिर मुस्कान छा गई थी जैसे कोई शिकारी सिर्फ़ अपने शिकार के आने की बाट जोह रहा हो ।

अचानक दूर सड़क पर सफेद रंग की इनोवा दिखाई दी । गाड़ी की चमक और रफ़्तार में ही जैसे आने वाले व्यक्ति का चरित्र पढ़ा जा सकता था। प्रधान ने तुंरत तिरस्कार भरी हँसी के साथ कहा- "आ गया साला पिट्ठू मेरा काम डॉ. कमरूद्दीन जैसा और कौन करेगा ? सरकारी कर्मचारी हैं, बस ट्रांसफ़र की एक धमकी, और ये लोग किसी भी नेता के बस में आ जाते हैं । गाँव में टिककर रहना है, तो हमारी सेवा में रहना ही पड़ेगा।"

गाड़ी ठीक कमरे के सामने रुकी । दरवाज़ा खुला और एक युवा डॉक्टर ने बाहर कदम रखा । साफ़ इस्तरी किया हुआ पेन्ट-शर्ट, पैरों में चमकते हुए जूते और होंठों पर मुस्कराहट, उसकी पूरी शक्ल 'पेशेवर चापलूस' का प्रमाण दे रही थी ।

कमरे में घुसते ही डॉक्टर कमरूद्दीन ने प्रधान के चरणों में झुककर कहा- "प्रणाम प्रधान जी ! कहिए, इस तुच्छ सेवक को आज कैसे याद किया ? तबियत तो अच्छी है न ?"

प्रधान ने ठंडी हँसी के साथ कहा- "अरे डॉक्टर, तबियत बिगड़ी नहीं... बस थोड़ी-सी रंगीन हो गई है । और इस रंगीनियत को और रंग देने के लिए तुम्हारी खास दवा की ज़रूरत है ।"

डॉक्टर ने प्रधान की आँखों में झाँकते हुए शरारत भरे स्वर में पूछा- "तो फिर... कोई नई लौंडिया फँसी है क्या, मालिक ?"

उसकी बात सुनकर प्रधान के मुँह पर शिकारी मुस्कान फैल गई और बोला- "डॉक्टर, तुम तो हमारे दिल के डॉक्टर निकले । दिल की धड़कन क्या है, फौरन सनझ लेते हो। इसलिए तो सोच रहा हूँ अगली बार सी.एम.एच.ओ. की कुर्सी के लिए तुम्हारा नाम ही आगे बढ़ाऊँ।"

यह सुनते ही डॉक्टर के चेहरे पर लालच की चमक तैर गई और बोला- "आप बस आदेश कीजिए प्रधान जी... आपकी सेवा करना मेरी ख़ुशकिस्मती होगी।"

प्रधान कुर्सी पर और फैलकर बैठ गया और बोला-"तो सुनो डॉक्टर...एक छमिया है, जिसे हमारे बिस्तर की शोभा बनाना है । पर वो कमबख़्त होश में रहते हुए हमारी हवस कभी पूरी नहीं करेगी । इसलिए तुम्हारी दवा चाहिए ।"

डॉक्टर और करीब खिसक आया-"मतलब किसी को फिर बेहोश करके...?" उसने आधा वाक्य खुद ही पूरा कर लिया । "और हाँ, यह जानना भी चाहूँगा कि कौन सी हुस्न की परी है जिसे यह सौभाग्य मिल रहा है ?"

प्रधान ने मेज़ पर रखे शराब के दो पैग में से एक उसकी तरफ बढ़ाया और कहा- "तुम तो गाँव-भर की औरतों की नब्ज़ जानते हो । अंदाज़ा लगाओ कौन हो सकती है?"

डॉक्टर ने पैग एक साँस में गटकते हुए हँसकर कहा-"लगता है कलुआ की बीबी, विमला ही आपकी नज़र में चढ़ गई है ।"

प्रधान के होंठों पर संतोष भरी मुस्कान उभरी -"सही पहचाना डॉक्टर । वही है । अब बताओ उसे काबू में करने के लिए एनेस्थीसिया ठीक रहेगा या कोई और तरीका है?"

डॉक्टर ने तुरंत सिर हिलाया-"एनेस्थीसिया में सिर्फ़ नीचे का हिस्सा सुन्न होगा, होश रहेगा। वो चीखेगी-चिल्लाएगी। बड़ा जोखिम है।"

थोड़ा रुककर उसने आँखें चमकाते हुए कहा-"मेरी नर्स के पास एक खास पाउडर है। दूध, चाय, लस्सी किसी में भी मिला दो, और शिकार एक घंटे तक बेहोश रहेगा, जैसे कोमा में हो । चाहें तो गर्म या ठण्डा पानी सिर पर गिर जाए, उसे पता नहीं चलेगा ।"

प्रधान ने ज़ोर से ठहाका लगाए- "और अगर एक घंटे से ज़्यादा...मज़ा लेना हो ?"

डॉक्टर ने उसी अंदाज में जवाब दिया-"तो बस डोज़ बढ़ा दीजिए, फिर जब तक आप चाहें- वो आपके नीचे पड़ी रहेगी, हिलेगी नहीं । बाद में उठेगी तो उसे कुछ याद भी नहीं रहेगा ।"

यह सुनते ही कमरे की दीवारों में दो अनैतिक आत्माओं की कुत्सित हँसी गूँजने लगी। शराब के गिलास टकराए, गंदी योजनाओं का धुआँ कमरे में भरता गया, और बाहर हवा में पीपल के पत्ते खामोशी से काँपते रहे जैसे प्रकृति भी इस पाप की आहट से सहमी हो ।

प्रधान की आँखों में अब कोई दुविधा नहीं थी सिर्फ़ हवस, सत्ता और पाप की चमक। डॉक्टर कमरुद्दीन खड़ा हो गया, मानो किसी मिशन पर निकलने वाला योद्धा हो और बोला - "मैं अभी नर्स को फोन करता हूँ । पाउडर अभी भिजवाता हूँ । कल सुबह तक सब इंतज़ाम हो जाएगा ।"

प्रधान ने संतुष्टि भरी साँस ली और कहा- "बस ध्यान रहे, किसी को भनक न लगे । महंत जी भी इस मामले में दूरी बनाए हुए हैं ।"

“आप चिंता मत कीजिए,-डॉक्टर ने झुककर कहा, -“आपका ये सेवक किसी भी मुसीबत में हमेशा की तरह परछाई बनकर काम करेगा।”
दोनों की गंदी हँसी फिर कमरे में छा गई , हँसी जिसमें पाप, सत्ता और स्त्री देह के शोषण की बू थी । अगले भाग में पढ़िए, क्या सचमुच अगले दिन विमला महन्त और प्रधान के षडयंत्र का शिकार हो जाएगी ?

भाग 20 : क्या विमला बनी षड्यन्त्र की शिकार ?

बाहर गाँव की गलियों में घुप्प अँधेरा पसरा था। मानो पूरा गाँव किसी अदृश्य शक्ति की नींद में कैद हो गया हो। मन्दिर की गहन नीरवता में जब घण्टे ने नौ बार आघात किया, तो वातावरण में एक अनजाना भय और सिहरन फैल गई। गर्भगृह के भीतर दीपक की टिमटिमाती लौ दीवारों पर विचित्र छायाएँ बना रही थी। इन्हीं छायाओं के बीच विमला आज फिर से महन्त के आदेशानुसार अपने प्रभु की साधना हेतु उपस्थित हुई थी। उसके चेहरे पर आस्था की सरल रेखाएँ थीं और मन में पुत्र जन्म हेतु मातृत्व की आकांक्षा की लहरें। कल रात जो भय उसके मन में कौंधा था, वह अब धीरे-धीरे विश्वास में बदल चुका था।
महन ने गंभीर स्वर में कहा- “विमला, आज यज्ञ का दूसरा दिवस है। प्रभु तुम्हारी तपस्या और श्रद्धा से प्रसन्न हुए हैं। शीघ्र ही तुम्हारी गोद हरी होने वाली है।” महन्त जी के स्वर में एक सम्मोहन था, परन्तु यह सम्मोहन भक्ति का नहीं, बल्कि छल का था। यज्ञ की विधियाँ प्रारम्भ हुईं। मंत्रोच्चारण, आहुति और धूप की गंध। विमला

निर्वस्त्र अवस्था में ध्यान मग्न बैठी रही । उसकी आँखें बंद थीं और होंठों पर भगवान जगन्नाथ का नाम ।

लगभग एक घण्टे के बाद महन्त ने एक रजत-पात्र उसके समक्ष रख दिया । पात्र में मिश्रित तरल था । ऊपर से यह प्रभु का "चरणामृत" प्रतीत होता था, परन्तु भीतर उसमें छल की गहरी साज़िश घुली हुई थी। महन्त ने मुस्कुराते हुए कहा- "इसे ग्रहण करो । यह अमृत तुम्हें सीधे प्रभु से जोड़ देगा। फिर तुम्हें उनके सान्निध्य का सौभाग्य प्राप्त होगा ।"

विमला ने बिना किसी शंका के पूरा "चरणामृत" पी लिया । धीरे-धीरे उसकी पलकों पर बोझ उतरने लगा। देह ढीली पड़ गई और वह पास ही बिछे मखमली आसन पर शान्त भाव से लेट गई । कुछ ही क्षणों में उसकी चेतना लुप्त हो गई ।

महन्त ने आगे बढ़कर उसकी साँसों को टटोला । वह गहरी निद्रा में थी । महन्त की आँखों में अब भक्ति का नहीं, बल्कि एक विकृत संतोष का भाव था । उसकी उँगलियाँ थरथरा रही थीं-यह थरथराहट किसी तपस्वी की नहीं, बल्कि उस पाखण्डी की थी जो अपनी ही चाल में उलझा हुआ था।

उसी समय तहखाने की ओर से भारी आवाज़ गूँजी- "महन्त जी! यदि यज्ञ की विधि पूर्ण हो चुकी है तो क्या प्रभु को बुलाने की अनुमति दूँ?" यह आवाज़ प्रधान दलपत सिंह की थी । उसके स्वर में व्यग्रता और अधीरता छिपी हुई थी ।

महन्त चौंककर ठिठक गया । उसने अपने भीतर उमड़ते लालच और भय को दबाते हुए उत्तर दिया-"अभी थोड़ा संयम रखिए, महाराज । विमला प्रभु की शरण में जा चुकी है । समय आने पर सब पूर्ण होगा " परन्तु प्रधान की अधीरता किसी बन्धन को नहीं मानती थी । वह सीढ़ियों से ऊपर आ रहा था। उसके भारी कदमों की आहट गर्भगृह की पवित्र नीरवता को चीर रही थी । महन्त जानता था कि यदि प्रधान

ने अपने उग्र स्वर में कुछ बोल दिया, तो बाहर तक उसकी गूँज पहुँच सकती है और सारा षड्यंत्र उजागर हो सकता है ।

महन्त ने तत्परता से विमला के शरीर को देखकर यह सुनिश्चित किया कि वह पूरी तरह बेहोश है । उसने उसके माथे पर हाथ रखा, मानो आशीर्वाद दे रहा हो, पर वास्तव में वह यह परख रहा था कि दवा का असर पूरा हुआ या नहीं। विमला की निस्पन्द देह उसके छल की गवाही दे रही थी।

महन्त के मन में विचारों का तूफ़ान उठ रहा था- "क्या यह छल सदा छिपा रहेगा ? क्या आस्था के नाम पर किया गया यह अपराध एक दिन इस मन्दिर की दीवारों को चीरकर चीख-चीखकर नहीं बोलेगा ? यदि विमला होश में आकर सत्य बोल दे, तो यह सत्य न केवल मेरा, बल्कि इस सम्पूर्ण मठ का विनाश कर देगा ।"

इसी द्वंद्व के बीच प्रधान दलपत सिंह ने कमरे में प्रवेश किया । उसकी आँखों में प्यास थी और चेहरे पर शिकार को देख लेने की विकृत हँसी । उसने महन्त की ओर देखकर धीमे स्वर में कहा- "लगता है प्रभु की कृपा हो चुकी है । अब मुझे बुलाइए । आज की रात तो मेरी है ।"

महन्त ने उसे रोकने का प्रयास करते हुए कहा –"धीरे, महाराज, धीरे। अभी समय पूरा नहीं हुआ है । यदि किसी ने देख लिया, तो अनर्थ हो जाएगा...।"

परन्तु प्रधान उसकी बात काटते हुए गर्व से बोला-"देखने वाले सब हमारे अधीन हैं । डर किससे है ? तुमने जो किया है, वह मुझे बहुत भाया है । अब आगे का सुख मेरा होगा ।" दोनों की आँखों में विकृति की ज्वाला जल रही थी । एक ओर अंधी राजनीति का घमण्ड, दूसरी ओर धर्म के नाम पर पाखण्ड और इन दोनों के बीच बेहोश पड़ी थी विमला-विश्वास की मूर्ति, आस्था की प्रतीक, जो स्वयं को भगवान की गोद में समर्पित समझ रही थी ।

दीपक की लौ अब डगमगाने लगी थी । दीवारों पर उभरती छायाएँ मानो इस पाप का मूक विरोध कर रही थीं । बाहर मंदिर की घंटियों में हल्की-सी खनक हुई, जैसे किसी अदृश्य शक्ति ने इस काली साजिश को सुन लिया हो । महन्त और प्रधान दोनों ठिठके। परन्तु उनके मन का लालच इतना प्रबल था कि चेतावनी की उस ध्वनि को भी उन्होंने अनसुना कर दिया।

कक्ष में एक विचित्र तनाव व्याप्त हो गया । समय थम-सा गया था। विमला निश्चेष्ट पड़ी थी और दोनों षड्यंत्रकारी अपनी विकृत इच्छाओं की पूर्ति के लिए अगले क्षण की प्रतीक्षा कर रहे थे ।

अगले भाग में आप पढ़ेंगे कि क्या विमला सचमुच इस षड्यंत्र का शिकार बनती है, या भाग्य कोई अप्रत्याशित मोड़ लेता है ?

भाग 21 : ग्राम प्रधान की सफलता या पाप ?

विमला महन्त के निर्देशानुसार भगवान जगन्नाथ के लिए तैयार मखमली बिस्तर पर बेहोश होकर लेटी हुई थी । प्रधान दलपत सिंह की आवाज सुनते ही महन्त बुरी तरह डर गया था । वह इस बात से आश्वस्त होने के बाद कि अब विमला होश में नहीं है, प्रधान को विमला के साथ अपनी हवस पूरी करने के लिए बुला लेता है । प्रधान ने महन्त के कमरे में रखी महंगी विलायती शराब के दो- तीन पैग लगा ही लिए थे इसलिए वह लड़खड़ाता हुआ मन्दिर के गर्भ गृह में प्रवेश करता है और बड़बड़ाता है-“आज ना छोड़ेंगे तुझे....।” कहते हुए आगे बढ़ता है ।

इसी बीच महन्त प्रधान दलपत सिंह को सहारा देकर विमला के बिस्तर तक छोड़ देता है । प्रधान दलपत सिंह फिर बड़बड़ाता हुआ

बोलता है - “अरे महन्त जी एक मेहरबानी और कीजिए । यह हमारे बदन पर से हमारा कुर्ता उतार दीजिए बस । आपके मना करने के बावजूद भी ससुर दो - तीन पैग गटक ही लिए । क्या बताएं आपकी अलमारी में शराब ही ऐसी रखी हुई थी कि उसने हमें ख़ुद ब ख़ुद अपने पास बुला लिया । अब शराब के साथ शबाब का आनन्द लेंगे हम ।”

महन्त प्रधान दलपत सिंह को सहारा देकर उसके कपड़े उतारने में मदद कर देता है । उसे विमला के पास छोड़कर महन्त मन्दिर के गर्भ गृह से बाहर जाने लगता है कि तभी प्रधान दलपत सिंह फिर बड़बड़ाता है -”अरे महन्त जी ये भगवान जी के पर्दे बन्द करके भगवान के लिए लाइट तो ऑफ कर दो । अब यह सब कामों का हम भगवान जी को थोड़े ना साक्षी बनाएंगे। बस अपनी हवस पूरी करने के बाद एक नोटों की गड्डी भगवान जी के श्री चरणों में अर्पित कर देंगे ताकि हमारे सब पाप माफ़ हो जाएं। आप कहो तो एक माह की पूरी सेवा के बाद सोने का मुकुट चढ़ा देंगे ।”

प्रधान अब भी बड़बड़ाए जा रहा था । महन्त ने उसे चुप रहकर अपना काम करने के लिए भद्दा सा इशारा करते हुए उकसाया मगर प्रधान दलपत सिंह पर अभी विलायती शराब का नशा हावी था इसलिए वह लड़खड़ाता हुआ बड़बड़ाए जा रहा था। इस पूरी प्रक्रिया में कब एक घण्टे का समय गुजर गया पता ही नहीं चला ।

इधर विमला बिस्तर पर करवटें बदल रही थी । लग रहा था कि उसको पिलाई गई बेहोशी की दवा का असर अब धीरे- धीरे कम हो रहा था। वह होश में आने वाली थी। महन्त विमला के शरीर में हो रही हलचल को भाँप गया था । उसे डर लगने लगा था कि यदि विमला ने प्रधान को उसके पास देख लिया तो वो फिर इस गर्भ धारण यज्ञ के लिए कभी नहीं आएगी।

महन्त को समझ आ गया था और वह मन ही मन बुदबुदा रहा था कि- "आज यह प्रधान का बच्चा कुछ नहीं कर पाएगा । मना करने के बावजूद भी ससुर विलायती शराब के पैग गटक गया। अब यह खुद ही होश में नहीं है। ना ही खुद भोग लगा पाया और नहीं मुझे कुछ करने दिया । शायद भगवान जगन्नाथ की यही मर्जी थी। पर अब इस पियक्कड़ को समय रहते मुझे यहाँ से निकालना होगा अन्यथा सारे किए कराए पर पानी फिर जाएगा ।"

कहते हुए महन्त ने प्रधान को जिस अवस्था में वह था उसी अवस्था में घसीट कर अपने अपने निजी कमरे में पहुंचा दिया और कुछ और शराब पिलाकर सुला दिया। इस सारी प्रक्रिया में कब सवेरा हो गया महन्त को पता ही नहीं चला ।

भाग 22 : होश में आती विमला-टूटे हुए सपनों के साथ !

सुबह का चौथा प्रहर था। रात्रि का अंधकार अब धीरे-धीरे ढलान पर था और पूरब की दिशा में हल्की धूसर रेखाएँ उभरने लगी थीं। मंदिर के प्रांगण में टँगी पीतल की घंटी ठंडी हवा से हल्की-हल्की काँप रही थी, मानो रात की किसी अनकही कहानी की साक्षी हो। विमला अब पूर्णतः चेतना में लौट आई थी। उसके चेहरे पर थकान थी और आँखों में एक अजीब-सा रिक्त भाव। वह धीरे-धीरे उठी, अपने अस्त-व्यस्त वस्त्र सँवारे, और काँपते हाथों से सिर ढक लिया।

उसने देवमूर्ति के सम्मुख जाकर नत-शिर प्रणाम किया। उसकी आँखें बंद थीं, पर उनमें भक्ति से अधिक उलझन थी, एक ऐसी उलझन, जिसे वह स्वयं भी शब्द नहीं दे पा रही थी। फिर वह महन्त के चरणों में झुकी। महन्त ने उसे यांत्रिक आशीर्वाद दिया। विमला ने पूजा की थाली उठाई, मौन-व्रत धारण किया और बिना किसी से दृष्टि मिलाए

मंदिर की चौखट पार कर घर की ओर चल पड़ी। उसकी चाल में न श्रद्धा थी, न प्रसन्नता। केवल एक बोझिल स्वीकृति थी, जैसे किसी अनजाने विश्वास को ढोती जा रही हो।

विमला के जाते ही महन्त का चेहरा बदल गया। अभी तक ओढ़ी हुई गंभीरता अचानक चिंता में परिवर्तित हो उठी। वह तेज कदमों से अपने निजी कक्ष की ओर बढ़ा। कमरे के भीतर घुसते ही उसने देखा कि ग्राम प्रधान दलपत सिंह मदिरा के प्रभाव में अचेत-सा गहरी नींद में पड़ा था और उसके भारी खर्राटे कमरे की निस्तब्धता को तोड़ रहे थे। चारों ओर बिखरी वस्तुएँ और अस्त-व्यस्त बिस्तर रात की उथल-पुथल का संकेत दे रहे थे।

महन्त के मन में एक ही प्रश्न बार-बार कौंध रहा था कि-"जब यह जागेगा तो क्या होगा? क्या पूछेगा ? और मैं क्या कहूँगा ?" वह कमरे में चक्कर काटने लगा। कभी खिड़की से बाहर झाँकता, कभी अपने माथे का पसीना पोंछता। अचानक उसके चेहरे पर एक चालाक मुस्कान उभरी। "यदि प्रधान को यही विश्वास दिला दिया जाए कि रात का सब कुछ उसी के कारण हुआ। " वह बुदबुदाया- "यह स्वयं नशे में था, इसे कुछ याद नहीं। इसकी अर्धनग्न अवस्था भी कहानी का प्रमाण बन जाएगी और विमला... वह तो सब कुछ देव-इच्छा समझे बैठी है।"

महन्त अपने ही विचार से आश्वस्त हो गया। उसकी आँखों में चिंता की जगह चतुराई चमकने लगी। तभी दलपत सिंह ने करवट बदली। उसकी पलकें फड़फड़ाईं। उसने तकिए को बाँहों में भर लिया और अर्धचेतन अवस्था में बुदबुदाने लगा-"विमला... विमला डार्लिंग..."

महन्त तुरंत उसके पास पहुँचा और सहज स्वर बनाकर बोला-"प्रधान जी, आपकी विमला तो होश में आते ही घर चली गई। रात भर आप उसके साथ रहे... वह तो शायद इसे स्वयं भगवान का आशीर्वाद समझती रही।"

दलपत सिंह की धुंधली आँखों में अचानक चमक आई। वह उठकर बैठ गया और ज़ोर से हँसते हुए बोला–"सच महन्त जी ? हमें तो कुछ याद ही नहीं ! इतनी पी रखी थी कि दुनिया घूम रही थी... बस धुँधला-सा लगता है जैसे स्वयं प्रभु ही हमें आदेश दे रहे हों कि विमला की गोद भर दें !"

महन्त ने भी बनावटी गंभीरता से सिर हिलाते हुए कहा- "ईश्वर की इच्छा बड़ी गूढ़ होती है, प्रधान जी। शायद उसी ने आपको माध्यम बनाया है।"

प्रधान ने गर्व से मूँछों पर हाथ फेरा और ठहाका लगाते हुए कहा- "अरे महन्त जी, इस गाँव में न जाने कितनी विमलाओं का भाग्य हमारे कारण खुला होगा। कई बच्चे तो अब जवान हो गए... हमें देखते ही आदर से झुकते हैं, जैसे हमारे ही रक्त संबंधी हो!" महन्त भी हँस पड़ा। दोनों की हँसी में एक अजीब-सी निर्लज्जता घुली हुई थी।

कुछ देर बाद प्रधान ने जिज्ञासु स्वर में पूछा- "अच्छा, यह विमला फिर कब आएगी ? रात का इंतज़ार क्यों... क्या उसे दिन में नहीं बुला सकते?"

महन्त ने तुरंत सिर हिलाते हुए कहा –"नहीं प्रधान जी। दिन में मंदिर भक्तों से भरा रहता है और फिर...यदि विमला को संदेह हो गया तो वह विश्वास टूट जाएगा, जिस पर सब टिका है। ऐसी बातों में सावधानी ही सफलता का मूल मंत्र है।"

प्रधान मुस्कुराया और बोला - "ठीक कहते हो। आस्था बनी रहनी चाहिए... तभी तो लीला चलती है।"

महन्त ने हल्की मुस्कान के साथ कहा- "धैर्य रखिए, समय आने पर सब होगा।"

दोनों फिर हँस पड़े। बाहर पूरी तरह भोर हो चुकी थी। मंदिर के द्वार खुलने लगे थे और भक्तों की पहली आहट प्रांगण में गूँजने लगी थी।

पर उस कक्ष के भीतर अभी भी रात की परछाइयाँ बची थीं, ऐसी परछाइयाँ, जिन्हें कोई घंटा-घड़ियाल भी पवित्र नहीं कर सकता था। उधर, मंदिर से दूर जाती विमला के कदम भारी होते जा रहे थे। उसे याद नहीं था कि रात में वास्तव में क्या घटित हुआ, पर भीतर कहीं एक अनजाना बोझ था। वह बार-बार अपने माथे को छूती, जैसे कोई उत्तर खोज रही हो। उसे विश्वास था कि उसने ईश्वर की इच्छा पूरी की है पर क्यों उसके हृदय में शांति नहीं थी?

गाँव की पगडंडी पर फैलती धूप उसके चेहरे पर पड़ रही थी,पर उसकी आँखों के भीतर अभी भी अँधेरा था। उसे लगा, मानो वह लौट तो रही है,पर कुछ पीछे छूट गया है। कुछ ऐसा जिसे वह समझ नहीं पा रही।

मंदिर के शिखर पर उड़ते कबूतरों की परछाईं दूर तक फैली हुई थी। उसी परछाईं की तरह एक अदृश्य कहानी भी फैल रही थी। विश्वास, छल और मौन की कहानी । पढ़ते रहिए, आने वाले भाग में ऐसी घटना घटेगी, जो इस कहानी को निर्णायक मोड़ पर ले जाएगी।

भाग- 23 : मौन विमला - भीतर का तूफ़ान !

विमला आज-कल काफी गुमसुम रहने लगी थी । किसी भी काम में उसका मन नहीं लग पा रहा था। वो कभी बहुत उदास हो जाती तो कभी बहुत खुश नज़र आती। जैसे ही उसे खयाल आता कि- "भगवान जगन्नाथ के चरणों में गर्भ धारण यज्ञ के समाप्त होते ही उसके गर्भ में इस घर का चिराग और वंश पनप रहा होगा और वह कलुआ को कावड़ यात्रा से लौटते ही यह खुश खबरी भी सुनाएगी कि भगवान जगन्नाथ की असीम कृपा से वह इस घर के चिराग का बाप बनने वाला है ।"

विमला दिन भर बस ऐसे ही खयालों में खोई रहती और रात नौ बजते ही चुपचाप पूजा का थाल लिए मन्दिर में गर्भ धारण यज्ञ के लिए निकल पड़ती।

आज विमला का गर्भ धारण यज्ञ के लिए तीसरा दिन था। वह जैसे ही मन्दिर के गर्भ गृह में प्रवेश करती है महन्त जी को भनक लग जाती है। वे तुरन्त मन्दिर के गर्भ गृह में पहुँच कर विमला के लिए यज्ञ की वेदी तैयार कर देते हैं । विमला अब इस काम के लिए आदि सी हो चुकी थी। उसे महन्त जी और भगवान जगन्नाथ पर पूरा भरोसा हो गया था लिहाजा वह अन्य दिनों की तरह आज भी निर्वस्त्र होकर यज्ञ के लिए बैठ गई थी। महन्त जी ने उसे हमेशा की तरह गौ मूत्र और दूध से स्नान कराकर शुद्ध किया और यज्ञ की आहुतियां देने लगे ।

इधर ग्राम प्रधान को भी पूरे दिन भर रात के नौ बजने का इन्तजार रहता। जैसे ही नौ बजते प्रधान जी लार टपकाते हुए तहखाने में बने महन्त जी के निजी कमरे में पहुँच जाते और महन्त जी की विलायती शराब का आनन्द लेने लगते। आज प्रधान ने तय कर लिया था कि- " वह हमेशा की तरह टुन्नी होकर विमला के पास नहीं जाएगा। आज पूरे होशो हवास में विमला के साथ अपनी हसरतें पूरी करेगा।"

इधर विमला द्वारा यज्ञ आहुतियां पूरी होते ही महन्त जी ने उसे हमेशा की भांति भगवान जगन्नाथ के चरणों का चरणामृत (बेहोशी की दवा) पिलाकर पास ही के कमरे में लगे मखमली बिस्तर पर आराम करने के लिए भेज दिया। साथ ही हिदायत दी कि -" देखो आज फिर भगवान जगन्नाथ आपसे मिलन हेतु आएंगे। उनको प्रसन्न करना और यदि जागने के बाद तुम्हें शरीर में या अपनी नाभि के निचले हिस्से में कुछ दर्द महसूस हो तो समझना कि भगवान जगन्नाथ आपको प्रसाद देकर गए हैं और शीघ्र ही पुत्र रत्न के लिए आपकी मनोकामना पूर्ण होने वाली है ।"

विमला महन्त जी की बात को समझ गई थी । पर वो यह नहीं समझ पा रही थी कि भगवान जगन्नाथ उसके साथ शारीरिक संबंध बनाने खुद आएंगे या यह सब चमत्कार से घटित होगा । चूंकि महन्त जी ने उसे यज्ञ के दौरान पूरे एक महीने तक मौन व्रत धारण करने को कहा था। इसलिए वह चाहकर भी कोई सवाल नहीं कर पा रही थी ।

उसकी एक चिन्ता यह भी रहती थीं कि यदि उसने मौन व्रत तोड़ दिया तो उसकी पूरी साधना पर पानी फिर जाएगा । लिहाजा वह चुपचाप महन्त के निर्देशानुसार मन्दिर के गर्भ गृह के पास ही बने

कमरे में लगे मखमली बिस्तर पर निर्वस्त्र ही जाकर लेट गई थी । विमला पर बेहोशी की दवा का असर हो चुका था। वह जैसी ही बिस्तर पर लेटी उसे गहरी नींद आ गई थी ।

अगले भाग में आप पढ़ेंगे कि क्या प्रधान दलपत सिंह विमला के साथ अपनी हसरतें पूरी कर पाया ?

भाग 24 : विचलित महन्त-अपराधबोध या भय ?

विमला को दी गई बेहोशी की औषधि ने अपना प्रभाव शीघ्र ही दिखा दिया था। बिस्तर पर लेटते ही उसकी पलकें भारी हो गईं और कुछ ही क्षणों में वह गहरी अचेतन निद्रा में डूब गई। कमरे में दीपक की लौ स्थिर थी और उसके प्रकाश में फैली छायाएँ दीवारों पर अजीब आकार बना रही थीं।

महन्त धीरे-धीरे उसके निकट पहुँचे। उन्होंने सावधानी से उसके सिर पर हाथ रखा, उसकी श्वास की गति टटोली, मानो स्वयं को विश्वास दिलाना चाहते हों कि विमला पूर्णतः होश से परे है। जब उन्हें पूरी तरह विश्वास हो गया कि विमला होश में नहीं है, तब उनकी दृष्टि विमला पर ठहर गई।

क्षण भर के लिए वे स्थिर खड़े रहे। उनके भीतर का संयम जैसे धीरे-धीरे ढहने लगा। विमला का शांत चेहरा, निद्रा में ढली निष्कंप देह, यह दृश्य उनके भीतर दबी इच्छाओं को कुरेद रहा था।

महन्त के मन में एक विचित्र हलचल उठी- “ऐसा अवसर फिर कहाँ मिलेगा...प्रधान अभी सो रहा है...बाद में भगवान से क्षमा माँग लूँगा...दान-यज्ञ कर दूँगा...।”

महन्त के भीतर तर्क और प्रलोभन का द्वंद्व चलने लगा। उन्होंने अपने ही मन को समझाने का प्रयास किया, पाप को प्रायश्चित से ढँक देने का आत्मछल।

पर तभी एक दूसरी आवाज़ महन्त के भीतर उभरी-"तू क्या कर रहा है महन्त? तू वही व्यक्ति है जिसे लोग धर्म का रक्षक मानते हैं...।"

क्षण भर को महन्त के हाथ ठिठक गए। उन्हें अपने घर की याद आई। विदेश में बसे बच्चे, पत्नी, और वह सम्मान जिसकी आड़ में वे यहाँ पूजित थे।

लेकिन तुरंत ही महन्त के भीतर फिर दूसरा पक्ष जाग उठा, कुटिल, तर्कपूर्ण, और स्वयं को उचित ठहराने को तत्पर वे सोचने लगे – "इतिहास और पुराणों में कितनों के अनेक विवाह हुए ऋषि,राजाओं और देवताओं तक ने एक से अधिक स्त्रियों को स्वीकार किया तब यह अपराध कैसे ?"

वे अपने ही बनाए तर्कों में शरण लेने लगे । महन्त ने स्वयं को समझाया- "मनुष्य इच्छाओं का दास है...इच्छा दबी रहे तो भी समाप्त नहीं होती...।" समय बीत रहा था। घड़ी की टिक-टिक कमरे की निस्तब्धता को तोड़ रही थी। कभी महन्त के भीतर का मनुष्य जाग उठता- "विमला भी किसी की बेटी है...उसकी उम्र तेरी बेटी जितनी होगी... यदि उसके साथ कोई ऐसा करे तो?" यह विचार आते ही महन्त का चेहरा तना, हाथ काँपे, पर अगले ही क्षण वे फिर अपनी दृष्टि देवमूर्ति की ओर उठाते और अपने अपराध को धर्म की आड़ में ढकने लगते- "देवताओं ने भी तो मोह से मुक्ति नहीं पाई...काम तो सृष्टि का मूल है...।"

यह आत्मवंचना महन्त को धीरे-धीरे संवेदना से दूर ले जा रही थी। उनका अंतर्मन उन्हें रोकना चाहता था, पर वासना की परछाईं उसे ढँकती जा रही थी। वे कुछ क्षणों तक वहीं खड़े रहे, मानो निर्णय के

दो छोरों के बीच झूल रहे हों । दीपक की लौ काँपी, और उसी के साथ महन्त का धैर्य भी।

उन्होंने स्वयं को कठोर बना लिया-"जो हो, आज मन की आकांक्षा पूरी कर ही कर दूँ...।"

किन्तु भीतर कहीं एक अंतिम प्रतिरोध अब भी शेष था, एक क्षीण, पर जीवित चेतना, जो महन्त को बार-बार रोक रही थी। कमरे में मौन पसर गया था । बाहर रात की नीरवता थी, भीतर एक मनुष्य का संघर्ष, धर्म और अधर्म के बीच नहीं, बल्कि विवेक और वासना के बीच और अब प्रश्न यही था, क्या महन्त के भीतर का मनुष्य जीवित रहेगा, या प्रलोभन की छाया उसे परास्त कर देगी?

पढ़ते रहिए, अगले भाग में यह स्पष्ट होगा कि महन्त अपने भीतर उठ रही वासना पर विजय पाते हैं या उसी में विलीन हो जाते हैं।

भाग 25 : वाह महन्त जी वाह ! - पाखंड का तमाचा!

महन्त जी अभी इसी उधेड़बुन में लगे हुए थे कि वे विमला के साथ अपनी हवस पूरी करें या नहीं । उनके दिमाग में विचारों का तूफान थमने का नाम नहीं ले रहा था कि तभी पीछे से प्रधान दलपत सिंह की आवाज आई - " वाह महन्त जी वाह ! मेरे बताए हुए फार्मूले से खुद ही लुत्फ उठा रहे हो । आज भी आपने मुझे चकमा देकर विमला का उपभोग अकेले- अकेले ही कर लिया । " प्रधान ने ताली बजाते हुए कहा।

"नहीं, नहीं प्रधान जी, ऐसा कुछ नहीं है जैसा आप सोच रहे हैं । मैंने पहले ही आपको स्पष्ट कर दिया था कि विमला मेरा शिकार नहीं है। इस पर पूरी तरह से सिर्फ आपका हक है । मैं अपनी देवदादसी अर्पिता से मिलने के लिए उस दिन का इन्तजार कर रहा हूँ जब उसकी माँ विमला खुद उसे मन्दिर पर अर्पित करके जाएगी ।"

"अच्छा महन्त जी, कहीं आप मुझे बेवकूफ तो नहीं बना रहे हैं । देवदासी अर्पिता के ख़्वाब देखते हुए कहीं देवदासी की माँ का भी उपभोग साथ ही तो नहीं किया जा रहा है ?"

"प्रभु जगन्नाथ की खसम खाकर कहता हूँ प्रधान जी, मेरे मन में विमला को लेकर कोई पाप नहीं है ।" महन्त ने प्रधान के समक्ष हाथ जोड़कर सफाई देते हुए कहा।

"देखो महन्त यह भगवान- वगवान की खसम खाकर मुझे उल्लू तो बनाओ मत। हम लोग अच्छे से जानते हैं कि ये सारे के सारे भगवान, अल्लाह, यिशु सबके सब हमारे जैसे चतुर और चालाक लोगों के द्वारा ही गढ़े गए हैं। इनके नाम पर भोली- भाली अनपढ़ जनता को कैसे अन्धविश्वास और पाखण्ड में उलझाकर अपना उल्लू सीधा किया जाता है यह मुझसे और तुमसे बेहतर शायद ही कोई और जानता होगा।"

प्रधान ने महन्त की नब्ज टटोलने के लिए अंधेरे में तार्किक तीर छोड़ते हुए कहा ।

महन्त प्रधान दलपत सिंह की बातें सुनकर सकपका गया था। उसे इतना अंदाज़ा नहीं था कि प्रधान इस हद तक जाकर सच्चाई बयान कर देगा । फिर भी वह खुद को संभालते हुए बोला - " देखिए महन्त जी, आप जो कुछ भी कह रहे हैं उस पर मुझे कोई ऐतराज नहीं है । अपितु जानकर अच्छा लगा कि आप धर्म और भगवान के अस्तित्व में आने की सच्चाई जानते हैं । परन्तु हरेक इन्सान को अपना पेट पालने के लिए किसी न किसी व्यवसाय का सहारा लेना ही पड़ता है। फिर व्यवसाय को फलने फूलने के लिए विभिन्न प्रयास, advertisement करना पड़ता है। बस ये सभी धर्म और भगवान, अल्लाह, यीशु मसीह इत्यादि सब हमारे व्यवसाय के विज्ञापन हैं, जिनके माध्यम से हम अपनी और अपनी पीढ़ियों का भरण पोषण

करते हुए आ रहे हैं ।” महन्त ने भी अब पूरा का पूरा सच उगलते हुए कहा ।
“देखिए महन्त जी अब आप अपने साथ- साथ हम क्षत्रियों को तो लपेटीय मत। हमारा काम सिर्फ धर्म और उसके प्रतिपादकों या कहें विज्ञापन दाताओं की सुरक्षा और संरक्षा करने से ज्यादा कुछ नहीं है। आप लोगों का हम क्षत्रियों ने हमेशा साथ दिया है। परन्तु इसका मतलब यह नहीं है कि आप लोग हमारा ही शिकार खुद कर लो।” प्रधान दलपत सिंह ने अपनी भौहें तानते हुए कहा।

भाग 26 : पुनः चेतना-विमला का खुद से सामना !

महन्त जी और ग्राम प्रधान दलपत सिंह दोनो अभी विमला को लेकर बहस कर ही रहे थे कि तभी उन्हें विमला के कराहने की आवाज सुनाई दी । महन्त ने तुरन्त घड़ी की तरफ़ देखा तो पता चला कि सुबह के ठीक पांच बज चुके थे। वह समझ गया था कि अब विमला को होश आ रहा है। उसने तुरन्त प्रधान जी से कहा - “देखिए प्रधान जी अगर आप और देर तक यहाँ मुझसे बहस करते रहे तो मामला बिगड़ सकता है । हम दोनों की भलाई इसी में है कि आप अब यहाँ से विदा लें और मुझे भी विमला को विदा करने दें। विमला मुझे अपनी दाई मां जैसा समझती है इसलिए वह पुत्र प्राप्ति के मोह में अंधी होकर गर्भ धारण यज्ञ जैसी गर्भाधान विधि में मेरा साथ दे रही है। यदि विमला को मुझ पर जरा भी शक हो गया तो हो सकता है कि वह इस विधि- विधान को त्याग कर मुझे प्राण त्यागने हेतु विवश कर दे ।”
महन्त जी की बात प्रधान जी के समझ में नहीं आई थी लिहाजा वे फुसफुसाते हुए बोले - “कहना क्या चाहते हो महन्त जी, जरा साफ

- साफ बताइए । यह आपके प्राण त्यागने की बात बीच में कहाँ से आ गई?"

" देखिए प्रधान जी यदि विमला को मेरे कर्मकाण्ड का सच पता चल गया तो वह यह यज्ञ का विधि- विधान तो छोड़ ही देगी और अपने पूरे गांव और समाज में ढिंढोरा पीट- पीट कर हमारे कुकर्मों से अवगत करवा देगी। फिर हमारी क्या इ़ज्जत रह जाएगी समाज में और मेरी इज्ज़त, मान, सम्मान का फालूदा बने इससे पहले बेहतर होगा कि मैं अपने प्राण ही त्याग दूँ । आप इन चमारों की औरतों को जानते नहीं हैं । यह जब अपनी पर आ जाए तो किसी को भी घुटने टेकने पर मजबूर कर सकती हैं।" महन्त जी ने प्रधान को समझाते हुए कहा।

"बात तो तुम्हारी ठीक है म्हन्त, परन्तु तुम यह भूल रहे हो कि औरतें किसी भी जाति समाज की हो वो सिर्फ़ औरत होती है और जब कोई औरत अपने मान - सम्मान के लिए उठ खड़ी होती है ना तो फिर वह फिर फूलन बन जाती है । लिहाजा हम दोनों की ही भलाई इसी में है कि विमला को कभी भी हमारे षड्यंत्र का पता नहीं चल पाए।"

प्रधान दलपत सिंह की बातें सुनकर महन्त गहरी सोच में पड़ गया। उसने फूलन देवी की कहानी सुन भी रखी थी और फिल्म में देख भी रखी थी । थोड़ी देर के लिए उसे अपने आस-पास फूलन ही फूलन नज़र आने लगी थी। डर से उसके हाथ- पैर कांपने लगे थे । उसका खुद का अस्तित्व उसे खतरे में नजर आ रहा था। कहते भी है ना कि जब आदमी के जहन में अनिष्ट की आशंका घर कर जाती है तो उस पर भय हावी हो जाता है, और इस भय के कारण ही अस्तित्व में आती हैं काल्पनिक शक्तियां । इन कपोल कल्पित ताकतों को ही इन्सान भगवान, अल्लाह, यीशु, देवी या देवता का नाम देकर पूजने लगते हैं । महन्त सोचते- सोचते काफी भयभीत हो गया था। इस दौरान विमला पूरी तरह होश में आ चुकी थी ।

पढ़ते रहिए, अगले भाग में आप पढ़ेंगे कि विमला को होश आने पर क्या हुआ ?

भाग 27 : ग्रामप्रधान का पलायन !

प्रधान और महन्त के बीच दबे स्वर में चल रही बातचीत अभी समाप्त भी न हुई थी कि अचानक कक्ष की निस्तब्धता को चीरती हुई एक मद्धिम कराह सुनाई दी। यह विमला की थी। महन्त का चेहरा एकाएक तना, उसे समझते देर न लगी कि अचेतना का आवरण अब टूटने वाला है। उसने तत्परता से प्रधान की ओर झुककर फुसफुसाते हुए कहा- "प्रधान जी, अब उचित यही होगा कि आप तुरंत यहाँ से चले जाएँ। यदि विमल को आपकी उपस्थिति का तनिक भी आभास हो गया तो न केवल हमारी साधना भंग होगी, बल्कि सब कुछ उजागर भी हो सकता है। तब न आपकी इच्छा पूरी होगी, न मेरी...और संभव है यह परंपरा ही समाप्त हो जाए। यदि लोग जागरूक हो गए तो फिर न रहेगा बाँस, न बजेगी बाँसुरी।"
प्रधान इस आशंका में भी हँसी खोज बैठा और धीमे स्वर में खिलखिला उठा। महन्त ने तुरंत उसके मुँह पर हाथ रख दिया- "अपनी हँसी और उतावलेपन दोनों पर संयम रखिए, प्रधान जी। एक क्षण की असावधानी हम सब पर भारी पड़ सकती है।"
संकेत समझते ही दलपत सिंह बिना समय गंवाए गर्भगृह से बाहर निकल गया।
उधर विमला की चेतना धीरे-धीरे लौट रही थी। उसकी पलकों में कंपन हुआ, फिर उसने आँखें खोलीं। सामने दीपक की लौ टिमटिमा रही थी और देवमूर्ति की छवि धुंधली-सी तैर रही थी। उसने उठने का

प्रयास किया, माथा झुकाया और पहले प्रभु जगन्नाथ, फिर महन्त के चरणों में प्रणाम किया। बिना कुछ बोले उसने अपने वस्त्र ठीक किए, पूजा की थाली संभाली और घर की ओर चल पड़ी।

महन्त ने उसके सिर पर हाथ रखकर आशीर्वाद दिया-"पुत्रवती भव।" फिर वह ऐसे मंत्रोच्चार में लीन हो गया मानो संसार से सर्वथा विरक्त हो, एकाग्र, शांत, और निर्विकार।

किन्तु मंदिर से बाहर निकलते ही प्रधान के मन में एक अलग ही उथल-पुथल चल रही थी। उसके चेहरे की मुस्कान धीरे-धीरे संदेह में बदल रही थी। वह मन ही मन बुदबुदाया- "कहीं यह महन्त मुझे मूर्ख तो नहीं बना रहा...? यज्ञ और अनुष्ठान की आड़ में स्वयं ही सब फायदा उठा रहा हो...और मुझे केवल आश्वासन देता जा रहा हो...।" यह विचार आते ही प्रधान के भीतर का सामंती अहं जाग उठा और बोल- "नहीं... अब इस महन्त को समझाना पड़ेगा कि विमला पर असली अधिकार किसका है।" उसने मन ही मन एक योजना बना ली। "जमीन... वही महन्त की कमजोरी है। मंदिर की चारागाह वाली जमीन का मामला फिर उठाना होगा। तब देखूँगा इसका संतुलन कैसे बना रहता है।"

अगले ही क्षण उसने पंचायत समिति के ब्लॉक विकास अधिकारी को संदेश भिजवाया कि "मंदिर की भूमि संबंधी फाइल अगली बैठक में प्रस्तुत की जाए।"

अपने कक्ष में बैठा वह मूँछों पर ताव देते हुए सोचने लगा- "जब-जब सामंतवाद कमजोर पड़ा है, ब्राह्मणवाद ने अधिकार जताने की कोशिश की है। इतिहास गवाह है...पर अब समय बदल चुका है। यहाँ वही टिकेगा जिसके हाथ में ताकत होगी।"

प्रधान के मन में प्रतिद्वंद्विता का भाव स्पष्ट हो चुका था। अब यह केवल व्यक्तिगत इच्छा का प्रश्न नहीं रहा था; यह प्रतिष्ठा और नियंत्रण का खेल बन चुका था।

प्रधान ने निश्चय कर लिया था कि कल पंचायत समिति की बैठक में वह इस विषय को पूरे जोर से उठाएगा। भूमि के कागज़ सामने रखे जाएंगे, सवाल पूछे जाएंगे, और महन्त को विवश किया जाएगा कि वह उसके आगे झुके। तब वह समझेगा... और फिर मेरे लिए कोई भी द्वार बंद नहीं रहेगा।

मंदिर की घंटियाँ दूर तक सुनाई दे रही थी, मानो आने वाले संघर्ष की आहट दे रही हों। एक ओर आस्था की आड़, दूसरी ओर सत्ता का दबाव दोनों टकराने को तैयार थे। अगले भाग में पढिए, पंचायत की बैठक में प्रधान किस प्रकार महन्त पर अपना शिकंजा कसता है और यह टकराव किस दिशा में कहानी को ले जाता है।

भाग 28 : महन्त पर प्रधान का शिकंजा !

प्रधान दलपत सिंह पूरी तरह से महन्त को फिर से शिकंजे में लेने की ठान चुका था । उसने पंचायत समिती के सेक्रेटरी को महन्त द्वारा मन्दिर के नाम पर कब्जाई गई चारागाह की जमीन वाली फाइल निकालकर आज होने वाली बैठक में प्रस्तुत करने का आदेश पहले ही दे दिया था । इस बैठक में प्रधान ने फिर से चारागाह की जमीन को खाली करवाने का प्रस्ताव पास करवा लिया था और महन्त के नाम एक ऑर्डर तैयार करवाकर अपनी गाड़ी में रख लिया था ।

अब प्रधान अपनी मूछों पर ताव देते हुए महन्त से मिलने के लिए मन्दिर की तरफ रवाना हो गया । उसकी फॉर्चून गाड़ी सरपट दौड़ती हुई हवा से बातें कर रही थी । थोड़ी ही देर में वह महन्त जी के निजी कमरे के बाहर खड़ा था। अपने सीसी टीवी कैमरे से महन्त को पता चल गया था कि प्रधान दलपत सिंह बेहद गुस्से में हैं और उसके कमरे

की तरफ़ ही बढ़ रहा है लिहाजा वह दोनों हाथ जोड़कर प्रधान दलपत सिंह से माफ़ी मांगने के लिए दरवाज़े पर खड़ा हो गया । प्रधान दलपत सिंह को सामने देखते ही महन्त बोला - " प्रधान जी अपने इस सेवक को माफ़ कर दीजिए। मुझे पता है कि अब आपका धैर्य जवाब देने लगा है परन्तु आप मेरी बात को भी समझिए। यदि आपने विमला को पाने या उसके साथ अपनी हसरतें पूरी करने में जरा भी जल्दबाजी की तो सारा खेल ख़त्म हो सकता है ।"

"देखो महन्त जी अब आप मुझे उल्लू बनाना बन्द कीजिए और यह पंचायत का ऑर्डर थामिए। कल शाम तक मन्दिर के लिए आप द्वारा कब्जाई गई चारागाह की जमीन खाली करके पंचायत को संभला दीजिए । अन्यथा पंचायत समिती खुद आपसे जमीन खाली करवा लेगी।" प्रधान दलपत सिंह ने जेब से पंचायत समिती का ऑर्डर निकालकर महन्त की ओर बढ़ाते हुए कहा ।

ऑर्डर को देखते ही महन्त फूट - फूट कर रोने लगा और बोला – "प्रधान जी मुझ ग़रीब की रोज़ी- रोटी मत छीनिए। मुझ पर और मेरे परिवार पर रहम कीजिए। यदि मन्दिर की इस जमीन पर हम खेती नहीं करेंगे तो खाएंगे क्या प्रधान जी ? मन्दिर पर चढ़ावा आता ही कितना सा है, और फिर आज कल गाँव के लोग भी दान-पुण्य कम ही करते हैं। हम लोग तो भूखों मर जाएंगे प्रधान जी।" कहकर महन्त, प्रधान दलपत सिंह के पैर पकड़कर गिड़गिड़ाने लगा ।

प्रधान दलपत सिंह ने महन्त से अपने पैर छुड़ाते हुए कहा - "देखो महन्त जी आपको मैंने पहले ही चेताया था कि यदि आपने मेरी हसरतें पूरी करने में मदद नहीं की तो आपको सड़क पर आने से कोई नहीं रोक पाएगा। आख़िर हम ठाकुरों की भी कोई इज़्जत होती है। आपने तो मुझे बहुत हलके में ले लिया ।"

भाग 29 : विमला का भय - भीतर की सिहरन !

हमेशा की भाँति रात के नौ बजते ही विमला निस्तब्ध गलियों से होकर मन्दिर की ओर बढ़ी। यह गर्भ धारण यज्ञ का पन्द्रहवाँ दिन था। उसके मन में डर और विवशता का साया मंडरा रहा था, परन्तु घर-परिवार की शांति और अपने वैवाहिक जीवन को बचाए रखने की चाह ने उसे बाँध रखा था। पति से तलाक़ का भय उसके कदमों को मन्दिर तक खींच लाया था ।

मन्दिर का गर्भगृह, जहाँ घना अंधकार और रहस्यमयी निस्तब्धता पसरी हुई थी, उसे हर रात की तरह आज भी अपने आगोश में लेने को तत्पर था । विमला ने मौन भाव से अपने वस्त्र उतारे और विधि-विधान के अनुसार यज्ञ की तैयारी में स्वयं को समर्पित कर दिया। महन्त जी आए, उन्होंने पवित्रता के नाम पर शुद्धिकरण कराया, आहुतियाँ दीं और आस्था का आवरण ओढ़ाकर उसे चरणामृत दिया। परन्तु उस चरणामृत में आज भी वही अदृश्य ज़हर घुला था- बेहोशी का ।

आदेशानुसार विमला मखमली बिस्तर पर लेट गई । पलक झपकते ही निद्रा ने उसे जकड़ लिया। उसका चित्त अंधकार में डूब गया, और शरीर असहाय पड़ा रहा। महन्त ने उसे परखा, और जब आश्वस्त हुआ कि वह चेतना-शून्य है, तो उसने षड्यंत्र की अगली कड़ी आगे बढ़ाई ।

तहख़ाने से निकलकर उसने प्रधान दलपत सिंह को संकेत दिया- "अब समय है, प्रधान जी । वह पूरी तरह अचेत है। आप जो चाहें कर लीजिए। मैं बाहर पूजा-पाठ का आडंबर रचता रहूँगा, ताकि किसी भक्त को कोई शंका न हो।"

प्रधान की आँखों में प्यास और चेहरे पर हवस का झलकता विकराल रूप उभर आया। वह गर्भगृह के उस कक्ष में पहुँचा, जहाँ विमला बेसुध पड़ी थी। उसकी नज़रें लालसा से भरी थीं, और हृदय में वासना की लपटें भड़क रही थीं। विमला की असहाय देह उसके लिए किसी विजय-ध्वज की तरह प्रतीत हो रही थी।

वह धीरे-धीरे उसके समीप गया, और अपने भीतर वर्षों से दबे अंधेरे आवेग को उन्मुक्त करने लगा। विमला बेहोशी में थी, किंतु उसके अधरों से कराह की हल्की ध्वनि फूट रही थी। वह आधी चेतना में कहीं विश्वास और कहीं भय के बीच डोल रही थी। उसके मन में केवल वही एक बात बार-बार कौंध रही थी- "शायद आज प्रभु स्वयं आकर मुझे पुत्र रत्न का वरदान देंगे।"

परंतु वहाँ प्रभु नहीं थे- केवल छल, पाखंड और वासना का उन्मादी नृत्य था। मखमली बिस्तर, जो आस्था और आशा का प्रतीक होना चाहिए था, उसी पर एक निर्दोष नारी का विश्वास छलनी किया जा रहा था।

रात्रि का एक पूरा पहर इस पापपूर्ण क्रीड़ा में बीत गया। विमला की चेतना कहीं दूर गहराई में खोई रही, और उसका शरीर उन दुष्कृत्य की परछाइयों से गुज़रता रहा, जिनका उसे भान तक न था। बाहर गर्भगृह में घण्टे-घड़ियाल बज रहे थे, शिवलिंग पर जलाभिषेक की धारा बह रही थी, और महन्त अपने अभिनय में लीन थे।

भाग 30 : क्यों उड़े विमला के होश ?

मंदिर के गर्भगृह के बाहर फैली सांझ गहराती जा रही थी । धूप की अंतिम किरणें धीरे-धीरे पत्थरों पर सोने की तरह जमने लगी थीं । पूरा परिसर अगरबत्तियों और चंदन की गंध से भर उठा था । इसी वातावरण में, भीतर वाले कक्ष में लेटी विमला पर दी गई बेहोशी की दवा का असर अब धीरे-धीरे कम होने लगा था । पलकों में कंपकंपी दिखाई देने लगी, साँसों की गति कुछ तेज हो गई । उसके अधरों पर कराह जैसी हल्की सिहरन उभरी, जिसे केवल कोई संवेदनशील आँख ही पकड़ पाती पर यहाँ तो कोई संवेदनशील न था।

प्रधान दलपत सिंह, जिसने अपनी सत्ता और पाशविकता के नशे में विमला की असहाय चेतना को रौंद डाला था, अभी भी अपने अपराध के सुख में डूबा हुआ था । उसके लिए यह कोई पाप, कोई दुष्कृत्य नहीं था, यह तो वर्षों से चली आ रही वह विकृत परंपरा थी जिसमें वह स्वयं को अधिकारपूर्वक भागीदार समझता था ।

दूसरी ओर महन्त जी मंदिर के विशालकाय स्तंभों के बीच खड़े हुए शिवार्चन का नाटक कर रहे थे । होठों पर मंत्रोच्चार की कम्पन अवश्य थी, पर मन पूरी तरह सामने दीवार पर टंगी घड़ी पर टिका हुआ था । सुई जैसे-जैसे आगे बढ़ रही थी, उनका धैर्य और बेचैनी एक साथ बढ़ते जा रहे थे। उन्हें स्पष्ट आभास था कि विमला अब किसी भी क्षण चेतना में लौट सकती है । और यदि वह जाग गई तो ? यदि उसने कुछ देख लिया, समझ लिया तो ? सोच मात्र से ही उनके भीतर घबराहट की लहर दौड़ जाती।

एक घण्टा पूरा होने को ही था । महन्त के माथे पर पसीने की पतली लकीर उभर आई । उन्होंने बिना एक क्षण गंवाए अपनी “आराधना” पूर्ण की और शीघ्रता से उस कक्ष की ओर बढ़ चले जहाँ भीतर पाप

और पाखंड की भयावह कथा अभी ठहरी हुई थी । उनके कदमों में एक कृत्रिम शांति थी, पर आँखों में चिंता का तूफान ।

कक्ष के पास पहुँचकर उन्होंने दरवाज़े पर अत्यंत हौले से दस्तक दी मानो कोई रहस्य भी न टूटे और भीतर बैठा राक्षस भी क्रोधित न हो- "प्रधान जी," उन्होंने भीतर झाँकती आवाज़ में कहा,-"मेहरबानी करके अब प्रभु-आराधना के कक्ष से बाहर आइए । समय हो चुका है । विलंब हुआ तो प्रभु जगन्नाथ जी रूष्ट हो जाएंगे।"

यह वाक्य जैसे दलपत सिंह के मदहोशी भरे सुख पर एक तेज प्रहार था । उसका नशा कुछ क्षणों में उतर गया । वह विमला को उसी हाल में छोड़कर अपने कपड़े सम्हालने लगा । होंठों पर मुस्कान थी । वह मुस्कान जो दोषियों के चेहरे पर पाई जाती है, जहाँ अपराध को वे अपना "अधिकार" मान बैठते हैं ।

कमरे से बाहर आते ही वह इठलाकर बोला,- "क्या बात है महन्त जी ? मेरा सुख आपसे सहन नहीं हुआ क्या ? इतनी जल्दी परेशान करने चले आए ? अभी तो मैं उस विमला रूपी सुख-सागर में गोते लगाने ही लगा था और आपने घड़ी में एक घण्टा पूरा कर दिया! ज़रा देखें तो... कहीं आपने घड़ी के साथ कोई चाल तो नहीं चली ?"

उसने अपनी जेब से महँगी कलाई-घड़ी निकाली और ध्यान से समय देखा । वास्तव में एक घण्टा पूरा हो चुका था । उसे इस सत्य ने संतुष्टि ही दी, संकोच नहीं। अपनी विकृत विजय की अनुभूति लिए वह बाहर निकल गया और तेज़ी से अपनी गाड़ी स्टार्ट कर पंचायत समिति की ओर रवाना हो गया मानो उसके पीछे कोई अपराध नहीं, बल्कि कोई महत्वपूर्ण प्रशासनिक कार्य छूट रहा हो ।

प्रधान की गाड़ी की आवाज़ जितनी दूर जाती रही, महन्त जी ने गहरी साँस ली और तत्क्षण अपनी भूमिका में लौट आए , वे फिर से "आध्यात्मिकता" का वस्त्र ओढ़कर मंदिर के गर्भगृह की ओर बढ़ चले ।

उधर कमरे में विमला धीरे-धीरे होश में लौट रही थी । पलकें भारी थीं, देह टूटती-सी प्रतीत हो रही थी । उसने आँखें खोलीं तो उसे ऐसा लगा जैसे कोई परछाईं पहले इस कमरे में थी और अभी-अभी भागी है । उसके मन ने भय की एक हल्की लेकिन गहरी लहर महसूस की। वह उठने की कोशिश करती है, पर शरीर में तेज़ झटके जैसे दौड़ जाते हैं ।

उसे समझ नहीं आ रहा था कि यह दर्द क्यों है, यह टूटन क्यों है । लेकिन तभी महन्त जी भीतर आए और विमला से बोले । उनके चेहरे पर कृत्रिम करुणा और आँखों में छिपा हुआ भय एक साथ झलक रहा था ।

"धैर्य रखो, विमला," उन्होंने अत्यंत मधुर स्वर में कहा, -"सब ठीक हो जाएगा । यह दर्द बहुत शुभ संकेत है । आज निश्चित ही प्रभु जगन्नाथ जी तुम्हारे समीप आए होंगे। आधे महीने से हम जो गर्भ-धारण यज्ञ कर रहे हैं, उसका फल मिलने ही वाला है । यह पीड़ा उसी सफलता की पहली अनुभूति है । शीघ्र ही तुम्हें पुत्र-प्राप्ति का संदेश मिलेगा । मैं स्वयं उस पावन दिन की प्रतीक्षा कर रहा हूँ ।"

महन्त के शब्दों ने विमला के भीतर किसी भटकी हुई आशा को जागृत कर दिया । वह अपने दर्द को, अपने भय को भूलने लगी । जिस स्त्री को बचपन से यह सिखाया गया हो कि पुत्र-प्राप्ति ही उसका सौभाग्य, उसका जीवन, उसका भविष्य है, उसके लिए इस तरह के वचनों में किसी वरदान का आकर्षण ही नहीं, बल्कि अपनी सामाजिक स्वीकार्यता का आश्वासन भी छुपा रहता है ।

वह श्रद्धा और विश्वास के मिश्रण से काँपते हुए प्रभु के चरणों की ओर झुक गई । उसकी आँखें बंद हो गईं, दर्द अभी भी था, पर उससे बड़ा उसके भीतर का वह स्वप्न था जिसमें वह अपनी बाँहों में एक पुत्र को लिए खड़ी थी, जिसे समाज उसे सम्मान देगा, और जिसका जन्म किसी चमत्कार की तरह माना जाएगा ।

महन्त जी उससे मौन-व्रत रखने को कह चुके थे । अतः उसके पास कोई शब्द नहीं थे, केवल विश्वास था, विश्वास जो उसके हृदय को शांत भी कर रहा था, और भीतर कहीं धीरे-धीरे उसे भीतर से तोड़ भी रहा था, पर वह इस सत्य से अनभिज्ञ थी ।

काफ़ी देर तक विमला अपने दर्द से मुक्ति पाने के लिए आँखें बंद किए बैठी रही । कमरे में एक अजीब-सी शांति छाई थी, वह शांति, जो केवल पाप के बाद ही आती है। महन्त जी अब मंदिर के गर्भगृह में लौट चुके थे और वहाँ खड़े होकर वही आरती और वही पूजा दोहरा रहे थे, जिनका उपयोग वे लोगों को भ्रमित करने के लिए करते थे ।

धीरे-धीरे विमला के भीतर का दर्द कुछ कम हुआ । वह उठी, कपड़े ठीक किए और हाथ जोड़कर प्रभु की मूर्ति की ओर एक अंतिम बार निहारा । उसके चेहरे पर थकान थी, पर एक क्षीण-सी संतुष्टि भी जिसे महन्त के कथनों ने उसके भीतर बोया था ।

कुछ क्षण रुककर वह मंदिर के विशाल द्वार की ओर बढ़ी । बाहर का आकाश अब गहरा नीला हो चुका था। पक्षियों की अंतिम टोलियाँ अपने घर लौट रही थीं । विमला ने धीमे कदमों से मंदिर की सीढ़ियाँ उतारीं और बिना किसी से कुछ कहे चुपचाप अपने घर की ओर चल पड़ी ।

उसे अंदाज़ा भी नहीं था कि वह आज किस अंधकार को "धार्मिक चमत्कार" समझकर अपने साथ ले जा रही है और यह भी नहीं जानती थी कि उसकी मासूमियत, उसकी भक्ति, और उसकी माँ बनने की लालसा को कैसे दो दरिंदों ने मिलकर "यज्ञ" का नाम देकर कलंकित कर दिया था । लेकिन विमला के लिए...यह सब अभी भी प्रभु की इच्छा था ।

अगले भाग में आप पढ़ेंगे विमला की मनः स्तिथि और पीड़ा की पराकाष्ठा के बारे में !

भाग 31 : विमला की मनः स्तिथि-पीड़ा की पराकाष्ठा !

मन्दिर से लौटते समय विमला का चेहरा बुझे हुए दीपक के समान लग रहा था। घर पहुँचते ही उसका शरीर जैसे टूट गया हो । अंग-अंग थकान से चूर, स्नायु टूटे-फूटे से और मांसपेशियाँ मानो किसी ने निर्दयता से मसल दी हों। पेट के निचले हिस्से में उठती तीव्र पीड़ा उसकी चेतना को हर क्षण झकझोर रही थी। वह दोनों हाथों से पेट दबाए पास रखी खटिया पर निश्चेत होकर गिर पड़ी और निस्तब्ध दृष्टि से शून्य में ताकती रही।

उसके भीतर प्रश्नों का एक झंझावात उठ खड़ा हुआ था- "यह कैसा पितृसत्तात्मक समाज है," वह मन ही मन बुदबुदाई, "जहाँ स्त्री को मात्र पुत्र-प्राप्ति का साधन समझा जाता है? क्यों एक औरत के शरीर को उसके ही परिजन नग्न करके तथाकथित गर्भधारण यज्ञ की आहुति बना देते हैं? और मैं? चाहकर भी इन अत्याचारों का प्रतिवाद क्यों नहीं कर पा रही हूँ ?"

वह अचानक काँप उठी । उसका मस्तिष्क उत्तर की खोज में भटकने लगा- "शायद यह सब मेरा ही दोष है," उसने अपने मन को समझाने का प्रयास किया, "कि मैंने पाँच पुत्रियों को जन्म दिया, किन्तु एक भी पुत्र नहीं। इसी अपराधबोध ने मुझे इन दुर्दिनों में धकेल दिया है।" उसकी आँखों से आँसुओं की धार बह चली। पीड़ा से कराहते हुए उसने फिर प्रतिवाद किया-"परन्तु यदि बेटा पैदा नहीं हुआ तो इसका दोष अकेले मेरा क्यों ? सन्तान का उत्तरदायित्व तो पति-पत्नी दोनों का होता है। इसके लिए तो कलुआ ही ज़िम्मेदार है।"

कलुआ का स्मरण होते ही उसके नेत्रों में नमी और गहराई उतर आई। "कितना स्वार्थी है यह पुरुष जाति भी," उसने सोचा, "देखो ना,

कलुआ पुत्र प्राप्ति के लिए मेरे साथ सानिध्य में समय बिताने की बजाय कांवड़ यात्रा पर निकला हुआ है । क्या उसे यह सरल तथ्य भी ज्ञात नहीं कि संतान देवताओं की यात्राओं से नहीं, पति-पत्नी के सजीव मिलन से जन्म लेती है ?"

उसका मन एक ओर पति की उपेक्षा पर कचोटता, तो दूसरी ओर सास के व्यवहार पर तड़प उठता-"मेरी सास स्त्री होकर भी मेरे साथ यह अन्याय क्यों कर रही है? क्यों वह मुझे गर्भ धारण यज्ञ की ज्वाला में धकेल रही है? क्या केवल इसलिए कि उसे पोता चाहिए? क्या वह मेरी पीड़ा समझने में अक्षम हो गई है ?"

विमला का मस्तिष्क फिर अपने ही प्रश्नों का उत्तर ढूँढ़ने लगा- "हो सकता है वह स्वयं मेरी दुश्मन न हो। शायद वह भी तो अपने बेटे की आज्ञा के आगे विवश है। कौन जाने, यह धारणा कि 'औरत ही औरत की दुश्मन होती है' असल में पुरुषों की ही गढ़ी हुई चाल हो, ताकि स्त्रियाँ एक-दूसरे पर ही संदेह करती रहें और पुरुष जाति की पाखंडपूर्ण सत्ता निर्विघ्न चलती रहे ।"

उसकी सोचें बवंडर की तरह उठतीं और गिरतीं। एक प्रश्न का उत्तर खोजती तो दूसरा उससे भी कठिन प्रश्न सामने आ खड़ा होता। विचारों की इस तूफ़ानी लहरों के बीच जब सब कुछ डूबने-उतराने लगता, तभी कलुआ का चेहरा उसकी आँखों के सामने आ जाता । वह पलंग पर लेटे-लेटे अनगिनत बार कलुआ को याद करती, कभी उपेक्षित पति की तरह, कभी उसके पाखंड पर क्रोधित स्त्री की भाँति, तो कभी किसी टूटे सहारे की आस में । सोचते-सोचते उसकी पलकों पर नींद उतर आई। पीड़ा और प्रश्नों से भरे हुए मन को गहरी निद्रा ने अपने करुण आँगन में सुला लिया।

कमरे में अब केवल उसकी धीमी साँसों की ध्वनि शेष रह गई थी। बाहर गली के किनारे पत्तों की सरसराहट और भीतर एक स्त्री की अधूरी पुकार, दोनों मिलकर रात के सन्नाटे में विलीन हो रहे थे ।

भाग 32 : कलुआ की कावड़ यात्रा ?

विमला उस शाम असामान्य रूप से व्याकुल थी । मंदिर से लौटते हुए उसके पैरों में कंपन था और मन में चिन्ताओं का अथाह समुंदर उठा हुआ था । वह कई बार अपने झोंपड़े के बाहर आकर पगडंडी की ओर झाँकती मानो अभी कलुआ कहीं से थकान से चूर, मुस्कुराता हुआ आता दिखाई दे जाएगा । पर पगडंडी सूनी थी, हवा भी स्थिर । ऐसा लगता था जैसे सारी दुनिया ठहर गई हो और केवल विमला की चिंता ही बहती चली जा रही हो ।

उसका पति कलुआ एक माह के लिए पैदल कावड़ यात्रा पर गया था । एक पूरा महीना जिसकी एक-एक रात विमला को साल की तरह भारी लगती । उसे याद था, जब कलुआ ने उसके माथे पर हाथ रखकर कहा था, -"बाबा जल चढ़ाकर आऊँगा तो सब दुःख हर लेंगे... बस इस बार पुत्र-प्राप्ति का वर मिल जाए ।" और वह उसी विश्वास के सहारे कावड़ लेकर निकल पड़ा था ।

लेकिन कावड़ यात्रा की स्मृति जैसे ही विमला के मन में उठती, उसी के साथ घुली-बसी असहज छवि भी उभर आती वह शोर, वह उन्माद, वह भीड़, वह भगवा समुद्र... और उसी में खो जाता उसका भोला-भाला कलुआ । विमला की आँखों के सामने वह सारा दृश्य किसी चलचित्र की तरह घूमने लगा ।

कान फाड़ देने वाले डीजे पर बजते भजन, ढोल-नगाड़ों की ताल पर चिल्लाते कांवड़िए, जिनके गलों से गूँजता नारा- "बम-बम भोले ! हर-हर महादेव !" मानो आस्था नहीं, एक उन्माद का शस्त्र बन गया हो। हजारों की भीड़ भगवा टी-शर्ट और हाफ पैंट पहने, कंधों पर कावड़ लटकाए ऐसे दौड़-भाग रही थी, जैसे यह यात्रा किसी देश की

रक्षा का अभियान हो, मानो ये सैनिक हों और सामने कोई दुष्मन सेना टकराने को तैयार ।

जबकि विमला यह सनझती थी कि इन यात्राओं का देशभक्ति से दूर-दूर तक कोई संबंध नहीं । उसे बराबर स्मरण था कि यही दृश्य मोहर्रम के ताज़िए हों, ईद की रैलियाँ हों अथवा किसी भी धर्म का जुलूस, सभी में भीड़, उन्माद, शोर और दिखावा ही अधिक होता है। यह भक्तिभाव कम और लोगों के भीतर भरी अनियंत्रित सामूहिकता का प्रदर्शन अधिक प्रतीत होता था ।

और यह भी विडंबना कि इस भीड़ को संभालने का भार फिर पुलिस और कभी-कभी सेना पर आता, वे ही सेना, जिसके पास देश की सीमाओं की सुरक्षा की असल जिम्मेदारियाँ होती हैं । जबकि इन धार्मिक उन्मादों की सुरक्षा वही सरकारी तंत्र उठाता है, जो परिवार का हिस्सा हो न हो, देश का प्रहरी अवश्य है।

विमला अक्सर सोचर्त- भक्ति कब से बम-बम, ढोल-नगाड़ों और शक्तिशाली लाउडस्पीकरों की मोहताज हो गई ? पर ऐसा सोचने की हिम्मत वह दिल में ही रखती। खुलकर किसी से कहना उसके लिए संभव न था ।

कावड़िए भीड़ में नाचते-गाते आगे बढ़ते, और उनके इर्द-गिर्द पूरा महज़बी कुनबा लगा रहता-पंडों का, सेवा समितियों का, और उन लोगों का जिन्हें हर साल उन्माद परोसने के लिए पूरा 'प्रबंधन' खड़ा करना होता था । खाने-पीने के लंगर, फलाहार, दूध-जलेबियाँ ऐसे बाँटी जातीं जैसे यह यात्रा नहीं कोई रणभूमि हो और ये कांवड़िए रणवीर हों पर जब असली युद्ध या देश की सीमा पर सेना को मदद की जरूरत होती है, तो यही भक्त की भीड़ हवा की तरह गायब हो जाती है । विमला को इसका अनुभव तो नहीं था, पर उसके मन का तर्क उसे यही समझाता था ।

इसी हंगामे और भीड़ में उसका कलुआ सबसे आगे था । उसके चेहरे पर तपस्वी-सी श्रद्धा थी, माथे पर चंदन, कंधे पर लाल और नारंगी गमछा, कदमों में तेज़ी मानो शिव के बुलावे पर स्वयं कैलाश की ओर बढ़ रहा हो। उसी समय मंदिर की सीढ़ियों पर चढ़ते हुए एक पुजारी ने कलुआ को रोक लिया था । पुजारी की आँखों में चमक थी, वह चमक जो अक्सर किसी व्यापारी की आँखों में सौदा देखते समय दिखती है । वह कान में धीमे से बोला- "कहिये भक्त कलुआ ! इस बरस कावड़ यात्रा में कौन-सी मुराद लेकर आया है तू ? ब्याह नहीं हुआ या रोजगार चाहिए ?"

कलुआ हँसा और बोला- "अरे पंडित जी, रोजगार के लिए कौन कावड़ यात्रा पर आता है ? और आपकी दुआ से शादी भी हो गई । अब बस... एक बेटा मिल जाए यही अरदास लेकर आया हूँ ।"

पुजारी ने अपने सफेद दाढ़ी वाले चेहरे पर एक चुटीली मुस्कान बिखेरी और कहा- "जब हमरी दुआ से तेरी शादी हो ही गई, तो बेटा भी हो ही जाएगा । पर ई बता अपनी लुगाई को साथ क्यों नहीं लाया? तू कांवड़ ढोता फिर रहा है, और उम्मीद कर रहा है कि घर बैठी तेरी लुगाई बेटे की माँ बन जाए ? ऐसे कैसे होएगा ई चमत्कार ?"

कलुआ शरमाया। हल्की हँसी उसके होठों पर आई और बोला-"भोले नाथ की कृपा से सब संभव है, पंडित जी । मैं पाँच बेटियों का पिता यूँ ही नहीं हूँ। सब महादेव का आशीर्वाद है ।"

यह सुनकर पुजारी ठहाका मारकर हँसा । उसके स्वर में भक्ति नहीं, व्यंग्य और एक रहस्यमयी चालाकी थी। "पाँच बेटियाँ ? अच्छा-अच्छा ! तो बाबा की कृपा कुछ ज्यादा ही बरसी है तुम पर । चल, अपना घर का पता दे । तू इधर भोले बाबा की भक्ति करता रह, और मैं उधर जाकर तेरी लुगाई को बाबा की साधना में लीन कराता हूँ ।

फिर देख... हमारी दोनों की साधना के आगे भोलेनाथ कैसे नहीं झुकते ! पुत्र रत्न की खुश खबर लेकर ही तेरे पास वापस आऊँगा।" पुजारी के चेहरे पर शैतानी चमक थी, पर कलुआ उस संकेत को समझ नहीं पाया था। उसके मन में केवल शिव, आस्था और पिता बनने का स्वप्न था । वह बस मुस्कुराया, झुककर पंडित के चरण स्पर्श किए और बोला- "सब आपकी कृपा है, पंडित जी । जैसा आप कहें ।" वह भोलेपन से इतना भरा था कि पंडित के शब्दों में छिपे दानव को वह पहचान ही नहीं पाया । और उधर पंडित पहले ही उसके घर के पते को अपनी स्मृति में अंकित कर चुका था-एक शिकार की तरह, जिसे वह जल्द ही साधने वाला था ।

विमला यह दृश्य स्मरण करके काँप उठती । उसे याद था कि कितने गर्व से कलुआ ने यह घटना उसे बताई थी-भक्ति का अनुभव समझाकर, जैसे कोई बड़ा चमत्कार होने वाला हो और उसी भोलेपन का खामियाज़ा वह आज खुद मंदिर में भुगतकर लौटी थी। उसके भीतर का दर्द केवल शरीर का न था यह उसके विश्वास की चुभन थी, पर वह इसे समझ भी नहीं पा रही थी ।

उसके मन में उठती एक ही चिंता- कलुआ को कुछ हो न गया हो । उसका आर्शीर्वाद, उसकी आशा, उसकी विश्वासभरी यात्रा, सब सुरक्षित रहे । वह उसी चिंता में बार-बार द्वार की ओर झाँकती पर रास्ता सूना, पवन उदास, और मन भारी ही रहता ।

विमला को पता नहीं था कि उसकी यह चिंता कितनी बड़ी विडंबना अपने भीतर छिपाए बैठी है । कलुआ दूर कहीं भगवा-सागर में डूबकर "पुत्र-प्राप्ति" का सपना बुन रहा था...और यहाँ उसी सपने की आड़ में दो भेड़िए उसके घर की पवित्रता को निगल चुके थे ।

लेकिन स्त्री का हृदय अक्सर अपने ही दर्द से ज़्यादा पति की चिंता में डूब जाता है। विमला भी उसी भावनात्मक भोलेपन का हिस्सा थी। रात गहरती जा रही थी, और उसके भीतर का भय भी ।

भाग 33 : कलुआ की मनोदशा-भक्ति में व्यथा !

कलुआ के मन में इन दिनों एक ही पीड़ा बार-बार सिर उठाती थी- पाँच बेटियाँ... और बेटा नहीं ! गाँव वालों के तानों, रिश्तेदारों की फुसफुसाहटों और चौपाल पर होने वाले रोज़ के कटाक्षों ने उसके मन में यह धारणा इतनी गहरी बिठा दी थी कि पुत्र न होने का दोष उसी की पत्नी विमला पर है ।

जब भी कोई कहता- "अरे कलुआ, पाँच-पाँच बेटियाँ! कुछ तो सोच-समझ। बहू में कोई दोष है क्या ?" तो कलुआ भीतर ही भीतर सुलग उठता। स्त्री का गर्भ कैसे काम करता है, संतान का निर्धारण किस प्रकृति-नियम से होता है, इन सब बातों से वह अनभिज्ञ था। उसकी शिक्षा-दीक्षा बस इतनी ही थी कि घर, खेत, पूजा-पाठ और गाँव की लोक-परंपराएँ। विज्ञान से कोसों दूर, किंवदंतियों से घिरा उसका मन सबसे आसान रास्ता चुन लेता कि दोष विमला का ही है।

इन्हीं तानों से टूटकर एक दिन वह गाँव के बाहर स्थित प्राचीन शिव-मंदिर पहुँचा और महन्त जी के चरणों में गिर पड़ा । महन्त जी के चेहरे पर भक्ति की चमक से अधिक चतुराई की रेखाएँ थीं, फिर भी कलुआ जैसे भोले भक्त के लिए वे भगवान के दूत से कम नहीं थे। कलुआ की पीड़ा सुनकर महन्त जी ने समाधि-जैसा भाव बनाते हुए कहा-

"पुत्र प्राप्ति चाहते हो ? तो इस सावन कावड़ यात्रा पर पैदल जाओ। जल अर्पित करोगे तो मनोकामना अवश्य पूर्ण होगी । पर याद रखना, यात्रा कठिन है, इसमें आस्था और ईमानदार होनी चाहिए ।"

कलुआ के लिए महन्त का कहा पत्थर की लकीर था। उसने उसी क्षण ठान लिया कि वह पैदल ही यात्रा पूरी करेगा चाहे पैरों में छाले पड़ जाएँ या शरीर जवाब दे दे। उसे बस एक चीज़ चाहिए थी- एक

बेटा, जो उसके वंश को आगे बढ़ाए, जो उसकी मर्दानगी का प्रमाण बने, जिससे लोग तानों की जगह सम्मान से उसका नाम लें और इसी मुराद को हृदय में रखे वह कावड़ियों के समूह के साथ निकल पड़ा था। आज उस यात्रा को कई दिन बीत चुके थे ।

सूरज ढलने लगा था और कावड़ियों का दल शहर के बाहर एक विशाल शिव-मंदिर पर रुका । कावड़ को कंधे से उतारते हुए कलुआ ने राहत की साँस ली। उसके पैरों में इतनी तीव्र ऐंठन थी कि खड़े रहना भी कठिन लग रहा था। पिंडलियाँ सूज चुकी थीं, घुटने जवाब दे चुके थे, मगर मुराद का बोझ उसके उत्साह को कमजोर नहीं होने दे रहा था । पास ही एक सेठ ने भोजन और मनोरंजन की व्यापक व्यवस्था कर रखी थी । बड़े-बड़े टेंट, रोशनियाँ, लंगर की लंबी कतार दूर से देखने पर दृश्य किसी धार्मिक उत्सव से अधिक किसी मेले जैसा लगता था ।

रात के भोजन के बाद सब कांवड़िए उस जगह इकट्ठे हुए जहाँ मनोरंजन हेतु आर्केस्ट्रा का बड़ा मंच सजा था। कलुआ भी भीड़ में बैठ गया हालाँकि उसके पैरों में दर्द अब असह्य हो रहा था, लेकिन दिमाग़ में केवल एक ही बात घूम रही थी- बस यह यात्रा पूरी हो जाए... फिर सब ठीक हो जाएगा ।

मगर मंच पर कुछ और ही दृश्य शुरू हो चुका था । भजन-कीर्तन की जगह फिल्मी धुनें बजने लगीं । लाल-नीली चमचमाती लाइटों के बीच बार-बालाएँ उतर आईं, जिनके ठुमके और खुले वस्त्र देखकर लगा जैसे किसी नाइट-क्लब का छोटा संस्करण भीड़ के बीच रखा हो । धर्म, भक्ति, संयम, इन सबका यहाँ कोई लेना-देना नहीं था । कावड़ यात्रा मानो आस्था और उन्माद के बीच पिसने वाली कोई रस्सी थी, जिस पर साधारण आदमी अपनी भूख,नशे और वासनाओं का बोझ डाल कर चलता जाता था । कई कांवड़िए तो गांजा और भाँग पीकर पहले ही नशे में चूर थे। उनकी आँखें लाल, शरीर

अनियंत्रित और ज़ुबान बेकाबू हो चुकी थी । जैसे ही बार-बालाएँ थिरकने लगीं,भीड़ में बैठे कावड़ियों की साँसें तेज़ हो गईं । कुछ सीटियाँ बजा रहे थे , कुछ अश्लील इशारे करने लगे, कुछ फूहड़ गालियाँ दे रहे थे । कुछ तो मंच के आस-पास जाकर उन बालाओं के करीब पहुँच गए, और उनके साथ नाचते-छेड़छाड़ करने पर उतारू हो उठे ।

आयोजक समझ गए कि यह भीड़ अब सीमा लांघने को तैयार है। आर्केस्ट्रा कार्यक्रम तुरंत बंद करवाना पड़ा । यह सुनते ही कावड़ियों की भीड़ उग्र हो उठी । झुंझलाहट, नशा और असंयम ने उन्हें हिंसक बना दिया था । कुर्सियाँ टूटने लगीं, लाइटें गिरा दी गईं, टेंट फाड़ दिए गए । कुछ भक्त इतने मदहोश हो चुके थे कि उन्होंने अपने कपड़े तक उतार फेंके और अर्धनग्न होकर नाचने लगे। एक भयावह दृश्य, जिसमें भक्ति का नामोनिशान भी नहीं था, केवल पशुत्व का नंगा नाच था । आधी रात तक यह उन्माद चलता रहा । फिर धीरे-धीरे सबकी ताकत जवाब देने लगी और वे थककर जहाँ जगह मिली वहीं गिर पड़े... कोई पैरों के पास, कोई सड़क किनारे, कोई पेड़ के नीचे , लेकिन कलुआ अभी भी जागा हुआ था । उसकी आँखों में नींद नहीं, बल्कि इच्छा की तपिश थी । उसे अपनी पत्नी विमला की चिंता नहीं थी। उसका मन बेटियों से भरे अपने घर की तरफ भी नहीं गया । वह केवल एक विचार में डूबा रहा- पुत्र चाहिए... किसी भी कीमत पर ।

उसके भीतर यह विश्वास घर कर चुका था कि स्त्री ही बेटे को जन्म देती है, वही इसके लिए जिम्मेदार है । वह सोच रहा था- “यदि इस यात्रा के बाद भी मुझे बेटा न हुआ, तो मैं दूसरा ब्याह करूँगा । शायद भोलेनाथ की यही इच्छा है... शायद विमला ही बाधा है मेरे वंश की राह में” लेकिन थोड़ी ही देर में उसके मन के भीतर दूसरा स्वर उठता-

"नहीं रे कलुआ, ऐसे पाप-कर्म मत सोच । भोले बाबा की कृपा अपरंपार है।

यह पैदल यात्रा, यह कष्ट, यह तपस्या सब व्यर्थ कैसे जाएगा ? यकीन मान, घर पहुँचते ही खुशखबर मिलेगी ।" इन दो विचारों के बीच वह झूलता रहा । कभी विमला पर गुस्सा आता- "पाँच बेटियाँ! कोई तो अपना मुँह देखे ।"

कभी उसे अपनी थकान और मेहनत पर दया आने लगती- "इतना चल रहा हूँ... इतना दर्द सह रहा हूँ...भोलेनाथ मुझे खाली हाथ कैसे लौटाएँगे ?"

आकाश में चाँद बादलों के पीछे छिप गया था । टेंटों के बीच जलती रोशनियों की लौ हवा से काँपती मानो किसी अशुभ संकेत की गवाह हो । पास ही कोई कांवड़िया नींद में बड़बड़ा रहा था, कोई खर्राटे भर रहा था, कोई उलटी कर रहा था, लेकिन कलुआ की चेतना अभी भी जागृत थी उसके भीतर का मोह उसे सोने नहीं दे रहा था । उसे याद आया, महन्त जी ने उससे कहा था- "यात्रा कठिन है, पर आस्था सच्ची हो तो शिव स्वयं कल्याण करते हैं ।"

कलुआ इन वचनों को अपनी धड़कनों की लय बना चुका था । वह विश्वास करना चाहता था कि बस कुछ ही दिनों में उसके घर में ऐसा दीप जलेगा जिसकी रोशनी उसकी मर्दानगी का प्रमाण बनेगी । धीरे-धीरे उसकी आँखें भारी होने लगीं । सिर झुका पैरों का दर्द मानो कहीं गायब हो गया और वह उसी तम्बू के कोने में पड़े लोगों की तरह गहरी नींद में डूब गया । उसे पता भी न चला कि वह किस विचार के साथ सोया था - दूसरी शादी करने का या शिव की कृपा से पुत्र-प्राप्ति के विश्वास का । पर नींद की उस गहराई में एक बात साफ थी- वह अँधेरे में डूब रहा था और उसकी आस्था उसे रोशनी नहीं, बल्कि किसी भयावह वास्तविकता की ओर ले जा रही थी ।

भाग 34 : महन्त का अंतर्द्वन्द्व ?

महन्त जी अपने गाँव के प्रसिद्ध जगन्नाथ मन्दिर के एकमात्र पुजारी थे । एक ऐसा मन्दिर, जिसकी महत्ता केवल धार्मिक आस्था तक सीमित नहीं थी, बल्कि गाँव की सांसों, उसके इतिहास और सामाजिक ढांचे तक फैली हुई थी । मन्दिर से लगी लगभग पचास बीघा उपजाऊ भूमि पर वर्षों से महन्त जी का अधिकार चला आ रहा था । इसी भूमि की उपज और चढ़ावा, दान–दक्षिणा महन्त परिवार के भरण-पोषण का प्रमुख साधन थे । परंतु मनुष्य की लालसाओं की कोई सीमा नहीं होती । संतोष तो केवल शास्त्रों में लिखा एक आदर्श है, जिसे पढ़कर लोग आनंदित तो हो लेते हैं, पर उसे जीवन में उतार सकें, ऐसा साहस विरले ही कर पाते हैं । महन्त जी उन्हीं विरलों में शामिल नहीं थे। उनके भीतर विस्तार और संपत्ति की भूख ऐसी थी कि वे अपने वर्तमान वैभव को भी अपर्याप्त मानते थे। अवसर पाकर उन्होंने गाँव की सामुदायिक भूमि पर भी अपना डेरा जमाना शुरू कर दिया ।

गाँव के चारागाह की जमीन जहाँ कभी चरवाहे अपने पशु चराते थे, बच्चे धूल में खेलते थे और बूढ़े पेड़ की छाया में बैठकर अपना दुख-सुख बाँटते थे, देखते ही देखते महन्त जी के अधिपत्य में समाती चली गई । पहले तो उन्होंने कुछ हिस्सों पर अस्थायी टीन–शेड, पट्टियाँ और गौशाला जैसी संरचनाएँ खड़ी करवा दीं । फिर, लोगों की आस्था को साधने के लिए उन स्थानों पर छोटे–छोटे देवी–देवताओं की मूर्तियाँ स्थापित कर दीं ।

एक बार किसी स्थान पर मूर्ति स्थापित हो जाए, उस भूमि को हटाना या स्थानांतरित करना न सिर्फ कठिन, बल्कि असंभव-सा हो जाता

है। गाँव वालों के मन में देवी–देवताओं के प्रति जो अगाध श्रद्धा और दहशत का मिश्रित भाव होता है, वह उन्हें इन स्थानों को छूने तक से रोक देता है। महन्त जो इस मनोवैज्ञानिक कमजोरी को भली-भांति समझते थे और उसी का लाभ उठाकर उन्होंने धीरे–धीरे सैकड़ों बीघा जमीन पर अपना अधिपत्य जमा लिया।

यह केवल कलुआ के गाँव की कहानी नहीं थी। पूरे हिंदुस्तान में यह धार्मिक अतिक्रमण किसी बीमारी की तरह पसर चुका था। शहरों की बड़ी-बड़ी सड़कों पर, व्यस्त चौराहों पर, पुराने बरगद के नीचे, सूखी नदी किनारे, रेलवे पुलों के पास हर जगह कोई न कोई 'स्थान' खड़ा मिल जाता था। कभी किसी देवी की चौखट, कभी किसी बाबा की मजार। धीरे–धीरे वह स्थान मंदिर-मस्जिद का रूप ले लेता और फिर उस पर कोई हाथ डालने की हिम्मत नहीं करता। नगरपालिकाएँ और ग्राम पंचायतें भी ऐसे स्थानों को हटाने से कतरातीं, क्योंकि किसी धार्मिक भावनाओं के ठेकेदार के भड़क उठने का खतरा हमेशा सिर पर मंडराता रहता था। महन्त जी ऐसे धार्मिक ठेकेदारों के सजीव उदाहरण थे।

गाँव में उनका व्यवहार किसी सामंत से कम न था। वे केवल पुजारी ही नहीं, एक प्रकार के अनौपचारिक न्यायाधीश भी थे। किसके खेत की मेंड़ टूटेगी, किसका कुएँ पर हक़ होगा, किस परिवार के बीच झगड़े का निपटारा कैसे होगा इन सभी मामलों में अंतिम निर्णय महन्त जी का ही होता था। ग्रामवासी उनके चरण स्पर्श करते, उन्हें दंडवत् प्रणाम करते और उनकी कही गई हर बात को शास्त्र–वचन की तरह मान लेते थे।

जो कुछ शिक्षित लोग गाँव में थे, वे भी अपनी सामाजिक प्रतिष्ठा बनाए रखने और अपने व्यापार या जमीन–पट्टे के झमेले निपटाने के लिए महन्त जी के इर्द–गिर्द ही घूमते रहते। असल में धर्म और सत्ता का यह गठजोड़ सदियों से चलता आया था, और गाँव जैसे छोटे

समाजिक ढांचों में यह और भी मजबूत हो जाता था । धर्म की आड़ में लोग अपनी स्वार्थपूर्ण महत्वाकांक्षाओं को साधते, और भोली जनता इस भ्रम में जीती कि वे ईश्वर के किसी प्रतिनिधि की सेवा कर रहे हैं ।

महन्त जी के प्रभाव का प्रत्यक्ष उदाहरण कलुआ जैसे अनगिनत लोग थे। कलुआ जिसके घर में पाँच बेटियाँ थीं, अपने पुत्र न होने के लिए अपनी पत्नी को ही जिम्मेदार ठहराता था । गाँव में फैले अंधविश्वास, रिश्तेदारों के तिरस्कार भरे ताने और समाज की संकीर्ण मान्यताओं ने उसके भीतर पुत्र प्राप्ति का जुनून पैदा कर दिया था और इसी मानसिकता का सबसे बड़ा लाभ महन्त जी को मिलता था ।

एक दिन वह भारी मन लेकर महन्त जी के पास पहुँचा था । उसके चेहरे पर संकोच, लज्जा और दबे हुए दर्द की कई परतें थीं-पाँचों बेटियों का बोझ, समाज की हँसी, उसकी मर्दानगी पर उठते सवाल, और उस पर महन्त जी का निर्विवाद प्रभाव । महन्त जी ने जैसे ही कलुआ की व्यथा सुनी, उनके चेहरे पर एक ऐसी मुस्कान तैर गई जिसमें आश्वासन से अधिक चतुर चाल थी ।

उन्होंने कलुआ से कहा- "इस सावन में पैदल कावड़ यात्रा कर बेटे । भोलेनाथ की कृपा से तेरी मुराद पूरी होगी। पुत्र-रतन ऐसे ही मिलता है, भक्ति और तपस्या से ।"

कलुआ के लिए महन्त जी का हर शब्द ईश्वर के वचन जैसा था । उसने इसे केवल सलाह नहीं, आदेश समझा और अपनी पत्नी, अपनी बूढ़ी माँ और पाँचों बेटियों को गाँव में अकेला छोड़कर एक महीने की पैदल कावड़ यात्रा पर निकल पड़ा ।

कलुआ जैसा एक व्यक्ति ही नहीं है, देश भर में ऐसे करोड़ों कलुआ मौजूद थे । जो अपनी अज्ञानता, गरीबी, आधी-अधूरी शिक्षा, सामाजिक दबाव और धार्मिक ठेकेदारों की बातों में आकर जीवन के

सबसे महत्वपूर्ण निर्णय भावनाओं और अंधविश्वासों के आधार पर लेते हैं ।

परंतु इस पूरी कहानी में महन्त जी अकेले नहीं थे । गाँव का प्रधान दलपत सिंह भी अपनी सामंती प्रवृत्ति, जमीनदारी के पुराने घमंड और सत्ता–लिप्सा के साथ महन्त जी का हमसफ़र था। दोनों ने मिलकर गाँव के आर्थिक, सामाजिक और धार्मिक ढांचे पर ऐसा शिकंजा कस रखा था कि किसी साधारण ग्रामवासी के लिए उससे मुक्त होना लगभग असम्भव था।

धर्म और सत्ता की यह साझेदारी गाँव के जिस्म पर वर्षों से जमी धूल की तरह थी । हर ओर बिखरी हुई, पर हटती नहीं थी । और इसी धूल की परतों में दबे, उलझे और घुटते लोग थे कलुआ जैसे अनगिनत ग्रामीण, जिनका जीवन अपने ही भय, अपनी ही मान्यताओं और दूसरों के लाभ के लिए गढ़ी गई कहानियों के बोझ तले दबी–कुचली साँसों में सिमट गया था ।

आज जब कलुआ कावड़ लेकर किसी दूर शहर के शिव मंदिर के सामने डेरा डाले सो रहा था, उसके गाँव में महन्त जी और प्रधान दलपत सिंह अपनी-अपनी चालें चल रहे थे । कलुआ को यह आभास भी नहीं था कि जिसके भरोसे उसने अपना घर, अपनी पत्नी और अपना भविष्य छोड़कर यात्रा शुरू की है, वही उसके भ्रमों और असहायता का सबसे बड़ा कारण है ।

अगले भाग में प्रधान दलपत सिंह की सामंती प्रवृत्ति, उसकी राजसी ठसक, और गाँव पर उसके प्रभाव की परतें खुलेंगी । गाँव की राजनीति, धर्म का गठजोड़, और आम जनमानस के जीवन पर पड़ते उसके भयावह प्रभावों को समझने का अवसर मिलेगा ।

अगले भाग में आप पढ़ेंगे ग्राम प्रधान के सामंती व्यवहार के बारे में!

भाग 35 : ग्राम प्रधान का सामंती व्यवहार ?

ग्राम प्रधान दलपत सिंह एक तीस वर्षीय ऊंची कद- काठी का बलिष्ठ युवा है जो पंचायत समिती के हर चुनाव में प्रधान के रूप में निर्विरोध चुना जाता है । पूरे गांव में किसी की हिम्मत नहीं हो पाती कि दलपत सिंह के खिलाफ चुनाव लड़ने के लिए पर्चा दाखिल कर सके। लिहाजा हर साल दलपत सिंह पंचायत समिती सदस्यों के द्वारा निर्विरोध चुन लिया जाता था। पंचायत समिती सदस्यों के रूप में भी वही व्यक्ती चुनाव लड़ सकता था जिस पर दलपत सिंह का वरदहस्त हो । प्रधान दलपत सिंह एक सामंती परिवार से सम्बद्ध था। उसके पुरखे सामंत के रूप में वर्षों तक राज करते रहे थे ।

कोई शासक जब अपने विजित क्षेत्रों को अपने किसी विश्वासी सहयोगी या अपने परिवार के सदस्यों या रिश्तेदारों या अपने किसी अनुचर को दे दिया करते थे और वे इन क्षेत्रों का मुख्य शासक के अधीन उसका बतौर प्रतिनिधि बन कर राज करते थे । इस अधि शासक को क्षत्रप या सामंत कहा जाता था । सामंत एक जागीरदार को उस क्षेत्र के प्रबंध के लिए एक या अधिक जागीरदार को नियुक्त करता था जो कि एक प्रबंधक के रूप में इन सामंतों के अधीन कार्य करते थे।

कालांतर में यही व्यवस्था पूरे भारत मे फैल गयी और इसी को सामंतवाद् कहा गया और इन उप शासकों की नयी जमात को सामंत कहा गया । ये सामंती लोग आम जनता का घोर शोषण करते थे । राजाओं द्वारा इन सामंतों को खुली छूट दी गई होती थी । इनके अत्याचारों की शिकायत करने के लिए जनता के पास कोई विकल्प या व्यवस्था नहीं हुआ करती थी । सामंत और जागीरदार मिलकर जनता से मनमाना कर वसूल किया करते थे। इनके राज में निचली

और अछूत समझी जाने वाली जातियों के लोगों पर बहुत अत्याचार किया जाता था। इनके घरों या कहें हवेलियों के सामने से जूते - चप्पल पहन कर निकलने की हिम्मत किसी अछूत या नीची जाति के व्यक्ति की नहीं हो पाती थी। सामंतियों के अलावा किसी को भी गांव या राज्य भर में घोड़ी की सवारी करने का अधिकार नहीं होता था ।

कमजोर तबके के लोगों के परिवारों में यदि कोई शादी- ब्याह होता था तो नई नवेली दुल्हन को पहली रात इन सामंतियों के साथ गुजारनी होती थी । मूंछ रखने और उन पर ताव देना सख्त प्रतिबंधित हुआ करता था। सामंत और जागीरदार से ज्यादा ऊंचा क्षेत्र में किसी का मकान नहीं हो सकता था ।

दलपत सिंह इसी तरह के सामंतों की पैदाइश था और उसके व्यवहार में सामंतवाद कूट- कूट कर भरा हुआ था । आज भी गाँव में सबसे बड़ी और ऊंची उसी की हवेली थी। उसके अत्याचारों और शोषण के खिलाफ आवाज उठाने का साहस गाँव में कोई नहीं कर पाता था । यदि उसे गाँव की कोई किशोरी या महिला पसन्द आ गई तो उसके गुर्गे उसे उठाकर उसके समक्ष पेश कर दिया करते थे । परन्तु चुनावों के दौर के बाद दलपत यह सब कर्मकाण्ड अब चोरी- छुपे करने लगा था । उदाहरण के लिए आप विमला के साथ उसके द्वारा की जा रही बर्बरता को देख सकते हैं । विमला जैसी न जाने कितनी ही महिलाओं की इज्ज़त और आबरू से दलपत सिंह खेल चुका था । महन्त जैसे अनेकों - अनेक गुर्गे दलपत सिंह ने पाले हुए थे ।

भाग 36 : क्या सफल हुआ यज्ञ ?- एक अमानवीय विजय !

विमला अब प्रतिदिन "गर्भ–धारण यज्ञ" के नाम पर प्रभु जगन्नाथ मंदिर पहुँचा करती थी । गाँव की औरतें जब उससे पूछतीं कि वह इतने नियमित रूप से मंदिर क्यों जाती है, तो वह केवल इतना कह देती- "महन्त जी के कहने पर ।" वह नहीं जानती थी कि इस सरल विश्वास की सतह के नीचे कितना गहरा दलदल फैला हुआ है ।

मंदिर के गर्भगृह से लगे प्रांगण में यज्ञ कक्ष बनाया गया था । धूप, गोंद, कपूर और गीले लकड़ी के टुकड़ों की मिश्रित गंध हवा में तैरती रहती । महन्त जी यज्ञ–वेदी पर बैठकर मन्त्रों का जप करते, कभी माला फेरते, कभी आँखें मूँदकर ध्यान की मुद्रा बना लेते । पूरा माहौल ऐसा रखा जाता कि विमला को विश्वास हो जाए। यह सब उसकी मनोकामना पूरी करने के लिए आवश्यक अनुष्ठान है ।

कुछ देर पूजा–पाठ का नाटक चलता और फिर महन्त जी एक तांबे के गिलास में "प्रभु–चरणामृत" के नाम पर कोई औषधि घोलते। विमला इसे भक्ति का अमृत समझकर निस्संकोच पी लेती । औषधि में बेहोशी का प्रभाव था जैसे ही वह पास के कक्ष में पहुँचती, मखमली बिस्तर पर लेटते ही उसकी चेतना धीरे–धीरे विलुप्त हो जाती।

विमला को तो केवल इतना मालूम था कि यह यज्ञ ईश्वर का अनुष्ठान है; पर उसे कहाँ पता था कि भक्ति की इस छाँव में कितनी गहरी क्रूरता छिपी हुई है ? जब वह बेहोशी में डूब जाती, ग्राम–प्रधान दलपत सिंह दबे पाँव उस कमरे में प्रवेश करता । बाहर विशाल प्रांगण में घंटियाँ बज रहीं होतीं, पर भीतर का वातावरण हवस और अपराध की काली परछाइयों से भरा होता । कमरे की कुंडी भीतर से बंद हो

जाती और विमला, जो ईश्वर का आशीर्वाद पाने आई थी, अनजाने अपराधियों की साजिश का शिकार बन जाती।

कभी–कभार जब दलपत सिंह गाँव से बाहर होता या किसी पंचायत मामले में उलझा होता, तब महन्त जी स्वयं विमला की अचेत अवस्था का फायदा उठाते । दोनों के बीच यह मौन–साझेदारी लंबे अरसे से चल रही थी, धर्म, आस्था और सत्ता लालसा की वह साझेदारी, जिसमें ईश्वर केवल चुपचाप दीवारों से टँगा एक चित्र बनकर रह जाता है, और मनुष्य ही मनुष्य पर अत्याचार का देवता बन बैठता है। विमला को कुछ भी पता नहीं चल पा रहा था । वह हर बार यज्ञ–कक्ष से लौटती तो अपना माथा छूकर कहती- "आज बहुत थकान लग रही है ।"

और उसकी सास और बेटियाँ यह समझकर मुस्कुरा देतीं कि साधना का प्रभाव है । पूरा एक माह यही सिलसिला चलता रहा । उधर, महन्त और प्रधान अपनी साजिशों में सफल होते रहे; इधर, विमला मासूम भक्ति में डूबी अपने भीतर किसी चमत्कार की प्रतीक्षा करती रही । माह के अंत में जहाँ एक ओर विमला का यज्ञ सम्पन्न हुआ, वहीं दूसरी ओर कलुआ भी कावड़ यात्रा पूरी कर अपने गाँव लौट आया । हज़ारों मील की यात्रा, थकावट, शिव भक्ति का उन्माद इन सबके बीच वह मानसिक रूप से इस बात को लेकर पूर्ण आश्वस्त था कि इस बार अवश्य पुत्र प्राप्त होगा ।

विमला के लिए कलुआ का लौटना कोई विशेष प्रसन्नता का कारण न था । पिछले एक महीने में उसके भीतर जितना दर्द और अपमान जमा हुआ था, वह किसी से कह भी नहीं सकती थी । पर कलुआ की माँ बेहद प्रसन्न थी; उसका विश्वास था कि "तपस्या" का फल अब अवश्य मिलेगा।

रात को कलुआ अपनी पत्नी के पास लेटा । एक महीने की विरह-वासना और अपने भीतर दबी मर्दानगी को सिद्ध करने की ललक में

वह उसकी इच्छा–अनिच्छा की परवाह किए बिना उससे जबरन निकटता बनाने लगा। विमला का मन, शरीर और आत्मा तीनों विद्रोह कर रहे थे; पर उसके पास विरोध की भाषा नहीं थी, न अधिकार। वह अपने दर्द को दबाती रही, उसकी आहें कमरे की अँधेरी दीवारों में गुम होती रहीं और कलुआ उन आहों को अपनी "पुरुष सिद्धि" का प्रमाण मानता रहा।

भारतीय समाज में यह दृश्य इतना सामान्य है कि अक्सर इसे हिंसा माना ही नहीं जाता। विवाह–बंधन को कई घरों में इस कदर विकृत रूप दे दिया गया है कि पति द्वारा पत्नी की इच्छा के विरुद्ध किया गया व्यवहार भी अपराध नहीं, "वैवाहिक अधिकार" समझा जाता है। बलात्कार शब्द वहाँ तक पहुँचता ही नहीं जहाँ सामाजिक मान्यताएँ उसके अर्थ को ही निगल जाती हैं।

विमला अगले दिन दर्द से कराहती रही। घर में उसकी ओर कोई देखता तक नहीं था। कलुआ और उसकी माँ की सारी चिंता केवल इस बात की थी कि कब विमला गर्भ धारण करेगी और कब वंश–वृद्धि का "सुखद समाचार" घर को रोशन करेगा।

विमला के भोजन, विश्राम, मानसिक स्थिति इन सबका कोई मूल्य नहीं था। गर्भ धारण, वह भी पुत्र यही उसकी एकमात्र सामाजिक उपयोगिता थी। कितनी ही स्त्रियों को पीढ़ियों से इसी चाहत ने मारा है। एक के बाद एक बेटियाँ, शरीर में बढ़ती कमजोरी, कुपोषण, आयरन और कैल्शियम की भारी कमी और फिर प्रसव पीड़ा के दौरान जीवन का अंत।

विश्व स्वास्थ्य संगठन की रिपोर्ट बताती है कि वर्ष 2025 में ही दुनिया भर में लगभग 2,60,000 महिलाएँ गर्भावस्था और प्रसव के दौरान मर गईं यानी हर दिन करीब 712 मौतें। यह आँकड़ा किसी भी संवेदनशील मनुष्य की आत्मा को हिला सकता है, पर कलुआ जैसे लोगों पर इसका कोई असर नहीं होता। क्योंकि उनके लिए

स्त्री एक मनुष्य नहीं सिर्फ वंश वृद्धि की अनिवार्य मशीन भर रह जाती है ।

विमला इस अँधेरी सुरंग में फँसी थी । उसकी पीड़ा किसी को सुनाई नहीं देती थी, न उस मन्दिर में, जहाँ देवत्व के नाम पर उसका शोषण हुआ, न उस घर में, जहाँ विवाह के नाम पर उसका अधिकार छीन लिया गया। वह केवल साँस ले रही थी, जी नहीं रही थी ।

अगले भाग में आप पढ़ेंगे कि क्या सचमुच में कलुआ और विमला की सास को विमला के गर्भवती होने की खुशखबरी मिल पाती है ?

भाग 37 : विमला का गर्भवती होना-देवदासी परंपरा की जड़ें?

आज विमला के जीवन का एक भारी बोझ उतर गया था । गर्भ धारण यज्ञ का एक म्हीना पूरा हो चुका था और उसके साथ ही मंदिर के चक्कर भी समाप्त हो गए थे । रोज़ रात नौ बजे मंदिर पहुँचना और तड़के, जब अँधेरा छँटना शुरू हो, तब घर लौट आना । यह क्रम उसके तन और मन दोनों को थका चुका था । वह अपने भीतर एक निरे संकोच के साथ इस साधना को निभाती रही थी, मानो उसके पास कोई विकल्प ही न हो। कहते हैं, स्त्री अगर ठान ले तो सबसे कठिन तपस्या को भी पूरा कर लेती है । विमला ने भी यह कष्टमय 'यज्ञ' पूरा कर दिखाया परन्तु इस सत्य से अनजान थी कि यह यज्ञ, वस्तुतः, उसके शोषण का सुनियोजित माध्यम था।

कलुआ जब कावड़ यात्रा से लौटा,तो विमला को कोई विशेष प्रसन्नता नहीं हुई थी । पति के लौटने का उल्लास तो कब का बुझ चुका था। बीती रात की यातना आज भी उसके अंग-अंग में चुभ रही थी। कलुआ जिस अकर्मण्यता और उग्रता में उसके शरीर को नोचता

रहा, उसे स्मरण कर ही विमला का हृदय दहक उठता था। समय यूँ ही बीतता गया। कोई डेढ़ महीना गुजर चुका था । जब विमला को माहवारी नहीं हुई, तो उसने सकुचाकर अपनी सास को बताया। वृद्धा के कानों में यह समाचार पड़ते ही अगले ही दिन वह उसे गाँव की एकमात्र डिस्पेंसरी ले गई। डिस्पेंसरी में डॉक्टर ने विमला की जाँच की । परीक्षण पूरा हुआ तो उसने मुस्कुराते हुए कहा-“मांजी, बधाई हो! आपकी बहू माँ बनने वाली है, लगता है इस बार भोले बाबा की कृपा से लड़का ही होगा।” पास ही बैठा डॉक्टर कमरूद्दीन भी मुस्कान दबाए बैठा था। मानो वह गाँव की रूढ़ियों को ठोड़ी पर रखकर खिलखिला रहा हो । विमला की सास को यह बात तनिक भी भायी नहीं । उसने मुँह बिगाड़ते हुए तिक्त स्वर में कहा- “हर बार आप लोग यही कहते हो, और हर बार यह नासपीटी, लड़की जन देती है !”

कमरूद्दीन ने खिलंदड़े भाव से कहा- “अरे मांजी, इस बार तो कलुआ भैया की कावड़ यात्रा और महीनों की तपस्या है... भोले बाबा की कृपा अवश्य होगी ।”

सास कुछ नरम पड़ी और बोली- “आपके मुँह में घी-गुड़, डॉक्टर साहब। अगर लड़का हुआ न, तो पूरे गाँव को हलुआ–पूड़ी खिलाऊँगी ।”

वह आगे बढ़ गई । विमला उसके पीछे-पीछे सिमटी हुई-सी चल रही थी। उसका घूँघट लंबा था, और उसके भीतर दबी लज्जा और भय उसके कदमों से पहले चल रहे थे । सास के कटाक्ष, डॉक्टरों के व्यंग्य और अपने भीतर की उदासीनता को वह कहाँ छिपा पाती ?

वह गर्भवती थी पर इसमें ख़ुशी कहाँ ? उसकी सास भी खुश नहीं थी, क्योंकि पहले भी उसके गर्भ से पाँच बार बेटियाँ जन्म ले चुकी थीं । हर बेटी के जन्म पर घर में हाहाकार मचता मानो लड़की नहीं, कोई दुर्भाग्य आ गया हो । विमला को ताने सुनने पड़ते- “तेरी कोख

ही पथरीली है... लड़का दे ही नहीं सकती।" पत्नी होने के नाते दोष उसी पर लगता, जैसे संतान का लिंग निर्धारण उसके हाथ में हो। ऐसी कटु स्मृतियों के बीच विमला की कोख में पल रहा यह नया जीवन उसे भार ही प्रतीत होता।

परंतु कलुआ के लिए यह समाचार किसी उत्सव से कम न था। विमला द्वारा बताते ही वह उल्लास में नाचने लगा। उसके हृदय में विश्वास का एक विचित्र प्रवाह उमड़ा। उसे पूर्ण भरोसा था कि इस बार कावड़ यात्रा और 'महन्त जी के गर्भ-यज्ञ' ने उसकी मन्नत पूरी कर दी है। इधर सास को विश्वास था कि महन्त जी अवश्य कृपा करेंगे। वह गर्भ धारण यज्ञ को 'ईश्वरीय व्यवस्था' मानकर बैठी थी। विमला इन सब से परे, किसी और ही भय में जल रही थी। उसे याद था गर्भ ठहरने पर महन्त जी से किया गया वह वादा... इस बार यदि लड़का हुआ, तो बड़ी बेटी अर्पिता को देवदासी बनाकर मंदिर को अर्पित कर दिया जाएगा।

यह शर्त उसकी आत्मा पर नुकीले पत्थर की तरह चुभ रही थी। वह सोचती थी- "क्या मैं सचमुच अपनी बच्ची को महन्त की भेंट चढ़ा दूँगी? क्या मेरी कोख की रक्षा की कीमत मेरी ही बेटी की जिंदगी होगी ?"

वह यह निर्णय न कर पा रही थी कि किस दर्द को बड़ा कहे- अपने भीतर पल रहे शिशु का भय, या बेटी अर्पिता के भविष्य का विनाश! उसकी सास गर्वित थी कि इस बार 'घर का दिया बुझने' से बच जाएगा। कलुआ प्रसन्न था कि वंश आगे बढ़ेगा। परंतु विमला- वह अकेली ही थी इस भारी, अवांछित खुशी के बोझ तले, जहाँ एक ओर नई गर्भावस्था से जुड़ी आशंकाएँ थीं, और दूसरी ओर महन्त से किया वादा उसकी आत्मा को चीर रहा था। घर लौटकर उसने जब कलुआ को बताया कि डॉक्टर ने गर्भ ठहरने की पुष्टि कर दी है, तब कलुआ के हाव-भाव बदल गए। उसकी आँखों में एक चमक उतर

आई- "देखा विमला ? मैंने कहा था न! इस बार घर में लाल आएगा... मेरी एक महीने की तपस्या व्यर्थ कैसे जाएगी ?"

विमला के चेहरे पर कोई भाव नहीं था । वह बस चुपचाप खड़ी थी, जैसे उसके आदेश, उसकी आशाएँ और उसके सपने सब एक साथ उससे छीन लिए गए हों । कलुआ तो उल्लास में डूबा था, पर विमला भीतर ही भीतर गम में डूब रही थी । उसकी कोख का बोझ बढ़ रहा था, और उसके मन का बोझ उससे कई गुना भारी था । अर्पिता का भाग्य अधर में लटका हुआ था। अगले कुछ दिन यों ही गहरे मौन में बीते । गाँव में अफवाह फैलने लगी कि विमला गर्भवती है और इस बार 'महन्त जी का यज्ञ सफल होने वाला है ।' कुछ लोग इसे ईश्वरीय चमत्कार बताते, तो कुछ महन्त जी की 'तपस्या की शक्ति' पर विमला जानती थी, यह चमत्कार नहीं, बंधन है ।

धीरे-धीरे गाँव का वातावरण भी बदलने लगा । लोग कलुआ को बधाई देने लगे, विशेषकर वे जो महन्त के भक्त थे। औरतें विमला को देखकर फुसफुसाती- "देखो, इस बार तो मंदिर की छाया है... लड़का ही होगा" पर विमला की आँखों में कोई चमक नहीं थी सिर्फ एक लंबी, अनकही वेदना थी। उसका हृदय हर क्षण यह प्रश्न पूछता- "क्या माँ होना इतना ही कठिन है ? क्या मेरी बच्ची का भविष्य मेरी कोख की तुलना में इतना छोटा है ?

रात के सन्नाटे में जब सब सो जाते, विमला धीरे से उठकर अर्पिता को देखती । बड़ी-बड़ी आँखों वाली वह मासूम बच्ची जिसके लिए देवदासी बनना क्या होता है, यह जानने की उम्र भी नहीं हुई थी उसके पास चुपचाप सोई रहती । विमला उसके माथे पर हाथ फेरती, और आँसू बिना आवाज़ बहते जाते । उसे डर था एक ऐसा डर जो शब्दों में नहीं ढलता, सिर्फ साँसों में चुभता है, और दिल में घर कर लेता है।

अब प्रश्न यह था , क्या विमला अपनी सास और महन्त से किए वादे पर अमल करेगी? क्या अर्पिता सचमुच देवदासी बनाकर मंदिर में अर्पित कर दी जाएगी ? या मातृत्व की शक्ति विमला कुछ और निर्णय करेगी ?

भाग 38 : गर्भावस्था की खबर- गाँव में हलचल !

विमला के गर्भवती होने के बाद से ही उसके मन में एक अजीब-सी घुटन पसर गई थी । भीतर एक अनजान-सा डर उसकी सांसों से चिपक गया था। उसकी नज़रें अपनी बड़ी बेटी अर्पिता पर टिकते ही काँप उठतीं । उसे यकायक याद आता महन्त से किया गया वह भयावह वाद...यदि गर्भ ठहरा, तो अर्पिता को देवदासी बनाकर मंदिर को अर्पित कर देना होगा ।

अब, जब उसके भीतर जीवन का बीज पनपने लगा था, उसी क्षण अर्पिता का भविष्य उससे छूटता हुआ प्रतीत होने लगा । विमला को लगता जैसे ही महन्त को खबर मिलेगी, वह मंदिर की चौखट छोड़कर सीधे उसके दरवाज़े पर आ खड़ा होगा, और फिर... उस दिन उसके पास अपनी बच्ची को बचाने का कोई उपाय नहीं रहेगा ।

उधर गाँव में खबर फैलने में देर नहीं लगी । पता नहीं किस राह, किस सुगबुगाहट से यह सूचना ग्राम प्रधान दलपत सिंह तक जा पहुँची । वह ऐसे समाचारों को कभी अकेले नहीं निगलता था उसे इन्हें चबाकर अपने स्वार्थ का स्वाद लेना आता था । वह तुरंत अपनी जीप उठाकर मंदिर की ओर निकल पड़ा । रास्ते भर उसके चेहरे पर एक विचित्र-सी चमक थी मानो उसे कोई नया खिलौना मिल गया हो ।

मंदिर में महन्त जी उस समय शिव-आराधना में लीन थे । पर जैसे ही उन्हें प्रधान की गाड़ी की तेज़ आवाज़ सुनाई दी, वे चौंककर उठ खड़े हुए । पूजा-थाली कौनों में सिमट गई, और वे तेजी से दौड़कर मंदिर के बाहर पहुँचे ।

“अरे प्रधान जी ! सवेरे-सवेरे कैसे दर्शन दे दिए ? बुलवा लेते, तो मैं स्वयं हवेली चला आता ।”महन्त ने हाथ जोड़कर विनम्रता का आवरण ओढ़ लिया पर उनके अंदर की कपटता स्पष्ट झलक रही थी।

प्रधान दलपत गाड़ी से उतरते ही महन्त को गले लगा बैठा- “अरे महन्त जी, खबर ही ऐसी है कि सुनते ही आप नाच उठेंगे !”

महन्त की आँखें उत्सुकता से फैल गईं- “जरा हमें भी तो बताइए प्रधान जी, किस बात की इतनी बड़ी खुशखबरी है ?”

प्रधान ने अपने होंठों पर व्यंग्य और विजय की रेखाएँ खींचते हुए कहा- “आपका यज्ञ सफल हुआ, महन्त जी। विमला गर्भवती हो गई है और अब उसकी बड़ी बेटी अर्पिता आपकी दासी बनने वाली है !”

महन्त की आँखों में एक पाशविक चमक कौंध गई । वह झूमते हुए बोला- “मुबारक हो प्रधान जी, आप फिर से बाप बनने वाले हैं।”

प्रधान ने महन्त की बात पर झट से उसके मुँह पर हाथ रखकर दबा दिया- “अबे पण्डित, धीरे बोल ! कोई सुन लेगा तो अभी से बवंडर मच जाएगा। हमारी प्रधानी खतरे में पड़ जाएगी, पगले ! वैसे भी हमें खुद नहीं पता कि गाँव में कितनों के बाप हम पहले से हैं।” यह कहते ही दोनों के मुँह से अश्लील सी हँसी फूट पड़ी मानो कोई पाप नहीं, ये बस रोज़मर्रा का काम हो ।

महन्त थोड़ा संयत होकर बोला-”प्रधान जी, एक बात कहनी थी...बुरा न मानिए तो। “बोलो महन्त !” प्रधान ने हड़बड़ी में कहा ।

महन्त ने गंभीरता का मुखौटा पहनते हुए कहा- "बस इतना कि अर्पिता मेरी दासी नहीं, देवदासी बनेगी। देवता के नाम पर समर्पित कन्या समझे न ?"

प्रधान हँसी के मारे लोटपोट होते हुए बोला –"ओहो ! नौ सौ चूहे खाकर बिल्ली हज को चली ! कौन-सा देवता आकर उसे भोगेगा रे ? अंत में तो तेरी ही जवान आँखें उसकी देह पर टिकेंगी !" प्रधान ठहाका मारता रहा, और महन्त बस कृत्रिम संजीदगी ओढ़े खड़ा रहा।

प्रधान आगे बोला- "अरे महन्त जी, गाँव में कौन-सा पाप-पुण्य आपसे छिपा है ? बताओ, न जाने कितनी यौवनाएँ आपके चरणों में या कहूँ, आपके कमरे में गिर चुकी हैं । अर्पिता भी आपकी ही प्रसादी बन जाएगी । हाँ, बस... कभी-कभार प्रभु जगन्नाथ के प्रसाद में हमें भी कोई बोटी-वोटी डाल देना!" वह आँख मारते हुए बोला और पुनः ठहाके मारता हुआ गाड़ी की ओर बढ़ गया ।

जैसे ही वह गाड़ी की ओर मुड़ा, कुछ याद आया और फिर वापस मुड़कर आया- "अच्छा महन्त जी, चलता हूँ । एक जरूरी मिटिंग है। और हाँ नई जवानी और नया हुस्न मुबारक हो आपको !"

हर शब्द में छल, तिरस्कार और हँसी में डूबा हुआ पाशविक आनंद मिला हुआ था। महन्त कुछ पल उसके जाते हुए कदमों को देखता रहा । फिर धीरे से बोला- "सब ठीक है प्रधान जी, पर पहले देवदासी आ तो जाए । सुनो अगर विमला या उसकी सास की बुद्धि कहीं जाग गई और वे वादा तोड़ने लगीं, तो?"

प्रधान ने जीप स्टार्ट करते हुए हँसकर कहा-"अरे चिंता क्यों करते हो ? उन नीच जाति वालों पर धर्म का डंडा चलाना आसान है । तुम बस प्रभु के कोप का भय दिखाओ, ये लोग अनिष्ट के डर से ऐसे काँप उठते हैं, जैसे सूखे पत्ते हवा से । डराओ, दबाओ और मज़े उठाओ । आज ही जाओ उनके घर, वादा याद दिलाओ।" वाक्य पूरे होने के साथ ही प्रधान की जीप धूल उड़ाती हुई तेज़ी से निकल गई।

प्रधान के चले जाने के बाद महन्त कुछ देर मंदिर की सीढ़ियों पर खड़े रहे। उनकी आँखें दूर आसमान में टिकी थीं मानो वे उस भयावह खेल को पहले ही देख रहे हों जो विमला के घर में होने वाला था । उनके चेहरे पर एक दुष्ट संतोष था एक ऐसा संतोष जो किसी साधु का नहीं, बल्कि सत्ता-भोगी पुरुष का होता है ।

वहीं, दूसरी ओर विमला के घर का वातावरण पूरी तरह भय से भरा था । उसे लगता कहीं भी, किसी भी क्षण, महन्त मंदिर के दरवाजे बंद करके उसकी चौखट पर खड़े मिलेंगे । विमला की सास बार-बार कहती- "डर किस बात का है बहु ? वादा किया था, निभाना ही पड़ेगा । देवी-देवता सब देख रहे हैं " पर देवी-देवता कहाँ ? यह सब मनुष्य के स्वार्थ थे, लालच था, औरत की देह पर कसा गया पुरातन जाल था ।

विमला के आँचल में एक ओर उसके गर्भ का भार था, और दूसरी ओर अर्पिता का भविष्य उसकी मुट्ठी से फिसलता जा रहा था । गाँव की परंपराओं ने उसे बाँध रखा था, महन्त का भय उसे काट रहा था, प्रधान का नाम सुनते ही उसके भीतर तूफ़ान उठ खड़ा होता था और इन दोनों के बीच अर्पिता की मासूम आँखें उसे हर बार तोड़ देतीं ।

महन्त अभी चलने ही वाले थे मंदिर से विमला के घर की ओर अपने हक़, अपने लालच, और अपने धर्म की तलवार लेकर ।

पढ़ते रहिए अगले भाग में आप पढ़ेंगे कि जब महन्त विमला के घर पहुँचता है, तो क्या विमला और उसकी सास वादा निभाने को तैयार होती हैं ? क्या अर्पिता की मासूम ज़िंदगी पर यह अंधी परंपरा सचमुच भारी पड़ती है ?

भाग 39 : विमला के घर पहुँचे महन्त !

महन्त जी उस रात पलकों पर नींद का स्पर्श भी महसूस न कर पाए । रात का हर पहर उनके लिए किसी यातना-सा बन गया था । मन की गहराइयों में एक ही बात निरंतर चक्र की भाँति घूमे जा रही थी, *यदि विमला और उसकी सास ने अर्पिता को देवदासी बनाने से मना कर दिया, तो क्या होगा?* कभी वे करवट बदलते, कभी आँखें मूँदकर जबरन सोने का प्रयास करते, पर विचारों का ज्वार शांत होने का नाम ही नहीं ले रहा था । इसी उधेड़बुन के बीच अचानक भीतर कहीं से एक स्वर उठा- "चिन्ता की कोई बात नहीं है,महन्त ! प्रभु जगन्नाथ के चरणों में बैठकर जो तपस्या तूने की है, वह व्यर्थ नहीं जाएगी । विमला की सास ने जो वचन दिया था, वह अब निभाना ही पड़ेगा। अगर गर्भधारण यज्ञ के प्रभाव से विमला गर्भवती हो गई, तो उसकी बड़ी पोती मंदिर में अर्पित होगी... यह बात तो उसी बुढ़िया ने स्वीकार की थी। अब वह पीछे कैसे हट सकती है ?"

महन्त जी ने उस आवाज़ को अपने मन का संबल मानकर धीरे-धीरे आँखें मूँद लीं । परन्तु वह शांति अधिक देर टिक न सकी । जैसे ही पलकों पर नींद उतरने को हुई, एक तीखी आवाज़ भीतर से गूँजी- "कौन-सी तपस्या की बात कर रहा है तू, महन्त ? तपस्या नहीं, तूने पाप किया है, घोर पाप ! वह भी प्रभु जगन्नाथ की शरण में बैठकर ! प्रभु तेरी इस कुटिलता को कभी क्षमा नहीं करेंगे । विमला के साथ जो छल किया है, उसकी सजा तो तुझे एक न एक दिन अवश्य मिलेगी...!"

यह सुनते ही महन्त जी का शरीर काँप उठा । जैसे किसी ने अचानक बर्फ़ के पानी से स्नान करा दिया हो। उनकी साँसें तेज़ और भारी

होने लगीं । पसीना उनके चेहरे, पीठ और हथेलियों पर मोतियों-सा छलक आया था । पलभर को उन्हें लगा कि अभी इसी क्षण उनका हृदय धमककर रुक जाएगा और वे इस रात से कभी बाहर न निकल पाएँगे । डर और ग्लानि की इस स्थिति में उन्होंने खुद को संभालने की कोशिश की । वे झटके से उठकर बैठ गए, फिर कमरे में इधर-उधर टहलने लगे । टहलते हुए मन के भीतर फिर एक नई आवाज़ फूटी-"घबराने की कोई आवश्यकता नहीं, महन्त ! प्रभु स्वयं तेरे साथ हैं । तूने जो भी किया, वह उनके लिए किया । आज सुबह होते ही विमला के घर जाना । उसकी सास को उसके किए वादे की याद दिलाना और यदि वह ,एवं कलुआ की पत्नी विमला अपनी पोती अर्पिता को देवदासी बनाने से मुकरे, तो उन्हें बता देना कि प्रभु का वचन तोड़ने का फल कितना भयानक होता है ! बता देना कि कहीं प्रभु पुनः विमला को एक मनहूस कन्या का मुख न दिखा दें...!"

अबकी बार महन्त जी ने इसी विचार को मजबूती से पकड़ लिया । मानो उनके भीतर का भय उसी क्षण किसी अँधेरी सुरंग में धकेल दिया गया हो और उसकी जगह एक कठोर निश्चय ने ले ली हो । वे अपने निर्णय पर अडिग होकर बिस्तर से उठ खड़े हुए ।

रात अंततः बीत गई । पहला उजाला क्षितिज पर फैला तो महन्त जी सबसे पहले मंदिर प्रांगण पहुँचे। वहाँ जाकर उन्होंने प्रभु जगन्नाथ की पूजा-अर्चना की, अपने माथे पर त्रिपुण्ड तिलक लगाया, और मन-ही-मन एक बार फिर अपने उद्देश्य को दोहराया । फिर वे लंबी साँस लेकर विमला के घर की ओर बढ़ चले ।

रास्ते में जो भी भक्त महन्त जी से टकराता, श्रद्धा से झुककर उनके चरणों में प्रणाम करता । कोई उनके पाँव छू लेता, कोई हाथ जोड़कर खड़ा हो जाता। महन्त जी भी अपनी प्रतिष्ठा के अनुरूप सबको कृपा-दृष्टि से निहारते, आशीर्वाद देने के लिए हाथ उठाते, पर जितना वे आगे बढ़ते गए, उतनी ही दुर्गन्ध, तंग गलियाँ और गरीबी की परतें

उनके सामने खुलती गईं । यह क्षेत्र मूलतः गरीब मजदूरों, बुनकरों और दिहाड़ी कामगारों का था । यहाँ की बस्तियाँ मंदिर शहर के सामंतों की नज़रों में 'दूर से झुककर प्रणाम करने योग्य' थीं, पर पास जाकर छूने योग्य नहीं । यही कारण था कि जब महन्त जी इस क्षेत्र की सीमा में पहुँचे, तो लोग और अधिक दूरी बनाकर प्रणाम करने लगे । किसी की हिम्मत न हुई कि उनके समीप जाकर चरण-स्पर्श कर सके ।

दूर-दूर से झुककर प्रणाम करने वालों की भीड़ के बीच महन्त जी ऐसे आगे बढ़ रहे थे जैसे कोई राजा अपनी अनचाही प्रजा के बीच से गुजर रहा हो । कभी-कभी दुर्गन्ध का प्रहार इतना तीखा होता कि वे अपने कंधे पर पड़ा अंगोछा नाक पर रख लेते, फिर कदम तेज़ कर देते, मानो इस बस्ती में अधिक देर ठहरना उन्हें किसी अपवित्रता में डुबो देगा ।

विमला का घर अब बस कुछ ही दूरी पर रह गया था । महन्त जी के चेहरे पर निश्चय की कठोर रेखाएँ स्पष्ट दिखने लगीं । हृदय में भय, अहंकार और लालसा तीनों का एक विचित्र मिश्रण उन्हें भीतर ही भीतर आंदोलित कर रहा था । वे बहाना बना सकते थे कि 'प्रभु का आदेश' है, वे धमका सकते थे कि 'वचन तोड़ने पर विनाश होगा', वे समझा सकते थे कि 'देवदासी बनना पवित्र सौभाग्य है', या वे अपनी बात को सत्य साबित करने के लिए कोई नई कथा रच सकते थे... पर आज वे जो भी करेंगे, वह तय करेगा कि अर्पिता का जीवन किस दिशा में मुड़ने वाला है । विमला और उसकी सास उस वादे पर कायम रहेंगी या नहीं ? क्या वे अपने घर की मासूम बच्ची को मंदिर के नाम 'अर्पण' करने के लिए तैयार होंगी ? क्या महन्त जी का भय उन्हें मजबूर करेगा, या मातृत्व की करुणा और मानवीय संवेदना महन्त के दबाव से लड़ पाएगी ?

उक्त प्रश्नों के जवाब आप अगले भाग में पढ़ेंगे जहाँ निर्णय सिर्फ दो महिलाओं का ही नहीं, बल्कि अर्पिता के पूरे जीवन का होगा ।

भाग 40 : क्या अर्पिता जाएगी महन्त के संग ?

महन्त जी विमला के घर की कच्ची गली में प्रवेश करते हुए भीतर ही भीतर एक विचित्र उत्सुकता और अधीरता से भरे हुए थे । सूर्य अभी पश्चिम की ओर हल्का-सा झुकना शुरू ही हुआ था, पर गली में वैसे ही हलचल थी । बच्चों की किलकारियाँ, औरतों की खटपट, और अधपके चूल्हों की सौंधी गंध । इन सबके बीच महन्त जी का आगमन मानो किसी राजाश्रयी दूत का आगमन हो । विमला का घर सामने दिखते ही महन्त जी ने गहरी आवाज़ में पुकारते हुए कहा- "जय जगन्नाथ! जय जगन्नाथ!" उनकी आवाज़ कठोर, आदेशात्मक और गूँजती हुई थी । आवाज़ सुनते ही विमला की सास जैसे भीतर से उबल पड़ी हो । वह लगभग भागती हुई दरवाजे से बाहर निकली और हाथ जोड़कर, कमर झुकाकर, सिर उनकी ओर झुकाते हुए बोली- "अरे महन्त जी! आपने आने की तकलीफ़ क्यों की ? आप तो संदेशा भिजवा देते मैं खुद ही विमला को लेकर मंदिर में हाज़िर हो जाती ।"

महन्त जी ने उसकी भावुकता को अनदेखा करते हुए उसी कठोर स्वर में कहा- "विमला अब गर्भवती है, माँजी । प्रभु जगन्नाथ ने आपकी पुकार सुन ली है । अब विमला को मंदिर लाने का समय नहीं है, बल्कि आपका किया हुआ वादा पूरा करने का समय आ गया है ।" महन्त ने एक क्षण ठहरकर अपनी बात को और धारदार बनाते हुए कहा- " आपने प्रभु को साक्षी मानकर कहा था कि यदि विमला

गर्भवती हुई, तो उसकी बड़ी बेटी अर्पिता को देवदासी रूप में मंदिर में अर्पित कर देंगी । अब उसका समय आ पहुँचा है ।"

विमला की सास पल भर को सकपका गई, पर उसके चेहरे पर भय के साथ-साथ एक विचित्र चतुराई भी उभर आई । उसने धीमे स्वर में, पर चालाकी से बोला- "जी महन्त जी, हम आपके साथ किए वादे पर अटल हैं और तो मैं यह कहने जा रही थी कि अगर विमला को पुत्र रत्न मिल जाए, तो हम अर्पिता के साथ उसकी सबसे छोटी बहन अन्तिमा को भी साथ ही प्रभु के चरणों में अर्पित कर देंगे ।"

यह वाक्य न सम्मान था, न समर्पण । यह एक चाल थी दो बेटियों की बलि की बात कहकर शायद महन्त को अधिक प्रसन्न करने की, शायद अपने पाप को पुण्य की मुद्रा में ढालने की , पर महन्त का चेहरा क्रोध से तमतमा उठा । उनकी आँखें फैल गईं, नथुने फड़कने लगे । वे लाल-पीले होकर गरजे- "अनर्थ! घोर अनर्थ होने वाला है, बुढ़िया ! अभी-अभी प्रभु का आदेश हुआ है कि यदि तुमने अर्पिता को हाँ, अर्पिता को देवदासी नहीं बनाया, तो पुत्र प्राप्ति का सपना तो भूल जाओ... विमला का गर्भ आज रात ही गिर जाएगा!"

यह सुनते ही विमला की सास ऐसे काँपने लगी मानो पैरों के नीचे की जमीन अचानक धंस गई हो । वह झटपट घुटनों के बल बैठ गई और महन्त के पैरों में गिरकर रोते-रोते बोली- "क्षमा कीजिए महन्त जी... मुझसे भूल हो गई... पोती के मोह में मैं अपने पोते का ही मोह भूल बैठी थी । प्रभु को मत क्रोधित होने दीजिए ! हम आज ही अर्पिता को... आज ही देवदासी के रूप में अर्पित कर देंगे ।"

उसका रोना, उसकी दयनीयता शायद कुछ क्षण को सच भी थी, पर उससे अधिक उसके मन में बसे डर की अभिव्यक्ति थी । भय उस प्रभु का, जो सचमुच उससे दूर था; और भय उस महन्त का, जिसकी सत्ता उसके जीवन से लेकर उसकी हड्डियों तक पर छाई हुई थी ।

महन्त जी ने अपने वस्त्र झटकते हुए, घमंड से ठोड़ी उठाकर कहा- "ठीक है। मैं प्रभु से तुम्हारी तरफ़ से क्षमा माँगूँगा । पर देर नहीं होनी चाहिए । अर्पिता को नहलाकर-धुलाकर तैयार करो । आज शाम पाँच बजे शुभ मुहूर्त है । उसी में यह पवित्र कार्य सम्पन्न होना चाहिए ।" इतना कहकर वे मुड़े और तेज़ कदमों से मंदिर की दिशा में लौट चले ।

महन्त जी के जाते ही घर में सन्नाटा ऐसा उतर आया मानो किसी ने अचानक सारी आवाज़ें खींचकर बाहर फेंक दी हों । विमला दरवाजे पर खड़ी सब सुन चुकी थी । उसका चेहरा उतर चुका था । आँखों में भय, दर्द और विवशता का एक गाढ़ा साया था, लेकिन अगले ही क्षण, विमला की सास ने मानो स्वयं को झाड़ दिया। उसके चेहरे पर भय से अधिक एक विचित्र-सी खुशी उभर आई- पुत्र-प्राप्ति की आस ! वश-वृद्धि का सपना ! उसे लगा कि यह विरह कुछ क्षणों का है, पर पुत्र होने की 'असीम प्रसन्नता' उससे विस्तृत है ।धीरे-धीरे घर का वातावरण बदलने लगा। भय की दीवारों में से आशा की दरारें झलकने लगीं । मायूसी की परतें हटने लगीं ।

विमला की सास ने आवाज़ दी- "विमला ! अपनी बेटियों को ननिहाल से बुलवा ले । उन्हें बता भी दे कि बहुत बड़ा सौभाग्य आने वाला है।" विमला ने थके स्वर में सहमति दी, और थोड़ी देर में उसकी पाँचों बेटियाँ घर लौट आईं। अर्पिता सबसे आगे, उसके पीछे तीन मध्यम बहनें, और सबसे पीछे नन्ही अन्तिमा । उनके आते ही विमला ने एक दिखावटी मुस्कान ओढ़ते हुए कहा- "बहुत बड़ी खुशखबरी है... जल्दी ही तुम्हें एक छोटा भाई मिलने वाला है ।" पाँचों बच्चियाँ खुशी से चीख पड़ीं । कूदने लगीं । एक-दूसरे को गले लगाकर बधाई देने लगीं ।

उन्हें कहाँ पता था कि इन हँसते चेहरों में से दो चेहरों अर्पिता और अन्तिमा के लिए आज से एक अँधेरी सुरंग तैयार की जा रही है ।

एक ऐसी सुरंग जिसका अंत मंदिर की दीवारों में क़ैद जीवन, मासूमियत का हरण, और एक अनंत, न खत्म होने वाली यातना में बदल जाने वाला था ।

अर्पिता खुशी से माँ के पास दौड़कर बोली- "माँ ! भाई आएगा तो मैं उसे रोज़ नहलाऊँगी ! उसके लिए खिलौने भी बनाऊँगी !"

विमला के गले से शब्द बाहर ही नहीं आ पाए । वह बस अर्पिता को देखती रह गई । उस बच्ची को, जिसे कुछ ही घंटों में जीवन की धूप से छीनकर उस अँधेरी परंपरा में ढकेल दिया जाना था, जहाँ से लौटकर कोई बचपन कभी नहीं आया ।

अन्तिमा ने दौड़कर अपनी दादी की गोद में चढ़ते हुए कहा- "दादी ! मैं छोटे भाई को लोरी सुनाऊँगी !" दादी ने उसे कसकर सीने से लगाया और अचानक उसकी आँखें भर आईं । लेकिन वह आँसू माँ के नहीं थे, वे भय के, अपराधबोध के या करुणा के आँसू नहीं थे । वे थे पटरी से उतरे मनुष्य के आँसू, जो अपना अपराध भी प्रभु की इच्छा समझकर दबा देता है ,और अब घर में तैयारी शुरू हो चुकी थी...लड़कियों के कपड़े बदले जा रहे थे । रस्मों के लिए दीपक सजाए जा रहे थे ।

अर्पिता को नहलाने के लिए पानी चढ़ा दिया गया था। पर किसी को यह नहीं पता था कि यह कोई उत्सव नहीं, बलि की तैयारी थी । माँ की गोद से मंदिर की कंगूरों तक की वह भयावह यात्रा जिसमें मासूम लड़कियाँ सदियों से अपनी पहचान खोती रही थीं, अपना जीवन खोती रही थीं । अर्पिता मुस्कुरा रही थी...अन्तिमा खिलखिला रही थी...और उधर, समय अपनी चुप्पी में एक घड़ी बाँध चुका था । शाम के पाँच बजे का वह भयानक मुहूर्त जब एक मासूम बच्ची का भविष्य एक परंपरा की जंजीरों में बाँध दिया जाएगा।

भाग 41 : देवदासी के रूप में अर्पिता की विदाई ?

महन्त जी से किए गए वादे की बेचैन छाया विमला के घर पर उसी क्षण से फैल गई थी, जब विमला की सास ने पुत्र-प्राप्ति के लालच में अपनी सबसे बड़ी पोती अर्पिता को देवदासी के रूप में मंदिर को अर्पित करने का संकल्प ले लिया था । अब उस संकल्प को पूरा करने की तैयारियाँ तेज़ी से शुरू हो चुकी थीं ।

घर में मानो एक विचित्र-सी हलचल थी, घबराहट और उत्साह का अजीब मिश्रण था। विमला की सास और पति कलुआ दोनों अलग-अलग भागदौड़ में लगे हुए थे । कलुआ ने बाजार से दुल्हन का जोड़ा, कंगन, बिंदी, मेहंदी, काजल और सिंगार-सामग्री की पूरी पोटली खरीद ली थी । वह उन वस्तुओं को ऐसे सँभाल रहा था, मानो वास्तव में अपनी बेटी की शादी की तैयारी कर रहा हो, लेकिन इस शादी का दूल्हा जीवित नहीं था, देहधारी नहीं था, वह देव था । वह परंपरा थी। वह वह क्रूरता थी, जो धर्म के नाम पर मासूम लड़कियों की जिंदगियाँ निगल जाया करती थीं । फिर भी घर में इतना दुःख नहीं था, जितना होना चाहिए था । कारण था पुत्र मोह ! वंश विस्तार का स्वप्न !

दुल्हन के नये जोड़े को थैले में से निकालकर जैसे ही बिछाया गया, अर्पिता की छोटी बहनें तालियाँ बजाकर हँसने लगीं । उन्हें सारी तैयारी किसी उत्सव जैसी लग रही थी। सबसे छोटी बेटी अन्तिमा तो उत्साह से फूली नहीं समा रही थी । वह दादी के पास जाकर खिलखिलाती आवाज़ में बोली- “दादी, क्या आज बड़ी दीदी का ब्याह हो रहा है ?”

दादी ने मुस्कुराकर उसकी ओर देखा, फिर उसके सिर पर हाथ फेरते हुए बोली- “हाँ बेटी, आज तेरी दीदी का ब्याह भगवान जगन्नाथ से

होगा । ताकि तेरे छोटे भाई को जन्म लेकर सुरक्षित इस दुनिया में आने का आशीर्वाद मिले।"

अन्तिमा की आँखें उत्सुकता से चमक उठीं- "तो क्या बड़ी दीदी भगवान जगन्नाथ से हमारे लिए छोटा भाई लेकर आएँगी ?"

दादी ने तुरंत कहा- "अरे नहीं रे पगली ! भगवान जगन्नाथ ने तो पहले ही तेरी माँ के गर्भ में तुम्हारा भाई भेज दिया है । पर उसके जन्म के बदले तेरी दीदी को मंदिर में रहना होगा । यह उनका वादा है ।"

अन्तिमा ने मासूमियत से एक और सवाल उछाल दिया- "तो क्या अर्पिता दीदी अब हमेशा मंदिर में रहेंगी ? घर नहीं आएँगी ?"

दादी ने गहरी साँस भरकर कहा-"हाँ बेटी, अब तेरी अर्पिता दीदी भगवान की देवदासी बन जाएगी । देवदासी, समझी ? जो हमेशा देव के साथ रहती है ।"

यह सुनकर अन्तिमा की आँखों में जैसे कोई अनोखी चमक उतर आई । वह अचानक उछलकर बोली- "तब तो दीदी के बड़े मज़े होंगे! लोग रोज़ मिठाई देंगे, फल देंगे, उनकी पूजा करेंगे ! दीदी की तो मौज ही मौज ! दादी, मुझे भी देवदासी बना दो ना !"

दादी हँस पड़ी, अज्ञान और मासूमियत का यही मेल कभी-कभी सबसे क्रूर सच्चाइयों को पर्दे में छिपा देता है । उसने अन्तिमा को गोद में भरते हुए कहा- "बना देंगे बेटी । जैसे ही तेरा छोटा भाई आ जाएगा, तुझे भी मंदिर में अर्पण कर देंगे " पर जैसे ही उसने यह कहा, अन्तिमा का चेहरा उतर गया । उसने दादी की साड़ी पकड़कर रोते हुए कहा- "नहीं दादी! मैं देवदासी नहीं बनना चाहती । मुझे अपने छोटे भाई के साथ खेलना है... उसे गोद में लेना है... उसे कहानियाँ सुनानी है" दादी ने उसे चुप कराया, लेकिन इस रोने की आवाज़ भीतर कमरे तक पहुँच चुकी थी । तभी विमला अर्पिता का हाथ पकड़े बाहर आई । अर्पिता दुल्हन की तरह सजी थी-लाल चुनरी,

माथे पर बिंदी, बालों में गजरा और आँखों में काजल । उसकी उम्र बारह वर्ष भी नहीं थी पर उसके सिर पर सोलह श्रृंगार लाद दिए गए थे ।

बाहर की रोशनी में अर्पिता सचमुच किसी परी-सी लग रही थी । उसकी बहनों ने तालियाँ बजाईं, उसके चारों ओर घूम-घूमकर उसकी प्रशंसा की । परन्तु अर्पिता की आँखों में न चमक थी, न उत्साह, न खुशियों का कोई चिह्न । उसकी आँखें बुझी हुई थीं मानो उसकी मुस्कान पहले ही किसी ने छीन ली हो । वह धीरे से अपनी माँ के गले लग गई और पूछने लगी-"माँ... मुझे अपनी बहनों के साथ खेलना है । मुझे मंदिर क्यों भेज रही हो ?"

विमला की आँखें भीग गईं, पर उसने अपने आँसुओं पर जल्दी से पल्लू फेर दिया। अपनी बच्ची को कसकर सीने से लगाते हुए उसने कहा- "अरे पगली, मंदिर कौनसा दूर है ? तू जब चाहेगी तेरी बहनें तुझसे मिलने आ जाएँगी । जब तेरा छोटा भाई आएगा, वह भी बड़ा होकर तुझसे मिलने जाएगा । डर क्यों रही है ?"

अर्पिता की पकड़ ढीली नहीं हुई । उसकी उंगलियाँ माँ की साड़ी में ऐसे धँसी थीं, जैसे कोई बच्चा तूफ़ान में पेड़ का तना पकड़ ले पर विमला ने खुद को सँभालते हुए आगे कहा- "वहाँ भगवान जगन्नाथ हैं...और महन्त जी । वे तुझे राजकुमारी की तरह रखेंगे। तू जो चाहेगी खाना, फल, मिठाई सब मिल जाएगा । सारे गाँव वाले तुझे चढ़ावा देंगे। भगवान खुद तुझसे मिलने आएँगे, मेरी बच्ची ।"

विमला ने यह कहते हुए अपने आँसू छिपाने का आखिरी प्रयास किया क्योंकि सच्चाई यह थी कि वह खुद भी टूट रही थी, पर उसके भीतर वह अदृश्य इच्छा भी थी- पुत्र की...वंश की... और यही दो इच्छाएँ किसी भी माँ को अपनी बेटी के भविष्य से ज़्यादा भारी पड़ जाती थीं ।

अब परिवार के सभी लोग तैयारी कर चुके थे । छोटी बच्चियाँ खुशी-खुशी अर्पिता के चारों ओर घूम रही थीं। कलुआ मंदिर जाने के लिए मिट्टी का दिया, नारियल और पूजा की थाली तैयार कर रहा था । विमला ने अर्पिता की कलाई पकड़कर उसे धीरे-धीरे बाहर की ओर ले जाना शुरू किया । घर के दरवाज़े के बाहर कुछ पड़ोसी खड़े थे, जो इस रस्म को "धार्मिक पुण्य" समझकर देखने आए थे । सब मिलकर मंदिर की ओर बढ़े ।

महन्त जी को खबर मिल चुकी थी कि अर्पिता को उसके माता-पिता आज ही अर्पित करने वाले हैं। मंदिर के प्रांगण में दीपक सजाए जा चुके थे । गुलाल और च वल की थाली रख दी गई थी । एक छोटी चौकी पर फूलों की सजावट की गई थी जहाँ अर्पिता को बैठाया जाना था । महन्त जी स्वयं गर्व से भरे मठ के आँगन में खड़े थे । वह दृश्य ऐसा था जैसे किसी शिकारी ने

अपना जाल पहले ही बिछा दिया हो और अब शिकार को अपने ही पैरों से उस जाल में उतरते हुए देख रहा हो ।

अगले भाग में आप पढ़ेंगे "अर्पिता की मन:स्थिति" वह कैसी दिखती थी? क्या सोच रही थी ? उसके भीतर का डर कैसे आकार ले रहा था ?

भाग 42 : अर्पिता की मनः स्तिथि- मासूमियत का अंत !

अर्पिता, विमला और कलुआ की सबसे बड़ी संतान, अपनी छोटी चारों बहनों की देखभाल, घर के कामकाज और माँ का हाथ बँटाने में ही बड़ी हुई थी। घर की दीवारों के भीतर उसका जीवन कभी बचपन का सुख नहीं जान पाया। स्कूल की किताबें उसकी आँखों के सामने आईं तो केवल माँ विमला की जिद और अथक परिश्रम के कारण । जब उसका स्कूल में नाम लिखा गया, तो दादी का चेहरा तमतमा उठा था- "बेटी पराए घर की अमानत होती है। इसे पढ़ा-लिखाकर क्या कर लेगी? आखिरकार इसे ससुराल ही जाना है। वहाँ चूल्हा-चौका करेगी, सास-ससुर की सेवा करेगी बस वही इसका भाग्य है । कलेक्टर थोड़े ही बनना है इसे ।"

विमला ने सास की कड़वी बातों का सामना किया और दृढ़ स्वर में उत्तर दिया- "कलेक्टर न सही, पर पढ़-लिखकर अपना जीवन तो बेहतर बना लेगी। पढ़ाई-लिखाई केवल नौकरी के लिए नहीं होती, बल्कि इंसान को इंसान बनाने के लिए होती है । अपने जीवन को संवारने के लिए भी शिक्षा ज़रूरी है । शिक्षा के दम पर ही हम सोचने-समझने के लायक बन पाते हैं ।"

सास के तानों और कटाक्षों के बीच विमला ने बेटी के भविष्य का सपना सँजोया । किंतु नियति के दबाव और घर की जिम्मेदारियों के बोझ ने अर्पिता की किताबें धीरे-धीरे उसके हाथों से छीन लीं । पाँच बहनों की बड़ी बहन बनकर वह घर का पहरा बन गई और उसकी शिक्षा अधूरी रह गई ।

कभी उसने सोचा भी न था कि उसी को देवदासी प्रथा की अग्नि में झोंक दिया जाएगा । एक मासूम बच्ची, जो कल तक घर के आँगन में किलकारियाँ भरती अपनी बहनों को सँभाल रही थी, आज दुल्हन

की तरह सजाई जा रही थी । गहनों और लाल साड़ी के आवरण तले उसका चेहरा उदासी से ढका हुआ था ।

दादी और माँ ने उसे समझाया था- “देवदासी होना सौभाग्य है, बेटी। इसका अर्थ है, स्वयं को प्रभु जगन्नाथ को समर्पित करना । जीवन भर प्रभु की दासी बनकर उनकी सेवा करना। यह अवसर हर स्त्री को कहाँ मिलता है ?” इन बातों ने अर्पिता के भीतर जिज्ञासा जगाई । बचपन की कल्पनाशीलता ने उसे प्रभु से मिलने का स्वप्न दिखाया । लेकिन उसी क्षण बिछोह का दर्द उसे तोड़ देता । माँ, पिता और बहनों से अलग होने का विचार उसकी आँखों में आँसू ले आता । वह समझ नहीं पा रही थी कि इस समय खुश होना है या रोना ! चेहरे पर सजावट की बनावटी मुस्कान थी और भीतर आत्मा का मौन रुदन।

उसकी व्यथा को माँ ने पढ़ लिया था । एक माँ से कुछ छिपता ही कहाँ है ! विमला ने बेटी के काँधे पर हाथ रखकर भारी मन से कहा- “मैं जानती हूँ, तू दुखी है मेरी बच्ची। पर मेरे पास कोई और राह नहीं थी । तेरी बहनों की जिंदगी को नरक बनने से बचाने के लिए मुझे यह बलिदान करना पड़ा है ।” यह सुनते ही अर्पिता, माँ से लिपटकर फूट-फूटकर रो पड़ी। उसकी सिसकियाँ मानो मंदिर की सीढ़ियों तक गूँज गईं । आख़िरकार परिवार के लोग उसे लेकर जगन्नाथ मंदिर पहुँचे । मंदिर के गर्भगृह में दीपमालाएँ झिलमिला रही थीं। वहाँ पहले से रह रहीं वृद्ध देवदासियों ने स्वागत के गीत गाए। महन्त ने वेद-मंत्रों का उच्चारण किया, अर्पिता को प्रभु के चरणों के समीप बैठाया और प्रतीकात्मक अनुष्ठान पूरा किया। फिर प्रसाद स्वरूप मिठाई बाँटी गई, अर्पित के सभी परिजनों का फूल मालाएं पहना कर उनका स्वागत किया गया और परिजन अर्पिता को मन्दिर में अर्पित करके भारी मन से अपने घर की ओर लौट गए। मंदिर की दीवारों के भीतर अर्पिता का नया जीवन शुरू हो चुका था

एक ऐसा जीवन, जिसमें बचपन की चहकती हँसी के स्थान पर अनजाने भय और दबी हुई आहों का संसार था ।

भाग 43 : अर्पिता का प्रभु मिलन- आत्मा का विलाप !

धीरे-धीरे सूर्यास्त का रक्तिम रंग क्षितिज पर घुलता चला गया । मंदिर के प्रांगण में जलती घी की सैकड़ों बातियों की लौ कोमल हवा के थपेड़ों से काँप रही थी। कहीं मंजीरे बज रहे थे, कहीं शंख की ध्वनि गूँज रही थी, कहीं भजनों की स्वर-लहरियाँ आकाश में तैरती प्रतीत हो रही थीं परंतु इन सबके बीच एक कक्ष ऐसा था जहाँ रोशनी मंद थी और मौन गहरा । वह कक्ष मंदिर के तहखाने में था एकांत, संकीर्ण और दीवारों में पसीने की गंध बसी हुई थी। वहीं एक बिस्तर पर सिमटी बैठी थी अर्पिता, लाल रेशमी साड़ी में सजी-संवरी, किंतु चेहरे पर भय, अनिश्चितता और वेदना की रेखाएँ उभरी हुई । घर से आते समय घूंघट में ढका उसका चेहरा दूसरों को भले ही देवदासी बनने का सौभाग्य बताता रहा हो, किंतु उस घूंघट की ओट में एक छोटी-सी मासूम बच्ची का धड़कता हुआ हृदय छिपा था, जो बार-बार घर की ओर भाग जाना चाहता था ।

माँ और दादी के शब्द अभी तक कानों में गूँज रहे थे- "तू भाग्यशाली है, अर्पिता...तेरा प्रभु तुझसे मिलने आएगा ।" "यह सम्मान सबको नहीं मिलता, बेटी " पर आज जब वह इस अंधेरे कक्ष में अकेली बैठी थी, उसका मन बार-बार पूछ रहा था- "क्या सचमुच यह सौभाग्य है? क्या मैं सच में भाग्यशाली हूँ ?"

अर्पिता को याद आया कि दादी ने कैसे उसके सिर पर हाथ फेरते हुए कहा था- "जिसके लिए तपस्वी वर्षों तप करते हैं, वही ईश्वर तुझे सहज ही प्राप्त होगा ।"

यह सोचकर वह अपने आँसू पोंछते हुए बोली- "मेरे माता-पिता ने कितने अरमानों से मेरा विवाह भगवान से किया है । आज शायद मेरा प्रभु- मिलन होगा । मुझे रोना नहीं चाहिए...मुझे धैर्य रखना चाहिए...!"

कुछ देर बाद कमरे का द्वार धीरे से खुला । तीन-चार बुज़ुर्ग देवदासियाँ भीतर आईं । उनके हाथों में पूजा-सामग्री थी, सिंदूर, चंदन, महावर, केश-गुंफन के फूल, और सुगंधित तेल । एक वृद्ध देवदासी धीमे स्वर में बोली- "चल बेटी, तुझे सजाना है आज तेरी सुहागरात है ।"

अर्पिता ने विस्मय से उनकी ओर देखा । "सुहागरात?" यह शब्द उसकी नन्ही समझ में नहीं समा पा रहा था । उन देवदासियों ने उसे कोमल हाथों से सँवारा, केशों में फूल सजाए, माथे पर चौड़ी बिंदी लगाई, उसके हाथों में सुरमई कंगन पहनाए । श्रृंगार करते-करते एक देवदासी बोली- "भाग्यशाली है तू बच्ची । किसे मिलता है ऐसा वर? आज राजाओं जैसा सौभाग्य तुझे मिला है । रात बारह बजे प्रभु तुझसे मिलने आएँगे । तू उनकी हर बात मानना...उन्हें प्रसन्न रखना ।" अर्पिता ने धीरे से पूछा- "कैसी बातें...? मैं क्या करूँगी ?"

वृद्ध देवदासी क्षणभर को ठिठकी । फिर बोली- "बस...प्रभु का आदेश मानना। देवदासी होने का अर्थ ही यही है ।" उनका स्वर कठोर भी था और रहस्यमय भी । तभी वे सभी एक-एक कर कमरे से बाहर चली गईं । अब वहाँ केवल एक कमज़ोर-सा टिमटिमाता बल्ब था और चारों ओर भयावह सन्नाटा । रात गहराती गई। बाहर मंदिर में जन्माष्टमी का उत्सव चरम पर था। ढोलकें, करताल, शंख सब मिलकर ऐसा कोलाहल रच रहे थे कि तहखाने तक भी उसकी कंपन महसूस हो रही थी ।

करीब ग्यारह बजे हल्के से कमरे का कुंडा हिला । द्वार अत्यंत धीरे से खुला। किसी भारी शरीर के व्यक्ति के पाँवों की आहट सुनाई दी । अर्पिता की साँसें तेज़ हो गईं । उसने घूंघट थोड़ा-सा आगे कर

लिया। वह व्यक्ति भीतर आते ही दरवाज़ा भीतर से बंद कर देता है । उसके कंधों पर लटकता जनेऊ दिखाई देता है । ललाट पर चंदन का गाढ़ा तिलक, शरीर पर केवल एक लाल अंगोछा। अर्पिता पहचानती भी, उससे पहले ही उसने आगे बढ़कर कमरे का छोटा बल्ब बुझा दिया । कक्ष पूर्ण अंधकार में डूब गया।

अब केवल उसकी भारी साँसों की आवाज़ थी...और अर्पिता की थरथराती हुई देह । कुछ ही क्षणों बाद वह पुरुष उसके निकट आया। अब अर्पिता को आभास हुआ- यह तो वही है... मंदिर का मुख्य महन्त!

उसका हृदय जैसे धड़कते-धड़कते रुक गया । महन्त ने बिना एक पल गंवाए उसके कांधे पकड़कर उसे अपनी ओर खींचा । सहसा अर्पिता चीख मारने ही वाली थी कि महन्त ने उसका मुँह कसकर बंद कर दिया और बोला- "चिल्लाने की कोशिश भी मत करना, अर्पिता...! बाहर भजन-कीर्तन का शोर इतना ऊँचा है कि यदि सौ हाथी भी दहाड़ें तो कोई नहीं सुन पाएगा ।"

अर्पिता डर के मारे पत्थर बन गई । महन्त आगे बोला- "तेरे माता-पिता, दादी सबने तेरी माँ को पुत्र-प्राप्ति दिलाने के लिए तुझे मेरे नाम किया है । तू मेरी है... मेरी देवदासी आज से मैं ही तेरा देवता अर्थात स्वामी हूँ ।"

यह सुनते ही अर्पिता का मन मानो किसी चट्टान से जा टकराया । अब तक जो कुछ वह समझती रही थी- "प्रभु मिलन", "भाग्य", "वरदान"- सब एक ही पल में छिन्न-भिन्न हो गया । अर्पिता की आँखें अंधेरे में फैल गईं । वह चिल्लाई "न...नहीं..." उसके हृदय की चीख गूँजी, पर आवाज़ उसके गले से बाहर न निकल सकी । महन्त ने उसे अपनी बलिष्ठ भुजाओं में जकड़ लिया। उसका भारी, पसीने से भीगा हुआ शरीर...उसकी दुर्गंध...उसकी विकृत वासना... सब मिलकर उस नन्ही कली को मसलने लगे ।

अर्पिता का शरीर काँप रहा था । दर्द, भय, अपमान, सब एक साथ उसके भीतर उमड़ पड़े । वह केवल तड़प सकती थी, प्रतिकार नहीं कर सकती थी। उसके रोने की आवाज़ भी जैसे गूँगी हो चुकी थी । वह रात जिसे देवदासी की पहली रात्रि कहा जाता था, उसके जीवन की सबसे भीषण, सबसे भयावह रात्रि बन गई। महन्त ने उसे बार-बार चोट पहुँचाई । उसके कोमल शरीर पर नोंच-खसोट के निशान उभर आए । घंटों बाद जब महन्त की विकृत वासना शांत हुई, वह उसी बिस्तर पर निढाल होकर गिर पड़ा ।

कुछ देर तक अर्पिता उसी बिस्तर पर पड़ी रही । साँसें टूटी-टूटी, देह दर्द से कराहती, मन सुन्न । फिर धीरे-धीरे उसने अपने काँपते हाथों से वस्त्र समेटे। बमुश्किल उठकर उसने छोटा बल्ब जलाया । प्रकाश की हल्की किरणों में उसने महन्त का चेहरा देखा । यही वह व्यक्ति था जिसे भक्तगण "प्रभु का प्रतिनिधि" कहकर पूजते थे ! यही वह महन्त था , जिसे उसने भी बचपन में मंदिर में दंडवत कर प्रणाम किया था और आज वही उसकी आत्मा को रौंदकर उसके बगल में यूँ निढाल पड़ा था जैसे किसी ने एक खिलौने को खेलकर फेंक दिया हो ।

अर्पिता के होंठ सूज चुके थे, शरीर पर नीले निशान उभर आए थे । पर उसकी आँखों में अब आँसू नहीं थे। आँसू तो किसी उम्मीद के टूटने पर आते हैं, यहाँ तो अर्पिता की पूरी दुनिया ही लुट चुकी थी । वह धीरे से फुसफुसाई- "क्या यही था मेरा प्रभु-मिलन...? मैंने तो भगवान से विवाह किया था... पर यहाँ तो मेरे सामने कोई राक्षस खड़ा है...क्या भगवान भी ऐसे होते हैं ? या यह सब छल था... पाखंड था... ?" अर्पिता के मन में एक तेज़ विस्फोट हुआ । धीरे-धीरे उसके भीतर का भय करुण क्रोध में बदलने लगा । किंतु वह केवल अबोध सी एक बालिका थी । क्रोध भी उतना ही असहाय था जितना वह स्वयं ।

रात बीत चुकी थी, पर अर्पिता का बचपन हमेशा के लिए उस कक्ष में गुम हो गया था। अब वह वही मासूम लड़की नहीं रही-वह अब देवदासी थी । एक ऐसी प्रथा की शिकार, जो देवत्व के आवरण में सबसे बड़े पाप को छिपाए बैठी थी । अर्पिता को पता नहीं था कि यह तो उसके कष्टों की बस शुरुआत भर थी । महन्त की वासना का यह पहला आक्रमण था । इसके बाद शुरू होनी थी एक लम्बी, अमानवीय, अपमान से भरी रातों की श्रृंखला...एक ऐसी जेल की सलाखें जिनका कोई द्वार नहीं, कोई कुंडी नहीं, कोई मुक्ति नहीं । लेकिन नियति की इस अँधेरी राह में कहीं दूर, बहुत दूर, एक मोड़ अवश्य छुपा था जो आने वाले समय में उसके जीवन की दिशा बदलने वाला था ।

अगले भाग में आप पढ़ेंगे कि देवदासी बनने के बाद अर्पिता को मंदिर में किस तरह का जीवन जीना पड़ता है, वह कैसी यातनाएँ सहती है, और उसके जीवन में कौन-सा बड़ा मोड़ आता है ?

भाग 44 : फूट-फूटकर रोती अर्पिता !

महन्त जी प्रतिदिन मंदिर के चढ़ावे में आई फल-मिठाइयाँ अर्पिता के कक्ष में भिजवा देते थे । पर भूख-प्यास के बावजूद अर्पिता का गला कुछ निगल नहीं पाता । वह घंटों बिस्तर पर बैठी छत को ताकती रहती। भीतर कहीं एक तूफान उमड़ रहा था । उसके मासूम मन में एक ही विचार घूमता कि *कैसे* मुक्त हो इस बंधन से, कैसे छूटे यह नारकीय जीवन ? अन्य देवदासियाँ उसे देखतीं, दुलारतीं, समझातीं-
"देखो अर्पिता, दुःख और आक्रोश से अब कुछ नहीं होगा । प्रभु की यही इच्छा है । हम सबको भी हमारे घर वालों ने देवदासी के रूप में यहीं अर्पित किया । इसे नियति का लेखा मानकर जीना सीखो ।"

उनकी बातें अर्पिता के भीतर अंगार बनकर जलतीं । वह फटी आँखों से पूछ बैठती- " पर मैं यह सब कैसे सहूँ, दीदी ? मेरे माता-पिता और दादी ने मुझे केवल इसीलिए देवदासी बना दिया कि उन्हें पुत्र प्राप्ति हो जाए । पर क्या कोई गारंटी है कि मेरी माँ के गर्भ में पल रहा बच्चा लड़का ही होगा? अगर फिर से लड़की हुई, तो क्या मेरा यह जीवन लौट आएगा ? क्या उनके पश्चाताप से मेरी यह बलि व्यर्थ नहीं जाएगी ? बताओ दीदी, क्या तुममें से कोई इस अभिशाप से मुक्त हो पाई ? समाज भले हमें देवताओं की दासी कहे, पर सच्चाई हम सब जानते हैं । बताओ दीदी, बताओ न !"
उसकी आवाज़ में एक ऐसा कंपन था, जिसने कमरे की हवा को भी रोक लिया । वृद्ध देवदासियाँ आँखें झुका लेतीं; किसी के पास उसके सवालों के उत्तर नहीं थे । पर अर्पिता रुकी नहीं । उसकी व्यथा बहती चली गई- "हर रात बारह बजते ही वह महन्त मेरे कमरे में आता है । मेरी उम्र की तो उसकी नातिनें होंगी, पर उसे तनिक लज्जा नहीं आती । भगवान बना फिरता है वह बेशर्म ! और सच कहूँ, दीदी अगर असली भगवान भी मेरी आबरू माँगने आए, तो मैं उसे भी मना कर दूँ !" कहते-कहते उसकी आवाज़ फट गई । वह सुबकने लगी । कमरे में बैठी अन्य देवदासियों की आँखों में भी आँसू भर आए, पर उनमें से कोई भी महन्त के विरुद्ध बोलने का साहस नहीं कर पाई।
एक बुजुर्ग देवदासी ने धीरे से द्वार भीतर से बंद किया और फुसफुसाई- "देख अर्पिता, अगर हममें से किसी ने भी महन्त के खिलाफ कुछ कहा, तो वह हमें मंदिर परिसर के कुएँ में फिंकवा देगा या ज़मीन में इतना गहरे गाड़ देगा कि किसी को भनक तक नहीं लगेगी । तेरी तरह सवाल करने वाली हर देवदासी का यही हश्र हुआ है । आज तक सैकड़ों देवदासियों का कोई पता नहीं चला ।"
यह सुनकर अर्पिता की रीढ़ में सिहरन दौड़ गई । मगर उसकी आँखों में भय से अधिक आक्रोश था । उसने धीमे स्वर में कहा-"पर मैं यह

नारकीय जीवन नहीं जी सकती, दीदी ! और अगर मेरी माँ को लड़का हो भी गया, तो यह दुष्ट महन्त मेरी सबसे छोटी बहन अन्तिमा को भी इसी नरक में झोंक देगा।" कहते-कहते उसकी आवाज़ टूट गई। वह बुजुर्ग देवदासी की गोद में सिर रखकर फूट-फूटकर रोने लगी । बुजुर्ग देवदासी की झुर्रियों में वर्षों के दर्द की नदियाँ बह चुकी थीं । उसने अर्पिता के सिर पर हाथ फेरा, पर उसके शब्द सूख चुके थे । केवल एक लंबी सिसकी रह गई ।

उस कक्ष में अब सिर्फ़ अर्पिता की सिसकियाँ और देवदासियों के आँसुओं की खामोश धाराएँ थीं । बाहर मंदिर में शंख बज रहे थे, घंटे गूँज रहे थे, और लाउडस्पीकर पर प्रभु के भजन बज रहे थे । जैसे सब कुछ सामान्य हो । पर उस छोटे से कमरे में एक मासूम हृदय की आस्था, विश्वास और बचपन एक साथ दफ़न हो रहे थे ।

अर्पिता उस रात बहुत देर तक यूँ ही रोती रही । उसकी आँखों में आँसू थे, लेकिन मन में एक बीज अंकुरित हो चुका था । प्रतिरोध का, मुक्ति का । भीतर कहीं एक मौन संकल्प जन्म ले रहा था कि यह कहानी यहीं समाप्त नहीं होगी ।

अगले भाग में आप पढ़ेंगे कि कैसे कट रहे हैं देवदासी के रूप में अर्पिता के दिन ?

भाग 45 : अर्पिता के बीतते दिन-बंधन और बेचैनी !

अर्पिता की दिनचर्या सिर्फ मन्दिर और महन्त बनकर रह गए थे । बुजुर्ग देवदासियाँ अर्पिता को देवदासी के रूप में रहन-सहन के तौर -तरीके समझाती रहती थी । इन सभी देवदासियों को महन्त का सख्त आदेश था कि वे अर्पिता को शीघ्रातिशीघ्र देवदासी के रूप में प्रशिक्षित कर दें साथ ही उस पर नज़र भी रखें ।

महन्त की उक्त हिदायत के कारण ही अर्पिता बुजुर्ग देवदासियों के साथ दिनभर प्रभु जगन्नाथ की सेवा में लगी रहती थी । अब उसने नियमानुसार श्वेत वस्त्र धारण कर लिए थे । अर्पिता इस मन्दिर में सबसे कम उम्र की देवदासी थी । श्वेत वस्त्रों में वह कोई परी जैसी लगती थी । उसकी सुन्दरता देखते ही बनती थी परन्तु जैसे ही साँझ होने को आती अर्पिता के मुँह पर उदासी के बादल छा जाते। महन्त द्वारा उसकी इज्ज़त के साथ खेलने का खयाल आते ही अर्पिता का रोम - रोम काँप उठता था । उसका बस चले तो वह दिन को पकड़ कर बैठ जाए ताकि यह दिन ढल ही नहीं पाए । नहीं रात होंगी और नहीं महन्त उसके साथ जोर जबरदस्ती कर पाएगा । साँझ ढलने को थी और अर्पिता शून्य में ताकती हुई सोच रही थी - "देखो अर्पिता तुम इस नारकीय जीवन को जीने के लिए नहीं बनी हो। तुम्हें कुछ तो ऐसा करना ही होगा जिससे इस मन्दिर रूपी जेल से तुम्हें मुक्ति मिल सके।"

कभी फिर अपने ही सवालों का जवाब देते हुए अर्पिता खुद से ही बातें करते हुए कहती- "परन्तु महन्त के इस मन्दिर रूपी किले को भेद पाना इतना भी आसान नहीं है अर्पिता! इसके लिए तुझे किसी न किसी का तो सहयोग लेना ही होगा और तुम्हारा साथ दे सकती हैं ये बुजुर्ग देवदासियाँ!"

पर थोड़ी ही देर बाद अर्पिता फिर खुद ही के सवाल का खुद ही जवाब देते हुए कहती- "परन्तु ये देवदासियाँ तुम्हारा साथ क्यों देगी अर्पिता ? क्या उनकी शामत आई है जो वो महन्त के साथ बगावत पर उतरेगी ? ये लोग जैसे - तैसे महन्त की दया पर अपना जीवन व्यतीत कर रही हैं। इनका आधा जीवन तो भगवान के नाम पर महन्त की गुलामी करते हुए गुजर गया। अब शेष बचे जीवन के लिए ये सब क्यों मुसीबतें मोल लेंगी । "

अर्पिता मन्दिर के एक कोने में बैठे हुए दिखावे के लिए तो हाथ में माला लेकर फिरा रही थी परन्तु उसके जहन में ढेर सारे सवाल और जवाब उमड़ रहे थे । वह एक टक मन्दिर में आने जाने वाले भक्तों को देख रही थी कि तभी उसे महसूस हुआ कि कोई एक स्मार्ट और सुन्दर सा युवक भगवान के मंदिर की घंटी बजाते हुए अर्पिता की तरफ ही देख रहा था ।

अर्पिता ने यूँ तो इस युवक को कई मर्तबा मन्दिर में आते-जाते देखा था परन्तु कभी उसकी तरफ गौर नहीं किया था । आज जब यह युवक एक टक अर्पिता को निहार रहा था तो अर्पिता की भी नज़र उस युवक पर जाकर ठहर गई थी। एक दम पतला-दुबला और कोट पेंट पहने हुए यह युवक देखने में काफ़ी खूब सूरत लग रहा था । अर्पिता ने आज पहली बार महसूस किया था कि कोई उसे मन्दिर में आते- जाते इस तरह निहारेगा भी ।

अगले भाग में आप पढ़ेंगे कि क्या इस युवक और अर्पिता में नज़दीकियां बढ़ पाती है या नहीं ?

भाग 46 : एक अनजान से मुलाकात ?

अर्पिता आज भी मंदिर के एक कोने में शांत बैठी हुई थी, हाथ में माला लिए, धीरे-धीरे मन ही मन जप कर रही थी । चारों ओर अन्य देवदासियां भी इसी तरह अलग-अलग कोनों में बैठी अपने कर्मों में लीन थीं। पर उनकी आँखों में सतर्कता झलक रही थी, जबकि अर्पिता का मन किसी और ही दुनिया में खोया हुआ था । वह लगातार उस नवयुवक की याद में थी, जिसने कल उसे गौर से निहारा था । उसकी यादों में वह मुस्कान और आँखों की वह चमक बार-बार उभर आती थी ।

इसी बीच महन्त जी मंदिर में पूजा-अर्चना में व्यस्त थे। अचानक उन्होंने मंदिर से बाहर आकर सभी देवदासियों को इकट्ठा होने का इशारा किया । उनका आदेश पाते ही सभी देवदासियां मंदिर के तहखाने में बने महन्त जी के निजी कमरे में पहुँच गईं । पर अर्पिता अभी भी उसी कोने में बैठे हुए थी, पूरी तरह से अपने विचारों और उस नवयुवक की स्मृतियों में खोई हुई ।

महन्त ने सभी देवदासियों को संबोधित करते हुए कहा,- "देखिए, आप सभी मेरे लिए और इस मंदिर के लिए बहुत महत्वपूर्ण हैं । पूजा-अर्चना के बाद आप सभी मंदिर की जमीन पर जो फसल और सब्जियां बोई गई हैं, उनकी देखभाल करने वाले मजदूरों की मॉनिटरिंग करें । मजदूर लोग पूरा मेहनताना लेने के बावजूद समय पर काम पूरा नहीं कर रहे हैं । मैं चाहता हूँ कि आप लोग खुद अपना-अपना क्षेत्र चुनें और मेहनत के अनुसार मजदूरों की देखभाल करें । उन्हें आवश्यक निर्देश और मदद उपलब्ध कराएं।"

महन्त के आदेश की गंभीरता को समझते हुए सभी देवदासियों ने सिर हिलाकर हामी भर दी और शांत होकर खड़ी रही । उनकी नज़रें

महन्त की ओर थीं, लेकिन महन्त की निगाहें बार-बार अर्पिता को ढूँढ रही थीं । परंतु इस भीड़ में अर्पिता कहीं दिखाई नहीं दे रही थी। अर्पिता मंदिर के कोने में अभी भी उसी नवयुवक के खयालों में खोई हुई थी, कि अचानक उसे सीढ़ियों पर वह युवक दिखाई दिया । दोनों की नज़रें एक पल के लिए आपस में मिलीं, और दोनों ने चुपचाप मुस्कुराते हुए एक-दूसरे को देखा । अर्पिता के दिल की धड़कन तेज हो गई ।

नवयुवक ने पहले प्रभु जगन्नाथ को प्रणाम किया और फिर अर्पिता के निकट जाकर नमस्ते कहा । अर्पिता ने भी शिष्टता से जवाब देते हुए कहा-, "नमस्ते!"

नवयुवक अर्पिता के समीप बैठते हुए मुस्कुराया और पूछा ,-" क्या आप इस मंदिर में नई देवदासी हैं?"

"जी हाँ, हाल ही में प्रभु जगन्नाथ की सेवा के लिए मुझे मेरे माता-पिता ने इस मंदिर में अर्पित किया है," अर्पिता ने मुस्कुराते हुए जवाब दिया।

"क्या आप इस गाँव के निवासी नहीं हैं ?" अर्पिता ने आश्चर्य से पूछा।

"जी ऐसा नहीं है , मैं भी इसी गाँव का निवासी हूँ । अभी शहर से कानून की पढ़ाई पूरी करके यहाँ मुंसिफ मजिस्ट्रेट की अदालत में प्रैक्टिस करने आया हूँ ।" नवयुवक ने अपने बारे में बताते हुए कहा।

अर्पिता मुस्कुराई और बोली, -"अच्छा, तो आप वकील हैं और कोर्ट में प्रैक्टिस करते हैं ।"

नवयुवक ने उसकी आँखों में झांकते हुए कहा, -"आपने बिल्कुल सही समझा। आप पढ़ी-लिखी भी मालूम हो रही हैं ।"

"हाँ , थोड़ा बहुत पढ़ी थी । पाँचवीं तक लड़कियों के स्कूल में और दसवीं फैल की पढ़ाई लड़कों के स्कूल में की थी ।" अर्पिता ने चहकते हुए कहा।

"ओह ! अच्छा, तो आप वही गाँव वाले लड़कों के स्कूल से दसवीं फैल हैं?" नवयुवक ने हल्की हँसी के साथ कहा ।
"मतलब, आप भी उसी लड़कों के स्कूल में पढ़ते थे?" अर्पिता ने सवालिया निगाहों से पूछा ।
दोनों के बीच यह संवाद एक नया मोड़ लेकर आया था। अर्पिता की आँखों में जिज्ञासा चमक उठी, और नवयुवक के चेहरे पर भी हल्की मुस्कान थी,मानो जैसे दोनों एक-दूसरे की सोच को बिना शब्दों में कहे समझ गए हों । अर्पिता के मन में यह विचार आने लगा कि शायद इस नवयुवक से उसके अतीत या स्कूल की कोई पहचान भी जुड़ी हो सकती है ।
वह युवक शांत और विनम्र दिख रहा था,पर उसके हर इशारे और मुस्कान में एक गर्मजोशी थी, जिसने अर्पिता के हृदय में अजीब-सी हलचल पैदा कर दी। मंदिर का सन्नाटा, देवदासियों की चौकस निगाहें और महन्त की उपस्थिती, सब कुछ जैसे धुंधला हो गया था।
अर्पिता ने भी धीरे से सोचते हुए कहा, "शायद यह वही मौका है जब मैं उसके बारे में और जान सकती हूँ। पिछले अनुभवों ने मुझे सतर्क कर दिया है, लेकिन शायद यह बातचीत मेरे लिए सुरक्षित हो ।"
नवयुवक ने भी अर्पिता के मन की बात पढ़ ली थी । उसने धीरे से कहा,- "शायद हमें एक-दूसरे को बेहतर समझने का अवसर मिल गया है । आप यहाँ बहुत निश्चिंत और खुलकर बात नहीं कर सकतीं, पर मैं कोशिश करूंगा कि आप सहज महसूस करें ।"
अर्पिता ने सिर हिलाकर अपनी सहमति दी । दोनों के बीच यह मौन संवाद एक नई समझ और भरोसे की नींव डालने लगा । वह पल अर्पिता के लिए अनजाने में ही उसके मन में उम्मीद और साहस का बीज बो गया था। वह पल धीरे-धीरे अर्पिता के भीतर एक नई चेतना जगा रहा था कि वह अकेली नहीं थी और शायद इस नवयुवक से होने वाली बातचीत उसके जीवन में कुछ बदलाव ला सकती थी ।

अगले भाग में आप पढ़ेंगे कि क्या इस नवयुवक से अर्पिता कोई पहचान या सहयोग प्राप्त कर पाती है और उसके जीवन में क्या नया मोड़ आता है ?

भाग 47 : सहपाठी से अर्पिता की दोस्ती ?

मन्दिर के विशाल प्रांगण में दोपहर का सन्नाटा पसरा था । महन्त जी सुबह-सुबह ही नगर की ओर निकल गए थे, देवदासियों को आदेश देकर कि खेतों में काम कर रहे मजदूरों की देखभाल और निगरानी की व्यवस्था और कठोर होनी चाहिए । जाते-जाते उन्होंने एक बुज़ुर्ग देवदासी को यह भी कह दिया था कि यह बात अर्पिता तक अवश्य पहुँचा दी जाए, ताकि वह भी अब मन्दिर का नियमित काम-काज समझने लगे ।

परंतु अर्पिता को इस सबकी कोई जल्दी नहीं थी । वह अब भी मन्दिर के बरामदे के उसी कोने में बैठी थी, जहाँ थोड़ी देर पहले एक नवयुवक उससे मिलने आया था, लम्बा कद, स्नेह भरी भरी आँखों वाला, और वर्षों बाद अचानक प्रकट हो जाने वाला वह युवक अर्पिता के मन में एक अजीब-सी हलचल जगा गया था। आज जब किशोर मन्दिर आया तो अर्पिता ने फिर वही सवाल दोहराया कि –"बताइए न क्या आप भी उसी लड़कों के स्कूल में पढ़ते थे, जिससे मैंने दसवीं फैल किया था ?"

अर्पिता के पूछने पर उस नवयुवक ने धीर-गंभीर स्वर में कहा- "एक ही स्कूल में ही नहीं, अर्पिता... हम दोनों एक ही क्लास में पढ़ते थे। ज़रा ध्यान करो, तुम्हारी बगल वाली सीट पर एक लड़का बैठता

था... बेहद शांत, बिल्कुल चुप रहने वाला... और तुम उसे 'मौनी बाबा' कहकर चिढ़ाया करती थीं ।"

उसकी बात सुनते ही अर्पिता की आँखें चौड़ी हो गईं और उसने कहा - "ओह! तो तुम वो किशोर हो ?" वह अविश्वास में कह उठी । "मैंने तो पहचाना ही नहीं... और तुम तो—तुम तो अब वकील साहब बन गए ! सच कहूँ ? मैंने सपने में भी नहीं सोचा था कि वो मौनी बाबा किसी दिन हमारे गाँव का सबसे पढ़ा-लिखा वकील बनकर लौटेगा!" कहते-कहते उसके स्वर में एक हल्की कंपन आ गई । आँखों में कुछ ऐसा उभर आया जिसे वह रोकना चाहती थी, पर रोक नहीं पाई ।

किशोर ने इधर-उधर देखा । आसपास कोई था नहीं । उसने झट से अपने कोट की जेब में हाथ डालकर रुमाल निकाला और बहुत सहजता से, लगभग परिचित अपनत्व के साथ, अर्पिता की आँखों से छलक आए आँसुओं को पोंछते हुए बोला- "मुझे पता है अर्पिता... तुम ही नहीं, तुम्हारी जैसी कई लड़कियों ने दसवीं के बाद अपनी पढ़ाई छोड़ दी । गाँव की लड़कियों के लिए बड़े स्कूल या कॉलेज तक पहुँचना कितना कठिन है, मैं जानता हूँ ।"

"हाँ, किशोर...।" अर्पिता ने धीमे स्वर में कहा, "घर-गृहस्थी, छोटी बहनों की देखभाल, और माँ की तबियत... इन सबके बीच पढ़ाई की कल्पना भी नहीं कर सकती थी । लेकिन तुम्हें देखकर बहुत ख़ुशी हुई। तुम पढ़-लिखकर इतने अच्छे वकील बन गए... और प्रैक्टिस के लिए भी तुमने शहर नहीं चुना, बल्कि अपने गाँव की कचहरी को चुना। अब गाँव के गरीब और असहाय लोगों को कोई लूट नहीं पाएगा। अब उन्हें भी न्याय मिलेगा।" कहते हुए अर्पिता ने अनायास ही किशोर के दोनों हाथ अपने हाथों में थाम लिए । उसकी आँखों में एक गहरी, निश्छल प्रशंसा थी ।

किशोर थोड़ा असमंजस में मुस्करा दिया और बोला- "तुम ठीक कह रही हो अर्पिता... पर मैं अभी भी तुम्हारे बारे में बहुत कुछ जानना

चाहता हूँ । तुम अचानक इस तरह मन्दिर में कैसे पहुँचीं ? यह... सब कैसे हुआ ?" किशोर का प्रश्न जैसे किसी दबी पीड़ा का ताला खोल गया । अर्पिता ने धीरे से नज़र झुका ली ।

"मेरी कहानी बहुत लंबी है, किशोर," अर्पिता ने रुंधे गले से कहा, "और शायद बहुत दुखद भी । बस यह समझ लो... कि शायद मेरे भाग्य में यही लिखा था।"

"भाग्य ?" किशोर ने उसके चेहरे पर उभर आई उदासी को पढ़ते हुए कहा, -"नहीं अर्पिता... कोई भी इंसान यूँ ही देवदासी नहीं बनता। तुम मुझे अपनी पूरी कहानी बताओ, कभी तो बताओ । शायद मैं... शायद मैं किसी प्रकार तुम्हारी सहायता कर सकूँ।"

उसकी आँखों में जो सच्चाई थी, वह किसी के भी मन का बाँध तोड़ सकती थी । लेकिन अर्पिता भयभीत थी। महन्त का कठोर अनुशासन, देवदासियों के लिए बने नियम, और स्वयं पर बीते संकट... ये सब उसे बाँधे हुए थे । वह धीमे से बोली- "किशोर, अभी नहीं... महन्त जी किसी भी क्षण लौट सकते हैं । उन्हें यह कतई पसंद नहीं है कि हम देवदासियाँ किसी पुरुष से बातें करें। उनकी निगाह में यह घोर अनुशासनहीनता है। इसलिए... यदि कभी और अवसर मिला, तो मैं तुम्हें अपनी पूरी कहानी अवश्य सुनाऊँगी । विस्तार से बताऊँगी कि मैं इस मन्दिर में देवदासी कैसे बनी।"

अभी उसने वाक्य पूरा ही किया था कि अचानक उसे दूर से कुछ हलचल दिखाई दी । देवदासियों का एक समूह उनकी ओर बढ़ता आ रहा था । अर्पिता की धड़कन तेज हो गई । उसने तत्काल किशोर को आँखों ही आँखों में एक इशारा किया- " चले जाओ, अभी... यहीं रुके तो कोई अनर्थ हो जाएगा । "

किशोर ने समझ लिया । वह क्षण भर ठहरा, फिर चुपचाप मन्दिर के द्वार की ओर मुड़ गया ।

थोड़ी ही देर में बुज़ुर्ग देवदासी अर्पिता के पास पहुँचीं। उनके साथ बाकी देवदासियाँ भी थीं । बुज़ुर्ग देवदासी ने सूचना देते हुए कहा- "अर्पिता, महन्त जी ने आदेश दिया है कि कल से हम सबको बारी-बारी खेतों की फसल और सब्जियों की पैदावार के लिए काम कर रहे मजदूरों की निगरानी करनी है । हर ओर देखभाल कड़ी की जाएगी । तुम्हें भी कल से पूजा-अर्चना के बाद खेत के अंतिम छोर पर जाना होगा, जहाँ फूलों की खेती है । वहाँ कुछ मजदूर नए लगाए गए पौधों की देखभाल कर रहे हैं, तुम्हें उनकी निगरानी संभालनी है।"

अर्पिता ने सिर झुका दिया और कहा - "जैसा आदेश, दीदी ।" कहकर वह मन्दिर के दैनिक कार्यों में व्यस्त हो गई । पर उसके मन में किशोर के साथ हुई बातचीत कहीं गहरे अटक गई थी, वर्षों बाद किसी ने उसे उसके नाम से पुकारा था, उसकी कहानी जानने की इच्छा जताई थी, और उसके आँसुओं को पोंछा था, और यह बात अर्पिता को जितनी राहत दे रही थी... उससे कहीं अधिक डर भी। क्योंकि वह जानती थी कि इस मन्दिर में प्रेम की भावनाएँ पनपना सबसे बड़ा अपराध है।

अगले भाग में आप जानेंगे कि किशोर, जो कभी मौनी बाबा था, अब अर्पिता की कहानी सुनने के लिए इतना उत्सुक क्यों है ? उसके हृदय में कौन-सा अधूरा अध्याय है जो वर्षों बाद फिर से करवट ले रहा है ?

भाग 48 : अर्पिता और किशोर का मिलन ?

मन्दिर के पीछे फैला हुआ रंग-बिरंगे फूलों का वह विशाल खेत मानो किसी स्वर्ग का टुकड़ा था जहाँ हल्की हवा फूलों की पंखुड़ियों को सहलाती हुई बहती, तो उनके रंग और खुशबू हवा में ऐसे घुल जाते जैसे किसी कलाकार ने वातावरण में कोमल रंग बिखेर दिए हों। दूर प्रांगण में बजती हुई मन्दिर की घंटियों की मधुर झंकार उस दृश्य को और भी पवित्र बना रही थी। इसी शांत और सुरभित वातावरण के बीच अर्पिता आज पहली बार अपनी ड्यूटी निभाने आई थी, मन्दिर की माला और पूजा के लिए फूलों का चयन, और साथ ही यहाँ काम कर रहे मजदूरों की देखभाल की ज़िम्मेदारी। गुलाबी फूलों की कतार के बीच झुककर एक नर्म-सी कली को तोड़ते हुए वह स्वयं से बुदबुदाई- "ये गुलाबी फूल कितने सुंदर हैं... देवदासी दीदी कह रही थीं कि इन्हें पूजा के लिए लेकर जाना है।"

अर्पिता फूलों को संभाल ही रही थी कि अचानक पीछे से एक परिचित, शांत, पर मुस्कान से भरी आवाज़ सुनाई दी- "अगर ये फूल इतने ही खास हैं, तो इन्हें ऐसे तोड़ना... क्या उचित है ?" अर्पिता चौंककर मुड़ी और बोली- "किशोर ? आप यहाँ?" उसके स्वर में हल्की आश्चर्य-सी कंपन थी।

किशोर ने सहज मुस्कान के साथ कहा- "मन्दिर आया था प्रभु जगन्नाथ की पूजा-अर्चना के लिए। तुम्हें ढूँढते-ढूँढते मन्दिर के हर कोने में घूम आया। फिर यहाँ पीछे आया तो देखा फूल तो बहुत हैं, लेकिन जिस फूल को मैं ढूँढ रहा था... वह तो यहाँ खेत के अंतिम छोर पर खिलकर अपनी खुशबू बिखेर रहा है।"

किशोर ने यह कहते हुए जिस तरह से अर्पिता की ओर देखा, वह क्षण भर के लिए हवा को भी थाम लेने जैसा था। अर्पिता हल्का-

सा शर्मा गई और मुस्कुराकर बोली- “आप भी ना, किशोर ! मैं यहाँ फूलों की देखभाल कर रहे मजदूरों की निगरानी के लिए आई हूँ। और... ये फूल इतने सुदर दिखे तो सोचा मन्दिर की सजावट के लिए कुछ तोड़ लूँ।”

किशोर ने पास आकर एक फूल को बहुत नर्मी से छुआ और बोला - “मन्दिर के लिए फूल तोड़ना गलत नहीं, अर्पिता... लेकिन इन फूलों का असली सौंदर्य तो इन्हें देखने और महसूस करने में है । इन्हें यूँ ही चुपचाप यहाँ खिलते हुए देखकर भी मन भर जाता है।”

अर्पिता ने झेंपते हुए कहा- “शायद आप सही कह रहे हैं... पर मन्दिर की पूजा-सजावट के लिए फूल चाहिए होते हैं ।”

किशोर ने हँसते हुए उसकी ओर देखा- “अगर चाहो, तो खेत के किनारे उगे हुए फूल ले सकती हो । उन्हें देखने वाले कम होते हैं... उनकी कमी कोई नहीं महसूस करेगा।” अर्पिता हल्का-सा हँस पड़ी और बोली- “आप तो बहुत समझदार लगते हैं ।”

किशोर ने हँसकर जवाब दिया- “समझदार नहीं... बस इन फूलों से पुरानी दोस्ती है । बचपन से इनके बीच पला-बढ़ा हूँ । ये मेरे दोस्त जैसे हैं ।” अर्पिता ने आश्चर्य से पूछा- “दोस्त? फूलों से भी कोई दोस्ती कर सकता है ?”

किशोर का चेहरा अचानक गंभीर हो गया, उसने कहा- “हाँ... क्यों नहीं ? जब कोई इंसान अकेला हो जाता है, तो प्रकृति उसके लिए मन का सहारा बन जाती है। मैं जब भी उदास होता हूँ या थक जाता हूँ... यहाँ चला आता हूँ । इन फूलों की खुशबू में, इन हवाओं की नर्मी में... जैसे कोई अदृश्य साथी होता है, जो चुपचाप दिल की सारी उलझनें सुलझा देता है ।”

अर्पिता कुछ देर तक उसे देखती रही- “हाँ... यह जगह सच में अद्भुत है। जैसे यहाँ आकर मन का बोझ हल्का हो जाता है ।” किशोर की

आँखों में हल्की चमक उभर आई, उसने पूछा- “तुम अक्सर यहाँ आती हो ?”

अर्पिता ने मुस्कुराते हुए सिर हिलाया और कहा –“नहीं, आज पहली बार आई हूँ । महन्त जी ने आज से मेरी ड्यूटी यहाँ लगाई है । पहले लगा था कि मुझे जानबूझकर सबके बीच से हटाकर इस एकान्त जगह भेजा गया है । लेकिन अब... लगता है कि यहाँ रोज आना चाहिए ।”

किशोर हल्के से हँसकर बोला- “तो फिर एक वादा करो... अगली बार जब यहाँ आओ, तो इन फूलों को तोड़ने के बजाय... इन्हें जी भरकर देखना, महसूस करना ।” अर्पिता ने मुस्कुराकर कहा- “ठीक है, वादा करती हूँ । और आप ? आप यहाँ क्यों आते हैं हर बार?”

किशोर ने आकाश की ओर देखते हुए, बहुत धीमे स्वर में कहा- “मुझे प्रकृति से बहुत प्रेम है, अर्पिता । लगता है जैसे ये फूल, ये हवा, ये पेड़... मेरी जिंदगी के हिस्से हैं । जब जीवन में कोई नहीं होता जिसकी आँखें हमें समझें... तब प्रकृति हमें बिना कहे समझ लेती है ।”

अर्पिता की आँखों में प्यार छलक रहा था । उसने कहा- “बहुत सुंदर सोच है आपकी शायद हमें भी सीखना चाहिए कि प्रकृति से जुड़कर किस तरह मन को शांत रखा जाए।”

दोनों कुछ क्षणों के लिए शांत हो गए । न तो कोई बोला, न ही बोलने की आवश्यकता महसूस हुई । हवा में घुली फूलों की सुगंध, मन्दिर की दूर से आती घंटियों की झंकार, और खेत के बीच खड़े दो पुराने सहपाठियों का यह मौन संवाद, सब मिलकर एक अनोखी शांति रच रहे थे । कुछ देर बाद अर्पिता ने चुप्पी तोड़ी और कहा- “अच्छा... अब मुझे चलना चाहिए । महन्त जी और देवदासियाँ मेरा इंतजार कर रही होंगी ।” किशोर ने आधी मुस्कान के साथ कहा- “ठीक है ।

लेकिन याद रखना...अगली बार सिर्फ इन फूलों को देखने आना,तोड़ने नहीं।"

अर्पिता ने मुस्कुराकर सिर हिलाया और कहा- "पक्का वादा ।" वह चुने हुए फूलों का एक छोटा-सा गुच्छा हाथ में लिए खेत की पगडंडी की ओर बढ़ चली। उसके कदम हल्के थे, मानो इस मुलाकात ने उसके मन में कहीं कोई पुरानी, भूली हुई रोशनी जगा दी हो ।

किशोर कुछ देर तक उसे जाते हुए देखता रहा । धीरे-धीरे दूर होती उसकी आकृति, उसके कुर्ते की हल्की सरसराहट, और गुलाबी फूलों के बीच उसकी चाल सब उसे किसी पुराने सपने की तरह लग रहे थे।

वह मन ही मन मुस्कुराया- "सोचा नहीं था... कि मेरी सहपाठी अर्पिता से इतने वर्षों बाद इस तरह मुलाकात होगी और यह मुलाकात... मेरे मन में कुछ नया जगा देगी ।"

पढ़ते रहिए... अगले भाग में जानिए कि क्या अर्पिता और किशोर की मुलाकातें सिर्फ संयोग हैं, या इन मुलाकातों में धीरे-धीरे एक नया एहसास जन्म लेने लगा है ?

भाग 49 : दूसरी मुलाकात-भावनाओं का प्रवाह !

मंदिर की आरती, घंटियों की गूँज और भक्तों की भीड़ से जूझते हुए अर्पिता ने जैसे-तैसे अपने दिन भर के सारे दायित्व पूरे किए । मंदिर के पीछे फैले खेतों में फूलों की खेती का काम देखने वाले मजदूर उसकी प्रतीक्षा कर रहे थे । सूर्य ढलान पर था, पर दिन की थकान मानो अभी भी उसके कंधों से लिपटी हुई थी । वह खेत की पगडंडी से होती हुई उस छोटी-सी कुटिया की ओर बढ़ी जहाँ किशोर उसका इंतजार कर रहा था।

कुटिया के भीतर बैठे किशोर को अर्पिता के कदमों की आहट मिलते ही वह तत्परता से बाहर आ गया । उसकी आँखों में बेचैनी साफ झलक रही थी। अर्पिता के नजदीक आते ही किशोर ने कहा- "आज इतनी देर क्यों कर दी, अर्पिता ? कब से तुम्हारी राह देख रहा हूँ?" किशोर के स्वर में एक शिकायत-सी थी, पर शिकायत के पीछे छिपा स्नेह अनदेखा नहीं था ।

अर्पिता हल्की-सी मुस्कान के साथ बोली- "अरे किशोर साहब, थोड़ी-सी देर ही तो हुई है । आप यूँ नराज़ क्यों होने लगे ? यह मंदिर है मेरा घर नहीं, जहाँ अपनी मर्जी से चल सकूँ । देवदासी हूँ मैं... या साफ कहूँ तो महन्त जी की रखैल ।"

यह कहते हुए उसकी आवाज़ में गहरी कटुता उभर आई । किशोर बात सुनकर थोड़ा चौंका, फिर उसके चेहरे पर उभर आई कसक को पढ़ते हुए धीरे से बोला- "ये 'साहब-साहब' की रट मत लगाया करो, अर्पिता। मुझे बस किशोर कहो, यही अच्छा लगता है।"

अर्पिता ने उसकी बात अनसुनी करते हुए चारों ओर नज़र घुमाई, कहीं कोई दिखाई न दे, फिर झुककर बोली- "किशोर, अगर किसी देवदासी या महन्त जी के आदमी ने तुम्हें मेरे साथ देख लिया, तो मुश्किल खड़ी हो जाएगी । तुम यहाँ से चले जाओ, प्लीज़ !" पर किशोर ने कदम पीछे नहीं हटाए । वह बोला- "नहीं, अर्पिता । आज मैं यहाँ से बिना तुम्हारी कहानी सुने नहीं जाऊँगा। ये जो दर्द तुम्हारी बातों में है, ये तुम कब तक अकेले ढोओगी ? आज बताओगी, कि आखिर तुम्हें इस हाल तक किसने पहुँचाया ?"

किशोर ने अर्पिता के हाथ को हल्के से पकड़ा । अर्पिता ने जल्दबाज़ी में हाथ खींचना चाहा,पर किशोर ने धीरे से उसे थामे रखा । "ये हाथ तुम दोस्त की हैसियत से पकड़ रहे हो... या फिर?" अर्पिता ने अधूरे वाक्य में ही अपना संशय जता दिया ।

किशोर तुरंत बोल पड़ा- "आज के बाद मैं तुम्हारा हाथ कभी नहीं छोड़ूँगा, अर्पिता। न दोस्त की तरह, न अजनबी की तरह... इंसान की तरह। बस मुझे अपना समझकर बताओ कि तुम इस नर्क में कैसे फँसी ? मैं तुम्हें यहाँ से निकालने की पूरी कोशिश करूँगा।"

अर्पिता कुछ पल तक उसे निहारती रही, जैसे उसकी सच्चाई को परख रही हो। फिर धीरे से बोली- "ठीक है... अगर तुम सुनना चाहते हो, तो सुनो" और इतना कहकर वह अपनी स्मृतियों के अँधेरे गलियारों में लौट गई। एक ऐसी दुनिया जहाँ बचपन, भोले सपने और मासूम इच्छाएँ धीरे-धीरे रौंद दी गई थीं। वह किशोर को उस अंधेरे में ले जाती गई, और सुनाती गई अपनी पीड़ा, अपना संघर्ष, अपने अपमान की वह कथा जिसे वह वर्षों से अपने हृदय में दबाए बैठी थी।

बातें करते-करते उसका गला भारी हो गया। कुछ देर बाद वह धीरे से किशोर के कंधे पर सिर रखकर फूट-फूटकर रो पड़ी। उसके आँसू मानो वर्षों की जमा हुई पीड़ा का विलाप थे। किशोर ने उसे चुप करवाने की कोशिश नहीं की, वह बस उसे अपनी बाँहों में समेटे रहा। कहानी समाप्त हुई तो किशोर की आँखें भीग चुकी थीं। वह अर्पिता का चेहरा अपने हाथों में लेकर बोला- "तुम्हारे चेहरे की गहराई बहुत कुछ कहती है, अर्पिता। तुम्हारी आँखें... जैसे अनसुनी कहानियों से भरी हैं। तुमने बहुत सहा है, है न ?"

अर्पिता ने गहरी साँस ली और कहा- "कभी-कभी लगता है, किशोर... कि वह जो 'देवदासी' है, वह मैं नहीं। वह कोई और थी... जिसे मैं बस निभाती आ रही हूँ। मैं तो बस... जीने की कोशिश कर रही थी।"

"और अब ?" किशोर ने धीरे से पूछा,- "अब तुम क्या चाहती हो, अर्पिता?"

“अब। ” अर्पिता की आवाज़ में एक नई दृढ़ता उभरी,- “अब मैं अपनी कहानी खुद लिखना चाहती हूँ, किशोर। इस नर्क से निकलकर, अपनी शर्तों पर जीना चाहती हूँ।”

किशोर उसे देखते हुए गंभीर हो गया और बोला - “अर्पिता, जब से पहली बार तुमसे मिला हूँ, एक बात मन में बार-बार उठती है । तुम्हारी हिम्मत, तुम्हारा यह फैसला... यह तुम्हें दूसरों से अलग बनाता है । और शायद... शायद मैं इसी वजह से अपने गाँव वापस आना चाहता हूँ । तुम्हारी इस नई कहानी में तुम्हारे साथ चलना चाहता हूँ । अगर तुम चाहो तो ।”

अर्पिता ने उसकी आँखों में झांकते हुए धीमे स्वर में कहा- “किशोर... मेरे साथ जुड़ना आसान नहीं होगा। मेरा अतीत... मेरी पहचान... सब कुछ बहुत जटिल है।”

“जानता हूँ,” किशोर ने मुस्कुराते हुए कहा, - “पर यही तो खूबसूरती है तुम्हारी । तुमने अतीत का बोझ उठाए भी आगे बढ़ने का साहस किया है। मैं तुम्हारे अतीत से नहीं डरता, अर्पिता । मुझे तुम्हारा आज और तुम्हारा आने वाला कल दिखाई देता है । बस वही ।”

अर्पिता की आँखें फिर नम हो गईं नम आँखों से वह बोली- “लेकिन समाज के ताने... लोगों की बातें... क्या तुम समझते हो, यह कितना मुश्किल होगा?”

किशोर ने उसके आँसू पोंछते हुए कहा- “अगर तुम्हारे साथ लड़ने का हक मिला, तो कोई मुश्किल मुझे डरा नहीं सकती, अर्पिता ।”

अर्पिता ने हल्की-सी मुस्कान के साथ उसकी ओर देखते हुए कहा- “तुम्हारी बातें दिल को सुकून देती हैं, किशोर... पर मुझे थोड़ा समय चाहिए। विश्वास को पनपने के लिए भी एक जगह चाहिए ।”

“जितना समय लेना चाहो... ले लो,” किशोर ने शांत स्वर में कहा,- “मैं इंतजार कर सकता हूँ । बस इतना जान लो कि तुम अकेली नहीं हो। मैं हमेशा तुम्हारे साथ खड़ा रहूँगा।”

कुछ पल तक दोनों शांत रहे । हवा में खिले फूलों की खुशबू तैर रही थी, जैसे वातावरण भी उनकी अस्थिर भावनाओं को सहला रहा हो ।

"किशोर..." अर्पिता ने धीरे से कहा, "शायद पहली बार मुझे महसूस हो रहा है कि कोई मेरे भीतर की कहानी समझना चाहता है... बिना किसी लालच, बिना किसी भय के ।"

"अर्पिता," किशोर ने उसकी आँखों में देखते हुए कहा, - "तुम्हारी कहानी सिर्फ तुम्हारी नहीं है । अगर तुम चाहो, तो हम मिलकर इसे और खूबसूरत बना सकते हैं ।"

अर्पिता के होंठों पर हल्की, संकोची मुस्कान उभरी और बोली- "शायद... यह एक नई शुरुआत हो सकती है । लेकिन हमें कदम धीरे-धीरे ही बढ़ाने होंगे, किशोर ।"

"जैसा तुम चाहो," किशोर ने उसे बाँहों में लेते हुए कहा, - "बस हर कदम पर तुम्हारे साथ रहने की इच्छा है मेरी" और फिर दोनों एक-दूसरे की बाँहों में खो गए, थके, टूटे, पर आशा से भरे दो दिल ।

अगले भाग में जानिए कि अर्पिता और किशोर की ये मुलाकातें किस दिशा में आगे बढ़ती हैं ?

भाग 50 : किशोर ने सुनाई अर्पिता की दास्ताँ !

कुटिया के बाहर अर्पिता की बाँहों की गर्माहट और उसकी आँखों से बहते आँसुओं ने किशोर के मन में एक ऐसी आग जला दी थी जिसे बुझा पाना अब उसके बस में नहीं था । वह कुटिया से बाहर निकला तो मन भारी था, पर कदम तेज़ । अर्पिता की पीड़ा उसके भीतर किसी हथौड़े की तरह लगातार चोट कर रही थी । उसने तय कर

लिया था कि अब वह केवल एक दर्शक नहीं रहेगा । किसी न किसी तरह इस अन्याय को रोकना ही होगा । मंदिर के विशाल प्रांगण में फैली सांझ की धुंध उसके भीतर डूबे अँधेरे जैसी ही लगी । बिना किसी से कुछ कहे वह मंदिर के पिछवाड़े की पगडंडी से निकलकर सीधे अपनी बाइक की ओर गया और तेजी से कोर्ट की दिशा में चल पड़ा ।

कोर्ट में आज कई मुकदमों की पेशियाँ थीं, पर किशोर की आँखों के सामने सिर्फ एक ही चेहरा घूम रहा था अर्पिता का । उसकी सूनी आँखें, टूटे सपनों की छाया और महन्त के अनकहे डर की थरथराहट... सब किशोर के मन में हथेलियों पर दर्ज लिखावट की तरह उभर आए थे । वह अदालत की बेंच पर बैठा भी तो किसी मुकदमे की दलीलों पर ध्यान न दे सका । वह हर पल यही सोचता रहा कि आखिर कैसे निकाला जाए अर्पिता को इस दुष्चक्र से ? कौन-सी कानूनी राह सबसे मजबूत हो सकती है ? कौन-सा कदम उसकी सुरक्षा सुनिश्चित करेगा ?

लंच टाइम होते ही वह जल्दी से फाइलें समेटकर विश्राम कक्ष में चला गया, जहाँ उसके वरिष्ठ साथी और मित्र, अनुभवी अधिवक्ता अजय मल्होत्रा पहले से मौजूद थे । अजय चाय का कप थामे आराम से कुर्सी पर बैठे हुए थे । किशोर को अंदर आते ही उन्होंने गौर से देखा कि उसके चेहरे पर गहरी चिंता साफ दिखाई दे रही थी ।

"क्या बात है, किशोर ?" अजय ने कप नीचे रखते हुए पूछा, - "सुबह से देख रहा हूँ, तुम किसी गहरी उलझन में हो । कुछ बताओगे?"

किशोर ने कुछ पल चुप रह कर साँस ली, फिर धीमे पर दृढ़ स्वर में बोला- "अजय, यह कितना अन्यायपूर्ण है... एक लड़की को भगवान की सेवा के नाम पर ऐसी प्रथा में झोंक देना । क्या यह

उसकी इच्छा थी ? उसकी पसंद? और यह सब अन्याय आज भी... हमारे ही सामने हो रहा है !"

अजय ने भौहें सिकोड़ते हुए कहा - "तुम किसकी बात कर रहे हो?"

किशोर ने दबे स्वर में कहा- "अर्पिता की । मेरी बचपन की सहपाठी है वो। कल मंदिर में मिली थी । पढ़ने-लिखने और अपने भविष्य के निर्माण की उम्र है उसकी, और उसे... देवदासी बना दिया गया है ।"

"देवदासी ?" अजय की आँखें फैल गईं, "लेकिन वह प्रथा तो वर्षों पहले खत्म हो चुकी है !"

कहते हुए किशोर का स्वर तीखा हो गया- "कागज़ों पर, अजय सिर्फ कागज़ों पर । असल में ? गाँवों में अब भी यह सब चलता है । महन्त और रसूखदार लोग इसे अपने फायदे के लिए जिंदा रखे हुए हैं । और अर्पिता वह इनके चंगुल में फँस चुकी है । उसकी आँखों में डर बेबसी... मैंने खुद देखा है ।"

अजय कुछ क्षण तक शांत रहे, फिर गंभीरता से बोले- "यह अर्पिता कौन है? तुम उसे कैसे जानते हो ?"

अजय के इस सवाल के साथ ही किशोर की स्मृतियाँ जैसे एक झटके से वापस लौटीं, बचपन के दिन, साथ खेलना, साथ पढ़ना सब । उसने अजय को बताना शुरू किया- "वह मेरी सहपाठी थी, अजय। दसवीं में फेल हो गई तो घरवालों ने पढ़ाई छुड़वा दी । और मैं शहर चला गया, पढ़ा, वकील बन गया । पर वह ? वह मजबूरी, अज्ञानता और अंधविश्वास की भेंट चढ़ गई । उसे जबरन देवदासी... बना दिया गया, वह भी इतनी कम उम्र में।"

अजय ने गहरी साँस छोड़ी और कहा- "कहानी सचमुच दर्द भरी है, किशोर । अब तुम क्या करोगे?"

किशोर के भीतर अचानक दृढ़ संकल्प की आग भड़क उठी- "उसे आज़ाद करवाऊँगा, अजय । मैं जानता हूँ कि यह आसान नहीं होगा। महन्त और उनके समर्थक इतनी आसानी से उसे आओने चंगुल से

निकालने नहीं देंगे । उनके लिए देवदासी सिर्फ परंपरा नहीं, कमाई और नियंत्रण का भी जरिया है ।"

अजय ने कुर्सी की पीठ पर सिर टिकाया और सोच में डूब गए, फिर बोले- "कानूनी रास्ता अपनाना होगा । पर पहले हमें उसके परिवार, उसकी स्थिति, और महन्त के प्रभाव के बारे में पूरी जानकारी जुटानी होगी।"

किशोर बोला ने जवाब देते हुए बताया –"मैंने उससे कल बात की थी। उसके माता-पिता ने गरीबी और पुत्र-मोह में उसे मंदिर को समर्पित कर दिया । शायद अब उन्हें भी एहसास हो कि उन्होंने गलत किया... शायद अब वे साथ दे सकें ।"

"अगर वे साथ आए तो केस बहुत मजबूत हो सकता है।" अजय ने कहा।

"लेकिन महन्त...!" किशोर ने असहाय स्वर में कहा, - "उसकी पहुँच बहुत ऊपर तक है । वह ग्राम प्रधान दलपत सिंह का भी खास आदमी है। उनके खिलाफ खड़ा होना आसान नहीं होगा ।"

अजय मुस्कुराए और बोले- "किशोर, यही तो हमारी वकालत का सार है, कमजोर की लड़ाई लड़ना । अगर कठिनाई से डर गए, तो वकालत क्यों की या इस पेशे में आए ही क्यों ?"

किशोर के भीतर नया जोश उमड़ा और उसने कहा- "सही कह रहे हो अजय। लेकिन हमें यह भी ध्यान रखना होगा कि अर्पिता सुरक्षित रहे । मैंने सुना है कि जो लड़कियाँ विरोध करती हैं, उनके साथ... बहुत बुरा होता है । कभी-कभी तो उन्हें गायब ही कर दिया जाता है।"

अजय ने चिंता से भौंहें टेढ़ी कीं और कहा- "तो हमें बहुत सावधानी बरतनी होगी । सबसे पहले क्या अर्पिता कोर्ट में बयान देने को तैयार है ?"

किशोर कुछ पल मौन रहा फिर बोला,- "यही समस्या है, अजय। वह बेहद डरी हुई है। उसे लगता है कि महन्त उसके परिवार को नुकसान पहुँचा देगा।"

"डर खत्म करना पड़ेगा, किशोर। उसे भरोसा दिलाओ कि हम उसके साथ हैं कानूनी भी और इंसानी तौर पर भी।" अजय ने कहा।

किशोर ने सिर हिलाया और कहा- "आज ही उसके माता-पिता से मिलूंगा। अगर वे खुलकर साथ आ गए, तो मैं महन्त के खिलाफ मजबूत आधार जुटा पाऊँगा।"

अजय ने सुझाव दिया- "और हाँ, मीडिया का सहारा भी लेना चाहिए। इससे महन्त पर दबाव पड़ेगा और समाज में भी बात फैलेगी कि ऐसी प्रथा आज भी चल रही है।"

किशोर ने थोड़ा असमंजस में पड़ते हुए कहा –"लेकिन इससे कहीं अर्पिता को खतरा तो नहीं होगा?"

अजय ने शांत स्वर में कहा- "जब सब कुछ कानून की परिधि में किया जाएगा और सुरक्षा की मांग भी साथ रखी जाएगी तो जोखिम कम होगा। पर जोखिम उठाना तो पड़ेगा ही। हर न्याय की लड़ाई में थोड़ा साहस जरूरी होता है।"

किशोर कुछ देर सोचता रहा फिर उसकी आँखों में दृढ़ विश्वास लौट आया और बोल- "ठीक है। कदम सोच-समझकर उठाएंगे। पहले अर्पिता से मिलकर उसे भरोसा दिलाऊँगा। फिर उसके माता-पिता को साथ लाने की कोशिश करूँगा। उसके बाद... महन्त को कानून के कठघरे में लाएँगे।"

अजय ने उसके कंधे पर हाथ रखा और कहा- "शाबाश, किशोर। अगर तुम ये लड़ाई लड़ रहे हो, तो मैं भी तुम्हारे साथ खड़ा हूँ। महन्त जैसे लोग आसानी से हार नहीं मानते, पर अगर तैयारी मजबूत हो तो जीत भी हमारी ही होगी।"

किशोर ने दृढ़ता से मुस्कुराते हुए कहा- “मैं तैयार हूँ, अजय । यह सिर्फ अर्पिता की नहीं... बल्कि उन सभी लड़कियों की लड़ाई है जो आज भी देवदासी प्रथा की शिकार हैं । इस कुप्रथा को खत्म करवाना ही होगा ।”

अजय ने हाथ बढ़ाते हुए कहा- “तो फिर , शुरू करें ?”

किशोर ने अजय का हाथ मजबूती से थामते हुए कहा- “हाँ । शुरू करते हैं अन्याय के खिलाफ यह लड़ाई... और अर्पिता के लिए एक नई सुबह।”

दोनों वकील विश्राम कक्ष की मेज पर दस्तावेज़ फैलाते हैं, कानूनी रणनीतियों पर चर्चा शुरू करते हैं । कमरे की खिड़की से छनकर आती धूप मानो इस नए संघर्ष की राह को रोशन कर रही हो ।

भाग 51 : कानूनी लड़ाई के लिए तैयार है अर्पिता !

सुबह की धूप मन्दिर के पीछे फैले खेतों पर हलके सुनहरे रंग में बिछी हुई थी। फूलों की पँखुड़ियों पर ठहरी ओस सूरज की किरणों से झिलमिला रही थी । खेत की क्यारियों के बीच अर्पिता की धीमी चाल और उसकी आँखों में छिपा अनकहा बोझ एक साथ दिखाई देता था । वह मजदूरों को फूलों की देखभाल करते हुए देख रही थी मानो इन कोमल पंखुड़ियों में ही अपना भविष्य पढ़ने की कोशिश कर रही हो । इसी समय किशोर वहाँ पहुँचा । कदमों की आहट सुनकर अर्पिता चौंकी, पर उसे देखते ही थोड़ी स्थिर हुई । किशोर ने मुस्कुराकर उसे पास की कुटिया की ओर संकेत किया एक साधारण सी कच्ची कुटिया, पर उस क्षण उसके लिए वही सबसे सुरक्षित स्थान था ।

कुटिया में प्रवेश करते ही अर्पिता की बेचैनी उसके चेहरे पर तैरने लगी । किशोर ने नरम स्वर में कहा- " नमस्ते, अर्पिता । बैठो... आराम से ।"

वह कुछ क्षणों तक मौन रही, फिर धीमी आवाज़ में बोली- " नमस्ते, किशोर। मैं... बहुत परेशान हूँ। नहीं जानती कि इस देवदासी प्रथा की जंजीरों को तोड़ना सचमुच मुमकिन भी है या नहीं ? समाज... मेरे खिलाफ हो जाएगा।"

किशोर ने उसकी झिझक समझते हुए आश्वस्ति भरे स्वर में कहा- "मैं जानता हूँ, यह लड़ाई आसान नहीं है। पर तुमने पहला और सबसे कठिन कदम उठा लिया है, मदद माँगने का कदम । अब आगे का रास्ता हम मिलकर तय करेंगे। कानून तुम्हारे साथ है, और मैं भी ।"

अर्पिता की आँखें अनिश्चितता से भरी थीं, वह बोली- "लेकिन किशोर, यहाँ गाँव में लोग हर चीज़ को धर्म और परंपरा से जोड़ देते हैं । अगर मैंने यह कदम उठाया, तो मुझे समाज से बहिष्कृत कर दिया जाएगा।"

किशोर ने शांत किन्तु दृढ़ स्वर में कहा- "अर्पिता, यह समाज के डर का मामला नहीं है । यह तुम्हारे अधिकार का प्रश्न है । देवदासी प्रथा अब कानूनी रूप से प्रतिबंधित है। हमारा संविधान हर स्त्री को समानता, गरिमा और स्वतंत्रता का अधिकार देता है । कोई भी परंपरा, चाहे कितनी ही पुरानी क्यों न हो, यदि वह इंसान की आत्मा को बाँधती है तो वह परंपरा नहीं, बंधन है और ऐसे बंधन टूटने ही चाहिए ।"

अर्पिता ने काँपती आवाज़ में अगला प्रश्न रखा- "पर मेरे माता-पिता, वे भी तो इसे अपनी परंपरा मानते हैं। वे मुझे रोकेंगे,दबाव डालेंगे। तब क्या होगा?"

किशोर ने धीरज से कहा- "दबाव आएगा परिवार से भी, समाज से भी । पर तुम अकेली नहीं हो । कानून तुम्हारे पक्ष में खड़ा है । हम

सबसे पहले तुम्हारे खिलाफ किए गए किसी भी दबाव या जबरन निर्णय को अदालत में चुनौती देंगे । तुम्हें सुरक्षा और सम्मान दिलाना हमारी प्राथमिकता होगी।"

यह सुनकर अर्पिता के चेहरे पर थोड़ी राहत की झलक आई, पर भय अभी भी बाकी था ।

"क्या मुझे अदालत में पेश होना पड़ेगा ?" अर्पिता ने संकोच से पूछा ।

"हाँ, पर उससे घबराओ मत । मैं हर कदम पर तुम्हारे साथ रहूँगा । पहले हम पुलिस में शिकायत दर्ज करेंगे, फिर अदालत में सशक्त तर्क और सबूतों के साथ तुम्हारा पक्ष रखेंगे । तुम्हें न्याय मिलेगा यह मेरा विश्वास ही नहीं, मेरा दायित्व है ।"

अर्पिता ने गहरी साँस ली और धीरे से कहा- "लेकिन गाँव के प्रधानजी... और बाकी प्रभावशाली लोग ? वे तो मेरे खिलाफ खड़े होंगे । क्या उन्हें भी कानून के दायरे में लाया जा सकेगा ?"

किशोर के स्वर में इस बार कठोरता थी- "ज़रूर । यदि कोई तुम्हें धमकाता है, डराता है या तुम्हारा रास्ता रोकता है, तो वह भी अपराध है । हम उनके खिलाफ भी कार्रवाई करेंगे । कानून सब पर बराबर लागू होता है और तुम्हारे साथ न्याय होगा ।"

इतना कहकर किशोर ने उसके कंधे पर हाथ रखा । यह स्पर्श मात्र सांत्वना नहीं था वह भरोसे का हाथ था, सुरक्षा का आश्वासन ।

अर्पिता के भीतर वर्षों से जमा हुआ डर कुछ पिघला । वह बोली- "ठीक है, किशोर... मैं तैयार हूँ यह लड़ाई लड़ने को । पर अगर उन्होंने मेरे परिवार को धमकाया तो ?"

"तो हम तुम्हारे परिजनों को भी सुरक्षा दिलवाएँगे । मैं कोशिश करूँगा कि तुम्हारे माता-पिता को समझाया जाए । वे तुम्हें दुख में नहीं देखना चाहेंगे । यदि जरूरत पड़ी, हम पुलिस सुरक्षा का प्रबंध

करेंगे । तुम्हारी और तुम्हारे परिवार की रक्षा करना हमारी जिम्मेदारी है ।”

अर्पिता की आँखें भर आईं । लेकिन इस बार आँसू कमजोरी के नहीं, उम्मीद के थे । “आपने... मुझे एक उम्मीद दी है, किशोर । मैंने कभी नहीं सोचा था कि मैं इस घिनौनी प्रथा से बाहर निकलने का सपने में भी सोच सकती हूँ ।” अर्पिता ने कहा ।

किशोर मुस्कुराया, एक सच्ची, आत्मीय मुस्कान और बोला- “अर्पिता, यह सिर्फ तुम्हारी लड़ाई नहीं है । तुम्हारा कदम उन सैकड़ों, शायद हज़ारों लड़कियों के लिए एक दीपक बनेगा, जो इस अंधकारमय प्रथा में फँसी हैं । तुम्हारा एक निर्णय उनके लिए राह बनाएगा ।”

अर्पिता ने आँसू पोंछकर सिर उठाया । उसके चेहरे पर नई शक्ति उभर आई थी और एक अडिग इरादा । “मैं पूरी हिम्मत से तैयार हूँ, किशोर।” अर्पिता ने साहस पूर्वक कहा ।

“बहुत अच्छा, अर्पिता । यह तुम्हारी मुक्ति की शुरुआत है । मैं अब कानूनी प्रक्रिया शुरू करता हूँ । जल्द ही तुम्हें इस अमानवीय प्रथा से मुक्त कर देंगे।”

कहते-कहते किशोर का स्वर भावुक हो उठा । अनायास ही उसने अर्पिता को अपने बाहों में भर लिया । वर्षों से टूटी, डरी और खोई हुई अर्पिता पहली बार किसी की बाहों में सुरक्षित महसूस कर रही थी । उसके चेहरे पर अब भय का नहीं, आत्मविश्वास का उजाला था मानो उसके भीतर कोई नई रोशनी जल उठी हो।

कुटिया के बाहर हवा में फूलों की सुगंध घुली हुई थी और भीतर एक लड़की का साहस जन्म ले रहा था ।

अगले भाग में आप पढ़ेंगे क्या मन्दिर की परिस्थितियाँ, वहाँ का वातावरण, और समाज की परतें अर्पिता की इस लड़ाई में उसका साथ देंगी, या उसके विरुद्ध खड़ी होंगी ?

भाग 52 : न्याय की राह पर- अर्पिता की तैयारी !

सुबह की कोमल किरणें मंदिर के शिखरों को छूकर मानो आशीर्वाद बनकर धरती पर बरस रही थीं । मन्दिर के पीछे फैले फूलों के खेतों में हवा धीरे–धीरे बह रही थी और फूलों की पंखुड़ियाँ संगीत-सी थिरक रही थीं । इसी सुगंधित वातावरण में, देवदासियों की भांति अर्पिता भी रोज़ की तरह खेतों के अंतिम छोर तक गई थी, जहाँ वह मजदूरों द्वारा सँजोए गए फूलों की देखरेख कराती थी । उसके मन में हलचल थी, आज एडवोकेट किशोर से मिलने का समय निकट था । वह बार–बार फूलों के बीच से रास्ते की ओर नजर घुमाती, जैसे हर एक आहट में किशोर की उपस्थिति खोज रही हो ।

अचानक पास के फूलों की कतारों के बीच से एक परिचित हँसमुख आवाज़ उभरी- “हैलो अर्पिता, कैसी हो आप ?”

अर्पिता ने मुस्कुराते हुए दोनों हाथ जोड़कर उत्तर दिया- “नमस्ते, किशोर । यह क्या ? आज तो जैसे फूलों के बीच से ही प्रकट हो गए!”

किशोर हँसते हुए पास आया और बोला - “नमस्ते, अर्पिता । दरअसल मैं यह देखना चाहता था कि तुम भी मेरी तरह मेरा इंतज़ार करती हो या नहीं । और जब तुम्हारी आँखों में बेसब्री तैरती देखी, तो सोचा बस, अब और इंतज़ार करवाना उचित नहीं !”

अर्पिता के चेहरे पर हल्का संकोच और मुस्कान की एक रेखा उभर आई- “हाँ, आज मैं आपसे एक बहुत जरूरी बात करने वाली थी। इसलिए नज़रें आपको ढूँढ रही थीं ।”

किशोर ने उत्सुकता से पूछा- “अच्छा ! तो कहो, वह जरूरी बात क्या है ?”

थोड़ी झिझक के साथ अर्पिता ने गहरी साँस ली और कहा - "किशोर, आप जानते हैं कि मैं देवदासी प्रथा में जकड़ी हुई हूँ । आपने मुझे इससे बाहर निकालने में मदद का जो वचन दिया, उसके लिए मैं आभारी हूँ । पर आज... मैं एक निर्णय लेकर आई हूँ।"

किशोर ने गम्भीर होते हुए कहा- "हाँ, अर्पिता । मैंने तुम्हारी स्थिति को पूरी तरह समझने के बाद ही यह कदम उठाया है । यह प्रथा सचमुच अमानवीय है, और इससे बाहर निकलने का तुम्हारा संकल्प अत्यंत साहसिक है ।"

अर्पिता ने आत्मविश्वास के साथ कहा - "हाँ किशोर, और अब मुझे लगता है कि वक्त आ गया है । मैं आपकी मदद से इस प्रथा के खिलाफ खुलकर आवाज़ उठाना चाहती हूँ ।"

किशोर ने ध्यान से उसको आँखों में देखा और कहा - "यह बहुत अच्छा है, पर मेरी चिंता भी कम नहीं । क्या तुम्हारे पास इस लड़ाई के लिए समय होगा? क्या महन्त तुम्हें इतनी छूट देगा ? और यदि उसने तुम्हें रोकने या गायब करवाने का प्रयास किया, जैसा वह अन्य देवदासियों के साथ करता आया है, तब...?"

वह रुका, फिर धीमे किंतु तीखे स्वर में बोला- "उसकी राजनीतिक पकड़ भी काफी मजबूत है । बगुला भगत कोई साधारण महन्त नहीं।"

अर्पिता इन बातों के लिए तैयार थी । उसने दृढ़ता से कहा- "मैं इसी विषय पर बात करने वाली थी। मैंने सुना है कि बगुला भगत एक धर्म संसद में भाग लेने के लिए शिकागो जाने की तैयारी कर रहा है। उसने मुख्य ग्राम प्रधान दलपत सिंह से आर्थिक सहयोग की बात भी की है । और आप जानते हैं दलपत सिंह और उसके जैसे लोग तो ऐसे महन्तों के लिए हमेशा तैयार रहते हैं । यह यात्रा मेरे लिए एक अवसर है। यदि महन्त विदेश जाने में सफल हो गया, तो उस दौरान मैं आपकी मदद से कानूनी लड़ाई तुरंत शुरू कर सकती हूँ ।"

किशोर कुछ क्षण सोच में पड़ गया, फिर धीरे से बोला- “यह तो अत्यंत शुभ संकेत है, अर्पिता । सचमुच, यदि वह शिकागो गया, तो तुम्हारे लिए राह थोड़ी सरल हो जाएगी। पर यह मत भूलना लड़ाई फिर भी कठिन होगी । तुम्हें साहस, धैर्य और चतुराई तीनों की ज़रूरत पड़ेगी ।”

अर्पिता ने दृढ़ता के साथ कहा - “मैं तैयार हूँ । जीवन में बहुत सहा है। अब और सहने की सीमा नहीं बची है।”

किशोर ने उसके साहस की सराहना करते हुए कहा- “तो चलो, पहले कानूनी तैयारी शुरू करते हैं । तुम्हारे पास जो भी प्रमाण हैं दस्तावेज़, तस्वीरें, उपाधियाँ, सब इकट्ठा करो । यह अदालत में हमारे लिए सबूत बनेंगे।”

अर्पिता ने तुरंत जवाब दिया- “मेरे पास कुछ पुरानी तस्वीरें हैं, मंदिर द्वारा दी गई उपाधियों के प्रमाणपत्र भी, और कुछ स्थानीय लोगों के बयान, जो सच्चाई बता सकते हैं ।”

किशोर ने संतोष भरी मुस्कान के साथ कहा- “बहुत अच्छा, अर्पिता! ये सब हमारे लिए मजबूत आधार बनेंगे । हम अदालत में यह साबित करेंगे कि देवदासी प्रथा न केवल असंवैधानिक है बल्कि मानवाधिकारों का भी खुला उल्लंघन है” पर तभी अर्पिता के चेहरे पर चिंता की रेखा उभरी और उसने कहा - “लेकिन किशोर, महन्त और उनके अनुयायी बहुत ताकतवर हैं। सारा गाँव उनके प्रभाव में है। क्या हम सचमुच उनका मुकाबला कर पाएँगे ?”

किशोर की आवाज़ अब एक वकील की नहीं, बल्कि एक साथी की थी- “अर्पिता, हर बड़ी लड़ाई में डर होता है । पर जीत हमेशा सच की होती है । हमारे साथ कानून है, तुम्हारा साहस है, और अब न्याय की इच्छा भी जाग चुकी है । भरोसा रखो ।”

अर्पिता ने भावुक होकर कहा- “धन्यवाद, किशोर । तुम्हारी बातों से मेरा आत्मविश्वास और बढ़ गया है ।”

किशोर मुस्कुराया- "यह लड़ाई सिर्फ तुम्हारी नहीं, उन तमाम महिलाओं की है जो वर्षों से आवाज़हीन होकर इस प्रथा को सहती आई हैं। तुम्हारा कदम समाज में बदलाव का पहला दीपक बनेगा।"
अर्पिता अब भावनाओं को रोक न सकी- "किशोर, मैं पूरी तरह आपके साथ हूँ । जो भी करना पड़े, उसके लिए तैयार हूँ ।"
किशोर ने दृढ़ता से कहा- "तो कल से कानूनी प्रक्रिया शुरू । पहले हम याचिका दायर करेंगे । पर हाँ तैयार रहना, यह लंबी लड़ाई हो सकती है।"
अर्पिता ने स्पष्ट और मजबूत स्वर में कहा - "मेरे लिए समय मायने नहीं रखता । मैं बस अपनी और अनगिनत देवदासी महिलाओं की स्वतंत्रता और सम्मान वापस चाहती हूँ ।"
किशोर ने प्रेरणा भरे स्वर में कहा- "यही जज़्बा चाहिए! अब से तुम्हारी हर समस्या मेरी भी समस्या है। हम मिलकर इस कलंकित प्रथा को खत्म करेंगे।"
अर्पिता ने हाथ जोड़कर कृतज्ञता से कहा- "सच कहूँ, किशोर... आपका साथ मिलना मेरे लिए सौभाग्य है।"
किशोर हँस पड़ा और बोला - "मैं वकील बाद में हूँ, तुम्हारा सहपाठी पहले। अब तुम आराम करो। महन्त के बारे में जो भी नई जानकारी मिले, कल बताना और हाँ सभी दस्तावेज़ भी साथ लाना ।"
अर्पिता ने खुशी से भरकर कहा- "ठीक है, किशोर । धन्यवाद !"
अर्पिता हाथ हिलाते हुए मंदिर की ओर लौट गई । और किशोर, अपने विचारों और योजनाओं से भरे मन के साथ, अपने कार्यालय की ओर बढ़ गया ।

अगले भाग में आप पढ़ेंगे क्या महन्त सचमुच विदेश की यात्रा के प्रयासों में सफल हो पाता है ? और यदि हाँ तो क्या यह अर्पिता के संघर्ष का निर्णायक मोड़ बनेगा ?

भाग 53 : महन्त जी क्यों मिले ग्राम प्रधान से ?

उस दिन मन्दिर का प्रांगण कुछ अधिक ही शांत और गंभीर था । पीपल के पुराने वृक्ष की छाया तले महन्त जी अपनी गद्दी पर विराजमान थे । उनके चारों ओर सभी देवदासियाँ मौन भाव से बैठी थीं । वातावरण में एक अजीब-सी बेचैनी, उत्सुकता और रहस्य का समिश्रण घुला हुआ था । महन्त जी के चेहरे पर आज कुछ अलग ही चमक थी, वह चमक जो किसी बड़े स्वप्न के साकार होने से पहले आँखों में उतर आती है।

कुछ क्षणों की गहन चुप्पी के बाद महन्त जी ने भारी स्वर में कहना आरम्भ किया- “आज का दिन हम सबके लिए हर्ष और गौरव का दिन है । ऐसा अवसर किसी-किसी को ही प्राप्त होता है ।” देवदासियाँ एक-दूसरे की ओर देखने लगीं । हर्ष के स्थान पर उनकी आँखों में कौतूहल था ।

महन्त जी ने गंभीर स्वर में आगे कहा- “शिकागो से धर्म संसद के लिए मेरे पास आमंत्रण आया है।” यह सुनते ही मन्दिर प्रांगण में हलचल-सी मच गई। शिकागो, विदेश, धर्म संसद ! यह शब्द जितने बड़े थे, उतनी ही बड़ी थी उस यात्रा की कल्पना । देवदासियों के चेहरे पर विस्मय और उत्साह के भाव एक साथ उभर आए ।

किन्तु अगले ही क्षण महन्त जी का स्वर कुछ भारी पड़ गया, वे बोले- “परन्तु सबसे बड़ी समस्या धन की है । विदेश यात्रा, वीज़ा, अन्य औपचारिकताएँ सब मिलाकर भारी खर्चहोने वाला है ।”

एक वृद्ध देवदासी, जिसका जीवन अनुभवों की गठरी से भरा था, धीरे से बोली- “महन्त जी... यदि आप ग्राम प्रधान दलपत सिंह से बात करें, तो शायद वे आपकी कुछ सहायता कर दें ।”

महन्त जी ने क्षण भर के लिए आँखें मूँद लीं, जैसे पहले से ही इस विकल्प पर विचार कर रहे हों। फिर बोले- “बिल्कुल ठीक कहती हो। हम भी उसी के बारे में सोच रहे थे। परन्तु यदि प्रधान जी ने सहायता न की, तो हमें दूसरा उपाय भी तैयार रखना होगा। यह अवसर किसी भी कीमत पर हाथ से जाने नहीं दिया जा सकता।”

उन्होंने कठोर स्वर में आगे कहा- “तुम लोग मन्दिर, पूजा-पाठ और अन्य सभी व्यवस्थाओं का ध्यान रखो। मैं अभी प्रधान जी से मिलकर आता हूँ।”

यह कहकर महन्त जी उठे और अपनी काले शीशे वाली चमचमाती मर्सिडीज़ कार में बैठकर पंचायत समिति कार्यालय की ओर रवाना हो गए। सड़क पर दौड़ती गाड़ी के साथ उनके मन में भी सपनों की एक लंबी दौड़ चल रही थी, शिकागो, धर्मसभा, विदेश की चमक, और स्वयं को वैश्विक धर्मगुरु के रूप में प्रतिष्ठित होते देखने की लालसा।

ग्राम पंचायत कार्यालय पहुँचते ही प्रधान दलपत सिंह ने औपचारिक गर्मजोशी के साथ महन्त जी का स्वागत करते हुए कहा-”सस्नेह प्रणाम, महन्त जी। कैसे पधारे ? सब कुशल-मंगल तो है ? और सुनाइए अर्पिता के साथ आपकी रंगीन रातें कैसी गुजर रही हैं?”

इस वाक्य में छिपी हल्की-सी व्यंग्यात्मक मुस्कान महन्त जी की अनुभवी दृष्टि से छिप न सकी। फिर भी उन्होंने संयत स्वर में उत्तर दिया- “ईश्वर की कृपा से सब ठीक है प्रधान जी। अर्पिता भी अपना देवदासी धर्म पूरी निष्ठा से निभा रही है। आज मैं आपसे एक विशेष चर्चा करने आया हूँ।”

“विशेष चर्चा ?” दलपत सिंह चौंकते हुए बोले- “ऐसा क्या मामला है, महन्त जी ? आज आप कुछ गंभीर लग रहे हैं।”

महन्त जी ने अपनी आँखों में चमक लाते हुए कहा- "प्रधान जी, अब मेरे जीवन में एक अत्यन्त महत्त्वपूर्ण अवसर आया है । विदेश में होने वाली धर्म संसद का मुझे आधिकारिक निमंत्रण मिला है ।"

"क्या !" दलपत सिंह अचंभित-सा होकर बोले- "विदेश ?" फिर बनावटी गर्व के साथ बोले- "वाह ! यह तो हमारे गाँव के लिए बड़े सौभाग्य की बात है । आपकी ख्याति तो अब विदेश तक पहुँच गई!"

महन्त जी ने मुस्कुराते हुए कहा-"यह सब आपकी और गाँववासियों की शुभकामनाओं का प्रतिफल है । किन्तु इस यात्रा के लिए मेरे पास पर्याप्त धन नहीं है।"

दलपत सिंह ने कुर्सी पर थोड़ा पीछे खिसकते हुए गंभीरता से पूछा- "कितना खर्च अनुमानित है इस यात्रा के लिए ?"

"यात्रा, वीज़ा और अन्य औपचारिकताओं को मिलाकर लगभग एक लाख रुपये ।" महन्त जी ने धीमे स्वर में कहा ।

प्रधान ने गहरी साँस ली और कहा - "यह तो वाकई बड़ी रकम है ।"

तभी महन्त जी ने अपनी बात को भावनात्मक रंग देते हुए कहा- "प्रधान जी, इसी धर्म संसद में ईसाई पादरी और मुस्लिम मौलवी साहब को भी आमंत्रण मिला है। उनके पास संसाधनों की कोई कमी नहीं हैं, पर यदि मैं नहीं गया, तो विदेश की धरती पर सनातन संस्कृति का प्रतिनिधित्व कौन करेगा ?"

यह बात सीधे प्रधान के स्वार्थ और अहंकार पर लगी। दलपत सिंह बोला,-"ठीक कहते हैं आप, अब बताइए, आप मुझसे क्या अपेक्षा रखते हैं ?"

महन्त जी ने संकोच का अभिनय करते हुए सिर झुका लिया फिर बोले - "मैं चाहता हूँ कि पंचायत से कुछ आर्थिक सहायता मिल जाए। साथ ही, यदि आप गाँव वालों से भी सहयोग के लिए कहें, तो शायद पूरा प्रबंध हो सके ।"

दलपत सिंह कुछ देर चुप रहा, फिर बोला- “आपकी बात पंचायत बैठक में रखी जा सकती है ।”

महन्त जी तुरंत बोले- “यही तो मैं भी चाहता हूँ । यह यात्रा केवल मेरी नहीं, पूरे गाँव की प्रतिष्ठा की यात्रा है।”

अन्ततः प्रधान ने हामी भरते हुए कहा- “ठीक है । मैं जल्दी ही पंचायत की बैठक बुलाऊँगा ।”

महन्त जी ने दोनों हाथ जोड़ दिए- “आपका यह उपकार मैं जीवन भर नहीं भूलूँगा प्रधान जी ।”

“यह उपकार नहीं, सौभाग्य है ।” प्रधान ने कटिली मुस्कान के साथ कहा । विदा लेते समय महन्त जी ने धीमे स्वर में प्रधान के कान में कहा- “आप कहें तो अर्पिता को आपकी सेवा में फिर से लगा दूँ ?”

यह सुनते ही प्रधान के चेहरे का रंग बदल गया । वह घबराकर बोला- “नहीं... नहीं... ऐसा मत कीजिए । जल्द ही चुनाव हैं । कोई विवाद हुआ तो मेरा राजनीति जीवन समाप्त हो सकता है ।”

महन्त जी ने आँखों में चमक लिए कहा- “तो फिर विदेश यात्रा का प्रबंध...?”

“यह ज़िम्मेदारी अब मेरी ।” प्रधान ने आश्वासन देते हुए कहा ।

दोनों ने मुस्कुराते हुए एक-दूसरे का अभिवादन किया। एक के चेहरे पर सत्ता की भूख, दूसरे के चेहरे पर धन और अंतरराष्ट्रीय यश की लालसा। महन्त जी लौटते समय गाड़ी में बैठे-बैठे मन ही मन मुस्कुराते रहे । उन्हें पता था, यह सौदा पक्का हो चुका है ।

मन्दिर लौटते हुए उनके मन में अब शिकागो की चमक, विदेशी मंच, कैमरों की रोशनी और स्वयं को विश्वगुरु कहलाते देखने का स्वप्न दौड़ रहा था। उन्हें क्या पता था कि यही यात्रा आगे चलकर कितनी परतें खोलेगी, धर्म के नाम पर व्यापार, आस्था के नाम पर सौदे और नैतिकता के नाम पर सबसे बड़ा पतन ।

पढ़ते रहिए... अगले भाग में आप जानेंगे कि विदेश यात्रा के दौरान महन्त, पादरी और मौलवी एक साथ क्या खेल खेलते हैं ?

भाग 54 : धर्म गुरुओं की विदेश यात्रा !

ग्राम प्रधान दलपत सिंह ने महन्त जी की शिकागो यात्रा के लिए धन का पूरा प्रबंध कर दिया था । पंचायत के नाम पर, दान के नाम पर, और संस्कृति की प्रतिष्ठा के नाम पर, गाँव में हरेक दरवाज़ा खटखटाया गया । अन्ततः वह राशि जुट ही गई, जिसके सहारे अब महन्त जी आकाश के रास्ते सात समंदर पार करने वाले थे । जिस दिन महन्त जी, शहर के पादरी और मौलवी साहब के साथ हवाई यात्रा के लिए रवाना हुए, पूरा गाँव उत्सव में डूबा हुआ था । बैंड-बाजे की धुन पर राजनीतिक नेताओं की मुस्कानें झिलमिला रही थीं । भगवा, हरा और सफेद तीनों रंगों की पताकाएँ एक साथ हवा में लहरा रही थीं,मानो सचमुच किसी ऐतिहासिक एकता का दृश्य रचा जा रहा हो । एयरपोर्ट तक जाते काफिले में भीड़ नहीं, प्रतीकों की भीड़ थी, धर्म, राजनीति, सत्ता और स्वार्थ की ।

तीनों धर्मगुरुओं को पहली बार विदेश यात्रा पर साथ जाना था । तीनों का क़द, उनका ओहदा, और उनकी पहचान अलग-अलग थी पर विमान के भीतर प्रवेश करते ही वे तीनों साधारण यात्री बन गए । संयोग ऐसा कि उन तीनों की सीटें भी पास-पास ही थीं।
जैसे ही विमान ने रनवे छोड़ा, धरती पीछे छूटने लगी । नीचे गाँव सिकुड़ने लगा, घर खिलौनों जैसे दिखने लगे, और सत्ता के छोटे-छोटे सिंहासन बादलों में गुम होने लगे । महन्त जी ने खिड़की से झाँकते हुए मुस्कुराकर कहा- "देखिए पहली बार हम तीनों अलग-अलग

धर्मों के प्रतिनिधि एक साथ आसमान में हैं । ऐसा लगता है मानो पूरी दुनिया को एकता का संदेश देने जा रहे हों।"

पादरी हल्के ठहाके के साथ बोले- "सही कहा महन्त जी । शायद ईश्वर यह देखना चाहता है कि हम अपने-अपने धर्म की सीमाओं से ऊपर उठकर साथ यात्रा कर भी पाते हैं या नहीं ?"

मौलवी साहब ने हल्की मुस्कान के साथ जोड़ा- "बिलकुल... लेकिन यह तो सिर्फ शुरुआत है । धर्म संसद में पहुँचते ही असली परीक्षा शुरू होगी ।"

महन्त जी कुछ क्षण गंभीर रहे, फिर बोले- "हाँ... बहस तो होगी ही । पर यह न भूलिए कि हम धर्म के ज़रिये लोगों को जोड़ने आए हैं, तोड़ने नहीं ।"

यह वाक्य अभी हवा में तैर ही रहा था कि पादरी के होंठों पर एक तीखी मुस्कान उभरी । उन्होंने हलकी-सी तंज़ भरी आवाज़ में कहा- "महन्त जी, जोड़ने की बात तो आप कर रहे हैं, पर आपके धर्म में महिलाओं की स्थिति क्या है ? आज भी उन्हें मन्दिर के गर्भगृह में प्रवेश क्यों नहीं मिलता ? और देवदासी प्रथा... उसके चर्चे तो आपके शहर में हर व्यक्ति की ज़ुबान पर हैं।"

यह सुनते ही महन्त जी के चेहरे पर क्षणभर को असहजता की छाया तैर गई। उन्होंने अपने गेरुए वस्त्र की सिलवटें ठीक कीं और संयत स्वर में बोले- "पादरी साहब, हमारे धर्म में स्त्री को देवी की तरह पूजा जाता है । हाँ, कुछ परम्पराएँ हैं पर उनका उद्देश्य पवित्रता की रक्षा करना है, शोषण नहीं ।"

महन्त की बात पूरी भी न हो पाई थी कि मौलवी साहब अपनी हँसी दबाते हुए बोले- "और पादरी साहब, आपके चर्च में क्या हो रहा है? पिछले दिनों में ननों और बच्चों के शोषण के कितने मामले सामने आए ।"

पादरी का चेहरा कठोर हो गया । उसने थोड़ी देर चुप रहकर कहा- "हर संस्था में कुछ लोग व्यवस्था को कलंकित करते हैं । चर्च ने उन मामलों में दोषियों पर कठोर कार्यवाही की है ।"

अब बारी महन्त जी की थी । उन्होंने भी व्यंग्य का तीर छोड़ते हुए कहा - "और मौलवी साहब... आपके यहाँ तो महिलाओं को बुर्के में रखा जाता है, हलाला जैसी प्रथाएँ जिंदा हैं । यह कैसी सुरक्षा है ?"

मौलवी साहब गम्भीर होकर बोले- "देखिए, बुर्का हमारी संस्कृति का हिस्सा है । वह सुरक्षा का प्रतीक है । पर हाँ... समाज में कई गलतफहमियाँ हैं, जिन्हें सुधारा जाना चाहिए ।"

अब तीनों धर्मों के सबसे संवेदनशील बिंदु एक-एक कर कटघरे में खड़े थे।

पादरी ने फिर व्यंग्य किया- "सुधार की बात तो सब करते हैं, मगर क्या धार्मिक ग्रंथ सच में स्त्री को समान अधिकार देते हैं ? यहाँ तक कि हिन्दू धर्म में भी स्त्री को ताड़ना का अधिकारी कहा गया है, मनुस्मृति तो अंतर्विरोधों से भरी पड़ी है ।"

यह सुनते ही महन्त जी ने बात को गम्भीरता से लेते हुए कहा- "पादरी साहब, यह समस्या किसी एक धर्म की नहीं है । हर धर्म के इतिहास में ऐसे सन्दर्भ मिल जाते हैं, जिन्हें आज के समय में नया अर्थ देने की ज़रूरत है । धर्म का असली उद्देश्य इंसान को क्रूर नहीं, बेहतर और नैतिक बनाना है ।"

मौलवी साहब ने सहमति में सिर हिलाते हुए कहा - "बिलकुल सही कहा। पर सच्चाई यह भी है कि स्त्रियों का शोषण हर धर्म में हुआ है। कभी परम्परा के नाम पर, कभी मर्यादा के नाम पर, और कभी ईश्वर के नाम पर ।"

पादरी कुछ और गम्भीर होकर बोले - "और हैरानी की बात यह है कि सबसे अधिक धार्मिक ढोंग भी स्त्रियों के द्वारा ही किया जाता है।"

महन्त जी ने उत्साह में कहा- "क्योंकि धर्म का बोझ उठाने की सबसे बड़ी कीमत भी स्त्रियॅ ही चुकाती हैं। हमें यह दिखाना होगा कि हम अपने-अपने धर्मों से ऊपर उठकर समाज की भलाई के लिए काम कर सकते हैं क्या ?" यह कहते-कहते उनकी आवाज़ में एक पल के लिए सच्चाई की झलक आ गई थी, एक ऐसी सच्चाई, जो स्वयं उनके जीवन के कई पापों पर भी प्रश्न चिह्न लगा रही थी ।

विमान के भीतर अचानक सन्नाटा छा गया । तीनों अपने-अपने विचारों की गहराइयों में उतर गए । बाहर आसमान था-नीला, विस्तृत, असीम । भीतर तीनों के मन में प्रश्न थे- गहरे, कड़वे और असहज ।

कुछ देर बाद मौलवी साहब ने ही चुप्पी तोड़ी और कहा- "क्या आप सच में मानते हैं कि हमारी यह बातचीत धर्म संसद में किसी को बदल सकती है ?"

पादरी हल्की मुस्कान के साथ बोले- "अगर हम ईमानदारी से बोले, तो शायद...।"

महन्त जी ने खिड़की से बाहर देखते हुए कहा- "और शायद इससे हमारे धर्मों के बीच की खाई भी कुछ कम हो जाए ।"

तीनों ने धीमे-धीमे एक साथ सिर हिला दिया । खिड़की के बाहर बादल ऐसे तैर रहे थे जैसे पुराने विश्वासों की परतें तैर रही हो, पर उन बादलों के भीतर कहीं एक और कहानी भी साँस ले रही थी, गाँव में, मन्दिर की दीवारों के भीतर, और अर्पिता की चुप आँखों में ।

आकाश में तीन धर्मगुरु एक साथ उड़ रहे थे, एकता, सुधार और संवाद के नाम पर । पर धरती पर कुछ रिश्ते ऐसे थे, जो अब महन्त की अनुपस्थिति में करवट लेने वाले थे।

पढ़ते रहिए... अगले भाग में आप पढ़ेंगे कि महन्त की अनुपस्थिति में किशोर और अर्पिता के बीच क्या घटता है ?

भाग 55 : कोर्ट में फाइल हुआ अर्पिता का केस !

महन्त जी के शिकागो प्रस्थान के बाद जैसे मन्दिर की दीवारों में एक अनकही खामोशी फैल गई थी। वर्षों से देवदासियों पर छाया भय का साया पहली बार कुछ हल्का-सा लगने लगा था । उसी दिन अर्पिता ने वह साहस कर दिखाया जिसकी कल्पना भी कोई नहीं कर सकता था । उसने सभी देवदासियों को मन्दिर के पीछे पुराने पीपल के पेड़ के नीचे एकत्र किया। उसकी आँखों में डर नहीं, बल्कि एक दृढ़ संकल्प की चमक थी।

वह सभी देवदासियों को संबोधित करते हुए बोली- "देखो बहनों, हम सब इस देवदासी प्रथा के नाम पर नरक का जीवन जीने को मजबूर हैं । हमारी इच्छाएँ, हमारे सपने, हमारे अधिकार सब कुछ मन्दिर की इन दीवारों में कैद कर दिया गया है । लेकिन अब बहुत हो चुका । मेरे पास एक तरकीब है, जिसके सहारे हम सब इस नरक से बाहर निकल सकती हैं ।"

उसकी बात सुनते ही एक वृद्ध देवदासी की देह काँप उठी । डरते-डरते उसने कहा- "अर्पिता, यह सब असंभव है । महन्त जी को यदि जरा-सी भी भनक लग गई, तो हममें से कोई भी जीवित नहीं बचेगी।"

अर्पिता ने बड़े संयम से उत्तर दिया- "आप सब जानती हैं कि महन्त जी लम्बे समय के लिए विदेश यात्रा पर गए हैं । यही हमारा अवसर है। उनकी अनुपस्थिति में हम उनके खिलाफ कानूनी लड़ाई छेड़ेंगे । अदालत में अपनी आवाज़ उठाएँगे और इस प्रथा से मुक्ति पाएँगे।"

कुछ क्षणों तक सभी स्तब्ध रहीं । फिर एक देवदासी बोली- "तुम्हारी बात सही है अर्पिता, पर यह लड़ाई इतनी आसान नहीं । पहला

सवाल यही है कि हमारी ओर से मुकदमा लड़ेगा कौन ? दूसरा, इतने बड़े केस के लिए पैसा कहाँ से आएगा ? हमारे पास तो फूटी कौड़ी भी नहीं है ।"

अर्पिता के चेहरे पर हल्की मुस्कान उभरी और उसने कहा- "इन दोनों बातों की व्यवस्था मैं कर चुकी हूँ । मेरे बचपन के मित्र एडवोकेट किशोर हमारी लड़ाई निःशुल्क लड़ने को तैयार हैं ।"

यह सुनकर सब एक-दूसरे का मुँह ताकने लगीं । वृद्ध देवदासी ने संदेह से पूछा- "कोई बिना स्वार्थ के इतना बड़ा काम क्यों करेगा अर्पिता ?"

अर्पिता शांत स्वर में बोली- "क्योंकि इस दुनिया में कुछ लोग ऐसे भी होते हैं, जिनके लिए मानवता, पैसों से कहीं बड़ी होती है और किशोर ऐसा ही एक इंसान है ।"

तभी एक युवा देवदासी ने भयभीत स्वर में कहा- "लेकिन इस विद्रोह का अंजाम क्या होगा अर्पिता ? गाँव वाले, महन्त के समर्थक, हमें जिंदा छोड़ेंगे क्या?"

अर्पिता की आवाज़ में अब दृढ़ता थी- "यह सब आप मुझ पर छोड़ दीजिए। मैं और किशोर गाँव वालों को जागरूक करेंगे । उन्हें समझाएँगे कि यह देवदासी प्रथा ईश्वर नहीं, शोषण की उपज है । बस आप सब मेरा साथ दीजिए।"

सभी देवदासियों के चेहरों पर पहली बार आशा की किरण फूटी और वे एक स्वर में बोली-"हम तुम्हारे साथ हैं अर्पिता । जहाँ जाना हो, जब जाना हो जाओ। धन की जरूरत पड़े तो हम सब अपनी जमा-पूँजी तुम्हें सौंप देंगे ।"

इसी समय किशोर मन्दिर परिसर में प्रवेश करता है । अर्पिता सबका उससे परिचय कराती है । किशोर पूरे आत्मविश्वास से कहता है- "यह लड़ाई कठिन है, पर असंभव नहीं । कानून आपके साथ है ।"

कुछ आवश्यक दस्तावेजों पर सबके हस्ताक्षर होते हैं और एडवोकेट किशोर द्वारा अगले ही दिन कोर्ट में याचिका दायर कर दी जाती है। इस याचिका पर न्यायाधीश महोदय द्वारा सुनवाई की जाती है । सभी वकील और गणमान्य लोग कोर्ट में उपस्थित है । न्यायालय में सन्नाटा था ।

इस सन्नाटे को तोड़ते हुए जज साहब की गंभीर आवाज गूँजी- "एडवोकेट किशोर, हम आपका केस सुनना चाहते हैं, बताइए आपकी याचिका किस सन्दर्भ में है ?"

किशोर आत्मविश्वास से बोला- "माननीय न्यायाधीश, मेरी मुवक्किल अर्पिता और उनकी साथी देवदासियों को उनकी इच्छा के विरुद्ध इस अमानवीय देवदासी प्रथा में धकेला गया । यह प्रथा उनके मौलिक अधिकारों का खुला उल्लंघन है । मैं बस इस देवदासी प्रथा के उन्मूलन और इसमें जबरन धकेली गई महिलाओं को मुक्त करवाने के लिए आपके सम्मुख प्रस्तुत हूँ ।"

जज ने कठोर स्वर में पूछा- "क्या आपके पास अपनी याचिका के साथ कोई सबूत हैं?"

"जी हाँ महोदय, दस्तावेज़ भी हैं, गवाह भी और सबूत भी । यह देवदासी प्रथा संविधान के अनुच्छेद 14, 21 और 23 का सीधा उल्लंघन है महोदय।"

जज ने अर्पिता की ओर देखा और कहा- "क्या आप अपनी आप बीती सुनाना चाहेंगी?"

कंपकंपाती आवाज में अर्पिता बोली- "मुझे बचपन में यह कहकर देवदासी के रूप में मन्दिर में अर्पित कर दिया गया कि यह मेरा धर्म है । मेरे माता-पिता को पुत्र प्राप्ति के लालच में फँसाया गया । मुझे आज समझ में आया कि यह केवल शोषण था । मैं इस घिनौनी प्रथा से आज़ाद होना चाहती हूँ जज साहब।"

जज महोदय गंभीर स्वर में बोले- “यह केवल आपकी नहीं, पूरे समाज की बेटियों की लड़ाई है । अदालत इस पर पूरी संवेदनशीलता से विचार करेगी । अदालत इस याचिका को सुनवाई के लिए स्वीकार करती है।” इसी के साथ अदालत की कार्यवाही स्थगित हो जाती है । किशोर और अर्पिता खुशी से कोर्ट के बाहर आते हैं ।

अर्पिता की आँखों में उम्मीद थी फिर भी वह अपना संशय व्यक्त करते हुए कहती है- “किशोर, क्या हम जीत पाएँगे ?”

किशोर मुस्कराकर जवाब देते है- “तुम्हारा साहस ही हमारी सबसे बड़ी जीत है अर्पिता।”

अर्पिता दृढ़ स्वर में बोली- “अगर यह प्रथा खत्म हुई, तो यह मेरी नहीं, हजारों महिलाओं के लिए आज़ादी की लड़ाई होगी ।”

किशोर गंभीर होकर बोला - “हमें तुम्हारे माता-पिता और दादी से भी मिलना होगा अर्पिता ।”

अर्पिता धीमे से बोली- “लेकिन मुझे भेष बदलकर जाना होगा किशोर । देवदासी अपने घर की चौखट पर वापिस पैर नहीं रख सकती है ।”

अर्पिता की बात सुनकर किशोर स्तब्ध रह गया । आसमान में बादल घिर आए थे । अर्पिता जानती थी कि यह राह आसान नहीं, पर अब वह डर से नहीं, उम्मीद से चल रही थी । महन्त की अनुपस्थिति ने उसे शक्ति दी थी,और कानून ने उसे आवाज़ ।

अगले भाग में पढ़िए- क्या अर्पिता अपने परिवार को इस प्रथा के खिलाफ खड़ा कर पाएगी ?

भाग 56 : क्या अर्पिता के परिजन अर्पिता का साथ देंगे?

महन्त जी के शिकागो प्रवास पर जाते ही अर्पिता और किशोर ने समय की नब्ज को पहचान लिया था । यही वह अवसर था, जब अर्पिता अपने माता-पिता और दादी के भीतर वर्षों से जमी मान्यताओं की दीवार को हिला सकती थी । योजना तय हो चुकी थी। भेष बदलकर गाँव जाना, क्योंकि एक देवदासी का अपने मायके की चौखट पर फिर से पैर रखना अपराध से कम नहीं माना जाता था । दोनों ने साधारण ग्रामीणों की-सी वेशभूषा धारण कर ली । धूल से सने पैरों के साथ जब वे अर्पिता के घर पहुँचे, तो वहाँ का दृश्य देखकर अर्पिता का कलेजा काँप उठा । घर में शहनाइयाँ बज रही थीं, ढोलक की थाप पर स्त्रियाँ गीत गा रही थीं- "आज हमारे घर लाला पैदा हुआ है...!"

अर्पिता की माँ विमला के चेहरे पर वर्षों बाद बेटे के जन्म की पूर्णता का गर्व चमक रहा था । आँगन में रिश्तेदारों का जमघट था । मिठाइयों की खुशबू हवा में तैर रही थी ।

अर्पिता ने किशोर के कान में धीमे से कहा- "देखो किशोर... मेरे भाई का जन्म हुआ है। आज इस घर में खुशियाँ मनाई जा रही हैं। लेकिन किसी को यह अंदाज़ा नहीं कि इसी खुशी की कीमत मेरी सबसे छोटी बहन अंतिमा को चुकानी पड़ेगी । महन्त से किए वादे के अनुसार उसे भी देवदासी बना दिया जाएगा ।"

अर्पिता की आवाज में दर्द छिपा नहीं रह सका । "इसी उत्सव के बहाने हमें माँ से बात करने का मौका मिलेगा।"

किशोर ने चिंतित स्वर में कहा- "हाँ, लेकिन बेहद संभलकर । उनके लिए यह परंपरा आस्था का विषय है, अपराध नहीं । उन्हें बदलना आसान नहीं होगा ।" दोनों आगे बढ़े। विमला और दादी मेहमानों का

स्वागत कर रही थीं। अवसर पाते ही अर्पिता ने झुककर कहा- “माँ, प्रणाम।”

किशोर ने भी हाथ जोड़कर अभिवादन किया । विमला ने ध्यान से देखा और पूछा - “आप लोग...?”

अर्पिता ने कर्कश-सा स्वर बदलकर कहा- “पास के गाँव से आए हैं। आपके बेटे के जन्म की बधाई देने।”

विमला प्रसन्न हो उठी- “आइए, बैठिए ।”

कुछ देर बाद जब शोर थोड़ा कम हुआ, विमला फिर पास आई और बोली -”आपकी शक्ल कुछ जानी-पहचानी सी लगती है...!”

अर्पिता की आँखें भर आईं और उसने रोते हुए कहा- “माँ... मैं अर्पिता हूँ...!”

विमला पर जैसे बिजली गिर गई, उसने आश्चर्य से पूछा-”अर्पिता ! तुम? और यह...कौन है तुम्हारे साथ?”

“ये किशोर है माँ, मेरे बचपन के साथी । अब वकील हैं ।” अर्पिता ने कहा ।

विमला का चेहरा सख्त हो गया , वो बोली- “तुम्हें यहाँ आने की मनाही है ! लोग सवाल करेंगे !”

अर्पिता ने विनती भरे स्वर में कहा- “माँ, यह जरूरी है... बहुत जरूरी, बस एक बार आप मेरी बात सुन लीजिए ।”

तभी किशोर बोला- “मांजी, यह देवदासी प्रथा बंद होनी चाहिए। यह आस्था नहीं, शोषण है ।”

विमला तमतमा उठी और बोली - “तुम कौन हो ? तुम्हारी हिम्मत कैसे हुई यह कहने की ?”

अर्पिता दृढ़ता से बोली- “माँ, यही मेरे केस के वकील है । ये कोर्ट में मेरी आज़ादी की लड़ाई लड़ रहे हैं ।”

विमला का गुस्सा फूट पड़ा- “यह देवदासी प्रथा हमारी पीढ़ियों की परंपरा है।”

"पर इसमें औरत टूट जाती है माँ !" अर्पिता की आवाज भर्रा गई ।
"भगवान की सेवा में बुराई कैसी ?" विमला ने कांपते स्वर में कहा।
किशोर गंभीर होकर बोला - "अगर यह सेवा होती, तो इसमें दर्द और शोषण नहीं होता, मांजी ।"
तभी अर्पिता के पिता कलुआ और दादी भी आ पहुँचे। कलुआ सख्त स्वर में बोला- "यह सब क्या हो रहा है?"
अर्पिता उनके चरणों में झुक गई और बोली- "पिताजी, मैं आपसे भी यही कहने आई हूँ यह प्रथा गलत है ।"
दादी की आवाज गूँजी- "यह हमारी आस्था है अर्पिता!"
अर्पिता रो पड़ी- "दादी, अगर यह आस्था है, तो इसमें इतनी पीड़ा क्यों?"
कलुआ बोला- "यह संस्कृति है ।"
किशोर दृढ़ता से बोला- "ऐसी संस्कृति, जो इंसान को तोड़ दे, वह संस्कृति नहीं, अत्याचार है ।"
अर्पिता आगे बढ़ी और बोली- "अगर यह अच्छी परंपरा है, तो क्या आप अपने बेटे को देवदासी बनाएँगे?" कलुआ सन्न रह गया ।
"तो सिर्फ लड़कियाँ ही क्यों ?" अर्पिता की आवाज में विद्रोह था ।
कमरे में सन्नाटा छा गया । विमला सबको भीतर ले गई । वहाँ अब कोई ढोल नहीं बज रहा था, केवल टूटती आस्थाओं की आवाजें थीं।
"समाज क्या कहेगा ?" विमला ने डरते हुए कहा ।
"अगर डरते रहे, तो बदलाव कैसे आएगा ?" किशोर बोला ।
अर्पिता दादी के सामने झुककर विनती करते हुए बोली –"आप गवाही देंगी, तो मेरी बहन बच जाएगी दादी।"
दादी की आँखें भर आईं- " क्या सचमुच हमने गलत किया ?"
"हाँ दादी..." अर्पिता सिसक उठी ।
कलुआ की आवाज भारी हो गई थी , वह भर्राये गले से बोला - "शायद मेरी बेटी सही कह रही है...!"

विमला काँपते स्वर में बोली- “यदि हमने इस देवदासी प्रथा के खिलाफ आवाज उठाई तो महन्त हमें मार डालेगा...!”
किशोर दृढ़ स्वर में बोला- “कानून आपके साथ है, डरिए मत ।”
कुछ क्षण बाद दादी ने कहा- “अगर मेरी गवाही से एक भी बेटी बच जाए, तो मैं तैयार हूँ ।”
विमला रो पड़ी और अर्पिता को गले लगाती हुई बोली- “मैं भी...”
कलुआ ने किशोर के आगे सिर झुका दिया और कहा- “मैं भी अदालत में जाऊँगा ।”
अर्पिता उनके गले लिपट गई । वर्षों बाद उसे अपने मायके में अपनापन महसूस हुआ। उन आँखों में अब केवल डर नहीं, बदलाव का विश्वास था। अब यह केवल एक लड़की की लड़ाई नहीं रही थी । यह एक पूरे गाँव की चेतना की शुरुआत थी ।
अगले भाग में आप पढ़ेंगे कि कैसे अर्पिता और किशोर ग्रामवासियों को जागरूक कर महन्त के विरुद्ध एक बड़ा सामाजिक आंदोलन खड़ा करते हैं...?

भाग 57 : देवदासी प्रथा के खिलाफ़ जागरूकता अभियान !

अर्पिता और एडवोकेट किशोर अपने कुछ युवा साथियों के साथ मिलकर गाँव में देवदासी प्रथा के विरुद्ध एक सशक्त जागरूकता अभियान छेड़ चुके थे। दिन निकलते ही वे टोली बनाकर गाँव के एक-एक मोहल्ले में पहुँचते, चौपालों पर लोगों को इकट्ठा करते, घर-घर जाकर माताओं-बहनों से बात करते । शुरुआत में लोग झिझकते, डरते, मुँह फेर लेते, पर धीरे-धीरे सच के प्रकाश की लौ फैलने लगी थी ।

आज गाँव की सबसे बड़ी चौपाल पर एक विशाल जनसभा आयोजित की गई थी। दूर-दूर से लोग जमा हुए थे। कहीं उत्सुकता थी, कहीं भय, कहीं क्रोध। कुछ लोग पहले से ही देवदासी प्रथा के समर्थन में नारे लगाने लगे- "देवदासी परंपरा ज़िंदाबाद अर्पिता वापस जाओ!" "किशोर मुर्दाबाद!"

नारे जैसे-जैसे तेज़ होते गए, माहौल में तनाव बढ़ता गया। कुछ महिलाएँ अपने आँचल से चेहरे ढककर खड़ी थीं, कुछ किशोर लड़के उग्र हो रहे थे। उसी शोर के बीच अर्पिता मंच की ओर बढ़ी। उसका चेहरा शांत था, पर आँखों में अनुभव का समुद्र लहरा रहा था। उसने माइक थामा। उसकी आवाज़ भर्राने से पहले सँभल गई।

"भाइयों और बहनों..।'' उसकी आवाज़ में ऐसी पीड़ा और दृढ़ता थी कि शोर अपने-आप धीमा पड़ गया।

"आज हम यहाँ एक बहुत जरूरी विषय पर बात करने के लिए इकट्ठा हुए हैं। यह विषय है- देवदासी प्रथा। एक ऐसी परंपरा, जिसे धर्म के आवरण में लपेटकर हम पीढ़ियों से ढोते आ रहे हैं। लेकिन इसका सच बेहद कड़वा, बेहद निर्दयी और दर्द से भरा हुआ है।" धीरे-धीरे भीड़ में सन्नाटा पसरने लगा। लोग अब सचमुच सुनने लगे थे।

"मैं कोई बाहर से आई हुई उपदेशक नहीं हूँ," अर्पिता की आँखें भीगने लगीं, - "मैं इसी गाँव की बेटी हूँ। इसी मिट्टी में पली-बढ़ी। बचपन में जब मुझे मंदिर में चढ़ाया गया था, तब कहा गया था कि तू तो भगवान की दासी बनेगी, तेरा भाग्य खुल जाएगा। लेकिन किसी ने यह नहीं बताया कि मुझे अपनी ज़िंदगी, अपने सपने, अपनी पहचान सब कुछ उसी दिन खो देना पड़ेगा।" भीड़ में कुछ लोगों की आँखें झुक गईं।

"यह भगवान की सेवा नहीं थी," अर्पिता की आवाज़ गहरी हो गई- "यह हमारे शरीर, हमारे मन और हमारी आत्मा का व्यापार था। यह परंपरा नहीं,शोषण की जंजीर है।"

अब मंच पर किशोर आगे बढ़ा । उसका स्वर शांत, पर तर्कों से भरा हुआ था।

"नमस्कार भाइयों, मैं एडवोकेट किशोर हूँ । मैं आज यहाँ अर्पिता जी के साथ केवल भावुक बातें करने नहीं आया हूँ, बल्कि कानून की सच्चाई बताने आया हूँ । देवदासी प्रथा न सिर्फ अमानवीय है, बल्कि यह आपराधिक अपराध है । यह संविधान द्वारा दिए गए जीवन और सम्मान के अधिकार का खुला उल्लंघन है।"

भीड़ में से एक बुजुर्ग उठ खड़ा हुआ । सफ़ेद दाढ़ी, काँपता स्वर- "बेटा, यह तो हमारे पुरखों की बनाई परंपरा है । इसे तोड़ना क्या भगवान के खिलाफ़ जाना नहीं होगा ?" अर्पिता ने उसकी ओर देखा, जैसे वर्षों की कसक उस एक प्रश्न में उतर आई हो ।

"काका," वह भर्राए स्वर में बोली, -"अगर भगवान को सच में हमारी बलि चाहिए होती, तो क्या वह हमें रोने के लिए पैदा करता ? क्या वह हमें तड़पने, बिकने और टूटने के लिए भेजता ? अगर भगवान न्याय का रूप है, तो यह अन्याय उसी के नाम पर क्यों ?"

भीड़ में गहरी खामोशी छा गई । एक युवा लड़का उठ खड़ा हुआ और बोला, उसकी आँखों में जिज्ञासा थी- "दीदी, यह प्रथा शुरू कैसे हुई थी?"

किशोर ने उसके सवाल का जवाब देते हुए समझाया- "बहुत पहले, जब समाज अलग था, तब लड़कियों को मंदिरों की सेवा के लिए समर्पित किया गया । लेकिन धीरे-धीरे यह सेवा, शोषण में बदल गई। मंदिर की चौखट से समाज के अँधेरे कमरों तक यह व्यापार फैल गया । आज यह धर्म नहीं, अपराध है ।"

भीड़ में से एक गरीब महिला काँपते स्वर में बोली- "लेकिन हम जैसे गरीब लोग इसे रोकेंगे कैसे ? हमारे पास न पैसा है, न ताकत ।"

अर्पिता ने उसके पास जाकर उसका हाथ थाम लिया और कहा- "बहन, सबसे बड़ी ताकत जागरूकता होती है । जब इंसान अपने

अधिकार पहचान लेता है, तो बड़ी से बड़ी दीवार गिर सकती है । मैंने भी खुद को टूटा हुआ समझा था, लेकिन जब मैंने साहस किया, तो आज आप सबके सामने खड़ी हूँ ।"

किशोर ने उसकी बात को आगे बढ़ाया और कहा- "सरकार ने देवदासी प्रथा के खिलाफ सख्त कानून बनाए हैं । किसी भी बच्ची को जबरन इस प्रथा में धकेलना गंभीर अपराध है । दोषियों को जेल की सजा हो सकती है ।"

एक ग्रामीण ने आश्चर्य से पूछा- "सच में जेल हो सकती है ?"

"हाँ," किशोर ने स्पष्ट कहा, "भारतीय कानून में यह मानव तस्करी, जबरन शोषण और बाल अधिकारों का उल्लंघन है ।"

एक महिला डर से बोली- "अगर हमने शिकायत की, तो महन्त और उसके आदमी हमें मार डालेंगे ।"

अर्पिता ने दृढ़ स्वर में कहा- "अगर हम डरते रहेंगे, तो हमारी बेटियाँ डरी हुई ज़िंदगी ही जीएँगी । लेकिन अगर हम एक साथ खड़े हो गए, तो दुनिया की कोई ताकत हमें हरा नहीं सकती ।"

एक छोटी-सी लड़की उत्साह से बोली- "दीदी, क्या हमें पढ़ाई का मौका मिलेगा ?"

किशोर मुस्कुरा दिया और बोला- "बिल्कुल ! सरकार की कई योजनाएँ हैं । स्कॉलरशिप है, छात्रवृत्ति है । खुद अर्पिता ने भी अब ओपन स्कूल से दोबारा पढ़ाई शुरू की है।"

भीड़ में अब समर्थन स्पष्ट दिखाई देने लगा था । एक बुजुर्ग भावुक होकर बोला- "अब कोई हमारी बच्चियों को देवदासी नहीं बनाएगा।"

अर्पिता की आँखों से आँसू बह निकले- "धन्यवाद काका । हमारी बेटियाँ अब मंदिर की दासी नहीं, अपने जीवन की स्वामिनी बनेंगी।"

किशोर ने माइक उठाया और कहा- "यह लड़ाई सिर्फ अर्पिता की नहीं है। यह पूरे समाज की लड़ाई है । अगर आज हम नहीं जागे, तो

कल हमारी अगली पीढ़ी हमें कभी माफ़ नहीं करेगी ।" भीड़ एक स्वर में बोली- "हम सब आपके साथ हैं !"
तालियों की गूँज से पूरी चौपाल काँप उठी । पहली बार देवदासी प्रथा के खिलाफ गाँव की आवाज़ खुलकर उठी थी । लोग संकल्प ले रहे थे, डरे बिना सच का साथ देने का संकल्प ।
अर्पिता ने चलते-चलते कहा- "आज हमने डर के खिलाफ़ पहला कदम उठाया है । अब पीछे लौटना मुमकिन नहीं ।"

भाग 58 : "यह क्या तमाशा चल रहा है, अर्पिता ?"

प्रधान दलपत सिंह को जब यह ख़बर मिलती है कि अर्पिता और उसके साथी किशोर ने देवदासी प्रथा के खिलाफ़ जागरूक अभियान शुरू कर दिया है और वे दोनों अपने परिवार के साथ गाँव वासियों का समर्थन भी प्राप्त करने में सफल हो गए हैं तो गाँव के प्रधान जी तिलमिला उठते हैं । वे आनन फ़ानन में ग्राम वासियों की एक सभा बुलाते हैं । इस सभा में अर्पिता को भी बुलाया गया था ।
अर्पिता को सीधे संबोधित करते हुए प्रधान दलपत सिंह कहते हैं - "यह क्या तमाशा चल रहा है, अर्पिता? तुम और तुम्हारे साथी हमारे गाँव की परंपराओं को खत्म करने पर तुले हुए हो ? देवदासी प्रथा हमारी संस्कृति का हिस्सा है । इसे खत्म करने की बात करना हमारे पूर्वजों का अपमान है !"
अर्पिता संयमित लेकिन दृढ़ स्वर में जवाब देते हुए कहती है –"प्रधान जी, संस्कृति वही अच्छी होती है जो इंसानियत को सम्मान दे। देवदासी प्रथा कोई परंपरा नहीं, बल्कि महिलाओं का शोषण है। क्या आप इसे सही मानते हैं कि मासूम लड़कियों को मंदिर के नाम पर

उनकी ज़िंदगी से वंचित कर दिया जाए । किसी भी समाज के मूल्य और संस्कृति को समय के साथ बदल जाना चाहिए ?"
प्रधान दलपत सिंह हँसते हुए कहते हैं - "अर्पिता, तुम और तुम्हारे साथी बाहर के लोगों के बहकावे में आ गए हो । अरे मूल्य और संस्कृति शाश्वत होते हैं। हमारे मंदिर के महन्त जी भी इस देवदासी प्रथा को आशीर्वाद मानते हैं । देवदासी बनना तो ईश्वर की सेवा है।"
किशोर अब तक अर्पिता और प्रधान दलपत सिंह की बहस चुपचाप सुन रहा था परन्तु प्रधान जी को हावी होते देख वह कड़क आवाज़ में कहता है –"प्रधान जी, ये सेवा नहीं, गुलामी है । महन्त जी खुद इस प्रथा का इस्तेमाल अपने फायदे के लिए करते हैं और जब गाँव की बेटियों की बात आती है, तो आप लोग उनकी तकलीफें अनदेखा क्यों करते हैं ?"
प्रधान दलपत सिंह गुस्से से चीखते हुए कहते हैं –"किशोर ! तुम्हें बोलने का हक़ किसने दिया ? ये हमारी पंचायत है,और मैं यहाँ का प्रधान हूँ । तुम जैसे लोग और बाहरी एजेंटो को हम हमारे गाँव में घुसने नहीं देंगे ।"
अर्पिता प्रधान जी की बात को काटते हुए कहती है –"प्रधान जी, आप हर बार परंपरा की आड़ में महिलाओं के अधिकारों को दबाने की कोशिश करते हैं । लेकिन अब हम चुप नहीं रहेंगे । ये लड़ाई इंसानियत और न्याय की है ।"
इसी बीच सभा में से गाँव के एक बुजुर्ग झिझकते हुए कहते हैं कि – "अर्पिता, तुम्हारी बात तो सही लगती है, लेकिन ये प्रथा तो सदियों पुरानी है । इसे खत्म करना आसान नहीं होगा ।"
अर्पिता भावुक होकर जवाब देती है –"काका, हर परंपरा अच्छी नहीं होती। अगर ये परंपरा आपकी बेटी या पोती को ज़िंदगी भर का दर्द देती, तो क्या आप इसे सही मानते?"

(गाँव के सभी लोग आपस में फुसफुसाने लगते हैं । प्रधान यह देखकर चिंतित हो उठता है ।)

प्रधान दलपत सिंह ऊँची आवाज़ में बोलते हुए- "ये सब बेकार की बातें हैं । हम हमारे पुरखों की इस परम्परा को खत्म नहीं होने देंगे । अर्पिता और उसके साथियों को गाँव से बाहर निकाल देना चाहिए।"

एडवोकेट किशोर आक्रोश में कहता है कि –"आप हमें डरा नहीं सकते, प्रधान जी । ये संविधान का शासन है, और हर नागरिक को अधिकार है कि वह अन्याय के खिलाफ़ आवाज़ उठाए ।"

अर्पिता दृढ़ स्वर में किशोर का साथ देते हुए कहती है –"और हम सिर्फ आवाज़ ही नहीं उटा रहे प्रधान जी, बल्कि लड़ाई लड़ रहे हैं । हमने कानून का सहारा लिया है । जल्द ही इस प्रथा के खिलाफ कानूनी कार्रवाई होगी।"

गाँव की एक महिला झिझकते हुए अर्पिता का साथ देते हुए कहती है कि-"अर्पिता बहन, अगर तुम हमारी मदद करोगी तो हम तुम्हारे साथ हैं। ये प्रथा हमारे घरों को तबाह कर रही है। इसे ख़त्म करना ही होगा ।"

प्रधान दलपत सिंह हैरान होकर-"तुम सब अर्पिता के पक्ष में हो ? क्या तुम भूल गए कि महन्त जी ने हमारे लिए क्या-क्या किया है?"

एडवोकेट किशोर तेज स्वर में प्रधान जी की बात का जवाब देते हुए कहता है कि –"महन्त जी ने अब तक जो कुछ भी किया है, सिर्फ अपने लिए किया है। जब भी किसी की मदद की, उसके बदले में अपना फायदा देखा और जब जरूरत पड़ी, तो वे विदेश में गुलछर्रे उड़ा रहे हैं । उन्होंने फोन तक उठाना बंद कर दिया । ये वही लोग हैं जिनकी वजह से हमारी बहनों की जिंदगी बर्बाद हो रही है ।"

गाँव का युवक उठकर जोश में किशोर के समर्थन में आवाज़ उठाते हुए कहता है –"प्रधान जी, हम अब और सहन नहीं करेंगे। अर्पिता

दीदी जो खुद इस देवदासी प्रथा के अभिशाप को झेल रही है, ने हमें सिखाया है कि हमारी बेटियाँ गुलामी के लिए नहीं बनी हैं ।"

अर्पिता युवक का हौसला बढ़ाते हुए कहती है कि-"सही कहा। ये लड़ाई सिर्फ मेरी नहीं, बल्कि हम सबकी है। अगर हम सब मिलकर खड़े होंगे, तो कोई भी हमें दबा नहीं सकेगा ।"

प्रधान दलपत सिंह झल्लाते हुए कहते हैं कि –"तुम लोग नहीं समझोगे । मैं महन्त जी से बात करूंगा ।"

अर्पिता व्यंग्य भरे स्वर में जवाब देते हुए कहती है कि-"महन्त जी तो विदेश में मौज कर रहे हैं, और यहाँ गाँव की बेटियाँ पीड़ा सह रही हैं । वो फोन तक नहीं उठाते, और आप अब भी उनके नाम पर सब कुछ सही ठहराते हो ?"

(गाँव के लोग धीरे-धीरे प्रधान के खिलाफ़ बोलने लगते हैं ।)

गाँव की एक महिला जोश से बोलते हुए-"प्रधान जी, अब बहुत हुआ। अर्पिता दीदी सही कह रही है। हमें इस प्रथा को खत्म करना ही होगा।"

गाँव का एक नौजवान युवक भी जोश में कहता है - "हम अर्पिता दीदी और एडवोकेट किशोर भाई के साथ हैं। ये हमारी बेटियों की लड़ाई है ।"

प्रधान दलपत सिंह निरुत्तर होकर गुस्से में सभा से चला जाता है । भीड़ में से एक औरत जोश से प्रधान दलपत सिंह को सुनाते हुए कहती है कि-"ये सिर्फ शुरुआत है। हमें मिलकर ये साबित करना है कि न्याय और समानता ही सच्ची परंपरा है ।" गाँव के लोग तालियां बजाते हैं और अर्पिता के समर्थन में नारे लगाते हुए कहते हैं कि - "अर्पिता तुम संघर्ष करो, हम तुम्हारे साथ हैं।" पूरी सभा इसी तरह के नारों से गूंज उठती है । प्रधान दलपत सिंह इन आवाजों को सुनकर अन्दर से काँप उठता है।

भाग 59 : अदालत में देवदासी केस की पहली सुनवाई !

अर्पिता और एडवोकेट किशोर की देवदासी प्रथा के विरुद्ध याचिका को स्वीकार करने के बाद आज अदालत में इस केस की पहली सुनवाई होने जा रही थी । कोर्ट में भारी भीड़ है । कई सामाजिक कार्यकर्ता, पत्रकार और ग्रामीण मौजूद हैं । अर्पिता की तरफ से एडवोकेट किशोर दलीलें पेश करने के लिए तैयार हैं तो महन्त और ग्राम प्रधान दलपत सिंह की तरफ से एडवोकेट आदित्य प्रताप सिंह कोर्ट में उपस्थित हैं । इसी के साथ सरकारी वकील (प्रोसीक्यूटर) भी अदालत में सरकार की तरफ से उपस्थित हैं । न्यायाधीश अपनी कुर्सी पर बैठते हैं और सुनवाई शुरू होती है ।

न्यायाधीश अपनी कुर्सी पर बैठते ही कोर्ट रूम में खड़े सभी दर्शक और मीडिया कर्मी भी अपने- अपने स्थान पर बैठ जाते हैं । दर्शकों की फुसफुसाहट और शोर गुल को शान्त करने की दृष्टि से जज डायस पर हथौड़ा बजाते हुए कहते हैं –"ऑर्डर, ऑर्डर, अदालत की कार्यवाही शुरू की जाए । अर्पिता केस की सुनवाई के लिए सभी पक्षों को अपनी दलीलें रखने का अवसर दिया जाएगा । एडवोकेट किशोर आप अपनी बात शुरू कीजिए ।"

एडवोकेट किशोर जज साहब से मुखातिब होते हुए कहता है- "माननीय न्यायालय, यह एक ऐतिहासिक मामला है। मेरी मुवक्किल अर्पिता, जिसे देवदासी प्रथा के नाम पर बचपन में मंदिर को समर्पित कर दिया गया, आज अदालत से न्याय की गुहार लगा रही है ।"

महन्त और ग्राम प्रधान दलपत सिंह के वकील आदित्य प्रताप सिंह एडवोकेट किशोर की बात का जवाब देते हुए कहते हैं –"माननीय

न्यायाधीश महोदय, देवदासी प्रथा हमारी संस्कृति और परंपरा का हिस्सा रही है। यह प्रथा हजारों सालों से चली आ रही है और इसे सामाजिक-धार्मिक आधार पर स्वीकार किया गया है।"

न्यायाधीश महोदय एडवोकेट आदित्य प्रताप सिंह से सवाल करते हुए पूछते हैं – "एडवोकेट आदित्य प्रताप सिंह, क्या आप यह कहना चाहते हैं कि यह प्रथा आज भी उचित और वैध है ?"

इसी बीच अर्पिता के वकील किशोर कागजात दिखाते हुएहस्तक्षेप करते हुए कहते हैं-"माननीय न्यायधीश महोदय, यह भारतीय संविधान के अनुच्छेद 23 का स्पष्ट उल्लंघन है, जो मानव तस्करी और बंधुआ मजदूरी के खिलाफ है । देवदासी प्रथा का समर्थन करना गैरकानूनी और अमानवीय है ।"

इसी बीच अर्पिता के वकील के समर्थन में सरकारी वकील कहते हैं –" मैं इस केस में कुछ सबूत पेश करना चाहता हूँ । यह रहे दस्तावेज और वीडियो फुटेज, जिनमें यह स्पष्ट है कि महन्त और ग्राम प्रधान दलपत सिंह ने इस प्रथा का समर्थन किया और कई नाबालिग लड़कियों को मंदिर में समर्पित किया गया । मैं अदालत से दरख्वास्त करूँगा कि इन वीडियो फुटेज को दिखाने की अनुमति दी जाए ।"

न्यायाधीश कहते हैं-"अनुमति है, इन वीडियो फुटेज को सभी को दिखाया जाए ।"

वीडियो क्लिप चलाई जाती है, जिसमें महन्त और ग्राम प्रधान मंदिर में देवदासी बनाने की रस्म में शामिल दिखते हैं साथ ही देवदासी प्रथा के समर्थन में ग्राम प्रधान दलपत सिंह भीड़ को संबोधित करते हुए भी दिखाई देते हैं । अदालत में हलचल मच जाती है।

अर्पिता किशोर के कान में फुसफुसाते हुए कहती है कि- " यह ग्राम प्रधान दलपत सिंह द्वारा देवदासी प्रथा के समर्थन में की जा रही सभा का विडियो किसने बनाया वकील साहब ?"

एडवोकेट किशोर अर्पिता के सवाल का मुस्कुराकर जवाब देते हुए कहता है कि –"यह सब मेरे मुंशी का कमाल है। जब ग्राम प्रधान दलपत सिंह सभा को संबोधित करते हुए देवदासी प्रथा का समर्थन कर रहे थे तो उसने मेरे इशारे पर सारी सभा का विडियो बनाकर सुरक्षित रख लिया था ।" किशोर की बात सुनकर अर्पिता गर्व से विक्ट्री साइन बनाकर खिलखिलाती है ।

अर्पिता और किशोर को खनकियों से देखते हुए महन्त और ग्राम प्रधान दलपत सिंह के वकील आदित्य प्रताप सिंह दलील देते हुए कहते हैं - "यह परंपरा सदियों पुरानी है, और इससे समाज की भलाई होती है । ये लड़कियाँ देवदासी बनकर भगवान जगन्नाथ जी की सेवा करती हैं और यह उनका सौभाग्य है ।"

वकील आदित्य प्रताप सिंह के समर्थन में बोलते हुए ग्राम प्रधान दलपत सिंह कड़े शब्दों में चिल्लाते हुए कहते हैं - "गाँव में यही प्रथा है । इसे बंद करने से गॅव की परंपरा टूट जाएगी। यह हमारी आस्था और धर्म का हिस्सा है ।"

ग्राम प्रधान दलपत सिंह की दलील का जवाब देते हुए अर्पिता गंभीर स्वर में कहती है कि-"क्या यह सौभाग्य है कि मुझे और अन्य लड़कियों को छोटी उम्र में मंदिर को सौंप दिया गया ? क्या यह सौभाग्य है कि हमें हमारे भगवान जगन्नाथ की सेवा के नाम पर महन्त द्वारा अपनी वासना का शिकार बनाया गया ?"

अर्पिता का समर्थन करते हुए एडवोकेट किशोर दलील देते हैं कि-" माननीय न्यायालय, ये लोग अपनी शक्ति और धर्म के नाम पर मासूम लड़कियों का शोषण करते हुए उनका जीवन नष्ट कर रहे हैं ।"

न्यायाधीश महोदय सबकी दलीलें सुनने के बाद महन्त और ग्राम प्रधान दलपत सिंह के वकील आदित्य प्रताप सिंह की तरफ मुखातिब होते हुए कहते हैं कि - "एडवोकेट आदित्य प्रताप सिंह,

आपके मुवक्किलों पर लगे आरोपों के बारे में आपका क्या कहना है?”

एडवोकेट आदित्य प्रताप सिंह चिन्तित स्वर में न्यायधीश महोदय के सवाल का जवाब देते हुए कहते हैं कि –“न्यायाधीश महोदय, मेरे मुवक्किलों का उद्देश्य किसी को नुकसान पहुँचाना नहीं था । वे केवल धार्मिक परंपरा को निभा रहे थे।”

सरकारी वकील आदित्य प्रताप सिंह की दलील का जवाब किशोर कागजात दिखाते हुए देते हैं - “माननीय न्यायालय, यह दस्तावेज़ दर्शाते हैं कि कई देवदासियों को मंदिरों में समर्पित करने के बाद उनसे असंवैधानिक और गैर कानूनी कार्य करवाए गए । यह मानवाधिकारों का घोर उल्लंघन है ।”

न्यायाधीश महोदय सभी पक्षों की दलीलें सुनने के बाद गम्भीर होते हुए बोले-“अदालत इस मामले को बहुत गंभीरता से ले रही है । इस मसले पर अभी और सुनवाई की जरूरत है। अदालत जानना चाहती है कि आखिर देवदासी प्रथा किसी धर्म विशेष का हिस्सा बनी तो कैसे बनी ? लिहाजा अगली सुनवाई तक के लिए यह अदालत बर्खास्त की जाती है।”

इसी के साथ ही न्यायधीश महोदय कोर्ट रुम से उठकर चले जाते हैं। सभी दर्शक और वकील भी अदालत से बाहर निकल आते हैं। भीड़ में समर्थन और विरोध के स्वर उठते हैं ।

भाग 60 : कोर्ट ने समझा देवदासी प्रथा का इतिहास !

देवदासी अर्पिता के केस की दूसरी सुनवाई कोर्ट में चल रही है। याचिकाकर्ता पक्ष के वकील किशोर का दावा है कि देवदासी प्रथा महिलाओं के अधिकारों का हनन करती है और यह संविधान के अनुच्छेद 14 (समानता का अधिकार) एवं अनुच्छेद 21 (जीवन और व्यक्तिगत स्वतंत्रता का अधिकार) के विरुद्ध है। वहीं, महन्त और ग्राम प्रधान दलपत सिंह के वकील आदित्य प्रताप सिंह इसे धार्मिक परंपरा और धर्म का हिस्सा बताते हुए इसका बचाव कर रहे हैं ।

जज साहब के कोर्ट रुम में प्रवेश करते ही वहाँ उपस्थित सभी दर्शक और वकील अपने स्थान से खड़े हो जाते हैं । जैसे ही जज साहब आसन पर बैठते हैं सभी अपना-अपना स्थान ग्रहण कर लेते हैं। इसी बीच जज साहब अदालत की कार्रवाई शुरू करते हुए महन्त और ग्राम प्रधान दलपत सिंह के वकील आदित्य प्रताप सिंह से सवाल पूछते हुए कहते हैं -"आदित्य प्रताप सिंह जी, पिछली सुनवाई में आपने कहा था कि देवदासी प्रथा प्राचीन धार्मिक परंपरा का हिस्सा रही है। आज आप हमें यह समझाइए कि यह प्रथा धर्म का हिस्सा कैसे बनी?"

महन्त और ग्राम प्रधान दलपत सिंह के वकील आदित्य प्रताप सिंह जज साहब के सवाल का जवाब देते हुए कहते हैं कि - "माई लॉर्ड, देवदासी प्रथा की उत्पत्ति हजारों वर्ष पूर्व से मानी जाती है । यह प्रथा प्राचीन हिंदू मंदिरों और उनकी परंपराओं से जुड़ी हुई है। शास्त्रों में वर्णित है कि कुछ स्त्रियों को भगवान की सेवा के लिए समर्पित किया जाता था । ये महिलाएँ मंदिरों में नृत्य, संगीत और धार्मिक अनुष्ठानों में भाग लेती थीं। उन्हें ईश्वर की "पत्नी" या "सेविका" माना जाता था और समाज में उनका स्थान अत्यंत सम्माननीय था।"

अर्पिता के वकील किशोर आदित्य प्रताप सिंह के द्वारा दी गई दलील का जवाब देते हुए पूछते हैं कि –“मान्यवर, आदित्य प्रताप सिंह जी क्या यह सच नहीं है कि समय के साथ इस प्रथा का स्वरूप बदल गया और यह महिलाओं के शोषण का माध्यम बन गई? क्या शास्त्रों में देवदासियों को दैहिक शोषण के लिए समर्पित करने की कोई अनुमति दी गई है ?”

आदित्य प्रताप सिंह अर्पिता के वकील किशोर के सवाल का जवाब देते हुए कहते हैं कि - “यह सत्य है कि समय के साथ इस प्रथा में कुछ विकृतियाँ आईं, परंतु मूल प्रथा का उद्देश्य केवल धार्मिक और प्रभु की सेवा था । वेदों और पुराणों में देवदासियों का उल्लेख एक विशिष्ट समाज वर्ग के रूप में मिलता है, जो कला और संस्कृति के संवाहक थे । मंदिरों में इनके नृत्य और संगीत को आध्यात्मिक उन्नति का साधन माना गया था।”

दोनों वकीलों की बहस के दौरान जज साहब हस्तक्षेप करते हुए एडवोकेट आदित्य प्रताप सिंह से सवाल पूछते हैं कि -“क्या आप किसी शास्त्र का संदर्भ दे सकते हैं जहाँ देवदासी प्रथा को धर्म का अनिवार्य अंग माना गया हो?”

जज साहब के सवाल का जवाब देते हुए आदित्य प्रताप सिंह कहते हैं कि–“जी, माई लॉर्ड । “अग्नि पुराण”, “ब्रह्माण्ड महापुरणम” और “स्कंद पुराण” में देवदासियों का उल्लेख मिलता है, जहाँ कहा गया है कि स्त्रियों द्वारा भगवान की सेवा करना पुण्यदायी कार्य है । प्राचीन काल में कई राजा और उच्च वर्ग के लोग अपनी पुत्रियों को मंदिरों को समर्पित करते थे । यह ईश्वर की भक्ति का प्रतीक माना जाता था ।”

याचिकाकर्ता अर्पिता के वकील किशोर महन्त और ग्राम प्रधान दलपत सिंह के वकील आदित्य प्रताप सिंह से सवाल पूछते हैं कि – “लेकिन श्रीमान, यदि यह प्रथा इतनी ही पवित्र थी, तो फिर

देवदासियों को समाज में उचित स्थान क्यों नहीं मिला ? क्यों उन्हें विवाह का अधिकार नहीं दिया गया ? क्यों उनके बच्चों को अपनाने में समाज हिचकिचाता था ?"

एडवोकेट आदित्य प्रताप सिंह झुंझलाकर एडवोकेट किशोर के सवाल का जवाब देते हैं -"यह प्रश्न हमारे सामाजिक व्यवस्था से जुड़ा है, न कि मूल धार्मिक सिद्धांतों से। देवदासियों को मंदिरों की संपत्ति और अनुदान प्राप्त होता था । वे कला और संस्कृति की संरक्षक होती थीं । परंतु, मध्यकाल में विदेशी आक्रमणों और सामाजिक परिवर्तनों के कारण इस प्रथा का स्वरूप बिगड़ने लगा ।"

इसी दौरान जज साहब एडवोकेट आदित्य प्रताप सिंह से प्रति प्रश्न पूछते हैं–"क्या आप स्वीकार करते हैं कि वर्तमान समय में यह देवदासी प्रथा महिलाओं के शोषण का माध्यम बन चुकी है ?"

जज साहब के सवाल से एडवोकेट आदित्य प्रताप सिंह बौखला जाते हैं और इसी बौखलाहट में वे सच को स्वीकार करते हुए कहते हैं कि - "जी, मैं स्वीकार करता हूँ कि आज के समय में यह देवदासी प्रथा अपने मूल उद्देश्य से भटक चुकी है । परंतु, इसके लिए मूल धार्मिक परंपरा को दोषी ठहराना उचित नहीं होगा ।"

याचिकाकर्ता अर्पिता के वकील मौके का फायदा उठाते हुए कहते हैं–"यदि आप यह स्वीकार करते हैं कि यह देवदासी प्रथा आज विकृत हो चुकी है और महिलाओं के अधिकारों का हनन कर रही है, तो क्या इसे समाप्त नहीं किया जाना चाहिए ?"

आदित्य प्रताप सिंह जज साहब को संबोधित करते हुए कहते हैं - "माई लॉर्ड, किसी भी धार्मिक प्रथा को समाप्त करना समाधान नहीं है। हमें इसके सुधार की दिशा में कार्य करना चाहिए । यदि देवदासी प्रथा को उसके मूल स्वरूप में पुनः स्थापित किया जाए, जहाँ यह केवल कला, संगीत और भक्ति से जुड़ी रहे, तो इसका संरक्षण किया जा सकता है।"

एडवोकेट आदित्य प्रताप सिंह की दलील पर सवाल पूछते हुए जज साहब कहते हैं - "भारत का संविधान धर्म की स्वतंत्रता प्रदान करता है, परंतु किसी भी प्रथा को अनुचित आधार पर धार्मिक मान्यता नहीं दी जा सकती, विशेषकर जब वह मूल मानवाधिकारों का उल्लंघन करती हो। क्या आप यह तर्क देना चाहेंगे कि देवदासी प्रथा आज के समय में भी धर्म का आवश्यक अंग है ?"

जज साहब के सवाल का जवाब देते हुए एडवोकेट आदित्य प्रताप सिंह कहते हैं –"माई लॉर्ड, मैं यह नहीं कह रहा कि वर्तमान में इसका जो स्वरूप है, वह धर्म का अनिवार्य अंग है । परंतु, इसका ऐतिहासिक और धार्मिक महत्व अवश्य है । यदि समाज और कानून चाहे, तो इसे पुनः एक सांस्कृतिक परंपरा के रूप में अपनाया जा सकता है। साथ ही इस केस में यह भी गौर करने लायक पहलू है कि अर्पिता को किसी और ने नहीं अपितु उसकी दादी और उसकी माँ विमला ने ही स्वेच्छा से देवदासी बनाया था लिहाजा मेरे मुवक्किलों पर इस बात का आरोप मढ़ना कि उन्होंने अर्पिता को देवदासी बनाया था सरासर गलत है ।"

जज साहब दोनों पक्षों के वकीलों की जिरह को सुनने के बाद आज की अदालत की कार्रवाई बर्खास्त करते हुए कहते हैं - "हम इस केस पर और विचार करेंगे। फिलहाल, अगली सुनवाई में हम इस बात पर चर्चा करेंगे कि क्या अर्पिता को स्वेच्छा से उसकी दादी और मां विमला ने ही देवदासी बनाया था या उनके ऊपर कोई दबाव था ? साथ ही इस पहलू पर भी जिरह होनी चाहिए कि क्या किसी भी धार्मिक प्रथा को समाज में जारी रखने के लिए संवैधानिक और कानूनी मान्यता दी जानी चाहिए, जबकि वह नागरिकों के मूल अधिकारों का हनन कर रही हो ।" इसी के साथ आज की सुनवाई आगामी तिथि तक स्थगित कर दी जाती है ।

पढ़ते रहिए, अगले भाग में आप पढ़ेंगे कि ग्राम प्रधान दलपत सिंह और उसके वकील आदित्य प्रताप सिंह किस तरह देवदासी प्रथा को उचित ठहराने का प्रयास करते हैं और इस बीच अर्पिता की माँ विमला क्या खुलासा करती है ?

भाग 61 : क्या कोर्ट में हुआ पर्दाफाश ?

आज अर्पिता के केस की तीसरी सुनवाई थी। न्यायाधीश अपने स्थान पर बैठते हैं । वकील, अभियुक्त, पीड़िता और गवाह अपने-अपने स्थान पर खड़े हैं । सिपाही कोर्ट की कार्यवाही शुरू करने की घोषणा करते हुए कहता है –"अदालत की आज की कार्यवाही शुरू की जाए।"

न्यायाधीश अदालत की कार्यवाही शुरू करते हुए कहते हैं- "अभियोजक, आप अपना पक्ष रखें ।"

अभियोजक वकील कागजात पलटते हुए कहते हैं –"माननीय न्यायालय, यह एक जघन्य अपराध का मामला है । पीड़िता अर्पिता को जबरन देवदासी प्रथा में धकेल दिया गया, और इसमें ग्राम प्रधान दलपत सिंह और महन्त की संलिप्तता संदिग्ध है। यह अमानवीय प्रथा न केवल हमारे कानूनों के विरुद्ध है बल्कि मानवता के खिलाफ भी है ।"

न्यायाधीश दलपत सिंह की ओर देखते हुए कहते हैं कि –"ग्राम प्रधान दलपत सिंह, आपके ऊपर यह आरोप लगाया गया है कि आपने अर्पिता को उसकी माँ और दादी को भ्रम में रखकर षड्यन्त्र पूर्वक और जबरदस्ती देवदासी बनाया। क्या आप इन आरोपों को स्वीकार करते हैं ?"

दलपत सिंह आत्मविश्वास से जवाब देते हुए कहते हैं –"नहीं, माननीय न्यायालय। यह सब झूठ है। अर्पिता की माँ विमला और उसकी दादी ने स्वयं उसे स्वेच्छा से मंदिर को समर्पित किया था। हम तो केवल परंपरा निभा रहे थे ।"

अर्पिता की माँ ग्राम प्रधान दलपत सिंह की बात सुनकर विमला आक्रोश में आ जाती है और कहती है कि- "झूठ बोल रहे हैं ये ! मेरी बेटी को जबरदस्ती देवदासी बनाया गया । मैं मजबूर थी । मुझे महन्त जी ने गर्भ धारण यज्ञ और पुत्र प्राप्ति के नाम पर बहला फुसलाकर मेरा शारीरिक शोषण किया और मुझे धमकी दी गई थी कि यदि मैंने विरोध किया तो मुझे और मेरी बेटी को गांव से निकाल दिया जाएगा।"

बचाव पक्ष के वकील हस्तक्षेप करते हुए कहते हैं कि –"लेकिन विमला, क्या यह सच नहीं है कि तुमने स्वयं अपनी बेटी को मंदिर में अर्पित किया था ? क्या यह भी सच नहीं है कि तुम खुद पूरे एक माह तक पुत्र प्राप्ति के मोह में गर्भ धारण यज्ञ के लिए स्वयं रोज मन्दिर आया करती थीं ?"

विमला की आँखों में आँसू भर आते हैं। वह रोते हुए कहती है कि- " मैंने ऐसा कभी नहीं चाहा। महन्त जी ने पहले मेरी सास को बहलाया और फुसलाया फिर उनके माध्यम से मुझे डराने - धमकाने के साथ साथ मजबूरन गर्भ धारण यज्ञ के लिए तैयार किया गया और मेरा शोषण किया। उसी भय और मजबूरी में मैं अपनी बेटी की रक्षा नहीं कर सकी।"

अदालत में हलचल मचती है । न्यायाधीश हथौड़ा बजाकर शांति बनाए रखने के लिए संकेत देते हैं ।

न्यायाधीश गंभीर स्वर में कहते हैं –"अदालत में शांति रखी जाए । अभियोजक वकील, क्या आपके पास इस आरोप को सिद्ध करने के लिए कोई प्रमाण या गवाह हैं ?"

अभियोजक पक्ष के वकील जवाब देते हुए कहते हैं-"जी, माननीय न्यायालय। मैं एक गवाह को प्रस्तुत करना चाहता हूँ ।"

मन्दिर की एक वृद्ध देवदासी, गवाही देने के लिए आगे आती हैं ।

वृद्ध देवदासी थोड़ा कांपते हुए कहती है- "मैं बचपन से यह सब देखती आ रही हूँ । मुझको भी जबरन देवदासी बनाया गया था और फिर जब विमला की बेटी अर्पिता बड़ी हुई, तो विमला को पुत्र प्राप्ति का झाँसा देकर अर्पिता को भी इसी दलदल में धकेल दिया गया । यह सब ग्राम प्रधान और महन्त की मिलीभगत से हुआ । महन्त और ग्राम प्रधान दलपत सिंह ने बेहोशी की दवा देकर विमला का शारीरिक शोषण किया।"

बचाव पक्ष के वकील गवाह की बात सुनकर तैश में आ जाते हैं और कहते हैं कि – "क्या आपके पास कोई प्रत्यक्ष प्रमाण है कि ग्राम प्रधान या महन्त ने अर्पिता की माँ विमला के साथ कोई जबरदस्ती की थी?"

गवाह वृद्ध देवदासी स्पष्ट स्वर में कहती है कि- "आप प्रमाण की बात करते हो ? मन्दिर में लगे सीसी टीवी केमरे के फुटेज देखिए जज साहब, पूरे गांव को पता है कि कैसे लड़कियों को इस देवदासी नाम की कुप्रथा में झोंका जाता है । मंदिर में कौन-कौन आता है और क्यों आता है, सब जानते हैं लेकिन लोग डरते हैं बोलने से ।"

न्यायाधीश सोच में पड़ जाते हैं । अभियोजक पक्ष के वकील आगे बढ़ते हैं और कहते हैं–"माननीय न्यायालय, मैं एक और गवाह को बुलाना चाहता हूँ। यह अर्पिता का मित्र है और इसके पास कुछ महत्वपूर्ण जानकारी है ।"

अर्पिता का एक दोस्त, गवाही देने आता है और भावुक स्वर में कहता है कि –"मैंने अपनी आँखों से देखा था कि कैसे अर्पिता को देवदासी बनने के लिए महन्त जी द्वारा उसकी माँ विमला पर दबाव डाला गया था । स्वयं महन्त जी विमला के घर आए थे और उस

समय मेरे पिताजी ने उनके साथ कुछ तस्वीरें भी खिंचवाई थी । हमारी गली में उनके आने का उस समय का एक विडियो भी मौजूद है । अर्पिता को महन्त जी के कहने पर ही मंदिर ले जाया गया और कैसे उसे देवदासी बनने पर मजबूर किया गया । वह रोती रही, गिड़गिड़ाती रही, लेकिन किसी ने उसकी नहीं सुनी।"

अभियोजन पक्ष के वकील फोटो ग्राफ और विडियो जज साहब को दिखाने के लिए उनकी डायस की तरफ बढ़ा देते हैं ।

न्यायाधीश ग्राम प्रधान दलपत सिंह और महन्त के वकील आदित्य प्रताप सिंह की तरफ मुखातिब होते हुए बोले- "आपके मुवक्किलों के खिलाफ गंभीर आरोप लगाए गए हैं । क्या आप कुछ कहना चाहते हैं?"

वकील आदित्य प्रताप सिंह शांत स्वर में जवाब देते हुए कहते हैं- "यह सब मंदिर की परंपरा का हिस्सा है। वर्षों से ऐसा ही होता आया है।"

वकील आदित्य प्रताप सिंह की दलील सुनकर अर्पिता क्रोधित हो जाती है और कहती है-परंपरा ? औरतों को गुलाम बना देना परंपरा है ? मेरे शरीर पर मेरे अलावा किसी का अधिकार नहीं ! मुझे इंसाफ चाहिए, मेरी माँ के लिए इंसाफ चाहिए !"

अदालत में सन्नाटा छा जाता है । न्यायाधीश कुछ देर तक सोचते हैं और फिर कहते हैं-"अदालत ने सभी पक्षों को सुनने के बाद इस निष्कर्ष पर पहुँची है कि ग्राम प्रधान दलपत सिंह और महन्त के खिलाफ लगाए गए आरोपों में पर्याप्त साक्ष्य मौजूद हैं। ग्राम प्रधान दलपत सिंह को न्यायिक हिरासत में भेजा जाए और महन्त जहाँ कहीं भी हो उसके खिलाफ सर्च वॉरंट जारी करते हुए उसे गिरफ्तार करके कोर्ट में पेश किया जाए ।"

जज साहब की बात सुनकर एक महिला पत्रकार बोलने की इजाजत चाहते हुए कहती है –"न्यायाधीश महोदय यदि आप इजाजत दें तो

मैं अदालत को महन्त के साथ दो और दूसरे धर्म गुरुओं के बारे में जानकारी देना चाहती हूँ।"

न्यायाधीश म्होदय इजाज़त देते हुए कहते हैं कि –"इजाजत है । आपको जो भी कहना है कटघरे में खड़े होकर कहिए ।"

महिला पत्रकार कटघरे में आकर कहती है कि-"महोदय महन्त, एक पादरी और मौलवी के साथ इस समय अमेरिका के शिकागो शहर में एक धर्म संसद में अपने गाँव और देश का प्रतिनिधित्व करने गए हुए हैं। इनके साथ वही पादरी और मौलवी हैं जिन पर बाल यौन शोषण और मस्ज़िद और चर्च में नाबालिग लड़कियों के शारीरिक शोषण के गम्भीर सबूत और आरोप है । मेरी अदालत से गुज़ारिश है कि इन तीनों को ही गिरफ़्तार करके कड़ी से कड़ी सजा दी जाएं ।"

न्यायाधीश महोदय महिला पत्रकार की बातों पर गौर करते हुए कोर्ट में खड़े पुलिस अधीक्षक को आदेश देते है-"महन्त , मौलवी और पादरी को जहाँ कहीं भी हो वहाँ से गिरफ़्तार करके कोर्ट में पेश किया जाए तथा मौलवी और पादरी के बाल यौन शोषण और मस्ज़िद और चर्च में नाबालिग लड़कियों के शारीरिक शोषण केस की फाइल भी हमारे केबिन में प्रस्तुत की जाए ताकि उसका हम अध्ययन कर किसी नतीजें पर पहुँच सकें ।"

पुलिस अधीक्षक मौलवी और पादरी के केस की फाइल जज साहब के केबिन में रखवा देते हैं ।

पढ़ते रहिए , अगले भाग में आप पढ़ेंगे कि क्या महन्त, पादरी और मौलवी को अदालत के आदेश पर पुलिस गिरफ़्तार कर पाती है ?

भाग 62 :अदालत ने सुना अर्पिता की माँ और दादी का दर्द !

अदालत का दृश्य, जज की कुर्सी के सामने, दोनों पक्षों के वकील खड़े हैं। पीड़ित पक्ष की ओर से विमला और उसकी माँ बैठी हैं । प्रधान दलपत सिंह कठघरे में खड़ा है । पुलिस, जनता और पत्रकारों से कोर्ट रुम खचाखच भरा हुआ है ।

न्यायाधीश गंभीर स्वर में कहते है-''मामला अर्पिता, विमला देवी बनाम महन्त और ग्राम प्रधान दलपत सिंह इत्यादि सुनवाई के लिए प्रस्तुत है । अभियोजन पक्ष अपने तर्क रखें ।''

अभियोजन पक्ष के वकील किशोर दृढ़ स्वर में अदालत को बताते हैं –"माननीय न्यायालय, यह केवल बलात्कार का मामला नहीं, बल्कि आस्था का विश्वासघात भी है। एक महन्त, जो लोगों को धर्म और भक्ति की राह दिखाने वाला था, एक ग्राम प्रधान दलपत सिंह जिससे ग्रामवासियों के कष्ट कम करने की उम्मीद थी, इन दोनों ने पवित्रता और विश्वास की आड़ में महिलाओं का शोषण किया ।"

वकील किशोर, अर्पिता की माँ विमला की ओर इशारा करते हुए कहते हैं-"यह हैं विमला देवी, जिन्होंने वर्षों तक इस अपराध का दर्द सहा । इन्हें गर्भ धारण यज्ञ के नाम पर महन्त ने अपनी हवस का शिकार बनाया।"

न्यायाधीश महोदय अर्पिता की माँ विमला देवी को संबोधित करते हुए कहते हैं - "विमला देवी आपको अपनी तरफ से कुछ कहना है ? कृपया आप अपना बयान दर्ज कराएं ।"

अर्पिता की माँ विमला रोते हुए, कांपती आवाज में कहती है- "माननीय न्यायालय... मैं जब दस साल की थी, तब मेरी शादी हुई थी, शादी के बाद मुझे अपने पति से पाँच लड़कियाँ पैदा हुई, पर कुछ

सालों बाद ही मेरे पति और मेरी सास मुझ पर लड़का पैदा करने का दबाव बनाने लगे। मेरी सास रोज मन्दिर जाकर जोर-जोर से चिल्लाकर भगवान जगन्नाथ जी से अपने लिए पोता मांगा करती थी। उनकी इस दशा का फायदा महन्त ने उठाया और मेरी सास को और मुझे बहला- फुसलाकर गर्भ धारण यज्ञ के लिए तैयार कर लिया। उन्होंने कहा कि वे हमें संकट से उबारेंगे।"

विमला गुस्से और घृणा से कांपते हुए बोलती है कि –"महन्त ने मेरी सास और मुझको समझाया कि हमारे परिवार को पुत्र सुख प्राप्त करने के लिए एक गर्भ धारण यज्ञ करना होगा। मेरी सास ने उन पर विश्वास किया। पर मैं नहीं जानती थी कि यह यज्ञ असल में मेरे जीवन की सबसे भयानक रात बनने वाला था...!"

विमला की सास, बीच में बोल पड़ती है, आँखों में आँसू भरकर कहती है कि-"मैंने महन्त जी को भगवान का रूप समझा था, पर उन्होंने मेरी बहु और बेटी की अस्मत लूट ली ! अगर मुझे जरा भी शक होता, तो मैं कभी अपनी बहु और पोती को उनके पास न भेजती।"

अदालत में हलचल होती है। न्यायाधीश हाथ उठाकर डायस पर हथौड़ा बजाते हुए सबको शांत करते हुए कहते हैं कि - "बचाव पक्ष, आप कुछ कहना चाहेंगे?"

बचाव पक्ष के वकील आदित्य प्रताप सिंह शांत स्वर में कहते हैं – "माननीय जज साहब, यह केवल आरोप हैं। हमारे मुवक्किल महन्त एक सम्मानित संत हैं। इस तरह के झूठे आरोप लगाकर कोई उनकी प्रतिष्ठा धूमिल नहीं कर सकता। क्या कोई प्रमाण है कि यह कथित अपराध उन्हीं ने किया ?"

अभियोजन पक्ष के वकील किशोर, तेजी से जवाब देते हुए कहते हैं– "सबूत हैं, महोदय ! अदालत के समक्ष हम एक ऐसा गवाह प्रस्तुत करने की इजाजत चाहते हैं जो इस केस की सच्चाई को उजागर करके रख देगा।"

अदालत में सन्नाटा छा जाता है। प्रधान दलपत सिंह की आँखें फैल जाती हैं। तभी न्यायाधीश महोदय सन्नाटे को तोड़ते हुए अर्पिता के वकील किशोर को अपना गवाह अदालत में पेश करने की इजाजत देते हैं ।

अर्पिता के वकील किशोर एक गवाह को कटघरे में बुलाते हैं और उसे संविधान पर हाथ रखकर कसम खिलाते हैं कि –“वो जो भी कहेंगे, सच कहेंगे और सच के सिवा कुछ नहीं कहेंगे ।”

भाग 63 : अर्पिता के केस में आया नया मोड़ !

आज अदालत में अर्पिता के केस की अगली सुनवाई होनी थी। जज की कुर्सी पर न्यायाधीश बैठे हैं, अभियोजन पक्ष और बचाव पक्ष के वकील अपनी-अपनी जगह पर खड़े हैं । जनता और पत्रकारों से कोर्ट रुम खचाखच भरा हुआ है । न्यायाधीश अपने आसन से डायस पर हथौड़ा बजाते हुए कहते हैं–“ऑर्डर, ऑर्डर ! अदालत की कार्यवाही शुरू की जाए। एडवोकेट किशोर आपने पिछली सुनवाई के दौरान ग्राम प्रधान दलपत सिंह और महन्त के खिलाफ़ आरोपों को सिद्ध करने के लिए एक खास गवाह को पेश करने की इजाजत माँगी थी लिहाजा अभियोजन पक्ष अपने गवाह को पेश करें ।”

एडवोकेट किशोर जज साहब के सवाल का जवाब देते हुए कहते हैं –“माननीय न्यायालय, मैं अपने गवाह डॉ. कमरुद्दीन को प्रस्तुत कर रहा हूँ।”

(डॉ. कमरुद्दीन गवाह के कटघरे में खड़े हो जाते हैं ।)

न्यायाधीश डॉ. कमरुद्दीन की ओर देखते हुए कहते हैं–"क्या आप संविधान पर हाथ रखकर शपथ लेते हैं कि आप जो कुछ भी कहेंगे, सच कहेंगे, और सच के अलावा कुछ नहीं कहेंगे ?"

"डॉ. कमरुद्दीन संविधान पर हाथ रखते हुए कहते हैं–"जी, मैं शपथ लेता हूँ । मैं जो भी कहूँगा सच कहूँगा, सच के सिवा कुछ नहीं कहूँगा।"

एडवोकेट किशोर डॉ. कमरुद्दीन से सवाल करते हुए पूछते हैं –"डॉ. साहब, कृपया अदालत को विस्तार से बताइए कि आपको इस मामले की क्या और कितनी जानकारी है ?"

डॉ. कमरुद्दीन कटघरे में खड़े-खड़े ही एडवोकेट किशोर के सवाल का जवाब देते हुए बताते हैं कि –"जी, मैं गाँव के सरकारी अस्पताल में डॉक्टर के पद पर नियुक्त हूँ। प्रधान जी, यानी दलपत सिंह, अक्सर गाँव वालों पर अपनी हुकूमत जमाते रहते थे । एक दिन प्रधान जी ने मुझे जगन्नाथ जी के मन्दिर पर स्थिति बाहर वाले कमरे में बुलाया और बोले कि उन्हें गाँव की एक महिला विमला देवी के लिए एक विशेष औषधि चाहिए। उन्होंने मुझसे कहा कि यह औषधि एक विशेष यज्ञ के लिए आवश्यक है, जिसमें महिला को पूरी तरह शांत और अर्धचेतन अवस्था में रहना होता है।

एडवोकेट किशोर ने डॉ. कमरुद्दीन की बात पूरी होते ही अगला सवाल पूछा–"क्या आपको इस औषधि के प्रयोग के बारे में कोई संदेह हुआ ?"

डॉ. कमरुद्दीन ने एडवोकेट किशोर के सवाल का जवाब देते हुए पूरे आत्म विश्वास के साथ कहा - "हाँ, हुआ था । मैंने पूछा भी कि यह दवा क्यों चाहिए, तो प्रधान जी ने मुझसे रौब झाड़ते हुए कहा कि अगर मैंने सवाल उठाए, तो मेरा ट्रांसफर करवा देंगे। मुझे मजबूरन यह दवा देनी पड़ी ।"

एडवोकेट किशोर ने अगला सवाल पूछते हुए कहा–"ग्राम प्रधान दलपत सिंह को दवा देने के बाद क्या हुआ ?"

डॉ. कमरुद्दीन ने एडवोकेट किशोर के सवाल का जवाब देते हुए स्पष्ट किया कि - "कुछ दिनों बाद मुझे पता चला कि प्रधान जी ने महन्त जी के साथ मिलकर इसी दवा का इस्तेमाल कर विमला देवी को बेहोश कर दिया और लगातार उनका शारीरिक शोषण किया । जब विमला देवी को होश आया, तो उन्होंने यह बात किसी को बताने की कोशिश की, लेकिन प्रधान जी और उनके लोगों ने उन्हें धमकी देकर चुप करा दिया।"

डॉ. कमरुद्दीन के सभी जवाब सुनने के बाद न्यायाधीश महोदय ने गंभीर स्वर में उनसे सवाल किया कि–"क्या आपके पास इस आरोप को साबित करने के लिए कोई प्रमाण है ?"

डॉ. कमरुद्दीन न्यायाधीश महोदय के सवाल का जवाब देते हुए बोले– "जी हाँ, मेरे पास विमला देवी के मेडिकल रिपोर्ट्स हैं, जिनसे यह साबित होता है कि उनके शरीर पर जबरदस्ती के निशान थे और बेहोशी की स्थिति में उनके साथ बलात्कार किया गया था। इसके अलावा, मैंने विमला देवी से स्वयं बात की थी, उन्होंने रोते हुए मुझे किसी और से घटना का जिक्र नहीं करने की कसम देते हुए पूरी घटना बताई थी ।"

उक्त जिरह के बाद एडवोकेट किशोर ने कमरुद्दीन का शुक्रिया अदा करते हुए कहा कि- "धन्यवाद, डॉ. साहब । माननीय न्यायालय, मैं इन मेडिकल रिपोर्ट्स को सबूत के तौर पर आपके समक्ष स्तुत करता हूँ।" कहते हुए एडवोकेट किशोर ने सभी मेडिकल रिपोर्ट न्यायाधीश महोदय को सुपुर्द कर दी। अब बचाव पक्ष के वकील, एडवोकेट आदित्य प्रताप सिंह अपनी जगह से उठते हैं और क्रॉस-एग्जामिनेशन के लिए आगे आते हैं ।

एडवोकेट आदित्य प्रताप सिंह सीधे डॉ. कमरुद्दीन से मुखातिब होते हुए पूछते हैं कि –" डॉ. साहब, क्या यह संभव नहीं है कि किसी और ने विमला देवी के साथ यह सब किया हो ? आप प्रधान जी पर सीधे आरोप कैसे लगा सकते हैं ?"

डॉ. कमरुद्दीन बचाव पक्ष के वकील आदित्य प्रताप सिंह के सवाल का जवाब देते हुए कहते हैं- " प्रधान जी ने मुझसे स्वयं यह दवा मंगवाई थी और उन्होंने ही इसे देने के लिए कहा था । इसके अलावा, गाँव में उनकी दबंगई के बारे में सब जानते हैं ।"

एडवोकेट आदित्य प्रताप सिंह ने क्रॉस-एग्जामिनेशन जारी रखते हुए पूछा कि –"लेकिन क्या आपके पास कोई ऐसा प्रमाण है जिससे यह साबित हो सके कि दवा का गलत इस्तेमाल प्रधान जी ने ही किया ?"

"जी हाँ, मेरे पास वह पर्ची है जिस पर प्रधान जी ने अपने हस्ताक्षर के साथ दवा का नाम लिखवाया था । मैं अदालत को यह भी बताना चाहता हूँ कि यही बेहोशी की दवा कई बार मस्ज़िद के मौलवी जी और चर्च के पादरी ने भी मुझसे लिखवाई थी ताकि वे अपने यहाँ नाबालिग लड़कियों और ननों को बेहोश करके उनका शारीरिक शोषण कर सकें ।" डॉ. कमरुद्दीन ने जवाब देते हुए कहा ।

एडवोकेट आदित्य प्रताप सिंह थोड़ा घबराते हुए कहते हैं –"माननीय न्यायालय, यह मात्र संयोग भी हो सकता है कि प्रधान जी, महन्त जी और पादरी जी ने दवा किसी और कारण से ली हो ।"

न्यायाधीश महोदय सवाल जारी रखते हुए आगे पूछते हैं कि – "एडवोकेट आदित्य प्रताप सिंह क्या आपके पास कोई ऐसा प्रमाण है जो यह साबित कर सके कि प्रधान, महन्त और पादरी इस केस में निर्दोष हैं और उन पर लगाए गए आरोप बेबुनियाद हैं?"

एडवोकेट आदित्य प्रताप सिंह कुछ सोचते हुए कहते हैं–"जी... फिलहाल नहीं ।"

न्यायाधीश महोदय गंभीर हो जाते हैं और कहते हैं कि –"यह बहुत गंभीर मामला है। अदालत इस मामले में जो नए तथ्य उभर कर आए हैं, की गहन जाँच का आदेश देती है। जब तक पूरी जाँच नहीं होती, तब तक ग्राम प्रधान दलपत सिंह को हिरासत में रखा जाएगा और महन्त ,मौलवी तथा पादरी के खिलाफ सर्च आउट ऑपरेशन चलाने और दुनिया के किसी भी कोने से तीनों को गिरफ़्तार करके अदालत के समक्ष पेश करने का आदेश देती है ।"

न्यायाधीश महोदय का आदेश सुनकर एडवोकेट किशोर कहते हैं– "महोदय यह पूरा मामला सिर्फ बलात्कार और शोषण तक ही सीमित नहीं है । यदि आपकी इजाजत हो तो अगली सुनवाई में मैं पूरे सबूतों के साथ एक और शिकायत और उसका गवाह अदालत के आगे प्रस्तुत करना चाहूँगा ताकि इस पूरे केस का पर्दा फाश हो सके ।"

"इजाजत है ।" कहकर न्यायाधीश अगली सुनवाई की तारीख निर्धारित करते हुए अदालत स्थगित कर देते हैं ।

अदालत में हलचल मच जाती है । प्रधान जी के समर्थक विरोध करते हैं, लेकिन पुलिस उन्हें शांत कराती है। विमला देवी आँखों में आँसू लिए खड़ी होती हैं । अदालत की घंटी बजती है, और सब लोग धीरे-धीरे बाहर जाने लगते हैं ।

भाग 64 : किस गवाह ने दिया केस को नया मोड़ ?

अदालत कक्ष में अर्पिता केस की सुनवाई निरन्तर जारी है । आज की सुनवाई के लिए जज साहब अपनी कुर्सी पर बैठे हैं, अभियोजन पक्ष और बचाव पक्ष के वकील आमने-सामने खड़े हैं । दर्शक दीर्घा में गाँव के कुछ लोग और मिडिया कर्मी उपस्थित हैं। एडवोकेट किशोर अपने गवाह को पेश करने के लिए खड़े होते हैं और कहते हैं कि - "माननीय न्यायाधीश महोदय, मैं अर्पिता के मामले में एक महत्वपूर्ण गवाह को प्रस्तुत करना चाहता हूँ, जो इस केस की गुत्थी को सुलझाने में मदद करेगा । यह गवाह है विमला देवी का पति, श्री कलुआ ।"

एडवोकेट किशोर की बात पर जज साहब सिर हिलाते हैं और पेशकार गवाही की कार्यवाही शुरू करने के लिए इशारा करता है । कलुआ कटघरे में आता है और शपथ ग्रहण करता है ।

जज साहब कलुआ से कहते हैं कि –"आप अपना नाम और पता अदालत में दर्ज करवाइए ।"

"मेरा नाम कलुआ है, और मैं ग्राम रामपुर का निवासी हूँ । मैं विमला देवी का पति और अर्पिता का पिता हूँ।" कलुआ अपना परिचय देते हुए कहता है ।

एडवोकेट किशोर कटघरे में खड़े कलुआ के नज़दीक जाकर सवाल पूछते हैं –"कलुआ, क्या तुम अदालत में सच-सच बयान दोगे ?"

"जी हाँ, मैं जो कुछ भी कहूँगा सच ही कहूँगा ।" कलुआ संविधान की प्रति पर हाथ रखते हुए कहता है।

"तो बताइए, आपका इस मामले से क्या संबंध है ? आप अदालत को क्या बताना चाहते हैं ?" एडवोकेट किशोर सवाल करते हुए कलुआ से पूछते हैं ।

“माई-बाप, मेरी शादी विमला से हुई थी, और हम दोनों हंसी-खुशी अपना जीवन बिता रहे थे । लेकिन फिर गाँव के महन्त और ग्राम प्रधान दलपत सिंह ने एक चाल चली । उन्होंने मेरी माँ और पत्नी को पुत्र प्राप्ति के लिए एक फर्जी 'गर्भ धारण यज्ञ' के आयोजन के नाम पर बहला लिया ।''

जज साहब आश्चर्य से कलुआ से पूछते हैं - “गर्भ धारण यज्ञ ? यह क्या होता है ?”

“हुजूर, मैं भी पहले नहीं जानता था, लेकिन अब समझ में आया कि यह एक बहाना था मेरी पत्नी को बहलाने और उसकी आबरू लूटने का। महन्त जी ने मुझे यह कहकर कांवड़ यात्रा पर भेज दिया कि इससे मेरे घर में सुख-शांति आएगी और मेरी पत्नी जल्दी ही पुत्र को जन्म देगी । मैं भोला-भाला आदमी हूँ, उनकी बातों में आ गया और एक महीने के लिए कांवड़ यात्रा पर चला गया ।” कलुआ ने जज साहब के सवाल का जवाब देते हुए बताया ।

“ फिर क्या हुआ ?” एडवोकेट किशोर ने सवाल किया ।

“जब मैं कांवड़ यात्रा से लौटा तो मेरी पत्नी गर्भवती थी। मैंने पूछा, 'यह कैसे हुआ? तो विमला ने बताया कि उस यज्ञ के दौरान कुछ ऐसा हुआ, जो उसे भी समझ में नहीं आया। लेकिन अब जब मेरा बेटा पैदा हुआ, तो उसके नाक-नक्श देखकर गाँव के लोग कहने लगे कि वह या तो ग्राम प्रधान दलपत सिंह की औलाद है या महन्त की । ये सब सुन-सुनकर मैं पागल हो गया वकील साहब । आखिर कोई पति यह कैसे बर्दाश्त कर सकता है कि उसकी पत्नी के गर्भ से पैदा होने वाला बेटा किसी और की नाजायज औलाद है । “ बताते- बताते कलुआ रोने लगता है ।

“यह बहुत गंभीर आरोप है । क्या आपके पास इसका कोई प्रमाण है?” जज साहब कलुआ से पूछते हैं ।

"माई-बाप, प्रमाण तो मेरे पास नहीं, लेकिन पूरे गाँव के लोग जानते हैं कि मैं उस समय गाँव में था ही नहीं और मेरे बेटे की शक्ल या तो प्रधान जी या फिर महन्त जी से काफी मिलती है ।"

एडवोकेट किशोर ने कलुआ से पूछा कि –"तो क्या आप यह कह रहे हैं कि आपके बेटे का असली पिता आप नहीं हैं ?"

"जी हाँ, हुजूर! यह बच्चा या तो महन्त जी का है या प्रधान जी का, क्योंकि यह सब उसी फर्जी यज्ञ के दौरान हुआ था।" कलुआ अपने आँसू पोंछते हुए कहता है ।

अदालत में हलचल मच जाती है। लोग आपस में कानाफूसी करने लगते हैं। जज साहब हथौड़ा बजाकर शांति बनाए रखने का आदेश देते हैं-"शांति बनाए रखें! एडवोकेट किशोर, क्या आपके पास इस दावे को साबित करने के लिए कोई और साक्ष्य है ?"

"जी माननीय न्यायाधीश महोदय, हमारे पास सच जानने के लिए डीएनए टेस्ट के अलावा कोई और रास्ता नहीं बचा है लिहाजा हम इस मामले में डीएनए टेस्ट की माँग करते हैं ताकि अदालत को यह पता चल सके कि बच्चा वास्तव में किसका है ?"

इसी बीच बचाव पक्ष के वकील आदित्य प्रताप सिंह जवाब देते हुए कहते हैं –"माननीय न्यायाधीश, यह आरोप बिल्कुल बेबुनियाद है । बिना किसी ठोस सबूत के किसी पर इस तरह का लांछन लगाना उचित नहीं है । महन्त जी और ग्राम प्रधान दलपत सिंह एक प्रतिष्ठित व्यक्ति हैं । केवल शक के आधार पर उन पर उंगली उठाना गलत होगा ।"

"यह अदालत किसी भी व्यक्ति की प्रतिष्ठा की रक्षा करने के लिए प्रतिबद्ध है, लेकिन अगर कोई निर्दोष महिला और उसके पति को अन्याय का सामना करना पड़ा है, तो हमें सच जानने का हक भी है। डीएनए टेस्ट इस मामले में सबसे अच्छा विकल्प होगा।"

(जज साहब कुछ देर के लिए सोचते हैं और फिर निर्णय सुनाते हैं ।)

“इस अदालत का आदेश है कि बच्चे का डीएनए टेस्ट करवाया जाए। साथ ही प्रधान दलपत सिंह और महन्त के भी सैंपल लेकर डीएनए टेस्ट किए जाएँ। यदि परीक्षण से यह सिद्ध होता है कि बच्चा महन्त या प्रधान का है, तो उनके विरुद्ध कड़ी कानूनी कार्यवाही की जाएगी और बच्चे को उसके हक दिलवाकर उसका कानूनी संरक्षक तय किया जाएगा ।”

“अगली सुनवाई तक यह अदालत बर्खास्त की जाती है और तब तक दोनों पक्ष अपने-अपने सबूत प्रस्तुत कर सकते हैं ।”

अदालत में शोरगुल मच जाता है। ग्राम प्रधान दलपत सिंह के चेहरे पर चिंता की लकीरें उभर आती हैं। विमला अपनी आँखों में आँसू लिए अपने पति को देखती है, जबकि कलुआ को अब भी विश्वास नहीं हो रहा कि उसके साथ इतना बड़ा धोखा हुआ है ।

पढ़ते रहिए, अगले भाग में आप पढ़ेंगे कि अदालत में सुनवाई के दौरान न्यायाधीश पुलिस अधीक्षक को क्यों डाँटते हैं ?

भाग 65 : पुलिस अधीक्षक को क्यों पड़ी अदालत में डाँट ?

आज अदालत में अर्पिता केस की अगली सुनवाई होनी है । अदालत मिडिया कर्मियों और जनता से खचाखच भरी हुई है । अदालत में ग्राम प्रधान दलपत सिंह और महन्त के साथ कलुआ और उसके बेटे की डीएनए टेस्ट की रिपोर्ट प्रस्तुत होनी है । अदालत में भारी भीड़ है, हर किसी की नजरें न्यायाधीश के आसन पर टिकी हैं । पुलिस अधीक्षक अपने अधीनस्थ अधिकारियों के साथ न्यायाधीश के सामने खड़े हैं । अभियोजन पक्ष के वकील किशोर और बचाव पक्ष के वकील आदित्य प्रताप सिंह अपनी-अपनी जगहों पर हैं। प्रधान दलपत सिंह कटघरे में खड़े हुए हैं ।

इसी बीच सहायक की आवाज़ गूंजती है –"माननीय न्यायाधीश महोदय पधार चुके हैं। कृपया सभी खड़े हो जाएं ।"

सभी खड़े होते हैं, जज साहब अपनी कुर्सी पर बैठते हैं, फिर सभी बैठ जाते हैं ।

जज साहब आसन पर बैठते हुए पुलिस अधीक्षक से सवाल करते हुए कहते हैं -"अर्पिता केस की सुनवाई प्रारंभ की जाए। पुलिस अधीक्षक महोदय, क्या आपने महन्त और अन्य संदिग्धों की डीएनए रिपोर्ट प्रस्तुत करने की प्रक्रिया पूरी कर ली ?"

एस.पी. हिचकिचाते हुए जज साहब के सवाल का जवाब देते हैं – "माननीय न्यायाधीश महोदय, हमने ग्राम प्रधान दलपत सिंह की डीएनए रिपोर्ट प्राप्त कर ली है, जो हम प्रस्तुत कर रहे हैं । लेकिन... लेकिन महन्त अभी विदेश में हैं, और उनका डीएनए सैंपल इकट्ठा नहीं किया जा सका।"

एसपी का जवाब सुनकर भीड़ में खुसुर-फुसुर होने लगती है, मीडिया के कैमरे एसपी की ओर घूम जाते हैं । जज साहब की भौंहें तन जाती हैं और वे एसपी को फटकार लगाते हुए कहते हैं - "एसपी साहब, क्या यह आपका कर्तव्य नहीं था कि सभी संदिग्धों के डीएनए सैंपल समय पर जमा करें ? महन्त कोई सामान्य नागरिक नहीं, बल्कि इस मामले में महत्वपूर्ण पात्र हैं । आपने इसे हल्के में कैसे ले लिया ?"

एस.पी. संकोच से जवाब देते हुए कहते हैं –"सर, हमने पूरी कोशिश की, लेकिन महन्त विदेश गए हुए हैं, और हमें उनका डीएनए सैंपल प्राप्त करने में कठिनाई हो रही थी।"

जज साहब गुस्से में फिर एसपी को डांटते हुए कहते हैं –"तो क्या अपराधी अगर विदेश भाग जाए, तो आपकी जिम्मेदारी समाप्त हो जाती है ? आप चाहें तो अंतरराष्ट्रीय एजेंसियों की मदद ले सकते थे ! इन्टरपोल और अन्य एजेंसियों का सहारा लिया जा सकता था,

लेकिन आपने कोई ठोस प्रयास नहीं किया। मैं आपको कड़ी चेतावनी देता हूँ, एसपी साहब। अगर अगली सुनवाई तक महन्त को गिरफ्तार कर पेश नहीं किया गया, तो आपको भी इस लापरवाही के लिए जवाब देना होगा।"

(अदालत में सन्नाटा छा जाता है। एसपी सिर झुका लेते हैं।)

इसी बीच अर्पिता के वकील किशोर इस सन्नाटे को तोड़ते हुए कहते हैं –"माननीय न्यायाधीश महोदय, महन्त इस मामले के मुख्य संदिग्धों में से एक हैं। अगर उनका डीएनए सैंपल उपलब्ध नहीं होता है, तो केस की निष्पक्षता प्रभावित हो सकती है। हम पुलिस विभाग को कड़ी चेतावनी देने की अपील करते हैं ताकि वे अपनी जिम्मेदारी निभाएं और जवाबदेह बने।"

बचाव पक्ष के वकील आदित्य प्रताप सिंह जवाब देते हुए कहते हैं- "माननीय न्यायाधीश महोदय, बिना महन्त की डीएनए टेस्ट की रिपोर्ट के, उनके खिलाफ बोलना और किसी भी तरह का निष्कर्ष निकालना अनुचित होगा। यह भी संभव है कि वे निर्दोष हों, और सिर्फ उनके विदेश में होने से उन्हें अपराधी मान लेना न्याय के विरुद्ध होगा।"

बचाव पक्ष के वकील अदित्य प्रताप सिंह की दलील पर न्यायाधीश महोदय प्रतिक्रिया व्यक्त करते हुए कहते हैं –"न्यायालय किसी के साथ अन्याय नहीं करेगा। लेकिन, कानून से बचने के लिए किसी का लम्बे समय तक विदेश में ही रहना भी संदेह उत्पन्न करता है।"

भीड़ में हलचल होती है,लोग फुसफुसाने लगते हैं। कुछ लोग न्यायाधीश के फैसले की सराहना करते हैं, तो कुछ महन्त के विदेश भागने पर नाराजगी जताते हैं। मीडिया रिपोर्टर कैमरे में यह सब कैद कर रहे हैं।

इसी बीच जज साहब डायस पर हथौड़ा बजाते हुए कहते हैं–"ऑर्डर, ऑर्डर शान्ति बनाए रखें। न्यायालय आदेश देता है कि महन्त ,

मौलवी और पादरी को शीघ्र गिरफ्तार कर भारत लाया जाए । इसके लिए विदेश मंत्रालय और अंतरराष्ट्रीय एजेंसियों की मदद ली जाए। अगली सुनवाई में यदि पुलिस विभाग इस मामले में प्रगति रिपोर्ट प्रस्तुत करने में असफल रहता है, तो उनके खिलाफ अनुशासनात्मक कार्रवाई की जाएगी।" एसपी मजबूरन सिर हिलाकर सहमति देते हैं।

जज साहब अदालत की कार्यवाही स्थगित करते हुए कहते हैं – "अगली सुनवाई एक सप्ताह बाद होगी। तब तक, पुलिस इस मामले में ठोस कार्यवाही करके रिपोर्ट प्रस्तुत करे। अदालत अब स्थगित की जाती है।"

अदालत में हलचल शुरू हो जाती है, लोग आपस में चर्चा करने लगते हैं। मीडिया चैनलों पर "महन्त की गिरफ्तारी पर बड़ा आदेश" जैसी ब्रेकिंग न्यूज़ चलने लगती है । एसपी तेजी से कोर्ट रूम से बाहर निकलते हैं, शायद अपने अधिकारियों से इस मामले पर चर्चा करने के लिए जाते हैं ।

पढ़ते रहिए, अगले भाग में आप पढ़ेंगे कि क्या पुलिस अधीक्षक महन्त , मौलवी और पादरी को विदेश से गिरफ़्तार करके अदालत में पेश करने में सफल हो पाते हैं ?

भाग 66 :क्या अर्पिता केस के दोषी होंगे गिरफ़्तार ?

पुलिस अधीक्षक (एस.पी). अदालत द्वारा लगाई गई फटकार से विचलित हो उठते हैं। वे सारे प्रकरण से अपने उच्चाधिकारियों को अवगत करवाते हैं और महन्त , मौलवी तथा पादरी को विदेश से गिरफ्तार करने की योजना बनाते हैं ।

पुलिस मुख्यालय में पुलिस अधीक्षक (एस.पी). अपने कार्यालय में चिंतित बैठे हैं । उनके चेहरे पर अदालत की फटकार का असर साफ़ दिख रहा है। तभी इंस्पेक्टर शेखर अंदर आते हैं और कहते हैं –"सर, आप बहुत परेशान लग रहे हैं । क्या अदालत में सुनवाई ठीक से नहीं हुई ?"

पुलिस अधीक्षक गहरी सांस लेते हुए जवाब देते हुए कहते हैं- "शेखर, अदालत ने हमारी जांच प्रक्रिया पर गंभीर सवाल उठाए हैं। न्यायाधीश महोदय ने कहा कि हम अब तक मुख्य अभियुक्तों को गिरफ्तार नहीं कर पाए हैं, जबकि सारे सबूत हमारे पास हैं।"

"सर, महन्त , मौलवी और पादरी, ये तीनों अभी भी विदेश में छिपे हुए हैं। लेकिन क्या अदालत ने इस बात का संज्ञान लिया कि वे हमारे अधिकार क्षेत्र से बाहर हैं ?" इंस्पेक्टर शेखर पुलिस अधीक्षक को सांत्वना देते हुए कहते हैं ।

"यही तो परेशानी है, शेखर ! अदालत को केवल न्याय चाहिए, वह यह नहीं देखती कि हमें किन चुनौतियों का सामना करना पड़ रहा है।" पुलिस अधीक्षक अपने माथे का पसीना पोंछते हुए कहते हैं । तभी पुलिस अधीक्षक का फोन बजता है । कॉल डी.आई.जी. रणधीर चौहान का होता है । वे पुलिस अधीक्षक साहब और इंस्पेक्टर को अपने कार्यालय में तुरन्त हाज़िर होने को कहते हैं । पुलिस अधीक्षक साहब अपनी गाड़ी से डी.आई.जी. के कार्यालय के लिए रवाना हो

जाते हैं। वहाँ डी.आई.जी. रणधीर के साथ महासचिव संजय मेहरा,सीबीआई अधिकारी राघव पहले से ही मौजूद थे और अदालत की नाराज़गी के बारे में ही गहन विमर्श कर रहे थे।

डी.आई.जी. चुप्पी तोड़ते हुए कहते हैं कि–"एस.पी. साहब , अदालत ने जिस तरह से पुलिस प्रशासन को लताड़ लगाई है, उससे विभाग की छवि खराब हो रही है । यह मामला अब सिर्फ कानून व्यवस्था तक सीमित नहीं है, बल्कि हमारी साख का भी सवाल बन गया है।"

पुलिस अधीक्षक, डीआईजी के सवाल का जवाब देते हुए कहते हैं – "सर, हम पूरी कोशिश कर रहे हैं, लेकिन तीनों आरोपी विदेशी सरजमीं पर हैं। हमें उनके प्रत्यर्पण की अनुमति चाहिए ।"

पुलिस अधीक्षक और डीआईजी की बात का जवाब देते हुए महासचिव संजय मेहरा चिंतित स्वर में कहते हैं-"यह मामला अंतरराष्ट्रीय स्तर पर संवेदनशील है। हमें राजनयिक तरीके अपनाने होंगे ।"

बातचीत में हस्तक्षेप करते हुए सीबीआई अधिकारी राघव ने कहा – "हमारे पास दो विकल्प हैं – या तो हम इंटरपोल की मदद लें या फिर उन तीनों अभियुक्तों को गुप्त अभियान के तहत गिरफ्तार करें।"

डीआईजी रणधीर कुछ सोचते हुए जवाब देते हैं - "गुप्त अभियान का जोखिम अधिक है । अगर मिशन विफल हुआ तो अंतरराष्ट्रीय स्तर पर हमारी बदनामी होगी ।"

पुलिस अधीक्षक, डी.आई.जी. रणधीर की बात का जवाब देते हुए कहते हैं–"सर, लेकिन अगर हम इंटरपोल के जरिए जाएंगे, तो कानूनी प्रक्रिया लंबी हो जाएगी। अदालत इतनी प्रतीक्षा नहीं करेगी ।"

महासचिव संजय मेहरा बीच का रास्ता सुझाते हुए कहते हैं कि - "हमें एक कूटनीतिक योजना बनानी होगी। संबंधित देश की सरकारों से संपर्क करना होगा।"

सीबीआई अधिकारी राघव, महासचिव संजय मेहरा की बात का जवाब देते हुए कहते हैं कि –"हमारे पास सूचना है कि महन्त, मौलवी और पादरी अमेरिका के शिकागो शहर में ही कहीं छिपे हुए हैं। ये तीनों एक तथाकथित विश्व व्यापी धर्म संसद में भाग लेने गए हुए थे।"

पुलिस अधीक्षक, सीबीआई अधिकारी राघव की बात का जवाब देते हुए कहते हैं-"तो हमें अमेरिका की सरकार से सहयोग लेना होगा। क्या हमारी एजेंसियों के पास ठोस प्रमाण हैं ?"

इंस्पेक्टर शेखर, पुलिस अधीक्षक की बात का जवाब देते हुए कहते हैं –"हाँ सर, हमने इनकी बैंक ट्रांजैक्शन, कॉल रिकॉर्ड और पिछले ठिकानों की पूरी जानकारी जुटा ली है।"

डी.आई.जी. रणधीर निर्णय लेते हुए जवाब देते हैं–"ठीक है, इन्टरपोल के साथ समन्वय स्थापित किया जाए। साथ ही, एक विशेष दल को तैयार किया जाए जो जरूरत पड़ने पर शिकागो शहर में जाकर स्थानीय पुलिस के सहयोग से कार्रवाई कर सके।"

महासचिव संजय मेहरा सहमत होते हुए बोले- "मैं विदेश मंत्रालय से बात करूंगा ताकि हमें कूटनीतिक सहायता मिल सके।" पुलिस अधिकारी इंटरपोल और विदेश मंत्रालय के साथ मिलकर महन्त ,मौलवी और पादरी की गिरफ्तारी के लिए मिशन चलाते हैं।

भाग 67 : क्या था मिशन मुक्ति ?

अदालत की नाराज़गी और फटकार के बाद पूरा पुलिस महकमा महन्त , पादरी और मौलवी की गिरफ्तारी के लिए सतर्क हो जाता है । एसपी, इंस्पेक्टर और सीबीआई अधिकारी इंटरपोल के साथ मिलकर खुफिया एजेंसी की मदद से अमेरिका के शिकागो शहर सहित सभी बड़े और छोटे शहरों में जाल बिछा देते हैं ।

इस पूरे मिशन को "मिशन मुक्ति" नाम दिया गया था । मिशन मुक्ति को भारत का गृह मंत्रालय और पुलिस के आला अधिकारी कोऑर्डिनेट कर रहे थे । भारतीय समयानुसार ठीक रात के बारह बजे वायरलेस पर सी.बी.आई. अधिकारी की आवाज़ आती है-"हेलो मिशन मुक्ति.....मिशन मुक्ति....!"

तभी दूसरी तरफ से भारत के गृह मंत्रालय से एक आला अफसर कॉल को अटेंड करते हुए कहता है –"यस मिशन मुक्ति.....मिशन मुक्ति....! क्या ख़बर है?"

"सर शिकागो के ही एक चर्च में पादरी के ठिकाने की पुष्टि हो गई है। शिकागो पुलिस ने हमारे अनुरोध पर उसे हिरासत में ले लिया है।" सीबीआई अधिकारी ने खुशी से बताते हुए कहा। "अच्छी खबर ऑफिसर! आप शिकागो पुलिस के साथ कोऑर्डिनेट कीजिए और आग्रह कीजिए कि वह पादरी को आपके हवाले करते हुए भारत भेजने का प्रबन्ध करें ।" गृह मंत्रालय के अधिकारी ने निर्देश देते हुए कहा ।

"ओके सर मैं आपके इंस्ट्रक्शन फॉलो करते हुए पादरी को अपनी हिरासत में लेने की प्रक्रिया शुरू करता हूँ ।"

इसी के साथ वायरलेस पर फिर से दूसरी कॉल आती है –"हेलो मिशन मुक्ति.....मिशन मुक्ति....! मैं इंस्पेक्टर शेखर अमेरिका के शिकागो शहर से बोल रहा हूँ सर !"

"यस मिशन मुक्ति...मिशन मुक्ति..! क्या ख़बर है?" दूसरी तरफ से फिर गृह मंत्रालय के अधिकारी की आवाज़ आती है ।

"महन्त को गिरफ्तार कर लिया गया है सर , वह शिकागो से भागकर अमेरिका के ही एक छोटे से शहर टोरेंटो के किसी पुराने आश्रम में छिपा था। उसे अमेरिका की स्थानीय पुलिस ने हिरासत में ले लिया है ।" इंस्पेक्टर शेखर ने एक ही सास में पूरी ख़बर बताते हुए कहा ।

"अच्छी खबर ऑफिसर ! आप टोरेंटो की स्थानीय पुलिस के साथ कोऑर्डिनेट कीजिए और आग्रह कीजिए कि वह महन्त को भी आपके हवाले करते हुए भारत भेजने का प्रबन्ध करें। पादरी को भी शिकागो की पुलिस ने हिरासत में ले लिया है ।" गृह मंत्रालय के अधिकारी ने निर्देश देते हुए कहा।

"ओके सर मैं आपके इंस्ट्रक्शन फॉलो करते हुए महन्त को अपनी हिरासत में लेने की प्रक्रिया शुरू करता हूँ ।" इंस्पेक्टर शेखर कहते हुए कॉल डिस्कनेक्ट कर देता है ।

इसी बीच फिर से वायरलेस पर गंभीर स्वर में आवाज़ आती है-"हेलो मिशन मुक्ति.....मिशन मुक्ति....! मैं एसपी अमेरिका के फ्लोरिडा स्टेट से बात कर रहा हूँ सर !"

"यस मिशन मुक्ति.....मिशन मुक्ति....! क्या ख़बर है एसपी ?" दूसरी तरफ से फिर गृह मंत्रालय के अधिकारी की आवाज़ आती है ।

पुलिस अधीक्षक ख़बर सुनाते हुए कहता है -"मौलवी सबसे शातिर निकला सर। वह गिरफ्तारी से बचने के लिए बार-बार ठिकाने बदल

रहा था,लेकिन इंटरपोल और फ्लोरिडा पुलिस की मदद से हमने उसे भी पकड़ लिया है ।”

“शाबाश एसपी, आखिरकार तीनों मुल्जिम अब हमारी गिरफ्त में आ ही गए। एक बात का विशेष खयाल रखना कि जब तक तीनों मुल्जिम भारत ना पहुँच जाए तब तक किसी भी मीडिया या चैनल को इन तीनों की गिरफ्तारी की ख़बर नहीं मिलनी चाहिए। अन्यथा आप जानते हैं कि भारत में धर्म के तथाकथित ठेकेदार कुछ ज़्यादा ही सक्रिय हैं । ये लोग तुरन्त ही सड़कों पर इन तीनों अभियुक्तों को रिहा करने के मोर्चे निकालने लगेंगे।” गृह मंत्रालय के अधिकारी ने एसपी को समझाते हुए कहा ।

“श्योर सर ! आपकी इस हिदायत का पूरा पालन किया जाएगा । हम लोग अमेरिकी सरकार और ट्राय के साथ मिलकर प्रबंध कर रहे हैं कि अमेरिका के भी किसी मीडिया पर यह ख़बर लीक नहीं हो पाए।” एसपी ने गृह मंत्रालय के अधिकारी को आश्वस्त करते हुए कहा ।

सभी भारतीय पुलिस अधिकारी और अमेरिकी सरकार मिलकर मिशन मुक्ति को कामयाब करने में कोई कोर कसर नहीं छोड़ते हैं । अमेरिकी पुलिस इस मिशन मुक्ति के मसले को समझकर भारतीय पुलिस को पूरा सहयोग करती है और तीनों मुलजिमों को गिरफ़्तार करके भारतीय पुलिस के हवाले करने के साथ ही उन्हें सुरक्षित तरीके से भारत तक भेजने का भी पूरा प्रबन्ध करती है ।

अमेरिकी सरकार और पुलिस प्रशासन की मदद से भारतीय पुलिस महन्त, पादरी और मौलवी को भारत लाने में कामयाब हो जाती हैं परन्तु अभी तक किसी भी मीडिया को इस खबर की भनक तक नहीं लगने दी जाती है ।

भाग 68 : मुल्जिम हुए अदालत में पेश !

पादरी, मौलवी और महन्त को गिरफ़्तार करके भारत लौटने के बाद, अदालत में तीनों की पेशी होती है। न्यायाधीश पुलिस की कार्यशैली पर संतोष व्यक्त करते हैं ।

न्यायालय में जज की कुर्सी पर न्यायाधीश बैठे हैं । पुलिस अधिकारी तीनों आरोपियों को लेकर आते हैं । मिडिया गैलरी में कई पत्रकार बैठे हैं।

जज गंभीर स्वर में कहते हैं –"अदालत की कार्यवाही शुरू की जाए। अभियोजन पक्ष अपना मामला पेश करे।"

अर्पिता के वकील किशोर खड़े होते हुए कहते हैं –"महोदय, यह एक अत्यंत संवेदनशील मामला है। ये तीनों मुल्जिम जिनमें पादरी और मौलवी बाल यौन शोषण करने और महन्त देवदासी प्रथा को बढ़ावा देने, महिलाओं का शोषण करने के आरोप में वांछित थे । मगर ये तीनों धर्म संसद में भाग लेने के बहाने पूर्व नियोजित योजना के तहत अमेरिका भाग गए थे । भारतीय पुलिस ने कड़ी मशक्कत के बाद अमेरिकी पुलिस की मदद से इन्हें गिरफ्तार किया और भारत लाया गया ।"

ग्राम प्रधान दलपत सिंह और महन्त की तरफ से पैरवी कर रहे वकील आदित्य प्रताप सिंह आपत्ति जताते हुए कहते हैं कि- "माननीय न्यायालय, अभियोजन पक्ष यह स्पष्ट करे कि अमेरिका में गिरफ्तारी कैसे हुई ? क्या वहाँ की अदालत से प्रत्यर्पण की अनुमति ली गई थी ?"

पुलिस अधिकारी स्पष्ट करते हुए कहते हैं कि–"हाँ , हमने सभी कानूनी प्रक्रियाओं का पालन किया है। अमेरिका की अदालत ने

हमारे साक्ष्यों को पर्याप्त माना और कानूनी तरीके से इन तीनों मुलजिमों को हमें सौंप दिया।"

अर्पिता के वकील किशोर आगे बढ़ते हुए कहते हैं कि –"माननीय जज महोदय, हमारे पास प्रमाण हैं कि इन तीनों ने वो अपराध किया है जिससे कई मासूम बच्चों, नाबालिग लड़कियों को हमेशा के लिए मनौवैज्ञानिक रूप से कमज़ोर बना दिया। इनके कुकृत्यों से इनका जीवन बर्बाद हो गया।"

अदालत में बैठी भीड़ कानाफूसी शुरू कर देती है। तभी जज साहब डायस पर हथौड़ा बजाते हुए कड़े स्वर में कहते हैं कि–"अभियोजन पक्ष अपने सबूत प्रस्तुत करें।"

अर्पिता के वकील किशोर सीसीटीवी फुटेज, सोशल मीडिया पोस्ट और गुप्त रिकॉर्डिंग पेश करते हुए जज साहब की तरफ बढ़ाते हैं। इसी बीच अदालत के बाहर मीडिया रिपोर्टर लाइव रिपोर्टिंग कर रहे हैं।

एक पत्रकार रिपोर्टिंग करते हुए कहता है- "दर्शकों, यह एक बड़ी खबर है ! भारत सरकार ने गुप्त अभियान चलाकर इन व्यभिचार में लिप्त महंत, पादरी और मौलवी को अमेरिका से गिरफ्तार किया है।"

दूसरा पत्रकार उत्साहित स्वर में कहता है- "बिल्कुल! अब सवाल उठता है कि सरकार ने इस खबर को इतने दिनों तक मीडिया से क्यों छिपाया? क्या कोई राजनीतिक दबाव था ?"

इस बीच अदालत की कार्यवाही जारी रहती है। ग्राम प्रधान दलपत सिंह और महन्त के वकील आदित्य प्रताप सिंह बचाव करते हुए कहते हैं – "माननीय न्यायालय, मेरे मुवक्किल निर्दोष है। उनके खिलाफ कोई प्रत्यक्ष सबूत नहीं है कि उन्होंने बच्चों का यौन शोषण किया है या फिर महन्त जी ने देवदासी प्रथा को बढ़ावा दिया है ।"

अर्पिता के वकील किशोर जोश में कहते हैं कि - "लेकिन हम अदालत के समक्ष सभी तथ्य और ठोस सबूत पेश कर चुके हैं। जिनसे साबित होता है कि महन्त , मौलवी और पादरी सहित तीनों ही इस केस में दोषी हैं और अदालत से दरख्वास्त है कि इन तीनों को कड़ी से कड़ी सजा दी जाए।"

पुलिस अधिकारी भी सबूत दिखाते हुए कहते हैं कि –"महोदय, हमारे पास इन तीनों मुलजिमों की सोशल मीडिया चैट्स और कॉल रिकॉर्ड्स हैं, जिनमें ये तीनों गुप्त रूप से नाबालिगों और युवतियों के शोषण की योजना बनाते पाए गए हैं।"

जज गंभीरता से कहते हैं–"अदालत इन सबूतों को स्वीकार करती है।" तीनों आरोपी आपस में फुसफुसाते हैं। पादरी गुस्से में आकर कहता है–"हमें फंसाया जा रहा है !"

मौलवी भी चिल्लाते हुए कहता है –"यह राजनीतिक षड्यंत्र है!"

महन्त भी आशंकित स्वर में कहता है कि–"हमें बचाया जाएगा, हमारे लोग चुप नहीं बैठेंगे ।"

सभी पक्षों की दलीलें सुनने के बाद जज अपना फैसला सुनाने के लिए तैयार होते हैं और कहते हैं-"सभी पक्षों की दलीलें सुनने के बाद, अदालत इस नतीजे पर पहुंची है कि प्रथम दृष्टया अभियुक्तों के खिलाफ पर्याप्त सबूत हैं। अदालत इन्हें न्यायिक हिरासत में भेजने का आदेश देती है और अगली सुनवाई की तारीख तय करती है ।"

अदालत में हलचल मच जाती है । मिडिया बाहर खबर प्रसारित करने दौड़ती है । न्यूज चैनलों पर बहस शुरू हो रही है ।

एक पत्रकार कहता है-"क्या सरकार ने सही किया ? या फिर यह राजनीतिक स्टंट है?"

न्यूज चैनल पर बैठे विशेषज्ञ अपनी राय व्यक्त करते हुए कहते हैं-"कानून को अपना काम करने देना चाहिए। अगर ये दोषी हैं, तो सजा मिलनी चाहिए।"

पुलिस अधिकारी अपने वरिष्ठ अधिकारी से बात कर रहे हैं और कहते हैं कि-"यह केस बहुत संवेदनशील है। हर कदम सावधानी से उठाना होगा।"
वरिष्ठ पुलिस अधिकारी जवाब देते हुए कहते हैं कि- "न्याय होगा, चाहे कोई कितना भी प्रभावशाली क्यों न हो ।"
अंधेरे में चमकती पुलिस् की गाड़ी केस की गंभीरता को दर्शा रही है।
पढ़ते रहिए,अगले भाग में आप पढ़ेंगे कि अदालत महन्त,पादरी और मौलवी को क्या सजा सुनाती है और कलुआ के बेटे का असल पिता कौन निकलता है ?

भाग 69 : मुलजिमों को न्यायिक हिरासत में भेजा गया !

अदालत में अर्पिता केस की सुनवाई लगातार जारी थी। महन्त , पादरी और मौलवी के खिलाफ नाबालिगों और युवतियों के यौन शोषण के गम्भीर आरोपों के सिद्ध होने के बाद अदालत ने तीनों मुलजिमों को न्यायिक हिरासत में भेज दिया था । आज की सुनवाई के बाद न्यायाधीश महोदय तीनों मुलजिमों की सजा का फैसला सुनाने वाले हैं। अदालत मिडिया कर्मियों, जनता और पुलिस से खचाखच भरी हुई है। सभी को तीनों मुलजिमों के लिए सुनाई जाने वाली सजा का इन्तजार है ।
अदालत कक्ष, जहाँ सजा सुनाए जाने वाली है । पूरा हॉल खचाखच भरा हुआ है। न्यायाधीश अपनी कुर्सी पर बैठते हैं । सरकारी वकील और बचाव पक्ष के वकील अपनी-अपनी जगह खड़े हैं। तीनों मुलजिम महन्त, पादरी और मौलवी कटघरे में खड़े हैं ।
न्यायाधीश गंभीर स्वर में कहते हैं कि-"अदालत ने इस मामले की गहरी जांच-पड़ताल की है। अभियोजन पक्ष ने सभी आवश्यक सबूत

और गवाह पेश किए हैं। तीनों अभियुक्तों महन्त , पादरी और मौलवी पर धर्म की आड़ में नाबालिगों और युवतियों के यौन शोषण करने और देवदासी प्रथा को बढ़ावा देने के गम्भीर आरोप सिद्ध हो चुके हैं।"

इसी बीच सरकारी वकील दृढ़ आवाज में कहते हैं–"माननीय न्यायालय, यह अपराध केवल पीड़िताओं के खिलाफ नहीं, बल्कि समाज की नैतिकता के खिलाफ भी है । इन तथाकथित धर्मगुरुओं ने आम जनता के विश्वास का घोर दुरुपयोग किया है । ये वे लोग हैं जिन पर श्रद्धालु आँख मूँदकर भरोसा करते थे, लेकिन इन्होंने अपनी पवित्र वेशभूषा के पीछे घृणित अपराधों को छुपाया है ।"

बचाव पक्ष के वकील आदित्य प्रताप सिंह गंभीर स्वर में कहते हैं – "माननीय जज साहब, कोई भी व्यक्ति दोषी सिद्ध होने से पहले निर्दोष माना जाता है। क्या यह संभव नहीं कि ये आरोप पूर्व नियोजित साजिश के तहत लगाए गए हों ? क्या यह भी संभव नहीं कि यह धर्म विशेष को बदनाम करने की चाल हो ?"

न्यायाधीश कटाक्ष भरी दृष्टि डालते हुए कहते हैं कि-"अदालत में धार्मिक पक्षपात के लिए कोई स्थान नहीं है। केवल सबूत और कानून की कसौटी पर दोष सिद्ध होता है।" तीनों मुलजिमों के चेहरे पर तनाव और चिंता स्पष्ट दिखती है ।

इसी बीच अर्पिता गंभीर और भावुक स्वर में दोनों हाथ जोड़कर कहती है कि-"माननीय न्यायाधीश, जब मैंने पहली बार आवाज उठाई थी, तब लोगों ने मुझे ही दोषी ठहराने की कोशिश की थी । लेकिन आज, जब सच्चाई सामने है, तो मैं चाहती हूँ कि ऐसे अपराधियों को कठोर से कठोर सजा मिले, ताकि कोई और लड़की इस दर्द और यातनाओं से न गुजरे।"

अदालत में मौजूद जनता "सजा दो ! सजा दो !" के नारे लगाने लगती है ।

न्यायाधीश हाथ उठाकर और डायस पर हथौड़ा बजाते हुए शांति बनाए रखने का संकेत देते हैं और अपना फैसला सुनाने हुए निर्णायक स्वर में कहते हैं –"यह न्यायालय अभियोजन पक्ष द्वारा प्रस्तुत साक्ष्यों एवं गवाहों के बयानों का सावधानीपूर्वक परीक्षण करने के पश्चात् इस निष्कर्ष पर पहुँचा है कि अभियुक्त महन्त, पादरी तथा मौलवी ने बाल यौन शोषण, बलात्कार एवं विश्वासघात जैसे जघन्य अपराध किए हैं । अदालत ने सभी साक्ष्यों पर विचार किया और पाया है कि -

1. अभियोजन ने पीड़ितों के बयान, चिकित्सीय रिपोर्ट, तथा अन्य प्रत्यक्ष साक्ष्य प्रस्तुत किए, जिनसे यह स्पष्ट हुआ कि अपराध के समय अभियुक्तों की उपस्थिति और उनके कृत्यों का सीधा संबंध था।

2. गवाहों के विवरणों में आपसी संगति और तर्कसंगतता स्पष्ट रूप से प्रदर्शित हुई, जिससे उनकी विश्वसनीयता बढ़ी ।

3. अभियुक्तों के बचाव पक्ष के दावे पर्याप्त प्रमाणित नहीं हुए और वे किसी भी प्रमुख आरोप को नकारने में असफल रहे ।

इसके अतिरिक्त, यह न्यायालय पाता है कि महन्त एवं दलपत सिंह ने घृणित देवदासी प्रथा को बढ़ावा दिया और महिलाओं का यौन शोषण किया । अभियोजन द्वारा प्रस्तुत साक्ष्यों एवं गवाहों के आधार पर यह आरोप संदेह से परे सिद्ध हुए । अतः अदालत निम्नलिखित निर्णय सुनाती है-

1. अभियुक्त महन्त तथा पूर्व ग्राम प्रधान दलपत सिंह को भारतीय न्याय संहिता, 2023 की धारा 64 (बलात्कार के लिए दण्ड) के अंतर्गत दोषसिद्ध पाकर सश्रम आजीवन कारावास तथा एक लाख रुपये अर्थदण्ड से दंडित किया जाता है ।

2. अभियुक्तों को भारतीय न्याय संहिता, 2023 की धारा 74 (स्त्री को निर्वस्त्र करने के आशय से आक्रमण या आपराधिक बल

का प्रयोग) के अंतर्गत दोषसिद्ध पाकर पाँच वर्ष का सश्रम कारावास तथा पचास हज़ार रुपये अर्थदण्ड से दंडित किया जाता है।

3. अभियुक्तों को पोक्सो अधिनियम, 2012 की धारा 6 (गंभीर यौन उत्पीड़न) के अंतर्गत दोषसिद्ध पाकर सश्रम आजीवन कारावास तथा दो लाख रुपये अर्थदण्ड से दंडित किया जाता है।

4. सभी सजाएँ साथ-साथ (concurrent) चलेंगी । अर्थदण्ड की राशि पीड़िताओं के पुनर्वास एवं क्षतिपूर्ति हेतु राज्य पीड़ित क्षतिपूर्ति निधि में जमा की जाएगी।

अदालत यह पाती है कि अभियुक्तों के कृत्य न केवल व्यक्तिगत अपराध हैं, बल्कि समाज के नैतिक मूल्यों और महिलाओं की सुरक्षा के लिए गंभीर खतरा हैं। न्याय की भावना और समाज में भय उत्पन्न न होने देने के लिए यह कठोर सजा सुनाई जाती है।

अदालत में तालियों की गड़गड़ाहट गूंज उठती है । मीडिया कैमरे चलाने लगती है। मुलजिमों के चेहरे पर गहरी निराशा और डर उभर आता है। अर्पिता की आँखों में राहत के आँसू आ जाते हैं ।

इसी बीच शान्ति बनाए रखने का निर्देश देते हुए न्यायाधीश महोदय गंभीर स्वर में कहते हैं कि- " यह फैसला समाज को यह संदेश देता है कि कोई भी व्यक्ति, चाहे वह किसी भी पद पर हो, यदि अपराध करेगा तो उसे कानून के कठोर दंड का सामना करना पड़ेगा। न्याय की जीत हुई है । अगली सुनवाई में हम विमला के पति कलुआ द्वारा दायर की गई उस शिकायत पर सुनवाई करेंगे कि डीएनए टेस्ट की रिपोर्ट के आधार पर आखिर कलुआ के बेटे का असली और कानूनी पिता कौन है ? "

इसी के साथ अदालत की आज की कार्यवाही समाप्त होती है ।

पुलिस मुलजिमों को जेल ले जाने के लिए आगे बढ़ती है । जनता और मीडिया कर्मी इस ऐतिहासिक फैसले पर चर्चा करते हुए

अदालत से बाहर निकलते हैं । अर्पिता मुस्कुराते हुए अपने परिवार की ओर बढ़ती है। न्याय की जीत हो चुकी थी ।
पढ़ते रहिए ,अगले भाग में आप पढ़ेंगे कि डीएनए टेस्ट की रिपोर्ट के बारे में क्यों चिन्तित थे अर्पिता और किशोर ?

भाग 70 : क्यों चिन्तित थे अर्पिता और किशोर ?

अर्पिता और उसके वकील किशोर चैंबर में बैठकर चर्चा कर रहे हैं । एडवोकेट किशोर के सहायक रविकांत अर्पिता केस के लिए सुप्रीम कोर्ट की पुरानी नज़ीरे तलाशने और फाइल तैयार करने में व्यस्त हैं । चैंबर में बड़ी-बड़ी अलमारियाँ भरी हुई हैं। फाइलों का ढेर मेज पर रखा है । किशोर कुर्सी पर बैठे हैं और रिपोर्ट पढ़ रहे हैं। अर्पिता चिंतित मुद्रा में बैठी हैं। वह चिंतित स्वर में एडवोकेट किशोर से अपनी शंका का समाधान करते हुए पूछती है –"किशोर, क्या आपको लगता है कि यह डीएनए रिपोर्ट हमारे पक्ष में होगी?"
एडवोकेट किशोर संजीदगी से अर्पिता के सवाल का जवाब देते हुए कहते हैं कि- "विज्ञान कभी झूठ नहीं बोलता अर्पिता । अगर सच्चाई हमारे साथ है, तो रिपोर्ट भी हमारे ही पक्ष में होगी । लेकिन हमें कानूनी तैयारी पूरी रखनी होगी अर्पिता ।"
अर्पिता गहरी सांस लेते हुए कहती है कि- "दलपत सिंह और महन्त ने तो हमेशा अपनी ताकत का दुरुपयोग किया है । मुझे डर है कि वे डीएनए रिपोर्ट के साथ छेड़छाड़ न कर दें ।"
एडवोकेट किशोर मुस्कुराते हुए अर्पिता के सवाल का जवाब देते हुए कहते हैं कि-"तुम्हारी चिंता जायज़ है अर्पिता , लेकिन हमने यह रिपोर्ट कोर्ट के आदेश पर एक निष्पक्ष लैब से करवाई है । कोई भी

छेड़छाड़ आसानी से पकड़ में आ जाएगी । हमें बस अपनी दलीलों को मज़बूत करना है ।"

एडवोकेट किशोर का सहायक रविकांत, जो रिपोर्ट के कुछ कागज़ निकाल रहा था, बातचीत में शामिल होता है और कहता है कि – "सर, रिपोर्ट से जुड़े पिछले केसों की नज़ीर भी मैंने इकट्ठा कर ली है । अगर आरोपी कोई गड़बड़ी करने की कोशिश करेगा, तो हम पहले से तैयार रहेंगे।"

"बहुत बढ़िया, रविकांत । अब हमें केस की पूरी रूपरेखा फिर से देखनी होगी।" एडवोकेट किशोर रविकांत को शाबाशी देते हुए कहते हैं ।

एडवोकेट किशोर केस की फाइल से मुख्य बिन्दु पढ़कर सुनाते हुए अर्पिता से कहते हैं कि-"देखो अर्पिता, हमारे केस में तीन अहम पक्ष हैं- तुम्हारे पिताजी कलुआ का बेटा और तुम्हारा तथाकथित भाई, ग्राम प्रधान दलपत सिंह और मन्दिर का महन्त । यदि डीएनए टेस्ट से यह साबित हो जाता है कि कलुआ का बेटा वास्तव में दलपत सिंह का जैविक पुत्र है, तो इससे उसके सारे झूठ बेनकाब हो जाएंगे और तुम्हारे तथाकथित भाई को सारे कानूनी अधिकार मिलेंगे ।"

एडवोकेट किशोर की बात का जवाब देते हुए अर्पिता कहती हैं कि- "और अगर महन्त का नाम भी रिपोर्ट में आता है तो फिर क्या होगा?"

किशोर गंभीर स्वर में अर्पिता के सवाल का जवाब देते हुए कहते हैं कि-"ऐसा होता है तो यह मामला और पेचीदा हो जाएगा । इससे यह सिद्ध होगा कि गाँव में सिर्फ सत्ता नहीं, बल्कि चरित्रहीनता की भी राजनीति चल रही थी ।"

इसी बीच एडवोकेट किशोर का सहायक रविकांत हस्तक्षेप करते हुए कहता है कि – "सर, अगर दलपत सिंह दोषी साबित हो जाता है, तो भविष्य में उसके प्रधान पद का चुनाव लड़ने पर भी बेन लग

जाएगा और उसकी राजनैतिक हैसियत पर भी पर भी असर पड़ेगा न ?"

"बिल्कुल, अगर वह नैतिक और कानूनी रूप से दोषी पाया गया, तो हमेशा के लिए उसके प्रधान बनने की संभावनाएं ख़त्म हो जाएगी। यह सिर्फ एक पारिवारिक मामला नहीं रहेगा, बल्कि सत्ता के दुरुपयोग का भी बड़ा उदाहरण बनेगा।"

दोनों की बातचीत के दौरान अर्पिता फिर अपनी जिज्ञासा रखते हुए कहती है- "लेकिन किशोर साहब, अगर मेरे पिताजी के तथाकथित बेटे और मेरे भाई का डीएनए दलपत सिंह से मेल नहीं खाता है, तब क्या होगा ?"

"तब भी हमें दूसरी संभावनाओं पर ध्यान देना होगा अर्पिता। कहीं ऐसा तो नहीं कि डीएनए रिपोर्ट में किसी और की सच्चाई छिपी हो ? हो सकता है महन्त का नाम निकले।"

"सर, अगर डीएनए रिपोर्ट में महन्त का नाम सामने आता है, तो यह पूरी धार्मिक सत्ता पर भी सवाल उठाएगा।"

एडवोकेट किशोर का सहायक रविकांत अपनी राय देते हुए कहता है।

"हाँ, और हमें यह भी देखना होगा कि समाज की प्रतिक्रिया क्या होगी। इस केस से कई लोग प्रभावित हो सकते हैं।" रविकांत की राय पर प्रतिक्रिया देते हुए एडवोकेट किशोर कहते हैं।

"वकील साहब, क्या यह केस जीतने के बाद सच में मुझे और मेरे परिवार को न्याय मिलेगा?" अर्पिता संकोच से पूछती है। किशोर थोड़ा रुककर अर्पिता के सवाल का जवाब देते हुए कहते हैं-"देखो अर्पिता, हमारा काम है कोर्ट के समक्ष सत्य को सामने लाना। न्याय सिर्फ कानूनी जीत नहीं, बल्कि समाज की सोच बदलने से भी आता है। अगर यह डीएनए रिपोर्ट दलपत और महन्त के झूठ को उजागर कर देती है, तो यह कई अन्य महिलाओं के लिए भी प्रेरणा बनेगी।

तुम्हें और इस केस से जुड़ी तुम्हारी माँ विमला को दृढ़ निश्चय के साथ कोर्ट में अपना पक्ष रखना होगा ।"

अर्पिता संकल्प के साथ मुट्ठियाँ भींचते हुए कहती है कि-"ठीक है, मैं पूरी हिम्मत से कोर्ट में खड़ी रहूँगी और अपनी माँ को भी इसके लिए तैयार करूंगी।"

रविकांत दस्तावेज़ों को व्यवस्थित कर रहा है । एडवोकेट किशोर केस की फाइल के अंतिम बिंदु पर अर्पिता और अपने सहायक रविकांत के साथ चर्चा करते हुए कहते हैं -"रवि, तुम सभी जरूरी दस्तावेजों की अतिरिक्त प्रतियाँ बना लो । अगर कोर्ट में बहस के दौरान कोई विवाद हुआ, तो हमें तुरंत साक्ष्य प्रस्तुत करने होंगे ।"

"जी सर, मैं अभी कर देता हूँ ।" कहते हुए रविकांत दस्तावेजों की फोटो प्रतियाँ तैयार करने में व्यस्त हो जाता है । अर्पिता किशोर से फिर अपनी शंका का समाधान करते हुए पूछती है–"वकील साहब, मैं कल कोर्ट में क्या कहूँगी ? कुछ मेरी भी तो तैयारी करवा दीजिए प्लीज !"

किशोर अर्पिता के नजदीक जाकर मुस्कुराते हुए कहते हैं-"सिर्फ सच। तुम्हें कोई बनावटी बयान देने की ज़रूरत नहीं । बस अपने हक़ के लिए डटकर खड़ी रहो अर्पिता।" अर्पिता गहरी सांस लेती है और आत्मविश्वास से सिर हिलाती है । चैंबर में एक क्षण के लिए सन्नाटा छा जाता है । बाहर हल्की बारिश शुरू हो गई है ।

किशोर खिड़की से बाहर देखते हुए कहते हैं कि-"कल का दिन हमारे लिए बहुत अहम है, अर्पिता । यह सिर्फ तुम्हारा संघर्ष नहीं, बल्कि पूरे समाज के लिए एक परीक्षा है ।" अर्पिता दृढ़ निश्चय के साथ किशोर के सवाल का जवाब देते हुए कहती हैं–"मैं तैयार हूँ, वकील साहब । सच की जीत जरूर होगी ।" एडवोकेट किशोर के चैंबर में एक नई ऊर्जा फैल जाती है। सब अपनी-अपनी तैयारियों में जुट जाते

हैं, जबकि कोर्ट में कल होने वाली सुनवाई की घड़ी नज़दीक आ रही है ।

भाग 71 : क्या निकला डीएनए रिपोर्ट का सच ?

डीएनए टेस्ट के आधार पर आखिर कलुआ के तथाकथित बेटे का असली पिता कौन है ? इस मुद्दे पर आज अदालत में सुनवाई होनी है । अदालत में सन्नाटा छाया हुआ है। सभी लोग इस फैसले के इंतजार में हैं कि आखिर विमला के बेटे का असली पिता कौन है । न्यायाधीश अपने आसन पर बैठते हैं और गवाहों तथा वकीलों को बहस शुरू करने का संकेत देते हुए कहते हैं कि-“अदालत की कार्यवाही शुरू की जाए । बचाव पक्ष और अभियोजन पक्ष, दोनों अपने तर्क रखें ।”

जज साहब की आज्ञा मिलते ही अर्पिता के वकील किशोर अपना पक्ष रखते हुए कहते हैं कि-“योऑनर, इस मामले में डीएनए टेस्ट की रिपोर्ट अदालत के समक्ष प्रस्तुत कर दी गई है । रिपोर्ट स्पष्ट रूप से यह बताती है कि दलपत सिंह ही इस बच्चे के जैविक पिता हैं । इसके बावजूद वे इस बच्चे को अपनाने से इन्कार कर रहे हैं । यह सरासर अन्याय है ।”

एडवोकेट किशोर की दलील का जवाब देते हुए बचाव पक्ष के वकील आदित्य प्रताप सिंह कहते हैं कि-“माननीय न्यायालय, डीएनए रिपोर्ट केवल वैज्ञानिक प्रमाण हो सकता है, लेकिन यह कोई पूर्ण प्रमाण नहीं है कि दलपत सिंह ने विमला के साथ असहमति से संबंध बनाए थे । यह भी देखा जाना चाहिए कि यह रिपोर्ट कैसे और किन परिस्थितियों में तैयार की गई?”

अर्पिता के वकील किशोर गंभीर स्वर में जवाब देते हुए कहते हैं कि-"आप कहना क्या चाहते हैं, वकील साहब ? क्या आप विज्ञान को झूठा साबित करना चाहते हैं ? क्या डीएनए टेस्ट से अधिक सटीक प्रमाण कोई और हो सकता है ?"

"मैं सिर्फ यह कह रहा हूँ कि यह मामला सिर्फ डीएनए टेस्ट तक सीमित नहीं है । मेरा मुवक्किल एक प्रतिष्ठित व्यक्ति है, ग्राम प्रधान है । उसे राजनीतिक और व्यक्तिगत दुश्मनी के चलते फँसाने की साजिश हो सकती है।" बचाव पक्ष के वकील आदित्य प्रताप सिंह अपने मुवक्किल का बचाव करते हुए कहते हैं ।

बचाव पक्ष के वकील आदित्य प्रताप सिंह की बात का जवाब देते हुए न्यायाधीश सख्त लहजे में कहते हैं कि-"अदालत में भावनाओं के आधार पर तर्क न दिए जाएँ। केवल प्रमाणों पर ही विचार किया जाएगा ।"

इसी बीच अर्पिता के वकील किशोर, जज साहब की अनुमति से कलुआ की पत्नी विमला को गवाही के लिए कटघरे में बुलाते हैं और सवाल करते हैं कि-"विमला, अदालत में सच-सच बयान दो । क्या दलपत सिंह ही इस बच्चे के पिता हैं ?"

विमला घबराई हुई खड़ी होती है । वह धीमे स्वर में जवाब देते हुए कहती है -"हाँ, गर्भ धारण यज्ञ के बहाने महन्त के सहयोग से ग्राम प्रधान दलपत सिंह ने मेरा शारीरिक शोषण किया था । उसी का परिणाम यह बच्चा है। ग्राम प्रधान दलपत सिंह ही इस बच्चे के पिता हैं ।"

विमला के बयान पर क्रॉस एग्जामिन करते हुए बचाव पक्ष के वकील आदित्य प्रताप सिंह आश्चर्य से पूछते हैं–"लेकिन पहले आपने कहा था कि यह बच्चा कलुआ का बेटा है !"

विमला आँखों में आए आँसू पोंछते हुए कहती है कि-"हाँ, मैंने पहले झूठ बोला था, क्योंकि मैं डर गई थी । दलपत सिंह गाँव का प्रधान

है। मुझे डर था कि कहीं वह मुझ पर और मेरे बेटे पर कोई अत्याचार न करे।"

न्यायाधीश बीच में हस्तक्षेप करते हुए गंभीरता से पूछते हैं कि- "क्या आपको किसी ने धमकाया था कि आप झूठा बयान दें ?"

"जी हाँ, मुझे गाँव के कुछ लोगों ने कहा था कि मैं कलुआ का नाम ले लूँ, ताकि प्रधान साहब पर कोई आंच न आए। लेकिन अब मैं सच कह रही हूँ।" विमला सख्त लहज़े में जवाब देती है।

न्यायाधीश महोदय विमला का बयान सुनकर डीएनए रिपोर्ट को गौर से देखते हैं। अदालत में सन्नाटा छा जाता है ।

न्यायाधीश महोदय रिपोर्ट को पढ़ते हुए कहते हैं कि- "डीएनए रिपोर्ट के अनुसार, ग्राम प्रधान दलपत सिंह ही इस बच्चे के जैविक पिता हैं। बचाव पक्ष, अब आपका क्या कहना है ?"

पक्ष के वकील आदित्य प्रताप सिंह जज साहब के सवाल का जवाब देते हुए गंभीरता से कहते हैं कि- "माननीय न्यायालय, मेरे मुवक्किल का कहना है कि यह रिपोर्ट किसी साजिश के तहत गढ़ी गई हो सकती है।"

इसी बीच अर्पिता के वकील किशोर तेज़ स्वर में बचाव पक्ष के वकील आदित्य प्रताप सिंह से मुखातिब होते हुए कहते हैं कि- "अगर आपको रिपोर्ट पर शक है, तो आप चाहें तो दोबारा टेस्ट करा सकते हैं ! लेकिन सच को झुठलाया नहीं जा सकता वकील साहब।"

न्यायाधीश, एडवोकेट किशोर की दलील का समर्थन करते हुए कहते हैं कि-"अदालत केवल तथ्यों पर ध्यान देती है। डीएनए टेस्ट एक ठोस वैज्ञानिक प्रमाण है, और इससे स्पष्ट है कि ग्राम प्रधान दलपत सिंह ही इस बच्चे के पिता हैं।"

न्यायाधीश महोदय दोनों पक्षों की दलीलें सुनने के बाद अंतिम फैसला सुनाने के लिए तैयार होते हैं। अदालत कक्ष में बैठा हुआ हर शख्स इस फैसले को सुनने के लिए बेचैन है।

"इस अदालत में प्रस्तुत किए गए सबूतों, गवाहों के बयानों और डीएनए रिपोर्ट के आधार पर यह सिद्ध हो चुका है कि ग्राम प्रधान दलपत सिंह ही इस बच्चे के पिता हैं।"

(अदालत में हलचल शुरू हो जाती है । लोग आपस में फुसफुसाने लगते हैं।)

न्यायाधीश महोदय अपनी बात जारी रखते हुए कहते हैं कि-

"अदालत यह आदेश देती है कि दलपत सिंह जेल में रहते हुए भी इस बच्चे को पिता के सभी कानूनी अधिकार दें, उसका भरण-पोषण करें और उसे समाज में सम्मानजनक जीवन प्रदान करें ।"

दलपत सिंह सिर झुका लेता है। विमला, अर्पिता और किशोर के चेहरे पर राहत की झलक दिखती है । कलुआ निराश होकर अदालत से बाहर चला जाता है। अदालत का फैसला न्याय की जीत साबित होता है । विज्ञान और सच्चाई की ताकत से एक निर्दोष माँ और बच्चे को उनका अधिकार मिल जाता है ।

पढ़ते रहिए , अगले भाग में आप पढ़ेंगे कि क्या अर्पिता और किशोर की मोहब्बत आगे बढ़ पाती है ?

भाग 72 : कोर्ट केस में किसकी हुई जीत ?

अदालत में फैसला सुनाए जाने के बाद कोर्ट के बाहर मीडिया और गाँव के लोग इकट्ठा हो जाते हैं । अर्पिता, किशोर और अन्य लोग भी मौजूद हैं। इस दौरान अर्पिता किशोर से मुखातिब होते हुए गहरी सांस लेते हुए कहती है कि- "किशोर, यह सब किसी सपने जैसा लग रहा है । क्या सच में यह सब खत्म हो गया ? अब हम सबको न्याय मिल गया है ?"

किशोर मुस्कुरते हुए अर्पिता के सवाल का जवाब देते हुए कहते हैं कि-"हाँ अर्पिता, न्याय की जीत हुई है। यह तुम्हारी हिम्मत और सच्चाई की जीत है।"

दलपत सिंह के समर्थक सर झुकाकर कहते हैं कि-"बिटिया, हम अपने किए पर शर्मिंदा हैं। अदालत के आदेश के अनुसार अब कलुआ के बेटे को प्रधान जी अपनी संतान मानने को तैयार हो गए हैं । उसे उसके अधिकार मिलने चाहिए ।"

अर्पिता आँखों में आँसू भरकर कहती है-"मुझे खुशी है कि अदालत के आदेश पर ही सही, प्रधान ने आखिर अपनी गलती स्वीकार की। मैं उम्मीद करती हूँ कि अब गाँव में किसी के साथ कोई अन्याय नहीं होगा।"

गाँव के लोग तालियाँ बजाते हैं । मीडिया के लोग अर्पिता और किशोर से सवाल करने लगते हैं । एक पत्रकार अर्पिता के नजदीक जाते हुए पूछते हैं कि-"अर्पिता जी, अब आगे का क्या सोचा है ? जीवन को लेकर आपकी क्या योजना है ? आप और एडवोकेट किशोर जी आगे क्या करने वाले हैं ?"

अर्पिता मुस्कुराते हुए जवाब देती है –"मैंने अपनी लड़ाई लड़ी, और अब मैं चाहती हूँ कि गाँव की अन्य महिलाओं के हक के लिए कुछ करूँ। और..."

किशोर बीच में बोलते हुए अर्पिता की बात को पूरी करते हुए कहते हैं कि-"और हम दोनों अब अपनी जिंदगी की एक नई शुरुआत करना चाहते हैं और जीवन को एक नई दिशा देना चाहते हैं। हम अपनी मोहब्बत को नाम देने जा रहे हैं।" पूरे गाँव और वहाँ खड़े लोगों में खुशी की लहर दौड़ जाती है।

कलुआ का बेटा और अर्पिता का भाई अर्पिता के नज़दीक जाकर उससे गले मिलते हुए कहता है कि –"दीदी, आप न होतीं तो मुझे कभी मेरा हक नहीं मिलता।"

अर्पिता अपने भाई के सर पर हाथ फेरते हुए कहती है कि-"भाई, यह सिर्फ मेरा नहीं, बल्कि पूरे गाँव का कर्तव्य था कि तुम्हें अपना हक मिले। आज अदालत में दूध का दूध और पानी का पानी हो गया है। जीत हमेशा सत्य की होती है। तुम हमेशा मेरे भाई बने रहोगे।"

अर्पिता और किशोर एक-दूसरे को देखकर मुस्कुराते हैं। अर्पिता धीमे स्वर में किशोर के नज़दीक जाकर कहती है कि-"किशोर जी, आपने हमेशा मेरा साथ दिया। आप न होते तो शायद मैं हार मान लेती।"

किशोर अर्पिता का हाथ पकड़कर धीरे से बुदबुदाते हुए कहते हैं कि-"और तुमने मुझे सिखाया कि प्यार सिर्फ महसूस करने का नाम नहीं, बल्कि एक-दूसरे की लड़ाई में साथ खड़े होने का भी नाम है।"

किशोर की बात सुनकर अर्पिता शर्म से नजरें झुका लेती है और किशोर को देखकर होले- होले मुस्कुराने लगती है।

धीरे- धीरे सभी लोग और मिडिया वाले खुशी से झूमते हुए तीतर-बितर हो जाते हैं और अर्पिता तथा किशोर एक नई शुरुआत के लिए आगे बढ़ने की योजना बनाने लगते हैं।

अर्पिता किशोर की गाड़ी में बैठकर उसके ऑफिस की तरफ बढ़ जाती है। इस दौरान अर्पिता शान्त भाव से गाड़ी में बैठी रहती है। इसी बीच जनता का एक हुजूम अर्पिता और किशोर की गाड़ी पर फूलों की बरसात करते हुए नारे लगाने लगते हैं -

"अर्पिता दीदी जिंदाबाद !"

"जिंदाबाद, जिंदाबाद !"

"दीदी के संघर्ष को, सलाम है, सलाम है !"

"दीदी तुम संघर्ष करो, हम तुम्हारे साथ हैं !"

"किशोर भैया जिंदाबाद !"

"जिंदाबाद, जिंदाबाद !" अर्पिता और किशोर मुस्कुराकर सभी का अभिवादन स्वीकार करते हुए धीरे- धीरे आगे बढ़ते हैं ।

पढ़ते रहिए,अगले भाग में आप पढ़ेंगे कि अर्पिता और किशोर की मोहब्बत क्या रंग लाती है?

भाग 73 : अर्पिता और किशोर में बढ़ी नजदीकियाँ !

अर्पिता और किशोर कोर्ट कचहरी के मसलों से फारिक हो चुके थे। अब वो दोनों अपने आपको और एक दूसरे को समझने पर वक्त लगाना चाहते थे । इस लिहाज से दोनों योजना बनाकर एक सुंदर हिल स्टेशन पर चले गए । यहाँ चारों ओर हरियाली, ठंडी हवा, और दूर तक फैले पहाड़ों का मनमोहक दृश्य था ।

अर्पिता और किशोर एक पहाड़ी पर एक- दूसरे के हाथ थामे हुए बैठे थे । इस खामोशी को तोड़ते हुए अर्पिता ने गहरी सांस लेते हुए कहा कि-"कितना सुकून भरा माहौल है, ना ? कोई भागदौड़ नहीं, न ही किसी केस की चिंता... बस हम दोनों और ये प्यारी वादियाँ ।"

अर्पिता की बात सुनकर किशोर मुस्कुराते हुए बोला-"बिल्कुल, ऐसा लग रहा है जैसे जिंदगी की असली खुशी यहीं बसी हो । कोर्ट रूम की बहसें, दस्तावेजों का भार... सब कुछ पीछे छूट गया लगता है।"

अर्पिता हल्की हंसी के साथ किशोर की बात का जवाब देते हुए कहती है कि-"हाँ, लेकिन उन कानूनी लड़ाइयों ने ही तो हमें मजबूत बनाया है किशोर । हमने कितना कुछ सहा और सहा भी साथ में, लेकिन आज यहाँ बैठे हैं... आज़ाद, निश्चिंत ।"

किशोर अर्पिता के और नज़दीक आते हुए संजीदगी से कहते हैं कि- "सच कह रही हो। उन मुश्किलों ने ही हमें सिखाया कि हम दोनों सिर्फ साथी नहीं, बल्कि एक-दूसरे की ताकत भी हैं ।"

कुछ देर तक दोनों चुपचाप प्रकृति का आनंद लेते हैं, फिर किशोर अर्पिता के दोनों कन्धों पर अपने हाथ रखते हुए कहते हैं कि- "अर्पिता, क्या तुम्हें लगता है कि हम सिर्फ उन मुश्किलों के कारण करीब आए या हमारा मिलन पहले से ही तय था ?"

अर्पिता मुस्कुराते हुए कहती है-"शायद दोनों ही बातें सच हैं । संघर्षों के कारण हम पास आए लेकिन हमारे दिलों ने हमें साथ बनाए रखा। प्यार केवल खुशियों में नहीं, बल्कि कठिनाइयों में भी परखा जाता है ।"

किशोर गहरी सांस लेते हुए जवाब देते हैं कि-"और इस सफर में मैंने महसूस किया कि तुम्हारे बिना मेरी जिंदगी अधूरी है । तुम सिर्फ मेरी पार्टनर नहीं, मेरी प्रेरणा भी हो अर्पिता ।"

अर्पिता हल्के से सिर झुकाते हुए कहती है कि- "और तुम मेरे लिए वो इंसान हो जिसने हर मुश्किल में मेरा हाथ थामे रखा । एक दोस्त, एक हमसफ़र ।" दोनों एक-दूसरे की आँखों में झाँकते हैं, एक गहरी समझ और अपनापन उनके बीच महसूस होता है। कुछ देर बाद वे पहाड़ियों की ओर घूमने निकल जाते हैं। पहाड़ों की पगडंडी, दोनों साथ चलते हुए बात कर रहे हैं । इस दौरान किशोर सवाल करते हुए कहते हैं कि-"अर्पिता, क्या तुम्हें कभी डर लगता था कि हमारे हालातों का असर हमारे रिश्ते पर पड़ेगा?"

अर्पिता किशोर का हाथ सहलाते हुए कहती है कि-"हाँ, कई बार । लेकिन जब भी ऐसा लगा, मैं तुम्हारी आँखों में झांकती और मुझे यकीन हो जाता कि हम साथ हैं, तो कोई भी परेशानी हमें तोड़ नहीं सकती।"

किशोर हंसते हुए कहते हैं कि-"और जब भी मैं हार मानने की सोचता, तुम मुझे हिम्मत देतीं । यही तो हमारा रिश्ता है , हम एक-दूसरे को संबल देते हैं।"

अचानक ठंडी हवा का झोंका आता है, अर्पिता सिहर जाती है, किशोर अपना जैकेट उतारकर उसे ओढ़ा देता है ।

अर्पिता आँखों ही आँखों में आभार व्यक्त करते हुए कहती है कि-"तुम हमेशा मेरी फिक्र करते हो किशोर।"

किशोर हंसते हुए कहते हैं कि- “यह तो मेरा फ़र्ज़ है, और हाँ, तुम्हारी मुस्कान मेरा सबसे बड़ा इनाम है ।”

बातें करते हुए दोनों पास की एक चट्टान पर बैठ जाते हैं, सामने सूर्यास्त का नजारा देखते हुए अर्पिता कहती है कि-“जिंदगी कितनी अजीब होती है ना? कभी-कभी हमें समझ ही नहीं आता कि हमें क्या चाहिए, और फिर अचानक कोई ऐसा मिल जाता है जो हमारी दुनिया ही बदल देता है।”

किशोर मुस्कुराते हुए जवाब देते हैं कि- “और मुझे खुशी है कि मेरी दुनिया तुम्हारे साथ जुड़ गई। अब कोई डर नहीं, कोई फिक्र नहीं... बस हम और हमारा भविष्य।”

दोनों हाथ थामे चुपचाप सूर्यास्त का आनंद लेते हैं, इस एहसास में कि उन्होंने ना सिर्फ कानूनी लड़ाइयां, बल्कि अपने भीतर की लड़ाइयां भी जीत ली हैं । अब उनके सामने है एक नया सफर, प्यार और समझ का, जो इन वादियों की तरह खूबसूरत है ।

पढ़ते रहिए , अगले भाग में आप पढ़ेंगे कि इस नए सफ़र में क्या अर्पिता और किशोर सुकून के साथ आगे बढ़ पाते हैं या नहीं ?

भाग 74 :अर्पिता और किशोर की मोहब्बत !

संध्या का समय है और हल्की बारिश हो रही है। अर्पिता और किशोर हिल स्टेशन के रिसॉर्ट की बालकनी में टहल रहे थे। नीचे पहाड़ियों का मनोरम दृश्य फैला हुआ है ।

अर्पिता हाथ फैलाकर बारिश की बूंदों से खेलते हुए कहती है- “कितनी खूबसूरत आज़ादी होती है ना ! बरसों बाद ये हवा, ये खुलापन... बस तुम और मैं ।”

किशोर मुस्कुराते हुए कहते हैं –हाँ, लेकिन यह सिर्फ तुम्हारी जीत नहीं है, अर्पिता । यह उस अन्याय के खिलाफ हमारी जंग की जीत है। अब तुम्हें कोई भी देवदासी का जीवन जीने के लिए मजबूर नहीं कर सकता।”

अर्पिता किशोर की बात सुनकर गहरी सांस लेते हुए कहती है- “लेकिन किशोर, मुझे एक अजीब सा डर लग रहा है। जैसे कोई हमें देख रहा हो... पीछा कर रहा हो ।”

किशोर चिंतित होते हुए कहते हैं- “तुम ज्यादा सोच रही हो अर्पिता । अब तुम आज़ाद हो, कोई तुम्हें नुकसान नहीं पहुँचा सकता ।”

तभी एक अजनबी साया खिड़की के पास से गुजरता है । बारिश की बूंदों के साथ खिड़की का कांच धुंधला हो जाता है। किशोर मुड़कर देखता है, लेकिन कोई नहीं दिखता। वह इधर- उधर देखते हुए कहता है कि –“यहाँ कोई नहीं है,अर्पिता । चलो अंदर चलते हैं ।”

दोनों रिसॉर्ट के कमरे में आते हैं । अचानक, किशोर का फोन बजता है । अनजान नंबर से कॉल आती है । वह फोन को रिसीव करते हुए सुनता है। फोन पर एक अनजान आवाज आती है –“तुमने अर्पिता को देवदासी प्रथा से मुक्त करवा दिया, लेकिन तुम दोनों की आज़ादी

अभी अधूरी है, किशोर ! तुम दोनों को तुम्हारे फैसले की कीमत चुकानी होगी !”

इतना बोलकर कॉल काट दी जाती है । किशोर की आँखों में चिंता गहरी हो जाती है । अर्पिता घबराकर उसकी ओर देखती है और पूछती है – “कौन था किशोर ? क्या कहा उसने ?”

किशोर गंभीर स्वर में बोलते हुए- “किसी ने धमकी दी है... लगता है, कोई नहीं चाहता कि हम अपनी नई जिंदगी जिएं ।”

अर्पिता डरते हुए कहती है –“मतलब मैं अभी भी सुरक्षित नहीं हूँ ? किशोर, यह सब कब खत्म होगा ?”

किशोर संकल्प लेते हुए जवाब देता है – “जब तक मैं हूँ, कोई तुम्हें छू भी नहीं सकता। परन्तु एक एडवोकेट होने के लिहाज़ से चलो, पुलिस को इस कॉल के बारे में जानकारी देते हैं ।”

किशोर पुलिस को कॉल करता है और सारी स्थिति बताता है । पुलिस आश्वासन देती है कि वे रिसॉर्ट पर दोनों की सुरक्षा व्यवस्था बढ़ाएंगे ।

रात गहरा जाती है । अर्पिता किशोर से इस तरह लिपटकर सो जाती है जैसे किसी वृक्ष से कोई बेल लिपटती है । दोनों गहरी नींद में सो जाते हैं। सुबह होते ही किशोर ब्रश वगैरह करके अर्पिता को जगाते हैं और चाय का ऑर्डर भी कर देते हैं । अर्पिता व्यवस्थित होकर बालकनी में खड़ी है, ठंडी हवा उसके बालों से खेल रही है । तभी उसे नीचे रिसॉर्ट के गेट पर कोई संदिग्ध व्यक्ति दिखता है। वह किशोर को बुलाने के लिए मुड़ती है, लेकिन तभी एक पत्र हवा में उड़कर उसके पैरों के पास गिरता है । वह कांपते हाथों से उसे उठाती है ।

पत्र में लिखा होता है कि - “अर्पिता, तुम चाहे जहाँ भी जाओ, तुम्हारा अतीत तुम्हारा पीछा करेगा । तुम्हें फिर से देवदासी बनना ही होगा । यह तुम्हारी किस्मत है । तुम बच नहीं सकती ।”

अर्पिता का चेहरा पीला पड़ जाता है । उसकी सांसें तेज़ हो जाती हैं । किशोर आता है और पत्र देखता है। वह गुस्से से भर उठता है और बोलता है–"अब बहुत हो गया! जो कोई भी यह सब कर रहा है, मैं उसे बेनकाब करके रहूँगा।"

अर्पिता किशोर के नज़दीक जाकर डरते हुए कहती है कि-"अगर यह लोग हमें मारना चाहें तो ? किशोर, मुझे फिर से वहीं महन्त के आश्रम में नहीं जाना पड़ जाए!"

किशोर अर्पिता का हाथ पकड़कर कहता है–"मैं तुम्हें कुछ नहीं होने दूंगा, अर्पिता। मुझ पर भरोसा रखो। चलो, पुलिस स्टेशन चलते हैं। पुलिस को यह पत्र दिखाकर , पत्र लिखने वाले के खिलाफ प्रथम सूचना रिपोर्ट (FIR) दर्ज करवाते हैं।"

कहकर किशोर अर्पिता को लेकर अपनी कार में बैठता है और रिसॉर्ट से थोड़ी दूरी पर स्थिति पुलिस थाने की ओर बढ़ जाता है । अर्पिता कार में किशोर के बराबार वाली सीट पर डरी हुईं बैठी है । किशोर चिंतित भाव से गाड़ी ड्राइव करते हुए पुलिस स्टेशन की ओर बढ़ जाता है ।

पढ़ते रहिए,अगले भाग में आप पढ़ेंगे कि पुलिस थाने में किशोर, अर्पिता और थाना प्रभारी के मध्य क्या बातचीत होती है ?

भाग 75 : अर्पिता और किशोर क्यों पहुँचे थाने ?

किशोर गाड़ी ड्राइव करते हुए अर्पिता के साथ पुलिस स्टेशन पहुँचते हैं और पुलिस इंस्पेक्टर को उनके साथ घटित हुआ सारा वाकया सुनाते हैं। पुलिस इंस्पेक्टर किशोर द्वारा दिए गए उस धमकी भरे पत्र को ध्यान से पढ़ते हैं और इत्मीनान से किशोर और अर्पिता के बयान दर्ज करते हुए प्रथम सूचना रिपोर्ट (FIR) लिखते हुए किशोर से

मुखातिब होते हुए कहते हैं कि-"एडवोकेट किशोर साहब, मुझे लगता है कि यह लोग वही हो सकते हैं जो इस देवदासी प्रथा से जुड़े हुए हैं और इसे खत्म नहीं होने देना चाहते हैं । हमें पूरा शक है कि वे किसी बड़े गैंग का हिस्सा हैं । हम फ़िलहाल आप जहाँ ठहरे हुए हैं उस रिसॉर्ट में आप दोनों की सुरक्षा के लिए पुलिस की तैनाती बढ़ा देते हैं ।"

इंस्पेक्टर की बात सुनकर अर्पिता डरते हुए कहती है कि-"बस जल्दी कुछ कीजिए इंस्पेक्टर साहब, मैं अब और डर के साये में नहीं रह सकती ।"

"घबराइए मत आप लोगों को कुछ नहीं होगा । हम आपकी सुरक्षा की गारंटी लेते हैं।" कहकर पुलिस इंस्पेक्टर किशोर और अर्पिता के साथ पुलिस की गाड़ी भिजवा देते हैं। इस गाड़ी में एक सिनियर ऑफिसर के साथ चार- पाँच पुलिस वाले बैठे हुए हैं । सभी रिसॉर्ट पर पहुँच जाते हैं ।

गहरी रात हो जाती है । अर्पिता अपने कमरे में अकेली होती है । किशोर नीचे लॉबी में पुलिस अधिकारियों से बात कर रहा होता है । अचानक लाइट चली जाती है और कमरे में घुप्प अंधेरा छा जाता है । अर्पिता घबराकर मोमबत्ती जलाती है, तभी कमरे के अंदर किसी के होने का आभास होता है । वह मुड़ती है और उसे एक छाया दिखती है ।

अर्पिता चीखते हुए कहती है कि-"कौन है वहाँ ? किशोर ! जल्दी आओ प्लीज़ ! देखो अभी यहाँ कोई तो था !" दरवाजा तेजी से खुलता है और किशोर अंदर आता है, लेकिन कमरे में कोई नहीं होता । किशोर अर्पिता के पास जाकर बोलते हैं – "क्या हुआ, अर्पिता?" अर्पिता कांपते हुए किशोर के नज़दीक आते हुए कहती है कि- "मैंने किसी को देखा... वो यहाँ था, किशोर !"

किशोर अर्पिता को गले लगाते हुए कहते हैं – "तुम्हें भ्रम हुआ होगा... अर्पिता, मुझे तो यहाँ कोई दिखाई नहीं दे रहा है। तुम फिक्र मत करो। मैं सब सम्भाल लूँगा ।"

किशोर अपने दोस्त, एक प्राइवेट डिटेक्टिव को फोन करता है और सच्चाई जानने के लिए प्राइवेट डिटेक्टिव के माध्यम से अपने स्तर पर भी जांच शुरू करता है । वह प्राइवेट डिटेक्टिव को फ़्लैश बैक में जाते हुए अब तक की सारी घटना सुनाता है और कहता है–"मुझे यकीन है, ये किसी न किसी की साज़िश है जो नहीं चाहता कि अर्पिता फिर से एक सामान्य जीवन जीना शुरू करे। कोई है जो फिर से उसे उसी देवदासी वाले नरक में धकेलना चाहता है। इस घटना की जांच के लिए मुझे तुम्हारी ज़रूरत है, जासूस प्रदीप ।"

"ठीक है वकील साहब। मैं कुछ दिन इसी रिसॉर्ट में रुककर अपनी तरफ़ से जांच शुरू करूँगा । आप चिंता मत करो ।" जासूस प्रदीप जवाब देता है ।

दोपहर का समय था । किशोर और अर्पिता से सारी जानकारी जुटाने के बाद प्रदीप रिसॉर्ट के मैनेजर से मिलता है और कहता है-"नमस्ते। मैं जासूस प्रदीप, एक निजी जांचकर्ता या कह लिजिए डिटेक्टिव हूँ । मैं यहाँ एडवोकेट किशोर जी के आग्रह पर आया हूँ ।"

"जी, सुना था उनके साथ कुछ हुआ था । हमें भी बहुत दुख है इस घटना का। पर हमने अपनी तरफ से पूरा सहयोग दिया था पुलिस को ।"

डिटेक्टिव प्रदीप गहरी शक की निगाहों से मैनेजर को देखते हुए कहता है–"मैं खुद कुछ सवालों के जवाब ढूंढ़ना चाहता हूँ । क्या मैं आपके स्टाफ से बात कर सकता हूँ ?"

"बिलकुल। आप चाहें तो एक-एक करके सब से मिल सकते हैं ।" मैनेजर डिटेक्टिव प्रदीप का स्वागत करते हुए कहते हैं ।

डिटेक्टिव प्रदीप रिसॉर्ट के एक-एक कर्मचारी से मिलता है, बावर्ची, सफाई कर्मी, गार्ड, रिसेप्शनिस्ट आदि। अंत में वह रिसेप्शन पर बैठे कर्मचारी से पूछताछ करता है और सवाल करता है–"घटना वाली रात तुम कहाँ थे ?"

"मैं डेस्क पर था सर..पर उस रात बिजली भी चली गई थी कुछ देर के लिए।" रिसेप्शनिस्ट हकलाते हुए जवाब देता है ।

डिटेक्टिव प्रदीप रिसेप्शनिस्ट के जवाबों को नोटबुक में लिखता है और फिर पूछता है–"कितने बजे होंगे उस समय, जब लाइट चली गई थी ?"

"शायद रात के साढ़े दस के आसपास का समय रहा होगा सर ।" रिसेप्शनिस्ट नर्वस होते हुए जवाब देता है । प्रदीप सोचता है और कुछ घंटे बाद, रिसॉर्ट के मालिक से मिलता है और सवाल पूछता है कि –"आपका रिसॉर्ट काफी सुनसान जगह पर है । सुरक्षा के क्या इंतज़ाम हैं यहाँ ?"

रिसोर्ट्स का मालिक जवाब देते हुए बताता है-"सी.सी.टी.वी. कैमरे हैं, गार्ड्स हैं... पर हाँ, जंगल के पास होने के कारण कई बार सिग्नल या नेटवर्क की समस्या रहती है।"

"क्या किसी बाहरी व्यक्ति का आना-जाना होता है यहाँ ?" डिटेक्टिव प्रदीप ने पूछा। "कभी-कभी... आसपास के गाँव वाले लकड़ी या फल बेचने आते हैं।" रिसोर्ट्स मालिक ने बताया ।

डिटेक्टिव प्रदीप गंभीर होकर –"क्या अर्पिता के रूम में किसी व्यक्ति के होने के अंदेशे के बाद आपने अपने स्टाफ से पूछताछ की ?"

"पुलिस ने की थी। हम सबने सहयोग दिया।" रिसोर्ट्स के मालिक ने जवाब दिया ।

भाग 76 : किशोर से क्यों जुड़े डिटेक्टिव प्रदीप ?

किशोर और अर्पिता के साथ घटित घटना पर पुलिस इंस्पेक्टर अपने स्तर पर जाँच कर रहे थे। वहीं डिटेक्टिव प्रदीप भी इस घटना से जुड़े लोगों की पहचान करने और उन्हें कानून से सजा दिलाने के अपने मिशन में पूरी तन्मयता से लगा हुआ था । जिस रिजॉर्ट में किशोर और अर्पिता रुके हुए थे और जहाँ उनके रूम में कोई अनजान शख्स घुस गया था , उस घटना की तह तक पहुंचने के लिए डिटेक्टिव प्रदीप रात- दिन मेहनत कर रहा था ।

रिसॉर्ट के मैनेजर से बातचीत करने और सारे कर्मचारियों की कुण्डली खंगालने के बाद आज डिटेक्टिव प्रदीप रिसॉर्ट के गार्ड के पास पहुँचा। पहले तो उसने ऊपर से नीचे तक गार्ड को निहारा फिर अपनी आँखों से काला चश्मा उतार कर सिर पर लगी हेट पर टांगा और गार्ड से हाथ मिलाते हुए उसके साथ पूछताछ शुरू की –

"क्या नाम है तुम्हारा ?"

"जी प्रहलाद।" गॉर्ड ने घबराते हुए अपना नाम बताया।

"पूरा नाम बताओ।" डिटेक्टिव प्रदीप ने रौब से पूछा।

"जी प्रहलाद शर्मा, पुत्र मांगीलाल वर्मा, निवासी मिर्जापुर, उत्तर प्रदेश।"

"जितना पूछा, उतना ही बताओ। बाप का और गाँव का नाम पूछा था मैंने?" डिटेक्टिव प्रदीप ने काला चश्मा आँखों पर चढ़ाते हुए कहा ।

"अच्छा अब बता ही दिया है तो यह भी बताओ कि तुम्हारा सरनेम शर्मा और बाप का सरनेम वर्मा क्यों है?" डिटेक्टिव प्रदीप ने गार्ड द्वारा दिए जवाब की चीरफाड़ करते हुए पूछा। "जी वो क्या है कि

मेरी माँ शर्मा थी और बापू वर्मा थे। इसलिए सरनेम अलग - अलग है ।" गॉर्ड ने झिझकते हुए जवाब दिया ।

"बाप क्या करता है ?" डिटेक्टिव प्रदीप ने अगला सवाल पूछा ।

"जी सरकारी स्कूल में अध्यापक थे, माँ भी उसी स्कूल में मिड डे मील पकाया करती थीं । दोनों में प्यार हुआ, फिर शादी और परिणाम स्वरूप मैं पैदा हो गया।" गॉर्ड ने डरते हुए बताया ।

"तो बाप का सरनेम क्यों नहीं लगाते हो ।" डिटेक्टिव प्रदीप ने पूछा ।

"जी माँ का सरनेम थोड़ा पावरफुल है । इससे समाज में इज्जत ज़्यादा मिल जाती है। साथ ही गार्ड की ड्यूटी के बाद कुछ हवन इत्यादि करके ऊपर की कमाई भी हो जाती है । सब शर्मा जी, शर्मा जी कहते हैं तो सुनकर अच्छा लगता है। बस इसलिए।" गॉर्ड ने ईमानदारी से सब कुछ सच बताते हुए कहा।

"ठीक है, ठीक है। अब यह बताओ कि तुम इस रिसॉर्ट में कब से काम करते हो ?" डिटेक्टिव प्रदीप ने अगला सवाल पूछा ।

"जी यही कोई चार - छः महीना हुए होंगे।" गॉर्ड ने जवाब दिया ।

"ठीक से याद करके बताओ, चार महीने हुए हैं या छह महीने ?" डिटेक्टिव प्रदीप ने फिर रौब झाड़ते हुए पूछा।

"जी छुट्टियाँ हटा दें तो पूरे पाँच माह 20 दिन हुए हैं।" गार्ड ने जवाब दिया।

"अच्छा अब यह बताओ कि जिस रात अर्पिता और किशोर के रूम में कोई आदमी घुसा था तब तुम क्या कर रहे थे ?" डिटेक्टिव प्रदीप ने जोर देते हुए पूछा ।

गार्ड ने हिचकिचाते हुए जवाब दिया और कहा कि- "सर, उस रात मैं ही गार्ड की ड्यूटी पर था। इस मुख्य दरवाज़े के पास से फर्स्ट फ्लोर पर जो सीढ़ियाँ जा रही है, उधर ही अर्पिता मैम और किशोर साहब का रूम है। मैंने उधर उस शख़्स को जाते हुए देखा था।"

डिटेक्टिव प्रदीप ने चौंककर पूछा-"क्या तुमने किसी को वहाँ अर्पिता और किशोर के रूम की तरफ जाते हुए देखा था ?"

"जी एक आदमी था... पर वो स्टाफ में से ही कोई लग रहा था, शायद वही नया लड़का (नाम याद करते हुए) -विजय है उसका नाम ।" गॉर्ड ने जवाब दिया।

"क्या विजय आज रिसॉर्ट में ही मिलेगा?" डिटेक्टिव प्रदीप ने अगला सवाल किया ।

"उसकी नाइट ड्यूटी होती है साहब, वह ठीक रात के आठ बजे आता है और सुबह आठ बजे तक काम करता है ।" गॉर्ड ने बताया ।

"क्या काम करता है ?" डिटेक्टिव प्रदीप ने पूछा ।

"सर रूम सर्विस का काम करता है।" गॉर्ड ने जवाब दिया ।

"ओके, गार्ड साहब, चिल करिए। यदि आपकी बताई हुई इनफॉर्मेशन ग़लत साबित हुई तो फिर मुझसे बचकर रहिएगा। तब तक के लिए ख़ुदा हाफिज!"

कहकर डिटेक्टिव प्रदीप, गार्ड प्रहलाद शर्मा के कन्धे को थपथपाते हुए आगे बढ़ गया।

डिटेक्टिव प्रदीप अपनी आज की कार्यवाही को यहीं विराम देना चाहता था । लिहाजा वो थोड़ा रेस्ट करने के लिए रिसॉर्ट में उसे उपलब्ध कराए गए रूम में जाकर पलंग पर पसर गया ।

पढ़ते रहिए , अगले भाग में आप पढ़ेंगे कि डिटेक्टिव प्रदीप विजय से क्या पूछताछ करता है ?

भाग 77 : डिटेक्टिव प्रदीप को पूछताछ में क्या हाथ लगा ?

डिटेक्टिव प्रदीप रिसॉर्ट के कमरा नंबर 206 में आराम कर रहा था । उसने रूम में टंगी घड़ी की तरफ देखा तो रात के ठीक आठ बजे थे । उसे याद आया कि गार्ड प्रहलाद के बताए अनुसार रूम सर्विस मेंटर विजय को रिसॉर्ट पहुँच जाना चाहिए था लिहाजा वह रूम सर्विस पर कॉल करते हुए कहता है – "हेलो, रूम सर्विस ।"

"जी सर मैं विजय रूम सर्विस से बोल रहा हूँ। कहिए क्या ऑर्डर है ?" विजय ने कॉल रिसीव करते हुए कहा ।

"हैलो विजय, रूम नम्बर 206 में कृपया दो कॉफी लेकर आइए, एक आपके लिए और एक मेरे लिए ।" डिटेक्टिव प्रदीप ने ऑर्डर करते हुए कहा ।

"जी सर अभी पाँच मिनिट में लाया।" विजय ने कॉल काटते हुए कहा। पाँच मिनिट बाद विजय रूम नम्बर 206 का दरवाज़ा खटखटाता है ।

डिटेक्टिव प्रदीप दरवाज़ा खोलते हुए कहते हैं-"आइए विजय, अंदर आइए। आप दो कॉफ़ी लाए हैं ?"

विजय हाथ में ट्रे लिए हुए कहता है -"जी सर। ये रही दो कॉफी, जैसा आपने ऑर्डर किया था ।"

"बहुत बढ़िया। ट्रे मेज़ पर रखिए और बैठ जाइए।" डिटेक्टिव प्रदीप विजय को सोफे पर बैठने का इशारा करते हैं ।

विजय संकोच के साथ बैठते हुए कहता है - "जी सर, कुछ काम था ?"

"हाँ, विजय । मैं दरअसल आपसे कुछ सवाल करना चाहता हूँ , उस रात के बारे में, जब मिस अर्पिता और मिस्टर किशोर के साथ घटना घटी थी।" डिटेक्टिव प्रदीप ने बताया ।

विजय चौंककर –"सर... मैंने कुछ नहीं किया । मैं तो बस...!"

"घबराइए मत । मैंने नहीं कहा कि आपने कुछ किया है । लेकिन आप वहाँ थे, और मैं सिर्फ सच्चाई जानना चाहता हूँ ।" डिटेक्टिव प्रदीप ने कहा ।

विजय धीरे से सिर हिलाते हुए कहता है - "जी सर...!"

"रिसॉर्ट के गार्ड ने मुझे बताया था कि रात करीब 8:45 बजे उसने आपको अर्पिता और किशोर के कमरे की ओर जाते हुए देखा था। क्या ये सही है ?"

"जी सर, मैं गया था वहाँ।" विजय ने जवाब दिया ।

"क्यों गए थे आप ? क्या किसी ने कुछ ऑर्डर किया था ?" डिटेक्टिव प्रदीप ने विजय की आँखों में आँखें डालते हुए पूछा ।

विजय संकोच में जवाब देता है –"नहीं सर... दरअसल, उस दिन कोई ऑर्डर नहीं आया था। लेकिन मैं खुद ही गया था...।"

"खुद ही ? मतलब ?" डिटेक्टिव प्रदीप ने पूछा ।

"सर, बात ये है कि मिस अर्पिता अक्सर शाम को ब्लैक कॉफी ऑर्डर करती थीं । दो दिन से ऑर्डर नहीं आया था, तो मुझे लगा शायद भूल गई हों । मैं बस ये पूछने गया था कि क्या कुछ चाहिए ।" विजय ने बताया ।

"रिसॉर्ट की नीति है कि स्टाफ बिना कॉल या ऑर्डर के किसी गेस्ट के कमरे में नहीं जाता । क्या आप उस नियम को जानते हैं विजय ?" डिटेक्टिव प्रदीप ने जोर देते हुए कहा ।

विजय घबराते हुए –"जी सर... लेकिन अर्पिता मैम बहुत फ्रेंडली थीं । वो अक्सर कहती थीं कि अगर मैं आसपास रहूँ तो खुद ही पूछ लिया करूं। इसलिए...।"

"अच्छा... और जब आप उनके कमरे में पहुंचे, तब क्या हुआ ?" डिटेक्टिव प्रदीप ने अगला सवाल किया ।

विजय थोड़ी देर चुप रहकर –"सर, जब मैं पहुँचा तो दरवाज़ा आधा खुला था। मैंने अंदर झाँका, आवाज़ दी –"मैम, कुछ मंगाना है ?" अंदर से कोई जवाब नहीं आया ।

डिटेक्टिव प्रदीप ने कहा –" फिर ? आपने क्या किया?"

"मैंने थोड़ा और झाँककर देखा । किशोर सर सोफ़े पर बैठे थे, और अर्पिता मैम बैड पर लेटी हुई थीं । मुझे अजीब सा लगा । कमरे में बहुत चुप्पी थी।" विजय ने बताया ।

"क्या वे दोनों ठीक लग रहे थे ?" डिटेक्टिव प्रदीप ने पूछा ।

" सर... किशोर सर की आँखें बंद थीं, पर मुझे लगा वो सो रहे हैं। और अर्पिता मैम बिल्कुल स्थिर लेटी हुई थीं । मैं कुछ सेकंड देखता रहा... फिर मुझे लगा कुछ गड़बड़ है । मैं डर गया और वापस आ गया ।" विजय ने बताया ।

"आपने यह सब किसी को बताया ?" डिटेक्टिव प्रदीप ने पूछा ।

"नहीं सर। मैं डर गया था। सोचा अगर कुछ नहीं निकला तो मेरी नौकरी चली जाएगी। इसलिए चुप रहा।" विजय ने जवाब दिया ।

डिटेक्टिव प्रदीप गंभीरता से –"लेकिन विजय, चुप रहना भी उतना ही बड़ा अपराध होता है जितना कि जुर्म करना ।"

विजय नज़रें झुकाते हुए बोला - "जी सर, मुझे अब समझ में आ रहा है।"

"चलिए, आगे बढ़ते हैं। आपने कहा कि कमरे में आप 10-15 सेकंड रुके थे। क्या आपने कुछ और देखा?"

विजय सोचते हुए –"सर... हाँ, मुझे एक बात याद आ रही है। अर्पिता मैम के पास एक गिलास था, जो ज़मीन पर गिरा हुआ था । उसमें कोई काली तरल चीज़ थी – शायद कॉफी । और बैडशीट पर भी कुछ दाग थे।"

डिटेक्टिव प्रदीप ने शक ज़ाहिर करते हुए पूछा - "क्या दाग खून के थे ?"

"नहीं सर, खून जैसा नहीं दिखा । पर कुछ तो फैला हुआ था । मैं पहचान नहीं पाया।" विजय ने जवाब दिया ।

"और कमरे की हालत कैसी थी ?" डिटेक्टिव प्रदीप ने अगला सवाल किया।

"बहुत साफ-सुथरा नहीं था, पर ऐसा भी नहीं था कि कुछ लड़ाई हुई हो।" विजय ने बताया।

"क्या आपको कमरे में किसी तीसरे व्यक्ति की उपस्थिति महसूस हुई थी?" डिटेक्टिव प्रदीप ने अगला सवाल किया ।

" नहीं सर, मुझे कोई और नहीं दिखा। और ना ही कोई आवाज़ आई।" विजय ने साफ-साफ कहा ।

"जब आपने देखा कि दोनों ठीक नहीं लग रहे हैं, तो आपने रिसेप्शन या सिक्योरिटी को क्यों नहीं बताया?" डिटेक्टिव प्रदीप ने एक और सवाल दागा ।

"सर, मैंने सोचा शायद वो आराम कर रहे हों । और अगर मैं फालतू में हंगामा करता, तो सब मुझे ही दोषी ठहराते । मैं एक मामूली स्टाफ हूँ, सर...।" विजय ने हाथ जोड़ते हुए कहा ।

डिटेक्टिव प्रदीप धीरे से कहते हैं-"लेकिन विजय, कभी-कभी मामूली लोग भी बहुत अहम सुराग देते हैं। अगर तुमने उसी वक़्त बताया होता, तो शायद हम कुछ पता कर पाते कि आखिर अर्पिता के रूम में कौन घुसा था जो वहाँ उसके लिए धमकी भरा पत्र छोड़ गया ।"

कमरे में कुछ पल के लिए खामोशी छा जाती है !

"अच्छा विजय, अब आखिरी सवाल । क्या आपने किसी और को उस रूम के आस-पास देखा था उस समय ?" डिटेक्टिव प्रदीप ने खामोशी को तोड़ते हुए पूछा ।

विजय सोचते हुए कहता है - " सर... हाँ ! एक आदमी सीढ़ियों की तरफ जा रहा था, जब मैं कमरे से लौट रहा था। लंबा था, सिर पर टोपी थी और जैकेट पहनी हुई थी ।"

डिटेक्टिव प्रदीप जिज्ञासा से पूछते हैं कि- "उस आदमी का चेहरा देखा था?"

विजय जवाब देते हुए कहता है,-"नहीं सर, लेकिन चाल थोड़ी जानी-पहचानी लगी थी।"

"क्या वो रिसॉर्ट का कोई स्टाफ हो सकता है ?" डिटेक्टिव प्रदीप ने पूछा।

"शायद... शायद नहीं भी । मैं पक्का नहीं कह सकता सर ।" विजय ने जवाब दिया ।

डिटेक्टिव प्रदीप विजय के कन्धे पर हाथ रखते हुए–"ठीक है विजय, तुमने जो बताया वो काफ़ी महत्वपूर्ण है । लेकिन ध्यान रहे, अगली बार कुछ भी असामान्य लगे तो मुझे तुरंत सूचित करना । मेरा नम्बर नोट कर लो ।"

विजय अपने फोन में नम्बर फीड करते हुए कहता है - " जी सर, मैं वादा करता हूँ और अगर कुछ और याद आया, तो तुरंत बताऊँगा ।"

डिटेक्टिव प्रदीप सिर हिलाते हुए - "ठीक है । अब तुम जा सकते हो और हाँ, कॉफी बढ़िया बनाई है ।"

विजय थोड़ी मुस्कान के साथ –"धन्यवाद सर।" विजय कमरे से निकल जाता है । प्रदीप खिड़की की ओर देखता है और सोच में पड़ जाता है...!

डिटेक्टिव प्रदीप मन ही मन सोचते हुए कहता है – "विजय कुछ छुपा तो नहीं रहा ? या वाकई उसे डर ने चुप करा दिया ? वो तीसरा व्यक्ति कौन था जिसे उसने देखा ? अब मुझे सीसीटीवी फुटेज, स्टाफ रजिस्टर और कॉफी कप के लैब टेस्ट का इंतज़ार करना

होगा... इन सबमें जरूर कोई न कोई सच्चाई कहीं न कहीं ज़रूर छुपी है..।”

भाग 78 : क्या डिटेक्टिव प्रदीप सुराग तक पहुँच पाता है ?

डिटेक्टिव प्रदीप विजय से पूछताछ के दौरान मिले सुराग की तलाश के लिए बैचेन है । वह आज फिर एक बार रिसॉर्ट में विजय से मुलाकात करता है और सवाल पूछता है कि- “विजय, तुमने कहा था कि उस रात करीब ग्यारह बजे के आस-पास तुमने किसी अनजान आदमी को अर्पिता और किशोर के रूम की तरफ जाते देखा था ?”

“जी सर। मैं छत से नीचे आ रहा था। लाइट का प्रकाश कुछ मंद था, लेकिन उस आदमी का चेहरा साफ दिखा। लंबा था, कंधे पर काला बैग टांगे हुए। सिर पर हैट पहने हुए, अजीब तरह से चारों तरफ देख रहा था।” विजय ने जवाब दिया ।

डिटेक्टिव प्रदीप गंभीर स्वर में पूछते हैं कि-“क्या तुम उसे पहचान पाओगे अगर फिर से देखो तो ?”

“शायद...अगर वो सामने आया तो हाँ, शायद पहचान लूँ ।” विजय ने बताया।

डिटेक्टिव प्रदीप कुछ सोचते हुए - “अच्छा, तुमने ये भी कहा कि वो रूम में घुसा था और फिर कुछ देर बाद ही बाहर निकल आया था ।”

“हाँ सर, फिर शायद किशोर सर के आने की आहट पाकर वो सीढ़ियों से फ़टाफट नीचे चला गया ।” विजय ने कहा ।

डिटेक्टिव प्रदीप पुलिस इंस्पेक्टर, जो इस केस की तफ़्तीश कर रहा था को फोन करते हुए कहता है कि -“इंस्पैक्टर साहब रिसॉर्ट के

बाहर लगे सीसीटीवी फुटेज चेक करवाइए, मुझे रात 10:30 से 11:30 के बीच के फुटेज चाहिए ।"

पुलिस इंस्पेक्टर ने जवाब दिया–"जी सर, मैंने सीसीटीवी ऑपरेटर को बुला लिया है, वो फुटेज देखकर बता रहा है कि रात 11:08 पर एक आदमी दिखाई दे रहा है, बिल्कुल जैसा विजय ने बताया था वैसे ही हुलिए के साथ ।" डिटेक्टिव प्रदीप स्क्रीन पर सीसीटीवी फुटेज देखते हुए कहते हैं- "रुको... ये आदमी ! ज़ूम करो चेहरे पर।"

इंस्पेक्टर सीसीटीवी फुटेज को जूम करते हुए –"चेहरा थोड़ा धुंधला है... लेकिन विजय को दिखाना चाहिए।"

डिटेक्टिव प्रदीप और इंस्पेक्टर विजय को सीसीटीवी फुटेज दिखाते हैं । विजय स्क्रीन देखकर चौंकते हुए कहता है –"हाँ सर ! यही है वो ! यही आदमी था !"

डिटेक्टिव प्रदीप तेज़ी से नोट्स लेते हुए कहता है –"अच्छा, अब हमें इस आदमी की पहचान चाहिए। इंस्पैक्टर, पास की दुकानों से पूछताछ शुरू करवाइए। कोई तो होगा जिसने इसे देखा होगा।"

"जी सर, रिसॉर्ट के बाहर कुछ दूरी पर एक पान की दुकान है । मैं उस पर जाकर पूछताछ करता हूँ ।" कहकर इंस्पैक्टर रिसॉर्ट से कुछ दूरी पर स्थिति पान की दुकान पर जाता है । डिटेक्टिव प्रदीप भी इंस्पेक्टर के साथ जाते हैं। दोनों दुकानदार को सीसीटीवी फुटेज से मिली उस आदमी की फ़ोटो दिखाते हैं और उसे पहचानने को कहते हैं ।

दुकानदार सीसीटीवी फुटेज देखते हुए कहता है–"हाँ साहब, ये बंदा आया था उस रात । सिगरेट ली थी । कुछ घबराया हुआ सा लग रहा था।"

डिटेक्टिव प्रदीप ने अगला सवाल किया-"तुमने नाम पूछा था उसका ?"

"नहीं साहब, पर उसने पाँच सौ का नोट दिया और चला गया । और... हाँ , एक बात और, उसके हाथ पर पुराना सा टैटू था। जैसे R लिखा हो या RVI... कुछ ऐसा।" दुकानदार ने जवाब दिया।

" टैटू ? ये तो मदद करेगा !" इंस्पेक्टर ने दुकानदार के कन्धे पर हाथ रखते हुए कहा।

"हाँ इंस्पेक्टर,अब आप थाने पर जाइए और टैटू के आधार पर जिन-जिन अपराधियों का रिकॉर्ड है, उन सब की फाइल मंगवाओ, और हाँ RVI से जुड़े नामों पर गौर करो।" डिटेक्टिव प्रदीप ने निर्देश दिया ।

"जी सर, मैं अभी जाकर यह काम करता हूँ। कल तक आपके पास उन सभी अपराधियों की जानकारी होगी जिनके हाथ पर टैटू है और RVI जैसा कुछ लिखा हुआ होगा।" इंस्पेक्टर ने मुस्तैदी से कहा।

"शाबाश इंस्पेक्टर, आप जितना जल्दी हो, मुझे सारी जानकारी जुटा कर दीजिए। हो न हो यही शख़्स अर्पिता के रूम में घुसा था और फिर धमकी भरा पत्र छोड़कर फरार हो गया था । इससे बहुत सारी ख़ुफ़िया जानकारी मिल सकती है । साथ ही यह भी पता लगाया जा सकेगा कि आखिर अब अर्पिता और किशोर के जीवन में दख़ल कौन दे रहा है ?" डिटेक्टिव प्रदीप ने इंस्पेक्टर के कन्धे को थपथपाते हुए कहा।

"जी सर,मुझे भी आश्चर्य हो रहा है कि जब प्रधान दलपत सिंह, महन्त,मौलवी और पादरी जेल में बंद हैं तो यह धमकी देने की हिमाकत कौन कर सकता है?" इंस्पेक्टर ने जवाब में कहा ।

"जो कोई भी होगा,जल्दी ही उसका पर्दाफाश किया जाएगा ताकि असली साज़िश कर्ता तक पहुँचा जा सकें ।" डिटेक्टिव प्रदीप ने इंस्पेक्टर की बात को आगे बढ़ाते हुए कहा। पढ़ते रहिए , अगले भाग में आप पढ़ेंगे कि अर्पिता और किशोर को धमकी भरा पत्र देने वाला आखिर कौन था?

भाग 79 : किसने लिखा अर्पिता-किशोर को धमकी भरा पत्र ?

इंस्पेक्टर थाने पर जाकर उन सभी अपराधियों की फाइलों को खंगालने लगता है जिनके हाथ पर टैटू है और RVI जैसा कुछ लिखा हुआ था । वो फाइल में लगी एक - एक फोटो को बड़े ही गौर से देख रहा था। इसी बीच डिटेक्टिव प्रदीप भी थाने पर पहुँच गया । डिटेक्टिव प्रदीप को देखते ही इंस्पेक्टर ने मुस्तैदी से कहा-" सर, हमें एक संदिग्ध मिला है – रवि अरोड़ा । तीन साल पहले चोरी के केस में गिरफ्तार हुआ था । हाल ही में ज़मानत पर छूटा है । उसके हाथ पर RVI का टैटू है ।"

"शानदार ! उसका पता बताइए इंस्पेक्टर ?" डिटेक्टिव प्रदीप ने उत्सुकता से पूछा ।

इंस्पेक्टर ने जवाब देते हुए बताया कि- " वह, गाजियाबाद के पास रहता है। किराए के मकान में अकेला ही रहता है ।"

"ओके, गाड़ी निकालो और अभी इस रवि अरोड़ा के घर पर छापा मारो।" डिटेक्टिव प्रदीप ने कहा ।

डिटेक्टिव प्रदीप और इंस्पेक्टर गाड़ी लेकर गाजियाबाद के लिए रवाना हो जाते हैं। गूगल मैप की सहायता से वे ठीक रवि अरोड़ा के पते पर पहुँच जाते हैं और दरवाज़ा खटखटाते हैं। अन्दर से कोई दरवाज़ा खोलते हुए, घबराया सा बोलता है - " जी... कौन ?"

" मैं डिटेक्टिव प्रदीप और ये हैं मेरे साथी इंस्पेक्टर। रवि अरोड़ा ? हमें आपसे कुछ सवाल पूछने हैं।" डिटेक्टिव प्रदीप ने इंस्पेक्टर का परिचय कराते हुए कहा ।

रवि पसीना पोंछते हुए कहता है - " पर किस बारे में सर ?"

इंस्पेक्टर रवि के सवाल का जवाब देते हुए कहते हैं - "अर्पिता और किशोर के रूम में जबरदस्ती घुसकर धमकी भरा पत्र छोड़ने के सन्दर्भ में।" इंस्पेक्टर की बात सुनकर रवि चुप हो जाता है, डर के मारे पीछे हटता है, तभी डिटेक्टिव प्रदीप सवाल करते हैं - "क्या तुम उस रात रिसॉर्ट में गए थे, जहाँ अर्पिता और किशोर ठहरे हुए हैं ?"
रवि अरोड़ा कांपते हुए कहता है –"नहीं... नहीं... मैं...।"
डिटेक्टिव प्रदीप रवि के नज़दीक जाते हुए कहते हैं –"झूठ मत बोलो ! तुम्हें सीसीटीवी में देखा गया है ।"
रवि घुटते हुए कहता है-"मैं गया था... लेकिन मैंने वहाँ किसी को नुकसान नहीं पहुँचाया !"
इंस्पेक्टर गुस्से में आकर कहता है –"फिर क्यों गए थे?"
"सर न मैं अर्पिता को जानता हूँ और ना ही किशोर को ! मुझे बस उनके रूम तक एक पत्र पहुंचाना था जो मैंने वहाँ पहुंचा दिया।" रवि अरोड़ा ने हकलाते हुए कहा ।
" यह पत्र किसने दिया था तुम्हें और इसके एवज में कितना रुपया मिला था?" इंस्पेक्टर ने सवाल पूछते हुए कहा ।
" मैं रिसॉर्ट के आसपास ही घूम रहा था कि तभी एक औरत ने मुझे अपने पास बुलाया और वो पत्र थमाते हुई बोली कि यदि यह पत्र मैंने रिसॉर्ट के कमरा नंबर 206 में छोड़ दिया तो मुझे पाँच हजार रुपए मिलेंगे । बस फिर क्या था मुझ जैसे महारथी चोर ने यह काम पल भर में कर दिखाया।" रवि अरोड़ा एक ही सास में सारी बात बता गया।
" वो औरत कौन थी ?" डिटेक्टिव प्रदीप ने जोर देते हुए पूछा ।
"जी, उसका चेहरा बुर्के नें था इसलिए मैं उसे पहचान नहीं पाया ।" रवि अरोड़ा ने हकलाते हुए जवाब दिया।
"क्या तुम हुलिए के आधार पर उस औरत का स्कैच बनवा सकते हो।" डिटेक्टिव प्रदीप ने कहा ।

"जी,जरूर । आप स्कैच बनाने वाले को बुलाइए ।" रवि अरोड़ा ने कहा।

इंस्पेक्टर फोन करके एक स्कैच बनाने वाले को बुलाता है और रवि अरोड़ा के बताए हुलिए के आधार पर उस औरत का स्कैच बनावा लेता है ।

उस स्कैच के आधार पर डिटेक्टिव प्रदीप रिसॉर्ट के आसपास उस औरत के बारे में जानकारी जुटाने में लग जाता है ।

"क्या तुमने किशोर को भी रूम में देखा था ?" इंस्पेक्टर ने पूछा ।

"उसे मैंने देखा तक नहीं । अर्पिता जी के चिल्लाने की आवाज़ सुनकर मैं डर गया था तो मैं कुछ मिनट दरवाजे पर खड़ा रहा, फिर पत्र वहाँ छोड़कर चला आया ।" रवि अरोड़ा ने बताया।

"रवि अरोड़ा का बयान सीसीटीवी और दुकानदार की बातों से मेल खाता है । मुझे लगता है कि वो संदिग्ध नहीं, गवाह है । असली संदिग्ध वो औरत है । रवि अरोड़ा ने सिर्फ पाँच हजार रुपए के लिए काम किया है । हमें जल्द से जल्द उस औरत का पता लगाना चाहिए ताकि उससे जुड़े लोगों का पता चल सके ।" डिटेक्टिव प्रदीप ने कहा।

पढ़ते रहिए , अगले भाग में आप पढ़ेंगे कि यह बुर्के वाली औरत कौन थी और क्यों अर्पिता के पीछे पड़ी हुई थी ?

भाग 80 : कौन थी वो बुर्के वाली औरत ?

रवि अरोड़ा से पूछताछ के बाद इंस्पेक्टर और डिटेक्टिव प्रदीप का पूरा ध्यान उस बुर्के वाली औरत की तलाश पर केन्द्रित हो गया था। दोनों अपनी फाइलों और तस्वीरों के साथ बैठे हैं। तभी इंस्पेक्टर गंभीर स्वर में डिटेक्टिव प्रदीप से कहता है कि - " इस गधे रवि अरोड़ा ने तो नाम तक नहीं पूछा उस औरत का... बस पाँच हज़ार रुपए लेकर काम कर दिया । ये आदमी भी न, बिना सोचे-समझे किसी के इशारे पर चलता रहा ।"

डिटेक्टिव प्रदीप सिर हिलाते हुए जवाब देता है–"उसने खुद कबूल किया कि औरत बुर्के में थी, आवाज़ भी दबाकर बोल रही थी । सीसीटीवी में भी कोई क्लू नहीं मिला क्योंकि उसने बड़ी होशियारी से ब्लाइंड स्पॉट चुना था ।"

डिटेक्टिव प्रदीप की बात सुनकर इंस्पेक्टर फाइल पलटते हुए कहते हैं कि- "मुझे तीन संभावनाएं दिख रही हैं । पहली,जेल में बंद मौलवी की पत्नी, जो अपने शौहर की गिरफ्तारी का बदला लेना चाहती है । दूसरी, महन्त और पादरी की मिलीभगत और तीसरी प्रधान दलपत सिंह के इशारे पर किसी ने ये करवाया हो ।"

डिटेक्टिव प्रदीप गहरी सोच में डूबे हुए थे । इंस्पेक्टर की बात सुनकर उन्होंने कहा –" इनमें सबसे ज़्यादा फ़ायदा किसे हो सकता है, ये सोचना ज़रूरी है। अर्पिता और किशोर ने जबसे देवदासी प्रथा के खिलाफ कदम उठाया था तभी से ये जोड़ी कई धार्मिक कट्टरपंथियों को खटक रही थी । अदालत से केस जीतने और सभी विरोधियों को कड़ी शिकस्त देने के बाद प्रेम और मेलजोल का प्रतीक बन रहे थे दोनों।"

इंस्पेक्टर थोड़ा झुंझलाते हुए कहता है कि –"महन्त ने पहले भी कहा था कि वह अर्पिता और किशोर को चैन से जीने नहीं देगा । दोनों की दुनिया उजाड़कर रहेगा।"

डिटेक्टिव प्रदीप इंस्पेक्टर की बात से सहमति जताते हुए कहता है कि - "हाँ, मगर वो बुर्के वाली औरत... ये संकेत मौलवी पक्ष की ओर ज्यादा इशारा करता है। हो सकता है ये धार्मिक पहचान को जानबूझ कर इस्तेमाल किया गया हो ताकि हम गुमराह हो जाएँ ।"

इंस्पेक्टर, डिटेक्टिव प्रदीप से सवाल करते हुए कहते हैं कि- "आप कहना चाह रहे हो कि किसी और ने बुर्का पहन कर ये सब किया होगा ?"

डिटेक्टिव प्रदीप इंस्पेक्टर के सवाल का जवाब देते हुए कहते हैं- " ठीक यही। अब देखो, दलपत सिंह एक चालाक आदमी है । राजनीति करता है और धार्मिक भावनाओं से खेलना जानता है । अगर वो अर्पिता और किशोर को परेशान करना चाहे, तो किसी और धर्म की पहचान लेकर वारदात करवाना उसे फायदेमंद लगेगा।"

इंस्पेक्टर उंगली से मेज पर थाप देते हुए कहते हैं कि- " हम्म... मगर फिर वो औरत कौन थी? क्या वो सिर्फ एक मोहरा थी ?"

" मोहरा या फिर किराए की एजेंट । दिल्ली या जयपुर से आई हो सकती है। इस गाँव में ऐसे कपड़े पहनने वाली कोई भी औरत नहीं है, ये बात रवि ने भी कही थी ।" डिटेक्टिव प्रदीप ने इंस्पेक्टर की बात का जवाब देते हुए कहा।

" हमने शहर के लॉज, गेस्ट हाउस, होटलों की लिस्ट माँग ली है । बुर्का पहने औरत का नाम अगर किसी ने दर्ज किया हो तो वो जल्द मिलेगा।" इंस्पेक्टर ने कहा।

डिटेक्टिव प्रदीप थोड़ा उत्साहित होकर-"अगर हम उस महिला की हैंडराइटिंग से खत की तुलना करें, तो ग्राफोलॉजिस्ट की मदद ली जा सकती है । खत अभी फॉरेंसिक लैब में है ना ?"

" हाँ, कल रिपोर्ट आने वाली है । मगर एक बात और, अर्पिता ने कहा था कि रिसॉर्ट के पीछे वाले जंगल में भी रात को उसे अजीब सी सरसराहट और आवाजें सुनाई दी थीं ।" इंस्पेक्टर ने बताया ।

" शायद कोई छुपा हुआ था वहाँ । या हो सकता है कि पत्र देने के पहले उस औरत ने रिसॉर्ट की रेकी की हो ?" डिटेक्टिव प्रदीप ने अंदाजा लगाया ।

"आओ, रिसॉर्ट के कर्मचारियों से फिर से पूछताछ करते हैं । खासकर सुरक्षा गार्ड से। उसके द्वारा बताया गया कोई भी छोटा क्लू काम का हो सकता है।" इंस्पेक्टर ने कहा।

डिटेक्टिव प्रदीप और इंस्पेक्टर गाड़ी से फिर उसी रिसॉर्ट पर पहुँच जाते हैं जहाँ अर्पिता और किशोर ठहरे हुए हैं । वे सीधे सुरक्षा गार्ड से मिलते हैं और उससे फिर पूछताछ करते हैं ।

" तुमने रिसॉर्ट के पीछे वाले जंगल में कभी किसी को देखा था ?" डिटेक्टिव प्रदीप ने पूछा ।

सुरक्षा गार्ड थोड़ा घबराते हुए बोला - " साहब, एक बार पीछे की झाड़ियों में कुछ हलचल देखी थी रात को । मगर मैंने सोचा कोई जानवर होगा ।"

इंस्पेक्टर ने बीच में टोकते हुए कहा कि- " किस रात और कब ?"

" जिस रात अर्पिता के रूम में खत रखा गया था... वही रात । शायद रात के ग्यारह बजे के आस-पास की बात है ।" सुरक्षा गार्ड ने जवाब दिया ।

"तुमने किसी को रिसॉर्ट की बाउंड्री के पास देखा था?" डिटेक्टिव प्रदीप ने अगला सवाल किया ।

" कोई परछाईं दिखी थी... लंबा कद, और ऐसा लगा था जैसे कोई कुछ लपेटे हुए है शरीर पर ।" सुरक्षा गार्ड ने बताया ।

"तुमने होटल प्रबंधन को रिपोर्ट क्यों नहीं की?" इंस्पेक्टर ने पूछा ।
"डर लगा साहब... पहले भी धमकियाँ मिल चुकी थीं रिसॉर्ट के बारे में।" सुरक्षा गार्ड ने बताया ।
पढ़ते रहिए , अगले भाग में आप पढ़ेंगे कि क्या गार्ड के साथ दूसरी बार पूछताछ में बुर्के वाली औरत के बारे में कोई खुलासा हो पाएगा?

भाग 81 : अचानक कहाँ गायब हो गई अर्पिता ?

अर्पिता और किशोर अभी भी रिसॉर्ट में ही अपनी छुट्टियाँ बिता रहे थे। धमकी भरे पत्र के मिलने के बाद पुलिस प्रशासन द्वारा दोनों की सुरक्षा बढ़ा दी गई थी। रात को दोनों एक दूसरे को गुड नाइट कहकर चैन की नींद सोए थे ।
सुबह के लगभग सात बजे थे । किशोर बेड पर करवट बदलता है, अचानक उसकी आँखें खुलती हैं। वह धीरे से उठता है और बगल में अर्पिता को न पाकर चौंक जाता है। वह परेशान होकर आवाज देता है –"अर्पिता...? अर्पिता... तुम कहाँ हो ?" कमरे में इधर-उधर नजर दौड़ाता है, बाथरूम में चैक करता है, बालकनी में जाकर देखता है मगर अर्पिता कहीं दिखाई नहीं देती है ।
"फोन भी यहीं है... वो कहाँ जा सकती है बिना फोन के ?" कहते हुए किशोर उठकर बाहर की तरफ भागता है, रिसेप्शन की तरफ जाता है और घबराया हुआ रिसेप्शन डेस्क पर रिसेप्शनिस्ट से पूछता है कि-"माफ कीजिए, क्या आपने अर्पिता को कहीं देखा है? वो मेरी पत्नी हैं... सुबह-सुबह कहीं चली गई हैं और उनका फोन भी कमरे में है ।"

रिसेप्शनिस्ट शांत स्वर में जवाब देते हुए कहती है कि-“सर, हो सकता है वो मॉर्निंग वॉक पर गई हों । अक्सर लोग पार्क की ओर जाते हैं। आप घबराइए मत।”

किशोर गुस्से और घबराहट में जवाब देता है कि –“अकेली ? और धमकी वाले खत के बाद ? आप लोगों की ड्यूटी क्या है ? पुलिस कहाँ है ?”

इसी समय पुलिस इंस्पेक्टर और दो कांस्टेबल रिसॉर्ट के गेट से आते हैं । इंस्पेक्टर किशोर से मुखातिब होते हुए पूछता है-“क्या हुआ किशोर जी? आप इतना घबराए हुए क्यों हैं ?”

किशोर लगभग चीखते हुए जवाब देता है -“अर्पिता रूम से गायब है ! सुबह से नहीं दिखी ! उनका फोन कमरे में ही है... और आप लोगों ने कहा था कि चौबीस घंटे सुरक्षा होगी !”

इंस्पेक्टर संजीदगी से किशोर को समझाते हुए कहते हैं कि- “शांत हो जाइए। हम तुरंत खोज शुरू करते हैं। आपने आखिरी बार उन्हें कब देखा?”

“रात को सोते वक्त। सुबह आँख खुली तो वो बिस्तर पर नहीं थीं ।” किशोर ने बताया।

इंस्पेक्टर तुरंत वॉकी-टॉकी पर आदेश देता है-“सभी यूनिट्स अलर्ट हो जाएं। रिसॉर्ट के आसपास के इलाकों में सर्च शुरू करो । खासकर पार्क और बीच की तरफ, शायद अर्पिता मॉर्निंग वॉक पर गई हो ।”

पार्क की ओर, जहाँ अर्पिता अकेली चल रही हैं । उसके चेहरे पर हल्की मुस्कान है, इस बात से बेखबर कि लोग उन्हें ढूंढ रहे हैं । एक बुजुर्ग महिला अर्पिता के पास आकर बात करती हैं- “बेटी, रोज सुबह आती हो क्या वॉक पर ?”

अर्पिता मुस्कुराकर जवाब देती है –“नहीं आंटी, आज पहली बार आई हूँ। हवा बहुत अच्छी है ।”

अर्पिता को एकाएक अपना फोन साथ में नहीं होने का अहसास होता है और कहती है कि- "अरे... मैंने फोन कमरे में ही छोड़ दिया । किशोर परेशान हो रहा होगा...।"

इधर रिसॉर्ट पर तनाव चरम पर है। किशोर अपने बालों में हाथ फेरते हुए कहता है -"अगर अर्पिता को कुछ हो गया तो... मैं खुद को कभी माफ नहीं कर पाऊँगा।"

पुलिस इंस्पेक्टर सहानुभूति से किशोर को समझाते हुए कहता है- "हमने सीसीटीवी फुटेज चेक करने के लिए कहा है रिसॉर्ट मैनेजर को। साथ ही पार्क और बीच के पैदल रास्तों पर हमारी टीम भेज दी है । आप चिन्ता मत करिए शीघ्र अर्पिता को ढूँढ लिया जाएगा।"

तभी सीसीटीवी रूम से रिसॉर्ट मैनेजर पुकारता है –

" इधर आइए सर, यह देखिए, सुबह छः बजे अर्पिता मैडम गेट से बाहर जाती दिख रही हैं। उनके पास कुछ नहीं था... फोन भी नहीं ।"

इंस्पेक्टर गंभीर होकर पूछता है कि-"कहाँ गई होंगी अकेली...? पार्क की तरफ ?"

इसी बीच पुलिस की टीम पार्क पहुँचती है, एक कांस्टेबल अर्पिता को पहचान लेता है और उसके पास जाकर कहता है - " मैडम ! अर्पिता जी! आप ठीक हैं? हम सब आपको ढूंढ रहे हैं !"

अर्पिता हैरान होकर जवाब देती है - "क्या...? क्या हुआ ? मैं तो बस वॉक पर आई थी...। "

" चलिए रिसोर्ट्स पर किशोर साहब आपको लेकर बहुत परेशान हो रहे हैं।" एक पुलिस वाला कहता है।

रिसॉर्ट लौटने पर किशोर और अर्पिता आमने-सामने होते हैं। किशोर अर्पिता को देखते ही गले लगाता है और कहता है- "तुम कहाँ चली गई थी अर्पिता? तुम जानती हो ना कितनी खतरनाक स्थिति है ? मैं पागल हो गया था !"

अर्पिता गंभीरता से जवाब देती है - "सॉरी किशोर... मैं बस थोड़ी देर हवा खाने निकली थी। ये समझ नहीं पाई कि फोन छोड़ना कितनी बड़ी भूल है ।"
तभी पुलिस इंस्पेक्टर दोनों को समझाते हुए कहते हैं कि- "आप दोनों को अब और सतर्क रहने की ज़रूरत है । धमकी भरा खत मिलने के बाद हमें हर कदम सोच-समझकर रखना होगा।"
अर्पिता और किशोर कमरे में लौटते हैं, अब थोड़ा शांत होकर किशोर धीरे से कहते हैं कि- "तुम्हें कुछ हो जाता तो...? तुम नहीं समझ सकती मैं क्या महसूस कर रहा था।"
अर्पिता किशोर का हाथ थामते हुए कहती है कि- "मैं समझ सकती हूँ किशोर... और मैं वादा करती हूँ कि अब बिना बताये कहीं नहीं जाऊँगी।"
दोनों एक दूसरे के गले लगकर काफी देर तक एक-दूसरे में खोए रहते हैं और डिनर करने के बाद सोने के लिए चले जाते हैं ।

पढ़ते रहिए ,अगले भाग में आप पढ़ेंगे कि आखिर क्यों परेशान थे अर्पिता और किशोर?

भाग 82 : क्यों परेशान थे अर्पिता और किशोर ?

गहरी रात हो चुकी थी। किशोर खिड़की के पास खड़ा था, बाहर घना अंधेरा था और हल्की हवा चल रही थी। अर्पिता पीछे से आती है और किशोर से पूछती है - "सो नहीं रहे ?"
"सोच रहा हूँ... वो खत... कहीं ये सब महन्त या प्रधान की करतूत तो नहीं है ?" किशोर ने अर्पिता के सवाल का जवाब देते हुए कहा ।

"हम डरेंगे नहीं किशोर । आप साथ हैं तो हर मुश्किल आसान लगेगी ।" अर्पिता ने किशोर का हाथ अपने हाथ में लेते हुए कहा ।

"लेकिन अब हर कदम संभलकर चलना होगा अर्पिता और पुलिस को भी और अलर्ट करना होगा । चलो अब सो जाते हैं ।"

किशोर ने अर्पिता के हाथ को कसकर पकड़ते हुए कहा । दोनों अपने बिस्तर पर चले जाते हैं।

इधर पुलिस इंस्पेक्टर और डिटेक्टिव प्रदीप गहरी रात को भी पुलिस थाने में उस बुर्के वाली औरत के बारे में छानबीन कर रहे होते हैं ।

डिटेक्टिव प्रदीप से कहता है- " ऐसा लगता है कि धमकी देने वाला कोई नजदीकी है। रिसॉर्ट के स्टाफ, पुराने जानकार या फिर किसी का निजी बदला। लेकिन अब हमें हर एंगल से जांच करनी होगी सर।"

वो खत को फिर से देखता है, जिसमें लिखा है- "अगर नहीं माने, तो अगली बार सिर्फ खत नहीं होगा...।"

डिटेक्टिव प्रदीप रिसॉर्ट का नक्शा निकाल कर उसे टेबल पर फैलाते हुए कहता है - "ये देखो, रिसॉर्ट से जंगल के रास्ते निकल कर गाँव के पुराने कुएँ तक पहुँचा जा सकता है और वहाँ से दलपत सिंह का फार्म हाउस मुश्किल से आठ सौ मीटर दूर है।"

" मतलब वो औरत उस रास्ते से गई हो सकती है ?" इंस्पेक्टर ने सवाल किया ।

"संभव है । प्रधान दलपत सिंह के लोगों से पूछताछ करनी होगी । शायद ससीटीवी में वहाँ भी कुछ रिकॉर्ड हुआ हो ।" डिटेक्टिव प्रदीप ने कहा।

"और मौलवी की पत्नी की लोकेशन भी ट्रैक कराते हैं । अगर वो उस रात शहर से बाहर थी तो शक से हटेगी ।" इंस्पेक्टर ने डिटेक्टिव प्रदीप की बात को आगे बढ़ाते हुए कहा ।

"अच्छा इंस्पेक्टर यह बताओ कि इस खत पर से फिंगर प्रिंट लिए गए थे और उनकी फॉरेंसिक जांच की रिपोर्ट भी आ गई बताई ?" डिटेक्टिव प्रदीप ने कहा।

"अरे हाँ सर । मैं आपको यह तो बताना ही भूल गया। वो रिपोर्ट अलमारी में रखी है। मैं अभी लेकर आता हूँ।"

इंस्पेक्टर अलमारी से फॉरेंसिक रिपोर्ट निकालकर पढ़ते हुए कहते हैं कि- "खत पर किसी महिला के फिंगरप्रिंट हैं, लेकिन डेटा बेस में नहीं हैं । हैंडराइटिंग साफ-सुथरी और अभ्यास की हुई है, जैसे कोई टीचर या क्लर्क हो ।"

डिटेक्टिव प्रदीप मुस्कुराते हुए कहता है –"यानि अब हमारे पास प्रोफाइल है, शिक्षित, सावधान, गैर-स्थानीय महिला, जिसने खत लिखा, बुर्का पहना और जंगल के रास्ते रिसॉर्ट पहुँची ।"

"और रवि ने जो बताया, वो औरत बार-बार अपनी घड़ी देख रही थी । शायद किसी तय वक्त पर ही खत रखवाना चाहती थी। यानि पूरा प्लान पहले से तय था।" इंस्पेक्टर: ने कहा ।

" मुझे अब यकीन होने लगा है, ये दलपत सिंह के नेटवर्क का ही काम है। वो अपने राजनैतिक हितों के लिए धर्म का नकाब पहन रहा है ।" डिटेक्टिव प्रदीप ने जवाब देते हुए कहा ।

" चलो, आज रात हम दलपत सिंह के फार्म हाउस पर रेड डालते हैं। अगर वो औरत वहाँ छुपी है, या कोई सुराग वहाँ है, तो वो मिलेगा ।" इंस्पेक्टर ने बात को आगे बढ़ाते हुए कहा ।

इंस्पेक्ट और डिटेक्टिव प्रदीप कुछ सिपाहियों जिनमें महिला पुलिस भी थी, को साथ लेकर दलपत सिंह के फॉर्म हाउस पर रेड डालते हैं। सारे फॉर्म हाउस का चप्पा चप्पा छाना जाता है।

तभी एक महिला पुलिस कर्मी चिल्लाती है -" यह देखिए साहब यहाँ तहखाने में एक औरत बेड पर सो रही है ।" सभी पुलिस कर्मी और इंस्पेक्टर तहखाने में पहुँचते हैं और उस महिला को दबोच लेते हैं ।

महिला पुलिस कर्मी उस औरत को पकड़कर तहखाने से बाहर लेकर आती है ।

इंस्पेक्टर उस औरत को तड़ी मारते हुए कहते हैं-"सब कुछ सच बताओ कि रिसॉर्ट में अर्पिता के रूम में धमकी भरा पत्र रवि अरोड़ा को देने के लिए तुम्हें किसने भेजा था ?"

महिला डरी हुई आवाज़ में कहती है- "मुझे मजबूर किया गया था ! मेरे बेटे को नौकरी का लालच दिया गया । मुझे कहा गया था बस एक चिट्ठी रख आओ... बस।"

"किसने कहा था ?" इंस्पेक्टर ने रौब दिखाते हुए पूछा।

महिला आँसू बहाते हुए बोलती है -"दलपत सिंह के पीए रघुवीर ने...साहब।"

पुलिस इंस्पेक्टर महिला पुलिस कर्मियों को आदेश देते हुए कहते हैं- "आज रात इस औरत की इस फॉर्म हाउस पर ही निगरानी की जाए। कल सुबह इसे पुलिस थाने लेकर आओ। वहीं पर इससे और पूछताछ की जाएगी ।"

डिटेक्टिव प्रदीप धीमे स्वर में कहता है- "राजनीति और डर का घिनौना गठजोड़... और इस बार नकाब एक माँ ने पहना, अपने बच्चे के भविष्य के लिए ।"

इंस्पेक्टर और डिटेक्टिव प्रदीप कुछ सिपाहियों को फॉर्म हाउस पर उस औरत की निगरानी के लिए छोड़कर गाड़ी में वापस लौट आते हैं ।

रास्ते में इंस्पेक्टर कहता है - "शतरंज का खेल था ये... हर चाल सोची-समझी लग रही है ।"

"मगर हर चाल का जवाब भी होता है... और सच की चाल हमेशा सबसे ताक़तवर होती है ।" डिटेक्टिव प्रदीप ने कहा ।

पढ़ते रहिए , अगले भाग में आप पढ़ेंगे कि बुर्के वाली औरत को धमकी भरा पत्र छोड़ने को कहने वाला यह दलपत सिंह का पी. ए. कौन था? और इससे पूछताछ में क्या पता चला ?

भाग 83 : कौन था दलपत सिंह का पी.ए.?

इंस्पेक्टर और डिटेक्टिव प्रदीप बुर्के वाली औरत को थाने पर बुलवा लेते हैं और आज भी पुलिस थाने में पूछताछ करते हैं । इंस्पेक्टर कड़क स्वर में सवाल करते हुए पूछते हैं कि- “साफ-साफ बताओ! किसके कहने पर तुमने किशोर और अर्पिता को धमकी भरा पत्र पहुँचाया था ?”

बुर्के वाली औरत आँखें नीची किए, धीमे स्वर में जवाब देती है- “ साहब... मुझसे गलती हो गई... मेरे बेटे को नौकरी दिलाने का वादा किया गया था।”

डिटेक्टिव प्रदीप संवेदनशीलता के साथ-“किसने किया ये वादा ? डरने की जरूरत नहीं है। सच बोलो।”

बुर्के वाली औरत गहरी साँस लेकर बोली -“रघुवीर ने... दलपत सिंह का पीए। उसी ने कहा था कि किशोर साहब और अर्पिता को डराना है... वरना तुम्हारा नुकसान हो जाएगा ।”

इंस्पेक्टर हैरानी से कहते हैं-“रघुवीर ? दलपत सिंह का दाहिना हाथ?”

तभी डिटेक्टिव प्रदीप तेज स्वर में पूछते हैं कि- “लेकिन क्यों? आखिर किशोर और अर्पिता ने उनका क्या बिगाड़ा था ?”

बुर्के वाली औरत कांपते हुए जवाब देती है -“क्योंकि... अर्पिता एक देवदासी थी । किशोर साहब ने उसे महन्त और दलपत सिंह के चंगुल से छुड़ाया था। अदालत में केस चला... और फिर महन्त ,

दलपत सिंह, एक मौलवी और एक पादरी, सबको आजीवन कारावास की सजा हो गई ।"

सन्नाटा छा जाता है ।

इंस्पेक्टर गंभीर होकर - "तो बदला लेने के लिए धमकाया जा रहा था ।"

डिटेक्टिव प्रदीप बुर्के वाली औरत से कहते हैं कि- "रघुवीर से पूछताछ करनी पड़ेगी । इंस्पेक्टर इस रघुवीर को दलपत सिंह के फॉर्महाउस से उठाकर लाओ अभी ।"

इंस्पेक्टर कुछ पुलिस कर्मियों को अपने साथ लेकर दलपत सिंह के फॉर्महाउस पहुँच जाता है और दलपत सिंह के पीए रघुवीर को पुलिस हिरासत में लेकर थाने की ओर चल पड़ता है । थाने पर रघुवीर सिंह से पूछताछ शुरू होती है ।

इंस्पेक्टर सख्त लहजे में- "रघुवीर ! सच उगलो ! धमकी दिलाने के पीछे क्या मकसद था ?"

रघुवीर झुके हुए सिर से, घबराते हुए बोला - "साहब... मैं मजबूर था। मालिक ने आदेश दिया था । किशोर साहब ने हमारे मालिक का सब कुछ बर्बाद कर दिया... महन्त का गद्दी से हटना, दलपत सिंह साहब के काले धंधे का उजागर होना , इन सब बर्बादी का कारण वही बने थे ।"

डिटेक्टिव प्रदीप चुभती नजरों से सवाल करते हैं - "और अर्पिता को? उसे क्यों निशाना बनाया ?"

रघुवीर नजरें चुराते हुए जवाब देता है - "क्योंकि अर्पिता को आज़ाद कराना मालिक के लिए सबसे बड़ी बेइज्जती थी । उसके ज़रिए दलपत सिंह बहुत सारे रसूखदार लोगों को ब्लैकमेल करता था। जब किशोर ने उसे छुड़ाया... पूरा खेल बिगड़ गया ।"

इंस्पेक्टर गंभीरता से कहते हैं कि- "तो ये सिर्फ धमकी नहीं थी... ये सत्ता और भ्रष्टाचार के गिरोह का बदला था ।"

डिटेक्टिव प्रदीप धीरे से इंस्पेक्टर की बात का समर्थन करते हुए कहते हैं- "और दलपत सिंह ? अब भी जेल से अपने गुर्गों के जरिये बदला ले रहा है?"
रघुवीर सहमकर हाथ जोड़कर कहता है-"साहब, दलपत सिंह ने जेल से ही सारी स जिश रर्च थी । उसी ने मुझे बुर्के वाली औरत से संपर्क करवाया । मैं बेकसूर हूँ साहब मुझे छोड़ दीजिए ।"
इंस्पेक्टर कड़े स्वर में रघुवीर को हड़काता है -"पहले यह सब बताओ कि यह बुर्के वाली औरत से तुम्हारा सम्पर्क कैसे हुआ ?"
"जी दलपत सिंह के कहने पर यह औरत फॉर्म हाउस पहुँचकर अपने बेटे के लिए नौकरी मांगने आई थी । दलपत सिंह ने कहलवाया था कि इसी औरत से सौद किया जाए और इसके बेटे को नौकरी देने के बदले इससे एक धमकी भरा पत्र अर्पिता और किशोर के रूम में रखवाया जाए ।"
"फिर इसके बाद क्या किया तुमने ?" इंस्पेक्टर ने सवाल किया।
"फिर इस बुर्के वाली औरत को मैंने सब कुछ समझा दिया । इसको अपने परिवार की रोजी रोटी चलाने के लिए बेटे को नौकरी दिलवानी थी सो यह इस काम को करने के लिए तैयार हो गई।"
डिटेक्टिव प्रदीप ने इंस्पेक्टर से कहा कि उस बुर्के वाली औरत को यहाँ लेकर आओ और इन दोनों को आमने- सामने बैठाकर फिर पूछताछ करो। क्या दोनों के बयान एक जैसे हैं या अलग – अलग।"
इंस्पेक्टर बुर्के वाली औरत को रघुवीर के समक्ष लाता है। दोनों एक - दूसरे को पहचान लेते हैं। इस पर इंस्पेक्टर रघुवीर से कहता है- "तो अब तुम अदालत में गवाही दोगे ?" रघुवीर हिम्मत जुटाकर - " हाँ साहब । मैं सब सच बताऊंगा ।"
पढ़ते रहिए , अगले भाग में आप पढ़ेंगे कि रिसॉर्ट में अर्पिता और किशोर के साथ क्या नया घटनाक्रम घटता है ?

भाग 84 : किसने किया किशोर का अपहरण ?

रिसोर्ट्स का लॉन, रात का समय था। अर्पिता और किशोर लॉन में टहल रहे थे । तभी किशोर के फोन की घंटी बजती है। वह फोन करते हुए लॉन से बाहर निकल गया। अर्पिता के लिए यह कोई नई बात नहीं थी। जब भी कोई ऑफिशियल फोन आता तो किशोर बात करते- करते दूर चले जाया करते थे।

अर्पिता रिसेप्शन पर किशोर का इंतजार कर रही है। परन्तु जब काफी देर तक किशोर नहीं आया तो उसे चिन्ता होने लगी। उसने लॉन की तरफ जाकर देखा तो किशोर कहीं नजर नहीं आ रहे थे। अब अर्पिता की घबराहट बढ़ती जा रही थीं ।

अर्पिता परेशान होकर रिसेप्शनिस्ट से पूछती है - " भैया किशोर कहाँ हैं? वो थोड़ी देर पहले यहीं लॉन में मेरे साथ टहल रहे थे। फोन पर बात करते हुए लॉबी की तरफ गए थे परन्तु अभी तक लौटे नहीं हैं ।"

रिसेप्शनिस्ट हिचकिचाते हुए जवाब देता है –"मैडम... मुझे तो नहीं पता। मैंने उन्हें पार्किंग एरिया की तरफ जाते जरूर देखा था ।"

अर्पिता आशंका से कहती है कि-"पार्किंग एरिया ? इस वक़्त ?" कहकर अर्पिता दौड़ती है पार्किंग एरिया की तरफ। वहाँ किशोर का मोबाइल जमीन पर टूटा पड़ा हुआ मिलता है । उस मोबाइल के टुकड़ों को देखकर अर्पिता चीखते हुए कहती है -" किशोर ! आप कहाँ हैं?" जब कोई जवाब नहीं मिलता है तो वह हड़बड़ाकर अपना फोन उठाती है और तुरंत पुलिस इंस्पेक्टर को कॉल करती है ।

अर्पिता फोन पर, काँपते हुए कहती है कि-"हेल्प ! पुलिस इंस्पेक्टर? मैं अर्पिता बोल रही हूँ... एडवोकेट किशोर का अपहरण हो गया है !

रिसोर्ट्स से ! वे कहीं दिखाई नहीं दे रहे हैं । उनका मोबाइल भी यहीं पार्किंग एरिया के पास टूटा हुआ पड़ा मिला है ।"

"आप रिसोर्ट्स में रिसेप्सन पर मिलिए, मैं वहीं आ रहा हूँ । मैंने आपकी सिक्योरिटी में लगे पुलिस फोर्स को अलर्ट कर दिया है । चिन्ता मत कीजिए।" कहकर पुलिस इंस्पेक्टर डिटेक्टिव प्रदीप के साथ रिसोर्ट्स पहुँचता है ।

डिटेक्टिव प्रदीप और इंस्पेक्टर अर्पिता से पूछताछ करते हुए सवाल करते हैं- "अर्पिता जी, आखिरी बार आपने किशोर को कब देखा?"

अर्पिता घबराकर जवाब देती है –"करीब आधा घंटा पहले। वो मेरे साथ लॉन में टहल रहे थे कि अचानक उनका कोई फोन आया तो वे फोन पर बात करते हुए लॉबी में चले गए । मैं रिसेप्शन पर उनका इंतजार करने लगी। काफी देर तक जब किशोर नहीं लौटे तो मुझे चिन्ता हु ई।"

डिटेक्टिव प्रदीप सोचते हुए- "आपके रूम में छोड़े गए धमकी भरे पत्र के अलावा, क्या किशोर को किसी से कोई धमकी मिली थी फोन पर ?"

अर्पिता सिर हिलाते हुए जवाब देती है –"जी... जब से दलपत सिंह और उसके गिरोह को सजा हुई है, तब से कई बार धमकी भरे फोन आए थे। रूम में छोड़े गए उस धमकी भरे पत्र के बारे में तो आपको पता ही है ।"

इंस्पेक्टर गंभीरता से कहता है- " यानि ये साफ है कि ये अपहरण दलपत सिंह के गिरोह के बचे हुए गुर्गों का काम है ।"

डिटेक्टिव प्रदीप चिंता से इंस्पेक्टर से कहता है- " हमें तेजी से काम करना होगा। अगर अपहरणकर्ताओं का मकसद बदला लेना है, तो किशोर खतरे में हैं। हमें तुरन्त ही पुलिस फोर्स को अलर्ट करना होगा।"

"जी सर मैंने फोन कर दिया है । अभी कुछ ही देर में जांच दल के सदस्य भी रिसॉर्ट में पहुँच रहे हैं ।" इन्स्पेक्टर ने कहा ।

रिसोर्ट में पुलिस छानबीन कर रही है । जांच दल के सदस्य भी रिसॉर्ट में पहुँच जाते हैं। डिटेक्टिव प्रदीप को पार्किंग से एक टूटी हुई चेन और एक सफेद वैन के टायर के निशान मिलते हैं ।

डिटेक्टिव प्रदीप जाँच करते हुए कहते हैं कि- "इंस्पेक्टर साहब, देखिए... वैन के निशान हैं । किसी ने किशोर को घसीटकर गाड़ी में डाला है ।"

इंस्पेक्टर हुक्म देते हुए चिल्लाता है -"फॉरेंसिक टीम को बुलाओ और आसपास के सीसीटीवी फुटेज खंगालो ।"

कुछ देर बाद एक पुलिस कॉन्स्टेबल दौड़ता हुआ आता है और हाँफते हुए कहता है -"सर ! हमें रिसोर्ट के पीछे के कैमरे में एक सफेद वैन जाती दिखी है। उस पर एक टूटी हुई नंबर प्लेट है, लेकिन आंशिक नंबर पढ़े जा सकते हैं — 'MH 12 B..."

डिटेक्टिव प्रदीप चहकते हुए कहते हैं कि- " शानदार ! सभी चेक पोस्ट्स पर अलर्ट भेजो। सफेद वैन की तलाश शुरू करो।"

पूरी पुलिस फोर्स हर नाके पर वाहनों की चेकिंग शुरू कर देती है ।

पढ़ते रहिए, अगले भाग में आप पढ़ेंगे कि अपहरणकर्ता किशोर को कहाँ ले गए हैं और उसके साथ क्या किया जा रहा है ?

भाग 85 : क्यों दी गई किशोर को यातनाएं ?

उधर पुलिस इंस्पेक्टर और डिटेक्टिव प्रदीप की टीम किशोर की तलाश में जगह- जगह छापे मार रही थी परन्तु अभी तक उन्हें कोई सफलता हाथ नहीं लगी थी। रिसोर्ट्स पर अर्पिता का रो- रोकर बुरा हाल था ।

इधर सफेद वैन सुनसान सड़क पर दौड़ रही थी । खिड़कियों पर काले पर्दे पड़े थे, ताकि बाहर से कोई झाँक न सके। अंदर किशोर बेसुध पड़ा था । उसकी नाक पर अब भी बेहोश करने वाली दवा की हल्की गंध तैर रही थी । दो भारी-भरकम गुंडे उसके पास बैठे थे । एक ने बूट से उसकी पसलियों में हल्का धक्का दिया और दूसरे से बोला- " चेक कर ले, कहीं मर न गया हो रास्ते में।"

दूसरा गुंडा किशोर के नाक के पास हाथ ले गया और बोला - "नहीं, जिंदा है अभी। बस नींद में है। जल्दी पहुँचाना होगा। बॉस इंतज़ार कर रहा है।" वैन एक खंडहरनुमा इमारत के सामने आकर रुकी। दरवाजा कर्कश आवाज के साथ खुला । वैन से नीचे उतरते ही किशोर के दोनों हाथ कसकर मोटी रस्सी से बाँध दिए गए। फिर उसे घसीटते हुए एक अंधेरे, बदबूदार कमरे में ले जाया गया, जहाँ हवा भी ठहरी हुई लगती थी। धीरे-धीरे किशोर को होश आया । पहले धुंधला-धुंधला दिखा, फिर सब कुछ साफ हुआ।

"अर्पिता !..........अर्पिता !" वह घबराकर चीखा । उसकी आवाज गूंजती हुई कमरे की दीवारों से टकरा गई, लेकिन बाहर किसी ने नहीं सुना । सामने खड़े तीन गुंडे उस पर हँसने लगे ।

" देखो तो इसे ।" एक गुंडे ने कहा ।

" अब इसे समझ में आया कि कहाँ फँस गया है ।" दूसरे गुंडे ने कहा।

किशोर के दिमाग में बिजली सी दौड़ गई। वह समझ गया था कि उसका अपहरण हो चुका है । अब उसे यहाँ से भागना होगा। लेकिन कैसे ? उसने धीरे-धीरे अपने बंधे हाथों को हिलाना शुरू किया । रस्सी बहुत मजबूत थी, लेकिन किशोर की इच्छाशक्ति उससे भी ज्यादा मजबूत थी । कमरे के कोने में दो गुंडे फुसफुसा रहे थे- " जल्दी करो। बॉस ने कहा है कि किशोर को खत्म करना है... पुलिस के पहुँचने से पहले ।"

" पुलिस ?" दूसरे ने चौंकते हुए पूछा ।

" हाँ, पुलिस को खबर मिल गई है । बॉस ने साफ कहा है, कोई सबूत नहीं बचना चाहिए।" पहले गुंडे ने जवाब दिया ।

किशोर के कानों में ये शब्द तीर की तरह चुभे । उसका बदन सिहर उठा। अब उसे समय से पहले भागना ही होगा, वरना उसका अंत निश्चित था । गुंडे अब योजना बनाने में व्यस्त थे ।

एक ने कहा,-"मैं पीछे के कमरे से गन लेकर आता हूँ । तब तक तू इसे संभालकर रख ।"

जैसे ही एक गुंडा बाहर निकला, किशोर ने पूरी ताकत से अपने बंधन को रगड़ना शुरू किया । अचानक रस्सी टूट गई ! उसका एक हाथ आज़ाद था । अब उसे बस सही मौका चाहिए था ।

कमरे में मौजूद गुंडा मोबाइल में व्यस्त हो गया । किशोर ने पास रखी लकड़ी की कुर्सी उठाई और पूरी ताकत से गुंडे पर फेंक दी । कुर्सी सीधी जाकर गुंडे के सिर से टकराई । वह लड़खड़ाया और नीचे गिर पड़ा। किशोर ने बिना समय गँवाए बाहर की ओर दौड़ लगा दी । बाहर घना अंधेरा था, लेकिन किशोर के कदमों में रफ्तार थी । वह गलियारों में दौड़ता रहा। पीछे से गुंडों की आवाजें आ रही थीं -"रुको ! भाग रहा है! पकड़ो उसे !"

किशोर ने खुद को सँभालते हुए एक संकरी गली में मोड़ लिया । वह जानता था कि सीधा रास्ता आत्महत्या के बराबर होगा । अंधेरे का फायदा उठाते हुए वह पीछे के दरवाजे तक पहुँचा, जो आधा खुला था । जैसे ही वह बाहर निकला, उसने देखा कि दूर कहीं एक ढाबा था जिस पर चूल्हा जलता हुआ नजर आ रहा था । उसे अब वहाँ पहुँचना था ,चाहे जो हो जाए । किशोर ने हिम्मत जुटाई और सड़क किनारे दौड़ पड़ा । हर कदम पर उसे डर था कि कोई गाड़ी आकर उसे फिर से उठा न ले । लेकिन किस्मत उसके साथ थी । वह हाँफता

हुआ ढाबे तक पहुँचा। वहाँ एक बूढ़ा चाय बेच रहा था । उसे देखकर बूढ़ा चौक पड़ा और बोला - "बेटा! क्या हुआ तुझे ?"

किशोर ने हाँफते हुए कहा,- " फोन प्लीज, पुलिस को फोन करना है ।"

बूढ़े ने जल्दी से अपना मोबाइल बढ़ाया । किशोर ने काँपते हाथों से नंबर डायल किया -112 और बोला-"मेरा अपहरण हुआ था, मैं अवध हॉस्पिटल से कुछ दूरी पर स्थिति नहरिया ढाबे के पास हूँ । जल्दी आइए।" किशोर ने सामने बोर्ड पर लिखे नाम को पढ़ते हुए घबराई हुई आवाज में कहा..।

कुछ ही मिनटों में पुलिस इंस्पेक्टर और डिटेक्टिव प्रदीप सहित पुलिस की गाड़ियाँ सायरन बजाती हुई वहाँ आ पहुँचीं । पुलिस इंस्पेक्टर और डिटेक्टिव प्रदीप ने किशोर को घेरे में ले लिया ।

"आपने बहुत साहस दिखाया किशोर।" इंस्पेक्टर ने कहा ।

"अब चिंता मत करो । गुंडे ज्यादा दूर नहीं गए होंगे।" डिटेक्टिव प्रदीप ने किशोर को संभालते हुए कहा ।

किशोर को एंबुलेंस में बैठाया गया और अस्पताल ले जाया गया । जहाँ उसकी देखभाल और इलाज शुरू हो गया था । अगले दिन पुलिस ने पूरी छापेमारी की। जिस अड्डे से किशोर अपनी जान बचाकर गुंडों के चंगुल से भागा था, उसे घेर लिया गया। एक जबरदस्त मुठभेड़ के बाद सारे गुंडे पकड़े गए । अपहरण का मास्टरमाइंड भी पुलिस की गिरफ्त में आ गया।

पढ़ते रहिए,अगले भाग में आप पढ़ेंगे क्यों अस्पताल में मिले अर्पिता और किशोर ?

भाग 86 : क्यों अस्पताल में मिले अर्पिता और किशोर ?

अस्पताल के कमरे में हल्की सी महक थी दवाइयों की, और जीवन की । खिड़की से हल्की धूप छनकर भीतर आ रही थी, जैसे अंधेरे को धीरे-धीरे चीरती हुई कोई नयी उम्मीद कमरे में फैल रही हो । दीवार पर टंगी घड़ी की टिक-टिक कमरे की ख़ामोशी में एक अदृश्य ध्वनि पैदा कर रही थी । किशोर बिस्तर पर लेटा था । सिर पर पट्टी बंधी हुई थी, बाजू में स्लाइन लगी थी । उसके चेहरे पर थकान की रेखाएँ थीं, लेकिन आँखों में एक नयी चमक थी , बच जाने की, जीत जाने की । हर सांस में अब उसे जीवन का मूल्य महसूस हो रहा था ।

अचानक दरवाजा खुला । हल्के कदमों की आवाज कमरे में गूँज उठी। किशोर ने धीरे से गर्दन घुमाई । वहाँ अर्पिता खड़ी थी हसरत भरी आँखों से उसे निहारती हुई । उसकी आँखें लाल थीं, जैसे घंटों रोती रही हो । हाथों में फूलों का एक छोटा सा गुलदस्ता था, जिसे वह कसकर पकड़े हुए थी, मानो उसे छोड़ देने से किशोर भी दूर चला जाएगा ।

किशोर की आँखों में एक चमक उभर आई । अर्पिता को देखकर उसका दिल भर आया। वह धीरे से मुस्कराया , एक टूटी-फूटी, पर सच्ची मुस्कान।

अर्पिता धीमे-धीमे कदमों से उसके पास आई । उसके होंठ कांप रहे थे। कुछ शब्द उसके गले में अटक गए थे । वह किशोर के पास बैठी और काँपते हाथों से उसका हाथ थाम लिया । किशोर ने भी हल्के से उसकी हथेली को अपनी हथेली में भींच लिया । जैसे यही स्पर्श उसकी दुनिया की सबसे बड़ी ताकत हो ।

अर्पिता की आँखों से आँसू की दो बूंदें टपक गईं । आवाज़ भर्राई हुई थी, लेकिन उसने खुद को संभालते हुए कहा- “ तुम ठीक हो

न...किशोर ? मैंने... मैंने ही पुलिस को खबर दी थी । जब तुम अचानक गायब हो गए थे... मैं जानती थी कुछ गलत हुआ है।"

किशोर ने उसकी बात सुनते ही उसकी ओर देखा । उस मासूम चेहरे की चिंता को, उस निस्वार्थ प्रेम को महसूस किया । उसकी आँखों में भी आँसू आ गए, लेकिन उसने उन्हें बहने नहीं दिया । उसने धीरे से अर्पिता का हाथ और मजबूती से पकड़ते हुए कहा- "अगर तुम न होती... तो शायद मैं आज जिंदा नहीं होता ।"

कमरे में कुछ पल के लिए एक भावुक चुप्पी छा गई। बाहर की दुनिया मानो थम सी गई थी । केवल दो दिलों की धड़कनें थीं, जो इस चुप्पी को तोड़ रही थीं ।

अर्पिता अब खुद को रोक नहीं पाई । वह किशोर के सीने पर सिर रखकर रोने लगी, सिसकियाँ दबाकर, जैसे जितना रो लेगी, उतना दर्द कम हो जाएगा । किशोर ने अपने कमजोर हाथों से उसके सिर को सहलाया । उसकी अपनी आँखें भी अब छलकने लगीं थीं, लेकिन उसके अंदर एक नया संकल्प जन्म ले रहा था ।

" अब सब ठीक हो जाएगा ! अब मैं किसी से नहीं डरूंगा । न अंधेरे से, न दुश्मनों से, न तकदीर से ।" किशोर ने धीमी आवाज़ में कहा।

अर्पिता ने सिर उठाकर उसकी आँखों में देखा । उसमें नयी दृढ़ता थी, एक चट्टान जैसी। उस पल अर्पिता जान गई थी कि किशोर अब वही लड़का नहीं रहा, जो बेखबर था, जो कमजोर था । वह अब एक योद्धा बन गया था ।

किशोर की आँखों के सामने बीते कुछ घंटे चलचित्र की तरह घूमने लगे । सफेद वैन, रस्सियाँ, गुंडों के डरावने चेहरे, भागने की कोशिशें, जान बचाने की जद्दोजहद । वह सब कुछ अब किसी बुरे सपने की तरह लग रहा था, लेकिन साथ ही उसे यह भी एहसास हो रहा था कि हर चोट ने उसे और मजबूत बनाया है ।

"अर्पिता !" किशोर ने धीरे से कहा ।

" क्या तुम्हें पता है, जब मैं वहाँ फँसा था... जब उन लोगों ने कहा था कि वे मुझे मार देंगे... तब भी मेरे दिल में सिर्फ एक ख्याल आया था , तुम्हारा। तुम्हारी मुस्कान, तुम्हारी आवाज । यही ख्याल मुझे हिम्मत देता रहा ।"

अर्पिता ने उसकी बात सुनते ही अपने आँसुओं को पोछा और मुस्कुराने की कोशिश की । उसका चेहरा खिल उठा । उसने किशोर का हाथ अपने दोनों हाथों में ले लिया, जैसे वादा कर रही हो कि अब कभी उसे अकेला नहीं छोड़ेगी।

तभी डॉक्टर ने कमरे में प्रवेश किया । मुस्कुराते हुए बोला-"अरे, हमारे हीरो अब ठीक हो रहे हैं । बहुत बहादुरी दिखाई आपने एडवोकेट किशोर। कुछ दिन आराम और फिर पूरी तरह से ठीक हो जाओगे।" डॉक्टर ने एक इंजेक्शन लगाते हुए कहा ।

किशोर ने सिर हिलाया । उसके भीतर एक नयी ऊर्जा दौड़ गई थी । डॉक्टर के जाने के बाद अर्पिता ने धीरे से कहा, "अब तुम क्या करोगे ?"

किशोर ने गहरी साँस ली और मुस्कुराते हुए कहा –"अब मैं कमजोर नहीं रहूँगा । जो कुछ मेरे साथ हुआ, वो अब किसी और के साथ न हो... इसके लिए कुछ करूँगा ।"

"तुम्हारा मतलब ?" अर्पिता ने उत्सुकता से पूछा ।

"मैं दूसरों की मदद करूँगा, अर्पिता । मैं सीखूँगा, खुद को इतना मजबूत बनाऊँगा कि फिर कभी कोई मुझे या मेरे अपनों को नुकसान न पहुँचा सके।" अर्पिता ने उसकी आँखों में देखा । उनमें आग थी, साहस की आग, जो कभी बुझने वाली नहीं थी ।

अगले दिन अस्पताल के लॉन में दोनों बैठे थे । हल्की धूप चेहरे पर पड़ रही थी। फूलों की महक हवा में घुली हुई थी । किशोर ने आसमान की ओर देखा। एक विशाल, अनंत आसमान, जो आज उसे पहले से भी ज्यादा अपना लग रहा था ।

अर्पिता ने मुस्कुराते हुए कहा- " तुम बदल गए हो, किशोर ।"
"हाँ !" किशोर ने भी हँसते हुए कहा- "अब मैं जान गया हूँ कि डर से बड़ा कोई दुश्मन नहीं और उम्मीद से बड़ा कोई दोस्त नहीं ।"
अर्पिता ने सिर हिलाया और उसकी हथेली को थपथपाया । दोनों ने एक-दूसरे की आँखों में देखा। शब्दों की ज़रूरत नहीं थी । उनके दिल अब एक अनकहे वादे से जुड़ गए थे, साथ चलने के, साथ लड़ने के, और हर मुश्किल का सामना करने के । अस्पताल के गेट से अन्दर आकार बेड पर लेटते हुए किशोर ने खुद से वादा किया-"यह तो बस शुरुआत है । अब मेरा सफर शुरू हो रहा है ।" कहकर किशोर बेड पर पसर गया । शायद उसे अब हड्डियों का दर्द सताने लगा था । उसे कब गहरी नींद आ गई पता ही नहीं चला । अर्पिता किशोर के हाथ-पैर दबा रही थी ।

भाग 87 : किसने की किशोर की जान लेने की कोशिश ?

किशोर का इलाज़ सिटी हॉस्पिटल, कमरा नंबर 207 में चल रहा था । शाम के छः बजे होंगे । कमरे में किशोर बेड पर लेटा था, उसके सिर पर पट्टी बंधी हुई थी । अर्पिता कुर्सी पर बैठी किताब पढ़ रही थी। तभी किशोर धीरे से अर्पिता से कहता है- "अर्पिता... पानी मिलेगा क्या ?"
अर्पिता मुस्कुराते हुए जवाब देती है –"अभी लाई । तुम थोड़े बेहतर लग रहे हो आज।" वह जग से पानी गिलास में भरकर किशोर को देती है ।
"जब तुम पास होती हो तो दर्द कम लगता है।" किशोर गिलास से पानी पीते हुए कहता है ।

अर्पिता हल्की मुस्कान के साथ जवाब देती है –"और जब तुम ऐसे बातें करते हो तो डॉक्टरों का भी हौसला बढ़ जाता है ।"

तभी दरवाज़े पर दस्तक होती है, दो लोग, रणजीत और गुड्डू । डॉक्टर और नर्स की पोशाक में किशोर के कमरा नंबर 207 में अंदर प्रवेश करते हैं ।

रणजीत डॉक्टर की तरह बात करते हुए कहता है - "गुड इवनिंग, हम नई टीम से हैं। डॉ. शर्मा की छुट्टी है आज। मैं डॉ. रणजीत और ये मेरी नर्स हैं। हम किशोर का रूटीन चेकअप करेंगे ।"

अर्पिता थोड़ा चौकते हुए कहती है कि- " पर डॉ. शर्मा ने तो कहा था कि वो रात की राउंड खुद लेंगे ।"

नर्स बनावटी मुस्कान के साथ जवाब देती है -"हाँ, अचानक उनकी मीटिंग आ गई । हमको किशोर का चेकअप असाइन किया गया है ।"

रणजीत इंजेक्शन निकालता है, जिसे देखकर किशोर थोड़ा सहम जाता है और पूछता है- "ये इंजेक्शन किस चीज़ के लिए दिया जा रहा है?"

रणजीत नकली आत्मविश्वास से जवाब देता है- "दर्द कम करने और नींद के लिए है। आप आराम से सो जाएंगे ।"

तभी अर्पिता की नजर इंजेक्शन की शीशी पर जाती है, जिस पर लेबल अधूरा और अस्पष्ट है । वह संदेह व्यक्त करते हुए पूछती है - " ये दवा की बोतल कुछ अजीब लग रही है... आप लोग अपनी आईडी या कोई पहचान कार्ड दिखा सकते हैं ?"

रणजीत थोड़ा झिझकते हुए जवाब देता है-"हम सरकारी डॉक्टर हैं, आईडी अभी लॉकर्स में है थोड़ी देर बाद मैं मेरे असिस्टेंट से भिजवाता हूँ।"

तभी कमरे में आवाजें सुनकर असली नर्स मीना कमरे में आती है, उसके चेहरे पर चिंता के भाव हैं । वह अर्पिता से मुखातिब होते हुए

कहती है-“मैम ! आपने इन दोनों को अंदर कैसे आने दिया ? ये हमारे स्टाफ नहीं हैं !”
थोड़ी देर के लिए कमरे में सन्नाटा छा जाता है, रणजीत और गुड्डू एक-दूसरे को देखते हैं और भागने की कोशिश करते हैं । इसी दौरान अर्पिता अलार्म बटन दबाती है और चिल्लाती है - “सिक्योरिटी ! सिक्योरिटी ! कोई इन्हें रोको !”
शोरगुल सुनकर तुरंत वार्ड बॉय रामू और दो सिक्योरिटी गार्ड कमरे में आते हैं। फर्जी डॉक्टर रणजीत और नर्स को काबू में कर लिया जाता है। कुछ देर में पुलिस इंस्पेक्टर भी वहाँ पहुँच ते जाते हैं और कहते हैं कि- “ बहुत अच्छा काम किया मिस अर्पिता। अगर आप समय रहते सतर्क न होतीं, तो बड़ी अनहोनी हो सकती थी।”
किशोर धीरे से कहरारते हुए बताता है कि- “ शायद ये... उसी गैंग के लोग हैं... जिन्होंने मेरा अपहरण किया था...।”
“हो सकता है । हम इन्हें थाने ले जा रहे हैं । वहीं इनसे सारा सच उगलवाएंगे।” इंस्पेक्टर फर्जी डॉक्टर रणजीत और नर्स दोनों को गिरफ़्तार कर लेते हैं और पुलिस थाने लाकर दोनों की हजामत बनाते हैं। पिटाई के डर से रणजीत चीखते हुए कहता है- “हमें मत मारो! सब कुछ सच बता देंगे !”
नर्स भी चिल्लाते हुए कहती है- “हमें बस ऑर्डर मिला था... सरगना ने कहा था कि किशोर जिंदा नहीं बचना चाहिए..!”
“ सरगना कौन है ?” इंस्पेक्टर ने रौब दिखाते हुए पूछा।
“ दलपत सिंह... गांव का पूर्व प्रधान... किशोर ने उसको आजीवन कारावास की सजा दिलवाई थी ।”
“अच्छा तो यह काम भी दलपत सिंह के गुर्गों का ही था। अपहरण की साज़िश में सफल नहीं हुए तो यह काण्ड कर बैठे। अब तुम सब भी दलपत सिंह के साथ ही जेल में चक्की पीसना।” इंस्पेक्टर ने

दोनों को एक - एक चाटा रसीद करते हुए कहा । इस घटना के बाद अस्पताल में अर्पिता और किशोर की सुरक्षा बढ़ा दी जाती है ।
किशोर गंभीर स्वर में कहता है - "अर्पिता, अगर तुम न होती तो शायद... आज वो फर्जी डॉक्टर अपना काम कर जाता ।"
अर्पिता भावुक होकर किशोर के मुँह पर हाथ रखते हुए कहती है कि- "चुप रहो । अब तुम सुरक्षित हो । जब तक मैं हूँ , कोई तुम्हारा बाल भी बांका नहीं कर सकता ।" किशोर मुस्कुराता है और अर्पिता के हाथ को कसकर पकड़ते हुए कहता है - " तुम्हारा साथ ही मेरी सबसे बड़ी ताकत है अर्पिता । जब मैं ठीक हो जाऊं... तो क्या हम कहीं दूर चल सकते हैं? जहाँ शांति हो, जहाँ डर न हो...।"
अर्पिता धीरे से मुस्कराते हुए कहती है कि- "ज़रूर... पर पहले हमें यह लड़ाई पूरी करनी है... ताकि किसी और किशोर को यह दर्द न सहना पड़े।"
दोनों के चेहरे पर राहत की हल्की मुस्कान होती है, लेकिन कमरे में अब भी सतर्कता का माहौल बना हुआ है ।
पढ़ते रहिए ,अगले भाग में आप पढ़ेंगे कि विरोधी क्यों पड़ें हुए थे किशोर के पीछे ?

भाग 88 : विरोधी क्यों पड़ें हुए थे किशोर के पीछे ?

किशोर के साथ घटित इस दूसरी घटना से पुलिस इंस्पेक्टर और अस्पताल प्रशासन पूरी तरह सतर्क हो जाते हैं । सिटी हॉस्पिटल के कॉन्फ्रेंस रूम में एक आपातकालीन बैठक चल रही है । इस बैठक में पुलिस अधीक्षक, पुलिस इंस्पेक्टर, डिटेक्टिव प्रदीप, सुरक्षा प्रमुख, डॉक्टर, अर्पिता तथा अस्पताल के चीफ मेडिकल प्रमुख भाग ले रहे होते हैं । किशोर व्हील चेयर पर बैठा हुआ है । पुलिस इंस्पेक्टर सभी को संबोधित करते हुए गंभीर स्वर में कहते हैं कि- " हम सबको यह मानना होगा कि किशोर पर जानलेवा हमला सिर्फ एक हादसा नहीं था, बल्कि योजनाबद्ध प्रयास था। दलपत सिंह और उसके गुर्गों ने सीधे अस्पताल की सुरक्षा को चुनौती दी है ।"

"हमनें पूरी कोशिश की कि किसी भी अनजान व्यक्ति को अंदर न आने दें, लेकिन ये लोग फर्जी आईडी और यूनिफॉर्म में आए थे । हमारे स्टाफ को शक नहीं हुआ । मरीजों की सुरक्षा हमारी पहली प्राथमिकता है । किशोर अब खतरे में नहीं होना चाहिए । उसे और अर्पिता को विशेष सुरक्षा मिलनी चाहिए।" अस्पताल के चीफ मेडिकल प्रमुख ने कहा।

" बिल्कुल। हमने पहले ही प्रस्ताव तैयार कर लिया है। किशोर और अर्पिता को जेड़ प्लस सुरक्षा श्रेणी प्रदान की जाएगी ।" पुलिस अधीक्षक ने जानकारी देते हुए कहा । "जेड़ प्लस ? क्या यह वही सुरक्षा है जो प्रधानमंत्री या बड़ी हस्तियों को दी जाती है?" अर्पिता ने हैरानी से पूछा।

"हाँ, जेड़ प्लस में कुल पचपन सुरक्षाकर्मी होते हैं, जिनमें एन.एस.जी.कमांडोज़ शामिल होते हैं । चारों तरफ सुरक्षा घेरा

बनाया जाएगा।" सुरक्षा प्रमुख ने अर्पिता के सवाल का जवाब देते हुए बताया ।

"क्या इतनी बड़ी सुरक्षा से मैं सामान्य ज़िंदगी जी पाऊँगा पुलिस अधीक्षक महोदय?" किशोर कुछ घबराते हुए सवाल पूछते हैं ।

"किशोर, ये व्यवस्था अस्थायी है। जब तक दलपत सिंह के गुर्गे पकड़े नहीं जाते हैं, तब तक यह ज़रूरी है। तुम्हारी जान को असली खतरा है।" इंस्पेक्टर किशोर के सवाल का जवाब देते हुए कहते हैं ।

"सुरक्षा व्यवस्था में कोई चूक नहीं होनी चाहिए। अस्पताल के प्रवेश द्वार से लेकर किशोर के कमरे तक, हर स्तर पर निगरानी रहेगी ।" अस्पताल के चीफ मेडिकल प्रमुख ने कहा ।

"हमने सुरक्षा के तीन रिंग बनाए हैं । पहला अस्पताल के बाहर, दूसरा अंदर कॉरिडोर में, और तीसरा किशोर के वार्ड के चारों ओर। साथ ही हर आने-जाने वाले की बायोमेट्रिक जांच होगी।" सुरक्षा प्रमुख ने कहा ।

" क्या हमारे स्टाफ को भी जांच से गुजरना होगा ?" किशोर का इलाज़ कर रहे डॉक्टर ने पूछा ।

"जी हाँ । इस समय कोई ढील नहीं दी जा सकती। अस्पताल का हर कोना सीसीटीवी से जोड़ा जाएगा और लाइव फीड कंट्रोल रूम में जाएगी।" पुलिस अधीक्षक ने बताया।

"हम अपने मेडिकल स्टाफ को आवश्यक प्रशिक्षण देंगे ताकि वो सुरक्षाबलों के साथ सहयोग कर सकें ।" किशोर का इलाज़ कर रहे डॉक्टर ने कहा ।

" क्या मुझे कहीं और शिफ्ट किया जाएगा ?" किशोर ने सवाल किया।

"नहीं, पर आपका वार्ड अब पूरी तरह से प्रतिबंधित क्षेत्र होगा । किसी को भी अनुमति के बिना प्रवेश नहीं मिलेगा ।" पुलिस अधीक्षक ने किशोर के सवाल का जवाब देते हुए कहा ।

"और मेरी सुरक्षा का क्या होगा ?" अर्पिता ने बीच में हस्तक्षेप करते हुए कहा। "आप भी किशोर के साथ होंगी तो आपको समान सुरक्षा मिलेगी। आप भी दलपत सिंह गिरोह के रडार पर हैं । वो आपको भी निशाना बना सकते हैं ।" पुलिस अधीक्षक ने बताया।

"हमारे पास खुफिया सूचना है कि गिरोह दोबारा प्रयास कर सकता है । इसलिए हमने एन्टी-स्नाइपर टीम और ड्रोन निगरानी भी तैनात की है ।" इंस्पेक्टर ने बताया ।

"हम हर आठ घंटे में सुरक्षा समीक्षा बैठक करेंगे । कमांडो टीम को रोटेशन में तैनात किया जाएगा ताकि कोई थकावट न हो ।" पुलिस अधीक्षक ने बताया ।

"क्या अस्पताल के अन्य मरीजों को इससे कोई असुविधा होगी ?" डॉक्टर ने सवाल किया । "हम कोशिश करेंगे कि सामान्य मरीजों को कम से कम असुविधा हो, लेकिन सुरक्षा सर्वोपरि है। तो यह तय रहा । जेड़ प्लस सुरक्षा अभी से प्रभावी होगी।" पुलिस अधीक्षक ने जवाब दिया।

"हमारी पहली टीम पन्द्रह मिनट में तैनात हो जाएगी। मैं खुद सारी व्यवस्था की निगरानी करूंगा।" पुलिस इंस्पेक्टर ने बताया ।

"इस बार कोई चूक नहीं होनी चाहिए । एक भी गलती का मतलब होगा दुर्घटना।" पुलिस अधीक्षक ने इंस्पेक्टर को ताक़ीद करते हुए कहा ।

"हम अस्पताल के सभी स्टॉफ और कर्मचारियों की बैठक आयोजित कर रहे हैं, जिसमें सभी को निर्देश जारी किए जाएंगे कि वे सभी किशोर और अर्पिता की सुरक्षा व्यवस्था में सहयोग करें ।"अस्पताल के चीफ मेडिकल प्रमुख ने कहा । पढ़ते रहिए , अगले भाग में आप पढ़ेंगे कि क्या दलपत सिंह के गुर्गे इस चाक चौबंद व्यवस्था में कोई सेंध लगा पाते हैं ?

भाग 89 : कैसे लगी किशोर की सुरक्षा में सैंध ?

शहर के प्रमुख अस्पताल, सीटी हॉस्पिटल में किशोर के वार्ड और रूम के बाहर भारी सुरक्षा व्यवस्था की गई है और सादा वर्दी में पुलिस और गार्ड तैनात हैं । किशोर अपने बेड पर लेटा हुआ है और उसके पास ही दूसरे बेड पर अर्पिता गहरी नींद में निश्चिंत होकर सो रही है। किशोर की आँखों में चिंता और आंसू हैं । रात के तीन बज रहे थे मगर किशोर की आँखों में दूर- दूर तक नींद का नामोनिशान नहीं था। अचानक सभी लाइटें झपकती हैं । एक बिजली कटौती और फिर सन्नाटा छा जाता है । अंधेरे में कोई भी किसी को नहीं देख पा रहा था । अस्पताल के कार्मिक जेनरेटर चलाने का प्रयास करते हैं मगर जेनरेटर में किसी तकनीकी खराबी की वजह से असफल रहते हैं । लगभग पन्द्रह मिनट के बाद बिजली की आपूर्ति पुनः चालू होती है। किशोर पास ही के बेड पर सो रही अर्पिता को आवाज देता है मगर उधर से कोई प्रतिक्रिया नहीं मिलती है तो किशोर खुद उठकर किसी तरह अर्पिता के बेड तक पहुँचता है । वहाँ अर्पिता नहीं है। वह बाथरूम चेक करता है मगर वहाँ भी कोई नहीं था। अब किशोर का धैर्य जवाब देने लगता है और वह जोर-जोर से चिल्लाने लगता है-

“अर्पिता.......! अर्पिता.....!”

किशोर की आवाज़ सुनकर सुरक्षा व्यवस्था में लगे पुलिस कर्मी, कमांडो और गार्ड सभी किशोर के रूम में पहुँचते हैं । वहाँ अर्पिता मौजूद नहीं है, किशोर सबसे पूछता है कि- “ क्या अर्पिता बाहर गई है, किसी ने उसे देखा है ?”

सब एक दूसरे का चेहरा देख रहे हैं। किसी को कुछ नहीं सूझ रहा है । तभी अस्पताल का अलार्म बजता है और चारों तरफ भगदड़ मच जाती है। हर कोई अर्पिता को ढूँढ रहा है । मीडिया को भी इस बात

की ख़बर लग जाती है कि अस्पताल से अर्पिता का अपहरण हो गया है। अस्पताल के बाहर, भारी भीड़, मीडिया की भीड़ और पुलिस बल तैनात किया गया है।

एक पत्रकार लाइव रिपोर्टिंग करते हुए कह रहा है कि - "आप देख सकते हैं कि राजधानी के इस प्रमुख अस्पताल के बाहर किस कदर हड़कंप मचा हुआ है। जेड़ प्लस सुरक्षा में मौजूद होने के बावजूद अर्पिता का अपहरण हो जाना न केवल कानून व्यवस्था पर सवाल उठाता है, बल्कि एक सुनियोजित साजिश की ओर भी इशारा करता है ।"

वार्ड के अंदर, किशोर फर्श पर बैठा है, आँखों से आंसू बह रहे हैं। वह रूंधे हुए गले से रोते हुए कहता है कि - "मैंने कहा था न... मैंने बार-बार कहा था कि वो लोग फिर से आएंगे। लेकिन किसी ने मेरी बात नहीं सुनी । अब मेरी अर्पिता... मेरी अर्पिता...!"

किशोर को यूँ बिलखता हुआ देखकर उसका इलाज़ कर रहे डॉक्टर उसके पास जाते हैं और कहते हैं-"किशोर , मैं समझ सकता हूँ तुम्हारा दर्द । लेकिन तुन हिम्मत मत हारो । पुलिस अपनी पूरी कोशिश कर रही है ।"

किशोर गुस्से में जवाब देता है –"कैसी कोशिश, डॉक्टर साहब ? यहाँ जेड़ प्लस सुरक्षा थी ! कैमरे थे ! फिर भी वो लोग अर्पिता को उठाकर ले गए... ये कैसी कोशिश है ?"

इसी बीच डिटेक्टिव प्रदीप किशोर को संभालते हैं और कहते हैं- "आप चिन्ता मत कीजिए किशोर। हम लोग शीघ्र ही अर्पिता को ढूँढ निकालेंगे। पुलिस तो जी जान से जुटी हुई है, मैं खुद भी अपने स्तर से प्रयास कर रहा हूँ ।"

"पर आप क्यूँ प्रयास करेंगे डिटेक्टिव प्रदीप ? आपको इस कार्य के लिए किसने नियुक्त किय ? अभी पुराने केस तो आपसे अभी तक

सुलझे नहीं और आप चले हैं अर्पिता को ढूंढने ?" किशोर अपना आपा खोते हुए बोला।

" ऐसी बात नहीं है किशोर, हम हर केस की तह तक पहुँच चुके हैं । यदि शेष है तो उनकी आपस में कड़ियाँ जोड़ना। जल्दी ही हम खुलासा करेंगे कि दलपत सिंह के अलावा और कौन इन सब साजिशों को अंजाम दे रहा है ।" डिटेक्टिव प्रदीप ने किशोर को समझाते हुए कहा ।

"मुझे अब किसी पर कोई भरोसा नहीं रहा है प्रदीप । हो सके तो कोई मेरी अर्पिता मुझे वापिस लौटा दें । मैं उसके बिना नहीं जी सकता हूँ ।" कहते हुए किशोर किसी बच्चे की तरह फूट- फुटकर रोने लगता है ।

इसी बीच डिटेक्टिव प्रदीप के फोन पर एक कॉल आती है - " हेलो! जासूस के बच्चे हमारी बात ध्यान से सुनो। यदि चाहते हो कि अर्पिता जिन्दा रहे तो इस किशोर के बच्चे को समझाओ कि वो हमारी संस्कृति से मजाक करना बन्द कर दें । देवदासी प्रथा हमारी संस्कृति का हिस्सा थी, हैं और रहेगी ।"

"कौन, कौन बोल रहे हो तुम, कहाँ से बोल रहे हो, अपना नाम बताओ ?" डिटेक्टिव प्रदीप फोन पर चिल्लाता है। पर उधर से फोन डिस्कनेक्ट कर दिया जाता है ।

भाग 90 : किसने किया फिर अर्पिता को गायब ?

अस्पताल के मीटिंग रूम में हाई लेवल के पुलिस अधिकारियों की बैठक चल रही है । पुलिस जांच अधिकारी डीसीपी,एसआई, बार काउंसिल अध्यक्ष, किशोर एवं उसकी साथी वकील भावना सब इस बैठक में उपस्थित हैं । डीसीपी, एसआई मीरा से मुखातिब होते हुए पूछते हैं कि- "मीरा, अब तक क्या मिला सीसीटीवी फुटेज में ?"

"सर, कुछ कैमरे ब्लाइंड स्पॉट में थे। और जिस वॉर्ड से अर्पिता का अपहरण हुआ, वहाँ के कैमरे दस मिनट के लिए बंद थे।" एसआई मीरा जवाब देते हुए कहती है ।

डीसीपी गंभीर होकर कहते हैं कि-"ये कोई सामान्य अपहरण नहीं है । ये अंदर के किसी आदमी की मदद से हुआ है । बिना अन्दर के आदमी की मिली भगत के इतनी सफाई से इस अपहरण को अंजाम देना संभव तो क्या नामुमकिन था ।"

"सर, वार्ड नंबर सात में तैनात सुरक्षाकर्मी विनोद शर्मा लापता है।" एसआई मीरा ने बताया ।

"उस लापता सुरक्षाकर्मी का पूरा बैकग्राउंड चेक करो और बाकी सुरक्षाकर्मियों से भी तुरंत पूछताछ शुरू करो । हमें शीघ्र अर्पिता को बरामद करना होगा ।" डीसीपी ने सख्त लहज़े में कहा ।

इसी बीच बैठक में उपस्थित बार काउंसिल के अध्यक्ष श्रीवास्तव ने कहा कि –"हम यह स्पष्ट कर देना चाहते हैं कि यह केवल एक लड़की का अपहरण नहीं है, यह न्याय और संविधान पर हमला है । यदि अर्पिता को चौबीस घंटे में सुरक्षित वापस नहीं लाया गया, तो देश भर के वकील न्यायपालिका का बहिष्कार करेंगे । हमें सच्चाई चाहिए ! न्याय चाहिए!"

इस बीच वकील भावना जो कि किशोर के पास बैठी थी, किशोर से मुखातिब होते हुए कहती है- "किशोर, मैं जानती हूँ कि तुम पर क्या बीत रही है । लेकिन अब हमें शांत दिमाग से सोचना होगा । अगर हमें अर्पिता को बचाना है, तो हमें मजबूत बनना पड़ेगा।"
"मैं... मैं सबकुछ करूँगा भावना दीदी । लेकिन वो लोग बहुत ताकतवर हैं ।" किशोर भावुक होते हुए कहता है ।
"ताकतवर होंगे, लेकिन कानून से ऊपर कोई नहीं होता । हम उन्हें कोर्ट तक लाएँगे । लेकिन पहले अर्पिता को बचाना जरूरी है ।"
इसी बीच एसआई मीरा नया खुलासा करते हुए डीसीपी को बताती है- "सर, एक सीसीटीवी फुटेज मिला है जिसमें एक नीली एंबुलेंस अर्पिता को लेकर जाती दिख रही है । गाड़ी का नंबर भी मिला है ।"
"फौरन अलर्ट जारी करो । टोल नाकों, चेक पोस्ट्स सब जगह ये नंबर भेजो और स्पेशल टीम गठित करो। मैं खुद ऑपरेशन लीड करूँगा ।" डीसीपी जवाब देते हुए कहते हैं ।
इस समय मीडिया पर भी डिबेट हो रही थी, टीवी चैनल पर लाइव बहस चल रही थी । मीटिंग हॉल में टीवी पर चल रही बहस में एक एंकर रंजना व्योम कश्यप कह रही है कि-"क्या जेड़ प्लस सुरक्षा भी अब मजाक बन गई है ? क्या कोई बहुत बड़ा राजनीतिक संरक्षण इन अपराधियों को प्राप्त है ? हमारे साथ हैं पूर्व आईपीएस अधिकारी एवं मानवाधिकार कार्यकर्ता और वरिष्ठ वकील । मैं चाहूँगी कि वरिष्ठ वकील महोदय इस घटना पर अपना मत बताएं।"
"हमारा सिस्टम भ्रष्टाचार से इतना भर गया है कि अपराधी अस्पताल से भी लोगों को उठा लेते हैं और कोई कुछ नहीं कर पाता । यह घटना पूरे पुलिस तन्त्र पर तमाचा है।" वरिष्ठ वकील अपना मत व्यक्त करते हुए कहते हैं ।

"और अगर अर्पिता को कुछ हुआ, तो इसकी जिम्मेदारी सिर्फ प्रशासन की नहीं, हम सब की होगी।" पूर्व आईपीएस अधिकारी एवं मानवाधिकार कार्यकर्ता भी अपना मत व्यक्त करते हुए कहते हैं। टीवी चैनल पर चल रही बहस सुनकर किशोर और भी भावुक हो जाते हैं और कहते हैं कि- "अर्पिता, तुम जहाँ भी हो, मैं तुम्हें ढूंढ लूंगा। चाहे जान ही क्यों न चली जाए... मैं तुम्हें वापस लाऊंगा।" इस बीच अस्पताल के बाहर भीड़ की आवाजें आती हैं- " हम लड़ेंगे! हम जीतेंगे !"

"अर्पिता को इंसाफ दिलाना है !" "दलपत सिंह के गुर्गों को गिरफ्तार करो!"

भीड़- "गिरफ्तार करो ! गिरफ्तार करो !" यह वकीलों की हड़ताल थी जो एडवोकेट किशोर के समर्थन में सड़कों पर उतर आए थे। सभी वकील प्रशासन के खिलाफ आक्रोशित थे। उनकी मुट्ठियाँ तनी हुई थी। उनमें से एक युवा वकील ने भीड़ को संबोधित करते हुए कहा कि- " हम पुलिस प्रशासन को चौबीस घण्टे का अल्टीमेटम दे रहे हैं। यदि प्रशासन ने चौबीस घण्टे के अन्दर अर्पिता को ढूँढ कर नहीं निकाला और दलपत सिंह के गुर्गों को गिरफ़्तार नहीं किया तो देश व्यापी आंदोलन किया जाएगा। हम भारत बन्द का ऐलान करेंगे और इसकी जिम्मेदारी पुलिस प्रशासन की होगी।" वकीलों की भीड़ से जोशीले नारों की गूंज मीटिंग हॉल तक साफ सुनाई दे रही थी। पढ़ते रहिए, अगले भाग में आप पढ़ेंगे कि अर्पिता अपहरण कर्ताओं के चंगुल में कहाँ पर संघर्ष कर रही है ?

भाग- 91 : अपहरण कर्ताओं के चंगुल में अर्पिता !

अर्पिता दलपत सिंह के गुर्गों के चंगुल में फंसी हुई है। तेज़ रफ्तार नीले रंग की एंबुलेंस एक सुनसान सड़क पर दौड़ रही है। अंदर अर्पिता के हाथ रस्सी से बंधे हैं, चेहरा चोटिल है, होंठ सूजे हुए हैं। अर्पिता दबी आवाज में पूछती है- "कहाँ ले जा रहे हो मुझे ?"

एक गुड़ा हँसता हुआ कहता है- " तुझे सैर करवाने ले जा रहे हैं, रानी ।"

"तुम जैसे कायर पीछे से वार करते हो... सामने से कभी हिम्मत नहीं हुई?" अर्पिता गुस्से में बोलती है ।

"तेरी ज़ुबान बहुत चलती है । ज़्यादा बोली तो काट देंगे।" दूसरा गुंडा अर्पिता को डराते हुए कहता है ।

"काटोगे ? क्योंकि डरते हो मुझसे ? एक लड़की से ?" अर्पिता बिना डरे जवाब देती है ।

" ओये चुप देवदासी ! बहुत हो गया तेरी बहादुरी का नाटक। इसके हाथ पैर बांधकर बेहोश कर दो ताकि ये चुपचाप पड़ी रहे ।" तीसरे गुंडे ने अर्पिता को हड़काते हुए कहा।

" तुम लोग मुझे कितना भी बाँध लो, चाहे बेहोश कर दो परन्तु मेरी आवाज़ को रोक नहीं सकते ।"

कहकर अर्पिता कार की खिड़की की ओर झुकती है और जोर से खिड़की के शीशे पर सिर मारती है । खून बहने लगता है । तीसरा गुंडा उसे पीछे धकेलता है और कहता है- "पागल हो गई है ये ! मरने का शौक है क्या?"

अर्पिता अपने ही खून को हाथ में लेकर मुस्कराते हुए कहती है- "हाँ, लेकिन अपने उसूलों के लिए । तुम मुझे समझ नहीं सकते ।"

इसी बीच वह नीली एम्बुलेंस एक माल गोदाम के पास आकर रुकती है। तीनों गुंडों द्वारा अर्पिता को एम्बुलेंस से खींचकर गोदाम में ले जाया जाता है। उसका शरीर थका हुआ है, लेकिन आँखों में जिद है। पहला गुंडा अर्पिता को धकेलते हुए एक टूटी सी कुर्सी पर बैठा देता है और कहता है- "यहीं रहेगी अब तू। कोई नहीं आएगा तुझे ढूंढने।"

"तुम जैसे सोचते हो कि औरतें कमजोर होती हैं... पर यही सोच तुम्हारा अंत नजदीक लाएगी।" अर्पिता चीखते हुए कहती है ।

"बोलती बहुत है। टेप लगाओ इसके मुंह पर।" दूसरा गुंडा चिल्लाता है ।

अर्पिता को उस कुर्सी से बाँधा दिया जाता है। चारों तरफ अंधेरा है, एक बल्ब झूल रहा है ।

अर्पिता मन ही मन बुदबुदाते हुए कहती है-"डर नहीं है मुझे अंधेरे से... डर है अगर मैं हार गई, तो सच्चाई भी हार जाएगी...।"

इसी बीच तीसरा गुंडा पानी लेकर आता है और अर्पिता की तरफ बढ़ाते हुए कहता है- "पानी पी ले, मर जाएगी तो दलपत सिंह को जवाब देना पड़ेगा ।"

"पानी में पहले ज़हर मिलाया है क्या ?" अर्पिता गुस्से से बोलती है।

"क्या लड़की है यार, मरते दम तक अकड़ दिखा रही है । इसे अपनी जान की बिल्कुल परवाह नहीं है ।"

अर्पिता टेबल से सिर मारती है, कुर्सी को पीछे गिराती है । खुद को चोट पहुंचाने की कोशिश करती है ।

"ओये ! पागल हो गई है क्या ? मर जाएगी ?" पहला गुंडा चिल्लाता है।

"मैं जिंदा रहूँ या मरूं... मेरा काम अमर रहेगा । उसे कोई नहीं मिटा सकता। जब तक मैं जिंदा हूँ, तुम सब जेल के हकदार हो ।"

कहते हुए अर्पिता कुर्सी पर बेसुध होकर सो जाती है । तीनों गुंडों को भी नींद आ रही थी लिहाजा वे गोदाम के बाहर पड़ी खटिया पर लेट जाते हैं। देखते ही देखते तीनों गुंडों को नींद पूरी तरह अपने आगोश में घेर लेती है। सुबह के साढ़े छः बजे हैं । अर्पिता की नींद खुल जाती है । अब वह थोड़ा ढीली रस्सी से खुद को आज़ाद करने की कोशिश करती है। उसकी साँसे तेज़ हैं। आँखों में गुस्सा और डर दोनों हैं । अर्पिता धीरे से खुद से ही बातें करते हुए कहती है-"हिम्मत मत हार अर्पिता... बस एक गांठ... और खुल जाएगी...।"

चारों ओर सन्नाटा पसरा हुआ है । एक कोने में पुरानी लकड़ी की कुर्सी से बंधी है अर्पिता । उसके हाथों में रस्सी की गांठें हैं, चेहरे पर खरोंचें, बाल बिखरे हुए हैं । उसके माथे से पसीना टपक रहा है, पर उसकी आँखों में डर से ज़्यादा हौसला है । वह सांसें गहरी ले रही है, खुद को समझाने की कोशिश कर रही है । अर्पिता जोर लगाती है और बहुत मेहनत और प्रयासों के बाद वह कुर्सी से अपने आपको आज़ाद कर लेती है । वह पहले यह देखती है कि क्या गोदाम से बाहर निकलने का कोई और रास्ता है । चारों तरफ देखने के बाद उसे गोदाम के पीछे वाली साइड में एक बालकनी दिखाई देती है । अर्पिता कुछ सामानों को हटाकर उस बालकनी तक पहुँच जाती है । अब वह एक कुर्सी के सहारे चढ़कर बालकनी की दीवार से नीचे की तरफ छलांग लगा देती है । संयोग से बालकनी की दीवार बहुत ऊंची नहीं होती है। वह धीरे- धीरे उस गोदाम से बाहर आती है और देखती है कि तीनों गुंडे गोदाम के बाहर पड़ी खटिया पर गहरी नींद में सो रहे हैं। अर्पिता मौके का फायदा उठाकर वहाँ से भाग जाती है ।

भाग 92 : क्या अर्पिता खुद को बचा पाती है ?

अर्पिता गुंडों के चंगुल से बचने का हर प्रयास करती है। वह जैसे ही बालकनी से छलांग लगाती है, उसके कदम जमीन पर टिक जाते हैं। वह धीरे से, मुस्कराते हुए कहती है-"मैंने कर दिखाया... अब यहाँ से निकलकर भागना बहुत आसान है ।"

वह खड़ी होती है, अपने पैरों को झटकती है और चारों ओर नज़र डालती है और कहती है- "अब डरने का समय नहीं है। ये ज़िंदगी और मौत का खेल है। या तो बच निकलूं... या फिर हमेशा के लिए इन गुंडों के चंगुल में तड़पकर मर जाऊं ।"

वह सड़क पर दौड़ती है । चारों तरफ अंधेरा है । कोई भी आवाज़ साफ सुनाई नहीं दे रही । शायद गुंडे सो रहे हैं । वह खुद को बचाने के लिए दौड़ना जारी रखती है । उसके पैर दर्द कर रहे हैं । आगे चलकर अर्पिता एक स्थान पर बैठ जाती है । अभी भी दिन पूरी तरह दिखाई नहीं दे रहा है । वह कराहते हुए कहती है- " उफ़... ये दर्द ! लेकिन ये कुछ नहीं है... जो सहा है, उसके आगे ये दर्द बहुत छोटा है।"

वह फिर से खुद को ज़मीन से उठाती है और आगे बढ़ती है । अब वह एक संकरी गली में, जहाँ पुराने ढांचे और टूटी हुई दीवारें हैं । वह दीवार की आड़ में छिपती है और आगे बढ़ती है । कुछ दूरी पर उसे हल्की रोशनी दिखाई देती है ।

अर्पिता धीरे से बोलती है कि - " भगवान का शुक्र है.. तीनों गुंडे सो रहे थे.. मुझे अभी और दौड़ना होगा। पता नहीं मैं कहाँ हूँ और अभी मुझे कोई राहगीर मिलेगा भी या नहीं ?"

कुछ कदम और चलने के बाद वह एक पेड़ की आड़ लेकर गली से बाहर मुख्य सड़क की तरफ बढ़ती है । वहाँ एक टूटी-फूटी चारदीवारी

है जिसे वह पार करती है । अब वह खुले में है । दूर सड़क पर कुछ लाइट्स हैं, कहीं से गाड़ियों की आवाजें आ रही हैं।
अर्पिता खुद से बात करते हुए कहती है- "अब अगर किसी से मदद मिल जाए... पुलिस... या कोई भी जो मुझे अस्पताल पहुंचा सके...।"
वह दौड़ने की कोशिश करती है लेकिन पैर का दर्द उसकी चाल को धीमा कर देता है । फिर भी वह हिम्मत नहीं हारती । कुछ मीटर और चलने के बाद उसे सामने एक ट्रक आता दिखता है । वह हाथ हिलाकर इशारा करती है । ट्रक रुकता है । ड्राइवर खिड़की से झांकता है – उसकी आँखों में हैरानी है । वह ट्रक रोककर अर्पिता से पूछता है कि- "अरे बहनजी, ये क्या हाल बना रखा है ! आप कौन हैं ? इतनी रात को यहाँ अकेली क्यों?"
अर्पिता हाँफते हुए बताती है-"प्लीज़... मेरी मदद कीजिए... मुझे अगवा किया गया था... मैं किसी तरह भागकर आई हूँ ... पुलिस को खबर दीजिए...!"
ड्राइवर तुरन्त नीचे उतरता है और अर्पिता को सहारा देता है । वह उसे पानी देता है और फोन निकालता है। "आप चिंता मत कीजिए। मैं अभी पुलिस को फोन करता हूँ । आप सुरक्षित हैं। " ड्राइवर अर्पिता को हिम्मत बंधाते हुए कहता है और पुलिस स्टेशन पर फोन कर देता है । अर्पिता की आँखों से आंसू बह निकलते हैं । थकान, दर्द, डर और राहत सब मिलकर बहने लगते हैं । वह सड़क के किनारे बैठ जाती है और आसमान की तरफ देखती है ।
अर्पिता धीरे से मुस्कराते हुए कहती है- " मैं ज़िंदा हूँ ... और अब... मैं लड़ूंगी... हर उस ज़ुल्म के खिलाफ... जिसने मुझे कैद करने की कोशिश की ।" तभी ड्राइवर के फोन की लोकेशन को ट्रेस करते हुए पुलिस इंस्पेक्टर और डिटेक्टिव प्रदीप सहित पुलिस आ जाती है । पुलिस अर्पिता को बरामद करके खुश होती है । चारों तरफ ख़बर

फैल चुकी होती है कि अर्पिता को ढूँढ निकाला गया है । इंस्पेक्टर और डिटेक्टिव प्रदीप अर्पिता को लेकर पुलिस थाने पहुँच जाते हैं जहाँ से अर्पिता को तुरन्त अस्पताल ले जाया जाता है, उसकी मेडिकल जांच होती है, और मामला फिर से मीडिया में चर्चा का विषय बन जाता है ।

इधर किशोर को पता चलता है कि अर्पिता मिल गई है तो वह उसे देखने उस वार्ड में जाता है जहाँ अर्पिता को रखा गया था । अर्पिता किशोर को देखते ही उससे लिपट जाती है । किशोर भी भावुक हो जाता है । काफी देर तक दोनों एक दूसरे के गले लगकर रोते रहते हैं । किशोर अर्पिता के आँसू पौछते हुए कहता है –"कहाँ चली गई थी अर्पिता तुम । देखो तुम्हारे बिना मेरा क्या हाल हो गया था । तुम्हें कुछ हो जाता तो मैं जिन्दा नहीं रह पाता अर्पिता।"

अर्पिता किशोर के आँसू पोंछते हुए कहती है- " तुमसे ही मैंने हिम्मत और साहस जैसे गुण सीखे हैं किशोर और इन दोनों के ही कारण मैं आज फिर से तुम्हारे सामने खड़ी हूँ । वे गुंडे मेरा कुछ भी नहीं बिगाड़ सके किशोर। पता है वे सब दलपत सिंह के ही भेजे हुए गुर्गे थे ।"

दोनों फिर से एक दूसरे के गले लगकर रोते रहते हैं। पुलिस द्वारा अब अस्पताल की सुरक्षा व्यवस्था और कड़ी कर दी गई है ।

पढ़ते रहिए , अगले भाग में आप पढ़ेंगे कि अर्पिता और किशोर अस्पताल से डिस्चार्ज होने के बाद क्या करते हैं ?

भाग 93 : अर्पिता ने शुरू की सामाजिक संस्था !

लम्बे समय अस्पताल में भर्ती रहने के बाद आज वो दिन आ गया था जब समस्त प्रकार के चेकअप के बाद डॉक्टर्स अर्पिता और किशोर को हॉस्पिटल से डिस्चार्ज करने वाले हैं । अस्पताल गेट के बाहर सुबह दस बजे अर्पिता व्हीलचेयर में है, किशोर उसे धीरे-धीरे गेट की तरफ ले जा रहा है । पुलिस का भारी बंदोबस्त मौजूद है। मीडिया वाले कैमरा लेकर तैयार हैं ।

मीडिया रिपोर्टर जोर से माइक में बोलते हुए कहती है-"जी हाँ, हम अस्पताल के बाहर मौजूद हैं जहाँ से अर्पिता को कुछ ही देर में डिस्चार्ज किया जा रहा है । जिन्दगी और मौत के इस संघर्ष में अर्पिता और किशोर की घर वापसी एक चमत्कार से कम नहीं..।"

किशोर धीरे से झुककर अर्पिता से कहता है- "तुम तैयार हो न अर्पिता ? बाहर बहुत भीड़ है... और कैमरे भी। सबका सामना करना होगा।"

अर्पिता हल्की मुस्कान के साथ जवाब देती है - तुम साथ हो, तो सब आसान लग रहा है किशोर । अब डर नहीं लगता ।" इसी बीच पुलिस इंस्पेक्टर और डिटेक्टिव प्रदीप आगे बढ़कर भीड़ में से रास्ता दिलवाते हैं। अर्पिता और किशोर कार में बैठ जाते हैं और भारी पुलिस सुरक्षा के साथ अपने घर पर पहुँचते हैं । किशोर और अर्पिता घर में दाखिल होते हैं । किशोर की मां दोनों को देखकर भावुक हो जाती है ।

"अर्पिता बिटिया ! तुम्हारी इतनी फिक्र हो रही थी... भगवान का लाख-लाख शुक्र है कि तुम दोनों फिर से मेरी आँखों के सामने हो ।" कहकर किशोर की माँ दोनों को गले लगा लेती है ।

किशोर नम आँखों से कहता है कि- "मैं भी आपको बहुत मिस कर रहा था माँ । घर की रसोई की खुशबू और तुम्हारे हाथ का खाना बहुत याद आ रहा था ।"

"अरे बाहर ही खड़े रहोगे कि अर्पिता को अन्दर भी लाओगे । कितनी प्यारी बच्ची है । इसको अब जल्दी से मेरी बहू बना दे किशोर ।" किशोर की माँ अर्पिता को गले लगा कर कहती है। अर्पिता शर्म के मारे लाल हो जाती है ।

"अब दोनों ठीक हुए हैं माँ । मुझे पता है कि आप अपनी बहू के लिए बहुत लालायित हैं । जल्दी ही अब हम दोनों आपका आशीर्वाद लेकर शादी के बंधन में बंधने वाले हैं।" किशोर अन्दर प्रवेश करते हुए कहता है।

किशोर और अर्पिता दोनों ड्रॉइंग रूम में बैठ जाते हैं । माँ उनके लिए चाय बनाकर लाती है । अर्पिता और किशोर चाय पी रहे हैं । टीवी पर चैनल में ब्रेकिंग न्यूज़ चल रही है । टीवी एंकर कह रही है कि - "सूत्रों के अनुसार, अर्पिता ने पुलिस को दिए बयान में बताया है कि उसके और किशोर की अपहरण की इस पूरी साज़िश के पीछे दलपत सिंह के ही गुर्गों का हाथ है।"

किशोर न्यूज़ सुनते हुए गंभीरता से कहता है कि- "अब वक्त आ गया है कि हम चुप नहीं रहेंगे अर्पिता। हम सब कुछ जानते हैं कि किस प्रकार दलपत सिंह के गुर्गों ने हमें मारने की कोशिश की थी । अब इस सच को सबके सामने लाना होगा ।"

"मैं अपने बयान दर्ज कराने के लिए तैयार हूँ । मैं सबका सामना करूंगी। लेकिन एक बार सबूत भी जुटा लें ताकि वो गुर्गे फिर से बच न सके।" अर्पिता ने किशोर का समर्थन करते हुए कहा ।

"हमारा पहला कदम होगा, एक प्रेस कॉन्फ्रेंस । तुम सबके सामने सच बताओगी, और हम वीडियो सबूत भी दिखाएँगे ।"

स्थान शहर का प्रेस क्लब, समय: शाम पाँच बजे हॉल में प्रेस कॉन्फ्रेंस की तैयारी चल रही है । पुलिस की मौजूदगी है । पत्रकार कैमरे लिए बैठे हैं । मंच पर अर्पिता और किशोर बैठते हैं । अर्पिता माइक पर बोलते हुएकहती है कि –"मैं अर्पिता,आज आप सभी के सामने सच लाना चाहती हूँ । मुझे अगवा किया गया था, और इस पूरे षड्यंत्र के पीछे दलपत सिंह के गुर्गों का हाथ था। उसके गुर्गों ने मुझे डराने की कोशिश की, लेकिन मैं टूटी नहीं...।"

किशोर वीडियो क्लिप प्ले करता है जिसमें दलपत के एक गुर्गे की रिकॉर्डिंग चलती है- " प्रधान दलपत साहब का हुक्म था कि लड़की को मार कर लाश गायब कर दो ।"

एक पत्रकारसवाल पूछते हुए –"क्या आपको लगता है कि कानून अब दलपत सिंह के गुर्गों पर कार्रवाई करेगा ?"

किशोर माइक लेते हुए जवाब देते हैं कि- "हमने FIR दर्ज करवा दी है । पुलिस जांच कर रही है । पर ये मामला अब सिर्फ कानून का नहीं, जनमत का भी है।"

पत्रकार अगला सवाल पूछते हुए कहते हैं कि-"पुलिस तो अपना काम करेगी ही किशोर साहब । अब यह बताइए कि आप दोनों का नेक्स्ट प्लान क्या है?"

" देखिए मैंने और किशोर ने सोचा है कि हम सिर्फ अपने लिए नहीं, उन लड़कियों के लिए भी कुछ करें जो देश के पिछड़ें गाँवों में अभी भी डर में जी रही हैं। जिनका जीवन शिक्षा के अभाव में सामाजिक और तथाकथित सांस्कृतिक कुप्रथाओं की आग में झुलस रहा है । हम एक फाउंडेशन शुरू करेंगे – **'साहस'** – जहाँ हर पीड़ित लड़की को सुरक्षा, सलाह और न्याय मिलेगा ।" अर्पिता मुस्कुराते हुए पत्रकार के सवाल का जवाब देती है ।

"साहस... अच्छा नाम है। जैसे तुमने मुझे सिखाया था...।" किशोर अर्पिता का समर्थन करते हुए कहता है । दोनों आसमान की ओर देखते हैं, जैसे कोई नई सुबह उनका इंतज़ार कर रही हो ।

भाग 94 : "साहस फाउंडेशन" की शुरुआत !

अर्पिता और किशोर अपने मकसद को पूरा करने के लिए " साहस फाउंडेशन" की शुरुआत करते हैं । एक शांत कॉफी हाउस में किशोर धीरे-धीरे कॉफी की चुस्की लेते हुए अर्पिता की आँखों में झांकते हुए कहता है कि- " हम बच तो गए अर्पिता, लेकिन... जो देखा, जो सहा... वो अब सिर्फ़ हमारी कहानी नहीं रही ।"

अर्पिता सिर झुकाते हुए जवाब देते हुए कहती है-"हाँ, औरों का दर्द, औरों की आवाज़ें भी अब हमारे ज़हन में गूंजती हैं । अस्पताल में जो लड़की रो रही थी—"कोई सुनता क्यों नहीं ?" वो सवाल अब मेरा भी है।"

किशोर साहस जुटाते हुए कहता है कि- " क्या हम उस सवाल का जवाब बन सकते हैं अर्पिता ?"

अर्पिता उत्साहित होकर जवाब देती है - " क्यों नहीं किशोर ! कुछ करना होगा... कोई ऐसा मंच... हमें सृजित करना चाहिए, जहाँ हर अर्पिता, हर किशोर अपनी लड़ाई अकेले न लड़े । वे ज़ुल्म के ख़िलाफ़ आवाज़ उठाने का साहस कर सकें ।"

किशोर मुस्कुराते हुए कहता है –"साहस फाउंडेशन"... कैसा रहेगा नाम ?

अर्पिता आश्चर्य से कहती है- "तुमने मेरे मन की बात छीन ली किशोर । "साहस"-डर के ख़िलाफ़ एक आवाज़। मैं भी यही नाम सुझाने वाली थी।"

" बिल्कुल ! ये फाउंडेशन होगा उन लोगों के लिए जो सिस्टम की दीवारों से टकराकर हार गए हैं या हार मानने वाले हैं ।"

किशोर ने अर्पिता की बात को आगे बढ़ाते हुए कहा। कुछ दिन बाद अर्पिता और किशोर अपने छोटे से किराए के ऑफिस में बैठे हैं । चार दीवारें, एक पुरानी मेज़ और कुछ कुर्सियाँ रखी हुई हैं ।

अर्पिता लैपटॉप पर टाइप करते हुए किशोर से कहती है- "तो हमारा मिशन स्टेटमेंट कुछ यूँ होगा- "साहस फाउंडेशन : आवाज़ उन लोगों के लिए जो अन्याय, उत्पीड़न, भ्रष्टाचार या अशिक्षा के खिलाफ लड़ना चाहते हैं लेकिन अकेले हैं ।"

किशोर गंभीरता से पूछता है- "और साहस फाउंडेशन का पहला प्रोजेक्ट क्या होगा?"

"आवाज़ : हेल्पलाइन सेवा"- जहाँ पीड़ित गुमनाम रहकर अपनी बात कह सकें । साथ ही एक लीगल सेल जहाँ वकील मुफ्त परामर्श दें।" अर्पिता किशोर की बात का जवाब देते हुए कहती है ।

" टेक्निकल सपोर्ट के लिए भी एक टीम चाहिए । कोई ऐसा जो सोशल मीडिया, वेबसाइट, और डेटा सुरक्षा को संभाल सके ।" किशोर अपने अनुभव से बताता है ।

" मैं अपनी IIT वाली दोस्त को बुला सकती हूँ। वो ethical hacking में माहिर है। अगर वो साथ दे, तो हमारी सिस्टम प्रोटेक्शन और बेहतर हो सकती है ।" अर्पिता किशोर की समस्या का समाधान करते हुए कहती है ।

"और फंडिंग ? हमें पैसों की ज़रूरत होगी, जगह की, संसाधनों की...।" किशोर अपनी अगली चिन्ता ज़ाहिर करते हुए कहता है ।

" क्राउड फंडिंग से शुरुआत करें । साथ ही मैं कुछ पत्रकार दोस्तों से मिलूंगी। जब मीडिया साथ होता है, तो बदलाव आसान होता है ।" अर्पिता उम्मीद से कहती है ।

“बिल्कुल सही अर्पिता। हम खुद ग्राउंड पर उतरेंगे। गाँवों, स्कूलों, यूनिवर्सिटी में जागरूकता अभियान चलाएंगे।” किशोर आँखों में चमक लाते हुए कहता है।

अर्पिता और किशोर अपने “ साहस फाउंडेशन” का रजिस्ट्रेशन करवा लेते हैं। इसके लिए वे तय प्रक्रिया के तहत अपने शहर के सेवा भावी लोगों की एक कार्यकारिणी बनाते हैं, जो उनका हर कदम पर साथ देने के लिए तैयार हो जाते हैं।

“साहस फाउंडेशन” का विजन, मिशन, लक्ष्य और गतिविधियां तय की जाती हैं।

क्राउड फंडिंग के लिए प्रचार-प्रसार किया जाता है। देखते ही देखते साहस फाउंडेशन के लिए अच्छी खासी क्राउड फंडिंग इकठ्ठी हो जाती है। जो भी अर्पिता और किशोर के द्वारा गठित साहस फाउंडेशन का नाम सुनता है, चंदा देने से खुद को रोक नहीं पाता है। कई गरीब बस्तियों और गाँवों से लोग अर्पिता और किशोर के द्वारा गठित साहस फाउंडेशन को अपनी स्थिति के अनुसार चंदा देते हैं। इस सबसे अर्पिता और किशोर का उत्साह दोगुना हो जाता है और वे अब “साहस फाउंडेशन” के माध्यम से वंचितों और अन्याय के शिकार लोगों की मदद करना अपने जीवन का लक्ष्य बना लेते हैं। अर्पिता साहस फाउंडेशन के लक्ष्यों को प्राप्त करने के लिए न रात देखती है और ना दिन। इसी तरह किशोर भी पूरी तरह खुद को इस कार्य में लगा देता है। साहस फाउंडेशन के साथ लोगों का कारवां जुड़ने लगता है।

पढ़ते रहिए, अगले भाग में आप पढ़ेंगे कि साहस फाउंडेशन का उद्घाटन कब, कैसे और कौन करता है?

भाग 95 : साहस फाउंडेशन का उद्घाटन !

इंडिया हैबिटेट सेंटर के सभागार के मंच को फूलों और पोस्टरों से सजाया गया है, जिनमें साहस फाउंडेशन की टैगलाइन "हर संघर्ष की आवाज़" प्रमुखता से लिखी है। सभागार में देशभर से आईं प्रेरणास्पद महिलाएं, मीडिया, सामाजिक कार्यकर्ता और आमंत्रित अतिथि मौजूद हैं। मंच पर अर्पिता, किशोर, सफ़ीना हुसैन और कुछ सम्मानित महिलाएं विराजमान हैं। इसी बीच मंच संचालक - नेहा की सुमधुर आवाज़ माइक पर गूंजती है - "नमस्कार देवियों और सज्जनों ।

आज का दिन हमारे लिए केवल एक उद्घाटन नहीं, बल्कि एक नई सोच, एक नई दिशा और एक नए युग की शुरुआत है। हम सब एकत्रित हुए हैं साहस फाउंडेशन के शुभारंभ के लिए एक ऐसा मंच, जो उन आवाज़ों को बुलंद करेगा, जो अब तक अनसुनी रहीं। हम मंच पर आमंत्रित करते हैं, साहस फाउंडेशन के संस्थापक, अर्पिता और किशोर को ।

तालियों की गूंज के बीच अर्पिता और किशोर माइक पर आते हैं। अर्पिता सभी का अभिवादन करते हुए कहती है- " नमस्कार, मैं आप सभी का इस कार्यक्रम में हार्दिक अभिनन्दन और स्वागत करती हूँ। साहस फाउंडेशन सिर्फ एक संगठन नहीं, ये एक सपना है , उन सपनों का जो हज़ारों लड़कियों और महिलाओं ने देखे हैं, लेकिन समाज ने उन्हें पूरा होने से पहले ही कुचल दिया । मैं खुद एक ऐसी लड़की थी जिसे समाज ने कहा था –"तुम एक देवदासी, कुछ नहीं कर सकती, पर मैं कर सकी... क्योंकि मैंने हिम्मत नहीं हारी, और आज, मेरे साथ खड़ा है एक साथी, एक दोस्त किशोर, जिसने इस

सोच को हकीकत में बदलने का हर कदम पर साथ दिया।” मंच के दाईं ओर किशोर खड़ा हुआ है ।

वह अर्पिता के स्वर में स्वर मिलाते हुए कहता है कि- “ हमने देखा है कि कई बार न्याय सिर्फ अदालतों में नहीं, बल्कि एक मंच, एक आवाज़, एक साथ खड़े होने में मिलता है । साहस फाउंडेशन ऐसी ही आवाज़ों को जोड़ने का प्रयास है और आज, हमारे लिए सौभाग्य की बात है कि इस मंच का उद्घाटन करने आई हैं, बालिका शिक्षा और नारी सशक्तिकरण की अग्रदूत, सफ़ीना हुसैन जी । मैं निवेदन करता हूँ कि वो मंच पर आएं और अपने विचार रखें ।

सफ़ीना हुसैन मंच पर आती हैं, तालियाँ गूंजती हैं । तालियों की गड़गड़ाहट के बीच सफ़ीना अपना उद्बोधन देते हुए कहती है- “अर्पिता, किशोर, और यहाँ उपस्थित सभी संघर्षशील महिलाओं को मेरा नमन ! जब एक लड़की स्कूल जाती है, तो सिर्फ वह नहीं पढ़ती बल्कि उसका पूरा परिवार, पूरा समाज बदलता है ।

मैंने अपने जीवन का हर कदम यह सोचकर रखा कि अगर एक बच्ची को स्कूल तक ले जाया जा सके, तो उसका कल सुधर सकता है । आज जब मैं साहस फाउंडेशन को देखती हूँ , तो मुझे वही जुनून, वही समर्पण दिखता है जो मैंने अपने सफर की शुरुआत में महसूस किया था। मैं इस पहल की सराहना करती हूँ और पूरे दिल से इसका उद्घाटन करती हूँ ।

सफ़ीना हुसैन द्वारा रिबन काटा जाता है । तालियों की गड़गड़ाहट पूरे सभागार में गूंज उठती है । इसी बीच मंच संचालिका नेहा की मधुर आवाज़ फिर माइक पर सुनाई देती है - “अब हम आमंत्रित करते हैं कुछ उन महिलाओं को जो खुद संघर्ष की मिसाल रही हैं , जिन्होंने विषम परिस्थितियों में भी हार नहीं मानी ।

हमारी पहली अतिथि हैं , मीनाक्षी देवी, जो झारखंड के एक सुदूर गांव से निकल कर आज ग्रामीण महिलाओं को आत्मनिर्भर बना रही

हैं ।" मीनाक्षी मंच पर आती हैं और अपने जीवन में बदलाव की कहानी साझा करते हुए कहती है- " नमस्कार,
मैंने शादी के बाद सिर्फ रसोई देखी थी, पर जब पति का एक्सीडेंट हुआ और घर चलाने की जिम्मेदारी मुझ पर आई, तब मुझे समझ आया कि औरतें कितनी मजबूत हो सकती हैं । मैंने खुद चरखा चलाना सीखा, दूसरों को सिखाया, और आज हमारी सहकारी संस्था 150 महिलाओं को रोजगार दे रही है । मेरे लिए साहस का मतलब है, "डर के बावजूद आगे बढ़ना ।" मैं शुक्रगुजार हूँ कि आज इस मंच से अपनी कहानी साझा कर पा रही हूँ ।"
सभागार एक बार फिर तालियों की गड़गड़ाहट से गूंज उठता है । माइक पर फिर से मंच संचालिका नेहा की कानों में शहद घोलती हुई आवाज सुनाई देती है - " अब हम बुलाते हैं आरज़ू खान को,जिन्होंने मानवी तस्करी से बचने के बाद खुद एक रेस्क्यू मिशन शुरू किया।"
आरज़ू खान मंच पर आती हैं और उपस्थित जन समूह को संबोधित करते हुए कहती है- " मैं सिर्फ 14 साल की थी जब मुझे एक एजेंट ने काम के बहाने दिल्ली बुलाया और बेच दिया । भाग्य से मैं बच गई, लेकिन उसके बाद मैं जानती थी कि मुझे अब दूसरों को बचाना है । आज हमारी टीम ने 300 से ज़्यादा लड़कियों को आज़ादी दिलाई है । साहस फाउंडेशन जैसे मंच हमारी लड़ाई को और मज़बूती देंगे ।"

तालियाँ बजती रहती हैं और उपस्थित जनसमूह की आँखों में आँसू छलक आते हैं । अर्पिता भावुक होकरआरजू खान के कन्धे पर हाथ रखती हैं और कहती है- " कभी-कभी लगता है, हम इन कहानियों के सामने बहुत छोटे हैं। पर यही कहानियां हमें बड़ा बनाती हैं...इस फाउंडेशन का हर कोना आपकी कहानियों का गवाह होगा ।"
अर्पिता की बात समाप्त होते ही मंच संचालिका नेहा कार्यक्रम को आगे बढ़ाते हुए कहती है- " अब हम एक विशेष पैनल चर्चा की ओर

बढ़ते हैं। विषय है- "संघर्ष से सशक्तिकरण तक : महिलाओं की भूमिका और जिम्मेदारी ।"

पैनल में शामिल हैं, सफ़ीना हुसैन, मीनाक्षी देवी, आरज़ू खान, और वरिष्ठ अध्यापिका मंजू सोनी ।

पैनल चर्चा शुरू करते हुए मंजू सोनी कहती है- " सवाल आप सभी से है, क्या आपको लगता है कि आज की युवा पीढ़ी संघर्ष करने के लिए तैयार है, या सोशल मीडिया के आभासी समर्थन से ही संतुष्ट है ?"

" हमारी युवतियां जागरूक हैं , हाँ , सोशल मीडिया उनका माध्यम है, पर जब कोई लड़की इंस्टाग्राम पर #LetGirlsLearn या #Everylastgirls ट्रेंड करती है, तो वो भी क्रांति का एक रूप है । पर हमें यह ध्यान देना होगा कि डिजिटल सीमाओं से बाहर असल बदलाव ज़मीन पर होता है।" मंजू सोनी के सवाल का जवाब देते हुए सफ़ीना अपने विचार रखती है ।

इसी बीच तीसरी वक्ता मीनाक्षी चर्चा में भागीदारी करते हुए कहती है- " मेरे गांव में आज भी लड़कियां फोन नहीं रखती, लेकिन चरखा चलाना सीख रही हैं। तो क्रांति दोनों रूपों में हो रही है, शहरी भी और ग्रामीण भी ।"

"सिस्टम से लड़ना सिर्फ कानून से नहीं, अपने घर, समाज और रिश्तेदारों से भी होता है । अगर एक लड़की "ना" कहती है, तो वह सबसे पहला संघर्ष करती है और वही सबसे बड़ा साहस है ।" आरज़ू खान अपनी बात कहते हुए चर्चा को आगे बढ़ाती है ।

इसी बीच तालियों की गड़गड़ाहट से सभागार गूंज उठता है । "समारोह अब अपने समापन की ओर है । हम अर्पिता से अनुरोध करते हैं कि वह समारोह के समापन की घोषणा करें और सभी उपस्थित जनता एवं अतिथियों का धन्यवाद ज्ञापित करें ।" नेहा माइक अर्पिता की ओर बढ़ाते हुए कहती है ।

" हमारी राह आसान नहीं होगी । पर हम वादा करते हैं, हर लड़की जो बोलेगी, हम उसे सुनेंगे । हर महिला जो लड़ेगी, हम साथ खड़े होंगे । हर संघर्ष को हम दस्तावेज़ बनाएंगे, और हर साहस को एक नई आवाज़ देंगे। यही हमारा संकल्प है । आप सभी का बहुत शुक्रिया । अर्पिता सभी का आभार व्यक्त करते हुए कहती है । पृष्ठभूमि में "हौसलों की उड़ान" गीत बजता है, सभी महिलाएं मंच पर आकर एक दूसरे का हाथ पकड़कर एक साथ खड़ी होती हैं।

भाग 96 : साहस फाउंडेशन का पहला कार्यक्रम !

अर्पिता साहस फाउंडेशन के ऑफिस में बैठी है। किशोर, हाथ में एक फाइल लिए अर्पिता के पास आता है और कहता है- "अर्पिता, ये मामला कुछ अजीब है । देखो ये शिकायत, छपरा जिले से किसी युवक ने भेजी है । कह रहा है कि पंचायत स्तर पर करोड़ों की योजना सिर्फ कागज़ों में ही पूरी हुई है ।"

अर्पिता फाइल पढ़ते हुए कहती है- "... प्रधानमंत्री आवास योजना, शौचालय निर्माण, सड़क निर्माण, सबके बिल लगे हैं, लेकिन मौके पर कुछ भी नहीं और शिकायतकर्ता का नाम 'राजवीर' है । लिखा है, "अगर मेरी जान को कुछ हो जाए, तो साहस फाउंडेशन ये मामला ज़रूर उठाए।"

किशोर गंभीर होकर जवाब देता है- " हमें वहाँ जाना होगा अर्पिता ।"

अगले ही दिन अर्पिता और किशोर प्राप्त शिकायत की असलियत जानने के लिए अपनी टीम के साथ छपरा, गाँव के दौरे पर निकल जाते हैं । गाँव के बाहर टूटी सड़क और गंदगी ही गन्दगी दिखाई देती है । अर्पिता और किशोर स्थानीय लोगों से बात कर रहे हैं । एक

स्थानीय महिला अर्पिता को बताती है- “ दीदी, हमने तो कागज़ों में अपना घर देखा है । असल में तो हम उसी झोपड़ी में रह रहे हैं जो 20 साल से है ।”
किशोर शिकायत में प्राप्त फॉर्म को दिखाते हुए पूछता है कि- “आपसे यह फॉर्म किसने भरवाया था ?”
एक बुजुर्ग जवाब देते हुए कहते हैं कि- “गाँव के मुखिया और ब्लॉक ऑफिसर सभी गाँव वालों से फॉर्म भरवाकर ले गए थे । हर बार कहते-“सरकारी काम है, धीरे-धीरे होता है ।” बुजुर्ग की बात सुनकर चारों तरफ सन्नाटा हो जाता है । कुछ लोग इधर-उधर देखने लगते हैं ।
अर्पिता शिकायत दर्ज कराने वाले राजवीर के बारे में पूछती है - “ यह राजवीर कौन है, जिन्होंने हमें यह शिकायत दर्ज करवाई थी ?”
भीड़ में से एक युवक जवाब देते हुए बताता है कि- “ वो तो... दो दिन पहले लापता हो गया ।”
किशोर धीरे से अर्पिता के कान में कहता है- “ लगता है हम एक गहरे गड्ढे में उतर चुके हैं ।”
“ हाँ किशोर, अभी हमें जितनी भी जानकारी मिलती है, उसे जुटा लेते हैं ।” यह कहकर अर्पिता गाँव वालों से बातचीत करने लगती है । सारी जानकारियाँ जुटाने के बाद अर्पिता और किशोर होटल में लौट आते हैं और तय करते हैं कि वे इस केस की पूरी पड़ताल करने के बाद ही शहर लौटेंगे ।
अर्पिता फाइलों को खंगालने हुए कहती है- “ये सिर्फ एक गाँव की कहानी नहीं है, किशोर । ये घोटाला बहुत बड़ा है ।”
“ हमारे पास शिकायत है, गाँव की वर्तमान स्थिति के वीडियो फुटेज है, गवाह हैं, लेकिन ये लड़ाई हमें खतरे में भी डाल सकती है अर्पिता ।” किशोर अर्पिता के सवाल का जवाब देते हुए कहता है, तभी फोन की घंटी बजती है । किशोर के मोबाइल की स्क्रीन पर अंजान नंबर

से कोई अजनबी आवाज़ में बोलता है - “हेलो , ज्यादा साहस मत दिखाओ... वरना तुम्हारे फाउंडेशन को मिट्टी में मिला देंगे ।” किशोर कुछ कहता, इससे पहले ही फोन डिस्कनेक्ट कर दिया गया। अर्पिता और किशोर सारी जानकारी जुटाने और पूरे गाँव की वीडियो ग्राफी करने के बाद अपने हेड ऑफिस के लिए रवाना हो जाते हैं ।

अगले दिन अर्पिता प्रेस कॉन्फ्रेंस बुलाती है और पत्रकारों को बताती है- “हम डरने नहीं आए थे । हम सवाल पूछने आए थे और जब सवाल पूछे जाते हैं, तो ताकतवर डरने लगते हैं। ये केस अब सिर्फ छपरा का नहीं, देश की ईमानदारी का केस है ।”

एक स्थानीय पत्रकार सवाल पूछते हुए - “ क्या आपके पास इस गाँव में विकास के नाम पर हुए घोटाले के कोई सबूत हैं ?”

किशोर लैपटॉप खोलते हुए सबूत दिखाता है और बताता है कि- “ ये ड्रोन फूटेज, ये RTI की कॉपियां और ये गवाहों के बयान, सब बताएंगे कि छपरा सिर्फ एक गाँव या नक्शा नहीं, अपितु एक राजनीतिक प्रयोगशाला बना दी गई है... जहाँ गरीबों के नाम पर करोड़ों का खेल खेला गया ।”

पत्रकार अगला सवाल पूछते हैं कि- “ क्या आपके साहस फाउंडेशन के पास इस गाँव से किसी ने कोई लिखित शिकायत दर्ज कराई है ?”

अर्पिता इस सवाल का जवाब देते हुए कहती है- “ सिर्फ शिकायत ही दर्ज नहीं करवाई अपितु सभी दस्तावेज और सबूत भी उपलब्ध कराए गए हैं। जिस व्यक्ति ने शिकायत दर्ज करवाई थी उसने अपनी जान को खतरा होने की बात भी लिखी थी और इत्तफाक देखिए वह व्यक्ती गाँव से गायब है ।”

“गायब खुद हुआ है या किसी ने करवाया है ?” एक अन्य पत्रकार ने सवाल किया। “यह तो पुलिस जाँच का विषय है । हम लोग आज

ही इस पूरे प्रकरण को लेकर शहर के पुलिस अधीक्षक से मिलने वाले हैं ।" अर्पिता ने पत्रकार के सवाल का जवाब देते हुए बताया।
पढ़ते रहिए , अगले भाग में आप पढ़ेंगे कि आखिर छपरा के इस केस को लेकर अर्पिता और किशोर को किन चुनौतियों का सामना करना पड़ता है ?

भाग 97 : अर्पिता और किशोर ने की सामाजिक कार्यों की शुरुआत !

साहस फाउंडेशन का मुख्य कार्यालय खुला हुआ है और दोपहर के दो बजे अर्पिता, किशोर और अन्य सामाजिक कार्यकर्ता, साहस फाउंडेशन का मीटिंग रूम में बैठे हुए हैं । अर्पिता और किशोर टेबल पर बिखरे कागज़ों और दस्तावेजों को देख रहे हैं। साहस फाउंडेशन में ही कार्यरत राजीव हाल ही में छपरा से लौटे हैं । वे गंभीर स्वर में कहते हैं कि- " छपरा के रामलाल की शिकायत पर किसी ने ध्यान ही नहीं दिया । थाने में रिपोर्ट लिखवाने के बावजूद पुलिस ने कोई कार्रवाई नहीं की । और अब वो आदमी गायब है।"
किशोर कागजों को पलटते हुए कहते हैं कि- "रामलाल ने साफ़ तौर पर लिखा था कि ग्राम छपरा में विकास के नाम पर घोटाला हुआ है । वो सबूत जो उसने दिए, उनके आधार पर FIR दर्ज होनी चाहिए थी।"
अर्पिता गंभीर भाव में कहती है- "हमें अब सिर्फ आंदोलन नहीं करना, केस को सही दिशा में ले जाना है । मीडिया में दबाव बनाना होगा और पुलिस अधीक्षक से मिलकर सीधी जांच की माँग रखनी

होगी। अभी प्रेस कॉन्फ्रेंस का समय हो रहा है । हम सभी इस मुद्दे को मीडिया के समक्ष उठाएंगे ।”

प्रेस कॉन्फ्रेंस के दौरान साहस फाउंडेशन के सभी पदाधिकारी और सामाजिक कार्यकर्ता एकत्रित हुए हैं। इन सबको मीडियाकर्मियों ने घेरा हुआ है ।

एक स्थानीय पत्रकार सवाल पूछते हैं -“अर्पिता जी, क्या आपको लगता है कि रामलाल के ग़ायब होने की घटना में किसी बड़े नेता या अधिकारी का हाथ है ?”

अर्पिता सधे हुए स्वर में जवाब देते हुए कहती है- “ मैं सिर्फ इतना कहूँगी जब एक व्यक्ति बार-बार कहता है कि उसकी जान को खतरा है, और वह गायब हो जाता है, तो यह सिर्फ इत्तफाक नहीं हो सकता । सबूत हमारे पास हैं और हम जांच की माँग कर रहे हैं ।”

दूसरा पत्रकार सवाल पूछते हुए किशोर से मुखातिब होता है- ”किशोर साहब,क्या आपकी संस्था को भी किसी तरह की धमकी मिली है ?”

किशोर कड़ा रुख अपनाते हुए कहते हैं- “हाँ, पिछले तीन दिनों में तीन बार अज्ञात नंबर से धमकी भरे कॉल आए हैं । हमारे ईमेल हैक करने की कोशिश हुई है । पर हम डरने वालों में से नहीं हैं इस प्रेस कॉन्फ्रेंस के बाद हम सभी इस मुद्दे पर अभी पुलिस अधीक्षक से मुलाकात कर उनसे कार्रवाई की माँग करेंगे ।” प्रेस कॉन्फ्रेंस के ख़त्म होते ही किशोर, अर्पिता और अन्य सामाजिक कार्यकर्ता पुलिस अधीक्षक कार्यालय पहुँच जाते हैं। पुलिस अधीक्षक कार्यालय में अर्पिता और किशोर डी.एस.पी. सिंह को छपरा केस से जुड़ी सभी

जानकारी देते हैं और केस की फाइल आगे बढ़ा देते हैं । डी.एस.पी. सिंह गंभीर मुद्रा में फाइलें देखते हुए गंभीर लहजे में कहते हैं- "आपके द्वारा दिए गए दस्तावेज गंभीर हैं । लेकिन आप समझिए, ये मामला जितना आप सोच रहे हैं, उससे ज्यादा पेचीदा है ।"

अर्पिता डी.एस.पी. सिंह से आग्रह करते हुए कहती है –"सर, हम समझते हैं कि राजनीतिक दबाव भी हो सकता है । लेकिन एक इंसान की जान जोखिम में थी और अब वह लापता है । कानून व्यवस्था की जिम्मेदारी आपकी है ।"

"अर्पिता जी हम इस मामले में एक विशेष जांच टीम बना रहे हैं । लेकिन आपको मीडिया में बयानबाज़ी थोड़ी सीमित करनी होगी, ताकि जांच में व्यवधान न आए ।" डी.एस.पी. सिंह फाइल देखते हुए कहते हैं ।

"सर, अगर हम चुप रहे तो ये केस भी दबा दिया जाएगा । पहले भी ऐसा हुआ है । गरीबों की कोई सुनवाई नहीं हो रही है । जिस व्यक्ति ने छपरा में विकास के नाम पर हुए घोटाले की शिकायत की है, उसने सभी सबूत और जरूरी दस्तावेजों के साथ अपनी शिकायत दी है । उस आदमी ने अपनी जान को खतरा होने की बात लिखित में दी थी, बावजूद इसके उसे कोई पुलिस सुरक्षा मुहैय्या नहीं करवाई गई । अब वह आदमी ही गायब है । हो न हो उसे छपरा के ही किसी छूट भैया नेता ने गायब करवाया है।" किशोर ने जोर देते हुए कहा ।

"देखिए किशोर आपकी बात हमने सुन ली है और इस केस की जाँच के लिए SIT यानि एक विशेष जांच टीम बना रहे हैं । इस दौरान शिकायत कर्ता की भी पुलिस के स्तर पर खोज की जाएगी और उन्हें

बरामद करके सुरक्षा के पुख्ता इंतजाम किए जाएंगे। जैसे ही विशेष जांच टीम की रिपोर्ट आएगी हम इस केस में संलिप्त सभी को गिरफ़्तार करके कड़ी सजा दिलवाएंगे। आप लोग हम पर इत्मीनान रखिए।" डी.एस.पी. सिंह ने सभी को संबोधित करते हुए कहा ।
"ठीक है डी.एस.पी. साहब, साहस फाउंडेशन और उनकी टीम आपको इस केस को सुलझाने और कार्रवाई करने के लिए सिर्फ 15 दिन का समय दे रही है । इसके बाद भी कार्रवाई नहीं हुई तो हम लोग सड़कों पर उतर आएंगे और भ्रष्टाचार के खिलाफ जन आंदोलन खड़ा करेंगे ।" अर्पिता ने डी.एस.पी साहब को सचेत करते हुए कहा।

भाग 98 : क्यों पड़ा साहस फाउंडेशन पर छापा ?

साहस फाउंडेशन के मुख्य कार्यालय में अर्पिता और किशोर मीटिंग रूम में स्थानीय कार्यकर्ताओं और पत्रकारों से बात कर रहे हैं । अर्पिता दृढ़ स्वर में कहती है- " हमने डी.एस.पी. सिंह को साफ़ शब्दों में कह दिया है कि छपरा में जो भी विकास के नाम पर घोटाले हुए हैं, उनकी निष्पक्ष जांच होनी चाहिए। हमने उन्हें पन्द्रह दिन का समय दिया है। अगर कार्रवाई नहीं हुई, तो साहस फाउंडेशन जन आंदोलन करेगा ।"
किशोर अर्पिता की बात से सहमत होते हुए कहता है- "और ये कोई सामान्य आंदोलन नहीं होगा । हम गांव-गांव, गली-गली जाकर लोगों को जोड़ेंगे। अब भ्रष्टाचार का पर्दाफाश होगा ।"

इसी बीच एक पत्रकार सवाल पूछते हैं कि- " किशोर जी, क्या आपको लगता है कि प्रशासन आपकी सुनने वाला है ? आपने पहले भी कई बार कोशिश की थी, लेकिन कोई खास असर नहीं हुआ ।"
"इस बार फर्क है। हमारे पास सबूत हैं , सरकारी दस्तावेज़, RTI की रिपोर्ट, और चश्मदीद गवाह और सबसे बड़ी बात अब जनता हमारे साथ है।" किशोर ने पत्रकार के सवाल का जवाब देते हुए कहा।
तभी एक साहस फाउंडेशन का वॉलंटियर दौड़ता हुआ आता है और बताता है- "मैडम ! बाहर बहुत सारी पुलिस आ गई है... और साथ में कुछ अफसर भी हैं... कोई हमारे फाउंडेशन पर छापा मारने आया है ।"
किशोर चौंकते हुए कहता है कि- "छापा ? किस बात का ? हमें कोई नोटिस तक नहीं मिला !"
अर्पिता गंभीर होकर बोलती है -"ये प्रतिशोध है । जो हमने छपरा के भ्रष्टाचार को उजागर किया... उसका बदला लिया जा रहा है ।"
इसी बीच पुलिस टीम साहस फाउंडेशन के ऑफिस के अंदर प्रवेश करती है, साथ में आर्थिक अपराध शाखा (Economic Offences Wing) के अधिकारी भी हैं । ई.ओ.डब्ल्यू. (Economic Offences Wing) अफसर किशोर से मुखातिब होते हुए कहते हैं कि- " हमारे पास गुप्त सूचना है कि फाउंडेशन के फंड में गड़बड़ी हुई है । हमें आपके संस्थान के सभी खातों की छानबीन करनी होगी ।"
किशोर गुस्से में लाल हो जाता है और कहता है- "ये सरासर झूठ है! हमारे सारे अकाउंट्स पारदर्शी हैं। हर खर्च का हिसाब हमारी वेबसाइट पर मौजूद है। आप बिना किसी सबूत के हम पर इल्ज़ाम कैसे लगा सकते हैं ।"

अर्पिता संयमित लेकिन दृढ़ स्वर में अफसरों को जवाब देते हुए कहती है- “आप चाहें तो जांच करें, लेकिन हमें पूरा अधिकार है जानने का कि यह छापामारी आदेश कहाँ से आया और किसके कहने पर ?”
आर्थिक अपराध शाखा के अफसर अर्पिता के सवाल का जवाब देते हुए कहते हैं – “हमें ऊपर से आदेश मिला है । कृपया सहयोग करें।”
आर्थिक अपराध शाखा के अफसर के इशारे पर पुलिस साहस फाउंडेशन के कम्प्यूटर, फाइलें, पर्सनल डिवाइस जब्त करने लगती है ।
पत्रकार आपस में फुसफुसाते हुए कह रहे हैं - “ ये तो साफ़ साज़िश लगती है । अभी जब साहस फाउंडेशन ने छपरा की जांच की मांग उठाई, और ये सब अचानक...!”
इसी बीच एक अफसर अर्पिता और किशोर को पूछताछ के लिए अपनी गाड़ी में बैठा लेता है और आर्थिक अपराध शाखा कार्यालय लेकर आता है । साहस फाउंडेशन के कुछ कार्यकर्ता और वकील भी आर्थिक अपराध शाखा के कार्यालय पहुँचते हैं ।
साहस फाउंडेशन के वकील किशोर और अर्पिता को ढाढस बंधाते हुए कहते हैं कि- “ आप दोनों चिंता न करें । यह पूरी कार्रवाई कानून के दायरे से बाहर है। हम हाई कोर्ट में याचिका दाखिल करेंगे ।”
किशोर वकील साहब की तरफ मुखातिब होते हुए कहता है- “ हम डरने वालों में से नहीं हैं । अगर हमें जेल भी जाना पड़े, तो जाएंगे । लेकिन छपरा के भ्रष्टाचारी बचेंगे नहीं ।”
किशोर के स्वर में स्वर मिलाते हुए अर्पिता कहती है- “ हमारा आंदोलन रुकेगा नहीं। जो साज़िश आज हमारे खिलाफ रची जा रही है, कल वो बेनकाब होगी।”
इस दौरान साहस फाउंडेशन के सैकड़ों कार्यकर्ता एकत्रित हो जाते हैं। वे सभी नारे लगाते हुए कहते हैं कि- “ पुलिस प्रशासन मुर्दाबाद!”

" किशोर - अर्पिता जिंदाबाद ।"
" रिहा करो, रिहा करो, किशोर - अर्पिता को रिहा करो !"
भीड़ काफी आक्रोशित हो उठती है । कार्यकर्ता उत्तेजित होकर नारे लगा रहे हैं । चारों तरफ माहौल गरमा जाता है । पत्रकार सारे मामले को कवरेज़ कर रहे हैं। पूरे देश में हंगामा खड़ा हो चुका है । वकील और सामाजिक कार्यकर्ता किशोर और अर्पिता के समर्थन में सड़कों पर उतर आए हैं । वे किशोर और अर्पिता को रिहा करने के लिए एकजुट होकर पुलिस प्रशासन के खिलाफ नारे बाजी कर रहे हैं । पुलिस अफसर हालात को नियन्त्रण में करने के लिए वॉकी टॉकी पर अपने आला अधिकारियों के निरंतर सम्पर्क में हैं ।
पढ़ते रहिए , अगले भाग में आप पढ़ेंगे कि अर्पिता और किशोर को क्यों किया गया गिरफ़्तार ?

भाग 99 : अर्पिता और किशोर को क्यों किया गया गिरफ़्तार ?

पुलिस अधिकारी अर्पिता और किशोर को पूछताछ के लिए थाने पर ले जाते हैं । साहस फाउंडेशन के सभी दस्तावेज और इलेक्ट्रोनिक आयटम पुलिस जब्त करके अपने साथ ले जाती है । प्रशासन द्वारा साहस फाउंडेशन के सभी खाते सीज कर दिए गए हैं। उनको मिल रही वित्तिय सहायताएं बन्द करवा दी गई है । विदेशी अंशदान विनियमन अधिनियम (Foreign Contribution Regulation,Act) के तहत FCRA account को भी बन्द करने की कार्रवाई शुरू कर दी गई है । फाउंडेशन के बाहर कार्यकर्ताओं का विरोध प्रदर्शन शुरू हो चुका है । पोस्टर-बैनर लिए हुए लोग नारेबाज़ी कर रहे हैं । भीड़ नारे लगा रही हैं कि-
"भ्रष्टाचारियों को जेल भेजो !"

"अर्पिता और किशोर को रिहा करो !"
"साहस फाउंडेशन के साथ अन्याय, नहीं सहेगा हिंदुस्तान !"
एक महिला कार्यकर्ता माइक पर बोल रही है - " जिस संगठन ने हमारी बेटियों को पढ़ने का हक़ दिलाया, गांवों में रोजगार पहुंचाया, आज उसी पर इल्ज़ाम लगाए जा रहे हैं ? ये सरासर अन्याय है !"
एक बुजुर्ग ग्रामीण कह रहे हैं कि-"हमने देखा है, कैसे इन्होंने रात-दिन काम किया। अगर ये दोषी हैं, तो फिर कौन निर्दोष है ?"
इधर पुलिस और उनके आला अधिकारियों की बैठकें चल रही हैं । डी.एस.पी. सिंह अपने कार्यालय में पुलिस अधिकारियों की बैठक को संबोधित करते हुए कहते हैं कि- "इस केस की टाइमिंग ही संदेहास्पद है। जब-जब कोई सच्चाई सामने लाने की कोशिश करता है, सिस्टम उसे कुचलने लगता है ।"
एक जूनियर अफसर डी.एस.पी. सिंह की बात का जवाब देते हुए कहता है-"सर, क्या हम साहस फाउंडेशन की जांच को रोक नहीं सकते ?"
" नहीं, लेकिन हम निष्पक्षता से काम करेंगे । अगर फाउंडेशन निर्दोष है, तो उन्हें क्लीन चिट मिलेगी... और जो लोग इसे फंसाने की कोशिश कर रहे हैं, वे नहीं बचेंगे ।" डी.एस.पी. सिंह गंभीरता से कहते हैं ।
इधर साहस फाउंडेशन की लीगल टीम और साहस फाउंडेशन के बोर्ड की एक विशेष बैठक चल रही है । इस बैठक में अर्पिता और किशोर की जमानत याचिका कोर्ट में प्रस्तुत करने की रणनीति बनाते हुए सिनियर वकील कह रहे हैं -"हम RTI रिपोर्ट्स, बैंक स्टेटमेंट और पुराने कार्यों की तस्वीरें अदालत में पेश करेंगे । साथ ही मीडिया में भी इसका सच लाना होगा । हम इसे कल की हेडलाइन बनाएंगे –सच के साथ या सत्ता के साथ ? जनता को खुद निर्णय लेना होगा

। इस आंदोलन को राष्ट्रीय स्तर पर ले जाएंगे और विरोधियों को बेनकाब करके रहेंगे ।”

साहस फाउंडेशन के बोर्ड मेंबर पुलिस अधीक्षक से फोन पर आग्रह करते हैं कि उनकी बात किशोर और अर्पिता से करवाई जाए क्योंकि दोनों किसी गंभीर अपराध के दोषी नहीं हैं । पुलिस अधीक्षक फोन पर बात करवाते हैं ।

किशोर फोन पर, बोर्ड मेंबर से बात करते हुए कहता है- “ आप सबको धन्यवाद । हम यहाँ बंद हैं, लेकिन आवाज़ बाहर गूंज रही है । ये संघर्ष एक नए भारत की शुरुआत है ।”

अर्पिता भी फोन पर कहती है- “ कृपया सबको कहिए कि पीछे न हटें । ये वक्त डरने का नहीं, डटकर खड़े होने का है ।”

सभी बोर्ड मेंबर्स अर्पिता और किशोर के साहस की प्रशंसा करते हैं और अपने प्रयासों से उन्हें अवगत करवाते हैं ।

एक सीनियर बोर्ड मेंबर कहते हैं कि-“आप दोनों पर साहस फाउंडेशन को गर्व है । आप दोनों सच्चाई के लिए लड़ रहे हैं और इस लड़ाई में सिर्फ साहस फाउंडेशन ही नहीं अपितु पूरा देश और सभी सामाजिक कार्यकर्ता आपके साथ है । हम लोग कल ही कोर्ट में जमानत याचिका दायर करने जा रहे हैं । उम्मीद है कि हमें कल ही बेल मिल जाएगी।”

“ बिल्कुल सही, कोर्ट को हम सारी जानकारी देंगे और जमानत याचिका प्रस्तुत करेंगे। इस केस में कोई दम नहीं है । अर्पिता और किशोर ने छपरा केस की सच्चाई सभी के सामने लाने के लिए वहाँ के स्थानीय लोगों की मदद की है और मदद करना कोई अपराध नहीं है।” एक सीनियर वकील ने कहा ।

“किशोर और अर्पिता आप दोनों हमारे हीरो हैं । आपने साहस फाउंडेशन का नाम रोशन किया है। हम अपनी पूरी ताकत झोंक देंगे । कल किसी भी सूरत में आप दोनों जेल से बाहर होंगे ।” साहस फाउंडेशन के एक वरिष्ठ अधिकारी ने कहा ।

“हमें सच्चाई के लिए जेल जाने से कोई गुरेज नहीं है। आखिर इस देश में सत्य के लिए लड़ते हुए गाँधी जी, नेहरु जी और कितने ही क्रांतिकारियों को भी जेल जाना पड़ा था । जमानत नहीं होती है, तब भी हमें कोई अफ़सोस नहीं होगा । हम जेल से भी अपनी लड़ाई जारी रखेंगे।” अर्पिता और किशोर ने फोन पर सभी कार्यकर्ताओं और बोर्ड अधिकारियों को विश्वास दिलाते हुए कहा ।

भाग 100 : क्या अर्पिता और किशोर होंगे जेल से रिहा ?

जिला सत्र न्यायालय के बाहर भारी भीड़, मीडिया कैमरे और पुलिस कर्मचारियों का जमावड़ा लगा हुआ है । साहस फाउंडेशन के सामाजिक कार्यकर्ता किशोर और अर्पिता की रिहाई के नारे लगा रहे हैं-"झूठी गिरफ्तारी वापस लो !"

"अर्पिता-किशोर को न्याय दो !" अर्पिता और किशोर को कोर्ट से जमानत मिल जाती है और दोनों जेल से बाहर आते हैं ।

अर्पिता साँस लेकर कहती है- " आखिरकार... देर से ही सही, ये जेल की सलाखें पीछे तो छूटीं ।"

किशोर हँसते हुए जवाब देते हैं कि- "आज़ादी का स्वाद कितना मीठा है, चाहे कुछ घंटों के लिए ही क्यों न हो ।"

तभी एक पुलिस इंस्पेक्टर तेज़ी से आगे आता है, उसके हाथ में एक नया गिरफ्तारी वारंट है जिसे वह अर्पिता और किशोर को दिखाते हुए कहता है- "अर्पिता और किशोर रुकिए ?"

अर्पिता चौंककर पूछती है -"अब क्या हुआ इंस्पेक्टर साहब ? कोर्ट ने हमें ज़मानत दी है ।"

इंस्पेक्टर वारंट दिखाते हुए कहता है-"जी, मगर आपके खिलाफ एक नई शिकायत दर्ज हुई है । आप दोनों बिना विवाह के पति-पत्नी की तरह रह रहे हैं, और इससे समाज का सामाजिक ताना-बाना बिगड़ रहा है ।"

किशोर हैरान होकर कहता है- " क्या अब दो बालिग लोगों का आपसी सहमति से साथ रहना भी अपराध हो गया है ?"

इंस्पेक्टर कठोरता से जवाब देते हुए कहता है- " ये धारा 294 के तहत सार्वजनिक अश्लीलता और सामाजिक नैतिकता का उल्लंघन

है । चलिए हमारे साथ ।" इंस्पेक्टर दोनों को फिर से गिरफ़्तार कर लेता है ।

अर्पिता भीड़ की ओर मुड़कर चिल्लाती हैं-" देखिए ! ये दूसरी गिरफ्तारी सिर्फ इसलिए है क्योंकि हम दोनों एक दूसरे को प्यार करते हैं, साथ रहते हैं, और शादी नहीं की !"

भीड़ से आवाज़ें आती हैं कि- "शेम ! शेम ! ये कौनसा कानून है ?"

"हम आपके साथ हैं अर्पिता !"

"ये संविधान का अपमान है !"

भीड़ की आवाजें और विरोध की परवाह किए बिना पुलिस इंस्पेक्टर अर्पिता और किशोर को पुलिस वैन में बैठाकर थाने की ओर रवाना हो जाता है । वैन में ही किशोर और अर्पिता एक दूसरे से बात करते हुए कहते हैं-"क्या यह वही देश है जहाँ संविधान हमें निजी जीवन का अधिकार देता है अर्पिता ?"

अर्पिता दृढ़ता से जवाब देते हुए कहती है- " नहीं किशोर, ये वो देश है जहाँ संविधान किताबों में है, और समाज की सोच को पुलिस अधिकारी नियंत्रित कर रहे हैं।"

"और ये पुलिस अधिकारी अब धार्मिक ठेकेदारों और नकली नैतिकतावादियों के हाथ में खेल रहे हैं ।" किशोर अर्पिता की बात का समर्थन करते हुए कहता है ।

अर्पिता आँखों में आग लिए गुस्से में आकर कहती है-"हम चुप नहीं बैठेंगे किशोर। ये गिरफ़्तारी सिर्फ हमारी नहीं है, हर उस औरत की है जो अपनी शर्तों पर गरीमा के साथ जीना चाहती है ।"

इस प्रकार इंस्पेक्टर अर्पिता और किशोर को लेकर थाने पहुँच जाते हैं और दोनों की गिरफ्तारी की कार्यवाही शुरू कर देते हैं । इसी बीच अर्पिता और किशोर की तरफ से साहस फाउंडेशन द्वारा भेजे गए एक वरिष्ठ वकील थाने पहुँचते हैं और पुलिस इंस्पेक्टर से कहते हैं कि- " इंस्पेक्टर साहब, ये गिरफ़्तारी पूरी तरह गैरकानूनी है । कौन

सी धारा कहती है कि दो बालिग अगर सहमति से साथ रह रहे हैं तो वो अपराध है ?"

"देखिए वकील साहब , हमें ऊपर से आदेश है । एक स्थानीय संगठन ने FIR दर्ज करवाई है, 'सांस्कृतिक मूल्यों' के उल्लंघन पर ।" इंस्पेक्टर जवाब देते हुए कहते हैं ।

अर्पिता हँसते हुए कहती है-"यानी अब 'सांस्कृतिक मूल्य' भी कानूनी दस्तावेज बन गए ?"

"और FIR करने वाला कौन है ? कोई पारिवारिक सदस्य ? नहीं । कोई पड़ोसी ? नहीं । बस कुछ खुद को संस्कृति का रक्षक मानने वाले लोग?" किशोर अर्पिता की बात का समर्थन करते हुए कहता है ।

" मैं हाईकोर्ट में तत्काल राहत की याचिका दाख़िल कर रहा हूँ । ये मामला अब व्यक्तिगत आज़ादी बनाम सामाजिक नियंत्रण का प्रतीक बनेगा। आप दोनों निश्चिन्त रहिए।" वकील साहब अर्पिता और किशोर को सांत्वना देते हुए कहते हैं । अर्पिता और किशोर को पुलिस इंस्पेक्टर बिना शादी किए पति पत्नी की तरह रहने और सांस्कृतिक और पारिवारिक मूल्यों की घोर अवेहलना के जुर्म में फिर से जेल में बंद कर देता है । इस केस को लेकर मीडिया में अटकलें शुरू हो जाती हैं । अर्पिता और किशोर के वकील कोर्ट में दोनों की जमानत याचिका प्रस्तुत करने की तैयारी करते हैं। कोर्ट में लिव इन रिलेशनशिप पर एक नई बहस शुरू होती है ।

भाग 101: कोर्ट में लिव-इन-रिलेशनशिप पर बहस ?

आज कोर्ट में अर्पिता और किशोर के केस की सुनवाई होनी है । दोनों ओर से वकीलों ने अपनी तैयारी कर ली है । अर्पिता और किशोर के वकील मिस्टर भूषण ने कोर्ट में किशोर और अर्पिता की जमानत याचिका दायर की है । इस याचिका पर आज सुनवाई के बहाने अर्पिता और किशोर के बिना शादी किए साथ रहने यानि कि लिव इन रिलेशनशिप में रहने पर दलीलें पेश की जाएगी । कोर्ट रूम भीड़ से भरा हुआ है, मीडिया कैमरे चालू है और गण मान्य नागरिकों के साथ साहस फाउंडेशन के सदस्य भी मौजूद हैं ।

जज महोदय कोर्ट रूम में प्रवेश करते हैं और डायस पर हथौड़ा बजाते हुए कहते हैं- "ऑर्डर ! ऑर्डर ! कोर्ट की कार्यवाही शुरू की जाए।"

सन्नाटा छा जाता है । जज की गंभीर निगाहें सांस्कृतिक संगठन के वकील और पुलिस इंस्पेक्टर की ओर मुड़ती हैं और जज महोदय सवाल पूछते हैं कि- " बताइए पुलिस इंस्पेक्टर और वकील साहब,अर्पिता और किशोर को पुनः क्यों गिरफ़्तार किया गया जबकि उन्हें पूर्व में इस अदालत से जमानत मिल चुकी है ?"

तथाकथित सांस्कृतिक संगठन का अधिवक्ता खड़ा होकर आत्मविश्वास से जवाब देते हुए कहता है-"माई लॉर्ड, अर्पिता और किशोर ने भारतीय संस्कृति और सभ्यता के मूल स्तंभों को चुनौती दी है । उन्होंने बिना विवाह किए साथ रहने का दुस्साहस किया, जो हमारे सांस्कृतिक मूल्यों के खिलाफ है । इसी आधार पर हमारे संगठन द्वारा पुलिस में FIR दर्ज कराई गई, और उसी के तहत इनकी गिरफ्तारी हुई है । हम इनकी जमानत याचिका का कड़ा विरोध करते हैं ।"

पुलिस इंस्पेक्टर भी जज महोदय के सवाल के जवाब में अपना पक्ष रखते हुए कहते हैं- " जैसा कि अधिवक्ता महोदय ने कहा, FIR के आधार पर इन दोनों को गिरफ्तार किया गया है । आरोप यह है कि इन्होंने पारंपरिक विवाह की परंपरा का उल्लंघन कर एक अनैतिक लिव-इन संबंध स्थापित किया है।"

जज कुछ क्षण चुप रहते हैं, फिर अर्पिता और किशोर के वकील की ओर मुड़ते हैं और कहते हैं कि- " वकील साहब, आप इस मुद्दे पर क्या कहना चाहेंगे?"

वकील भूषण धैर्यपूर्वक खड़े हुए हैं और जज महोदय के सवाल का जवाब देते हुए कहते हैं कि-"माई लॉर्ड, इस केस में निर्णय लेने से पूर्व यह आवश्यक है कि हम लिव-इन रिलेशनशिप की अवधारणा को कानूनी और सही संदर्भ में समझें ।"

जज सिर हिलाते हुए सहमति व्यक्त करते हैं और कहते हैं कि- "अदालत आपसे अपेक्षा करती है कि आप इस विषय पर प्रकाश डालें ।"

वकील भूषण जवाब देते हुए कहते हैं -"माई लॉर्ड, लिव-इन रिलेशनशिप दो वयस्कों के बीच आपसी सहमति पर आधारित सह-जीवन की व्यवस्था है । इसमें विवाह नहीं हुआ होता, परंतु दोनों साथी एक-दूसरे के साथ वैवाहिक भावनात्मक और सामाजिक संबंध रखते हैं । यह व्यवस्था बराबरी, स्वतंत्रता और व्यक्तिगत सम्मान के मूल्यों पर आधारित होती है । किसी भी लोकतांत्रिक समाज में, जब तक कोई रिश्ता सहमति और कानून के दायरे में है,उसे अपराध की श्रेणी में नहीं रखा जा सकता ।"

"बहुत अच्छा, लेकिन क्या आप अदालत को यह भी समझा सकते हैं कि क्या यह अवधारणा भारतीय संस्कृति में नयी है ?" जज महोदय अगला सवाल पूछते हैं ।

अर्पिता और किशोर के वकील भूषण जवाब देते हुए कहते हैं कि-" माई लॉर्ड, यह सोच गलत है कि लिव-इन रिलेशनशिप पश्चिमी प्रभाव है । प्राचीन भारतीय ग्रंथों में 'गंधर्व विवाह' जैसी व्यवस्थाएं मिलती हैं जो प्रेम और आपसी सहमति पर आधारित थीं, बिना किसी सामाजिक या धार्मिक रस्मों के। मनुस्मृति में इसका वर्णन है । भले ही यह विवाह की श्रेणी में आता है, परंतु यह भी स्पष्ट करता है कि भारतीय संस्कृति में सहमति और स्वतंत्रता को महत्व दिया गया है । आज शिक्षा, शहरीकरण और सामाजिक जागरूकता ने इस विकल्प को और स्वीकार्य बना दिया है ।"

जज गहरी दृष्टि से वकील भूषण को देखते हैं, फिर निर्णय सुनाते हुए कहते हैं कि-"कोर्ट आज की सुनवाई को यहीं विराम देती है । अगली कार्यवाही में हम लिव-इन रिलेशनशिप के कानूनी पहलुओं पर चर्चा करेंगे। तब तक के लिए अर्पिता और किशोर को यह शर्त देकर अंतरिम जमानत दी जाती है कि वे अगली सुनवाई में अदालत में समय पर उपस्थित रहेंगे और कोई असामाजिक गतिविधि में सम्मिलित नहीं होंगे।"

उक्त फैसला सुनाते हुए जज महोदय कहते हैं कि- "अगली सुनवाई तक यह कोर्ट स्थगित की जाती है।"

कोर्ट रूम में सरगर्मी बढ़ जाती है, साहस फाउंडेशन के सदस्य एक-दूसरे की ओर देखकर मुस्कुराते हैं । मीडिया तेजी से बाहर दौड़ती है और अर्पिता एवं किशोर थोड़ी राहत की सांस लेते हैं।

पढ़ते रहिए , अगले भाग में आप लिव इन रिलेशनशिप और इसके कानूनी पहलुओं के बारे में अदालत की बहस सुनेंगे ।

भाग 102 : अदालत में लिव-इन रिलेशनशिप पर सुनवाई !

आज अदालत में लिव-इन रिलेशनशिप पर सुनवाई का दूसरा दिन है। कोर्ट रूम एक बार फिर पत्रकारों, सामाजिक कार्यकर्ताओं और कानून के छात्रों से भरा हुआ है । अर्पिता और किशोर भी अदालत में मौजूद हैं । जज महोदय कोर्ट में प्रवेश करते हैं और कहते हैं- "ऑर्डर ! ऑर्डर ! अदालत की कार्यवाही आरंभ की जाए । आज की सुनवाई में हम लिव-इन रिलेशनशिप के कानूनी पहलुओं पर विचार करेंगे। वकील भूषण, आप अपने तर्क प्रस्तुत करें ।"

अर्पिता और किशोर के वकील भूषण विनम्र स्वर में कहते हैं कि- "माई लॉर्ड, भारतीय संविधान का अनुच्छेद 21 प्रत्येक नागरिक को 'जीवन और व्यक्तिगत स्वतंत्रता' का अधिकार देता है। सर्वोच्च न्यायालय ने एस. खुशबू बनाम कन्नियम्मल (2010) में कहा था कि लिव-इन रिलेशनशिप को अपराध नहीं माना जा सकता । इसी तरह इन्दिरा शर्मा बनाम वी. के. वी. शर्मा (2013) में यह स्पष्ट किया गया कि ऐसे संबंध, यदि सहमति पर आधारित हों, तो वे कानून के खिलाफ नहीं हैं ।"

अर्पिता और किशोर के वकील भूषण की दलीलें सुनकर जज गंभीरता से पूछते हैं- "तो क्या अदालत यह माने कि समाज की नैतिकता से ऊपर संविधान की स्वतंत्रता है ?"

वकील भूषण जवाब देते हुए कहते हैं –"जी हाँ , माई लॉर्ड। नैतिकता व्यक्तिगत विचार हो सकती है, परंतु कानून सभी के लिए समान होता है। अगर दो वयस्क, जिनकी उम्र 18 से अधिक है, अपनी मर्जी से साथ रहना चाहते हैं, तो यह उनका मौलिक अधिकार है ।"

उक्त दलीलों को सुनकर सांस्कृतिक संगठन का वकील खड़ा होता है, उसकी आवाज में उत्तेजना होती है - "माई लॉर्ड ! इस प्रकार के

संबंध समाज में अशांति और भ्रम फैलाते हैं। ये हमारी युवा पीढ़ी को दिशा भ्रमित करते हैं। यह मामला केवल दो व्यक्तियों का नहीं, समाज के ताने-बाने का है।"

जज महोदय सवाल करते हुए कहते हैं कि- "आपके पास अपने इस दावे को प्रमाणित करने के लिए कोई कानूनी उदाहरण है ?"

"माई लॉर्ड, नहीं। लेकिन नैतिक और सांस्कृतिक दृष्टि से यह अस्वीकार्य है।" सांस्कृतिक संगठन के वकील जवाब देते हुए कहते हैं ।

जज निर्णायक स्वर में जवाब देते हैं कि- "यह अदालत केवल कानूनी आधारों पर निर्णय लेती है, भावनात्मक या सांस्कृतिक दबावों पर नहीं।"

इसी बीच साहस फाउंडेशन की प्रमुख महिला कार्यकर्ता जज महोदय से अनुमति लेकर स्टैंड पर आती है और कहती है- "माई लॉर्ड, हम समाज में ऐसे सैकड़ों मामलों को देख रहे हैं जहाँ महिलाएं अपने अधिकारों के प्रति सजग हो रही हैं । लिव-इन जैसी व्यवस्था उन्हें बिना दबाव के रिश्ते में रहने और गलत होने पर बाहर निकलने की स्वतंत्रता देती है। यह व्यवस्था महिलाओं के लिए आत्मनिर्भरता का प्रतीक बन रही है।"

जज महोदय महिला के बयान सुनने के बाद गंभीर स्वर में कहते हैं कि- "अदालत इन बिंदुओं पर विचार करेगी और अगली सुनवाई में अपना निर्णय सुनाएगी। तब तक के लिए अदालत की कार्यवाही स्थगित की जाती है ।"

कहते हुए जज महोदय डायस से उठ जाते हैं । कोर्ट रूम में कानाफूसी शुरू हो जाती है। मीडिया कर्मी बाहर आकर अपनी हेड लाइन चलाते है, "न्यायालय ने कहा- संविधान सर्वोपरि है ।"

इस प्रकार सभी चैनलों पर आज की अदालत की कार्रवाई प्रसारित की जाती है । पूरे देश में लिव इन रिलेशनशिप को लेकर एक नई

बहस शुरू हो जाती है। सबके अपने अपने तर्क होते हैं। कोई इस लिव इन रिलेशनशिप के पक्ष में है तो कोई विपक्ष में परन्तु अर्पिता और किशोर इन सभी दलीलों से बेखबर अपने साहस फाउंडेशन के काम में व्यस्त हो जाते हैं । दोनों को ही कानून और अदालत पर भरोसा होता है। मीडिया कर्मी उनसे सवाल जवाब करने की कोशिश करते हैं मगर दोनों ही ये कहकर हर सवाल को टाल देते हैं कि - "अभी मामला कोर्ट में है और कोई भी फैसला आने से पूर्व इस मुद्दे पर टिप्पणी करना उचित नहीं होगा।"

हालांकि मीडिया कर्मी जानबूझकर अर्पिता और किशोर को सवालों के जवाब देने के लिए उकसाते रहते हैं परन्तु वे दोनों भी अपने अनुभवों से अब बहुत कुछ सीख चुके थे।

इधर साहस फाउंडेशन के सभी कार्यकर्ता और खासकर महिलाएं अर्पिता और किशोर के साथ कंधे से कंधा मिलाकर खड़े हुए थे । उन्हें इस बात से कोई फर्क नहीं पड़ता था कि मीडिया और समाज के लोग क्या कह रहे हैं । वे सभी समाज में व्याप्त सड़ी- गली मान्यताओं और परंपराओं के घोर विरोधी हैं। अर्पिता और किशोर के विजन- मिशन के साथ सभी एकजुट होकर कार्य कर रहे थे ।

पढ़ते रहिए , अगले भाग में आप पढ़ेंगे कि लिव इन रिलेशनशिप पर अदालत क्या फैसला सुनाती है ?

भाग 103 : लिव-इन-रिलेशनशिप-अदालत का फैसला ?

आज कोर्ट में अर्पिता और किशोर के केस के सन्दर्भ में लिव इन रिलेशनशिप पर जज महोदय द्वारा फ़ैसला सुनाया जाना है । कोर्ट हमेशा की तरह आज भी मिडिया कर्मियों, साहस फाउंडेशन के

सामाजिक कार्यकर्ताओं और गणमान्य नागरिकों से खचाखच भरा हुआ है । सभी की निगाहें और कान जज महोदय के फैसले पर टीके हुए हैं । अर्पिता और किशोर के वकील मिस्टर भूषण और सांस्कृतिक संगठन के वकील अपने सहकर्मी वकीलों के साथ कोर्ट में खड़े हुए हैं ।

अर्पिता और किशोर को भी बेसब्री से जज महोदय के फैसले का इन्तजार है । इसी बीच कोर्ट में जज महोदय का प्रवेश होता है। कोर्ट स्टाफ आवाज लगाते हुए कहता है- " सब उठ जाइए... माननीय न्यायाधीश महोदय अंदर आ रहे हैं ।" सभी उपस्थित लोग खड़े हो जाते हैं । जज कुर्सी पर बैठते हैं । गहरा सन्नाटा छा जाता है । जज महोदय गंभीर स्वर में सभी को बैठने को कहते हैं। सभी बैठ जाते हैं...। अर्पिता और किशोर, कंधे से कंधा मिलाकर बैठे हैं, उनकी आँखों में उम्मीद साफ नजर आ रही है।

जज साहब की अनुमति लेकर अर्पिता और किशोर के वकील भूषण आगे बढ़ते हुए अपनी बात कहते हैं- " माई लॉर्ड, आज हम जिस मुद्दे पर फैसला सुनने को तत्पर हैं, वह केवल दो व्यक्तियों का निजी मामला नहीं है । यह भारतीय समाज के उस दृष्टिकोण पर सवाल है जो स्वतंत्रता और परंपरा के बीच द्वंद्व में उलझा है ।"

जज महोदय सहमति से सिर हिलाते हुए कहते हैं- "बिलकुल, श्री भूषण। कोर्ट इस बात को भली भांति समझता है कि यह केवल किशोर और अर्पिता का मामला नहीं है, बल्कि उन लाखों युवाओं की भी आवाज़ है जो अपने जीवन साथी का चयन स्वयं करना चाहते हैं ,वो भी कानूनी और संवैधानिक दायरे में रहकर ।"

जज साहब की बात पूरी होते ही सांस्कृतिक संगठन के वकील उठते है और कहते हैं-"माई लॉर्ड, भारतीय संस्कृति की गरिमा और पारिवारिक संरचना की रक्षा करना भी इस देश का उत्तरदायित्व है। लिव-इन रिलेशनशिप एक पश्चिमी अवधारणा है, जो हमारे सामाजिक ढांचे को खोखला कर रही है । यदि कोर्ट इसे मान्यता देता है तो कल को हर गली-मोहल्ले में "मां-बाप को ठुकराकर साथ रहने वाले प्रेमी" पैदा हो जाएंगे।"

सांस्कृतिक संगठन के वकील की बात सुनकर दर्शक दीर्घा से फुसफुसाहट होने लगती है - "ये क्या तर्क हुआ ?"

"क्या प्यार करना अपराध है ?"

"कोर्ट क्या कहेगा ?"

इसी बीच जज महोदय डायस पर हेमर बजाते हुए कहते हैं-"ऑर्डर, ऑर्डर ! श्रीमान वकील साहब ,कोर्ट को संस्कृति का पाठ पढ़ाने की आवश्यकता नहीं है । यह अदालत भारतीय संविधान के अनुच्छेद-21 के तहत दी गई जीवन और व्यक्तिगत स्वतंत्रता की रक्षा के लिए यहाँ बैठी है, न कि सामाजिक पूर्वाग्रहों के आगे झुकने के लिए।" जज साहब की बात सुनकर कोर्ट में तालियों की हल्की सी आवाज़ आती हैं ।

अर्पिता और किशोर के वकील भूषण जोर देकर कहते हैं- " माई लॉर्ड, अर्पिता और किशोर दोनों बालिग हैं। उन्होंने अपनी मर्जी से एक साथ रहने का निर्णय लिया है । इन्हें इसलिए पुनः गिरफ्तार किया गया क्योंकि ये बिना शादी साथ रह रहे थे । जबकि सुप्रीम कोर्ट पहले ही कह चुका है कि लिव-इन रिलेशनशिप अवैध नहीं है।

क्या हम संविधान की अनदेखी कर केवल भावनाओं पर आधारित समाज की सोच से किसी को अपराधी ठहरा सकते हैं ?"

इसी बीच साहस फाउंडेशन की कार्यकर्ता सीमा जी खड़ी होती हैं, जज साहब से इजाजत लेकर बोलती हैं- "मान्यवर, हम वर्षों से महिलाओं के अधिकारों के लिए लड़ते आ रहे हैं । अर्पिता को जब समाज ने ठुकराया, हम उसके साथ खड़े हुए । आज अगर कोर्ट इस संबंध को वैध नहीं मानता, तो ये फैसला हजारों लड़कियों को फिर से खामोशियों की कोठरी में डाल देगा ।"

जज महोदय धैर्यपूर्वक सीमा की बात का जवाब देते हुए कहते हैं- "कोर्ट आपके विचारों की कद्र करता है, सुश्री सीमा । आप बैठिए।"

जज महोदय फाइल खोलते हैं, और फैसला पढ़ते हैं - " कोर्ट ने भारत के संविधान, सुप्रीम कोर्ट के पूर्व निर्णय, और विभिन्न हाईकोर्ट्स के अवलोकनों का संज्ञान लेते हुए, इस मामले में निर्णय देने का निश्चय किया है।"

एक सन्नाटा छा जाता है । सब सांस रोके सुनते हैं ।

जज साहब अपना फैसला सुनाते हुए आगे कहते हैं-"सर्वोच्च न्यायालय ने अपने कई निर्णयों – जैसे कि "इन्दिरा शर्मा बनाम वी के.वी. (2013)", "लता सिंह बनाम उत्तर प्रदेश राज्य (2006)" में स्पष्ट किया है कि दो बालिगों के बीच आपसी सहमति से स्थापित लिव-इन संबंध अवैध नहीं है । अत: कोर्ट यह मानता है कि-

1. लिव-इन रिलेशनशिप भारतीय कानून के तहत अपराध नहीं है।

2. यदि दो वयस्क कानून के दायरे में अपनी मर्जी से साथ रहना चाहते हैं, तो यह उनके मौलिक अधिकारों का हिस्सा है।

3. समाज की असहमति कानून का विकल्प नहीं बन सकती।

जज साहब का फैसला सुनकर कोर्ट हॉल में तालियों की गड़गड़ाहट सुनाई देती है । जज साहब अपना फैसला जारी रखते हुए कहते हैं- "अतः यह अदालत यह स्पष्ट करती है कि अर्पिता और किशोर को साथ रहने के अधिकार से वंचित करना, केवल सामाजिक दबाव या धार्मिक आस्था के नाम पर, संविधान की अवमानना है । कोर्ट उन्हें निर्दोष घोषित करता है। और पुलिस को निर्देश देता है कि यदि भविष्य में इस प्रकार की अभिव्यक्ति स्वतंत्रता में अवरोध डाला गया, तो यह कोर्ट की अवमानना की श्रेणी में आएगा ।"

कोर्ट रूम में तालियों की तेज़ गूंज सुनाई देती है ।

भीड़ में से आवाज़ आती है-

"न्याय जिंदाबाद!"

"संविधान की जय हो !"

अर्पिता की आँखों में आंसू हैं, वह किशोर का हाथ थामती है और धीमे स्वर में कहती है- "आज पहली बार लगा कि इस देश का कानून वाकई हम युवाओं को देखता है... समझता है...।"

किशोर भी अर्पिता के हाथ को मजबूती से पकड़ते हुए कहता है – "और शायद आज से समाज भी सीखने लगे ।"

सीमा जी मंच पर जाकर मीडिया से बात करती हैं और कहती है- "यह फैसला केवल अर्पिता और किशोर की जीत नहीं है अपितु यह हर उस व्यक्ति की जीत है जो प्रेम, स्वीकृति और आज़ादी से जीना चाहता है ।"

अर्पिता और किशोर के वकील भूषण को भी मीडिया के लोग घेर लेते हैं और सवाल करते हैं कि- " सर, आज का फैसला क्या एक नई शुरुआत है ?"

वकील भूषण मुस्कराते हुए जवाब देते हैं कि- " न्यायालय ने जो कहा, वो हमारे संविधान ने पहले ही कह रखा था । फर्क सिर्फ इतना है कि अब समाज भी शायद सुनने लगेगा ।" सांस्कृतिक संगठन के वकील, चुपचाप कोर्ट से बाहर निकल जाते हैं। उनके चेहरे पर हार की छाया और हताशा स्पष्ट दिखाई देती है ।

जज साहब भी कोर्ट से बाहर चले जाते हैं, मीडिया का कैमरा उनकी शांत लेकिन दृढ़ चाल पर टिकता है।

पीछे बैकग्राउंड में आवाज गूंजती है –"न्याय केवल अपराधी को सजा देने का नाम नहीं है, यह निर्दोष को सम्मान लौटाने की प्रक्रिया भी है ।

पढ़ते रहिए, अगले भाग में आप पढ़ेंगे कि लिव-इन-रिलेशनशिप पर आए कोर्ट के इस फैसले पर देश भर में क्या प्रतिक्रियाएं आती हैं ?

भाग 104 : लिव-इन-रिलेशनशिप पर प्रतिक्रियाएं !

लिव-इन रिलेशनशिप पर अदालत के फैसले को लेकर देश भर में सामाजिक विरोध और समर्थन दोनों किया जा रहा है । जगह- जगह सेमिनार, चर्चाएं और वाद - विवाद प्रतियोगिताएं आयोजित की जा रही हैं। ऐसा ही एक आयोजन दिल्ली विश्वविद्यालय के सभागार में आयोजित किया गया है, जहाँ समाज, कानून और लिव इन रिलेशनशिप विषय पर परिचर्चा आयोजित की गई है। मंच पर बैठे हैं, कानून विशेषज्ञ, समाजशास्त्री, मानवाधिकार कार्यकर्ता,छात्र नेता,वरिष्ठ पत्रकार । नीचे छात्रों और दर्शकों की भीड़ बड़ी तादाद में जमा है ।

मंच पर संचालक महोदय कार्यक्रम की शुरुआत करते हुए कहते हैं- "आज के कार्यक्रम में हम चर्चा करेंगे कि क्या लिव-इन रिलेशनशिप को सामाजिक स्वीकृति मिलनी चाहिए ? सुप्रीम कोर्ट और विभिन्न हाईकोर्ट्स के हालिया फैसलों के बाद यह विषय फिर चर्चा में है । शुरुआत करते हैं कानून विशेषज्ञ महोदया से।"

कानून विशेषज्ञ महोदया मंच से बोलते हुए कहती है-"धन्यवाद। सुप्रीम कोर्ट का हालिया फैसला ऐतिहासिक है । कोर्ट ने कहा कि यदि दो वयस्क लोग लंबे समय से साथ रह रहे हैं और उनके बीच संबंध हैं, तो उन्हें पति-पत्नी की तरह माना जाएगा । यह फैसला न केवल संवैधानिक अधिकारों की रक्षा करता है, बल्कि सामाजिक मानसिकता को चुनौती भी देता है।"

कानून विशेषज्ञ महोदया की बात सुनकर समाजशास्त्री महोदय थोड़ा मुस्कराते हुए कहते हैं- "सही कहा आपने, परंतु कानून विशेषज्ञ साहिबा, आप ये मानती हैं कि समाज इतना जल्दी बदल जाएगा ? गाँव, कस्बों में तो आज भी एक लड़की का मोबाइल रखना "चरित्रहीनता" समझा जाता है, लिव-इन रिलेशनशिप तो सीधे पाप है पाप ।"

समाजशास्त्री महोदय की बात सुनकर मानवाधिकार कार्यकर्ता तेज़ आवाज़ में कहती है- "तो क्या हम समाज की इन रूढ़ियों को सिर झुकाकर स्वीकार कर लें ? संविधान हमें अनुच्छेद 21 के तहत जीवन और व्यक्तिगत स्वतंत्रता का अधिकार देता है। अगर दो वयस्क अपनी मर्ज़ी से साथ रहना चाहते हैं, तो यह उनका मौलिक अधिकार है।"

इसी बीच मंच पर आसीन छात्र नेता पूनम वर्मा भीड़ की तरफ मुड़कर कहती है- "मैं खुद एक छात्रा हूँ और मैंने देखा है, हॉस्टल में या रूममेट के साथ रहने वाली लड़कियों पर किस तरह उंगलियां उठती हैं । एक लड़की अगर किसी लड़के के साथ रह रही है, भले ही दोनों बालिग हों, तो पूरा मोहल्ला उसे "गलत" समझने लगता है । क्यों ?"

छात्र नेता पूनम वर्मा की बात सुनकर वरिष्ठ पत्रकार कहते हैं- "इसकी वजह है समाज की सेलेक्टिव मॉरलिटी अर्थात चयनात्मक नैतिकता । जहाँ दहेज, बाल विवाह, और वैवाहिक बलात्कार को तो नजर अंदाज किया जाता है, लेकिन दो लोगों के प्रेम से उन्हें सख्त आपत्ति है।"

कानून विशेषज्ञ महोदया सहमति व्यक्त करते हुए कहती है- "बिलकुल। पंजाब और हरियाणा हाईकोर्ट ने भी कहा कि-"शादी करना या न करना, ये व्यक्ति की स्वतंत्रता का विषय है ।" कोर्ट ने कई मामलों में जोड़ों को पुलिस सुरक्षा दी है क्योंकि उन्हें अपने परिवार और समाज से खतरा था।"

समाज शास्त्री महोदय थोड़ा रक्षात्मक होते हुए कहते हैं- " मैं कानून की बातों से असहमत नहीं हूँ, पर समाज सिर्फ कानून से नहीं चलता, भावनाओं, मूल्यों और परंपराओं से भी चलता है और लिव-इन रिलेशनशिप, बहुत सारे लोगों के लिए "पश्चिमी अपसंस्कृति" है ।"

मानवाधिकार कार्यकर्ता कटाक्ष करते हुए कहती है- "अच्छा ? तो क्या दहेज भी हमारी संस्कृति है ? या फिर बाल विवाह ? और शादीशुदा जीवन में औरत की पिटाई ? यह भी भारतीय मूल्य हैं ?"

भीड़ में कुछ तालियाँ बजती हैं। कुछ लोग नारे लगाने लगते हैं। इसी बीच सबको शांत करते हुए छात्र नेता पूनम वर्मा कहती है- "और ये भी सच है कि लिव-इन रिलेशनशिप में अपराध की घटनाएं होती हैं, पर क्या शादीशुदा रिश्तों में नहीं होतीं ? श्रद्धा-आफताब केस को लिव-इन के खिलाफ उदाहरण बनाना गलत है । अनुपमा गुलाटी केस को देखिए – उसका पति राजेश, जिसे समाज ने "वैध पति" का दर्जा दिया, उसने ही उसे मारकर डीप-फ्रीज़र में रख दिया था । ऐसे अनेक केस हैं। "छात्र नेता पूनम वर्मा की बात का समर्थन करते हुए वरिष्ठ पत्रकार कहते हैं-

" बिलकुल, और आंकड़े बताते हैं कि घरेलू हिंसा के सबसे ज़्यादा मामले शादीशुदा औरतें के खिलाफ दर्ज होते हैं । क्या इसका

मतलब है कि हम शादी को अपराध मान लें ? हर व्यवस्था में अच्छाई और बुराई होती है। सवाल यह है कि क्या हमें किसी व्यवस्था को केवल इसलिए नकार देना चाहिए क्योंकि कुछ उदाहरण बुरे हैं ? अगर लिव-इन को अपराध माना जाए तो शादी को भी क्यों नहीं ?"

समाज शास्त्री महोदय सवाल पूछते हुए कहते हैं- "पर क्या लिव इन रिलेशनशिप से पारिवारिक व्यवस्था पर असर नहीं पड़ेगा ? हमारी सामाजिक संरचना टूट नहीं जाएगी?

मानवाधिकार कार्यकर्ता जवाब देते हुए कहती है- "परिवार का मतलब होता है, आपसी प्रेम, समझ, और बराबरी। अगर लिव-इन में ये सब हो, और शादी में न हो तो कौन बेहतर है ?"

छात्र नेता पूनम वर्मा कहती है- "और मैं पूछना चाहती हूँ ,क्या हमारी बहनों को, बेटियों को ये अधिकार नहीं कि वो अपना जीवन साथी खुद चुनें ? या फिर इसके लिए भी उन्हें समाज के ठेकेदारों की इजाजत लेनी चाहिए ?"

भीड़ से आवाज़ आती है कि - " नहीं ! उन्हें अधिकार है !"

कानून विशेषज्ञ महोदया नोट्स पलटते हुए कहती है- " सुप्रीम कोर्ट का 2010 का एक और फैसला था–"लता सिंह बनाम स्टेट ऑफ उत्तर प्रदेश", जिसमें कोर्ट ने साफ कहा था कि दो वयस्कों के बीच आपसी सहमति से बना संबंध अवैध नहीं है। तब से लेकर अब तक अदालतें लगातार इस अधिकार की पुष्टि कर रही हैं और हाल ही में कोर्ट ने कहा कि "सिर्फ समाज का विरोध होना, किसी लिव-इन रिश्ते को गैरकानूनी नहीं बना देता।" ये वही सोच है जिससे

अंतर्जातीय विवाह भी कभी निंदनीय समझे जाते थे पर आज हम उन्हें स्वीकार कर रहे हैं ।"

समाज शास्त्री महोदय धीमे स्वर में कहते हैं- "शायद हम बदलाव से डरते हैं पर बदलाव आना तय है ।"

मानवाधिकार कार्यकर्ता जवाब देते हुए कहती है- " समाज को चाहिए कि वह उन मुद्दों पर ध्यान दे जो सच में समस्या हैं – जैसे महिलाओं की शिक्षा, आर्थिक स्वतंत्रता, यौन हिंसा। किसी के व्यक्तिगत जीवन को जज करना बंद करे ।"

छात्र नेता पूनम वर्मा जोश में आ जाती है और कहती है- "आज हम ये तय करें कि हम किस ओर खड़े हैं। समाज के ठेकेदारों की ओर या संविधान की ओर ? अगर संविधान हमें अधिकार देता है, तो हमें उसका समर्थन करना चाहिए ।"

भीड़ से तालियों की गूंज उठती है ।

वरिष्ठ पत्रकार कहते हैं- "और अंत में, मीडिया की भी जिम्मेदारी है कि वो हर लिव-इन रिलेशनशिप को सनसनी खेज न बनाए, बल्कि संवैधानिक दृष्टि से लोगों को जागरूक करे ।"

कानून विशेषज्ञ महोदया अब तक की परिचर्चा का सारांश देते हुए कहती है- " सुप्रीम कोर्ट का फैसला सिर्फ लिव-इन का समर्थन नहीं करता, बल्कि भारत में व्यक्तिगत स्वतंत्रता की जीत है । हमें अब ज़रूरत है सोच में बदलाव की । हाँ, और शायद यह हमारी अगली पीढ़ी ही इस बदलाव की वाहक बनेगी।"

संचालक महोदय मंच पर आसीन सभी का आभार व्यक्त करते हुए कहती है-"आप सबका धन्यवाद । यह परिचर्चा केवल एक शुरुआत है । असली लड़ाई समाज की सोच में बदलाव लाने की है ।
कार्यक्रम समाप्त होता है, पर उपस्थित छात्र-छात्राओं और देश भर में चर्चा जारी है ।

भाग 105 : साहस फाउंडेशन में आंतरिक लोकतन्त्र!

अर्पिता और किशोर ने गहरे संघर्ष के बाद हर लड़ाई में जीत हासिल की है । आज वो दोनों बहुत खुश हैं क्योंकि अदालत ने उनके लिव इन रिलेशनशिप को जायज ठहराया है । अब वे दोनों और निडर होकर अपने साहस फाउंडेशन की गतिविधियां संचालित कर रहे हैं । दोनों ही मिलकर अपने संस्थान में लोकतांत्रिक माहौल विकसित कर रहे हैं ।
अपनी खुशी का इज़हार करते हुए अर्पिता कहती है- "किशोर, आज का दिन हमारे लिए कितनी बड़ी जीत लेकर आया है,है ना ? अदालत ने आखिरकार हमारे लिव इन रिलेशनशिप को न्यायसंगत मान्यता दे ही दी।"
"बिल्कुल, अर्पिता । ये सिर्फ हमारी जीत नहीं, बल्कि उन सभी के लिए एक बड़ी सफलता है जो अपनी ज़िंदगी अपने तरीके से जीना चाहते हैं। हमारी लड़ाई न सिर्फ हमारे लिए, बल्कि समाज के लिए भी एक मिसाल बन गई है।" किशोर ने अर्पिता की बात का समर्थन करते हुए कहा ।

"याद है जब हम पहली बार साहस फाउंडेशन शुरू करने के आरंभिक दौर में थे ? उस वक्त हमें कितना विरोध सहना पड़ा था । हमारे ऊपर आरोप लगे, हम पर सामाजिक ताने-बाने की बौछार हुई । लेकिन हमने हार नहीं मानी ।" अर्पिता ने किशोर का हाथ अपने हाथ में लेते हुए कहा ।

"हाँ, और यही वजह है कि अब हमें और भी ज़्यादा ज़िम्मेदारी समझनी होगी। फाउंडेशन के भीतर लोकतांत्रिक माहौल बनाना, ताकि सभी की आवाज़ सुनी जाए और कोई भी दबाव में न आए।" किशोर ने बताया ।

"बिल्कुल । हमारी संस्था का उद्देश्य है समाज में बदलाव लाना, और बदलाव तभी संभव है जब हम खुद उदाहरण पेश करें । इसलिए मैं चाहती हूँ कि फाउंडेशन की हर मीटिंग में सभी सदस्यों को बराबर का मौका मिले ।" अर्पिता ने अपना मत व्यक्त करते हुए कहा ।

"सही कहा, और हमें युवाओं को भी शामिल करना होगा । वे नए विचार और ऊर्जा लेकर आते हैं । अगर हम उन्हें मंच देंगे, तो साहस फाउंडेशन और भी मजबूत होगा ।" किशोर ने अर्पिता की बात को आगे बढ़ाते हुए कहा ।

"मैं सोच रही थी कि अगली बैठक में हम 'लोकतंत्र के सिद्धांत' पर एक कार्यशाला आयोजित करें, ताकि हमारे सभी सदस्य समझ सकें कि कैसे संस्था के अन्दर स्वस्थ लोकतांत्रिक माहौल बनाया जाता है।" अर्पिता ने बताया ।

"बहुत बढ़िया आइडिया है । साथ ही, हमें अपने अनुभवों को साझा करना होगा । हमारे संघर्ष की कहानी लोगों को प्रेरणा देगी।" किशोर ने अर्पिता के आइडिया को बेहतर बताते हुए कहा ।

"संघर्ष के बाद मिली ये सफलता हमें और अधिक जिम्मेदार बनाती है। हमें यह भी सुनिश्चित करना होगा कि फाउंडेशन के फैसले पारदर्शी हों और कोई भ सदस्य अलग-थलग न महसूस करे। हाँ,

और हमें सामाजिक मुद्दों पर अपनी आवाज़ उठाने में कभी पीछे नहीं हटना चाहिए। चाहे वह महिला अधिकार हों, लेस्बियन (Lesbian), गे (Gay),बाईसेक्सुअल (Bisexual), ट्रांसजेंडर (Transgender), और क्वीर/क्वेश्निंग (Queer/Questioning (LGBTQ+) के अधिकार हों, या फिर शिक्षा और स्वास्थ्य से जुड़े मुद्दे । अर्पिता ने किशोर की बात को आगे बढ़ाते हुए कहा।

"हमारे लिए सबसे महत्वपूर्ण है समाज में समावेशिता और सम्मान की भावना फैलाना। जो लोग परंपरागत सोच में फंसे हैं, उन्हें भी समझाने की कोशिश करनी होगी और इसके लिए हमें मीडिया और सामाजिक प्लेटफॉर्म्स का उपयोग करना होगा । लोगों तक हमारी बात पहुंचाना जरूरी है।" किशोर ने अर्पिता की बात का जवाब देते हुए कहा ।

"हमारी लड़ाई ने दिखा दिया है कि साहस और धैर्य से किसी भी सामाजिक बाधा को पार किया जा सकता है । अब हम इस ऊर्जा को आगे बढ़ाएं और फाउंडेशन को नए मुकाम पर ले जाएं । चलिए, मिलकर इस बदलाव की मशाल को और फैलाते हैं । हमारे पास अभी बहुत काम बाकी है । साथ चलेंगे, साथ लड़ेंगे और साथ जीतेंगे।" अर्पिता ने अपने अहसास व्यक्त करते हुए कहा ।

"मैं वादा करता हूँ कि मैं तुम्हारे साथ हर कदम पर खड़ा रहूँगा । साथ मिलकर हम हर चुनौती को पार करेंगे ।" किशोर ने अर्पिता के हाथ को चूमते हुए कहा।"

"और मैं भी। हमारी कहानी अभी शुरू हुई है, किशोर । साहस फाउंडेशन के जरिए हम इस समाज में एक नई उम्मीद जगाएंगे । हम इस संस्था के विजन, मिशन और लक्ष्यों के अनुरूप कार्य करेंगे तथा किसी के भी साथ किसी भी तरह का अन्याय नहीं होने देंगे ।

चाहे उसके लिए हमें कुछ भी करना पड़े । हमारे संघर्ष ने हमें और मजबूत बनाया है ।" अर्पिता ने किशोर का माथा चूमते हुए कहा । पढ़ते रहिए , अगले भाग में आप पढ़ेंगे कि अर्पिता और किशोर को साहस फाउंडेशन में किस प्रकार की चुनौतियों का सामना करना पड़ता हैं ?

भाग 106 : साहस फाउंडेशन की चुनौतियाँ !

अर्पिता और किशोर अपने संस्थान साहस फाउंडेशन में लोकतांत्रिक माहौल विकसित कर रहे हैं । वे सभी कार्यकर्ताओं को समान रूप से बोलने, अपना कार्य करने की स्वतंत्रता और एक दूसरे की गरिमा का सम्मान करना सीखा रहे हैं । परन्तु कुछ कार्यकर्ता साहस फाउंडेशन के आन्तरिक लोकतन्त्र से सन्तुष्ट नजर नहीं आते हैं । वे अर्पिता और किशोर के हर फैसले पर प्रश्न और टीका टिप्पणी करते रहते हैं इससे संस्था के विजन और मिशन के अनुरूप लक्ष्यों को प्राप्त करने में दिक्कतें आने लगती हैं । अर्पिता और किशोर को साहस फाउंडेशन में आंतरिक चुनौतियों का सामना करना पड़ता है । दोपहर के एक बजे हैं और साहस फाउंडेशन के मीटिंग हॉल में कार्यकर्ताओं के साथ एक बैठक चल रही है। इस बैठक में अर्पिता (संस्थापक), किशोर (सह-संस्थापक), सीमा, मनोज, दया शंकर, रजनी, तन्वी, इमरान, और कुछ अन्य कार्यकर्ता मौजूद है।

" नमस्कार साथियों ! आज की यह बैठक विशेष है । हम सब पिछले कुछ महीनों से जो संस्थागत मूल्य स्वतंत्रता, समता-समानता और गरिमाको लेकर काम कर रहे हैं, उसमें कुछ सवाल उठे हैं । हमारा उद्देश्य है कि हम मिलकर अपने संस्थान के लोकतांत्रिक ढांचे को

और बेहतर बनाएं । तो आइए, खुलकर बात करते हैं । सबसे पहले, कोई भी अपनी बात कह सकता है।"

अर्पिता की बात ख़त्म होते ही संस्थान के एक वरिष्ठ कार्यकर्ता मनोज थोड़े कटाक्ष में कहते हैं- "अगर वास्तव में "खुलकर बात" की अनुमति है तो मैं शुरुआत करना चाहूँगा।"

किशोर हौले से मुस्कराते हुए कहते हैं-"बिलकुल मनोज जी, यहीं तो लोकतंत्र है, बोलने की स्वतंत्रता। आप अपने विचार रखिए ।"

"धन्यवाद किशोर जी । मेरा कहना यह है कि जब हम कहते हैं कि संस्थान में हर किसी की आवाज़ का महत्व है, तो फिर फैसले लेते समय केवल आप दोनों क्यों निर्णायक भूमिका निभाते हैं ?"

मनोज जी ने सभी का ध्यान आकृष्ट करते हुए सवाल उठाया । उनकी बात पूरी होते ही दूसरी कार्यकर्ता ने मनोज जी की बात का समर्थन करते हुए कहा कि-"हाँ , और बैठक की कार्य सूची भी पहले से तय होती है । नीचे के स्तर के कार्यकर्ताओं की राय और मुद्दों के लिए उसमें कोई जगह नहीं होती ।"

दोनों की बातें सुनकर अर्पिता संयमित स्वर में जवाब देते हुए कहती है-"आपकी बातें सुनकर अच्छा लगा, क्योंकि आलोचना से सुधार की राह निकलती है । लेकिन कुछ स्पष्टीकरण देना चाहूँ गी । अक्सर कई निर्णय समयबद्ध होते हैं, और हर बार सामूहिक चर्चा संभव नहीं हो पाती है ।"

अर्पिता की बात सुनकर एक अन्य कार्यकर्ता इमरान कहते हैं-" पर अर्पिता जी, अगर हम लोकतांत्रिक हैं, तो निर्णय प्रक्रिया में प्रतिनिधियों को शामिल करना जरूरी है । इससे नीचे के स्तर पर भी संवाद मजबूत होता है ।"

"इमरान, बिल्कुल सही बात। यही कारण है कि हमने हाल ही में "कार्यकर्ता प्रतिनिधि परिषद" बनाने का प्रस्ताव दिया था। लेकिन

उस पर भी सहयोग की कमी रही ।" इमरान की बात का समर्थन करते हुए किशोर ने कहा ।

एक महिला कार्यकर्ता रजनी थोड़ा असंतोष के साथ अपनी बात रखते हुए कहती है- "सच कहूँ तो कई कार्यकर्ता खुद को सुना हुआ महसूस नहीं करते । वे यह मानते हैं कि "नीचे से ऊपर" की बजाय "ऊपर से नीचे" वाली व्यवस्था संस्थान में चल रही है, केन्द्रीकरण को ज्यादा बढ़ावा दिया गया है।"

एक सीनियर कार्यकर्ता दया शंकर संस्थान की तरफ से बोलते हुए कहते हैं-"माफ कीजिए, लेकिन कुछ लोगों को तो हर निर्णय में मीन-मेख निकालने की आदत सी हो गई है । यह आलोचना नहीं, असंतोष है जो संगठन को बांधता नहीं, तोड़ता है।"

दया शंकर की बात ख़त्म होते ही अन्य महिला कार्यकर्ता तन्वी जवाब देते हुए कहती है-"पर क्या सवाल उठाना भी अब असंतोष बन गया है ? फिर तो यह लोकतंत्र नहीं, छद्म लोकतंत्र है।"

मीटिंग हॉल में कुछ देर के लिए खामोशी छा जाती है। फिर अर्पिता गंभीर होकर बोलती हैं-"तन्वी, तुम्हारी चिंता जायज है । लेकिन याद रखो लोकतंत्र केवल आलोचना नहीं है, वह उत्तरदायित्व भी है । क्या आपने कभी यह सोचा है कि जब हम फैसलों की आलोचना करते हैं, तब क्या हम उनके समाधान भी सुझाते हैं?"

"अर्पिता जी, समाधान की बात सही है। लेकिन समाधान की प्रक्रिया में हमसे भागीदारी नहीं ली जाती। यही असंतोष का कारण है।" अर्पिता की बात का जवाब देते हुए इमारन कहते हैं।

"चलिए, हम आज से ही एक बात तय करते हैं। हर सप्ताह "संवाद सत्र" रखा जाएगा, जिसमें हर स्तर का कार्यकर्ता भाग ले सकेगा। कार्य क्षेत्र से जुड़े निर्णयों में प्राथमिक राय स्थानीय टीम की होगी।" किशोर सबकी बातों का सम्मान करते हुए कहते हैं। "यह स्वागत योग्य कदम होगा । लेकिन ध्यान देना होगा कि यह केवल

औपचारिकता न बन जाए ।" सीमा चिन्ता ज़ाहिर करते हुए कहती है ।

अर्पिता मुस्कराते हुए सीमा की बात का जवाब देते हुए कहती है- "हम वादा करते हैं, यह औपचारिकता नहीं होगी । लोकतंत्र केवल बातों से नहीं,अभ्यास से आता है और अभ्यास में विश्वास चाहिए दोनों ओर से।"

इमरान अर्पिता की बात पर सुझाव देते हुए कहते हैं कि- "फिर मैं एक सुझाव देना चाहूँ गा, हमें "लोकतांत्रिक आचार संहिता" बनानी चाहिए, जिसमें हर सदस्य के अधिकार, जिम्मेदारी और संवाद की प्रक्रिया स्पष्ट हो।"

"उत्तम विचार है । इमरान, क्या आप इसका प्रारूप तैयार करने में सहयोग करेंगे ?"किशोर इमरान के सुझाव का समर्थन करते हुए कहते हैं ।

"ज़रूर,मैं तन्वी और सीमा के साथ मिलकर एक मसौदा तैयार कर लूंगा।" इमरान किशोर को आश्वस्त करते हुए कहते हैं ।

"बहुत अच्छा । साथियों, यह वही लोकतंत्र है जिसे हम बनाना चाहते हैं। जहाँ आलोचना को दुश्मनी नहीं समझा जाए और नेतृत्व को अहंकार न हो।" अर्पिता सबकी बातों का सार प्रस्तुत करते हुए कहती है ।

अर्पिता के वक्तव्य पर एक अन्य कार्यकर्ता रजनी सिंह कहती है- "अर्पिता जी, आज की बैठक के बाद मुझे महसूस हुआ कि हमारी आवाज़ सुनी जा रही है । शायद हमें भी धैर्य और विश्वास बनाए रखना होगा और नेतृत्व को भी पारदर्शिता और भागीदारी को याद रखना होगा ।"

सभी उपस्थित कार्यकर्ता हल्की मुस्कान के साथ सहमति में सिर हिलाते हैं।

"तो तय रहा कि हर महीने के अंत में "लोकतांत्रिक समीक्षा बैठक" होगी, जिसमें हर कार्यकर्ता खुले मंच पर बोल सकेगा । और हर आलोचना के साथ समाधान को जोड़ना अनिवार्य होगा । हमें याद रखना चाहिए कि साहस केवल बाहर की दुनिया से लड़ने का नहीं, अपने भीतर की व्यवस्थाओं को भी जांचने का नाम है ।" किशोर एक बार फिर से अर्पिता की बात को दोहराते हुए कहते हैं ।

"और यही साहस हमें समाज में बदलाव लाने की शक्ति देता है ।" वरिष्ठ कार्यकर्ता दया शंकर किशोर की बात का समर्थन करते हुए कहते हैं ।

मीटिंग हॉल में तालियों की हल्की आवाज होती है । माहौल अब पहले से हल्का और सकारात्मक है ।

"हमारा लक्ष्य केवल सेवाएं देना नहीं, एक ऐसा मॉडल तैयार करना है जो लोकतंत्र,समता- समानता और गरिमा को सच में जिए । यह संवाद इस बात को रेखांकित करता है कि लोकतंत्र केवल नारे नहीं, एक सतत अभ्यास है जहाँ आलोचना, संवाद, समाधान और जिम्मेदारी सभी का स्थान होता है। साहस फाउंडेशन जैसे संस्थान के लिए यह आत्मनिरीक्षण की प्रक्रिया उतनी ही आवश्यक है जितनी कि समाज परिवर्तन की । अगर हम अपने घर में यह नहीं ला सकते, तो समाज में क्या ले जाएंगे ?" अर्पिता सभी को संबोधित करते हुए कहती है ।

सभी सहमति में सिर हिलाते हैं। बैठक समाप्त होती है । बाहर चाय-नाश्ते की व्यवस्था है, और कार्यकर्ता आपस में चर्चा करते हुए बाहर निकलते हैं ।

पढ़ते रहिए , अगले भाग में आप पढ़ेंगे कि साहस फाउंडेशन की लोकतांत्रिक आचार संहिता का क्या मसौदा तैयार किया जाता है ?

भाग 107 : लोकतान्त्रिक आचार संहिता का मसौदा!

"साहस फाउंडेशन" के कार्यकर्ताओं और मैनेजमेंट समिति की पिछली बैठक में हुए निर्णय के अनुसार संस्थान के कार्यकर्ता इमरान, तन्वी और सीमा द्वारा तैयार किया गया "लोकतांत्रिक आचार संहिता" का मसौदा आज की बैठक में प्रस्तुत किया जाएगा ।

सभी कार्यकर्ता बैठक कक्ष में उपस्थित हैं । एक व्हाइटबोर्ड पर "लोकतांत्रिक आचार संहिता मसौदा" शीर्षक लिखा गया है । संस्थान के कार्यकर्ता इमरान बैठक की कार्यवाही शुरू करते हुए कहते हैं-

"नमस्कार साथियों !

जैसा कि पिछली बैठक में तय हुआ था, हमने तन्वी और सीमा के साथ मिलकर एक प्रारंभिक लोकतांत्रिक आचार संहिता तैयार की है । इसका उद्देश्य सिर्फ नियम बनाना नहीं, बल्कि हमारे संगठन की नीतियों को स्पष्ट दिशा देना है । मैं इसे बिंदुवार प्रस्तुत कर रहा हूँ, कृपया आप सभी सुझाव और आलोचना अवश्य दें ।"

इमरान संस्थान के बोर्ड मेम्बर्स की ओर मुड़ते हैं और पढ़ते हैं - "लोकतांत्रिक आचार संहिता मसौदा" के मुख्य बिन्दु इस प्रकार हैं -

1. समान अभिव्यक्ति का अधिकार: हर सदस्य को खुलकर बोलने, सुझाव देने और फैसलों पर राय रखने का अधिकार होगा ।

2. निर्णय प्रक्रिया में भागीदारी: सभी प्रमुख निर्णय, विशेषकर संस्थागत नीतियों से जुड़े, प्रतिनिधि समूह की भागीदारी से लिए जाएंगे।

3. पारदर्शिता और सूचना का अधिकार: सभी कार्यकर्ताओं को संस्था से जुड़े निर्णयों, बजट और कार्यक्रमों की जानकारी प्राप्त करने का अधिकार होगा ।

4. गरिमा और भाषा का संयम: सभी सदस्यों के साथ सम्मानजनक भाषा का उपयोग किया जाएगा । आलोचना व्यक्तिगत न होकर विचार आधारित होनी चाहिए ।

5. मासिक समीक्षा बैठक: प्रत्येक माह एक खुली समीक्षा बैठक आयोजित की जाएगी जिसमें कार्यकर्ताओं की राय व सुझाव लिए जाएंगे।

6. सामूहिक उत्तरदायित्व: संस्थागत गतिविधियों में सफलता और विफलता दोनों की जिम्मेदारी सामूहिक होगी । किसी एक व्यक्ति को दोषारोपित नहीं किया जाएगा ।

7. असहमति का सम्मान: हर सदस्य को असहमति व्यक्त करने का अधिकार है, बशर्ते वह रचनात्मक हो ।

इमरान पढ़ते हुए रुकते हैं और चारों ओर देखते हैं। कमरे में कुछ देर सन्नाटा रहता है। फिर संस्थान के एक अन्य कार्यकर्ता मनोज बोलते हैं- "बहुत अच्छा प्रारूप है । लेकिन मैं एक और बिंदु जोड़ना चाहूँगा, संस्था के भीतर शक्ति के केंद्रीकरण को रोकने के लिए पदों की समय सीमा तय हो।"

मनोज की बात का समर्थन करते हुए सीमा कहती है- "बिलकुल सही सुझाव है । अगर कोई व्यक्ति लगातार नेतृत्व की भूमिका में रहेगा, तो वह लोकतंत्र की भावना के विरुद्ध हो सकता है ।"

अर्पिता दोनों की बातों से सहमति में सिर हिलाते हुए कहती है- "सहमत हूँ। इस बिंदु को जोड़ते हैं-"प्रत्येक बोर्ड सदस्य के रूप में नेतृत्वकारी पद की अधिकतम समयावधि दो वर्ष होगी, उसके बाद चुनाव द्वारा नए प्रतिनिधि चुने जाएंगे ।"

संस्था की एक कार्यकर्ता रजनी जिज्ञासा साझा करते हुए कहती है- "मेरे मन में एक सवाल है, अगर कोई सदस्य लगातार बैठकों में अनुपस्थित रहता है या सुझाव देने की प्रक्रिया में भाग नहीं लेता, तो क्या उसका अधिकार बना रहेगा ?"

तन्वी रजनी की बात का समर्थन करते हुए कहती है-"अच्छा प्रश्न है। लोकतंत्र का अर्थ सिर्फ अधिकार नहीं, जिम्मेदारी भी है । हमें एक सक्रिय सदस्यता की परिभाषा तय करनी होगी ।"

"तय करते हैं कि जो सदस्य तीन लगातार मासिक बैठकों में भाग नहीं लेते, वे "निष्क्रिय" माने जाएंगे और विशेष समिति के सदस्य नहीं रहेंगे, जब तक पुनः सक्रिय भागीदारी न हो ।" किशोर सुझाव देते हुए कहते हैं।

संस्थान के वरिष्ठ कार्यकर्ता दया शंकर हंसते हुए कहते हैं- " लग रहा है जैसे हम कोई संविधान बना रहे हैं ।"

अर्पिता मुस्कुराते हुए दया शंकर की बात का जवाब देते हुए कहती है- "क्यों नहीं ? हर संस्था की आत्मा उसका संविधान ही होता है। खासकर जब वह लोकतंत्र पर आधारित हो, तो यह एक ज़िम्मेदारी बन जाती है।"

इसी बीच मसौदा तैयार करने वाले समिति के सदस्य इमरान कहते हैं-" मैं एक और सुझाव देना चाहूँगा, हमें एक संवाद पोर्टल या डिजिटल सुझाव पेटी बनानी चाहिए जहाँ कोई भी कार्यकर्ता किसी भी समय अपने विचार साझा कर सके ।"

"सहमत हूँ । इसे हम "सहभागिता मंच" नाम दे सकते हैं । हर महीने इस मंच से आए सुझावों पर भी समीक्षा बैठक में विचार होगा।" किशोर सहमति व्यक्त करते हुए कहते हैं ।

संस्था की एक कार्यकर्ता सीमा महत्वपूर्ण बिन्दु उठाते हुए कहती है- "एक बिंदु और भेदभाव-निरोध नीति भी आचार संहिता में होनी चाहिए । लिंग, जाति, धर्म, वर्ग, या किसी भी पहचान के आधार पर कोई भेदभाव स्वीकार्य नहीं होगा।"

"बहुत ज़रूरी बिंदु उठाया है सीमा आपने। इसे आचार संहिता में विशेष स्थान दिया जाएगा ।" अर्पिता: सीमा की बात का समर्थन करते हुए कहती है ।

कार्यकर्ताओं द्वारा दिए गए सभी सुझावों को आचार संहिता में जोड़ते हुए इमरान एक बार फिर से उन बिन्दुओं को संक्षेप में दोहराते हैं-

8. नेतृत्व की समय सीमा: कोई भी व्यक्ति अधिकतम दो वर्ष तक बोर्ड में नेतृत्व भूमिका में रहेगा। इसके बाद चुनाव होंगे।

9. सक्रिय सदस्यता मानदंड: लगातार तीन बैठकें छोड़ने वाले सदस्य निष्क्रिय माने जाएंगे।

10. सहभागी मंच का निर्माण: सुझावों के लिए डिजिटल मंच की स्थापना की जाएगी।

11. भेदभाव निषेध नीति: संस्थान में किसी के भी साथ जाति, धर्म, वर्ग, लिंग इत्यादि के आधार पर किसी भी प्रकार का भेदभाव नहीं होगा।

सभी उपस्थित सदस्य "लोकतांत्रिक आचार संहिता मसौदा" के प्रस्ताव को स्वीकार करते हुए तालियां बजाते हैं और मसौदे पर अपने मत व्यक्त करते हुए कहते हैं-

"अब यह दस्तावेज़ केवल कागज़ नहीं, हमारी सामूहिक चेतना बन चुका है।"

"इससे संस्था में विश्वास बढ़ेगा। जो पहले असंतोष था, वह अब भागीदारी में बदल सकता है।"

अर्पिता भावुक होकर कहती है- "साथियों, आज मुझे गर्व है कि हमारी संस्था केवल बाहरी दुनिया में न्याय की बात नहीं कर रही, बल्कि अपने भीतर भी उसे जिए जा रही है।"

"और यही "साहस" है, असहमति से डरना नहीं, बल्कि उसे समझना, स्वीकार करना और साथ लेकर आगे बढ़ना।" किशोर सबका उत्साह बढ़ाते हुए कहते हैं।

बैठक तालियों की गूंज से समाप्त होती है। सभी कार्यकर्ता आपसी विश्वास और ऊर्जा के साथ बाहर निकलते हैं।

पढ़ते रहिए , अगले भाग में आप पढ़ेंगे कि साहस फाउंडेशन की लोकतान्त्रिक आचार संहिता का क्या मसौदा तैयार किया जाता है?

भाग 108 : अर्पिता और किशोर ने सुनाई खुशखबरी!

साहस फाउंडेशन का नवनिर्मित "संवाद सभागार" जिसकी दीवारों पर संगठन का विज़न-मिशन और क्रान्ति क़ारी सलोगन लिखे हुए हैं । गोल मेज़ के चारों ओर कार्यकर्ता बैठे हुए हैं और बीच में किशोर और अर्पिता बैठे हुए हैं । किशोर गंभीर लेकिन मधुर स्वर में हथेली से घड़ी ठकठकाते हुए कहते हैं- "साथियों, लोकतांत्रिक आचार-संहिता के पहले छह महीनों की समीक्षा का समय है।आज की बैठक दो हिस्सों में बँटी है पहले, संस्था के कार्यों की छह माह की कार्य प्रगति पर चर्चा होगी, फिर एक व्यक्तिगत सूचना...आप सभी के साथ साझा की जाएगी ।"

इसी के साथ सभी टीम प्रमुख अपने -अपने प्रोजेक्ट की प्रगति सभी के साथ साझा करते हैं-मानव संसाधन प्रमुख, तन्वी फ़ाइल उठाते हुए कहती है-"आचार-संहिता ने आवाज़ विभाजन को पाट दिया है। पंद्रह दिनों में सत्ताईस सुझाव आए, उनमें से उन्नीस सर्वसम्मति से लागू हो चुके हैं । वहीं "डेमोक्रेटिक 'ओपन-डोर' नीति ने कर्मचारी टर्नओवर 1.8 % तक गिरा दी। यह अभूतपूर्व है।"

डिजिटल दल, प्रमुख इमरान जोश में कहते हैं- "सोशल मीडिया एनगेजमेंट 143 % बढ़ा, और हेट कॉमेंट्स घटे; लोग पूछते हैं, 'साहस फाउंडेशन' में ऐसा लोकतंत्र कैसे जिया जा रहा है ?"

वित्त प्रमुख जावेद कहते हैं- "दान-साझेदारी पिछले त्रैमास में 11 करोड़ पार कर चुकी है, बिना किसी कार्पोरेट दबाव के । लोकतंत्र भरोसा पैदा करता है।" सार्वजनिक स्वास्थ्य कार्यक्रम की प्रमुख डॉ. शालिनी अपनी रिपोर्ट शेयर करते हुए कहती है- "90 नए ग्राम क्लिनिक चालू हुए; महिलाओं की संस्थागत डिलीवरी 54 % से 78 % पर पहुँच गई है ।" तालियों की गड़गड़ाहट कमरे में सुनाई

देती है । किशोर हाथ उठाकर सबको धन्यवाद देते हुए शांत कराते हैं ।

किशोर आँखों में चमक लिए हुए, मधुर और शान्त आवाज में कहते हैं- "अब... व्यक्तिगत सूचना – "खुशख़बरी" , जो मेरे और अर्पिता के जीवन से जुड़ी है, पर इसका असर साहस फाउंडेशन के भविष्य पर भी पड़ेगा।" एक पल रुकते हैं; सबकी नज़रें किशोर पर टिक जाती हैं।

"साथियों, अर्पिता माँ बनने वाली हैं—और मैं... पिता!"

एक सेकंड की स्तब्ध शांति, फिर उल्लास का विस्फोट होता है। तालियाँ और सीटियाँ बजने लगती हैं ।

'बधाई' के शब्द गूंजने लगते हैं ।संस्था का एक फील्ड कार्यकर्ता राहुल खड़े होकर कहता है-"वाव ! साहस में पहला 'साहस-बेबी'!"

नई वालंटियर,मीरा आँखें नम हैं परन्तु मुस्कुराते हुए कहती है- "दीदी, ये तो हम सबकी जीत है; आपने समाज की दक़ियानूसी दीवारें तोड़ी और अब... एक नया जीवन !"

लज्जा से अर्पिता के गाल गुलाबी हो जाते हैं ; हाथ सहज सा पेट पर टिकता है , मानो अभी-अभी जीवन ने दस्तक दी है । वह धीमी, पर निश्चिंत आवाज में कहती है- "मैं और किशोर हम लिव-इन में रहें, कोर्ट के फ़ैसलों के बाद, आप सबने हमें समर्थन दिया। अब मातृत्व के इस पड़ाव पर भी साथ चाहिए...।"

संस्था के वरिष्ठ कार्यकर्ता दयानंद बाहें फैलाकर कहते हैं- "संगठन आपका परिवार है। नीति धरातल पर चलें मेटरनिटी-पैटर्निटी लीव, क्रेच, हेल्थ-इंश्योरेंस; जो पॉलिसी में नहीं लिखा, वह भी...लिखा होना चाहिए।"

मानव संसाधन विभाग से तन्वी नोटपैड खोलती हैं और कहती है- "मौजूदा मातृत्व नीति में 'लिव-इन-कपल' शब्दावली जोड़नी होगी । समानता का प्रश्न है।"

माधवी पैर थपथपातीं है और जोश में कहती है-"जेंडर-जस्टिस प्रोजेक्ट के लिए यह केस 'स्टडी' बनेगा। विधि-आयोग की हालिया अनुशंसा का हवाला देकर ड्राफ़्ट करूँगी।"

स्वास्थ्य कार्यक्रम की प्रमुख डॉ शालिनी चिंताओं को ताक पर रखकर, प्रोफेशनल अंदाज़ में कहती है- "अर्पिता, हर चौथे हफ़्ते अल्ट्रासाउंड, आयरन-फॉलिक की नियमित डोज़, तनाव मुक्त कार्य, और स्वच्छ पर्यावरण..... साहस फाउंडेशन अपनी संस्थापक के साथ कोई जोखिम नहीं लेगा।"

जावेद गणना करते हैं हुए कहते हैं- "फंडिंग के लिए 'आने वाला जीवन' नाम से एक प्रोजेक्ट तैयार करेंगे। CSR बोर्ड प्रसन्न होगा, मातृ-बाल स्वास्थ्य, जेंडर समानता सब एक साथ दिखाएंगे।"

किशोर सबकी बातों को सुनने के बाद सार्वजनिक प्रस्ताव की मुद्रा में कहते हैं-"मैं हटना नहीं चाहता, पर अगले छह महीने अपनी ज़िम्मेदारियाँ बाँटना ज़रूरी समझता हूँ। क्या सभा सहमत है ?"

सभी अपने हाथ उठाते हैं और बोलते हैं- "सर्वसम्मति!"

फील्ड कार्यकर्ता मीरा झिझकते हुए कहती है-"क्या मैं 'फील्ड मोबिलाइज़ेशन' की जाँच सीख सकती हूँ? अर्पिता दीदी से सप्ताह में एक बार ऑनलाइन मेंटरशिप की जरूरत होगी ?"

अर्पिता मुस्कुराकर जवाब देती है - "ज़रूर ! गर्भावस्था मुझे धीमा कर सकती है, लेकिन रुकूँगी नहीं। ऑनलाइन सत्र भी होंगे, लिखित गाइडलाइ पर भी कार्य होगा, सब होगा।"

एक सीनियर कार्यकर्ता राहुल लैपटॉप खोलकर कहते हैं-"मैं सोशल मीडिया पर एक विज़ुअल स्टोरी तैयार कर रहा हूँ, 'कपल इन कॉन्फ़िडेंस'। इससे हम लिव-इन को स्टिग्मा-फ्री बनाने का मैसेज देंगे।"

फील्ड कार्यकर्ता माधवी आँख उठाकर कहती हैं-"पर गोपनीयता का खयाल रखें ! डिलीवरी डेट सार्वजनिक न करें; सिर्फ़ अधिकार केंद्रित नैरेटिव साझा हो ।"

राहुल लैपटॉप की स्क्रीन घुमाते हुए कहता है-"हेडलाइन सोचिए, 'साहस फाउंडेशन ने मातृत्व-पितृत्व नीति में नया मानक रचा'। सबटाइटल में 'लिव-इन-कपल' शब्द, ताकि समानाधिकार विमर्श आगे बढ़े ।"

दयानंद मृदु स्वर में कहते हैं- "ध्यान रहे, विरोधी खेमे इसे 'संस्थागत अनैतिकता' कहेंगे। हम आहत नहीं होंगे, तर्क सहित जवाब देंगे ।"

अर्पिता आँखों में चमक के साथ जवाब देते हुए कहती है-"हमारा अस्तित्व ही प्रतिरोध है । बच्चे की हर धड़कन हमें यह याद दिलाएगी कि निजी स्वतंत्रता और सामाजिक प्रतिबद्धता एक-दूसरे के विरुद्ध नहीं, पूरक हैं।"

वित्त प्रमुख जावेद कहते हैं-"आप सभी से बज़ट स्लाइड पाँच देखने का अनुरोध है, जहाँ मैंने क्रेच निर्माण के लिए ₹18 लाख, मातृत्व-परामर्श शिविर के लिए ₹6 लाख, अतिरिक्त हेल्थ इंफ्रा के लिए ₹9 लाख का प्रावधान किया है ।"

मानव संसाधन विभाग से तन्वी कहती हैं-"और पेटरनिटी लीव अनिवार्य रूप से कम-से-कम चार हफ़्ते की कर दी गई है ।"

किशोर मुस्कुराते-मुस्कुराते भावुक हो जाते हैं और कहते हैं- "बहुत बढ़िया हमारी नीतियों में इस अजन्मे बच्चे ने बहुत कुछ शामिल करवा दिया है । जब मैं पिता बनूँगा, वही मॉडल राष्ट्र को सुझाऊँगा-'देखो, पुरुष भी घर की देखभाल में बराबर भागीदारी निभा सकते हैं ।"

फील्ड कार्यकर्ता मीरा ताली बजाते हुए कहती है-"इससे गाँवों में बदलाव आएगा, जहाँ आज भी 'बच्चा पैदा करना सिर्फ़ औरत का मामला' माना जाता है।"

मंच के बीचों-बीच एक ख़ामोश पल के दौरान किशोर अर्पिता का हाथ थामते हैं; दोनों की आँखों में नमी है।

दयानन्द धीमे स्वर में कहते हैं-"जीवन का चक्र पूरा होता दिख रहा है, क्रांति से करुणा, करुणा से नव-जीवन।"

डॉ शालिनी व्यावहारिकता में भी काव्य के अंदाज़ में कहती है-"गर्भ में पल रहा यह शिशु साहस का सबसे सशक्त मैनिफ़ेस्टो होगा,प्राकृतिक,मानवत वादी, समतावादी।"

किशोर नोट-पैड उठाते हैं और निर्णय समेकित करते हुए कहते हैं-

1. मातृत्व-पितृत्व संशोधित नीति – लिव-इन को मान्यता; अवकाश, बीमा, क्रेच सभी सुविधाएं सभी को समान रूप से उपलब्ध होगी।

2. "आने वाला जीवन" परियोजना का शुभारंभ– मातृ-बाल स्वास्थ्य फंड, गाँवो-कस्बों में जागरूकता शिविरों का आयोजन ।

3. लीडरशिप ट्रांज़िशन – किशोर की ज़िम्मेदारियाँ तीन उप-समन्वयकों में विभाजित; अर्पिता वर्चुअल मेंटरशिप करती रहेगी ।

4. पब्लिक नैरेटिव – अधिकार-आधारित संचार, गरिमा-केन्द्रित भाषा, गोपनीयता को महत्व ।

5. लॉजिस्टिक सपोर्ट – हेल्थ मॉनिटरिंग ऐप, इमरजेंसी ट्रांसपोर्ट, न्यूट्रीशन किट की उपलब्धता ।

सभा "हाँ" के स्वर के साथ गूँज उठती है ।

किशोर हाथ उठाकर कहते हैं- "कृपया सभी खड़े हों, ये हमारा सामूहिक संकल्प है।"

सब उठते हैं; सभी एक स्वर, स्पष्ट उच्चारण दायाँ हाथ दिल पर रखते हुए कहते हैं - "हम, साहस फाउंडेशन के कार्यकर्ता, जीवन के इस नए अंकुर का स्वागत करते हैं। हम समानता, स्वतंत्रता और करुणा के मूल्यों को गर्भस्थ शिशु की प्रत्येक धड़कन में रोपेंगे । हम प्रण

करते हैं कि निजी और सार्वजनिक दोनों क्षेत्रों में लोकतंत्र का दीप जलता रहेगा।"

तालियों की गड़गड़ाहट होती है । कमरे के कोने में लगी घड़ी दोपहर के तीन बजाती है, मानो कह रही हो, "नया अध्याय शुरू ।"

भीतर से बाहर तक प्रसव पूर्व उमंग और संगठनात्मक ऊर्जा का संगमहोता दिखाई डेटा है । अर्पिता धीरे से कुर्सी पर बैठती हैं; मीरा पानी का गिलास पकड़ा देती है। किशोर सामने झुककर कहता है- "यह सिर्फ़ हमारा नहीं, लोकतंत्र का बच्चा है जो हर दिल के लिए धड़कने आएगा।"

अर्पिता मुस्कुराती हैं, आँखें बंद करती हैं; कैमरे-सा मन पल में तस्वीर खींच लेता है। एक संस्था, एक परिवार, और गर्भ में पलती उम्मीद। जीवन बोल उठता है- "साहस जारी है ।"

पढ़ते रहिए , अगले भाग में आप पढ़ेंगे कि अर्पिता और किशोर के बेबी के जन्म लेने की खुशी साहस फाउंडेशन में कैसे सेलेबरेट की जाती है ?

भाग 109 : बेटी के जन्म लेने की खुशी !

अर्पिता और किशोर के बेबी के जन्म लेने की खुशी साहस फाउंडेशन में धूमधाम से सेलेबरेट की जाती है। साहस फाउंडेशन का सभागार, गुलाबी-सफेद गुब्बारों और रंगीन काग़ज़ी झंडियों से सजा हुआ है । पीछे डिजिटल स्क्रीन पर एक चमकता हुआ संदेश दिखाई दे रहा है -"बेटी आई है !

अर्पिता और किशोर को हार्दिक बधाई है !"

साहस फ़ाउंडेशन के कार्यकर्ता चारों तरफ़ बिखरे हैं । मंच के एक तरफ़ केक, दूसरी तरफ़ मिठाइयों के थाल मेज़ पर रखे हुए हैं ।

एक फील्ड कार्यकर्ता मेना माइक सँभालते हुए, उत्साह से कहती है- "साथियों, हमारी सह–संस्थापक अर्पिता जी ने आज दोपहर बारह बजकर सात मिनट पर एक प्यारी-सी बेटी को जन्म दिया है ! डॉक्टरों ने माँ-बेटी दोनों को पूरी तरह स्वस्थ बताया है । यह क्षण सिर्फ़ पारिवारिक नहीं, हमारी संस्था के लिए भी ऐतिहासिक है, क्योंकि हमारी संस्था की यात्रा के छह महीने पूरे होने पर ही यह नन्ही परी हमारी गोद में आई है । ज़ोरदार तालियों के साथ स्वागत कीजिए !"

सभागार तालियों की गड़गड़ाहट से गूंजने लगता है । मंच के सामने, गोल सर्कल में कार्यकर्ता आपस में बात-चीत कर रहे हैं । आईटी प्रमुख, राहुल खिलते हुए चेहरे से कहता है- " यार, याद है साहस फाउंडेशन के लॉन्च डे पर अर्पिता दीदी ने कहा था—"हम हर लड़की में अगली नेताओं को देखना चाहते हैं ?" लगता है नियति ने उनके घर से ही शुरुआत कर दी है।"

कॉम्युनिटी कोऑर्डिनेटर, शबनम मुस्कुराते हुए जवाब देते हुए कहती है-" सच कहा। बेटियाँ तो हमेशा नई उम्मीद लेकर आती हैं। वैसे नाम पर कोई आइडिया?"

फील्ड सुपरवाइज़र,अनिरुद्ध चुटकी लेते हुए कहता है-"देखो, फाउंडेशन का नाम साहस है; मेरी तरफ़ से प्रस्ताव है कि बिटिया का नाम "सहसा" रखना चाहिए! मतलब, जो अचानक आए और सबके दिल में साहस भर दे !" अन्य सभी कार्यकर्ता खिलखिलाकर हँसते हैं ।

लीगल रिसर्चर दिशा हँसते हुए कहती है-नाम पर लंबी बहस होगी! लेकिन सबसे पहले तो उन नए-नवेले अभिभावक-द्वय को वीडियो कॉल लगाओ; हम उनका चेहरा देखना चाहते हैं ।"

ये लो कहते हुए राहुल फोन स्पीकर पर लगाता है ! स्क्रीन पर जूम-कॉल खुलता है । अस्पताल के प्राइवेट वार्ड में अर्पिता बेड पर लेटी हुई है। किशोर बगल की कुर्सी पर, गुलाबी रैपर में लिपटी नन्ही-सी जान को गोद में लेकर बैठे हुए हैं ।

अर्पिता थोड़ी थकी-सी पर चमकती आँखों से सभी कार्यकर्ताओं का अभिवादन करते हुए कहती है-"नमस्ते साहस टीम ! आप सबकी दुआओं से मैं और हमारी परी "हमारी बहादुर नन्ही" एकदम फिट हैं।"

किशोर खुशी को व्यक्त करते हुए कहते हैं- "दोस्तों, यह जश्न आप सभी का है। आप लोगों की मेहनत से संस्था ने छह महीने में जो इज़्ज़त कमाई, वही इस बच्ची की थाती होगी ।"

माइक के साथ मेना स्क्रीन की ओर बढ़ती है और अर्पिता से मुखातिब होते हुए कहती है- "दीदी, एक सवाल, बेटी का नाम सोच लिया है या हम विचार-मंथन करें ?"

अर्पिता हँसते हुए कहती है-"अभी तो डॉल ने कहा है "मॉम डिसाइड स्लोली!" लेकिन हाँ, आप सबके सुझाव चाहूँगी । बस शर्त है, नाम ऐसा हो जो साहस, प्रेम और बराबरी के सपने को लेकर आगे बढ़ सके।"

सभागार से सभी कार्यकर्ताओं की संयुक्त आवाज़ आती है- "ज़रूर!"

"दीदी, हमने यहाँ "हमारी हिरोइन" नाम की हैश-टैग पार्टी भी तैयार कर रखी है; पूरा सोशल-मीडिया आज इसी ख़बर से गुलज़ार होगा।" संस्था HR राहुल और तन्वी झूमते हुए कहते हैं ।

"कमाल ! लेकिन ध्यान रहे, बच्ची की फोटो पब्लिक करते वक़्त उसकी निजता का ख़याल...जरूर रखें ।" किशोर मुस्कुराते हुए कहते हैं ।

"बिल्कुल सर, हम केवल नाम और एनिमेटेड आर्ट वर्क से काम चलाएँगे और हमारी लीगल टीम ने पहले ही ड्राफ़्ट तैयार रखा है कि कैसे पर्सनल डेटा प्रोटेक्ट करना है ।" शबनम बीच में टोकते हुए कहती है ।

अर्पिता और किशोर सिर हिला कर सभी को धन्यवाद देते हैं । वीडियो कॉल जारी है , पर दूसरे कैमरे में सभागार की भीड़ दिखती है ।

संस्था HR अनिरुद्ध कहते हैं-"दीदी, एक मिनट अपनी "मिनी-साहस" को कैमरे के क़रीब लाइए न!"

किशोर सावधानी से बच्ची को उठाता है; स्क्रीन पर गुलाबी टोपड़ और कसमसाती नन्ही उंगलियाँ सबको मोहित कर देती हैं । सब एक सुर में खुशी से झूमते हुए कहते हैं कि- "वाव !"

अर्पिता भावुक होते हुए कहती है- "मैंने हमेशा सोचा था कि बेटी आने पर सबसे पहले उसे बताएँगी कि उसने दुनिया की सबसे बड़ी ताक़त अपनी आवाज़ लेकर जन्म लिया है । आप सब वादा करें कि जैसे हमने पिछले छह महीनों में सैकड़ों किशोरियों को बोलना सिखाया, वैसे ही इस बच्ची के बड़े होने तक हर गली-कस्बे की लड़की को मंच देंगे ताकि वह अपनी आवाज बुलन्द कर सकें ।"

मैना और अन्य सामाजिक कार्यकर्ता गंभीर स्वर में कहते हैं- "वादा!" सभागार में तालियों का शोर फिर से गूँजता है। वीडियो कॉल समाप्त हो जाती है ; अब मंच पर जश्न का एजेंडा तय हो रहा है ।

वरिष्ठ कार्यकर्ता राहुल केक के पास खड़े हैं और कहते हैं-"दोस्तों, यह चार-स्तरीय वनीला-स्ट्रॉबेरी केक खास इकलौती कंडीशन पर कटेगा, हमारी नन्ही के नाम का पहला अक्षर तय होने के बाद !"

अनिरुद्ध हँसते हुए कहते हैं-"फिर तो आपको स्टेज से नीचे नहीं उतरने दूँगा। चलो, ब्रेन-स्टॉर्म शुरू करते हैं!" नाम-चर्चा सत्र शुरू हो जाता है । शबनम मुस्कुराते हुए कहती है- "साहसा" पर मेरी भी मुहर है, अच्छा नाम है ।"

दिशा बीच में टोकते हुए कहती है-"मुझे "अद्वी" अच्छा लग रहा, अद्वितीय साहस की संक्षिप्त गूँज ।"

"वीरा"- क्योंकि हमारे लोककथाओं में यह शब्द नारी–साहस का प्रतीक है।" मैना कहती है ।

"आभा"—एक उजास, जो सबको रौशन करे।" राहुल सुझाते हुए कहते हैं।

कार्यकर्ताओं की भीड़ से भी दर्जनों नाम गूँजते हैं – : "नव्या", "प्रखर", "शौर्या", "नित्या", "स्वायरा" ..., इत्यादि ।

अनिरुद्ध नाम-चर्चा सत्र का सारांश रखते हुए कहते हैं- "ओके, पाँच नाम शॉर्टलिस्ट: वीरा, नव्या, अद्वी, साहसा, आभा । हम सब हाथ उठाकर वोट करेंगे । जिस नाम को सबसे ज्यादा वोट मिलेंगे वही तय होगा।"

तीन राउंड के बाद "वीरा" नाम बहुमत से चुना जाता है ।

मैना मंच से घोषित करते हुए कहती है- "तो तय रहा कि हमारी नन्ही परी का नाम वीरा होगा ! अब केक कटेगा ।"

केक-कटिंग होने लगती है, ढोलक और तालियाँ बज रही हैं। किसी ने ढोलक की थाप पकड़ ली है, बाकी साथी ताली बजाकर साथ दे रहे हैं ।

अनिरुद्ध झूमते हुए कहते हैं-"वीरा बिटिया आई है, ख़ुशियों की रुनझुन लाई है !" सब कार्यकर्ता कोरस में गाते, तालियाँ बजाते हैं।

शबनम डांस करते-करते कहती है- "हमारी छह महीने की प्रगति रिपोर्ट तैयार थी, पर ये तो बोनस खुशी मिल गई। चलो, रिपोर्ट का "सक्सेस पैराग्राफ" इसी मौके पर सबके साथ पढ़ लें ?"

राहुल तकनीकी आँकड़ों वाली शीट हाथ में लेते हुए कहता है-"हाँ, क्योंकि जो कहानी हम बाहर सुनाएँगे, उसमें "वीरा-एफेक्ट" भी शामिल होगा ।" मंच पर प्रोजेक्टर चालू होता है; स्लाइड बदलती हैं।

दिशा पॉइंटर से स्लाइड पर क्लिक करके कहती है- "सिर्फ छह माह में -

1. 435 ग्रामीण लड़कियाँ STEM स्कॉलरशिप प्रोग्राम से जुड़ीं ।
2. 1,200+ महिलाओं को "लीडरशिप संवाद" वर्कशॉप में ट्रेनिंग।
3. पाँच जिलों में घरेलू-हिंसा लीगल-हेल्प डेस्क स्थापित ।
4. नीति-स्तर पर स्टेट विमेन इम्पावरमेंट बिल 2025 के लिए 30 विधायकों का समर्थन जुटाया ।
5. और अब हमारी नई राजदूत बुला रही है: वीरा की पीढ़ी !

तालियाँ की गड़गड़ाहट होती है । साहस फाउंडेशन के सभागार में मिठाई की खुशबू, ढोलक की थाप और लोगों के चेहरों पर चमकती मुस्कान, सबने मिलकर एक नए अध्याय का शंखनाद किया । छह महीने पहले जिस साहस फाउंडेशन ने 'स्त्री–सशक्तिकरण ही सर्वोच्च मानव-कर्म' का नारा दिया था, वहीं आज एक बेटी के जन्म पर खिलखिला रहा था; गोया उसका संकल्प और भी पुख्ता हो रहा हो ।

सांझ ढलने पर ; कुछ कार्यकर्ता कुर्सियाँ समेट रहे, कुछ मेज़ें साफ़ कर रहे ।

राहुल थकान भरी तसल्ली से कहता है- "दोस्तों, यह तो शुरुआत है। कल से हमारी "वीरा वीक"- हर दिन एक गाँव, एक स्कूल जाकर नवजात-पोषण और लड़कियों की शिक्षा पर कैम्पेन की शुरुआत की जाएगी।"

"डिजिटल वालंटियर टीम ने इन्फोग्राफिक्स भी तैयार कर लिए। "वीरा" की कार्टून अवतार पहले ही ट्रेंड कर रही है।" शबनम इठलाते हुए कहती है । अनिरुद्ध सफ़ाई करते-करते कहता है- "और याद रहे, कल की टीम मीटिंग में "वीरा स्कॉलरशिप" मॉड्यूल डिस्कस होगा। हम 50 अतिरिक्त स्कॉलर्स जोड़ने का लक्ष्य रखेंगे।"

मैना कुर्सियाँ लगाते हुए गुनगुनाती है और कहती है- "वीरा बनी पहचान हमारी, बढ़ता रहेगा ये कारवाँ...!"

दूर से ढोलक की धीमी थाप अब भी सुनाई देती है ।

रात नौ बजे; कार्यकर्ता विदा ले रहे । दरवाज़े पर लगे बड़े से बैनर पर रोशनी पड़ रही है जिस पर लिखा है-

"V.E.E.R.A: Vision • Equality • Empowerment • Rights • Action"

दिशा बैनर पढ़ते हुए, धीमे-से कहती है- "वाह, नाम ही नहीं, मिशन-स्टेटमेंट भी मिल गया ।" राहुल चाभी घुमाते हुए कहता है-" हाँ, "वीरा" अब हमारा ताज़ा शपथ सूत्र होगा ।" शबनम हाथ जोड़कर कहती है- "और अल्लाह करे अगले छह महीने की रिपोर्ट में हम कहानी न गिनें, बल्कि बदलाव गिनें ।"

अनिरुद्ध ठहरकर कहता है- "और जिस दिन "वीरा" पहली बार यहाँ कदम रखेगी, हम उसे यही बैनर दिखाकर कहेंगे-"ये सारी दुनिया तुम्हारे नाम !" सब एक पल के लिए भावुक; फिर मुस्कुराते हुए एक दूसरे से सभी कार्यकर्ता विदा लेते हैं ।

भाग 110 : क्यों हैं अर्पिता-किशोर वीरा को लेकर उत्साहित ?

अर्पिता एक सुन्दर बेबी गर्ल को जन्म देने के बाद अभी अस्पताल में ही डॉक्टर्स की देखरेख में थी। अस्पताल में रात का समय है और कमरे में गहरी शांति है । बेबी-कोट में सोती "वीरा", पास-ही लेटी हुईं है और अर्पिता प्यार भरी नज़र से बेटी को निहार रही है। किशोर खिड़की के पास खड़ा शहर की लाइट्स की तरफ़ देख रहा है ।

अर्पिता और किशोर नन्ही-सी उँगली को सहलाते हैं; खिड़की से आती चाँदनी कमरे को नर्म उजाला देती है। रात गहराती जा रही थी। अस्पताल के उस निजी कमरे में शांति की चादर फैली हुई थी। सिर्फ़ मशीनों की धीमी बीप और खिड़की से आती हल्की हवा की आवाजें सुनाई दे रही है। "वीरा", अपनी बेबी-कोट में गहरी नींद में लीन थी। अर्पिता की निगाहें अपनी बेटी के मासूम चेहरे पर टिकी थीं । उस चेहरे पर एक कोमल मुस्कान थी, जैसे वह अपने पहले ही सपने में किसी खूबसूरत दुनिया की सैर कर रही हो ।

किशोर, अर्पिता के पास ही बैठ गया था । अर्पिता की आँखों में गहराई थी, एक अजीब सी ठहराव भरी गहराई । वह किशोर को पुकारते हुए कहती है- " किशोर तुम्हें याद है हमारी पहली फील्ड विजिट ?"

किशोर हौले से सिर हिलाते हुए कहते हैं-"कैसे भूल सकता हूँ । वो झुग्गियों में बिताया दिन, बच्चों की चमकती आँखें, और वो छोटी सी लड़की..." अर्पिता: "हाँ, वही लड़की जिसने पूछा था कि 'दीदी, अगर मैं पढ़ूँगी तो क्या दुनिया बदल जाएगी ?'"

किशोर हँसते हुए कहते हैं- "और तुमने जवाब दिया था कि 'तुम्हारे पढ़ने से नहीं, तुम्हारे सपने देखने से और उन्हें सच करने से दुनिया

बदलेगी ।' उस बच्ची की आँखें तुम्हारा जवाब सुनकर कैसी चमक गई थीं न ?"

अर्पिता गहरी साँस लेकर कहती है- "अब वही सवाल शायद हमारी बेटी हमसे पूछेगी एक दिन... 'माँ, क्या मेरे सपनों से दुनिया बदलेगी?"

किशोर जवाब देते हुए कहते हैं-"और हम कहेंगे, 'वीरा, तुम्हारे सपने ही दुनिया की दिशा तय करेंगे ।"

अर्पिता ने किशोर का हाथ थाम लिया और कहा–"हम उसे सिर्फ़ अपने कंधों पर नहीं, साहस फाउंडेशन की हर बहन-भाई के साथ खड़ा करेंगे। उसे अकेला नहीं महसूस होने देंगे ।"

किशोर अर्पिता के दोनों हाथों को चूमते हुए कहता है- "हम जवाब देंगे, वीरा, तुम्हारे सपने सच हों इससे पहले तुम्हारी राह सुगम बनाना हमारी ज़िम्मेदारी है और हम अकेले नहीं, साहस फाउंडेशन की हर बहन-भाई तुम्हारे साथ हैं।" कमरे में एक शांत गर्माहट घुल गई थी। किशोर ने धीरे-से वीरा की नन्हीं उँगली को सहलाया। वह हल्का-सा मुस्कुराई, जैसे उसने अपने माँ-बाप की सारी बातें सुन ली हो । अर्पिता फ्लैशबैक में चली जाती है । एक संघर्षमयी बीता हुआ समय ।

एक समय था जब अर्पिता और किशोर को समाज की दकियानूसी सोच से लड़ना पड़ा था । लिव-इन रिलेशनशिप में रहने पर उन्हें ताने, मुकदमे, अपमान सब झेलना पड़ा । अदालत की चौखट से लेकर मीडिया की नजरों तक, हर कदम पर उन्हें अपने रिश्ते को साबित करना पड़ा था । लेकिन इन संघर्षों ने ही तो "साहस फाउंडेशन" को जन्म दिया था ।

अर्पिता पास ही बैठे किशोर की गोद में सिर रखकर कहती है- "कभी लगता है किशोर, अगर हम डर जाते, तो क्या होता ?"

"तो शायद साहस फाउंडेशन कभी न बनता। ये बच्चियाँ स्कूलों तक न पहुँचतीं, वो विधवा महिलाएँ जो अब अपना व्यवसाय चला रही हैं, वो सब अब भी चुप रहतीं।" किशोर ने जवाब देते हुए कहा ।

अर्पिता आँखों में आँसू लिए हुए कहती है-"हमारी वीरा भी किसी बंद दरवाज़े के पीछे खड़ी होती... सपने देखतेहुए डरती।" अर्पिता फ्लैश बैक से बाहर निकल आती है और इसी दौरान वीरा की नन्हीं आँखें कुछ क्षण के लिए खुलती हैं । उसने माँ की ओर देखा, मुस्कुराई और फिर से आँखें बंद कर लीं।

किशोर धीरे से अर्पिता से कहता है- "देखो, इसने जैसे हमारी बातें सुन ली हों ।"

अर्पिता मुस्कुराते हुए जवाब देती है-"यह हमारे सपनों की विरासत है किशोर, एक नई सुबह का नाम – 'वीरा'।"

"और हम उसकी आँखों में कभी डर नहीं, सिर्फ़ सपने देखना चाहते हैं।"

किशोर वीरा को प्यार करते हुए कहते हैं । दोनों ने एक साथ हाथ आगे बढ़ाकर अपनी बेटी की हथेली को सहलाया । कमरे में चाँदनी भरती जा रही थी, जैसे प्रकृति भी उनकी बातों में हामी भर रही हो।

अर्पिता भविष्य की कल्पना करते हुए कहती है-"सोचो, किशोर एक दिन वीरा खुद साहस फाउंडेशन की अगुवाई करेगी...मंच पर खड़ी होगी, कहेगी-'मेरे माँ-बाप ने सिर्फ़ मुझे जन्म नहीं दिया, मुझे मेरी आवाज़ दी,पहचान दी।"

किशोर जोश में बोलता है- "हाँ, और हम पीछे खड़े होंगे, तालियाँ बजाते हुए... आँखों में संतोष लिए । उस दिन का इंतज़ार है मुझे ।"

रात और गहरा गई थी। खिड़की से आती ठंडी हवा में अब एक नई सी ताजगी थी । अर्पिता की आँखें धीरे-धीरे बंद होने लगी थीं, लेकिन होठों पर मुस्कान थी । किशोर अब भी बैठा अपनी बेटी और पत्नी को निहार रहा था ।

किशोर धीरे से अर्पिता से कहता है –"तुम्हारी नींद, तुम्हारे सपने और तुम्हारे होने का हर पल मेरे लिए एक आंदोलन है... तुम्हारे साथ मैं हर बदलाव की शुरुआत करना चाहता हूँ ।"
कमरे में हल्की लाइट जल रही थी। बाहर चाँद अपनी पूर्णता पर था और अंदर एक नई दुनिया आकार ले रही थी, वीरा के नाम से ।

पढ़ते रहिए, अगले भाग में आप पढ़ेंगे कि अर्पिता और वीरा की देखभाल के लिए कौन बना उसका साथी ?

भाग 111 : अर्पिता और वीरा की देखभाल के लिए कौन बना उनका साथी ?

किशोर और अर्पिता अपनी प्यारी बिटिया वीरा के साथ आज अस्पताल से डिस्चार्ज होने वाले हैं । किशोर को चिंता होती है कि घर पर अर्पिता और वीरा की देखभाल कौन करेगा ? इस चिंता के साथ अर्पिता और किशोर डिसचार्ज पेपर पर साइन कर चुके हैं। नर्स वीरा को गोद में लेकर मुस्कुराते हुए दरवाजे पर खड़ी है । कमरे में एक हल्का भावनात्मक सन्नाटा है ।
किशोर बैग उठाते हुए, मुस्कुराकर कहता है-"तो चलें अब ? हमारी नन्ही परी पहली बार घर जा रही है।"
अर्पिता वीरा को गोद में लेते हुए जवाब देती है –"हाँ...बहुत कुछ बदलने वाला है अब।"
किशोर थोड़ा गम्भीर होकर कहता है- "अर्पिता, एक बात करनी है तुमसे... थोड़ा सोच-विचार वाला मसला है ।"
अर्पिता संकेत से , किशोर को बैठने के लिए कहती है- "बोलो... तुम कुछ परेशान लग रहे हो किशोर ।"

किशोर धीरे और सोचते हुए कहता है-“देखो, अब घर पर वीरा की देखभाल, तुम्हारी देखभाल... ये सब कोई आसान काम नहीं है । ऊपर से साहस फाउंडेशन का काम भी फिर से शुरू करना है।”

“मैं समझ रही हूँ किशोर... ये समय बेहद संवेदनशील है । क्या सोच रहे हो?” अर्पिता किशोर से पूछती है ।

किशोर अर्पिता के सवाल का जवाब देते हुए कहते हैं- “यही कि... हमारे पास घर में मदद के लिए कोई नहीं है। तुमको भी रिकवरी में वक्त लगेगा, और वीरा बहुत छोटी है। देखभाल के लिए किसी भरोसेमंद व्यक्ति को लाना ज़रूरी होगा ।”

अर्पिता कुछ सोचकर कहती है-“अब आपके मम्मी- पापा तो इस दुनिया में रहे नहीं तो फिर... क्यों न मेरी मम्मी या दीदी को बुला लें ? मेरी मम्मी पहले भी कई बच्चों की देखभाल कर चुकी हैं । और अगर चाहो तो हम उन्हें फाउंडेशन में कोई जिम्मेदारी भी दे सकते हैं,जैसे कैंपस केयर टेकर का काम। उन्हें भी आत्मनिर्भरता मिलेगी और मेरी मदद भी हो जाएगी।”

किशोर थोड़ा असहज होकर जवाब देता है- “यही तो... मैं इसी बारे में सोच रहा था। लेकिन... क्या ये साहस फाउंडेशन की नीति के खिलाफ नहीं होगा?”

अर्पिता हैरानी से पूछती है –“क्या मतलब ? मेरी मम्मी अगर मेरी मदद के लिए हमारे पास रहें और कोई ज़िम्मेदारी निभाएं तो उसमें क्या गलत है ?”

“गलत नहीं... लेकिन टकराव ज़रूर है। साहस फाउंडेशन हमेशा से 'रिश्तेदारी से परे योग्यता' के सिद्धांत पर खड़ा रहा है। अगर हम अपनों को सीधे तौर पर नियुक्त करने लगें तो क्या बाकी कार्यकर्ता सवाल नहीं उठाएँगे?”

अर्पिता थोड़ा तीखा स्वर अख्तियार करते हुए कहती है- “तो क्या मेरा परिवार कोई पराया है ? क्या मैं फाउंडेशन की संस्थापक नहीं हूँ ? क्या मेरा योगदान कम है ?”

किशोर धीरे से जवाब देते हुए कहता है-“बिलकुल नहीं अर्पिता... तुम इस फाउंडेशन की आत्मा हो। लेकिन हमें आदर्श और व्यवहार में फर्क समझना होगा । अगर हम अपनों को नौकरी पर रखेंगे तो बाकी लोग भी अपने रिश्तेदारों के लिए सिफारिश करेंगे। फिर फाउंडेशन एक 'परिवार-प्रधान संस्थान' बन जाएगा और समाज में हमारी विश्वसनीयता को नुकसान पहुँचेगा।”

अर्पिता संयम से लेकिन ठोस तर्क देते हुए कहती है-“अगर मेरी मम्मी या दीदी इस काम के लिए उपयुक्त हैं तो क्या सिर्फ रिश्तेदारी के कारण उन्हें वंचित किया जाना चाहिए ? जब हम महिला सशक्तिकरण की बात करते हैं तो अपनों को क्यों नहीं सशक्त करें?”

किशोर थोड़ा बेचैन होकर कहता है-“बात सिर्फ उपयुक्तता की नहीं है... बात है उस छवि की जो हम समाज में गढ़ना चाहते हैं । क्या आज अगर कोई कार्यकर्ता बोले कि फाउंडर की सासू माँ को नौकरी मिल गई, तो लोग क्या कहेंगे ?”

अर्पिता जोर देकर कहती है- “अगर वही कार्यकर्ता पूछे कि एक स्त्री ने अकेले अपने दम पर बेटी को जन्म दिया, और उसकी माँ उसे सँभालने आई तो क्या लोग कहेंगे कि ये भी “भर्ती में भाई-भतीजावाद” है ?”

किशोर हाथ जोड़ते हुए कहता है- “मैं सिर्फ पारदर्शिता चाहता हूँ, अर्पिता। हम जो भी कदम उठाएँ, वह ऐसा हो कि फाउंडेशन के हर सदस्य को लगे कि यह सही है ।”

अर्पिता गंभीर होकर बोलती है- “तो ठीक है... एक प्रस्ताव रखती हूँ – हम अपनी एच.आर कमेटी से इंटरव्यू करवाते हैं मेरी मम्मी का।

अगर वो मानदंड पर खरी उतरती हैं तो उन्हें नियुक्त कर दें और हम इसे फाउंडेशन की वेबसाइट पर 'पारदर्शिता के उदाहरण' के रूप में भी दिखा सकते हैं ।"

किशोर कुछ देर सोचकर जवाब देता है- "तुम्हारा सुझाव अच्छा है। लेकिन फिर भी... मैं ये स्पष्ट कर देना चाहता हूँ कि भविष्य में हम दोनों अपने रिश्तेदारों को नियुक्त नहीं करेंगे... यह अपवाद हो सकता है, पर नियम नहीं बनना चाहिए ।"

अर्पिता हल्की मुस्कान के साथ कहती है-"ठीक है किशोर। मैं वादा करती हूँ – फाउंडेशन किसी का निजी घर नहीं बनेगा । लेकिन एक माँ की माँ को बेटी की देखभाल का अधिकार ज़रूर मिलना चाहिए।"

दोनों एक-दूसरे की आँखों में देख मुस्कुराते हैं । वीरा हल्के से कूं-कूं करती है।

किशोर वीरा की तरफ देखकर कहता है- "चलो... अब इस नन्ही रौशनी को उस दुनिया में ले चलते हैं, जिसे हमने उसके लिए बेहतर बनाने की ठानी है।" अर्पिता और किशोर अस्पताल से डिस्चार्ज होकर घर के लिए रवाना हो जाते हैं ।

पढ़ते रहिए, अगले भाग में आप पढ़ेंगे कि साहस फाउंडेशन में केयर टेकर के लिए किसका चयन होता है ?

भाग 112 : साहस फाउंडेशन में केयर टेकर के लिए चयन ?

साहस फाउंडेशन कैंपस में आज कैंपस केयर टेकर के लिए उम्मीदवारों के साक्षात्कार होने वाले हैं । इस एक वेकेंसी के लिए हजारों बेरोजगारों ने आवेदन किया है क्योंकि संस्था की पारदर्शी पॉलिसी के तहत इस पद के लिए सभी मान्य समाचार पत्रों में विज्ञापन जारी किया गया था । इंटरव्यू के लिए सभी तैयारियां पूरी कर ली गई हैं ।

बाहर सैकड़ों उम्मीदवार कतार में बैठे हैं । हल्की हवा और गर्मी के बीच भीड़ में हलचल है । कैंपस के भीतर सन्नाटा है, लेकिन भीतर एक-एक कर उम्मीदवारों को बुलाया जा रहा है । कैंपस को शानदार ढंग से सजाया गया है । दीवारों पर महिलाओं की कहानियों वाले पोस्टर, प्रेरणादायक स्लोगन, और साफ-सुथरा माहौल । अब इंटरव्यू के लिए विमला देवी को बुलाते हुए आवाज़ दी जाती है कि–"विमला देवी जी अंदर आएं ।"

विमला देवी, लगभग पचपन वर्ष की साधारण ग्रामीण महिला, साड़ी पहने, बाल हल्के सफेद, धीरे-धीरे चलकर कमरे में आती हैं। उनके चेहरे पर हल्की घबराहट भी है और आत्मविश्वास भी ।

इंटरव्यू कमेटी में तीन सदस्य बैठे हैं:

1.डॉ. माधव त्रिपाठी (वरिष्ठ सामाजिक कार्यकर्ता)

2.श्रीमती तन्वी घोष (मानव संसाधन प्रमुख)

3.अर्पिता (साहस फाउंडेशन की संस्थापक, लेकिन इस इंटरव्यू में वे केवल एक निष्पक्ष सदस्य के रूप में हैं, उनकी माँ का इंटरव्यू है)

इंटरव्यू शुरू होता है और डॉ. त्रिपाठी विमला देवी से कहते हैं- "नमस्कार विमला देवी जी, कृपया बैठिए।"

"नमस्ते साहब, धन्यवाद।" विमला धीरे से मुस्कुराकर जवाब देती है ।

एच.आर. तन्वी घोष अगला सवाल पूछते हुए कहती है-"हम आपके आवेदन को देखकर बहुत प्रभावित हुए हैं । लेकिन हम आपसे कुछ बातें सीधे सुनना चाहते हैं। सबसे पहले तो आप यह बताइए कि आपने इस पद के लिए आवेदन क्यों किया ?"

"मैडम, मैंने ज़िंदगी में बहुत कुछ झेला है। गांव में खेत में काम किया, बच्चों को पाला, घर चलाया। अब जब बच्चे अपने रास्ते पर हैं तो मैं चाहती हूँ कि मैं भी कुछ करूं,अकेली न रहूँ , और समाज से जुड़ी रहूँ । मुझे साफ-सफाई, पौधे लगाना, लोगों का ख्याल रखना अच्छा लगता है। इस कैंपस को मैंने बहुत प्यार से बनते देखा है... और अब इसका हिस्सा बनने की इच्छा है ।" विमला देवी जवाब देते हुए कहती है ।

अर्पिता अपना भावनाएं छुपाते हुए, बहुत ही पेशेवर लहजे में पूछती है –"विमला जी, आप इस कैंपस में पहले भी कई बार आई हैं, जैसा आपने आवेदन में लिखा है । आपने कैंपस के किस हिस्से को सबसे खास महसूस किया ?"

"बेटी.......मेरा मतलब है, मैडम... सबसे खास हिस्सा है वो दीवार, जिस पर महिलाओं की तस्वीरें हैं । उनमें कुछ ऐसी औरतें हैं, जो मेरी जैसी ही हैं। मैंने वहाँ खुद को देखा है । एक तस्वीर में एक महिला खेत में हल चला रही है... वो देखकर मुझे अपने दिन याद आ जाते हैं। मुझे लगता है यह जगह मुझे समझती है ।" विमला ने जवाब देते हुए कहा ।

"बहुत अच्छा कहा आपने। अब हम थोड़ा औपचारिक प्रश्न पूछेंगे। आप हमें अपने अनुभव के बारे में विस्तार से बताएं, खासकर उस अनुभव के बारे में जो इस भूमिका में काम आए ।" डॉ. त्रिपाठी ने सवाल पूछते हुए कहा ।

"सर, मैंने चालीस साल घर संभाला है । खाना बनाना, सफाई करना, बीमार लोगों की देखभाल करना, समय पर चीज़ें व्यवस्थित करना, यही मेरा अनुभव है । गाँव में जब कोई बीमार पड़ता था, तो लोग मुझे बुलाते थे । मैंने एक बार गांव की आंगनबाड़ी में भी सफाई का काम किया था । वहाँ बच्चों के साथ समय बिताना और सफाई रखना मेरी जिम्मेदारी थी।" विमला ने बताया ।

एच.आर. प्रमुख तन्वी ने अगला सवाल किया कि –"अच्छा विमला जी, मान लीजिए आपको ये नौकरी मिल जाती है, और एक दिन कोई नया व्यक्ति कैंपस में आता है जो गंदगी फैलाता है या पौधों को नुकसान पहुंचाता है । आप क्या करेंगी ?"

विमला गंभीरता से जवाब देते हुए कहती है- "मैं पहले तो विनम्रता से समझाऊंगी , कि, बेटा, ये जगह सबकी है, इसे साफ़ रखना ज़रूरी है । अगर फिर भी न माने तो मैं सुरक्षा विभाग को बताऊंगी। लेकिन कोशिश करूंगी कि कोई बुरा न माने, क्योंकि समझाना ही असली काम है ।"

"बहुत संतुलित जवाब है। विमला जी, क्या आप टीम में काम करना पसंद करती हैं, या अकेले?" डॉ. त्रिपाठी ने पूछा।

"टीम में काम करना अच्छा होता है, सर। अकेला आदमी थक जाता है, लेकिन जब दो लोग मिलकर पौधा लगाते हैं तो वो जल्दी हरा होता है ।" विमला ने जवाब दिया ।

अर्पिता गंभीर स्वर में अगला सवाल पूछते हुए कहती है-"विमला जी, इस पद पर आपको हर दिन आठ घंटे काम करना होगा, छुट्टियां सीमित होंगी, और आपकी जिम्मेदारियों में रिपोर्ट बनाना भी शामिल है । क्या आप यह सब कर पाएंगी ?"

"मैडम, मैंने अपनी ज़िंदगी में समय की बहुत कद्र की है । मैं वक्त पर उठती हूँ, काम करती हूँ, थकती नहीं। रही बात रिपोर्ट की,

लिखना नहीं आता तो बोलकर बता दूंगी। कोई संस्था का कार्यकर्ता साथ हो तो वो लिख देगा।" विमला ने जवाब दिया ।

"एक सवाल और, अगर कोई सहकर्मी आपकी बात न माने, या आपको कमतर समझे तो ?" एच.आर. प्रमुख तन्वी ने पूछा।

"मैडम, सम्मान दिल से कमाया जाता है । मैं गुस्से में जवाब नहीं देती । मैं काम से दिखाऊंगी कि मैं किसी से कम नहीं। धीरे-धीरे खुद समझेंगे।" विमला ने जवाब दिया।

" आपने कभी कोई प्रशिक्षण लिया है ?" डॉ. त्रिपाठी ने पूछा ।

गांव में पंचायत की महिलाओं को प्रशिक्षण दिया गया था कि कैसे साफ-सफाई रखी जाए, बच्चों को पोषण दिया जाए । उसमें मैं गई थी। वहाँ सीखा था कि पानी कैसे सुरक्षित रखें, कूड़ा अलग करें... और मुझे आज भी सब याद है।" विमला ने जवाब देते हुए बताया ।

अर्पिता थोड़ा भावुक होकर, लेकिन संयमित स्वर में पूछती है – "विमला जी, आपको लगता है आपकी उम्र इस काम में बाधा बनेगी ?"

विमला मुस्कुराते हुए जवाब देती है कि –"मैडम, उम्र तो सिर्फ गिनती है। जब तक हाथ-पैर चल रहे हैं और मन में जोश है, तब तक कोई काम बड़ा नहीं लगता।"

"बहुत सुंदर जवाब। अब एक आखिरी सवाल,अगर ये नौकरी आपको नहीं मिली, तो?" एच.आर. प्रमुख तन्वी ने पूछा ।

"तो भी कोई दुख नहीं । मेरे जैसे बहुत लोग हैं जिन्हें ये काम चाहिए । लेकिन मैं खुश रहूँ गी कि मैंने कोशिश की । और जो भी यहाँ काम करेगा, मैं उसके लिए दुआ करूंगी।" विमला ने विनम्रता से जवाब दिया।

कमेटी के सदस्य एक-दूसरे की ओर देखते हैं । अर्पिता की आँखों में हल्की नमी है, लेकिन चेहरा सख्त बना हुआ है ।

डॉ. त्रिपाठी कहते हैं- “धन्यवाद विमला जी। आपने बहुत ईमानदारी और गरिमा से जवाब दिए। हम परिणाम आपको एक सप्ताह में बताएंगे।”

“धन्यवाद आप सभी को।” कहते हुए विमला धीरे से उठती हैं और बाहर चली जाती है।

विमला के चले जाने के बाद एच.आर. प्रमुख तन्वी मुस्कुराकर कहती है-“एक बेहतरीन उम्मीदवार... भले ही औपचारिक शिक्षा कम हो, लेकिन अनुभव और दृष्टिकोण गज़ब का है।”

“सही कहा। हम जिन मूल्यों पर फाउंडेशन चला रहे हैं ,पारदर्शिता, करुणा, और जमीनी जुड़ाव,विमला जी उनमें खरे उतरती हैं।” डॉ. त्रिपाठी ने बताया।

अर्पिता धीरे से, भावनाओं को नियंत्रित करते हुए कहती है- “हाँ... और सबसे बड़ी बात, उन्होंने कभी मुझे “अपनी बेटी” की तरह नहीं देखा आज। सिर्फ एक उम्मीदवार की तरह पेश आईं।”

एच.आर. प्रमुख तन्वी कहती है- “यह पारदर्शिता की सबसे बड़ी मिसाल है। हमें गर्व है कि हम इस प्रक्रिया को निष्पक्ष रूप से चला रहे हैं।

बाहर निकलते समय विमला की आँखें हल्की भीगी हुई हैं लेकिन चेहरे पर एक संतोष है। बाहर कुछ महिलाएं उनकी तारीफ करती हैं- “बहुत अच्छा विमला दीदी, आप तो पहले से ही कैंपस की आत्मा लगती हो।”

विमला मुस्कुराती हैं और कहती हैं –“काम मिला तो करूंगी, नहीं तो भी साहस से जुड़ी रहूँ गी।”

भाग 113 : केयर टेकर के लिए विमला का चयन !

साहस फाउंडेशन के लिए कैंपस केयर टेकर के लिए हजारों बेरोजगार युवाओं और युवतियों ने इंटरव्यू दिए थे । आज इस इंटरव्यू का फाइनल परिणाम घोषित होना था। सुबह से ही कैंपस में परिणाम की लिस्ट देखने के लिए भीड़ उमड़ पड़ी थी। इस पोस्ट के लिए अर्पिता की माँ विमला का सिलेक्शन हो जाता है । इस सिलेक्शन पर साहस फाउंडेशन के स्टाफ और साक्षात्कार के लिए आए उन उम्मीदवारों जिनका चयन नहीं हुए था, मिली जुली प्रतिक्रियाएं आती हैं । कैंपस के सूचना बोर्ड के पास भारी भीड़ है । कई युवा और युवतियाँ बोर्ड पर अपने नाम खोज रहे हैं । कुछ के चेहरे खिल उठे हैं, कुछ मायूस हैं । इसी बीच एक हलचल मचती है जब एक नाम सबका ध्यान खींचता है -विमला देवी ।

प्रिया जो कि 30 वर्षीय युवती, असफल उम्मीदवार है,वो कंधे पर बैग टाँगे, गुस्से में बोलर्त है- “क्या मज़ाक है ये ! इतने इंटरव्यू लिए, इतनी उम्मीदें बाँधीं और सिलेक्ट कौन हुआ ? अर्पिता की माँ ! मतलब ये इंटरव्यू तो पहले से फिक्स था !”

अशोक 32 वर्षीय बेरोज़गार युवक हैरान होकर कहता है-“क्या सच में? विमला देवी? अर्पिता जो खुद फाउंडेशन चलाती है, उसकी माँ का सिलेक्शन? ये तो सरासर भाई-भतीजावाद है ।”

नैना जो कि साहस फाउंडेशन की वरिष्ठ सदस्य भीड़ से आगे निकलते हुए, संयमित आवाज में कहती है-“रुको... पहले पूरा सुन लो । इंटरव्यू कमेटी में सिर्फ पारिवारिक सदस्य शामिल नहीं था । सिलेक्शन पूरी तरह मेरिट के आधार पर हुआ है ।”

डॉ त्रिपाठी जो कि साक्षात्कार पैनल में शामिल सदस्य थे भीड़ के नज़दीक आते हुए कहते हैं- “हाँ, और मैं बताना चाहूँगा कि विमला

जी की कार्यशैली, अनुशासन और ज़मीन से जुड़ाव हम सबको प्रभावित कर गया। उन्होंने स्कूल में वर्षों तक चपरासी और सफाई कर्मी का काम किया है वो भी बिना किसी स्थायी वेतन के ।"

प्रिया जो कि एक असफल उम्मीदवार थी,जवाब देते हुए कटाक्ष में कहती है- "तो क्या बाकी लोगों ने कोई मेहनत नहीं की थी ? हम जैसे डिग्रीधारी युवाओं की क्या औकात है फिर ? इंटरव्यू का नाटक क्यों किया गया?"

अर्पिता साहस फाउंडेशन की संस्थापक, विनम्र पर दृढ़ आवाज में , भीड़ की ओर आते हुए कहती है-"मैं जानती हूँ, आप सबकी नाराज़गी जायज़ है । लेकिन यही 'साहस फाउंडेशन' का मकसद है, मेहनत करने वालों को उनकी पहचान दिलाना, चाहे वो किसी रिश्तेदार की परछाईं में ही क्यों न हो ।"

यश 25 वर्षीय प्रतियोगी शंका से सवाल पूछते हुए कहते हैं-"पर दीदी, क्या इससे आपकी निष्पक्षता पर सवाल नहीं उठेंगे ? पब्लिक में ये मैंसेज जाएगा कि आपने अपनी माँ को फाउंडेशन में सेट कर दिया ।"

अर्पिता गंभीर होकर जवाब देती है कि –"यश, मैं चाहती तो उन्हें बिना पदनाम दिए भी यहाँ रख सकती थी, जैसे पहले रखा था । लेकिन क्या एक औरत जिसने ज़िंदगी के पचास साल दूसरों के बच्चों को बढ़ते देखे, क्या वो इस पद की हकदार नहीं ? और अगर वो मेरी माँ है, तो क्या सिर्फ इसीलिए वो अपने हक़ से वंचित कर दी जाए ?"

तन्वी हाथ जोड़ते हुए कहती है-"हम सबने सामूहिक निर्णय लिया और इस पद में जिस जिम्मेदारी की ज़रूरत थी, सुबह पाँच बजे से कैंपस की देखरेख, सुरक्षा, रजिस्ट्रेशन, बालिका छात्रावास की मॉनिटरिंग इत्यादि ये सब विमला जी पहले से कर रही थीं।"

प्रिया गुस्से से कहती है-"तो इंटरव्यू का क्या मतलब था ? हमें सिर्फ संख्या बढ़ाने के लिए बुलाया गया था क्या ?"

डॉ त्रिपाठी संयम से प्रिया के सवाल का जवाब देते हुए कहते हैं- "नहीं प्रिया, तुम बहुत अच्छी कैंडिडेट थीं। पर यह पद 'योग्यता' और 'स्थिरता' दोनों की माँग करता था। तुम्हारा आत्मविश्वास शानदार था, लेकिन दो बार तुमने शिफ्ट ड्यूटी पर आपत्ति जताई थी । वो भी नकारात्मकता में गिना गया।"

विमला जो कि पचास वर्षीय महिला, साड़ी में, झुकी पीठ लेकिन तेज़ आँखें, धीरे-धीरे भीड़ की ओर आती हैं और कहती है- " बेटा, मैं किसी से कुछ छीनने नहीं आई । मैंने तो कभी सपना भी नहीं देखा था कि मेरे नाम की कोई लिस्ट में जगह होगी । मैंने तो बस वही किया, जो हमेशा करती आई ,कैंपस को घर समझकर सेवा ।"

विमला की बात सुनकर भीड़ थोड़ा शांत होती है।

अर्पिता अपनी माँ का हाथ पकड़ते हुए कहती है-"आज मैं चाहती हूँ कि मेरी माँ बोलें। आज तक वो सिर्फ झाड़ू उठाती रही हैं, पर आज उनका माइक उठाने का दिन है ।"

विमला अर्पिता द्वारा उपलब्ध करवाया गया माइक कांपते हुए हाथों में पकड़कर विनम्र शब्दों में कहती–"बेटा... मैं पढ़ी-लिखी नहीं हूँ, ना कंप्यूटर जानती हूँ, ना इंग्लिश आती है । पर मुझे बच्चियों की हिफाजत आती है, फाउंडेशन की इज्ज़त की कीमत आती है । मैंने यहाँ एक-एक ईंट को सहेजा है । क्या अब भी ये मेरी जगह नहीं है ?" भीड़ में एक पल की चुप्पी छा जाती है, फिर धीमे-धीमे तालियाँ बजने लगती हैं ।

यश थोड़ा नरम होकर कहता है-"विमला अम्मा, हमें कोई आपत्ति नहीं आपसे। आप हमारी माँ जैसी हैं । बस... सिस्टम पर भरोसा कम होता जा रहा है।"

तन्वी यश के सवाल का जवाब देते हुए कहती है-"तभी तो हम ये संवाद कर रहे हैं, खुले में, सबके सामने ताकि भरोसे की नींव फिर से रखी जा सके ।" अर्पिता बीच में हस्तक्षेप करते हुए कहती है- "और मैं सभी असफल अभ्यर्थियों से एक आग्रह करती हूँ, हम 'साहस फाउंडेशन' में दो और रिक्तियां खोलने जा रहे हैं , एक कन्या छात्रावास सहायक और एक सायं कालीन गार्डन इंचार्ज का । आप सब पुनः आवेदन करें और इस बार, हम इंटरव्यू लाइव प्रसारित करेंगे पूरे , ट्रांसपेरेंसी के साथ ।" प्रिया थोड़ी विनम्र होते हुए हुई धीरे से कहती है- "अगर ऐसा होता है... तो शायद हमें भी समझ आए कि फाउंडेशन का मतलब सिर्फ इमारतें नहीं, पारदर्शिता और ईमानदारी भी होती हैं ।"

डॉ त्रिपाठी मुस्कराते हुए कहते हैं- "ठीक कहा आपने और जो आज नहीं चुने गए, हो सकता है कल इसी मंच पर खड़े होकर किसी नए को प्रेरणा दे रहे हों।" भीड़ धीरे-धीरे बिखरने लगती है । कुछ युवा फिर से आवेदन की बात करने लगते हैं । विमला मंच पर खड़ी, नम आँखों से सबको देखती हैं । अर्पिता धीरे से अपनी माँ से कहती है- " माँ, तुम सिर्फ मेरी माँ नहीं हो, अब तुम इस कैंपस की माँ हो, हर सदस्य की माँ हो ।"

विमला हल्के मुस्कान के साथ कहती है–"तो अब झाड़ू की जगह रजिस्टर उठाना होगा ?"

अर्पिता हँसते हुए कहती है—"रजिस्टर भी और कहानियाँ भी ।"

पढ़ते रहिए , अगले भाग में आप पढ़ेंगे कि विमला की नियुक्ती को लेकर साहस फाउंडेशन में असंतोष के स्वर क्यों उठे ?

भाग 114 : क्यों उठे विमला की नियुक्ती को लेकर असंतोष के स्वर ?

अर्पिता की माँ विमला की नियुक्ती कैंपस केयर टेकर के रूप में साहस फाउंडेशन में हो जाती है । धीरे- धीरे अर्पिता की अन्य बहिनें अंतिमा और आचुकी भी साहस फाउंडेशन में किसी न किसी पोस्ट पर लगा दी जाती है । इसको लेकर साहस फाउंडेशन में असंतोष के स्वर उठने लगते हैं । फाउंडेशन के कार्यकर्ता दबी जुबान भाई-भतीजा वाद के आरोप लगाने लगते हैं । यह सभी बातें किशोर तक पहुँचती हैं तो वह बहुत आहत होता है और साहस फाउंडेशन के लोकतांत्रिक माहौल को खराब करके भाई-भतीजा वाद अपनाने के लिए अर्पिता को दोषी ठहराता है ।

साहस फाउंडेशन के भीतर भाई-भतीजावाद के आरोपों को लेकर उभरे असंतोष, किशोर की नाराज़गी, और अर्पिता के दृष्टिकोण के बीच गहन वैचारिक टकराव और भावनात्मक संवाद शुरू हो जाता है।

एक मीटिंग हॉल में, जहाँ किशोर चुपचाप सभी कर्मचारियों के बाहर निकलने का इंतज़ार कर रहा है । कमरे में केवल अर्पिता रह जाती है । किशोर की आँखों में ग़ुस्सा और गहरी चोट दोनों झलक रहे हैं । वह धीरे लेकिन कठोर स्वर में अर्पिता से कहता है- “ अर्पिता... क्या मैं तुमसे कुछ पूछ सकता हूँ ?”

अर्पिता मुस्कुराकर जवाब देती है - “पूछो ना किशोर, तुम इतने गंभीर क्यों हो ?”

“ क्या तुम्हें लगता है कि साहस फाउंडेशन कोई पारिवारिक संस्था है ?” किशोर गुस्से में कहता है ।

अर्पिता चौंककर जवाब देती है - “ नहीं... बिल्कुल नहीं। पर क्यों ऐसा पूछ रहे हो ?”

" क्योंकि आज फाउंडेशन के गलियारों में जो बातें हो रही हैं, वो ठीक वैसी ही हैं जैसी किसी भ्रष्ट सरकारी विभाग में होती हैं । "विमला कैंपस केयर टेकर" "आचुकी मीडिया को-ऑर्डिनेटर", "अन्तिमा हेल्थ प्रोजेक्ट में...." , क्या तुम समझ रही हो कि लोग क्या कह रहे हैं ?"

अर्पिता आहत होकर शान्ति से जवाब देते हुए कहती है- "माँ की नियुक्ति योग्यता के आधार पर हुई है किशोर । उन्होंने सालों तक स्कूल में क्लर्क की नौकरी की है, अनुशासित हैं, मेहनती हैं और मेरी बहनें... वो दोनों भी पढ़ी-लिखी हैं, इंटरव्यू की प्रक्रिया से गुजरकर ही आई हैं ।"

किशोर कड़ाई से जवाब देते हुए कहता है- "यहाँ योग्यता की बात नहीं है, परसेप्शन की बात है अर्पिता । जब एक संस्थान में परिवार के चार सदस्य प्रमुख पदों पर दिखते हैं, तो चाहे वो योग्य हों या नहीं, सवाल उठते ही हैं और जो सवाल आज उठ रहे हैं वो सिर्फ दीवारों तक सीमित नहीं हैं ।"

"कौन सवाल उठा रहा है ? नाम बताइए ।" अर्पिता किशोर से पूछती है।

तभी दरवाजे पर दस्तक होती है, संस्थान की एक पुरानी कार्यकर्ता अनुराधा अंदर आती हैं और पूछती है- "माफ़ करना... मुझे पता चला आप दोनों बात कर रहे हो... लेकिन मैं भी कुछ कहना चाहती हूँ ।"

किशोर संयमित होकर जवाब देते हुए कहता है- "हाँ अनुराधा, कहो। क्या कहना चाहती हो ?"

"मैं अर्पिता जी की नीयत पर शक नहीं करती, लेकिन जो हो रहा है वो सही नहीं लग रहा। लोग बातें कर रहे हैं , खुलकर नहीं, लेकिन भीतर ही भीतर असंतोष पनप रहा है। हमारे नए कार्यकर्ता राजीव ने आज मुझसे पूछा –"क्या फाउंडेशन में आगे बढ़ने के लिए किसी का रिश्तेदार होना ज़रूरी है ?" अनुराधा ने बताया ।

अर्पिता आहिस्ता से अनुराधा की तरफ मुखातिब होते हुए कहती है "राजीव...? पर उसने तो कभी मुझसे कुछ नहीं कहा...?"

"आपसे क्यों कहेगा ? उसे डर है । जो संस्थान एक परिवार की छाया में पलता दिखे, वहाँ बोलने की आज़ादी कहाँ बचती है ?" किशोर गुस्से में कहता है।

एक पल के लिए सन्नाटा छा जाता है ।

अर्पिता गहरी साँस लेते हुए चुप्पी को तोड़ते हुए कहती है- " किशोर... मैं सिर्फ इतना चाहती थी कि मेरी माँ को अपनी बची हुई ज़िंदगी में कुछ सम्मान मिले । और मेरी बहनों ने सालों संघर्ष किया है । क्या परिवार के सदस्य इसीलिए अयोग्य हो जाते हैं क्योंकि वो मेरे अपने हैं?"

किशोर ऊँची आवाज़ में बोलता है- "नहीं ! पर तुम संस्था और परिवार की लक्ष्मण-रेखा को मिटा रही हो अर्पिता । जब संघर्ष की मशाल तुमने हाथ में ली थी, तब ये सोच कर ली थी कि हर वंचित, हर बेसहारा को समान अवसर मिलेगा । फिर ये प्राथमिकता परिवार को ही क्यों?"

"साहस फाउंडेशन का मतलब ही था निष्ठा और निष्पक्षता । हमने इसके लिए आंदोलन झेले, जेल गए, और अब... अब लोग कह रहे हैं ये भी एक और एन.जी.ओ. निकला, जहाँ भाई-भतीजा वाद चलता है।" अनुराधा किशोर की बात को आगे बढ़ाते हुए कहती है ।

दरवाज़ा खुलता है, साहस फाउंडेशन का एक नया कार्यकर्ता राजीव अंदर आता है और संकोच से कहता है- " सर... माफ़ करिए, मैंने सुना आप संस्था के बारे में बात कर रहे हैं । मैं सिर्फ इतना कहना चाहता हूँ कि... मैं यहाँ इसलिए जुड़ा था क्योंकि मुझे लगा था कि यहाँ मेरी मेहनत से पहचान बनेगी । पर जब हर तरफ़ 'फाउंडेशन में परिवार' की चर्चा होती है... तो मन टूटता है।"

अर्पिता धीरे से जवाब देते हुए कहती है- " राजीव... तुम्हारी बातों में सच्चाई है, और मैं तुम्हारी भावनाओं की कद्र करती हूँ । शायद मैं सच में अंधी हो गई थी... परिवार के मोह में ।"

किशोर थोड़ा शांत होते हुए कहता है- " गलती इंसान से होती है अर्पिता, लेकिन संस्था से लोगों का विश्वास नहीं टूटना चाहिए । हमें जनता से मिली ज़िम्मेदारी निभानी है ।"

"तो क्या तुम्हारा सुझाव है किशोर ? माँ को हटाऊँ ? बहनों को नौकरी से निकाल दूँ?" अर्पिता गुस्से में बोलती है ।

" नहीं... पर एक सार्वजनिक आंतरिक समीक्षा होनी चाहिए । एक स्वतंत्र कमेटी बनाई जाए जो सभी नियुक्तियों की प्रक्रिया को देखे, और अगर कहीं भाई-भतीजावाद की झलक हो, तो वो हटे और भविष्य में, कोई भी कर्मचारी रिश्तेदार हो या नहीं , नियुक्त तभी हो जब बाहरी मूल्यांकनकर्ता उसे चुनें।" अनुराधा सुझाव देते हुए कहती है ।

" और अगर ऐसा हुआ, तो हम सबको यकीन रहेगा कि फाउंडेशन सच में निष्पक्ष है।" राजीव अनुराधा की बात का समर्थन करते हुए कहता है।

अर्पिता कुछ देर तक चुप रहती है, फिर दृढ़ता से बोलती है- "ठीक है। मैं कल ही एक आंतरिक मूल्यांकन कमेटी गठित करूंगी जिसमें अनुराधा दीदी, तीन बाहरी सामाजिक कार्यकर्ता, और एक कानूनी सलाहकार होंगे। माँ और मेरी बहनों की नियुक्ति भी उसी समीक्षा के अधीन होगी।"

किशोर गर्व से अर्पिता की तारीफ करते हुए कहता है- "अब तुम वही अर्पिता दिख रही हो जिसे मैं जानता था। जो रिश्तों से ऊपर, मूल्यों और सिद्धांतों के लिए खड़ी होती है ।"

अर्पिता की आँखें नम हो जाती हैं । वह मुस्कुराते हुए कहती है- " रिश्ते भी ज़रूरी हैं किशोर, लेकिन जब बात जनता के विश्वास और संस्थान के सिद्धांतों की हो, तो पहले संस्था, फिर परिवार ।"

इस प्रकार किशोर और अर्पिता संस्थान में आए नैतिक संकट से रूबरू होते हैं । उनके बीच का संवाद यह भी बताता है कि वैचारिक टकराव और आत्ममंथन से कैसे नीतिगत स्पष्टता, पारदर्शिता और संगठन की विश्वसनीयता पुनः स्थापित की जा सकती है । अर्पिता और किशोर दोनों संघर्ष और भावनाओं से गुजरते हैं लेकिन अंततः संस्था की साख को प्राथमिकता देते हैं।

भाग-115) फाउंडेशन में लोकतांत्रिक माहौल विकसित करने के प्रयास !

साहस फाउंडेशन में फिर से लोकतांत्रिक माहौल विकसित करने के लिए आंतरिक मूल्यांकन कमेटी का गठन किया गया था । इस कमेटी में बाहरी मूल्यांकन कर्ताओं को यह जिम्मेदारी दी गई थी कि वे अर्पिता की माँ विमला और उसकी बहने आचुकी और अन्तिमा की नियुक्तियों की जांच करें । इस जांच कमेटी के द्वारा आज अपनी रिपोर्ट प्रस्तुत की जानी है । साहस फाउंडेशन के मुख्य सभागार में कमेटी सदस्यों द्वारा आंतरिक मूल्यांकन कमेटी की रिपोर्ट प्रस्तुत की जा रही है । मंच पर अर्पिता, किशोर, मूल्यांकन कमेटी के प्रतिनिधि डॉ. सुमेधा, वरिष्ठ सदस्य रमेश, कार्यकर्ता अनुराधा, और युवा स्वयंसेवक राजीव बैठे हैं ।

डॉ. सुमेधा,कमेटी प्रतिनिधि रिपोर्ट पढ़ते हुए कहती है- "हमारी जाँच का निष्कर्ष यह है कि साहस फाउंडेशन में सुश्री विमला देवी, सुश्री आचुकी और सुश्री अन्तिमा की नियुक्तियाँ भर्ती प्रक्रिया के मानकों और पारदर्शिता के अनुसार की गई थीं । कोई नियम विरुद्ध कार्य

नहीं पाया गया है। नियुक्तियों की प्रक्रिया में चयन समिति की अनुशंसा, इंटरव्यू रिकॉर्ड और योग्यता दस्तावेज मौजूद हैं ।"

उक्त नतीजे से सभा में कुछ लोग ताली बजाते हैं, कुछ चुप हैं ।

रमेश जो कि साहस फाउंडेशन के पुराने सदस्य हैं, गंभीर स्वर में कहते हैं- "तो इसका मतलब ये हुआ कि जो संदेह संस्था के भीतर फैलाया गया, वो बेबुनियाद था?"

अनुराधा जवाब देते हुए कहती है- "रमेश जी, संदेह फैलाया नहीं गया था। यह सवाल सिर्फ पारदर्शिता को लेकर था। जब एक ही परिवार के कई सदस्य संस्था में विभिन्न पदों पर हों, तो सवाल उठना स्वाभाविक है।"

अर्पिता , शांत लेकिन दृढ़ स्वर में कहती है- " सवाल उठाना बुरा नहीं है अनुराधा । लेकिन सवाल किस मंशा से उठाया गया, यह भी उतना ही महत्वपूर्ण है । मुझे तकलीफ इस बात से हुई कि आरोप लगे, बिना किसी पुख्ता जानकारी के । हमारी पारदर्शी व्यवस्था को बदनाम किया गया ।"

राजीव युवा स्वयंसेवक अर्पिता के जवाब पर प्रतिक्रिया देते हुए कहता है- " माफ़ कीजिए अर्पिता दीदी, लेकिन आप हमारी भावनाओं को 'आरोप' कहकर नज़र अंदाज़ कर रही हैं । हमें लगा कि हमारे बीच कोई खास समूह बनता जा रहा है जो निर्णयों में हावी है ।"

किशोर संयत होकर राजीव की प्रतिक्रिया पर जवाब देते हुए कहता है-

"राजीव, तुम्हारा अनुभव और अहसास भी उतना ही महत्वपूर्ण है जितनी यह रिपोर्ट । यह संगठन केवल व्यवस्था से नहीं, भरोसे से चलता है । अगर कहीं संप्रेषण की कमी रह गई, तो हमें स्वीकार करना चाहिए ।"

रमेश तीखे स्वर में कहता है- "तो अब क्या सर ? रिपोर्ट आ गई, सब सही निकला और हम चुप बैठ जाएँ ?"

अर्पिता थोड़ा भावुक होकर कहती है- " रमेश जी, क्या आप चाहते हैं कि हम दोषी निकलते, तभी संस्था की गरिमा बचती ? क्या किसी का निर्दोष सिद्ध होना अब अपराध बन गया है ?"

कमेटी की अध्यक्ष डॉ. सुमेधा मुद्दे की ओर लौटते हुए कहती है- " हमारी सिफारिश है कि संस्था अब एक 'नीतिगत संवाद प्रक्रिया' शुरू करे जिससे भविष्य में ऐसे किसी भ्रम या संदेह को तुरंत और लोकतांत्रिक तरीके से सुलझाया जा सके ।"

इस सुझाव पर सभी कार्यकर्ताओं द्वारा तालियां बजाई जाती है । इसी के साथ बैठक समाप्त हो जाती है और एक घंटे का ब्रेक कर दिया जाता है।

ब्रेक के बाद एक बंद कमरे में संस्था के कोर ग्रुप की बैठक चल रही है । इस बैठक में किशोर सभी कोर ग्रुप सदस्यों को संबोधित करते हुए कहता है- " हमें निर्णय लेना होगा कि हम इस रिपोर्ट के बाद किस तरह संस्था में आंतरिक लोकतंत्र को और मज़बूत करें ।"

किशोर की बात पर प्रतिक्रिया देते हुए संस्था की कार्यकर्ता अनुराधा कहती है- "मेरे विचार में केवल एक रिपोर्ट से संतुष्ट हो जाना पर्याप्त नहीं है । हमें यह भी देखना होगा कि लोगों को यह नियुक्तियाँ 'कैसी दिखती' हैं ।"

अर्पिता गंभीर स्वर में कहती है-" 'दिखने' और 'होने' में फर्क होता है अनुराधा । क्या हम अब उस मानसिकता को बढ़ावा देना चाहते हैं जो महिलाओं की नियुक्ति को उनके संबंधों से जोड़कर देखती है ?"

अर्पिता की प्रतिक्रिया पर रमेश जवाब देते हुए कहता है- "बात महिलाओं की नहीं है अर्पिता जी, बात परिवारवाद की है और आप चाहें या न चाहें लोगों में यह धारणा बन चुकी है ।"

राजीव इस संवाद में हस्तक्षेप करते हुए कहता है- " क्या हम एक कोड ऑफ कंडक्ट बना सकते हैं ? जिसमें यह स्पष्ट हो कि संस्था में रिश्तेदारी के बावजूद कौन-सी प्रक्रियाएँ अनिवार्य हैं ?"

किशोर सिर हिलाते हुए सहमति व्यक्त करता है कि - " हाँ, और हम यह भी स्पष्ट करें कि किसी कर्मचारी का पारिवारिक संबंध संस्था से जुड़े व्यक्ति से होना, तब तक आपत्तिजनक नहीं माना जाएगा जब तक वह पारदर्शी, घोषित और प्रक्रिया आधारित हो ।"

अर्पिता धैर्यपूर्वक किशोर की ही बात को आगे बढ़ाते हुए कहती है- "और साथ ही हम यह सुनिश्चित करेंगे कि किसी की नियुक्ति या पदोन्नति में अगर पारिवारिक समीकरण हैं, तो संबंधित व्यक्ति निर्णय प्रक्रिया से खुद को अलग रखे ।"

इसी के साथ आज की बैठक समाप्त हो जाती है।

भाग 116 : अर्पिता की बहिनों ने क्या बखेड़ा शुरू किया !

अर्पिता की बहने आचुकी और अन्तिमा साहस फाउंडेशन में जॉब करने लगी हैं । दोनों साहस फाउंडेशन के सभी नियमों और प्रक्रियाओं का पालन कर रही थी । इसी बीच आचुकी अपने रिपोर्टिंग मैनेजर राजीव को दिल दे बैठती है और उसके साथ फाउंडेशन के वर्किंग अवर्स के बाद अपने प्यार की पींगे लड़ाती हुई नज़र आती है । दोनों एक दूसरे से प्यार का इज़हार करते हैं ।

साहस फाउंडेशन कैंपस में लाइब्रेरी के पीछे के गार्डन एरिया में पेड़ों की छाया में दो कुर्सियों पर आचुकी और राजीव बैठे हैं । शाम का समय है । सूरज ढल रहा है, दोनों के चेहरे पर झिझक और हल्की मुस्कान है । आचुकी हल्की मुस्कान के साथ कहती है- " राजीव सर... एक बात पूछूँ?"

राजीव चौंकते हुए लेकिन शांत स्वर में कहता है-"पूछो ना आचुकी, जब से तुम टीम में आई हो, तुम्हारे मासूम सवालों से फाउंडेशन का माहौल और ज़िंदा हो गया है।"

आचुकी थोड़ा संकोच करते हुए कहती है- "अगर कोई नियमों का पालन करते हुए... दिल से किसी को पसंद कर बैठे, तो क्या वो भी ग़लत है?"

राजीव धीरे से मुस्कराता है और कहता है- "नियमों में दिल की कोई धारा नहीं होती । दिल की कोई धारा तो... अक्सर नियमों के बाहर बहती है।"

आचुकी आश्चर्य से कहती है- "मतलब ?"

" मतलब... अगर तुम किसी को पसंद करती हो और वो भी तुम्हारे मन की कद्र करता है, तो शायद यह एक सुंदर शुरुआत हो सकती है, अगर हम दोनों समझदारी से काम लें ।"

आचुकी नज़र झुकाकर कहती है- "राजीव... मुझे आप अच्छे लगने लगे हैं । जब भी कोई प्रॉजेक्ट आप समझाते हैं, मुझे लगता है कोई मेरे मन की बात समझ रहा है ।"

राजीव संजीदगी से अपनी भावनाओं को व्यक्त करते हुए कहता है- "आचुकी... मैं भी झूठ नहीं बोलूंगा। तुम्हारी ईमानदारी, तुम्हारा उत्साह... बहुत आकर्षित करता है मुझे। लेकिन मैं तुम्हारा सीनियर हूँ, तुम्हारा रिपोर्टिंग मैनेजर ।"

" मुझे पता है... इसी वजह से बहुत दिनों तक खुद को रोकती रही । लेकिन जब आप मुस्कराते हैं, तो मेरी हिम्मत भी मुस्कराने लगती है ।" आचुकी राजीव के नज़दीक आते हुए कहती है ।

राजीव धीरे से आचूकी की ओर देखता है और कहता है- "अगर हम दोनों इस रिश्ते को आगे ले जाना चाहें, तो हमें एक नीति-सम्मत रास्ता चुनना होगा आचुकी।"

"जैसे ?" आचुकी शरमाते हुए पूछती है ।

" जैसे कि... अगर यह रिश्ता गहराता है, तो मैं तुम्हारा रिपोर्टिंग मैनेजर नहीं रह सकता। मुझे ट्रांसफर माँगना पड़ेगा या फिर रेज़िग्नैशन देना पड़ेगा ।" राजीव आचुकी को समझाते हुए कहता है ।

"आप इतना कुछ करने को तैयार हैं ?" आचुकी राजीव की आँखों में झांकते हुए कहती है ।

राजीव नरम स्वर में जवाब देते हुए कहता है- "तुम एक सच्चे साथी की तरह साथ देना चाहती हो, तो मैं भी एक ईमानदार पुरुष की तरह साथ निभाना चाहूँगा।"

दोनों कुछ देर चुप रहते हैं । हल्की हवा चलती है । दूर से अन्तिमा उन्हें देख रही होती है । थोड़ी देर एक- दूसरे से बतियाने के बाद राजीव और आचुकी अपने घर चले जाते हैं ।

इधर रात का समय है और डाइनिंग हॉल में आचुकी, अन्तिमा और अर्पिता साथ भोजन कर रही हैं । अन्तिमा हँसते हुए अर्पिता की तरफ मुखातिब होते हुए कहती है- " वैसे दीदी, आचुकी आजकल बहुत 'गार्डन-गार्डन' लग रही है । कुछ खास बात है क्या?"

अर्पिता संशय से देखती है और कहती है- "अन्तिमा... ऐसे तंज मत कसो। अगर कोई बात है तो सीधे पूछो।"

"ठीक है, सीधे पूछती हूँ ! आचुकी, राजीव सर के साथ तुम्हारा कुछ चल रहा है क्या?" अन्तिमा साफ लहज़े में सवाल पूछती है ।

आचुकी चुप हो जाती है, शर्म के मारे सिर झुका लेती है ।

आचुकी को इस तरह चुप देखकर अर्पिता चौकन्नी हो जाती है और गंभीर स्वर में पूछती है - "आचुकी, मैं सिर्फ तुम्हारी बहन नहीं, फाउंडेशन की ज़िम्मेदार भी हूँ । तुम मुझे बताओ, क्या ये सच है ?"

आचुकी धीरे से जवाब देते हुए कहती है-" हाँ दीदी... पर हमने वर्किंग आवर्स में कभी कुछ नहीं किया । हमारी भावनाएँ... हमने बस, काम के बाद साझा की हैं ।"

आचुकी की बात सुनकर अन्तिमा कहती है- " पर फाउंडेशन की छवि...? अगर किसी ने इन दोनों को इस तरह साथ देख लिया तो?"

अर्पिता थोड़ा रुककर, फिर संयमित स्वर में कहती है- " राजीव एक ज़िम्मेदार कार्यकर्ता है । अगर वो सच में सीरियस है, तो उसे मेरे सामने आकर इस रिश्ते के बारे में बात करनी होगी ।"

" ठीक है दीदी, कल फाउंडेशन के कॉन्फ्रेंस रूम में मैं राजीव के साथ मिलती हूँ आपसे।" कहकर आचुकी डिनर खत्म करके अपने रूम में चली जाती है ।

अगले दिन फाउंडेशन के कॉन्फ्रेंस रूम में, अर्पिता और राजीव आमने-सामने बैठते हैं और अर्पिता को सब कुछ सच बताते हैं । दोनों की बातें सुनकर अर्पिता कहती है-"राजीव, आचुकी मेरी बहन है। लेकिन मेरी नज़र में वह एक कर्मचारी है, और आप उसके रिपोर्टिंग मैनेजर हैं ।"

"मैं समझता हूँ अर्पिता । इसलिए मैं यह बात छिपाकर नहीं चलना चाहता। मैं आचुकी के लिए गंभीर हूँ । मैं चाहूँगा कि यदि जरूरी हो तो मुझे दूसरी यूनिट में ट्रांसफर कर दिया जाए ।" राजीव स्पष्ट शब्दों में कहता है ।

"अगर तुम्हारी नीयत साफ़ है, तो मैं आचुकी के फैसले में बाधा नहीं बनूँगी । लेकिन मैं यह सुनिश्चित करना चाहूँगी कि यह रिश्ता फाउंडेशन की नैतिकता और नियमों को ठेस न पहुँचाए ।" अर्पिता दोनों को समझाते हुए कहती है ।

"आपका भरोसा ही मेरी सबसे बड़ी परीक्षा होगी अर्पिता ।" राजीव अर्पिता को सब विस्तार से बताते हुए कहता है ।

पढ़ते रहिए, अगले भाग में आप पढ़ेंगे कि राजीव और आचुकी के बीच ये रिश्ता किस मुकाम तक पहुँचता है ?

भाग 117 : राजीव और आचुकी का प्रेम संबंध !

साहस फाउंडेशन के कार्यकर्ता राजीव और आचुकी का प्रेम संबंध धीरे-धीरे गहराता है, और यह साहस फाउंडेशन के अन्य कार्यकर्ताओं में चर्चा का विषय बन जाता है । दोनों के वर्किंग आवर्स के बाद की मुलाकात, कर्मचारियों की फुसफुसाहटें, और अंततः एक संस्थागत आंतरिक टकराव इस दौरान शुरू हो जाता है। शाम के साढ़े छ: बजे हैं। साहस फाउंडेशन कैंपस में लाइब्रेरी के पास स्थित पार्क में कार्य दिवस समाप्त होने के बाद राजीव और आचुकी एक बैंच पर बैठे हैं । सामने सूरज धीरे-धीरे ढल रहा है । आकाश में सिन्दूरी आभा है । पार्क में कुछ देर पहले तक विद्यार्थियों की चहल-पहल थी, अब खालीपन है । कुछ किताबें बैंच पर रखी हैं । राजीव हँसते हुए आचुकी से कहता है- "तुम्हारे साथ हर शाम इतनी सुहानी सी गुजरती है कि मैं भूल जाता हूँ कि हम ऑफिस में साथ काम करते हैं ।"
आचुकी शरमाते हुए कहती है- "काम की दुनिया में जो हम एक-दूसरे से नहीं कह पाते, वो यहाँ आकर कहना कितना आसान लगता है राजीव ।"
राजीव धीरे से आचूकी का हाथ थामते हुए कहता है- " अगर हमारा प्यार सच्चा है, तो क्या फर्क पड़ता है लोग क्या सोचते हैं ?"
आचुकी गंभीर होकर कहती है-"पर लोग सोचते हैं और बातें बनाते हैं । कुछ तो कह रहे थे,"अब तो पार्क में प्रेम कहानियाँ भी लिखी जा रही हैं।"

राजीव थोड़ा मुस्कुराते हुए जवाब देता है-“कहने दो... जब हम दोनों गलत नहीं, तो डर किस बात का आचुकी ?”

आचुकी और राजीव की बातों के बीच, कुछ दूरी पर पेड़ के पास खड़ा विनोद अपने मोबाइल पर ध्यान लगाकर कुछ टाइप कर रहा है । वह दोनों को देखता है, थोड़ी देर कानों में ईयरफोन लगाता है, फिर सिर हिलाकर धीरे से मुस्कुराता है । उसके चेहरे पर ऐसे भाव हैं मानो “मसाला मिल गया हो ।”

अगले दिन दोपहर में, साहस फाउंडेशन की कैंटीन में सवा एक बजे लंच ब्रेक का समय है । कैंटीन में कुछ कर्मचारी टेबल के चारों ओर बैठे हैं । कटिंग चाय, गरम पकौड़े , गुनगुनी फुसफुसाहटें और..चर्चा में हैं,राजीव और आचुकी की प्रेम कहानी । रजनी, विनोद, और दो अन्य जूनियर स्टाफ नीलम और सुमित बैठे हैं ।

विनोद धीमे स्वर में रजनी से कहता है-“ कल फिर वही नज़ारा था... पार्क में वही जोड़ी... किताबों के बहाने... पींगे लड़ा रही थी !”

नीलम हँसते हुए कहती है- “ ओह ! ये तो अब रोज़ का किस्सा हो गया है । कल मैंने देखा, राजीव ने खुद आचुकी को स्कूटी से घर तक छोड़ा था ।”

सुमित हँसकर कहता है- “भाई साहब को अब फाउंडेशन से ज़्यादा ‘फीलिंग्स’ की चिंता हो रही है।”

रजनी तेज़ स्वर में कहती है- “यहाँ साहस फाउंडेशन का काम चल रहा है या कॉलेज का लव गार्डन ?”

विनोद चाय का घूँट लेते हुए कहता है-” मुझे तो लगता है अब सबको पता है, पर कोई खुलकर कुछ कह नहीं रहा ।”

नीलम संकोच से कहती है-“मुझे तो लगता है कि अगर वो दोनों वर्किंग ऑवर्स के बाद मिलते हैं, तो किसी को क्या मतलब होना चाहिए ?”

रजनी गंभीर होकर जवाब देती है –"ऐसे रिश्ते कार्यस्थल पर संस्थागत अनुशासन के लिए खतरनाक होते हैं । राजीव मैनेजर है, और वो...? आचुकी उसकी रिपोर्टिंग स्टाफ़!"
विनोद थोड़ा उत्साह से हस्तक्षेप करते हुए कहता है-"और अर्पिता की बहन भी है । अब देखिए... अगर प्रमोशन मिल गया आचुकी को तो कौन कहेगा कि योग्यता से मिला ?"
रजनी साफ़ स्वर में कहती है- "यही तो बात है ! संस्थान में 'परिवारवाद' का बीज बोया जा रहा है । और सब चुप हैं !"
सुमित हल्के तंज के साथ कहता है-"लगता है अब साहस फाउंडेशन में 'साहस' की नई परिभाषा बनने वाली है ।"
सभी हँस पड़ते हैं, लेकिन रजनी का चेहरा गंभीर है । वह चाय का गिलास मेज़ पर रखती है, और अपनी डायरी खोलकर कुछ नोट करती है । वह मन ही मन तय कर लेती है कि इस सारे मुद्दे को कोई और उठाए या न उठाए पर वो जरूर एच.आर. के साथ उठाएगी और शिकायत करेगी कि आखिर ये साहस फाउंडेशन में चल क्या रहा है । क्यों न कोई इन लोगों के खिलाफ एक्शन नहीं ले रहा है जबकि सबको दिखाई दे रहा है कि राजीव और आचुकी एक दूसरे के साथ सरे आम प्यार की पींगे लड़ा रहे हैं। पूरे साहस फाउंडेशन का माहौल खराब करके रखा हुआ है ।

भाग 118 : किसने की मानव संसाधन प्रमुख से शिकायत ?

शाम के चार बजे हैं। मानव संसाधन प्रमुख (HR Head) कार्यालय में हल्की-हल्की पीली रोशनी फैली हुई है। तन्वी अपने लैपटॉप पर कुछ फाइलें चेक कर रही है। तभी दरवाज़े पर दस्तक होती है। तन्वी सिर उठाकर देखती है और कहती है- "आइए रजनी जी, अंदर आइए।"

रजनी भीतर प्रवेश करती है, आँखों में स्पष्ट असहजता लिए हुए। वह एक गहरी साँस लेकर तन्वी के सामने वाली कुर्सी पर बैठ जाती है। रजनी कुर्सी आगे खींचते हुए, दृढ़ स्वर में कहती है- "तन्वी जी, संस्थान के अनुशासन के हित में एक स्पष्ट नीति होनी चाहिए। राजीव और आचुकी के बीच का यह रिश्ता अब गुप्त नहीं रहा। पूरे साहस फाउंडेशन में उन दोनों को लेकर चर्चाओं का दौर जारी है।"

तन्वी तनाव में नहीं, परन्तु संयम के साथ जवाब देते हुए कहती है- "देखिए रजनी जी, हम किसी के व्यक्तिगत जीवन में हस्तक्षेप नहीं करते जब तक कि वो संस्थान के कार्य को प्रभावित न करे। यह फाउंडेशन की मूल नीति है।"

रजनी आँखों में कठोरता और स्वर में तेज़ी के साथ जवाब देती है- "तो क्या हमें तब तक इंतज़ार करना चाहिए जब तक बाकी स्टाफ उन्हें लेकर असंतुष्ट न हो जाए ? अफवाहों का माहौल दिन-ब-दिन गंभीर होता जा रहा है।"

तन्वी थोड़ी शांत मुद्रा में, लेकिन सतर्कता के साथ बोलती है-"मुझे जानकारी है कि कुछ बातें स्टाफ के बीच चल रही हैं। लेकिन हमें यह भी समझना होगा कि दो वयस्कों के बीच सहमति से बना कोई संबंध, यदि संस्थान के नियमों को नहीं तोड़ता, तो उसे 'अनुशासनहीनता' नहीं कहा जा सकता।"

“पर जब वही रिश्ता, चाहे निजी हो, कार्यक्षेत्र में कानाफूसी का विषय बन जाए, तो क्या वह संस्थान की कार्य संस्कृति को प्रभावित नहीं करता?” रजनी तन्वी के जवाब पर प्रतिक्रिया देते हुए कहती है ।

तन्वी गंभीर होकर रजनी से सवाल करती है-“रजनी जी, आपने कभी भी किसी दिन उन्हें ड्यूटी के समय अपने संबंधों में उलझे हुए देखा है ?”

रजनी थोड़ा हिचकिचाते हुए कहती है-“ड्यूटी के समय नहीं, लेकिन शाम को अक्सर दोनों को एकांत में साथ देखा गया है । कैंटीन,पार्किंग,लाइब्रेरी के कोने में । इससे बाकी महिला कर्मचारी असहज महसूस करती हैं । कुछ पुरुष कर्मचारी भी मज़ाक उड़ाते हैं। यह सब संस्थान के माहौल को प्रभावित कर रहा है । लोग बातें बना रहे हैं।”

“कृपया मुझे स्पष्ट उदाहरण दें कि किसने क्या कहा और किसने शिकायत की ?” तन्वी ने अगला सवाल पूछते हुए कहा ।

रजनी थोड़ा झुँझलाकर जवाब देती है-”तन्वी जी, हर कोई डरता है। कोई खुलकर कुछ नहीं कहता, लेकिन सबके बीच फुसफुसाहट चल रही है । आप चाहें तो एक अज्ञात फीडबैक बॉक्स रखें, सच्चाई सामने आ जाएगी।”

तन्वी थोड़ा सोचते हुए रिएक्ट करती है- “आपका सुझाव विचारणीय है। लेकिन इससे पहले मैं एक बात स्पष्ट करना चाहती हूँ, हमें ‘कर्मचारी की निजता’ और ‘कार्यस्थल का नैतिक वातावरण’ इन दोनों के बीच संतुलन बनाना है।”

“मैं सहमत हूँ, परन्तु संस्थान में एक अनुशासनात्मक छवि भी होनी चाहिए। अगर एक रिपोर्टिंग मैनेजर अपने जूनियर से रिश्ता रखता है, तो उसमें ‘पावर डायनामिक्स’ भी तो है ।” रजनी अपनी बात को तर्क के साथ रखते हुए कहती है ।

तन्वी गंभीर होकर जवाब देती है-"आपका बिंदु महत्वपूर्ण है । क्या राजीव आचुकी के सीधे रिपोर्टिंग अधिकारी हैं ?"

"जी हाँ, और यही इस रिश्ते को और अधिक जटिल बना देता है । बाकी कर्मचारियों को लगता है कि आचुकी को विशेष व्यवहार मिल रहा है। कुछ लोगों ने कहा है कि उसकी छुट्टी बिना एप्लीकेशन के भी मंजूर हुई है ।" रजनी ने बताया ।

तन्वी लैपटॉप खोलकर कुछ दस्तावेज देखकर जवाब देती है- "आचुकी की पिछली तीन छुट्टियाँ फॉर्मल एप्लीकेशन से ही स्वीकृत हुई हैं । यदि आपको कोई विशेष उदाहरण पता हो, कृपया साझा करें ।"

रजनी थोड़ी नरमी से पेश आते हुए कहती है- "ठीक है, लेकिन बात सिर्फ छुट्टियों की नहीं हैं । प्रमोशन, मीटिंग में प्राथमिकता, उसके सुझावों को विशेष महत्व, ये सब बातें चुपचाप असंतोष बढ़ा रही हैं।"

"मैं आपको आश्वस्त करती हूँ कि HR विभाग किसी भी प्रकार की पक्षपातपूर्ण कार्रवाई नहीं करता । फिर भी मैं इस मामले की गोपनीय आंतरिक समीक्षा करवाऊँगी।" तन्वी ने कहा ।

"और तब तक ? क्या हम आँख मूँद लें ? क्या संस्था के हित से ऊपर किसी का व्यक्तिगत प्रेम संबंध हो सकता है ?" रजनी ने अगला सवाल किया ।

तन्वी धीरे और स्पष्ट स्वर में कहती है- "रजनी जी, हम इस फाउंडेशन को 'साहस' के उस विचार पर चलाते हैं, जहाँ हर व्यक्ति को अपनी पहचान और सम्मान के साथ जीने की स्वतंत्रता हो । हाँ, यदि वह स्वतंत्रता दूसरों की स्वतंत्रता में बाधा बनती है, तो हम ज़रूर हस्तक्षेप करते हैं ।"

"तो आप कह रही हैं कि जब तक कोई सीधा नियम भंग न हो, तब तक हम कुछ नहीं कर सकते ?" रजनी ने पूछा ।

" मैं कह रही हूँ कि हमें तथ्यों पर आधारित निर्णय लेना चाहिए । मैं आज ही दोनों से व्यक्तिगत बातचीत करूंगी अलग-अलग । और यदि कोई औपचारिक शिकायत आती है, तो नियमानुसार जांच होगी।" तन्वी ने कहा।

रजनी थोड़ी शांत होकर कहती है-"ठीक है तन्वी जी, मैँ आपकी नीति से असहमत नहीं हूँ , पर इस स्थिति को नजर अंदाज़ करना भी सही नहीं होगा।"

" मैं वादा करती हूँ कि इस मामले में हम जल्दबाज़ी नहीं करेंगे लेकिन ढिलाई भी नहीं बरतेंगे । मैं आपकी चिंता को नज़र अंदाज़ नहीं कर रही। ये आपका उत्तरदायित्व है कि आप संस्थान के हित में बोलें, और मैं उसका सम्मान करती हूँ ।" तन्वी ने कहा ।

थोड़ी देर तक दोनों चुप रहती हैं । तन्वी अपनी डायरी में कुछ नोट्स बनाती हैं ।

रजनी धीरे से कहती है- "तन्वी जी, अगर आप चाहें तो मैं एक परामर्श सत्र आयोजित करने का सुझाव भी रख सकती हूँ जिसमें कार्यस्थल पर संबंधों, नैतिक आचरण और पेशेवर सीमाओं पर खुलकर चर्चा हो ।"

तन्वी मुस्कराते हुए कहती है-"बहुत अच्छा सुझाव है। हम इसे 'वर्क एथिक्स वीक' का हिस्सा बना सकते हैं। मुझे लगता है, यदि हम सभी को सामूहिक रूप से इन मुद्दों पर संवेदनशील बनाएँ, तो यह स्थिति स्वयं हल हो सकती है।"

रजनी सिर हिलाते हुए कहती है- "और अगर नहीं होती है तो ?"

"तो फिर हम कठोर कदम उठाने में संकोच नहीं करेंगे। चाहे वह राजीव हों या आचुकि। संस्थान की छवि और आंतरिक संतुलन हमारे लिए सर्वोपरि है।" तन्वी कठोरता से कहती है ।

रजनी धीरे से मुस्कराते हुए जवाब देती है –"अच्छा, कम से कम आप स्थिति की गंभीरता को नकार तो नहीं रहीं ।"

"हर समस्या का हल संवाद में है, रजनी जी और आपने यह संवाद शुरू करके एक ज़िम्मेदार कदम उठाया है ।" तन्वी ने कहा ।
दोनों उठती हैं। रजनी का चेहरा अब पहले से अधिक सन्तुष्ट दिख रहा है। वह उठते हुए कहती है- "धन्यवाद तन्वी जी । मुझे उम्मीद है कि आप निष्पक्ष कदम उठाएंगी ।"
तन्वी हाथ मिलाते हुए कहती है- "आपकी उम्मीद ही मेरी ज़िम्मेदारी है।"
रजनी कमरे से बाहर चली जाती है । तन्वी एक गहरी साँस लेती हैं, फिर फोन उठाकर अपनी असिस्टेंट को कहती हैं..-"स्वाति, कृपया राजीव और आचुकी के साथ अलग-अलग मीटिंग्स कल शेड्यूल करवा दीजिए और एक वर्कप्लेस प्रोफेशनल एथिक्स वर्कशॉप भी अगले हफ्ते के लिए प्लान करें ।" स्वाति तन्वी के निर्देशों को नोट कर लेती है ।

पढ़ते रहिए, अगले भाग में आप पढ़ेंगे कि राजीव और आचुकी के साथ HR क्या मीटिंग करती है ?

भाग 119 : राजीव-आचूकी के साथ मानव संसाधन प्रमुख की बैठक !

साहस फाउंडेशन के मानव संसाधन प्रमुख के कार्यालय पर दोपहर साढ़े बारह बजे दरवाज़े पर दस्तक होती है । तन्वी नज़र उठाकर देखती है तो दरवाजे पर संस्था का वरिष्ठ मैनेजर राजीव खड़ा हुआ है जिसे खुद तन्वी ने व्यक्तिगत बातचीत के लिए बुलाया था । राजीव को देखकर तन्वी कहती है- " हाँ, आइए राजीव, मैं आप ही का इन्तजार कर रही थी ।"

राजीव दरवाज़ा खोलते हुए कहता है-"नमस्ते तन्वी जी, आपने बुलाया?"

"हाँ, बैठिए । कुछ बातें हैं, जो व्यक्तिगत स्तर पर आपसे साझा करनी हैं ।"

तन्वी कुर्सी की ओर इशारा करते हुए कहती है ।

राजीव संकोच में कहता है- "जी, अवश्य । कोई परेशानी है क्या ?"

"परेशानी नहीं, लेकिन चिंता जरूर है । पिछले कुछ हफ्तों से संस्थान के भीतर आपके और आचुकी के संबंधों को लेकर चर्चाएं हो रही हैं। कुछ कर्मचारियों ने इसे लेकर असहजता व्यक्त की है ।" तन्वी राजीव को समझाते हुए कहती है ।

राजीव धीरे से जवाब देते हुए कहता है- "मुझे अंदेशा था कि यह विषय उठेगा। परंतु तन्वी जी, मैंने और आचुकी ने कभी अपनी ड्यूटी में लापरवाही नहीं बरती। हमारी व्यक्तिगत भावनाएं या आपस में मिलना वर्किंग आवर्स के बाहर ही होता है । हमारे रिश्तों को हमने कभी काम पर हावी नहीं होने दिया।"

"मैं आपकी ईमानदारी की कद्र करती हूँ , राजीव । परन्तु एक वरिष्ठ प्रबंधक होने के नाते, आपकी स्थिति विशेष है । आपकी रिपोर्टिंग में कार्य करने वाली आचुकी के साथ निजी संबंध से संस्था में हितों का टकराव उत्पन्न हो सकता है ।" तन्वी राजीव की बातों का जवाब देते हुए कहती है ।

"मैं समझता हूँ तन्वी जी । यदि आवश्यक हो तो मैं परियोजना से स्वयं को अन्यत्र स्थानांतरित करने के लिए आवेदन देने को भी तैयार हूँ ।" राजीव स्पष्टता से कहता है ।

“हम उस स्तर तक नहीं पहुँचे हैं अभी राजीव । यह चर्चा इसलिए है ताकि आप खुद भी सोचें कि यह संबंध संस्थान की कार्य संस्कृति और आपकी भूमिका को किस तरह प्रभावित कर सकता है । आपको सिर्फ इसलिए बुलाया गया था कि आप एक वरिष्ठ और समझदार कार्यकर्ता है । आप खुद रिफ्लेक्ट कीजिए और संस्था की मदद कीजिए। यही सब चर्चाएँ मैं आचुकी के साथ भी करने वाली हूँ ।” तन्वी ने राजीव को समझाते हुए कहा ।

इस बातचीत के बाद राजीव तन्वी के ऑफिस से चले जाते हैं और लंच के बाद दोपहर दो बजे आचुकी हल्के कदमों से तन्वी के कार्यालय में प्रवेश करती है और कहती है-

“ नमस्ते तन्वी दीदी ।”

“ नमस्ते आचुकी । आओ बैठो ।”

तन्वी कुर्सी की तरफ इशारा करते हुए कहती है ।

आचुकी कुर्सी पर बैठते हुए कहती है- “ आपने कुछ जरूरी बात के लिए बुलाया था?”

“हाँ । तुम और राजीव इन दिनों एक-दूसरे के काफ़ी क़रीब हो, ये बात अब संस्थान में खुलकर चर्चा में है।” तन्वी आचुकी को साफ शब्दों में बताते हुए कहती है।

आचुकी थोड़ा झेंपते हुए जवाब देती है-“मुझे पता है दीदी, पर हमने कभी भी अपनी नौकरी या ज़िम्मेदारियों को नज़र अंदाज़ नहीं किया।”

"मुझे संस्था के प्रति तुम्हारे समर्पण पर शक नहीं है आचुकी । लेकिन समस्या यह है कि जब निजी रिश्ते, पेशेवर समीकरणों को प्रभावित करते हैं, तो संस्थागत संतुलन बिगड़ सकता है ।" तन्वी ने कहा ।
आचुकी संयत स्वर में जवाब देते हुए पूछती है –"क्या हमारे पास निजी जीवन जीने की स्वतंत्रता नहीं है ?"
"ज़रूर है आचुकी । लेकिन संस्थागत अनुशासन और पारदर्शिता भी उतनी ही ज़रूरी है । तुम्हारा संबंध तुम्हारे सीनियर के साथ है, जो निर्णय लेने की भूमिका में है । लोग सवाल उठा सकते हैं कि तुम्हारे कार्यों का मूल्यांकन निष्पक्ष नहीं हो रहा ।" तन्वी ने आचुकी को समझाते हुए कहा।
आचुकी गंभीर स्वर में जवाब देते हुए पूछती है -" तो क्या इसका हल यह है कि मैं इस्तीफा दे दूँ ?"
"बिल्कुल नहीं । इस्तीफा समाधान नहीं है । हम पहले समझने की कोशिश करें कि कैसे इस परिस्थिति को पारदर्शिता और व्यावसायिकता के साथ संभाला जा सकता है। कल मैं आप और राजीव के साथ सामुहिक बातचीत करूंगी । कृपया सुबह दस बजे आप दोनों मेरे ऑफिस आ जाइएगा ।" तन्वी ने बताया।
"जी दीदी, जरूर । हम दोनों कल मिलते हैं आपसे। नमस्ते ।" कहते हुए आचुकी विदा लेती है ।
अगले दिन सुबह दस बजे राजीव और आचुकी एच.आर. कार्यालय में एक साथ उपस्थित होते हैं । दोनों को साथ बुलाया गया था। एच.आर. प्रमुख तन्वी दोनों का अभिवादन करते हुए कहती है- "धन्यवाद आप दोनों का सनय निकालने के लिए । मुझे लगता है,

अब हमें इस विषय पर सामूहिक रूप से स्पष्ट और पारदर्शी संवाद करना चाहिए ।"

राजीव जवाब देते हुए कहते हैं- "बिल्कुल । हम भी यही चाहते हैं तन्वी जी।"

"हाँ दीदी ।" कहते हुए आचुकी भी सहमति व्यक्त करती है ।

तन्वी दोनों को संबोधित करते हुए कहती है-"देखिए, साहस फाउंडेशन का उद्देश्य केवल सामाजिक कार्य करना नहीं है, बल्कि एक ऐसी कार्य संस्कृति को विकसित करना भी है जहाँ हर व्यक्ति स्वतंत्र और सुरक्षित महसूस करे। इसके लिए हमें अनुशासन और संवेदनशीलता के बीच संतुलन बनाए रखना होता है।"

"हम दोनों इस बात को समझते हैं और अपनी भूमिका को लेकर सजग हैं।" राजीव जवाब देते हुए कहता है।

आचुकि राजीव की बात को आगे बढ़ाते हुए कहती है-"हमने तय किया है कि हम अपने संबंध को कार्यालय से पूरी तरह अलग रखेंगे । ना तो काम पर असर होगा, ना किसी सहकर्मी को असहजता ।"

दोनों की बातें सुनकर तन्वी कहती है- "अच्छा निर्णय है । लेकिन संस्थागत प्रक्रिया के तहत कुछ कदम हमें उठाने होंगे । सबसे पहले, एक स्वैच्छिक घोषणा कि आप दोनों व्यक्तिगत रूप से एक संबंध में हैं, लेकिन आपने पारदर्शिता के साथ इसे साझा किया है ।"

राजीव जवाब देते हुए कहता है- " हम इसके लिए तैयार हैं ।"

आचुकी भी कहती है-"जी दीदी ।"

तन्वी बात को आगे बढ़ाते हुए कहती है- "दूसरा कदम यह होगा कि राजीव, आप खुद परियोजना संरचना में बदलाव का प्रस्ताव दें, ताकि

आचुकी की प्रत्यक्ष रिपोर्टिंग किसी अन्य मैनेजर को सौंप दी जाए । इससे हितों के टकराव की स्थिति नहीं रहेगी ।"

"मैं कल ही यह प्रस्ताव तैयार कर आपको (एच.आर.को) भेज दूंगा।" राजीव ने बताया ।

"और तीसरा, आचुकी, तुम्हें यह सुनिश्चित करना होगा कि तुम्हारे प्रदर्शन और आचरण से कोई यह महसूस न करे कि तुम्हें किसी तरह की विशेष सुविधा मिल रही है ।" तन्वी ने आचुकी की तरफ मुखातिब होते हुए कहा।

आचुकी मुस्कुराते हुए जवाब देती है-"दीदी, मैं हमेशा कड़ी मेहनत से अपनी पहचान बनाना चाहती हूँ , किसी अन्य व्यक्ति या रिश्ते से नहीं ।"

"यही होना चाहिए । याद रखो, इस फाउंडेशन में हर आवाज़, हर महिला, हर संघर्षशील युवा की दृष्टि तुम दोनों पर है । अगर हम उदाहरण बन सकते हैं कि व्यक्तिगत स्वतंत्रता और संस्थागत अनुशासन कैसे साथ-साथ चल सकते हैं, तो यह पूरे समाज के लिए सीख हो सकती है ।" तन्वी ने दोनों को समझाते हुए कहा ।

इसके बाद राजीव और आचुकी एच.आर. प्रमुख तन्वी से विदा लेकर खुशी- खुशी ऑफिस से बाहर चले जाते हैं ।

भाग 120 : राजीव और आचुकी की मनःस्थिति !

मानव संसाधन प्रमुख के कार्यालय से बाहर निकलते हुए राजीव और आचुकी साहस फाउंडेशन के गार्डन में बैठकर आपस में बातें करते हैं । शाम के लगभग छः बजे हैं। हल्की हवा चल रही है, पक्षियों की चहचहाहट सुनाई दे रही है और सूर्यास्त की सुनहरी किरणें लालिमा बिखेरे हुए हैं ।

तन्वी के साथ हुई गंभीर बातचीत के बाद दोनों के चेहरे पर आत्ममंथन का भाव है । चुपचाप चलते हुए वे गार्डन की एक बेंच पर बैठते हैं । सामने गुलमोहर का पेड़ है और दूर बच्चों की हँसी सुनाई दे रही है ।

राजीव हल्की हँसी के साथ कहता है- “तन्वी जी से बात करके ऐसा लगा जैसे हम किसी साफ़ दर्पण के सामने खड़े हो गए हों... अपनी ही परछाईं सवाल करने लगी ।”

आचुकी धीरे से मुस्कराते हुए कहती है- “हाँ, और शायद पहली बार लगा कि किसी ने हमारे रिश्ते को ग़लत नहीं, बल्कि गहराई से समझने की कोशिश की । हमें कठघरे में खड़ा करने की जगह एक रास्ता दिखाया, ज़िम्मेदारी का रास्ता ।”

“जब उन्होंने कहा कि 'आप दोनों अपने फैसलों के लिए जवाबदेह हैं, लेकिन इस संस्थान की गरिमा भी आपसे जुड़ी है' तो मैं भीतर से मंथन करने के लिए तैयार हुआ।” राजीव ने आचुकी के कन्धे पर हाथ रखते हुए कहा ।

आचुकी ने राजीव के हाथ को अपने हाथ में लेकर चूमते हुए कहा – “और मैं सोचने लगी... क्या हमने कभी बैठकर यह बात की है कि हमारे रिश्ते की सीमाएं क्या होनी चाहिए ? क्या हमारे प्रेम में साहस के साथ संयम भी है?”

दोनों कुछ क्षण चुप रहते हैं । गार्डन की हरियाली के बीच उनके बीच का मौन भी गूंजता है ।

इस चुप्पी को तोड़ते हुए राजीव कहता है- "हम दोनों ने एक-दूसरे का साथ चुना है । लेकिन अब लगता है, साथ रहने का मतलब सिर्फ रोमांस नहीं होता। यह एक साझा जिम्मेदारी है, एक-दूसरे के स्वाभिमान की, काम की, गरिमा की, और उस संस्था की भी जिसने हमें पहचान दी ।"

आचुकी राजीव की बात से सहमत होते हुए कहती है-"बिल्कुल। और शायद यही साहस है न कि समाज या दूसरों से लड़ना, बल्कि भीतर की आवाज़ को सुनना।"

"तन्वी जी ने जो कहा, वह एक चेतावनी नहीं थी, एक आमंत्रण था, संवाद का, सुधार का, और संतुलन का।" राजीव ने आचुकी के हाथ को चूमते हुए कहा ।

"मैं सोचती हूँ राजीव, क्या बाकी संस्थानों में भी इस तरह का मानवीय दृष्टिकोण होता है ? जहाँ प्रेम को गुनाह नहीं, बल्कि एक जिम्मेदारी मानकर उसकी दिशा तय की जाए?" आचुकी ने सवाल पूछते हुए कहा।

पास के पौधे से हवा की सरसराहट सुनाई देती है।राजीव गहरी साँस लेता है और कहता है –"शायद नहीं......और शायद इसीलिए साहस फाउंडेशन अलग है । यहाँ हर बात को संवाद से हल किया जाता है, डांट या दंड से नहीं।"

"हमारा रिश्ता भी इसी संवाद से तो निकला था, वर्कशॉप के बाद की वो चर्चाएँ, प्रोजेक्ट रिपोर्ट पर हुई वो बहसें... और फिर, धीरे-धीरे वो खामोशियाँ जो शब्दों से ज्यादा कुछ कह जाती थीं ।" आचुकी ने अतीत को याद करते हुए कहा ।

राजीव ने भी अपने सुनहरे अतीत को याद करते हुए बताया कि -"मुझे आज भी याद है जब तुमने पहली बार पूछा था 'राजीव, क्या

तुम काम के बाहर भी मुझे जानना चाहते हो ?' तब लगा था जैसे ये सवाल नहीं, एक परीक्षा है।"

आचुकी मुस्कुराकर कहती है- "और तुमने इस परीक्षा को आसानी से पास कर लिया राजीव !"

"हमारा प्रेम इस साहस फाउंडेशन के लिए भी एक मिशाल बनेगा आचुकी। पहली मिशाल तो यह कि हम अलग- अलग जातियों के होते हुए भी एक बन्धन में बंधने जा रहे हैं ।" राजीव ने आचुकी को गले लगाते हुए कहा ।

"जाति, अरे ये तो मेरे दिमाग में कभी आई ही नहीं । न मैं जानना चाहती हूँ राजीव कि तुम्हारी जाति क्या है ? जब दो दिलों का रिश्ता जुड़ता है तो उनके बीच सिर्फ प्यार होता है और इसके सिवाय कुछ भी नहीं। जो लोग ऐसे रिश्तों में जाति, धर्म या अन्य एंगल देखते हैं वो असल में प्यार नहीं सौदा कर रहे हो ते हैं।" आचुकी ने राजीव के माथे को चूमते हुए कहा ।

"बहुत शुक्रिया आचुकी, मुझे ऐसे ही जीवन साथी की तलाश थी और इत्तफाक से तलाश तुम पर आकर ख़त्म हो गई ।" राजीव ने आचुकी के नाजुक और सुर्ख गाल पर अपने गरम होंठ रखते हुए कहा ।

"अभी थोड़ी देर पहले तो तुम बड़ी जिम्मेदारियों की बात कर रहे थे और अब ये शैतानियाँ शुरू कर दी ।" आचुकि ने अपने सुर्ख गालों को संभालते हुए कहा । दोनों हँसने लगते हैं और फिर एक दूसरे को बाय- बाय बोलते हुए अपने अपने घर के लिए रवाना हो जाते हैं।

पढ़ते रहिए , अगले भाग में आप पढ़ेंगे कि राजीव और आचुकी को अर्पिता क्या सीख देती है ?

भाग 121 : राजीव-आचुकी को अर्पिता ने क्या सीख दी ?

साहस फाउंडेशन के पार्क में शाम लगभग 6:45 बजे राजीव और आचुकी एक सुनसान बेंच की ओर बढ़ रहे हैं । मौसम में हल्की ठंडक है। दोनों बैठने ही वाले हैं, तभी पीछे से किसी की आवाज आती है- "थोड़ी बात करनी है आप दोनों से ।" अर्पिता ने धीरे से कहा ।

राजीव और आचुकी दोनों चौंकते हैं । वे तुरंत खड़े हो जाते हैं । सामने अर्पिता गंभीर मुद्रा में खड़ी हैं ।

राजीव थोड़ा संभलकर नमस्ते करते हुए कहता है-" जी मैम...!"

आचुकी आशंकित स्वर में कहती है-"क्या हमसे कोई गलती हो गई है दीदी?"

अर्पिता नरम लेकिन स्पष्ट स्वर में कहती है- "राजीव, आचुकी, मैं जानती हूँ कि आप दोनों के बीच एक विशेष रिश्ता बन चुका है । बतौर इंसान, मैं इस भावनात्मक जुड़ाव को समझ सकती हूँ । लेकिन बतौर साहस फाउंडेशन की संस्थापक मुझे इसके प्रभावों पर विचार करना होगा।"

राजीव संयमित स्वर में जवाब देते हुए कहता है-"मैम, हम अपने निजी जीवन और पेशेवर जिम्मेदारियों को हमेशा अलग रखते हैं । हमारी तरफ से कभी कोई समझौता नहीं हुआ है और नहीं भविष्य में होगा ।"

आचुकी राजीव की बात को आगे बढ़ाते हुए कहती है-"और अगर आपको लगता है कि इससे संस्था को कोई नुकसान हो सकता है... तो हम इस पर खुलकर बात करने के लिए तैयार हैं ।"

अर्पिता थोड़ा नरम होकर कहती है- " मुझे आपके इरादों पर कोई शक नहीं। लेकिन...(थोड़ा रुककर) इस रिश्ते को पारदर्शिता के

साथ रखना जरूरी है । ताकि बाहर से कोई भी इसे भाई-भतीजावाद या पक्षपात कहकर संस्था की छवि को आहत न करे।"

राजीव और आचुकी एक-दूसरे की ओर देखते हैं, फिर धीरे से सिर हिलाते हैं।

अर्पिता हल्की मुस्कान के साथ कहती है- " शायद आप दोनों खुद भी चाहते होंगे कि आपके रिश्ते को संदेह से नहीं, विश्वास से देखा जाए ।"

राजीव गंभीर स्वर में जवाब देता है- "बिल्कुल, मैम । हम दोनों अपने संबंधों को लेकर काफी संजीदा हैं । साथ ही हमें साहस फाउंडेशन की रीति-नीति की भी उतनी ही चिन्ता है जितनी आपको ।"

आचुकी धैर्यपूर्वक कहती है- "हम इस रिश्ते को मर्यादा में रखते हुए ही आगे बढ़ाना चाहते हैं दीदी । आप उम्र और अनुभव दोनों में हमसे बड़ी है। मैं चाहूँ गी कि आप भी हमें सही दिशा दिखाने में मदद करें।"

अर्पिता की गंभीरता थोड़ी कम होती है और वह कहती है-"ठीक है। मैं कल एक स्टाफ मीटिंग बुला रही हूँ । इसमें इस विषय पर खुले मन से चर्चा करेंगे। मेरा उद्देश्य किसी को कठघरे में खड़ा करना नहीं है, बल्कि संस्था के हित में एक स्वस्थ नीति बनाना है ।"

"हमें खुशी होगी अगर हम इस प्रक्रिया का हिस्सा बन सकें ।" राजीव हाथ जोड़ते हुए कहता है ।

आचुकी आभार भरे स्वर में जवाब देते हुए कहती है-"धन्यवाद, दीदी। आपसे मुझे हमेशा कुछ न कुछ सीखने को मिला है । मैं उम्मीद करती हूँ कि आगे भी आपका मार्गदर्शन मिलता रहेगा ।"

"जी मैम, यदि जाने अनजाने में हम में से किसी ने भी साहस फाउंडेशन की नीतियों को ठेस पहुंचाई हो तो आप हमें सही राह दिखाने में मदद कीजियेगा प्लीज।" राजीव ने विनम्रता पूर्वक कहा ।

"ऐसी कोई बात नहीं है राजीव । आप दोनों को परेशान होने की जरूरत नहीं है । कल तन्वी से आप दोनों की हुई बातचीत की रिपोर्ट

मुझे मिल चुकी है । काफी सकारात्मक है । मैं बस यह चाहती हूँ कि साहस फाउंडेशन में सब कुछ पारदर्शी रहे और किसी को भी यह न लगे कि आचुकी मेरी छोटी बहिन है तो मैं उसे इसलिए फेवर कर रही हूँ ।" अर्पिता ने बताया।

"जी दीदी, आपकी भावनाओं और साहस फाउंडेशन के प्रति आपके समर्पण को हम दोनों बखूबी समझते हैं । हम ऐसा कोई काम नहीं करेंगे जिससे इस संस्थान की गरिमा को ठेस पहुंचे ।" आचुकि ने अर्पिता को आश्वाशन देते हुए कहा ।

"मुझे तुम दोनों से यही उम्मीद है । मैं तुम दोनों के उज्ज्वल भविष्य की कामना करती हूँ । ठीक से दिल लगाकर काम करते रहिए और लोगों की बातों पर ध्यान देना बन्द कर दीजिए ।" अर्पिता ने दोनों को समझाते हुए कहा।

" जी मैम, बस आपका आशीर्वाद हम दोनों पर बना रहे बाकी लोगों का तो काम ही है बातें बनाना । हम दोनों इससे बाखबर रहते हैं ।" राजीव अर्पिता को बताते हुए कहता है ।

अर्पिता सिर हिलाकर चली जाती हैं। राजीव और आचुकी कुछ पल खामोश खड़े रहते हैं।

पढ़ते रहिए, अगले भाग में आप पढ़ेंगे कि अर्पिता स्टाफ मीटिंग में क्या फैसला लेती है ?

भाग 122 : अर्पिता स्टाफ मीटिंग में क्या फैसला लेती है ?

साहस फाउंडेशन में सुबह के दस बजे हैं । स्टाफ रूम में मीटिंग के लिए लगभग 25-30 कर्मचारी बैठे हैं । मंच पर एच.आर. प्रमुख तन्वी और अर्पिता उपस्थित हैं । माहौल थोड़ा गंभीर है लेकिन संवाद के लिए खुला हुआ है । तन्वी मंच से कहती है- "सभी का धन्यवाद कि आप लोग समय से आए । आज हम जिस विषय पर चर्चा करने जा रहे हैं, वह हमारी संस्था की कार्य संस्कृति और पारदर्शिता से जुड़ा है ।"

सभी कार्यकर्ता ध्यानपूर्वक सुन रहे हैं । इसी बीच अर्पिता धीरे से माइक लेकर कहती है- "हम साहस फाउंडेशन में एक नई आचार संहिता अर्थात Code of Conduct लागू करने जा रहे हैं । इसमें यह स्पष्ट होगा कि अगर किसी भी दो सहकर्मियों के बीच व्यक्तिगत संबंध विकसित होते हैं, तो इसकी जानकारी एच.आर. विभाग को देना अनिवार्य होगा । यह कोई सजा नहीं, बल्कि पारदर्शिता बनाए रखने का उपाय है । संस्था के स्तर पर आपकी निजता को बनाए रखा जाएगा और इस तरह की सूचनाओं को बेहद गोपनीय रखा जाएगा जब तक कि ऐसा करना आवश्यक है ।"

कमरे में हल्की-सी सरगर्मी होती है ।

विनोद जो कि संस्था का नया कार्यकर्ता है, थोड़ा व्यंग्य से, पीछे से आवाज देता है- "तो अब प्यार भी रिपोर्ट करना पड़ेगा ?"

मीटिंग में उपस्थित सभी लोग हल्का सा हंसते हैं ।

अर्पिता मुस्कुराते हुए, विनोद की ओर देखकर कहती है-"प्यार करना कोई अपराध नहीं है, विनोद । लेकिन संस्थान में पारदर्शिता जरूरी है । ताकि कोई भी ये महसूस न करे कि किसी को रिश्तों के कारण विशेषाधिकार मिल रहे हैं ।"

माहौल थोड़ा सहज होता है।

राजीव जो कि संस्था का वरिष्ठ मैनेजर है,खड़े होकर कहता है- "अगर अनुमति हो तो मैं कुछ कहना चाहता हूँ ।"

तन्वी माइक बढ़ाते हुए कहती है-"कृपया जरूर कहिए।"

सभी कार्यकर्ताओं की निगाहें राजीव पर टिक जाती हैं।

राजीव साफ आवाज में कहता है- "मैं इस नीति का समर्थन करता हूँ... और मैं यहाँ खुले मंच से यह स्वीकार करता हूँ कि आचुकी और मैं एक-दूसरे को पसंद करते हैं ।

(एक पल ठहरकर) हम दोनों ने हमेशा अपने रिश्ते को मर्यादा में रखा है, और संस्था के प्रति हमारी प्रतिबद्धता में कोई कमी नहीं आई है ।"

कमरे में सन्नाटा छा जाता है । कुछ लोग आश्चर्य से देखते हैं, कुछ सहमति में सिर हिलाते हैं ।

आचुकी खड़ी होकर, गंभीर स्वर में कहती है- " अगर आपको या किसी भी सहकर्मी को यह लगता है कि मेरे पद पर होने से किसी को असुविधा है... तो मैं इस्तीफा देने को भी तैयार हूँ ।"

कमरे में हलचल होती है । रजनी तुरंत खड़ी हो जाती है । वह थोड़ा चौंकते हुए कहती है- "नहीं आचुकी... बात इस्तीफे की नहीं है । शायद हम सबको ये समझने की जरूरत है कि निजी भावनाएँ और पेशेवर जिम्मेदारियाँ कैसे अलग रखी जाएँ ।"

कुछ कार्यकर्ता हामी में सिर हिलाते हैं ।

एच.आर. प्रमुख तन्वी, खड़ी होकर कहती है-"मुझे लगता है, यह हमारी टीम की परिपक्वता है कि हम इस विषय पर खुलकर चर्चा कर रहे हैं । हम सब वयस्क हैं... लेकिन पेशेवर भी हैं ।"

विनोद सकारात्मक स्वर में तन्वी की बात का समर्थन करते हुए कहता है-"सही कहा तन्वी जी । रिश्ते मानवीय हैं, लेकिन पेशेवर मूल्यों की रक्षा करना भी हमारा कर्तव्य है।"

अर्पिता थोड़ा गंभीर होकर कहती है-“और इस नई आचार संहिता का मकसद किसी को दबाना नहीं, बल्कि इस संस्था के सभी सदस्यों को बराबरी का अवसर देना है ।”

कमरे में शांति । फिर... विनोद खड़ा होता है । विनोद इस बार गंभीर होकर कहता है-” मुझे लगता है... मैंने जो कहा था वह हल्के में था । पर अब समझ में आ रहा है कि इसका महत्व कितना गहरा है । मैं इस नीति का समर्थन करता हूँ ।”

अर्पिता विनोद की बात सुनकर मुस्कुराती हैं ।

रजनी बैठे-बैठे अपनी प्रतिक्रिया देते हुए कहती है-“और मुझे भी लगता है कि अगर कोई खुलकर सामने आकर अपने रिश्ते की जिम्मेदारी लेता है तो उसे आदर की दृष्टि से देखना चाहिए, न कि शक की नजर से ।”

कई कर्मचारी धीरे-धीरे सहमति में सिर हिलाते हैं । एच.आर. प्रमुख तन्वी सभी की ओर मुखातिब होते हुए कहती है-”तो क्या हम सहमत हैं कि हम इस नई नीति को अपनाते हैं ?”

कमरे में सर्वसम्मति से “हाँ” की आवाज उठती है ।

अर्पिता मुस्कान के साथ कहती है-“बहुत अच्छा । पारदर्शिता ही विश्वास की नींव है और हम सभी के विश्वास पर ही साहस फाउंडेशन खड़ा है।”

स्टॉफ सदस्यों की बैठक धीरे-धीरे समाप्त होती है । सभी में नया उत्साह नजर आता है ।

पढ़ते रहिए , अगले भाग में आप पढ़ेंगे कि इस आचार संहिता से राजीव और आचुकी खुश हैं या नहीं ?

भाग 123 : क्या आचार संहिता से राजीव-आचुकी खुश हैं ?

स्टॉफ मीटिंग के बाद शाम के लगभग पाँच बजे हैं, साहस फाउंडेशन के कॉन्फ्रेंस हॉल में कुछ ही देर पहले स्टॉफ मीटिंग समाप्त हुई है । मीटिंग में नई आचार संहिता, पारदर्शिता और कार्य-संस्कृति को लेकर गंभीर चर्चा हुई थी । बैठक सकारात्मक माहौल में समाप्त हुई, लेकिन कई दिलों में संशय और सवाल भी जागे थे । संस्था के कॉरिडोर में हलचल है। मीटिंग के बाद स्टाफ कॉरिडोर से निकल रहा है । हल्की-हल्की बातचीत की आवाजें, चाय के प्यालों की खनक और लोगों के चेहरों पर संतोष के भाव मिश्रित एक शांति का माहौल बना हुआ है ।

राजीव और आचुकी साथ चल रहे हैं । राजीव ने धीमी आवाज में अपने मन की बात साझा करते हुए कहा -"मुझे तो सच में लगता था ये सब कितना मुश्किल होगा... मीटिंग में, सभी के सामने इस मुद्दे पर बात करना... मुझे डर था लोग क्या सोचेंगे, क्या कहेंगे...। लेकिन सबने जैसी समझदारी दिखाई...कितना हल्का-फुल्का माहौल था.. वो उम्मीद से कहीं ज़्यादा था।"

आचुकी उसके साथ-साथ चलते हुए मुस्कुराते हुए जवाब देती है- " शायद विश्वास और ईमानदारी का यही असर होता है, राजीव । जब आप सच के साथ होते हो तो लोग देर-सवेर उसे स्वीकार कर ही लेते हैं।"

राजीव थोड़ा ठहरकर आचुकी को देखता है और कहता है- "लेकिन क्या ये इतना आसान था, आचुकी? क्या अगर हम खुलकर सब कुछ नहीं कहते, तो भी...?"

आचुकी ने उसकी ओर देखा और बोली-"पता नहीं... लेकिन एक बात जानती हूँ राजीव, छुपाने से चीज़ें कभी हल नहीं होतीं । हाँ, डर

लगा था... लेकिन मैंने भी देखा, जब आपने तन्वी मैम से खुले दिल से बात की... और जब मैंने भी अपने हिस्से की सच्चाई बताई... तो माहौल खुद बदलने लगा।"

दोनों कुछ कदम चुपचाप चलते हैं । कॉरिडोर के मोड़ पर, अचानक सामने से अर्पिता आती हैं । वो अकेली ही चल रही थीं, शायद मीटिंग के बाद कुछ सोचते हुए। दोनों को एकसाथ देखकर अर्पिता कुछ पल को रुक जाती हैं । अर्पिता का चेहरा शांत है, लेकिन उसकी आँखों में एक नेतृत्वकर्ता का आत्मीय विश्वास झलकता है । हल्की मुस्कान के साथ वो कहती हैं - " राजीव, आचुकी ।"

दोनों एकदम रुक जाते हैं । अर्पिता आगे बढ़कर कहती हैं-"मैं आप दोनों से यही उम्मीद करती हूँ कि इस पारदर्शिता को बनाए रखोगे और सिर्फ़ एक-दूसरे के साथ नहीं... संस्था के प्रति भी अपनी प्रतिबद्धता निभाओगे।"

राजीव और आचुकी एक साथ बोले- "बिल्कुल, दीदी।"

तीनों मुस्कुराते हैं । लेकिन ये मुस्कान सिर्फ़ सतही नहीं थी, इसमें समझ, जिम्मेदारी और रिश्तों की गहराई थी ।

"कॉरिडोर की खामोशी में राजीव अर्पिता से कहता है-"दीदी, हम दोनों को समझने और विश्वास देने के लिए...आपका बहुत-बहुत धन्यवाद ।"

अर्पिता का स्वर सहज है, वह राजीव की बात का जवाब देते हुए कहती है- "राजीव, आचुकी... ये फाउंडेशन हम सबका है । रिश्ते अगर ईमानदारी और सम्मान से निभाए जाएँ, तो संस्था भी मजबूत होती है... और लोग भी ।"

आचुकी की आँखों में सम्मान है , वह अर्पिता को विश्वास दिलाते हुए कहती है-"हम वादा करते हैं दीदी, ये हमारा रिश्ता, हमारी जिम्मेदारी और फाउंडेशन के मूल्यों के साथ कभी समझौता नहीं होगा ।"

अर्पिता मुस्कुराती हैं और कहती है- “मुझे यकीन है । और याद रखना, हर संस्था की शक्ति उसके कार्यकर्ता होते हैं । जब लोग विश्वास से जुड़ते हैं... तो संस्था एक परिवार बन जाती है ।”

राजीव सहमति में सिर हिलाते हुए कहता है –“और हम उस परिवार की गरिमा को हमेशा बनाए रखेंगे।”

आचुकि और राजीव की बातें सुनकर अर्पिता कहती है-“ये सुनकर अच्छा लगा और हाँ, अगर कभी किसी बात को लेकर संशय हो... तो कहने से मत डरना । तुम दोनों कभी भी मुझसे या किशोर से बातचीत कर सकते हो ।”

आचुकी जवाब देते हुए कहती है- “बिल्कुल दीदी । खुलकर बात करना ही तो हमारी संस्कृति है ।”

अर्पिता की मुस्कान और गहरी होती है , वह दोनों से मुखातिब होते हुए कहती है- “सही कहा । साहस फाउंडेशन सिर्फ़ एक संगठन नहीं... ये एक आंदोलन है । यहाँ रिश्ते, काम और ईमानदारी, सब एक साथ चलते हैं ।”

तीनों फिर से कुछ क्षण साथ चलते हैं...!

साथ चलते हुए राजीव कहता है-“हम दोनों मिलकर इस विश्वास को और भी मजबूत बनाएँगे दीदी ।”

आचुकी भी राजीव की बात को आगे बढ़ाते हुए कहती है-“और संस्था के मूल्यों को कभी कमजोर नहीं होने देंगे।”

“बस यही चाहिए । मैं भी हमेशा आप दोनों के साथ हूँ...एक साथी की तरह।” अर्पिता दोनों को विश्वास दिलाते हुए कहती है । अर्पिता की बातें सुनकर राजीव पूछता है कि-”मैम आपका और किशोर सर का आशीर्वाद सदैव हमारे साथ होता है। पर मैम आज कल किशोर सर दिखाई नहीं दे रहे हैं ? क्या कहीं बाहर गए हुए हैं ?”

राजीव के प्रश्न का जवाब देते हुए अर्पिता कहती है- “किशोर साहस फाउंडेशन के कार्यों और अपने अनुभव शेयर करने के लिए अपनी

सेक्रेटरी के साथ कुछ डोनर्स की मीटिंग के सिलसिले में USA गए हुए हैं।"

तीनों साथ मुस्कराते हैं और कदम से कदम मिलाकर आगे बढ़ते हैं , साहस फाउंडेशन के कॉरिडोर में, जहाँ भरोसे और रिश्तों की नींव हर दीवार से झलकती है ।

पढ़ते रहिए , अगले भाग में आप पढ़ेंगे कि इन दिनों संस्था के सह फाउंडर किशोर अपनी सेक्रेटरी के साथ अमेरिका में क्या कर रहे हैं?

भाग 124 : किशोर अपनी सेक्रेटरी के साथ अमेरिका में क्या कर रहे हैं ?

संस्था के सह फाउंडर किशोर अपनी सेक्रेटरी के साथ अमेरिका डोनर मीटिंग हेतु गए हुए हैं । यह दोनों का पन्द्रह दिन से भी ज्यादा का टूर है । किशोर अपनी सैक्रेटरी को अच्छे लगने लगते हैं जिसका नाम रूबी है । रूबी हार्वर्ड यूनिवर्सिटी से पढ़ी है और एक डोनर CSR की तरफ से साहस फाउंडेशन को सपोर्ट कर रही है । किशोर के दिल में भी कहीं न कहीं रूबी के लिए जगह है । न्यूयॉर्क के एक हॉटल में, डोनर मीटिंग के बाद की शाम, रूबी हाथ में कॉफी लिए लॉबी में बैठी है । किशोर बाहर से लौटते हैं और उसे देखकर रुकते हैं और मुस्कराते हुए कहते हैं- "रूबी... तुम यहाँ अकेली बैठी हो ? मीटिंग तो काफी देर पहले खत्म हो गई थी । थक नहीं गई ?"

रूबी हल्की मुस्कान के साथ जवाब देती है- "थक तो गई हूँ... पर कुछ ख्यालों ने रोक लिया । वैसे भी... बिज़नेस मीटिंग्स के बाद अकेले रहना... कभी-कभी अच्छा लगता है ।"

किशोर रूबी के पास बैठते हुए कहते हैं- "तो... क्या मैं उन ख्यालों का हिस्सा बन सकता हूँ ?"

रूबी आँखों में चमक के साथ जवाब देती है- "शायद... अगर आप चाहें तो।"

कुछ क्षण की चुप्पी... दोनों मुस्कुराते हैं ।

किशोर गंभीर स्वर में कहते हैं- "रूबी... इन पंद्रह दिनों में हमने बहुत कुछ साथ किया... मीटिंग्स, प्रेजेंटेशन्स, डिनर... और शायद... कुछ ऐसा भी जो सिर्फ मीटिंग्स से आगे का था ।"

रूबी नजरें झुकाकर पूछती है –"क्या आप भी वही महसूस कर रहे हैं... जो मैं सोच रही हूँ ?"

"पता नहीं... लेकिन मैं ये ज़रूर महसूस कर रहा हूँ कि... तुम्हारे साथ बातें करना... अच्छा लगता है । जैसे... तुम मुझे समझती हो।" किशोर रूबी के थोड़ा नज़दीक आते हुए कहते हैं ।

रूबी धीरे से किशोर के कान में फुसफुसाते हुए कहती है- "कभी-कभी हम जिनसे प्रोफेशनल रिश्ते बनाते हैं... वो दिल के भी करीब आ जाते हैं। शायद यही हुआ है हमारे बीच ।"

किशोर गहरी साँस लेते हुए जवाब देते हैं कि-"मैं जानता हूँ... हम दोनों के बीच बहुत कुछ है, उम्र का फासला... मेरे दायित्व... और साहस फाउंडेशन की जिम्मेदारी ।"

रूबी मुस्कुराते हुए कहती है-"और शायद... दिल की वो जगह... जो शब्दों से नहीं, एहसास से भरी होती है।"

किशोर आँखों में गहराई लिए हुए कहता है-"रूबी, मुझे डर है... कहीं ये सब तुम्हारे करियर या हमारे काम को प्रभावित न करे ।"

रूबी साफ लहजे में जवाब देते हुए कहती है-"किशोर... मैं यहाँ CSR के नाते जुड़ी हूँ, लेकिन दिल से... साहस फाउंडेशन की सोच से भी जुड़ी हूँ। मैं नहीं चाहती कि हमारा निजी रिश्ता किसी भी प्रोफेशनल रिश्ते को कमजोर करे।"

किशोर सिर हिलाते हुए कहते हैं- "यही समझदारी... तुम्हें अलग बनाती है।"

"पर...क्या हम इस एहसास को यूँ ही छोड़ सकते हैं?" रूबी किशोर के और नज़दीक आते हुए कहती है।

किशोर धीरे से जवाब देते हुए कहते हैं- "मैं भी नहीं चाहता । पर... क्या हम इसे किसी दबाव में लिए गए फैसले की तरह नहीं, बल्कि सम्मान के साथ निभा सकते हैं ?"

"शायद... इस रिश्ते की खूबसूरती ही इतनी है कि इसमें कोई स्वार्थ या दबाव नहीं है। बस... एक सहज स्वीकार की भावना है ।" रूबी किशोर के बालों में हाथ फेरते हुए कहती है ।

किशोर रूबी से आँखें मिलाकर कहते हैं-"रूबी... क्या तुम चाहोगी कि हम इस रिश्ते को वक्त दें... और खुद समझें कि ये क्या है ?"

रूबी आश्वस्त भाव से जवाब देते हुए कहती है-"हाँ ... मैं चाहती हूँ कि हम इसे जल्दबाजी में कोई नाम न दें... बल्कि उसे बनने दें... जो ये सच में है ।"

दोनों एक-दूसरे की आँखों में देखते हैं... एक खामोश स्वीकृति के साथ और फिर अपने-अपने रूम में चले जाते हैं । मगर दोनों की ही आँखों में दूर- दूर तक नींद का नामो निशान तक नहीं है ।

अगले दिन सुबह, दोनों होटल गार्डन में मिलते हैं ।

किशोर कॉफी लेकर आता है और रूबी से कहता है-"रूबी, आज की मीटिंग से पहले... थोड़ा वक़्त है, चलो टहलते हैं ?"

"क्यों नहीं...! " रूबी झूमते हुए कहती है ।

दोनों साथ चलते हैं, हल्की ठंडी हवा बह रही है । किशोर चलते-चलते रूबी से सवाल करते हुए कहते हैं- "रूबी, क्या कभी तुम्हें लगा... कि जिंदगी में कुछ लोग सिर्फ इसलिए आते हैं कि वो तुम्हें अपने असली 'खुद' से मिलवा देते हैं ?"

"शायद... और जब वो मिलते हैं तो जिंदगी एक नई दिशा ले लेती है।" रूबी ने जवाब देते हुए कहा ।

"तुमने मुझे मेरी ही सीमाओं से बाहर देखने का नजरिया दिया है... और मैं चाहता हूँ कि... हम एक-दूसरे को वैसे ही समझते रहें जैसे आज समझ रहे हैं।" किशोर ने कॉफी के घूट लेते हुए कहा ।

रूबी थोड़ा रुककर कहती है-"क्या तुम्हें लगता है... साहस फाउंडेशन में मेरी भूमिका इससे प्रभावित होगी?"

किशोर रूबी की तरफ मुखातिब होते हुए कहते हैं- "अगर हम अपनी भावनाओं को ईमानदारी से संभाल पाए... तो नहीं । बल्कि ये हमारे बीच विश्वास को और मजबूत करेगा ।"

"मैं भी यही मानती हूँ और अगर किसी दिन ये एहसास बोझ लगे... तो हम इसे वहीं छोड़ देंगे जहाँ से शुरू हुआ था।" रूबी ने कहा।

किशोर सिर झुकाते हुए कहते हैं- "कभी-कभी... दिल को दिल से समझने के लिए शब्दों की जरूरत नहीं होती... बस नीयत की होती है।"

रूबी मुस्कुराते हुए कहती है-"और नीयत साफ हो... तो रास्ते खुद-ब-खुद बन जाते हैं।"

दोनों खिलखिलाकर हँसते हैं और दोनों की हँसी हवा में घुल जाती है। दोनों एक दूसरे के हाथ में हाथ डालकर टहलने लगते हैं।

भाग 125 : रूबी और किशोर के बीच यह नया रिश्ता!

अमेरिका के इस खूबसूरत शहर न्यूयार्क में किशोर और डोनर के मध्य मीटिंग का आज आखिरी दिन है। कल सुबह की फ़्लाइट से रूबी और किशोर साथ में भारत के लिए रवाना हो जाएंगे ।

रूबी और किशोर साथ-साथ खड़े हैं, डोनर्स से बातचीत कर रहे हैं । एक डोनर हँसते हुए कहता है- "किशोर... आपकी और रूबी की टीम वाकई कमाल की है । लगता है आप दोनों में अच्छी अंडरस्टैंडिंग है।"

किशोर रूबी की तरफ देखते हुए जवाब देते हैं कि-"शुक्रिया... जब काम और सोच एक दिशा में हो... तो एक जैसी समझदारी अपने आप आ जाती है ।"

रूबी सहजता से किशोर की बात को आगे बढ़ाते हुए कहती है- "और भरोसा ही हर रिश्ते की बुनियाद होता है, चाहे वो व्यक्तिगत हो या प्रोफेशनल ।"

डोनर मुस्कराते हैं, और दोनों एक-दूसरे को हल्की मुस्कान से देखते हैं। आज की मीटिंग सिर्फ दो घण्टे के लिए थी । साहस फाउंडेशन के लिए फंडिंग का मसौदा तैयार हो चुका है और FCRA के तहत साहस फाउंडेशन को बीस हजार करोड़ रुपए का प्रोजेक्ट मिल जाता है । इस डील से रूबी और किशोर बहुत खुश हैं । दोनों की फ़्लाइट भारत के लिए कल सुबह सात बजे है । आज का आधा दिन और पूरी रात उन दोनों ने साथ गुजारनी है । इसके लिए दोनों मिलकर न्यूयार्क शहर घूमने के साथ ही सभी प्रमुख दर्शनीय स्थान देखना तय करते हैं ।

दोपहर के दो बजे हैं , किशोर और रूबी होटल की टैक्सी से न्यूयॉर्क सिटी टूर के लिए निकल जाते हैं । वे दोनों न्यूयॉर्क के मैनहट्टन ब्रिज पर खड़े हैं। किशोर रूबी के नज़दीक आते हुए धीरे से कहते हैं-"

यकीन नहीं होता... ये हमारा आखिरी दिन है यहाँ न्यूयॉर्क में... और कल हम भारत वापस लौट रहें हैं ।"

रूबी धीमे स्वर में जवाब देते हुए कहती है- "हाँ... और शायद ये टूर हमारे जीवन के सबसे यादगार पलों में रहेगा किशोर !"

दोनों कुछ देर चुप रहते हैं, फिर रूबी कहती है- "किशोर... क्या आपको लगता है... इस प्रोफेशनल बॉन्ड से आगे भी हमारा कोई रिश्ता हो सकता है?"

किशोर रूबी की तरफ गंभीरता से देखता है और कहता है- "शायद... अगर दोनों दिलों की सोच एक जैसी हो... तो क्यों नहीं हो सकता?"

रूबी मुस्कराती है और दोनों मैनहट्टन के खूबसूरत नज़ारे में खो जाते हैं ।

न्यूयार्क सीटी टूर के बाद थके हुए रूबी और किशोर रात दस बजे होटल पहुँचते हैं और किशोर के रूम से ही वेटर से बात करते हुए व्हिस्की ऑर्डर कर देते हैं । थोड़ी थकान और मस्ती के साथ किशोर और रूबी किशोर के रूम में ही बैठकर ड्रिंक कर रहे हैं । इसी बीच डिनर भी लग जाता है । दोनों को काफी चढ़ चुकी होती है । रूबी किशोर के जूते और कपड़े चेंज करने में मदद करती हैं और फिर किशोर को बेड पर लिटाकर गुड नाइट बोलती हुई खुद चेंज करने के लिए ड्रेसिंग रूम में चली जाती है ।

इस बीच किशोर ड्रिंक के नशे में मदहोश है और वह पता नहीं कब और कैसे रूबी को ड्रेसिंग रूम से खींचकर अपने बेड पर ले आता है । रूबी भी हल्के नशे में मदहोश है और फिर दोनों एक दूसरे में खो जाते हैं । रूबी का यह पहला एक्सपीरियंस था मगर किशोर अपने शादीशुदा जीवन के अनुभव से इस युवा और कमसिन लड़की के साथ पूरे जोश के साथ खो जाता है । रूबी भी अपने आपको किशोर के हवाले करके उसे सहयोग करने लगती है । कभी- कभी रूबी के

मुँह से सिसकियाँ निकलने लगती हैं और वह कहती है- “धीरे, किशोर मुझे दर्द हो रहा है ।”

“बस मेरी जान थोड़ी देर और, हमारे पास ये आज की रात ही है रूबी डार्लिंग, इसके बाद इतनी हसीन घड़ियाँ, हसीन पल पता नहीं कब नसीब होंगे ।” कहते हुए किशोर होश हवास खोकर फिर से रूबी में खो जाता है ।

“अब तो छोड़ दो किशोर प्लीज, सुबह के पाँच बज गए हैं । सात बजे हम लोगों की फ़्लाइट है । तैयार भी होना है कि नहीं ?” रूबी किशोर के कान में फुसफुसाते हुए कहती है ।

“जी कर रहा है रूबी कि आज की फ़्लाइट कैंसिल करवा लेते हैं । अभी कुछ दिन और न्यूयार्क में ही रुकते हैं ।” किशोर रूबी को बाहों में भरते हुए कहता है ।

भाग 126 : क्या किशोर फ़्लाइट कैंसिल करवा देता है ?

सुबह का समय... हल्की रोशनी कमरे में फैल रही है। न्यूयॉर्क के होटल का वो कमरा जहाँ किशोर ठहरा हुआ है । खिड़की से बाहर सुबह की हल्की किरणें झांक रही हैं । किशोर मदहोश होकर ख्वाबों में खोया हुआ है । इसी बीच दरवाजे पर दस्तक होती है । वह हड़बड़ाकर उठता है मगर थोड़ी सी देर में दरवाजा स्वत ही खुल जाता है । शायद रात को किशोर ने अन्दर से बन्द नहीं किया था । दरवाजे पर रूबी को देखकर किशोर आँखें मलने लगता है और कहता है-

"रूबी... मत जाओ... यही रहो...प्लीज !"

किशोर मुस्कुराता है, उसकी सांसों में रूबी की खुशबू अब भी बसी हुई है। वह नींद में हाथ फैलाता है... उसके हाथों में होटल के बेड पर रखे हुए तकिए होते हैं । अचानक... से दरवाजे पर दस्तक की आवाज तेज हो जाती है ।

किशोर हड़बड़ाते हुए और आँखें मलते हुए कहता है- "अरे... कौन...?"

वह उठने ही वाला था कि दरवाजा खुद-ब-खुद खुल जाता है । रूबी सामने खड़ी है... हाथ में कॉफी मग लिए, चेहरे पर वही चिरपरिचित मुस्कान । वह हँसते हुए कहती है- "गुड मॉर्निंग, मिस्टर मदहोश ! तैयार नहीं हुए अभी तक ?"

किशोर आँखें मलते हुए, चौंक कर कहता है- "अरे... रूबी तुम ? तैयार होकर कब आ गई... अभी तो तुम... यहीं... मेरे साथ बिस्तर पर थी!"

रूबी खिलखिलाती है । किशोर की उलझन और भी गहरा जाती है ।

रूबी मुस्कुराकर, थोड़ा तंज करते हुए कहती है-"लगता है जनाब ने कोई खूबसूरत ख्वाब देखा है। अभी तक रात वाली ड्रिंक की मदहोशी छाई हुई है।"

कहकर वह कमरे में अंदर चली आती है, कॉफी मग मेज पर रखती है, और सामान समेटना शुरू कर देती है। सामान समेटते हुए रूबी धीमे स्वर में कहती है- "मैं तो रात को ही तुम्हारे जूते, मौजे उतारकर तुम्हें ठीक से बिस्तर पर सुलाकर अपने कमरे में चली गई थी जनाब। अब खुद भी उठो... तैयार हो जाओ... सात बजे की फ्लाइट है और साहब अभी तक ख्वाबों में मदहोश हैं!"

किशोर हैरानी से इधर- उधर देखता है और कहता है- " मतलब... ये सब ख़्वाब था ?"

रूबी हंसते हुए जवाब देती है- "अब जाकर समझे ! देखो, बहुत देर हो चुकी है। फ्लाइट मिस हुई तो...!"

किशोर शर्मिंदगी से मुस्कुराता है, फिर हाथ जोड़कर मजाक में कहता है कि-"रूबी जी, आपने मेरी इज्जत बचा ली। अगर आप ना होतीं तो... मैं तो यहीं पड़ा रहता... हमेशा के लिए !"

रूबी सामान पैक करते हुए कहती है- "हाँ ...हाँ... बड़ी मुश्किल से बचाई है तुम्हारी इज्जत। अब जाकर नहा लो... वरना मैं यहीं सबके सामने ऐलान कर दूंगी कि हमारे मिस्टर इंडिया को न्यूयॉर्क की खूबसूरत सुबहें जगाती नहीं... रूबी को आना पड़ता है इन्हें जगाने भी !"

किशोर मुस्कुराता है और बाथरूम की ओर बढ़ता है। दरवाजे तक पहुँचते-पहुँचते रुकता है। मुड़कर देखता है। रूबी भी उसे देख रही है।

किशोर हल्की मुस्कान के साथ कहता है- "रूबी...!"

रूबी हाथ में शर्ट मोड़ते हुए कहती है- "हूँ ?"

किशोर थोड़ा भावुक होकर कहता है-"क्या कभी... ऐसा भी दिन आएगा जब मैं यूँ ही... तुम्हारे साथ... बिना किसी फ्लाइट के, बिना किसी मीटिंग के... इस तरह की सुबहें जिया करूँगा ?"

रूबी की मुस्कान धीरे-धीरे एक गंभीरता में बदलती है। दोनों की निगाहें कुछ पलों के लिए जुड़ जाती हैं।

रूबी धीमे स्वर में जवाब देते हुए कहती है- "शायद... अगर हम चाहें तो... शायद...! पर अब जाइए प्लीज, हम लोग वैसे ही लेट हो गए हैं । सिक्योरिटी चेक इन के लिए एक घण्टे पहले एयरपोर्ट पहुँच ना होता है।"

रूबी की बातें सुनकर किशोर धीमे कदमों से बाथरूम की ओर चला जाता है । अंदर जाने से पहले मुड़कर देखता है - रूबी अब भी वहीं खड़ी है, उसकी पीठ खिड़की की ओर है... और चेहरा सुबह की रोशनी में चमक रहा है । वह बेहद खूबसूरत लग रही है। उसकी खुशबू पूरे रूम में फैल चुकी है ।

बाथरूम का दरवाजा बंद होता है... और रूबी धीरे से बुदबुदाती है... "काश... किशोर ये सिर्फ ख्वाब न होता...!"

वह किशोर को बाथरूम में जाते हुए देखती रहती है । किशोर तैयार होता है तब तक रूबी किशोर के सारे सामान समेटते हुए पैक कर देती है । वह सिर्फ एक ड्रेस बाहर रख देती है जिसे किशोर ने पहनना होता है। इसी बीच बाथरूम से किशोर की आवाज़ आती है-"अरे रूबी, मेरे अंडर गारमेंट्स तो दो यार, सब बाहर अलमारी में ही रखे हैं ।"

"अरे बाबा मैंने सब सामान पैक कर दिया है। अब कहाँ ढूँढू आपके अंडर गारमेंट्स । खुद ही आकर ले लो।" रूबी रूम में से ही चिल्लाती है ।

किशोर टॉवल लपेटकर बॉथरूम से बाहर निकल आता है । उसके गौर वर्ण और सुडौल मसल्स को देखकर रूबी शरमा जाती है । थोड़ी

ही देर में किशोर तैयार हो जाता है और दोनों एयरपोर्ट के लिए रवाना हो जाते हैं।

भाग 127 : किशोर और रूबी का हवाई सफर ?

किशोर और रूबी सुरक्षा जाँच (सिक्योरिटी चेक इन) के बाद न्यूयॉर्क एयरपोर्ट, इंटरनेशनल डिपार्चर लॉन्ज के वेटिंग लाउंज में बैठ चुके हैं । सुबह के लगभग सात बज रहे हैं । दोनों के हाथ में कॉफी के कप हैं । भीड़ भाड़ के बीच एक कोना, जहाँ वे दोनों आमने-सामने बैठे हैं ।

रूबी हल्की मुस्कान के साथ कहती है- " तो... आखिर लौट ही रहे हैं हम इंडिया ।"

किशोर कॉफी का सिप लेते हुए जवाब देते हैं - " हाँ ... और पता नहीं क्यों... इस बार लग रहा है जैसे कुछ पीछे छूट रहा है ।"

रूबी धीमे स्वर में कहती है- "कहीं... वो "हम" तो नहीं ?"

किशोर कुछ पल रूबी की आँखों में देखता है । फिर हल्के से सिर झुकाते हुए कहता है- "शायद... या शायद वो एहसास... जो इन पंद्रह दिनों में बन गया।"

रूबी धीमी हँसी के साथ कहती है- "हमेशा हर बिज़नेस ट्रिप इतनी इमोशनल नहीं होती किशोर ।"

"पर ये ट्रिप... सिर्फ बिज़नेस तो नहीं थी...!" किशोर जवाब देते हुए कहता है ।

रूबी कॉफी रखते हुए कहती है- "सच कहूँ तो... मैंने खुद को इतना खुला कभी नहीं पाया, जितना तुम्हारे साथ ।"
"तुम्हें देखकर लगा... रिश्ते बंधन नहीं होते, शायद उड़ान होते हैं ।" किशोर ने कहा ।
रूबी मुस्कुराती है और उसकी उंगलियां किशोर के हाथ से हल्के से छू जाती हैं फिर वह कहती है- "किशोर... क्या इंडिया पहुँच कर भी हम ऐसे ही...!"
किशोर बीच में ही बोल पड़ता है-"यही कहना चाहती हो न , क्या इंडिया में भी हम ऐसे रह पाएंगे ?"
रूबी धीरे से जवाब देती है- "हाँ...!"
किशोर आँखों में गंभीरता लाते हुए कहता है- "रिश्तों की खूबसूरती इस बात में नहीं होती कि दुनिया क्या कहेगी ...बल्कि इस बात में है कि हम क्या चाहते हैं।"
कुछ सेकंड दोनों चुप रहते हैं । रूबी आँखों में हल्की नमी के साथ चुप्पी को तोड़ते हुए कहती है- " तुम्हें सच बताऊँ ... मैंने खुद को कभी इतना अपना नहीं महसूस किया, जितना इन दिनों तुम्हारे साथ ।"
किशोर धीमे स्वर में कहता है- "और मैंने तुम्हें कभी किसी और की तरह नहीं देखा...!"
रूबी हौले से कहती है-" तो फिर... क्या ये रिश्ता... दोस्ती से कुछ आगे जा सकता है?"
किशोर गहरी सांस लेते हुए कहता है- "रूबी... मैं डरता हूँ...!"
रूबी हैरान होकर पूछती है - "डर... किससे ?"

किशोर सचेत होकर जवाब देता है- "अपने दिल से... कहीं ये सब पलभर का आकर्षण न हो...!"

रूबी नरम स्वर में कहती है- "और अगर ये आकर्षण नहीं... सच्चा जुड़ाव हो तो ?"

"तो शायद...मैं खुद को खो बैठूंगा तुम्हारे प्यार में...!" किशोर ने कहा ।

" और अगर मैं कहूँ ... मैं पहले ही खो चुकी हूँ ..., तो...!" रूबी ने किशोर की आँखों में झाँकते हुए कहा।

किशोर भी रूबी की तरफ देखता है, आँखों में चमक और चेहरे पर हल्की सी मुस्कान है । फिर वह धीरे से कहता है- "तुम्हें खोने से बेहतर है... खुद को तुम्हारे साथ पा लेना...!"

रूबी धीरे से किशोर का हाथ पकड़ लेती है और कहती है- " मैं चाहती हूँ ... जब हम इंडिया लौटें... तो ये एहसास हमारे दिल में वैसे ही रहे... जैसे अभी...हैं !"

न्यूयॉर्क का ये एयरपोर्ट... शायद हमें हमेशा याद दिलाता रहेगा । कुछ बातें भीड़ में भी बस दो लोगों के बीच होती हैं !" किशोर ने कहा ।

रूबी हल्के से सिर झुकाती है और कहती है- "तुम्हारे साथ की ये बातें... मेरी जिंदगी के सबसे हसीन पलों में से एक हैं किशोर ।"

किशोर रूबी का हाथ अपने हाथ में लेते हुए कहता है- "और तुम्हारा साथ... मेरी जिंदगी का सबसे खूबसूरत इत्तफाक ।"

इसी बीच, फ्लाइट की एनाउंसमेंट होती है –“All passengers of Air India flight -102 न्यूयॉर्क to Delhi, please proceed to Gate 23...!”
रूबी हौले से कहती है- “चलें ?”
“चलो... एक नई शुरुआत की ओर...!” किशोर अपने लैपटॉप का बैग उठाते हुए कहता है । दोनों खड़े होते हैं, अपने हैंडबैग्स उठाते हैं। चलते-चलते...रूबी कहती है- “किशोर... इंडिया में भी कभी... ऐसे ही कॉफी पीएंगे ना... यूँ ही... भीड़ में अकेले...!”
किशोर मुस्कुराते हुए जवाब देता है- “न्यूयॉर्क से दिल्ली तक... और फिर हर उस शहर में... जहाँ हमारे दिल एक-दूसरे को ढूंढ़ें । हम दोनों कॉफी के घूँट एक साथ लेते हुए बैठेंगे रूबी । चलो बाकी बातें फ्लाइट में करेंगे। हम दोनों की सीट साथ ही है ।”
दोनों मुस्कुराते हुए एक साथ चलते हैं... भीड़ में दोनों के हाथों की पकड़ थोड़ी मजबूत हो जाती है...!

पढ़ते रहिए, अगले भाग में आप पढ़ेंगे कि रूबी को लेकर किशोर के मन में क्या द्वन्द्व पैदा होता है ?

भाग 128 : रूबी को लेकर किशोर के मन में क्या द्वंद्व पैदा होता है ?

रूबी और किशोर न्यूयॉर्क की विजिट से भारत लौट आए हैं । रूबी को लेकर किशोर के मन में द्वंद्व पैदा होता है कि वह इस रिश्ते को आगे बढ़ाएं या नहीं ? उसे अर्पिता और अपनी छोटी बेटी वीरा का भी खयाल आता है । वह अपने स्टडी रूम में बैठा खिड़की से बाहर देख रहा है । सामने वीरा झूले में सो रही है । कमरे में हल्की रोशनी है । किशोर धीरे से, खुद से बातें करते हुए कहता है-"क्या मैं सही कर रहा हूँ...? रूबी के साथ बिताए वो लम्हे... वो बातें... क्या वो सिर्फ़ एक दौरे की यादें थीं या इससे ज़्यादा ?"

अचानक दरवाज़े पर दस्तक होती है ।

अर्पिता दरवाज़े के बाहर से आवाज़ लगाते हुए कहती है- "किशोर...? वीरा जाग गई है क्या ?"

किशोर चौंकता है और फिर संभलकर कहता है- "नहीं... अभी तो सो रही है ।"

अर्पिता दरवाज़ा खोलती है । उसके चेहरे पर सुकून और ममता की मुस्कान है । वह किशोर के नज़दीक जाकर कहती है- "तुम कब से यहाँ बैठे हो ?... सब ठीक है ?"

किशोर थोड़ा झिझकते हुए जवाब देता है- "बस... यूँ ही... सोच रहा था।"

अर्पिता करीब आकर कहती है-"न्यूयॉर्क से लौटे हो... थक गए हो... सोच-विचार छोड़ो, थोड़ा आराम कर लो किशोर ।"

किशोर मुस्कराने की कोशिश करते हुए कहता है-"हाँ, शायद आराम करना चाहिए ।"

अर्पिता वीरा को देखती है और प्यार से झूले में हाथ फेरती है और फिर धीरे से किशोर से कहती है- "तुम्हें वहाँ कोई परेशानी तो नहीं हुई ?"
किशोर के चेहरे पर पल भर के लिए रूबी की यादें उभरती हैं , वह एयरपोर्ट पर रूबी के साथ बिताए लम्हे याद करता है । फिर नज़रें झुकाकर कहता है- "नहीं... सब... ठीक था ।"
अर्पिता सजग होकर, लेकिन शांत लहजे में पूछती है - "रूबी कैसी है ?"
किशोर की नज़रें अर्पिता से मिलती हैं, फिर वो हल्के से मुस्कुराते हुए कहता है- "ठीक है ।"
कमरे में थोड़ी देर ख़ामोशी छा जाती है। वीरा की हल्की सिसकी सुनाई देती है ।
अर्पिता वीरा को उठाते हुए कहती है-"बच्चों की तरह रिश्ते भी न... बहुत नाज़ुक होते हैं... बस थोड़ा सा भरोसा, और बहुत सारा धैर्य चाहिए होता है।"
किशोर, अर्पिता के इस कथन पर गहराई से सोचने लगता है ।
सोचते हुए वह शाम को साहस फाउंडेशन के कॉफी एरिया में बैठा हुआ होता है तभी रूबी वहाँ आ जाती है । किशोर और रूबी आमने-सामने बैठे हैं । रूबी किशोर से पूछती है - "तो... तुम लौट आए...?"
किशोर धीमे स्वर में जवाब देते हुए कहता है- "हाँ... और अब यहीं हूँ ।"
"हमारी बातें... हमारा साथ... क्या वो सब वहीं न्यूयॉर्क में ही छूट गया?" रूबी किशोर से आँखें मिलाते हुए पूछती है ।
किशोर हिचकिचाते हुए कहता है-"रूबी, मैं... मैं नहीं जानता । मेरे दिल में तुमने जगह बनाई है, लेकिन मेरा दिल सिर्फ मेरा नहीं है । उसमें अर्पिता है... मेरी बेटी वीरा भी है।"

रूबी गहरी सांस लेते हुए कहती है-"मैं तुम्हें किसी भी रिश्ते से तोड़ने नहीं आई हूँ , किशोर । मैं बस ये जानना चाहती हूँ कि तुम्हारे दिल में मेरे लिए जो था... क्या वो सिर्फ़ एक दौर का हिस्सा था या अभी भी है ?"

"मैं खुद ये सवाल रोज़ ख़ुद से पूछ रहा हूँ... क्या वो मोह था... या कुछ और?" किशोर जवाब देते हुए कहता है ।

रूबी नज़रें झुकाकर कहती है- "और तुम्हें जवाब मिला?"

किशोर धीरे से जवाब देते हुए कहता है- "जवाब सिर्फ़ इतना मिला है, रूबी कि मैं तुम्हें खोना नहीं चाहता... लेकिन मैं खुद को भी खोना नहीं चाहता ।"

रूबी की आँखों में नमी आ जाती है। वह धीरे से कहती है- "तो ये हमारा आख़िरी मिलना है किशोर ?"

किशोर आँखों में उलझन लिए हुए जवाब देता है- "शायद... या शायद नहीं... मैं नहीं जानता रूबी ।"

रूबी हौले से मुस्कुराते हुए कहती है- "तुम्हें जानने की जरूरत भी नहीं... बस अपने दिल की सुनो ।"

किशोर रूबी की तरफ देखता है... दोनों के बीच ख़ामोशी... है । दोनों अपने अपने घर की तरफ लौट जाते हैं । किशोर अपने घर पर बैठा है । रात का समय। अर्पिता बालकनी में बैठी है । किशोर उठकर अर्पिता के पास जाता है । और धीरे से कहता है- "मैं सोच रहा था... कभी-कभी रिश्ते दिल से नहीं, जिम्मेदारी से भी निभाए जाते हैं... और जिम्मेदारी से भी प्यार हो सकता है ।"

अर्पिता मुस्कराकर जवाब देती है- "कभी-कभी दिल भी वही चाहता है, जो जिम्मेदारी चाहती है...।"

किशोर अर्पिता का हाथ पकड़ते हुए कहता है- "मैं... तुम्हारे साथ हूँ। दिल से भी और जिम्मेदारी से भी।"

अर्पिता किशोर के नजदीक आते हुए धीरे से कहती है- “मुझे कभी डर नहीं था, किशोर। मुझे तुम पर भरोसा था... और है ।”

किशोर धीमी मुस्कान के साथ कहता है-”शायद यही भरोसा है, जिसने मुझे बचा लिया।”

दोनों के बीच शांति... और सुकून का अहसास... है ।

पढ़ते रहिए ,अगले भाग में आप पढ़ेंगे कि रूबी को लेकर किशोर और अर्पिता के बीच क्या बातें होती है?

भाग 129 : रूबी को लेकर अर्पिता के सवाल ?

अगली सुबह, किशोर अपने स्टडी रूम में अकेले बैठा है । डायरी में कुछ लिखने की कोशिश कर रहा है, मगर लिख नहीं पा रहा । किशोर आत्ममंथन करते हुए लिखता है - "रिश्तों की ये उलझन... एक ओर रूबी, जो मेरे दिल के बेहद करीब आ गई... और दूसरी ओर अर्पिता, जिसने मेरी जिंदगी को दिशा दी... और वीरा... जो मेरी हर साँस का हिस्सा है...।"

वह पेन रख देता है और खुद से बात करने लगता है- "रूबी ने मुझे समझा... मेरे अकेलेपन को जाना... वो पल, वो बातें... मगर क्या वो सब जीवन भर के लिए है ? या सिर्फ़ एक अनकहा आकर्षण ?"

वह आँखें बंद करता है और वीरा के चेहरे की कल्पना करने लगता है- "वीरा... मेरे दिल का टुकड़ा... तेरी मुस्कान के आगे दुनिया की हर चीज फीकी है...!"

किशोर आँखें खोलता है और अपने भीतर के द्वंद्व से कहता है- "मैं रूबी से मोहब्बत कर सकता हूँ , मगर अर्पिता से मेरा रिश्ता सिर्फ शादी नहीं... ये मेरे विश्वास, मेरे अस्तित्व का आधार है ।"

इसी बीच किशोर के स्टडी रूम में रूबी आ जाती है । अब रूबी और किशोर आमने-सामने बैठे हैं । रूबी नरम स्वर में कहती है- "मैं जानती हूँ , तुम परेशान हो...किशोर।"

किशोर साफ स्वर में जवाब देता है- "हाँ ... क्योंकि मैं खुद से झूठ नहीं बोल सकता रूबी ।"

रूबी आँखों में संयम लिए हुए कहती है-"मुझे तुमसे कोई अधिकार नहीं चाहिए था... बस यह जानना था कि हम दोनों के बीच जो था... वो क्या था?"

"रूबी... वो था... एक खूबसूरत दोस्ती... जिसने मोहब्बत की सीमा छू ली... मगर... मेरे जीवन का सच अर्पिता और वीरा हैं।" किशोर रूबी को समझाते हुए कहता है।

रूबी गहरी सांस लेकर कहती है-"मैंने भी तुमसे यही उम्मीद की थी... कि तुम खुद को मत खोओ।"

किशोर भावुक होकर कहता है-"रूबी... मैं चाहता हूँ, ये रिश्ता आदर और दोस्ती में बना रहे... मोहब्बत के उस मोड़ से आगे न जाए, जहाँ किसी का दिल टूटे।"

रूबी धीमी मुस्कान के साथ जवाब देती है-"तो चलो... इस रिश्ते का नाम... दोस्ती ही रख देते हैं... लेकिन सच्ची दोस्ती।"

दोनों मुस्कराते हैं... एक सम्मान और अपनापन लिए हुए। रूबी किशोर के स्टडी रूम से चली जाती है। किशोर भी अपने घर की छत पर चला जाता है। छत पर अर्पिता पहले से ही बैठी है। वीरा अर्पिता की गोद में है।

किशोर अर्पिता से कहता है-"आज मैंने रूबी से सारी बातें साफ कह दीं।"

अर्पिता मुस्कराकर कहती है-"मुझे भरोसा था, तुम यही करोगे।"

"मुझे लगता था... कहीं मैं खुद को नहीं खो दूँ... मगर तुमने... और वीरा ने... मुझे मेरा सच दिखा दिया।" किशोर ने कहा।

अर्पिता धीरे से कहती है-"रिश्तों की गहराई सिर्फ मोहब्बत से नहीं... भरोसे से बनती है किशोर ।"

किशोर अर्पिता का हाथ थामकर कहता है-"और उस भरोसे की वजह... तुम हो अर्पिता।"

अर्पिता आँखों में चमक लिए मुस्कुराती है और कहती है-"चलो... जिंदगी के इस नए अध्याय की शुरुआत करें... साथ मिलकर ।"

किशोर वीरा को गोद में उठाता है । तीनों साथ... चाँदनी रात में टहलते हैं । ... एक नए विश्वास के साथ...कदम ताल करते हुए ।

किशोर धीमे स्वर में वीरा को देखते हुए कहता है- "वीरा... शायद जब तुम बड़ी होगी... तो जानोगी... कि तुम्हारे पापा ने अपने दिल से लड़ाई लड़ी थी... सिर्फ इसलिए... ताकि तुम्हारे चेहरे की मुस्कान कभी कम न हो ।"

किशोर की बातें सुनकर अर्पिता और वीरा मुस्कुराने लगती हैं । अर्पिता वीरा के गालों पर पुच्ची देते हुए कहती है- " वीरा के पापा बहुत समझदार और संजीदा हो गए हैं । अपनी बिटिया के लिए सब कुछ त्यागने या छोड़ने पर आमादा है । तुम बहुत खुशनसीब हो वीरा कि तुम्हें किशोर जैसे पापा मिले।"

अर्पिता की बातें सुनकर वीरा इस तरह मचलने लगती है जैसे सब सुन और समझ रही हो ।

किशोर अर्पिता की गोद से वीरा को अपने हाथों में ले लेता है और उसे दिल से लगाते हुए कहता है- " मेरी वीरा के लिए मुझे कुछ भी करना पड़े अर्पिता मैं कर जाऊंगा । अब वीरा ही मेरे जीवन का एक

मात्र सहारा है। मुझे तो लगता है कि वीरा के आगे हमें और कोई बच्चा प्लान नहीं करना चाहिए !"

"तो तुम क्या सोच रहे हो । अब मुझे खुद कोई दूसरा बच्चा नहीं चाहिए। हम खुशकिस्मत हैं किशोर कि हमें बेटी मिली है । बस इसका जीवन अच्छे से संवार दें यही बड़ी बात होगी।" अर्पिता वीरा को चूमते हुए कहती है ।

पढ़ते रहिए ,अगले भाग में आप पढ़ेंगे कि साहस फाउंडेशन में क्यों लागू किया जाता है-कार्यस्थल पर यौन उत्पीड़न (रोकथाम, निषेध और निवारण) अधिनियम 2013" (Prevention of Sexual Harassment) -POSH ?

भाग 130 : साहस फाउंडेशन में क्यों लागू की जाती है, POSH नीति ?

साहस फाउंडेशन में घटने वाली कुछ घटनाओं से शहर भर में चर्चाओं का बाजार गर्म रहने लगा था । पहले अर्पिता और किशोर के लिव इन रिलेशनशिप को लेकर बखेड़ा खड़ा हुआ फिर आचुकी और राजीव के संबंधों को लेक र। अब रूबी और किशोर के संबंधों की चर्चाएं भी दबी जुबान होने लगी थी । इन सब से तंग आकर किशोर और अर्पिता ने साहस फाउंडेशन के सभी कार्यकर्ताओं के लिए POSH (Prevention of Sexual Harassment) नीति पर सेशन लेने का विचार बनाया और यह जिम्मेदारी एच.आर. प्रमुख तन्वी को दी गई । एच.आर. प्रमुख तन्वी इस सेशन के लिए तैयारी करती है और साहस फाउंडेशन के मुख्य सभागार में सभी कार्यकर्ताओं के साथ POSH पर सत्र शुरू करती है। दीवार पर स्लाइड प्रोजेक्टर की स्क्रीन चल रही है । सभी विभागों के कर्मचारी, स्वयंसेवी, मैनेजर और संस्थापक हॉल में मौजूद हैं । माहौल गंभीर लेकिन संवाद के लिए खुला है ।

एच.आर. प्रमुख तन्वी मंच पर आती हैं । अर्पिता और किशोर सामने की कतार में बैठे हैं । पीछे आचुकी, राजीव और रूबी भी मौजूद हैं । तन्वी माइक पर मुस्कुराते हुए कहती है-

सुप्रभात साथियों !

आज का सत्र थोड़ा अलग है । यह ट्रेनिंग, यह संवाद, हमारी संस्था की गरिमा, पारदर्शिता और सभी के लिए एक सुरक्षित कार्यस्थल सुनिश्चित करने के लिए है ।

POSH यानी "कार्यस्थल पर यौन उत्पीड़न की रोकथाम" कानून न सिर्फ कानूनी आवश्यकता है, बल्कि एक मानवीय और नैतिक ज़रूरत भी है ।

सभागार में हलचल होती है, कुछ कर्मचारी गंभीर हो जाते हैं।
किशोर धीरे से अर्पिता से कहता है-"मुझे अच्छा लग रहा है कि हमने यह शुरुआत की। देर भले हो गई हो, पर सही दिशा में हम देर आए दुरुस्त आए।
अर्पिता धीरे से मुस्कराकर जवाब देती है-"हाँ, और ये सिर्फ दूसरों के लिए नहीं, हम सबके लिए ज़रूरी है ।"
इसी बीच तन्वी स्क्रीन पर पहला स्लाइड दिखाती हैं -"POSH क्या है?"
तन्वी इस स्लाइड को स्पष्ट रूप से सभी कार्यकर्ताओं को समझाते हुए कहती है- "POSH अधिनियम 2013 में भारत सरकार द्वारा पारित किया गया था। इसका उद्देश्य महिलाओं को कार्यस्थल पर किसी भी प्रकार के यौन उत्पीड़न से बचाना है । लेकिन हमारा दृष्टिकोण इससे और व्यापक है , यह सभी लिंगों, सभी वर्गों के लोगों के लिए है । साहस फाउंडेशन समाज में बदलाव के लिए कार्यरत संस्था है । यहाँ बदलाव की शुरुआत हमारे अंदर से होनी चाहिए ।"
स्टाफ में बसी हलचल कम होती है। सभी ध्यान देने लगते हैं !
राजीव धीरे से आचुकी से कहता है-"मुझे डर था कि हमारा नाम लेकर लोग उंगलियाँ उठाएंगे, लेकिन ये सत्र ज़रूरी है ।"
आचुकी साफ स्वर में कहती है-"हमें डरने की ज़रूरत नहीं । अगर हम ईमानदार हैं, तो प्रक्रिया से गुजरना हमें और मजबूत करेगा राजीव ।"
तन्वी अगली स्लाइड दिखाती हैं- "उत्पीड़न की परिभाषा ।"
उत्पीड़न की परिभाषा को समझाते हुए तन्वी कहती है-"साथियों, उत्पीड़न सिर्फ ज़बरदस्ती या शारीरिक व्यवहार नहीं होता । इसमें असहज टिप्पणियाँ, बार-बार व्यक्तिगत सवाल, जबरदस्ती ध्यान आकर्षित करना, या शक्ति का दुरुपयोग शामिल हो सकता है।

कभी-कभी इरादा नहीं होता, पर प्रभाव पीड़ित को असहज करता है।
इसलिए संवाद, सहमति, और पारदर्शिता बेहद ज़रूरी है।"
संध्या, एक जूनियर स्टाफ सदस्य हाथ उठाती हैं और पूछती है – "क्या अगर कोई सीनियर मुझसे बार-बार चाय लाने को कहे, और मैं मना कर दूँ, तो वो मुझे अगले प्रोजेक्ट से बाहर कर दे , क्या ये भी उत्पीड़न की श्रेणी में आता है ?"
तन्वी सवाल का जवाब देते हुए कहती है- "बहुत अच्छा सवाल संध्या। हाँ, यह शक्ति के दुरुपयोग और कार्यस्थल उत्पीड़न का मामला बन सकता है। हमारी ICC यानी Internal Complaints Committee में ऐसे मामलों की पूरी जांच की व्यवस्था है।"
रूबी धीरे से हाथ उठाती हैं और कहती है-"मैं नई हूँ इस संस्था में, पर मुझे लगता है कभी-कभी व्यक्तिगत रिश्तों को लेकर भी अफवाहें बनती हैं। क्या वो भी उत्पीड़न है ?"
तन्वी संजीदगी से जवाब देते हुए कहती है-"हाँ रूबी, अगर अफवाहें, पीठ पीछे बातें या व्हाट्सएप पर मीम्स बनाकर किसी की प्रतिष्ठा को नुकसान पहुँचाया जाए तो यह मानसिक उत्पीड़न की श्रेणी में आता है। साहस फाउंडेशन में हम व्यक्तिगत जीवन का सम्मान करते हैं, बशर्ते वह पेशेवर परिवेश को प्रभावित न करे।"
किशोर मंच के पास जाकर तन्वी से माइक लेता है और कहता है- "मैं बतौर सह-संस्थापक आप सबसे एक बात साझा करना चाहता हूँ। जीवन में रिश्ते बनते हैं, बिगड़ते हैं लेकिन जब आप किसी संस्था से जुड़े होते हैं, तो हर रिश्ते की एक सीमा होती है।
पिछले कुछ समय में मेरे और अर्पिता, मेरे और रूबी, और आचुकी-राजीव को लेकर जो बातें हुईं उनमें कई बातें तथ्यहीन थीं। हम इन अफवाहों से परेशान होकर नहीं, बल्कि सबके भले के लिए यह सेशन करवा रहे हैं।"

तन्वी किशोर से माइक लेती हैं और अगला स्लाइड दिखाती हैं- "Internal Complaints Committee ?"

तन्वी आन्तरिक शिकायत समिति (ICC) की संरचना समझाते हुए कहती है- "हमारी संस्था की ICC में 5 सदस्य हैं, इनमें दो बाहरी सदस्य हैं जिनमें एक वकील और एक NGO प्रतिनिधि हैं । हर शिकायत दस कार्य दिवस के भीतर ली जाएगी, और नब्बे दिन के अन्दर में निष्पत्ति दी जाएगी । शिकायत कर्ता की पहचान गोपनीय रखी जाएगी ।"

स्टाफ में बैठे एक कार्यकर्ता राकेश उठते हैं और सवाल पूछते हुए कहते हैं-"मेरा सवाल ये है,अगर किसी पर झूठा आरोप लगे, तो उसका क्या?"

तन्वी राकेश के सवाल का जवाब देते हुए कहती है- "बहुत अच्छा प्रश्न। POSH नीति में यह भी स्पष्ट है कि झूठी शिकायतें भी अनुशासनात्मक कार्रवाई के अंतर्गत आती हैं। हम निष्पक्ष जांच में विश्वास रखते हैं।"

इस बीच अर्पिता मंच पर आती है और कहती है- " हमने साहस फाउंडेशन को 'साहस' और 'सम्मान' पर खड़ा किया है । यहाँ कोई छोटा-बड़ा नहीं है। हर आवाज़ सुनी जाएगी । हम यह भी चाहते हैं कि रिश्तों की गोपनीयता बनी रहे लेकिन अगर वो कार्यस्थल को प्रभावित करें तो नियमानुसार उनकी समीक्षा ज़रूरी है।"

रजनी, एक पुरानी कार्यकर्ता, खड़ी होकर बोलती है-"मैं पिछले छः साल से यहाँ काम कर रही हूँ। मुझे कभी किसी ने असहज महसूस नहीं कराया।

पर मुझे ये पहल बहुत ज़रूरी लगती है ताकि नई लड़कियाँ या लड़के डरें नहीं।"

इस बीच तन्वी बहुत सारी गतिविधियों और भाव भंगिमाओं के माध्यम से उदाहरण देते हुए POSH को सरलतम तरीके से सभी

कार्यकर्ताओं को समझाते हुए सत्र के समापन की घोषणा करती है । सभी कार्यकर्ता तालियाँ बजाते हैं !

तन्वी एक फॉर्म दिखाते हुए कहती है-"अब हम सब एक संवेदनशीलता प्रतिज्ञा पत्र पर हस्ताक्षर करेंगे, जिसमें हम स्वीकार करेंगे कि हम POSH नीति को समझते हैं और उसका पालन करेंगे ।

सभी कर्मचारी फॉर्म लेते हैं और धीरे-धीरे हस्ताक्षर करने लगते हैं । बैकग्राउंड में हल्की प्रेरणादायक संगीत बजता है ।

किशोर, रूबी, आचुकी और राजीव मंच के पास आते हैं ।

किशोर सभी की ओर देखते हुए कहता है- "यह एक प्रक्रिया की शुरुआत है। अब हमें खुद से, एक-दूसरे से, और अपनी संस्था से ईमानदार रहना होगा। कभी डर लगे, कभी भ्रम हो तो बात करना । चुप मत रहना।"

रूबी धीरे से कहती है- "और जो बातें कहने से पहले हमें शर्म महसूस हो शायद वही बातें सबसे पहले कहनी चाहिए ।"

सभी मुस्कराते हैं । एक नई शुरुआत का माहौल बनता है । POSH नीति के मुख्य प्रावधानों का बोर्ड दीवार पर लगाया जाता है !

अंतिम स्लाइड पर लिखा है-"साहस की शुरुआत भीतर से होती है । सम्मान देना, सुनना और संवाद करना यही हमारा रास्ता है ।"

पढ़ते रहिए ,अगले भाग में आप पढ़ेंगे कि साहस फाउंडेशन में अब क्या नया घटित होता है ?

भाग 131 : साहस फाउंडेशन में अब क्या घटित होता है ?

साहस फाउंडेशन में POSH नीति पर हुए सत्र के बाद सब कुछ सामान्य रूप से चल रहा था । इसी बीच अर्पिता की सबसे छोटी बहिन अन्तिमा जो हेल्थ प्रोजेक्ट को देख रही थी अपने अधीन कार्य कर रहे जावेद के साथ कहीं चली जाती है । जिसको लेकर साहस फाउंडेशन में अफरा तफरी मच जाती है । साहस फाउंडेशन के मुख्य कार्यालय में अर्पिता किशोर, तन्वी (HR हेड), सुरेश (प्रशासनिक प्रमुख), काव्या (मीडिया सेल), मीरा (फील्ड सुपरवाइज़र), नीलेश (कानूनी सलाहकार), और मीडिया प्रतिनिधि एक आपात बैठक में बैठे हैं । माहौल गंभीर है । किशोर अपने हाथ में पकड़े हुए कागज़ फाड़ते हुए कहता है- " क्या मतलब है इसका ? अन्तिमा और जावेद, दोनों गायब हैं ? किसी को कुछ पता नहीं?"

तन्वी धीरे से जवाब देते हुए कहती है-"सुबह दस बजे से ही उनकी कोई लोकेशन अपडेट नहीं है । अन्तिमा के घर पर भी ताला लगा हुआ है । मोबाइल दोनों के स्विच ऑफ हैं ।"

अर्पिता आवाज़ में चिंता के भावों के साथ कहती है–"लेकिन अन्तिमा तो हमेशा जिम्मेदार रही है । हेल्थ प्रोजेक्ट में उसने बेहतरीन काम किया है। अचानक ऐसा... वो भी जावेद के साथ ?"

सुरेश रजिस्टर दिखाते हुए बताता है– "कल शाम को दोनों फील्ड विज़िट पर निकले थे, लेकिन वहाँ पहुंचे ही नहीं । ड्राइवर को भी साथ नहीं ले गए । खुद की बाइक से निकले थे ।"

किशोर कुर्सी से उठते हुए कहता है- "कहीं ये मामला प्रेम प्रसंग का तो नहीं?"

तन्वी संकोच से कहती है–"कुछ स्टाफ मेंबर्स का कहना है कि पिछले कुछ हफ्तों से दोनों के बीच काफी नज़दीकीयाँ बढ़ी थी। मगर हमें कोई स्पष्ट शिकायत नहीं मिली थी ।"

अर्पिता गुस्से में आग बबूली होते हुए कहती है– "POSH सत्र के तुरंत बाद ऐसी घटना हमारे लिए भारी शर्मिंदगी की बात है । एक तरफ हम महिलाओं के सशक्तिकरण की बात करते हैं और दूसरी ओर... हमारी ही बहन संस्था के कर्मचारी के साथ बिना किसी को बताए भाग जाती है !"

इसी बीच साहस फाउंडेशन की वरिष्ठ कार्यकर्ता मीरा कमरे में प्रवेश करती है, उसकी सांस फूल रही होती है । वह कहती है- " मैम, एक ज़रूरी जानकारी मिली है । अन्तिमा और जावेद को नजदीकी रेलवे स्टेशन पर देखा गया था । किसी ने उन्हें साथ में टिकट खिड़की पर देखा था ।"

किशोर झल्लाते हुए कहता है–"कितनी बड़ी लापरवाही है ये ! क्या हमारे सिस्टम में कहीं कोई गड़बड़ी है ?"

किशोर की बात का जवाब देते हुए तन्वी कहती है–"सिस्टम में नहीं, शायद भरोसे में दरार आई है ।"

अर्पिता नज़रे नीची करके कहती है-"या शायद हमने अपनों को बहुत जल्दी ज़िम्मेदारियाँ सौंप दीं ।"

कुछ देर बाद कानूनी सलाहकार नीलेश चुप्पी तोड़ते हुए कहते हैं– "हमारी POSH नीति के तहत किसी भी कर्मचारी का अपने अधीनस्थ के साथ निजी रिश्ता बिना खुलासा किए रखना नीति का उल्लंघन है।"

किशोर जवाब देते हुए कहता है–"तो POSH नीति के तहत अन्तिमा दोषी है ?"

कानूनी सलाहकार नीलेश, किशोर की बात पर प्रतिक्रिया देते हुए कहता है–"संस्था की दृष्टि से हाँ और जावेद भी, क्योंकि उसने किसी भी आधिकारिक प्रक्रिया का पालन नहीं किया ।"

एच.आर. प्रमुख तन्वी नीलेश की बात को आगे बढ़ाते हुए कहती है–"HR पॉलिसी में स्पष्ट लिखा है – पावर डायनामिक्स की स्थिति में रिश्तों की जानकारी गोपनीय रूप से HR को देना अनिवार्य है ।"

अर्पिता थोड़ी भावुक होकर कहती है–"मुझे यकीन नहीं हो रहा कि अन्तिमा ऐसी कोई बात छुपा सकती है ।"

काव्या जो कि मीडिया कम्युनिकेशन टीम से आती है, उसके हाथ में मोबाइल है । वह अर्पिता की ओर मुखातिब होते हुए कहती है-"मैम, मीडिया को भनक लग चुकी है । कुछ चैनल पर "NGO की मैनेजर कर्मचारी संग फरार" जैसी हेडलाइन चल रही है । NDTV और Dainik Bhaskar ने भी कॉल किया है ।"

किशोर क्रोधित होते हुए कहता है–हमारी और साहस फाउंडेशन की छवि एक झटके में ध्वस्त हो जाएगी । मीडिया वाले किसी के सगे नहीं होते।"

अर्पिता थरथराती आवाज़ के साथ कहती है–"निजी गलतियाँ संस्थाओं को सार्वजनिक संकट में डाल देती हैं । संस्था के कार्मिकों को सच मीडिया से पता चले इससे पहले हमें एक सामुहिक बैठक बुलाकर इस मुद्दे पर अपना पक्ष रखना चाहिए किशोर ?"

" बिल्कुल अर्पिता मैं तुम्हारी बात से सहमत हूँ । तुरन्त सभी कार्मिकों को मीटिंग हॉल में बुलाइए ।" किशोर ने कहा ।

एक खुली बैठक बुलाई जाती है जिसमें कर्मचारियों को सच बताया जाता है। अर्पिता कर्मचारियों को संबोधित करते हुए कहती है-"साथियों, हम आपसे कुछ नहीं छुपाएंगे। अन्तिमा और जावेद अचानक बिना किसी सूचना के साथ चले गए हैं । संस्था इसे

अनुशासनहीनता मानती है और हमने इसकी कानूनी प्रक्रिया शुरू कर दी है ।"

पुरानी कार्यकर्ता मीरा धीरे से कहती है–"मैम, हम सब अन्तिमा को बहुत सम्मान देते थे... लेकिन अब बहुत लोग आहत हैं ।"

तन्वी मीरा की बात का जवाब देते हुए कहती है- "कृपया इस घटना को व्यक्तिगत न बनाएं । यह संस्थागत अनुशासन का विषय है । हमारा POSH और HR पॉलिसी सभी पर समान रूप से लागू होती है। हम इस मुद्दे की गहन जाँच पड़ताल करेंगे ।"

इसी के साथ बैठक समाप्त हो जाती है । कार्यकर्ता आपस में कानाफूसी करते हुए निकल जाते हैं ।

पढ़ते रहिए , अगले भाग में आप पढ़ेंगे कि इस पूरे प्रकरण में अर्पिता और किशोर किस प्रकार मीडिया का सामना करते हैं ?

भाग 132 : अर्पिता और किशोर किस प्रकार मीडिया का सामना करते हैं ?

किशोर और अर्पिता अगले दिन मीडिया का सामना करते हैं । प्रेस कांफ्रेंस में पत्रकार दोनों से अन्तिमा और जावेद के साथ भागने को लेकर तीखे सवाल पूछते हैं । कुछ मीडिया रिपोर्टर ले देकर मामले को रफा दफा करने का भी दबाव बनाते हैं मगर किशोर और अर्पिता इस दबाव में आने से साफ इनकार कर देते हैं और परिस्थितियों का सामना करते हैं । साहस फाउंडेशन के सभागार में मंच पर एक लंबी मेज है जिस पर दो माइक रखे हैं । सामने दर्जनों पत्रकार बैठे हैं, कैमरे लगे हैं, लाइव प्रसारण चल रहा है । सुबह दस बजे का समय है । किशोर और अर्पिता मंच पर प्रवेश करते हैं । दोनों के चेहरे गंभीर हैं पर आत्मविश्वास से भरे हुए हैं । दोनों के बैठते ही एक पत्रकार तेज़ आवाज़ में सवाल पूछता है –"मैम, क्या यह सही है कि आपकी छोटी बहन अन्तिमा फाउंडेशन के हेल्थ प्रोजेक्ट के जूनियर स्टाफ जावेद के साथ कहीं चली गई हैं ?"

अर्पिता संयम से, स्पष्ट शब्दों में जवाब देते हुए कहती है- "जी, यह सच है कि अन्तिमा संस्था को सूचना दिए बिना बाहर गई हैं, और जावेद भी अपने कार्यस्थल से अनुपस्थित हैं । लेकिन मैं यह स्पष्ट कर दूं कि साहस फाउंडेशन में कोई भी व्यक्ति, चाहे वो मेरा कोई रिश्तेदार हो या नहीं, अगर संस्था की आचार संहिता का उल्लंघन करता है, तो उस पर नियमानुसार कार्रवाई होगी।"

पत्रकार अगला सवाल पूछते हुए कहता है- " तो क्या आप मानती हैं कि संस्था में भाई-भतीजावाद है ? क्या अन्तिमा को इसीलिए हेल्थ प्रोजेक्ट की ज़िम्मेदारी दी गई थी ?"

अर्पिता जवाब देते हुए कहती है- "साहस फाउंडेशन में रिश्तों की नहीं, योग्यता की अहमियत है । अन्तिमा एक योग्य कार्यकर्ता है,

उन्होंने हेल्थ प्रोजेक्ट को ग्राउंड से खड़ा किया है । लेकिन व्यक्तिगत निर्णय और संस्था की जिम्मेदारी दो अलग बातें हैं ।”

“लेकिन एक के बाद एक विवाद – पहले आपका और किशोर जी का लिव-इन मामला, फिर आचुकी और राजीव का अफेयर और अब अन्तिमा का भाग जाना, क्या यह संस्था की अनुशासनहीनता नहीं दिखाता ?” एक दूसरा पत्रकार सवाल पूछते हुए कहता है ।

किशोर माइक हाथ में लेते हुए जवाब देता है- “संस्थाएं लोग चलाते हैं और लोग इंसान होते हैं । गलती इंसान से होती है, लेकिन हम उन्हें सुधरने और सीखने का अवसर भी देते हैं । इन घटनाओं से हम आँखे नहीं चुराते, बल्कि सख़्त नीति और पारदर्शिता से उनका सामना करते हैं ।”

“ क्या इस पूरी घटना से महिला नेतृत्व पर सवाल नहीं खड़े होते ?” एक तीसरा पत्रकार सवाल पूछता है ।

अर्पिता कड़े स्वर में जवाब देते हुए कहती है- “ नहीं। महिला होना कोई कमजोरी नहीं है । नेतृत्व की योग्यता किसी लिंग पर आधारित नहीं होती। अगर किसी महिला ने निजी निर्णय में चूक की है, तो उससे महिला नेतृत्व पर सवाल खड़ा करना खुद में संकीर्ण सोच है ।”

तीसरा ही पत्रकार हँसते हुए कहता है- “ लेकिन कुछ रिपोर्ट्स कहती हैं कि फाउंडेशन के कुछ लोग यह मामला रफा-दफा करना चाहते हैं । क्या इस पर आपकी कोई प्रतिक्रिया है ?”

किशोर गंभीरता से इस सवाल का जवाब देते हुए कहता है-“हमारे फाउंडेशन की एक स्पष्ट नीति है – सत्य और न्याय के साथ खड़ा रहना। हम किसी भी तरह के दबाव में आकर निर्णय नहीं लेते । यदि कोई अंदर या बाहर से ऐसा दबाव बना रहा है, तो वह हमारी पारदर्शिता से पराजित होगा।”

कॉन्फ्रेंस में उपस्थित चौथा पत्रकार तेज़ स्वर में पूछता है कि-“क्या अन्तिमा और जावेद की खोजबीन में पुलिस को सहयोग दिया जा रहा है?”

“जी हाँ। हमने पूरे प्रकरण की सूचना पुलिस को दे दी गई है और हम पूरी तरह से सहयोग कर रहे हैं । हम यह भी सुनिश्चित करेंगे कि अगर इसमें कोई आपराधिक तत्व पाया जाता है तो उचित कानूनी कार्यवाही हो ।” अर्पिता जवाब देते हुए कहती है ।

“क्या यह घटना संस्थान के छात्रों और बालिकाओं के लिए असुरक्षा का संकेत नहीं है ?” एक अन्य पत्रकार ने सवाल पूछा ।

“ बिलकुल नहीं । एक व्यक्तिगत घटना को संस्था के मूल्यों से जोड़ना अनुचित है । हमारे फाउंडेशन में हर बच्चा, हर स्टाफ सदस्य, हर महिला सुरक्षित है और अब हम अपनी POSH नीति की समीक्षा और मजबूत निगरानी प्रणाली पर काम कर रहे हैं।” किशोर ने जवाब देते हुए कहा ।

“आपकी क्या व्यक्तिगत प्रतिक्रिया है इस पूरे प्रकरण पर ? एक बहन और एक संस्था प्रमुख के तौर पर?” पत्रकार ने पूछा।

अर्पिता भारी आवाज़ में जवाब देते हुए कहती है- “ एक बहन के रूप में दुख जरूर है। लेकिन एक संस्था प्रमुख के तौर पर मेरा धर्म है कि मैं न्याय करूं – चाहे वह मेरे कितने ही करीब क्यों न हों ।”

“क्या आप दोनों इस्तीफे की पेशकश करेंगे इस नैतिक दबाव के चलते?” पत्रकार ने अगला सवाल उठाया ।

“नहीं। हम भागने वालों में से नहीं हैं। हम इन संकटों से निपटने के लिए खड़े हैं । अगर हम हट गए तो फाउंडेशन की प्रतिष्ठा को ठेस पहुँचेगी । हम यहाँ जिम्मेदारी निभाने के लिए हैं, छुपने या पीछे हटने के लिए नहीं।” किशोर ने जवाब देते हुए कहा।

“आप दोनों इतने शांत कैसे हैं ? मीडिया और राजनीति दोनों आपके पीछे हैं...।” पत्रकार ने सवाल किया ।

अर्पिता मुस्कुराते हुए कहती है-“क्योंकि हम झूठ नहीं बोल रहे । सच्चाई में ताकत होती है ।”

“और जब आप बच्चों के भविष्य की बात करते हैं, तो डर की कोई जगह नहीं होती।” किशोर ने अर्पिता की बात को आगे बढ़ाते हुए कहा ।

भीतर से तालियों की आवाज़ आती है। कुछ NGO प्रतिनिधि जो पीछे बैठे हैं, खड़े होकर समर्थन में हाथ हिलाते हैं ।

“क्या जावेद के परिवार से कोई बातचीत हुई ?” एक अन्य पत्रकार ने पूछा।

अर्पिता ने जवाब देते हुए कहा कि-“जी, हमने उनकी माँ से संपर्क किया है । वे भी चिंतित हैं । हमें उम्मीद है कि दोनों सकुशल मिल जाएं, और फिर संस्था स्तर पर जो प्रक्रिया है, वह अपनाई जाएगी ।”

“क्या अन्तिमा और जावेद को संस्था से निष्कासित किया जाएगा ?” एक अन्य पत्रकार ने सवाल पूछते हुए कहा ।

किशोर ने जवाब देते हुए कहा कि-”यह निर्णय जांच समिति की रिपोर्ट पर आधारित होगा । हमारी प्राथमिकता न्याय और प्रक्रिया है, न कि भावनात्मक प्रतिक्रिया ।”

“आप लोगों के लिए यह कितनी बड़ी चुनौती है ?” पत्रकार ने आख़िरी सवाल पूछते हुए कहा ।

अर्पिता ने दृढ़ता से बताया –“साहस फाउंडेशन का नाम ही “साहस” है। चुनौतियाँ आएंगी, लेकिन हम उनसे लड़ने का साहस रखते हैं और वो भी पारदर्शिता, सत्य और सेवा के साथ ।”

कैमरे धीरे-धीरे बंद होते हैं, लेकिन देशभर में यह प्रेस कॉन्फ्रेंस वायरल हो जाती है । जनता में एक नई बहस जन्म लेती है, नैतिकता बनाम पारदर्शिता और सबकी निगाहें इस पर टिकी है कि साहस

फाउंडेशन फिर एक बार बदलाव की मिसाल बनकर उभरता है या नहीं ?

पढ़ते रहिए, अगले भाग में आप पढ़ेंगे कि अन्तिमा और जावेद कहाँ थे ?

भाग 133 : अन्तिमा और जावेद का अचानक प्रकट होना ?

अन्तिमा और जावेद साहस फाउंडेशन और उसके अन्दर चल रही हलचल से अनजान हिमाचल के एक रोमांटिक शहर मनाली में मौज मस्ती कर रहे थे। उन्हें यह भी पता नहीं था कि पुलिस उन्हें ढूँढ रही है। एक दिन अचानक ही वे दोनों साहस फाउंडेशन के कार्यालय में पहुँच जाते हैं । कार्यालय का माहौल शांत है। लोग अपने काम में लगे हैं, लेकिन अंदरूनी हलचल अभी भी फैली हुई है । अचानक मुख्य द्वार से अन्तिमा और जावेद प्रवेश करते हैं । उनके चेहरे पर मुस्कान है, मानो वे किसी छुट्टी से लौटे हों । रिसेप्शन पर बैठी नेहा चौंकती है और चकित होकर कहती है- "अन्तिमा मैम...? आप... आप यहाँ ?"
अन्तिमा हँसते हुए सहजता से जवाब देते हुए कहती है- " हाँ नेहा, हम वापस आ गए। बहुत सारा प्यार और सुकून लेकर ।"
अन्तिमा की बात को आगे बढ़ाते हुए जावेद कहता है-"और कुछ खूबसूरत यादें भी !"
नेहा संकोच से फोन उठाते हुए कहती है- "मैम, एक मिनट... मैं आप दोनों के बारे में एच.आर. को सूचित कर दूँ ?"
अन्तिमा जवाब देते हुए कहती है- "हाँ, हाँ, बिल्कुल । वैसे भी सबसे मिलना है ।"

नेहा जल्दी से मोबाइल उठाकर कॉल करती है। दूसरी ओर एच.आर. हेड तन्वी और डायरेक्टर अर्पिता को सूचना मिलती है। पूरा स्टाफ एकदम सकते में आ जाता है। अर्पिता, तन्वी और किशोर एक साथ बैठे हैं। सूचना मिलते ही तन्वी अर्पिता को बताते हुए तेजी से बोलती है- "अर्पिता, अन्तिमा और जावेद... वापस आ गए हैं !"

अर्पिता सन्न होकर कहती है- "क्या ? इतनी बड़ी हलचल के बाद भी... वे ऐसे कैसे ऑफिस में आ सकते हैं ?"

"पुलिस उन्हें ढूंढ रही है मीडिया दबाव में है। फाउंडेशन की साख दांव पर है... और वो दोनों...।" किशोर भी चिल्लाता है।

"उन्हें अंदर बुलाओ। और पुलिस को भी सूचना दो।" अर्पिता तन्वी से कहती है ।

"पुलिस ? पहले दोनों से हम लोग बात तो कर लें ?" तन्वी सुझाव देते हुए कहती है।

किशोर कठोर स्वर में जवाब देते हुए कहता है-"नहीं तन्वी, हम कोई ढील नहीं दे सकते। ये कोई निजी मामला नहीं, संस्थान से जुड़ा है और पुलिस खुद इन दोनों की तलाश कर रही है ।"

कुछ देर बाद अन्तिमा और जावेद बैठक कक्ष में आते हैं। उनके चेहरे पर संकोच नहीं, बल्कि आत्मविश्वास है। अर्पिता, किशोर, तन्वी और कुछ अन्य वरिष्ठ सदस्य पहले से बैठे हैं । अर्पिता कठोर स्वर में अन्तिमा और जावेद की तरफ मुखातिब होते हुए कहती है-"आप दोनों को पता है कि आपकी गैरहाज़िरी ने साहस फाउंडेशन को किस हद तक नुकसान पहुँचाया है ?"

अन्तिमा शांत स्वर में जवाब देते हुए कहती है-"दीदी, मुझे पता है आपको बुरा लगा होगा... लेकिन हम थक गए थे। दुनिया से, रिश्तों से, सवालों से... और कुछ वक्त सिर्फ एक-दूसरे के लिए देना चाहते थे ।"

अन्तिमा की बात में अपनी बात जोड़ते हुए जावेद ने कहा—"हम भागे नहीं थे... हम बस... दूर हो गए थे।"
किशोर तीखे स्वर में प्रतिक्रिया देते हुए कहता है- "तुम्हारे "दूर जाने" से संस्था की ज़िम्मेदारियाँ छूट नहीं जाती जावेद। मीडिया ने हमें घेरा, पुलिस ने नोटिस भेजा । लोगों ने सवाल किए कि क्या हम नैतिक रूप से योग्य हैं किसी आंदोलन का नेतृत्व करने के लिए ?"
अन्तिमा किशोर की बात का जवाब देते हुए कहती है-"कभी-कभी इंसान को अपने लिए भी जीने का हक़ होना चाहिए ।"
अर्पिता दर्द भरी आवाज़ में अन्तिमा से मुखातिब होते हुए कहती है- "हक़ से पहले ज़िम्मेदारी आती है अन्तिमा। तुम सिर्फ मेरी बहन नहीं, इस संस्था का चेहरा भी हो और जावेद ? वो हमारी स्वास्थ्य परियोजना का कोऑर्डिनेटर था । क्या तुम दोनों को एक बार भी ख्याल नहीं आया कि पीछे क्या तूफ़ान मचेगा ?"
जावेद धीरे से जवाब देते हुए कहता है-"हमें लगा था... एक दो हफ्ते बाद सब शांत हो जाएगा... हम फिर से लौट आएँगे ।"
"क्या ये किसी स्कूली छुट्टी की तरह था जो सब शान्त हो जाएगा ?" किशोर जावेद की तरफ देखते हुए कहता है ।
तन्वी बीच में हस्तक्षेप करती हैं और कहती है-"हमने आप दोनों के लिए आंतरिक जांच समिति बनाई थी । उस रिपोर्ट पर आधारित कुछ अनुशासनात्मक कार्रवाई तय थी । लेकिन आप ग़ायब थे और अब जब आप लौटे हैं, आप दोनों को आंतरिक जांच समिति का सामना करना पड़ेगा।" भीतर-भीतर अन्तिमा भावुक हो चुकी है। अर्पिता कमरे से बाहर जाने लगती है। अन्तिमा उसे रोकती है रोकते हुए कहती है- "दीदी... एक पल रुकिए...प्लीज ।"
"क्यों रुकूं अन्तिमा ? उस बहन के लिए जिसने एक भी कॉल का जवाब नहीं दिया?" अर्पिता व्यथित होते हुए कहती है ।

अन्तिमा आँखों में आँसू भरकर बोलती है-"मैं डर गई थी दीदी... और आपसे बात करने की हिम्मत नहीं जुटा पाई... मुझे लगा आप कभी माफ़ नहीं करेंगी...।"

"माफ़ी से ज़्यादा ज़रूरी भरोसा होता है। जो इस संस्था ने तुम्हें दिया... तुमने उस पर सवाल खड़ा कर दिया।" अर्पिता ने कहा ।

जावेद धीमे स्वर में कहता है- "हम लौटे हैं... भागने नहीं... जवाब देने... हम सबको जवाब देंगे ।"

"तो ठीक है, अभी कुछ ही देर में पुलिस आती होगी। उन्हें जवाब दीजिए पहले दोनों।" कहकर अर्पिता कक्ष से बाहर निकल जाती है ।

पढ़ते रहिए, अगले भाग में आप पढ़ेंगे कि पुलिस अन्तिमा और जावेद से क्या पूछताछ करती है ?

भाग 134 : पुलिस अन्तिमा-जावेद से क्या पूछताछ करती है?

अन्तिमा और जावेद साहस फाउंडेशन के कार्यालय में उपस्थित हैं। पुलिस में दोनों के एक साथ लापता होने की FIR दर्ज थी लिहाजा अर्पिता और किशोर ने इन दोनों के बारे में पुलिस को इनफॉर्म करना जरूरी समझा । थोड़ी ही देर में पुलिस थाने से दो पुलिस अधिकारी आते हैं । वे साहस फाउंडेशन के रिसेप्शन पर अर्पिता और किशोर के बारे में पूछ रहे होते हैं कि तभी अर्पिता और किशोर आ जाते हैं । सभी खड़े हो जाते हैं। पुलिस अधिकारी अर्पिता की ओर देखते हैं और कहते हैं-"मैम, हमें सूचना मिली कि मिस अन्तिमा और मिस्टर जावेद यहाँ उपस्थित हैं ।"

अर्पिता संयम से जवाब देते हुए कहती है- "जी, वे दोनों यहीं हैं । हम चाहते हैं कि आप उनसे प्रक्रिया के अनुसार पूछताछ करें ।"

किशोर आगे बढ़ते हुए कहता है-"साहस फाउंडेशन पुलिस जांच में पूर्ण सहयोग करेगा।"

पुलिस अधिकारी अन्तिमा और जावेद की तरफ मुखातिब होते हुए कहते हैं- "ठीक है। मिस अन्तिमा, मिस्टर जावेद, कृपया हमारे साथ आइए।"

अन्तिमा और जावेद, दोनों बिना विरोध के खड़े होते हैं । जावेद अन्तिमा का हाथ थाम लेता है । अन्तिमा पल भर को अर्पिता की ओर देखती है और कहती है- " दीदी... जो भी होगा, हम सामना करेंगे। लेकिन उम्मीद करती हूँ कि कभी एक बहन के रूप में आपसे फिर मिल सकूं ।"

पुलिस दोनों को साथ ले जाती है । सभी मौन हैं । एच.आर. प्रमुख तन्वी गहरी साँस छोड़ती हैं । किशोर और अर्पिता अकेले बैठे हैं ।

किशोर अर्पिता से मुखातिब होते हुए कहता है- "कभी-कभी रिश्तों की उलझनें, संगठन की सीमाओं को तोड़ देती हैं ।"

"और वही सबसे बड़ा इम्तिहान होता है... कि क्या हम भावनाओं को संस्थागत मूल्यों से ऊपर रखेंगे ?" अर्पिता ने कहा ।

किशोर धीरे से कहता है- " अब क्या होगा अर्पिता ?"

अर्पिता दृढ़ता से जवाब देते हुए कहती है- "सत्य के अन्वेषण की प्रक्रिया चलेगी । जो उचित होगा, वही होगा। लेकिन... एक बहन होने के नाते... दिल कहीं रो रहा है किशोर ।"

अन्य सभी कार्यकर्ता मौन खड़े हैं । सन्नाटा गहरा हो जाता है । तन्वी धीरे से कुर्सी पर बैठ जार्त हैं । रजनी, आचुकी, रेखा, और कुछ अन्य स्टाफ भी धीरे-धीरे लौटते हैं। लेकिन साहस फाउंडेशन का माहौल बोझिल है ।

एच.आर. तन्वी धीरे से चुप्पी को तोड़ते हुए कहती है-"हम सबने कल्पना भी नहीं की थी कि एक दिन हमारी टीम के दो सदस्य इस तरह पुलिस के साथ जाएंगे...!"

"और वो भी अन्तिमा... जिसने हेल्थ प्रोजेक्ट को अपनी जान लगाकर खड़ा किया।" रजनी तन्वी की बात को आगे बढ़ाते हुए कहती है ।

आचुकि संवेदनशीलता के साथ कहती है-"जावेद ने भी कभी देर-सवेर नहीं की... हमेशा फील्ड में सबसे आगे रहा... फिर ऐसा क्या हुआ कि सब कुछ छोड़कर भाग जाना पड़ा ?"

अर्पिता और किशोर शांत खड़े हैं । सभी की निगाहें अब उनकी ओर हैं । अर्पिता धीरे से सभी कार्यकर्ताओं को ढांढस बंधाते हुए कहती है- "दोस्तों, हम जानते हैं कि ये क्षण कठिन है... हम सब के लिए । लेकिन हमें यह नहीं भूलना चाहिए कि यह एक संस्थान है... जहाँ भावनाओं से परे, संस्थागत मूल्य सबसे ऊपर हैं । "

"और इन मूल्यों में सबसे बड़ा मूल्य है, न्याय।" किशोर अर्पिता की बात को आगे बढ़ाते हुए कहता है।

"लेकिन क्या आपको लगता है कि अन्तिमा और जावेद ने कोई अपराध किया है ?" एक कार्यकर्ता रेखा सवाल करते हुए पूछती है।

"हम नहीं जानते । इसलिए ही तो प्रक्रिया ज़रूरी है । FIR दर्ज हुई थी । संस्थान का कर्तव्य है कि वह पुलिस को सूचना दे । हम न तो न्यायाधीश हैं और न ही अभियुक्त।" अर्पिता रेखा के सवाल का जवाब देते हुए कहती है।

साहस फाउंडेशन की वरिष्ठ कार्यकर्ता रजनी अर्पिता के नज़दीक आते हुए कहती है-

"लेकिन..दीदी, आप भी तो एक बहन हैं । क्या आपको दुख नहीं हुआ?"

अर्पिता की आँखों में आँसू छलक आते हैं । वह अपने आँसू पोंछती हैं लेकिन स्वर दृढ़ रखती हैं और कहती है- " दुख तो बहुत हुआ । लेकिन जब दिल और संस्था के बीच चुनाव करना हो... तो हमें संस्था के पक्ष में खड़ा होना पड़ता है... क्योंकि यही हम सबका भविष्य है।"

कुछ समय बाद सभी कार्यकर्ता अपने-अपने केबिन में चले जाते हैं और काम पर लग जाते हैं। कॉन्फ्रेंस रूम अब अर्पिता और किशोर मौजूद हैं।

सामने चाय के दो कप रखे हैं, लेकिन किसी ने अभी तक उन्हें छुआ भी नहीं है । गहरी चुप्पी को तोड़ते हुए किशोर धीरे से कहता है-

"कभी-कभी रिश्ते... इम्तिहान बन जाते हैं अर्पिता ।"

अर्पिता दूर देखते हुए जवाब देती है- "और संस्था... कसौटी ।"

क्या तुमने अन्तिमा की आँखों में देखा जब वह जा रही थी ?" किशोर ने अर्पिता से मुखातिब होते हुए कहा ।

"हाँ... एक उम्मीद... कि शायद मैं उसे बहन की तरह समझ सकूं । लेकिन क्या मैं ऐसा कर सकी ?" अर्पिता ने कहा ।

"तुमने वही किया जो एक नेतृत्वकर्ता को करना चाहिए था । संस्था को तुम्हारी ज़रूरत थी।" किशोर ने अर्पिता की बात का जवाब देते हुए बताया।

"और अन्तिमा को मेरी संवेदना की। क्या दोनों साथ-साथ नहीं चल सकते थे ?" अर्पिता ने बताया ।

किशोर गंभीरता से बोला –"हर बार नहीं। कुछ फैसले दो राहों पर ले जाते हैं... और हमें एक राह छोड़नी ही पड़ती है अर्पिता ।"

दोनों चुप हो जाते हैं। बाहर हल्की बारिश शुरू हो गई है । खिड़की के बाहर बूँदें गिर रही हैं और अर्पिता की आँखें भी नम हैं ।

भाग 135 : अन्तिमा और जावेद ने पुलिस क्या बताया ?

अन्तिमा और जावेद को पुलिस इंस्पेक्टर अपने साथ पूछताछ के लिए थाने में ले आते हैं । कमरे में एक टेबल, तीन कुर्सियाँ । टेबल के पीछे इंस्पेक्टर राघव बैठे हैं । बाईं ओर एक हवलदार रमेश नोटबुक में पेन लेकर बैठा है । सामने कुर्सियों पर अन्तिमा और जावेद साथ बैठे हैं, थोड़े थके और चिंतित नज़र आ रहे हैं । दोनों से मुखातिब होते हुए इंस्पेक्टर राघव कठोर स्वर में पूछते हैं –"तो, आप दोनों पिछले दो हफ्तों से कहाँ थे ?"

अन्तिमा धीरे, संयमित स्वर में जवाब देते हुए कहती है- " हम भोपाल और फिर उदयपुर में थे । एकांत चाहिए था... थोड़ा सोचने, समझने और निर्णय लेने के लिए समय चाहिए था ।"

इंस्पेक्टर राघव भौंहें चढ़ाते हुए कहता है- "आपको पता है कि साहस फाउंडेशन और आपके परिवार ने आपकी गुमशुदगी की रिपोर्ट दर्ज करवाई थी ? देश भर में पुलिस आप दोनों की तलाश में लगी हुई थी ।"

जावेद पुलिस इंस्पेक्टर को देखते हुए कहता है- "हमें इसका अंदाजा नहीं था, सर । हमने किसी को जानकारी नहीं दी, ये हमारी गलती थी । लेकिन हमने कोई अपराध भी नहीं किया ।"

हवलदार रमेश बीच में दखल देते हुए कहता है- "गलती से ही तो संदेह पैदा होता है। आप दोनों सामाजिक संस्था से जुड़े हैं... अचानक ऐसे ग़ायब हो जाना... ज़िम्मेदारी का सवाल भी है ।"

अन्तिमा धीरे से मुस्कुराते हुए जवाब देती है- "हमें उस समय कुछ व्यक्तिगत फैसलों की ज़रूरत थी । संस्थान में बहुत कुछ हो रहा था... और हम उस शोर से बाहर निकलना चाहते थे ।"

इंस्पेक्टर राघव नरम होते हुए कहता है- "देखिए, जब दो वयस्क सहमति से कहीं जाते हैं, वो अपराध नहीं होता। लेकिन जब संस्थान, परिजन और पुलिस सभी अनभिज्ञ हों और वह भी इतने संवेदनशील माहौल में तो कानून सतर्क हो जाता है और फिर कानून की जिम्मेदारी शुरू हो जाती है "

"हम समझते हैं, सर । अब जबकि हम वापस आ गए हैं, हम कानूनी प्रक्रिया का पूरी तरह से पालन करने को तैयार हैं ।" जावेद ने जवाब देते हुए कहा ।

इंस्पेक्टर राघव रजिस्टर खोलते हुए कहता है-"ठीक है । हम आप दोनों को हिरासत में नहीं ले रहे । लेकिन नियमानुसार आपको अपना बयान दर्ज कराना होगा । बाद में कोर्ट में हलफनामा भी देना होगा कि आप दोनों अपनी मर्जी से, बिना किसी दबाव या खतरे के, साथ में बाहर गए थे ।"

"हम पूरी तरह से सहयोग करेंगे। आप बयान लेना शुरू करें ।" अन्तिमा ने जवाब देते हुए कहा ।

इंस्पेक्टर राघव इशारा करते हैं । हवलदार रमेश पेन और नोटबुक संभालता है और दोनों से उनके नाम, उम्र, साहस फाउंडेशन में कार्य करने की तिथि, जिम्मेदारी,घटना की तारीख इत्यादि पूछता है और अन्तिमा और जावेद इत्मीनान के साथ हरेक सवाल का जवाब देते हैं । सब नोट करने के बाद इंस्पेक्टर अगला सवाल पूछते हुए कहता

है-“अब विस्तार से जानकारी दीजिए कि आप लोग कहाँ- कहाँ और कब गए थे ?”

“हम लोग पन्द्रह जुलाई को लखनऊ से रवाना हुए थे। भोपाल पहुँचे, फिर अट्ठारह जुलाई 2025 को उदयपुर चले गए ।” जावेद ने जवाब देते हुए बताया ।

इंस्पेक्टर राघव कागज देखते हुए अन्तिमा से मुखातिब होते हुए पूछता है कि- “अन्तिमा जी, क्या आपने जावेद के साथ जाने से पूर्व अपनी संस्था या परिवार को कोई सूचना दी थी ?”

“नहीं सर। जानबूझकर नहीं दी। मैंने सोचा था कि कुछ दिन में लौट आऊँगी। मैं खुद तय नहीं कर पा रही थी कि क्या करना चाहिए और क्या नहीं ।” अन्तिमा ने बताया।

हवलदार रमेश ने अगला सवाल पूछते हुए कहा कि- “आप अपनी स्वयं की मर्जी से जावेद के साथ गई थीं?”

अन्तिमा दृढ़ होकर जवाब देते हुए कहती है- “हाँ । पूर्णतः मेरी मर्जी से, पूरे होशो हवास के साथ । किसी का कोई कोई दबाव या मजबूरी नहीं थी।”

इंस्पेक्टर राघव जावेद की ओर मुड़ते हुए पूछता है कि- “और आप, जावेद? आपने किसी को बताया था ?”

जावेद ने जवाब देते हुए कहा कि- “मैंने भी किसी को नहीं बताया । मैं नहीं चाहता था कि हमारी निजी बात सार्वजनिक हो जाए । हम कोई अपराध नहीं कर रहे थे बस शांति से जीना चाह रहे थे ।”

इंस्पेक्टर राघव ने जावेद के जवाब पर प्रतिक्रिया कहा कि -”लेकिन आपकी यह 'शांति' कई लोगों के लिए अशांति बन गई । विशेषकर

जब मीडिया, सामाजिक संस्थाएं, पुलिस, सभी आपकी तलाश में जुटे थे ।”

अन्तिमा थोड़ा भावुक होकर कहती है-”हमने जितना आत्ममंथन किया इन पन्द्रह दिनों में, शायद उतना सालों में नहीं किया था । मैं अपनी व्यक्तिगत पहचान को संस्थान की पहचान से अलग समझने की कोशिश कर रही थी।”

जावेद अन्तिमा की ओर देखकर कहता है-“हम एक-दूसरे को समझना चाहते थे । हमारा रिश्ता संस्था की संरचना के भीतर उलझ गया था। हमें लगा था कुछ दूर जाकर अगर स्पष्टता आए, तो बेहतर होगा ।”

इंस्पेक्टर राघव हल्का मुस्कराते हुए कहता है-“आपका आत्ममंथन समझ आता है जावेद, लेकिन अगली बार इसकी कीमत साहस फाउंडेशन को नहीं चुकानी चाहिए । अगर आप दोनों फिर से साथ बाहर जाना चाहें, तो कम से कम अपने वरिष्ठों और परिवार को सूचित करें ।”

अन्तिमा ने कहा कि–“हमें उसका पछतावा है, सर । हम ऐसा दोबारा नहीं करेंगे ।”

इंस्पेक्टर राघव ने जवाब देते हुए कहा कि-“आप दोनों को इस बात का हलफनामा बनवाकर देना होगा कि आपकी ग़ैर हाज़िरी स्वेच्छा से थी । कोई अपहरण, दबाव या ज़बरदस्ती नहीं थी ।”

जावेद ने जवाब देते हुए कहा-“हम अभी वकील से बात करके हलफनामा तैयार करवा सकते हैं ?”

इंस्पेक्टर राघव ने कहा - "ठीक है । जब तक हलफनामा कोर्ट में नहीं जाता, आपकी संस्था में भी आपके लौटने की प्रक्रिया स्थगित रह सकती है।"

हवलदार रमेश ने बीच में हस्तक्षेप करते हुए कहा कि-साहस फाउंडेशन ने भी एक इंटर्नल इनक्वायरी कमेटी गठित की है । शायद आपको उस कमेटी के समक्ष वहाँ भी जवाब देना पड़े ।"

अन्तिमा शांति से जवाब देते हुए कहती है-"हमें मालूम है । हम वहाँ भी पूरी सच्चाई से उत्तर देंगे ।"

इंस्पेक्टर राघव दोनों को समझाते हुए कहता है-"मैं यह चाहता हूँ कि आप दोनों खुद को समझें, लेकिन दूसरों को भी भ्रम में न रखें । जब आप एक जिम्मेदार संस्था का चेहरा हों तो आपकी हर हरकत संदेश देती है ।"

"आप बिल्कुल सही कह रहे हैं । यह हमारे लिए एक सीख है ।" जावेद ने जवाब देते हुए कहा ।

अन्तिमा धीरे से कहती है- "हमें लगता है कि हमारी अनुपस्थिति से संस्था को भी, और हमें भी अपनी भूमिका को नए सिरे से समझने का अवसर मिला है।"

इंस्पेक्टर राघव कड़े शब्दों में जवाब देते हुए कहता है-"अवसर मिलना ठीक है अन्तिमा, लेकिन अगर यह अवसर व्यवस्था को चोट पहुँचा दे तो वह आत्मकेंद्रित हो जाता है।"

कमरे में थोड़ी देर खामोशी छा जाती है । अपने बयान दर्ज करवाने के बाद रजिस्टर में हस्ताक्षर के बाद अंतिमा और जावेद खड़े होते हैं।

इंस्पेक्टर राघव दोनों को जाने की इजाजत देते हुए कहता है- "आप जा सकते हैं, लेकिन अगले अड़तालीस घंटे में हलफनामा कोर्ट में दाखिल होना चाहिए। नहीं तो गुमशुदगी रिपोर्ट में सुधार कर हमें कार्रवाई करनी पड़ेगी ।"

अन्तिमा और जावेद एक साथ कहते हैं- " समझ गए, सर। धन्यवाद ।

दोनों थाने से बाहर की ओर बढ़ते हैं। दरवाज़ा धीरे-धीरे खुलता है । बाहर हल्की हलचल है, कुछ मीडिया रिपोर्टर भी इंतज़ार कर रहे हैं । इसी बीच वहाँ जमा भीड़ थाने के दरवाजे पर अन्तिमा और जावेद को साथ देखते ही नारे बाजी शुरू कर देती है ।

पढ़ते रहिए ,अगले भाग में आप पढ़ेंगे कि यह भीड़ कौन थी और क्यों नारे बाजी कर रही थीं ?

भाग 136 : थाने पर यह भीड़ क्यों नारे बाजी कर रही थी ?

पुलिस इंस्पेक्टर की हिदायत के बाद कि हलफनामा अड़तालीस घंटों में अदालत में दाखिल हो जाना चाहिए, अन्तिमा और जावेद थाने से बाहर की ओर बढ़ते हैं । दरवाज़ा धीरे-धीरे खुलता है । बाहर हल्की हलचल है, कुछ मीडिया रिपोर्टर भी इंतज़ार कर रहे हैं। इसी बीच वहाँ जमा भीड़ थाने के दरवाजे पर अन्तिमा और जावेद को साथ देखते ही नारे बाजी शुरू कर देती है । यह भीड़ विभिन्न संगठनों के कार्यकर्ताओं की थी जो लव जिहाद के विरोध में मोर्चा खोले बैठे थे । अन्तिमा और जावेद के रिश्ते में भी इस भीड़ को लव जिहाद दिखाई दे रहा था । इस भीड़ में वे असंख्य लोग भी थे जो पूर्व ग्राम प्रधान दलपत सिंह और महन्त के पाले हुए गुर्गे थे और जो शुरू से ही साहस फाउंडेशन को एक समाज विरोधी संस्थान के रूप में देखते थे । कुछ मीडियाकर्मी माइक और कैमरा लेकर खड़े हैं । देखते ही देखते दरवाज़ा खुलने की आहट होते ही मीडिया सक्रिय हो जाती है । एक मीडिया रिपोर्टर उत्सुकता से कहता है- “वो रहे अन्तिमा और जावेद! कैमरा ऑन करो !”

दूसरा मीडिया रिपोर्टर कहता है- “ज़रा ठहरिए अन्तिमा जी, आप दोनों कहाँ थे इतने दिन ? क्या आप जबरन ले जाई गई थीं ?”

अन्तिमा कुछ बोलने को होती हैं लेकिन तभी भीड़ में से कुछ लोगों की ज़ोरदार आवाज़ें उठती हैं ।

भीड़ गुस्से में, एक साथ चिल्लाती है - “लव जिहाद मुर्दाबाद !”

“साहस फाउंडेशन बंद करो !”

“अन्तिमा को बरगलाया गया है !”

“हमारी बहनों को बहकाने वालों को बख्शा नहीं जाएगा !”

भीड़ में पूर्व ग्राम प्रधान दलपत सिंह के समर्थक, कुछ महन्त के गुर्गे और कुछ कट्टरवादी संगठन के कार्यकर्ता शामिल हैं जिनके हाथों में पोस्टर, झंडे और लाउडस्पीकर हैं । उनमें से एक समर्थक मंच से कहता है-"हम अपनी बेटियों को नहीं खोने देंगे ! यह लव जिहाद है, प्यार का छुपा हुआ रूप !"

महन्त के गुर्गे उस समर्थक का समर्थन करते हुए कहते हैं-"ये वही संस्था है जो लड़कियों को धर्म विरोधी रास्ते पर ले जा रही है। ये सब धंधा विदेशी फण्ड से चलता है !"

अन्तिमा और जावेद चुपचाप पुलिस गेट से बाहर निकलते हैं, लेकिन मीडिया उन्हें घेर लेती है ।

तीसरा मीडिया रिपोर्टर जावेद के नज़दीक आते हुए पूछता है कि- "जावेद जी, क्या आप मुस्लिम पहचान छिपाकर अन्तिमा जी के संपर्क में आए थे?"

जावेद शांति से, लेकिन स्पष्ट रूप से कहता है- "नहीं, मैंने कभी अपनी पहचान नहीं छिपाई। मैं और अन्तिमा एक-दूसरे को साहस फाउंडेशन के ज़रिए जानते हैं और हमारे बीच जो भी रिश्ता है, वो आपसी समझ और विश्वास पर आधारित है ।"

चौथा मीडिया रिपोर्टर अन्तिमा से सवाल पूछते हुए कहता है- "लेकिन अन्तिमा जी , विरोधी कह रहे हैं कि यह लव जिहाद का मामला और साजिश है। इस पर आप क्या कहेंगे ?"

अन्तिमा अपने गुस्से पर नियंत्रण रखते हुए कहती है-"मैं कोई बच्ची नहीं हूँ जिसे बहकाया जाए । मैंने अपने मन और मर्जी से निर्णय लिया है। और जो लोग मेरी ज़िंदगी के फैसलों को 'साजिश' बता रहे हैं, वो असल में महिलाओं की स्वतंत्रता से डरते हैं।"

भीड़ और ज़ोर से चिल्लाने लगती है । पुलिस की दो महिला कांस्टेबल और एक दारोगा भीड़ को पीछे हटाने की कोशिश करते हैं। पुलिस दारोगा माइक पर चिल्लाते हुए कहता है- "कृपया

व्यवस्था बनाए रखें ! रास्ता खाली करें! कोई भी कानून अपने हाथ में न ले!"

भीड़ में से कुछ लोग एक सुर में कहते हैं- "हम लव जिहाद नहीं होने देंगे!"

"अन्तिमा को उसके घर लौटाओ !"

पूर्व प्रधान दलपत सिंह का एक गुर्गा, भीड़ में आगे आता है । उसकी पहचान है, लाल गमछा, भारी आवाज़ और बड़बोलापन । वह तेज़ी से माइक पर चिल्लाता है –"साहस फाउंडेशन, ये नाम है या बदनामी का ठप्पा? हमारी बेटियों को उकसाने और बदनाम करने वाला ये संस्थान बंद होना चाहिए ।"

भीड़ उस गुर्गे के समर्थन में तालियाँ बजाती है, वह जयघोष करता है ।

इसी बीच साहस फाउंडेशन की एक सदस्य, प्रियंका, रिपोर्टरों से अलग एक किनारे खड़ी थी । वह आगे बढ़ती है और पूर्व प्रधान दलपत सिंह के गुर्गे की तरफ मुखातिब होते हुए स्पष्ट स्वर में कहती है- "आपकी राजनीति की सड़ांध अब हमारे सपनों को नहीं रोक सकती । अन्तिमा हमारी साथी है, और हम सब उसके साथ हैं ।"

भीड़ में कुछ क्षणों के लिए सन्नाटा फैल जाता है । लेकिन फिर शोर शुरू हो जाता है।

एक मीडिया रिपोर्टर प्रियंका से पूछते हुए कहता है- "क्या आप कह रही हैं कि साहस फाउंडेशन को इस रिश्ते से कोई आपत्ति नहीं ?"

प्रियंका जवाब देते हुए कहती है- "हम हर किसी व्यक्ति की स्वतंत्रता और प्रेम के अधिकार के साथ हैं। चाहे वो किसी भी धर्म, जाति या समुदाय से हो।"

भीड़ से दो युवक लाठी उठाकर आगे बढ़ते हैं । पुलिस तुरंत उन्हें रोकती है और पुलिस अधिकारी कहता है- "अगर कोई हिंसा करेगा तो सख़्त कार्रवाई होगी । शांत रहें !"

अन्तिमा और जावेद इस हंगामे के बीच पुलिस की सुरक्षा में निकलते हैं। लेकिन अन्तिमा ठहरती है । वह पीछे मुड़ती है और भीड़ की ओर मुखातिब होते हुए दृढ़ स्वर में कहती है- "मैं डरकर छुपने वाली नहीं हूँ । मैं इस देश की नागरिक हूँ, और मुझे संविधान ने यह हक दिया है कि मैं अपने फैसले खुद ले सकूँ । आपने मुझे 'लव जिहाद' की मुहर दी, लेकिन मैं आपको बता दूँ, मेरा प्यार किसी साजिश की उपज नहीं, बल्कि दो इंसानों की बराबरी और समझ का परिणाम है ।"

कुछ रिपोर्टर तालियाँ बजाने लगते हैं, लेकिन भीड़ अब और आक्रोशित हो रही है और चिल्लाते हुए कहती है- "गिरफ्तार करो इनको !"

"फांसी दो देश द्रोहियों को !"

"साहस फाउंडेशन के खिलाफ जांच हो !"

इतने में एक एसपी स्तर के पुलिस अधिकारी वहाँ पहुँचते हैं । वे भीड़ को चेताते हुए माइक पर कहते हैं-"यह मामला अब कानून के हाथ में है । किसी को भी सड़क पर न्याय करने की इजाज़त नहीं दी जाएगी । जिसने भी हिंसा की, या नफरत फैलाई, उसके खिलाफ सख़्त कार्रवाई होगी।"

भीड़ बिखरने लगती है । कुछ लोग मोबाइल पर वीडियो बना रहे हैं । मीडिया लाइव टेलीकास्ट कर रही है । एक मीडिया रिपोर्टर कैमरे की ओर मुखातिब होते हुए कहती है- "आप देख रहे हैं कि कैसे अन्तिमा और जावेद के एक निजी रिश्ते को लेकर आज समाज के कुछ वर्ग आगबबूला हो गए हैं। क्या ये भीड़ का न्याय है या एक महिला की स्वतंत्रता पर हमला ?"

इस बीच जावेद और अन्तिमा एक सरकारी वाहन में बैठते हैं, जो उन्हें सुरक्षित स्थान तक छोड़ने वाला है । भीतर एक सन्नाटा है, मगर

दोनों की आँखों में एक नई उम्मीद चमक रही है । जावेद अन्तिमा की ओर देखते हुए धीरे से कहता है- "क्या तुम ठीक हो ?"

अन्तिमा मुस्कुराकर जवाब देती है- "अब तक डर था, अब बस लड़ाई है, अपने हक के लिए ।"

पुलिस की गाड़ी अन्तिमा और जावेद को साहस फाउंडेशन की ओर लेकर बढ़ती है और पीछे भीड़, मीडिया,और शोर धीरे-धीरे कम होता जाता है। लेकिन यह लड़ाई यहीं खत्म नहीं होती...।

पढ़ते रहिए , अगले भाग में आप पढ़ेंगे कि साहस फाउंडेशन की आपात बैठक में क्या निर्णय लिया जाता है ?

भाग 137 : साहस फाउंडेशन की आपात बैठक !

अन्तिमा-जावेद के पुलिस थाने से निकलने के बाद की संस्थागत प्रतिक्रिया और कानूनी तैयारी के लिए किशोर और अर्पिता द्वारा साहस फाउंडेशन की आपात बैठक आहूत की जाती है, मीटिंग हॉल में किशोर, अर्पिता, रजनी, तन्वी, प्रियंका, लीगल टीम के सदस्य इत्यादि सभी एक टेबल के चारों ओर बैठे हैं । माहौल गंभीर है । बाहर मीडिया रिपोर्टर बैठे हुए हैं ।

किशोर सिर थामे हुए, गहरी सांस लेते हुए कहता है- "अब मामला हमारे नियंत्रण से बाहर होता जा रहा है। यह सिर्फ अन्तिमा और जावेद की निजता का मामला नहीं रहा, यह फाउंडेशन के अस्तित्व का सवाल बनता जा रहा है। हम चुप नहीं रह सकते ।"

अर्पिता कागज़ों को पलटते हुए कहती है- "आज की भीड़ देखकर लग रहा था जैसे हम कोई आतंकी संगठन चला रहे हों । क्या समाज को इतना डर है एक स्त्री के निर्णय से ?"

साहस फाउंडेशन की वरिष्ठ कार्यकर्ता रजनी कठोर स्वर में कहती है- "सिर्फ स्त्री के निर्णय से नहीं, उसकी स्वतंत्रता से। उन्हें साहस फाउंडेशन से इसलिए डर है क्योंकि यहाँ औरतें 'हाँ ' और 'ना' खुद कहती हैं ।"

एच.आर. प्रमुख तन्वी गंभीरता से कहती है- "अब हमें तीन स्तर पर तैयारी करनी होगी जो कि इस प्रकार है -पहला मीडिया मैनेजमेंट, दूसरा कोर्ट में हलफनामा और तीसरा आंतरिक अनुशासन और संस्था कार्यनीति स्पष्ट करना ।"

लीगल टीम का सदस्य फाइल खोलते हुए बताता है –"हमने अन्तिमा और जावेद से बात कर ली है । दोनों कल सुबह दस बजे कोर्ट में हलफनामा दाखिल करने को तैयार हैं, जिसमें वे बताएंगे कि वे अपनी मर्जी से साथ थे । हमें यह सुनिश्चित करना होगा कि कोई राजनीतिक या बाहरी दबाव उन पर न पड़े ।"

कम्युनिकेशन टीम सदस्य प्रियंका तैयारी के स्वर में कहती है-"हम सोशल मीडिया पर एक आधिकारिक बयान तैयार कर रहे हैं । लेकिन सवाल उठ रहे हैं कि क्या फाउंडेशन का माहौल प्रेम संबंधों को बढ़ावा देता है ?"

किशोर तेज़ स्वर में प्रतिक्रिया देते हुए कहता है-"प्रेम को बढ़ावा नहीं, लेकिन हम स्वतंत्रता को जरूर बढ़ावा देते हैं । कोई संस्था यह तय नहीं कर सकती कि दो बालिग लोग दोस्त बनें या जीवन साथी।"

अर्पिता फाइल बंद करते हुए कहती है-"हमें अन्तिमा और जावेद के समर्थन में खड़ा रहना होगा । लेकिन साथ ही हमें यह भी तय करना होगा कि हम संस्थागत मर्यादा का पालन करते हैं ।"

उक्त मीटिंग में लीगल टीम के सदस्यों द्वारा अन्तिमा और जावेद के लिए हलफनामा तैयार किया जाता है और उस हलफनामे पर अन्तिमा और जावेद के हस्ताक्षर करवाए जाते हैं। साथ ही दोनों को समझाया जाता है कि वे किसी बाहरी दबाव में कोई बयान न दें।

अगली सुबह अन्तिमा और जावेद फाउंडेशन की लीगल टीम के साथ कोर्ट परिसर में आते हैं । सुबह के 10:15 बजे हैं । कोर्ट परिसर के बाहर पुलिस का हल्का बंदोबस्त प्रशासन के द्वारा किया गया है । मीडिया का जमावड़ा है। एक मीडिया रिपोर्टर अन्तिमा और जावेद

को देखते ही आगे बढ़ते हुए सवाल पूछती है –"आप किसके दबाव में हलफनामा दाखिल कर रहे हैं ? क्या साहस फाउंडेशन ने आप पर मानसिक दबाव डाला ?"

अन्तिमा संयम से, कैमरे की ओर देखते हुए कहती है-"मैं 27 साल की हूँ । कोई भी फैसला मेरी समझदारी और सोच पर आधारित है। किसी ने मुझे मजबूर नहीं किया है और कोई कर भी नहीं सकता है।"

जावेद कम लेकिन साफ शब्दों में कहता है- "मैंने कभी अन्तिमा की आस्था, पहचान या स्वतंत्रता पर सवाल नहीं उठाया । हमने साथ रहने का निर्णय, किसी के दबाव या डर से नहीं, बल्कि भरोसे से लिया है ।"

अन्तिमा और जावेद कोर्ट के अंदर दाखिल होते हैं। कैमरे फ्लैश करते हैं। कुछ लोग भीड़ में समर्थन में तालियाँ बजाते हैं, कुछ नाराज़ विरोधी गाली-गलौज करते हैं । पुलिस उन्हें काबू में रखती है। कोर्ट रूम के भीतर गहमागहमी है। आसन पर जज साहब बैठे हुए हैं । अन्तिमा और जावेद की ओर मुखातिब होते हुए जज साहब कहते हैं- "आप दोनों बालिग हैं। कोर्ट आपकी स्वेच्छा से साथ रहने की सहमति और हलफनामे के आधार पर कार्रवाई के आदेश संशोधित करेगी। कोई शिकायत ?"

अन्तिमा और जावेद एक साथ जवाब देते हुए कहते हैं-"नहीं, मान्यवर ।"

जज हौले से मुस्कराते हुए कहते हैं-"फिर कोर्ट अपनी प्रक्रिया पूरी करेगा। आप लोग जा सकते हैं ।"

अन्तिमा और जावेद कोर्ट परिसर से बाहर निकल कर साहस फाउंडेशन की गाड़ी में बैठ जाते हैं । इस गाड़ी में अर्पिता और किशोर पहले से ही दोनों का इन्तजार कर रहे थे । सभी को लेकर गाड़ी सहसा फाउंडेशन की तरफ बढ़ जाती है। मीडिया रिपोर्टर कुछ दूरी तक गाड़ी का पीछा करते हैं और फिर शान्त हो जाते हैं ।

पढ़ते रहिए , अगले भाग में आप पढ़ेंगे कि अब साहस फाउंडेशन की आगे की रणनीति क्या होगी ?

भाग 138 : साहस फाउंडेशन की आगे की रणनीति!

साहस फाउंडेशन का ऑफिस, शाम के पाँच बजे। मीटिंग हॉल में हल्की पीली रोशनी, बड़ी खिड़कियों से आती ढलते सूरज की किरणें और भीतर गंभीरता का माहौल । बीच में अर्धचन्द्राकार टेबल पर Code of Conduct के मोटे दस्तावेज़ रखे हुए हैं । सभी कार्यकर्ता अपने-अपने स्थान पर बैठ चुके हैं । कुछ चेहरे तनावग्रस्त, कुछ चिंतनशील और कुछ अपने-अपने विचार साझा कर रहे हैं । किशोर (चेहरे पर दृढ़ता लिए हुए) सभी को संबोधित करते हुए कह रहे हैं-
"साथियो, हमने कोर्ट में अपना नैतिक कर्तव्य निभाया । हमें वहाँ खड़े होकर संस्थान की ओर से स्पष्टता दिखानी पड़ी और हमने दिखाई भी । लेकिन अब असली परीक्षा यहीं है हमारे भीतर। साहस फाउंडेशन को अब स्पष्ट नीतियाँ बनानी होंगी । विशेषकर कार्यस्थल पर व्यक्तिगत रिश्तों के लिए दिशा-निर्देश। ताकि कोई भी भविष्य में संस्था को निशाना न बना सके। न्यायालय में हम मजबूती से टिक पाए लेकिन अगर हमारी अपनी नीतियाँ ढीली होंगी तो बाहर के हमलावर हमें बार-बार चोट पहुँचाएँगे ।"
हॉल में हल्की खामोशी । कुछ कर्मचारी सिर हिलाकर सहमति जताते हैं।

मानव संसाधन प्रमुख तन्वी शांत लेकिन सख़्त आवाज़ में कहती है-
"मैंने इस बारे में पिछले हफ्ते से काम शुरू किया था । सच कहूँ तो अन्तिमा और जावेद का मामला सामने आते ही मैंने सोचा कि कहीं न कहीं हमारी आंतरिक नीतियों में एक वैक्यूम है। इसलिए मैंने एक मसौदा तैयार किया है। इसमें खासतौर पर 'काम के समय और संस्था परिसर में व्यक्तिगत व्यवहार' को लेकर दिशानिर्देश दिए गए

हैं। यह मसौदा सबके सामने रखा गया है। मैं चाहती हूँ कि इस पर सामूहिक चर्चा हो, ताकि कोई यह न कहे कि नीति थोप दी गई।"

तन्वी मेज पर सभी के सामने रखे दस्तावेज़ की ओर इशारा करती हैं। कुछ कार्यकर्ता पन्ने पलटने लगते हैं। रजनी जो कि साहस फाउंडेशन की एक पुरानी कार्यकर्ता है, अनुभव की गंभीरता झलकाते हुए कहती है- "तन्वी की मेहनत काबिल-ए-तारीफ़ है। लेकिन हमें एक और बात साफ़ करनी होगी। अगर कोई कर्मचारी आपसी सहमति से किसी रिश्ते में है, चाहे वह विवाह, सगाई या सिर्फ़ live-in understanding ही क्यों न हो तो उसे Human Resource Cell को सूचित करना होगा। यह निगरानी नहीं होगी बल्कि पारदर्शिता का हिस्सा होगी। ताकि बाद में कोई हितों का टकराव (conflict of interest) न कह सके।"

अर्पिता रजनी की बात का समर्थन करते हुए, संतुलित स्वर में कहती है-"रजनी, आपकी बात में दम है। लेकिन हमें यह भी याद रखना होगा कि हम यहाँ नैतिक पहरेदार बनने नहीं बैठे हैं। हमारा उद्देश्य किसी की व्यक्तिगत स्वतंत्रता पर पहरा लगाना नहीं है। हमारा ध्येय है सभी को समान अवसर देना है। हाँ, हर अवसर के साथ ज़िम्मेदारी जुड़ी होती है। यदि कोई रिश्ता संस्थान के कामकाज को प्रभावित करता है या संगठन की छवि को चोट पहुँचाता है, तो हमें हस्तक्षेप करना ही पड़ेगा। लेकिन बिना वजह किसी की निजी जिंदगी में झाँकना भी हम उचित नहीं समझते हैं।"

मीडिया प्रमुख प्रियंका,तेज़ और आत्मविश्वासी लहजे में कहती है- "बिल्कुल सही कहा अर्पिता। हमें अपनी संस्था की छवि को भी ध्यान में रखना होगा। मीडिया और विपक्षी ताक़तें हमारे खिलाफ़ पहले ही माहौल बना रही हैं। अन्तिमा और जावेद का मामला पूरी तरह व्यक्तिगत है। हम कानूनी प्रक्रिया का सम्मान करते हैं और यह संदेश बार-बार देना होगा। लेकिन साथ ही, जो लोग हमारे

खिलाफ़ झूठी अफ़वाहें फैला रहे हैं, उन्हें हम चुपचाप नहीं छोड़ सकते । मैं प्रस्ताव रखती हूँ कि ऐसे मामलों में हम क़ानूनी नोटिस भेजने पर विचार करें । ताकि यह साफ़ हो कि साहस फाउंडेशन अपनी गरिमा के साथ समझौता नहीं करेगा।"

कर्मचारियों के बीच कुछ हलचल होती है। कुछ कानाफूसी करते हैं, कुछ सहमति में सिर हिला रहे हैं। माहौल गंभीर होता जा रहा है । इसी बीच किशोर कहते हैं- "प्रियंका, आपका सुझाव बिल्कुल वाजिब है । लेकिन हमें कानूनी कार्रवाई और सार्वजनिक संवाद दोनों को संतुलन से चलाना होगा। हम सिर्फ़ धमकी देने वाली संस्था न लगें। बल्कि हमें प्रोफेशनल और ट्रांसपेरेंट संगठन के रूप में खड़ा होना है ।"

किशोर की बात पर प्रतिक्रिया देते हुए तन्वी कहती है–"तो क्या हम एक तीन-स्तरीय ढाँचा तय कर सकते हैं ? जो कुछ इस प्रकार हो सकता है –

1. आंतरिक आचार संहिता – जिसमें कार्यस्थल पर व्यवहार और व्यक्तिगत रिश्तों के नियम तय हों ।

2. सूचना तंत्र – यदि कोई रिश्ता है, तो HR को सूचित करना आवश्यक हो।

3. बाहरी रणनीति – मीडिया और सार्वजनिक क्षेत्र में क्या संदेश देना है, यह तय करना।"

रजनी तन्वी की बात का समर्थन करते हुए कहती है- "इससे पारदर्शिता बनी रहेगी । लेकिन एक प्रश्न मेरे दिमाग में कौंध रहा है कि क्या हर रिश्ता रिपोर्ट करना ज़रूरी होगा? मसलन, अगर कोई व्यक्ति सिर्फ़ दोस्ती में है, या किसी से casually मिलता है, तो भी ?"

अर्पिता (थोड़ा मुस्कराकर) रजनी के सवाल का जवाब देते हुए कहती है-"देखिए रजनी, हम किसी को अपनी हर कॉफ़ी डेट बताने

को मजबूर नहीं कर सकते । हमें यह स्पष्ट करना होगा कि केवल serious committed relationships जो संगठनात्मक निर्णयों या कार्यस्थल के माहौल को प्रभावित कर सकते हैं, वही रिपोर्ट करने होंगे । इस रेखा को खींचना आसान नहीं होगा, लेकिन हमें करना पड़ेगा ।"

मीडिया प्रमुख प्रियंका अर्पिता की बात का समर्थन करते हुए कहती है- "सही कहा । और मीडिया के लिए भी हमें यही भाषा उपयोग करनी होगी । हम कहेंगे 'साहस फाउंडेशन व्यक्तिगत स्वतंत्रता का सम्मान करता है, लेकिन संस्थान की पारदर्शिता और गरिमा बनाए रखने के लिए कुछ आचार संहिता लागू करता है ।' यही सही संतुलित मैसेज है ।"

एक युवा कार्यकर्ता अनिल, जो हाल ही में नियुक्त हुआ है अपनी उलझन व्यक्त करते हुए कहता है- "सर, मैडम... मेरी एक उलझन है। अगर कोई रिश्ता छुपा लिया जाए और बाद में पता चले, तो क्या होगा? क्या संस्था कड़ी कार्रवाई करेगी ?"

तन्वी गंभीरता से जवाब देते हुए कहती है- "हाँ, अनिल । यह non-disclosure का मामला होगा । और ऐसे मामलों में लिखित चेतावनी से लेकर अनुशासनात्मक कार्रवाई तक की संभावना रहेगी । पारदर्शिता ही हमारी सुरक्षा है । अगर कोई ईमानदारी से बताता है, तो हम स्थिति को समझ सकते हैं । लेकिन छुपाने से अविश्वास और विवाद बढ़ते हैं ।"

रजनी तन्वी की बात का समर्थन करते हुए कहती है-"यह सही है । पर हमें यह भी ध्यान रखना होगा कि कहीं यह नीति डर का माहौल न बना दे। हमें इसे सहयोग और विश्वास की भाषा में प्रस्तुत करना होगा, न कि सज़ा की भाषा में ।"

किशोर सहमति जताते हुए कहते हैं-"बिलकुल। यही संतुलन हमारी असली ताक़त है। हमें आचार संहिता को हथियार नहीं, बल्कि संरक्षण-कवच के रूप में प्रस्तुत करना होगा ।"

इसी बीच मीडिया प्रमुख प्रियंका मीडिया में चल रही अफवाहों का जिक्र करते हुए कहती है- "अफवाहों की बात करें तो, कल ही एक चैनल ने हमें 'पाखंडी संस्था' कहा। उनका आरोप है कि हम महिलाओं की स्वतंत्रता की बातें करते हैं, लेकिन अंदर रिश्तों को लेकर दोहरा रवैया अपनाते हैं । हमें इस पर तुरंत प्रतिक्रिया देनी होगी। चुप रहने से लोग समझते हैं कि हम दोषी हैं ।"

अर्पिता शांत स्वर में जवाब देते हुए कहती है-"प्रियंका, हमें भावनात्मक प्रतिक्रिया नहीं देनी। हमें तथ्यों पर टिकना होगा । मीडिया को साफ़ बताना होगा कि 'साहस फाउंडेशन ने हमेशा महिलाओं और पुरुषों दोनों के अधिकारों का सम्मान किया है । हमारी नीतियाँ पारदर्शिता और संस्थागत ज़िम्मेदारी पर आधारित हैं ।' यही संदेश हमें बार-बार देना होगा। आरोपों से डरने की ज़रूरत नहीं ।"

किशोर अर्पिता की बात को आगे बढ़ाते हुए कहते हैं- "और प्रियंका, आपकी टीम को एक FAQ दस्तावेज़ भी तैयार करना चाहिए, जिसमें ऐसे सभी प्रश्नों के जवाब पहले से हों । ताकि मीडिया जब भी पूछे, हमारे पास सभी सवालों के स्पष्ट और एक समान जवाब हो।"

मीटिंग लगभग डेढ़ घंटे से चल रही है । सभी मुद्दों और दस्तावेज़ों पर नोट्स बन चुके हैं । HR प्रमुख तन्वी मीटिंग में हुई चर्चाओं का सार प्रस्तुत करते हुए कहती है- "तो मैं सारांश रखती हूँ-

1. सभी कर्मचारियों को Code of Conduct पर हस्ताक्षर करने होंगे।

2. व्यक्तिगत रिश्तों की सूचना HR सेल को देनी होगी लेकिन केवल वही जो संगठनात्मक हितों को प्रभावित कर सकते हैं ।

3. किसी भी प्रकार की non-disclosure अनुशासनात्मक अपराध माना जाएगा ।

4. मीडिया के लिए एकीकृत संदेश तैयार किया जाएगा, जिसमें स्वतंत्रता और पारदर्शिता दोनों पर ज़ोर होगा ।

5. अफवाह फैलाने वालों पर कानूनी कार्रवाई का विकल्प खुला रहेगा।"

अर्पिता गंभीर लेकिन प्रेरणादायक लहजे में सभी कार्यकर्ताओं को संबोधित करते हुए कहती है-"हम सब इस संस्था के स्तंभ हैं। हमें याद रखना होगा कि साहस फाउंडेशन सिर्फ़ एक NGO नहीं, बल्कि एक आंदोलन है। और आंदोलन तभी जीवित रहता है जब उसके भीतर ईमानदारी, पारदर्शिता और एक-दूसरे के प्रति विश्वास हो। यह नीतियाँ हमारी स्वतंत्रता को सीमित करने के लिए नहीं बल्कि उसे सुरक्षित रखने के लिए हैं।"

किशोर अर्पिता की बात पर सभी की राय जानने के लिए पूछते हैं- "तो क्या सब सहमत हैं ?"

हॉल में सामूहिक स्वर में-"हाँ, सहमत हैं ।" एक साथ तालियाँ भी बजती हैं।

मीटिंग हॉल का माहौल धीरे-धीरे हल्का होता है । दस्तावेज़ों पर हस्ताक्षर शुरू होते हैं। ढलते सूरज की किरणें अब धुंधली हो चुकी हैं लेकिन भीतर एक नई रोशनी जली है, नीतियों की, विश्वास की और साहस की ।

पढ़ते रहिए , अगले भाग में आप पढ़ेंगे कि अर्पिता और अन्तिमा के बीच इस सारे प्रकरण पर क्या बातचीत होती है ?

भाग 139 : अर्पिता और अन्तिमा के बीच बातचीत ?

रात का सन्नाटा छाया हुआ है और साहस फाउंडेशन के परिसर की छत पर अर्पिता और अन्तिमा दोनों बिछी दरी पर बैठी थीं । नीचे पूरे परिसर में हल्की-हल्की रोशनी हो रही थी। पेड़ों के बीच से आती ठंडी हवा वातावरण को शान्त कर रही थी। दूर कहीं से कुत्तों के भौंकने की आवाज़ आती और फिर गायब हो जाती ।

एक कोने में छोटा-सा टेबल फैन रखा था, पर उसकी ज़रूरत नहीं थी क्योंकि अगस्त की इस रात में हवा अपने आप ही ठंडी और सुकून देने वाली थी । अन्तिमा आकाश की ओर निहारते हुए बोली- “सोचा नहीं था कि अपने निर्णय की इतनी बड़ी क़ीमत चुकानी पड़ेगी दीदी।”

उसकी आवाज़ में थकान थी, लेकिन आँखों में आँसुओं की जगह दृढ़ता झलक रही थी।

अर्पिता ने हल्की मुस्कान के साथ उसकी ओर देखा और कहा-“पर तुम टूटी नहीं और यही साहस है । यही इस संस्था का नाम है, ‘साहस’।”

कुछ पल दोनों चुप रहीं । हवा के झोंके उनके बालों से खेलते रहे । अन्तिमा ने गहरी साँस लेकर कहा कि-”अब मुझे समझ आया कि साहस सिर्फ भीड़ से लड़ना नहीं, बल्कि खुद से और अपने डर से लड़ना भी है।”

अर्पिता ने सिर हिलाते हुए उसकी ओर देखा और कहा - "डर... हाँ, वही जो हमें भीतर से तोड़ देता है । भीड़ का विरोध तो बाहर दिखता है, लेकिन सबसे मुश्किल है उस आवाज़ को दबाना, जो भीतर से बार-बार कहती है कि 'शायद तुम सही हो ।"

अन्तिमा ने पहली बार हल्की मुस्कान दी और कहा - "और शायद यही वो आवाज़ है जिसे हर किसी को सुनना होता है ।"

दोनों के बीच थोड़ी देर तक चुप्पी छाई रही । दूर कहीं मंदिर की घंटियाँ बज रही थीं ।

अर्पिता ने धीरे से पूछा –"तुम्हें क्या लगता है अन्तिमा, ये सब कब थमेगा? मीडिया का बवाल, लोगों की बातें, ये विरोध...।"

अन्तिमा ने आँखें झुकाकर कहा- "शायद अभी नहीं। लेकिन शायद अब फर्क नहीं पड़ता। हम डरते नहीं, थकते नहीं, मीडिया और लोग जो चाहे कहें ।"

अर्पिता ने उसके कंधे पर हाथ रखा और स्नेह से बोली- "एक संस्था की असली परीक्षा तब होती है अन्तिमा जब वह अपने मूल्यों को संकट में भी न छोड़े । इस तूफान में हमें एक नई नीतियों की नींव रखनी है । अगर साहस है, तो बदलाव भी लाना होगा ।"

अन्तिमा ने थोड़ी देर बाद धीरे से कहा- "अर्पिता दी, तुम्हें कभी डर नहीं लगा? जब मीडिया ने तुम्हारा नाम खींचा, जब कोर्ट में वकील चीख-चीखकर सवाल पूछते थे, जब सोशल मीडिया पर गालियाँ दी जाती थीं...।"

अर्पिता ने हल्की हंसी में दर्द छिपाते हुए कहा- "डर तो बहुत लगा था अन्तिमा। कई बार लगा कि सब खत्म हो जाएगा। लेकिन मैंने हमेशा सोचा, अगर मैं डरकर पीछे हट गई, तो जो लड़कियाँ हमारे पास उम्मीद लेकर आती हैं, उनका क्या होगा ? क्या वे भी डरकर अपने सपनों से पीछे हट जाएँगी?"

अन्तिमा ध्यान से सुनती रही ।

"साहस," अर्पिता ने आगे कहा, "किसी बड़े मंच पर भाषण देने का नाम नहीं है । साहस है, उस लड़की का, जो घर से निकलकर स्कूल जाती है, जबकि मोहल्ले वाले ताने मारते हैं । साहस है उस माँ का, जो अपने बेटे को नहीं, बेटी को पढ़ाने का फ़ैसला करती है। और साहस है तुम्हारे जैसे किसी इंसान का, जो अपने दिल की सुनता है, चाहे पूरा समाज उसके खिलाफ क्यों न खड़ा हो ।"

अन्तिमा की आँखों में चमक लौट आई थी और उसने कहा- "पर दीदी, लोग हमें समझेंगे कब ? अभी तो हर जगह यही हो रहा है कि 'देखो, फाउंडेशन वाले कैसे अपने घर में ही रिश्ते बिगाड़ रहे हैं।' सब उँगलियाँ उठा रहे हैं ।"

अर्पिता ने गहरी साँस ली और कहा–"लोगों का काम है उँगली उठाना । पर समय के साथ वही लोग हमारी पीठ थपथपाएँगे, जब देखेंगे कि हमने हार नहीं मानी। याद है न, इतिहास हमेशा उन्हीं का बनता है जिन्हें उस वक़्त सबने गलत कहा था ।"

चाँद बादलों के बीच से निकलकर उजाला बिखेर रहा था । दोनों बहनें रिश्ते से ही नहीं, अपितु आत्मा से भी एक-दूसरे के साथ चुपचाप बैठी थीं। उनके बीच का मौन किसी किताब से भी गहरी बातें कह रहा था ।

जावेद नीचे डाइनिंग टेबल पर बर्तन समेट रहा था। उसकी नज़र बीच-बीच में ऊपर छत की ओर जाती। उसे पता था कि अन्तिमा को अर्पिता की ज़रूरत है।

अर्पिता ने थोड़ी देर चुप रहने के बाद कहा-"हमें फाउंडेशन की नीतियों को और स्पष्ट करना होगा । रिश्तों और निजी जीवन को लेकर जो सवाल उठे हैं, उन पर हमें आंतरिक स्तर पर कोड ऑफ़ कंडक्ट बनाना होगा। ताकि भविष्य में किसी को यह न कहने का मौका मिले कि हम व्यक्तिगत और संस्थागत ज़िम्मेदारियों में भेद नहीं कर पाए ।"

अन्तिमा ने सिर हिलाया और कहा –“हाँ, और शायद हमें इस बात पर भी खुलकर बोलना होगा कि प्रेम, समानता और स्वतंत्रता सिर्फ कागज़ की बातें नहीं, बल्कि जीने की हक़ीक़त हैं ।”

अर्पिता ने अन्तिमा की बात को आगे बढ़ाते हुए कहा-“बिल्कुल । मीडिया को चाहे जितना मज़ा आए हमारे निजी फैसलों में राजनीति ढूँढ़ने में, हमें यह याद रखना होगा कि हमारी पारदर्शिता ही हमारी ताक़त है ।”

अन्तिमा ने कुछ झिझकते हुए कहा- “कभी-कभी लगता है, क्या हमें सार्वजनिक जीवन में आने का फ़ैसला ही नहीं करना चाहिए था ? अगर मैं सिर्फ़ एक आम लड़की होती, तो शायद किसी को फर्क ही नहीं पड़ता कि मैं किसके साथ हूँ और क्यों हूँ ।”

अर्पिता ने उसकी ओर गंभीरता से देखा और कहा –“सही कह रही हो अन्तिमा। लेकिन आम होना और नेतृत्व करना, दोनों में फ़र्क है। हमें अपने निजी जीवन की कीमत पर भी कभी-कभी उदाहरण पेश करना पड़ता है। पर याद रखो, यह बोझ नहीं है। यह जिम्मेदारी है। और जिम्मेदारी वही उठाता है, जिसमें ताक़त होती है ।”

अन्तिमा ने धीरे से मुस्कराकर कहा-”तो क्या आप मानती हैं कि मैं इस जिम्मेदारी को उठा पाऊँगी ?”

अर्पिता ने उसका हाथ थाम लिया और कहा -“तुम पहले ही उठा चुकी हो। जो कदम तुमने उठाया है, वही तुम्हें मजबूत बना चुका है। अब पीछे मुड़ने की ज़रूरत नहीं ।”

हवा और ठंडी हो चली थी। नीचे से जावेद की आवाज़ आई- “अन्तिमा, चाय रखी है। ठंडी हो जाएगी ।”

दोनों ने नीचे झाँककर देखा और मुस्करा दीं ।

अन्तिमा ने आख़िरी बार आकाश की ओर देखा और कहा –"देखो दी, नया चाँद निकला है ।"
अर्पिता ने भी ऊपर देखा और बोली- "हाँ, यही तो संकेत है। हर अंधेरे के बाद नया चाँद आता है । हमारी लड़ाई भी इसी नए चाँद की तरह है, अभी छोटी है, लेकिन उजाला जरूर फैलाएगी ।"
दोनों बहनें देर तक चुपचाप उस चाँद को देखती रहीं । कुछ देर बाद नीचे आकर जावेद और किशोर के साथ अर्पिता और अन्तिमा चाय की चुस्कियां ले रहे थे ।

पढ़ते रहिए , अगले भाग में आप पढ़ेंगे कि मानवाधिकार आयोग अन्तिमा और जावेद के केस में साहस फाउंडेशन से क्या पूछताछ करता है ?

भाग 140 : मानवाधिकार आयोग की जांच ?

राष्ट्रीय मानवाधिकार आयोग कार्यालय,दिल्ली। एक लंबा और भव्य कॉन्फ्रेंस हॉल । दीवारों पर संविधान की प्रस्तावना, मानवाधिकारों की अंतरराष्ट्रीय घोषणा (UDHR) के उद्धरण, और स्वतंत्रता सेनानियों के चित्र लगे हुए हैं । सामने एक बड़ी अंडाकार मेज़, उसके चारों ओर आयोग के सदस्य बैठे हैं । एक ओर मीडिया के प्रतिनिधि चुपचाप नोट्स ले रहे हैं। दूसरी ओर साहस फाउंडेशन की टीम के सदस्य अर्पिता, किशोर, उनकी लीगल टीम के तीन वकील, और अन्तिमा, हल्की थकान लेकिन दृढ़ता के साथ उपस्थित हैं। कमरे में सन्नाटा है । राष्ट्रीय मानवाधिकार आयोग के एक सदस्य अपने चश्मे

को ठीक करते हुए अन्तिमा और जावेद केस से जुड़ी एक फ़ाइल खोलते हैं और रिपोर्ट पढ़ते हुए, गंभीर स्वर में कहते हैं-
"साहस फाउंडेशन से जुड़े दो व्यक्तियों, सुश्री अन्तिमा और श्री जावेद अली के व्यक्तिगत संबंधों को लेकर फैली अफ़वाहों के कारण शहर की सार्वजनिक व्यवस्था प्रभावित हुई। भीड़ इकट्ठा हुई, धमकियाँ दी गईं, और फाउंडेशन की नीतियों पर सवाल उठाए गए। आयोग को यह जानना है कि इस मामले में संस्थान ने क्या कदम उठाए, और निजी जीवन के इस विवाद को संस्थागत संकट बनने से रोकने का प्रयास कैसे किया?"
कमरे में हल्की फुसफुसाहट । सभी निगाहें साहस फाउंडेशन के सदस्य अर्पिता और किशोर की तरफ़ देख रही थी । इसी बीच साहस फाउंडेशन की निदेशक, अर्पिता शांत लेकिन दृढ़ स्वर में जवाब देते हुए कहती है- "मान्यवर, हमारे संस्थान का आधार ही न्याय, समानता और स्वतंत्रता के सिद्धांतों पर टिका है । अन्तिमा और जावेद हमारे कर्मचारी हैं, योग्य, समर्पित और अपने काम के प्रति ईमानदार । उनके आपसी संबंध व्यक्तिगत दायरे में आते हैं । साहस फाउंडेशन ने कभी किसी निजी रिश्ते को न तो प्रोत्साहित किया, न ही बाधित किया। लेकिन उनकी निजता का सम्मान करना हमारा नैतिक और संवैधानिक कर्तव्य था ।
हम मानते हैं कि प्रेम, चाहे जिस धर्म, जाति, या पृष्ठभूमि के बीच हो, व्यक्तिगत अधिकार है, अपराध नहीं ।"
राष्ट्रीय मानवाधिकार आयोग के दूसरे सदस्य ने तेज़, थोड़े आक्रामक स्वर में पूछा - "लेकिन जब उनके रिश्ते के कारण भीड़ भड़क गई, आपके दफ़्तर के बाहर नारे लगे, मीडिया में सनसनी फैल गई तब आपने क्या किया ? क्या आपने पुलिस सुरक्षा माँगी? प्रशासन से औपचारिक संपर्क किया ?"

राष्ट्रीय मानवाधिकार आयोग के दूसरे सदस्य के प्रश्न का जवाब देते हुए किशोर ने नियंत्रित लेकिन सख़्त आवाज़ में जवाब देते हुए कहा कि- "जी, मान्यवर। घटना के उसी दिन हमने ज़िला मजिस्ट्रेट और वरिष्ठ पुलिस अधीक्षक दोनों को ईमेल और फ़ोन से सूचित किया। हमने तत्काल कोर्ट में हलफ़नामा दाख़िल कर कानूनी स्थिति स्पष्ट की, जिसमें यह स्पष्ट किया कि-

1. दोनों कार्मिक अन्तिमा और जावेद वयस्क हैं।
2. उनका आपसी संबंध किसी क़ानून का उल्लंघन नहीं करता है।
3. कार्यस्थल पर अनुशासन, पद या नीति के दुरुपयोग का कोई प्रमाण नहीं है।

हमने साहस फाउंडेशन के परिसर में सुरक्षा बढ़ाई। स्टाफ़ को सुरक्षित घर भेजा। मीडिया से संयम बरतने की अपील की।"

अन्तिमा अब तक शांत बैठी थीं। अब वे धीरे से आगे बढ़ती हैं। उनकी आँखों में ग़ुस्सा नहीं, एक गहरी थकान और अदम्य साहस है। वह संवेदनशील लेकिन दृढ़ स्वर में कहती है- "मान्यवर, पिछले कुछ हफ़्तों में मुझसे कई सवाल पूछे गए। मसलन - 'तुमने ऐसा क्यों किया ?'

'धर्म बदलोगी ?'

'परिवार की इज़्ज़त गई।'

पर किसी ने यह नहीं पूछा कि क्या मैं खुश हूँ ? क्या मुझे धमकियाँ देना इंसानियत है? क्या प्रेम करने का अधिकार किसी लड़की को नहीं है ?

आपके सामने हूँ, शर्मिंदा नहीं, पर आहत ज़रूर हूँ। क्योंकि मेरे प्यार की वजह से नहीं, बल्कि इस समाज की उस सोच की वजह से जो मुझे अपराधी की तरह देखता है।

मैंने अपराध नहीं किया, मैंने प्यार किया और उसकी कीमत मुझे धमकियों, अपमान, और झूठे आरोपों से चुकानी पड़ी।"

अन्तिमा कहना जारी रखती है -"सवाल मुझसे नहीं अपितु समाज से होना चाहिए । क्यों अब भी हम किसी महिला की पसंद को परिवार, धर्म, राजनीति और भीड़ के तराज़ू में तोलते हैं ?"

कमरे में सन्नाटा छा जाता है। आयोग के कुछ सदस्य सिर झुकाकर अन्तिमा की बात सुनते रहते हैं ।

अन्तिमा की दलीलें सुनकर आयोग सदस्यों का रुख नरम पड़ जाता है । पहला सदस्य अन्तिमा की हौसला अफजाई करते हुए कहता है- "सुश्री अन्तिमा, आपका साहस सराहनीय है । हम समझते हैं कि यह सिर्फ़ व्यक्तिगत मामला नहीं रहा , यह आपकी सुरक्षा, गरिमा और मौलिक अधिकारों से जुड़ा हुआ विषय बन गया है ।

राष्ट्रीय मानवाधिकार आयोग यह सुनिश्चित करेगा कि—

1. आपको और आपके सहयोगी श्री जावेद को कोई शारीरिक या मानसिक क्षति न पहुँचे ।

2. संबंधित राज्य सरकार से औपचारिक जवाब-तलब किया जाएगा कि सार्वजनिक व्यवस्था बिगड़ने के बावजूद सुरक्षात्मक कदम पर्याप्त क्यों नहीं उठाए गए।

3. अफ़वाह फैलाने और भीड़ को भड़काने वालों पर कार्रवाई की सिफ़ारिश की जाएगी।"

इस बीच साहस फाउंडेशन की लीगल टीम की हेड अधिवक्ता मीनाक्षी हस्तक्षेप करते हुए कहती है- "मान्यवर, हम यह भी आयोग के संज्ञान में लाना चाहेंगे कि-

1.कई चैनलों ने झूठी खबरें चलाईं, जिनमें यह दिखाया गया कि साहस फाउंडेशन 'लव जिहाद' जैसे किसी काल्पनिक षड्यंत्र में शामिल है ।

2.सोशल मीडिया पर झूठ फैलाते हुए कर्मचारियों की निजी तस्वीरों को तोड़-मरोड़कर पेश किया गया ।

3.फाउंडेशन के कार्यालय के बाहर सुरक्षा बलों की संख्या अपर्याप्त रही, जिससे कर्मचारियों में भय का माहौल बना ।

हम आग्रह करते हैं कि मीडिया नियामक संस्थाओं को भी निर्देश दिया जाए कि बिना तथ्यात्मक पुष्टि के ऐसी ख़बरें चलाना बंद करें।"

मीनाक्षी की बात पूरी होते ही किशोर थोड़ा भावुक होकर कहता है- "मान्यवर, हमने साहस फाउंडेशन इसलिए बनाया था कि समाज के वंचित वर्ग, विशेषकर महिलाओं और लड़कियों को न्याय, शिक्षा और गरिमा का अधिकार दिला सकें। आज पहली बार हमें महसूस हुआ कि जिन मूल्यों की हम रक्षा कर रहे थे, वही मूल्य हमारे कर्मचारियों के लिए ढाल नहीं बन पाए। भीड़ का डर, राजनीति की गंदगी, और मीडिया की गैर-जिम्मेदारी इत्यादि मिलकर इंसाफ़ की आवाज़ को दबाने लगे हैं ।

पर हम झुकेंगे नहीं। क्योंकि अगर हम झुक गए, तो आने वाली पीढ़ियाँ सीखेंगी कि भीड़ का शोर न्याय से बड़ा है और यह सच नहीं है ।"

राष्ट्रीय मानवाधिकार आयोग के तीसरे सदस्य काफी समय से चुप थे, अपनी चुप्पी तोड़ते हुए कहते हैं- "श्री किशोर, क्या आपको लगता है कि संस्थागत स्तर पर आचार संहिता को लेकर भी कोई स्पष्टता होनी चाहिए थी? मतलब क्या आपके संस्थान की एच.आर. पॉलिसी में यह लिखा है कि आपसी संबंधों को कैसे संभाला जाएगा ?"

किशोर संयम से जवाब देते हुए कहता है- "जी, हमारे एच.आर. मैनुअल में स्पष्ट लिखा है कि किसी भी कर्मचारी का व्यक्तिगत संबंध संस्थान की नीतियों में हस्तक्षेप नहीं करेगा, बशर्ते उससे कार्यस्थल का अनुशासन प्रभावित न हो । कोई भी रिश्ता जिसमें शक्ति का असंतुलन हो यानी वरिष्ठ-अधीनस्थ , उसमें अतिरिक्त पारदर्शिता अपेक्षित होगी ।

हम किसी संबंध को प्रोत्साहित नहीं करते, पर रोकते भी नहीं, क्योंकि वह व्यक्तिगत स्वतंत्रता का विषय है । इस मामले में न तो कोई पद का दुरुपयोग हुआ, न ही किसी नीति का उल्लंघन ।"

आयोग के पहले सदस्य ने सभी दलीलों को सुनने के बाद निष्कर्ष स्वर में कहा - "ठीक है । आयोग इस पूरी गवाही, प्रस्तुत दस्तावेज़, और राज्य प्रशासन से मिलने वाले जवाबों के आधार पर विस्तृत सिफ़ारिश तैयार करेगा। पर एक बात स्पष्ट है कि यह केवल साहस फाउंडेशन का मुद्दा नहीं है, यह समाज के सामूहिक विवेक की परीक्षा है।

हम उम्मीद करते हैं कि साहस फाउंडेशन जैसे संस्थान आगे भी समानता, स्वतंत्रता और न्याय के मूल्यों को मज़बूती से थामे रहेंगे और हम, आयोग के तौर पर, आपकी सुरक्षा और गरिमा सुनिश्चित करने के लिए आपके साथ खड़े हैं ।"

इसी के साथ आयोग के साथ बैठक समाप्त होती है। अर्पिता हल्की साँस छोड़ती हैं । किशोर अन्तिमा के कंधे पर हाथ रख कर चुपचाप ताक़त देते हैं। मीनाक्षी फ़ाइलें समेटती हैं । बाहर मीडिया कैमरों की फ्लैश तैयार हो रही हैं, पर इस बार भीतर से निकलने वाली आँखें झुकी नहीं, सीधी थीं मानो संघर्ष अब भी बाकी है, पर न्याय का रास्ता अब साफ़ नज़र आने लगा है ।

पढ़ते रहिए ,अगले भाग में आप पढ़ेंगे कि मानवाधिकार आयोग्य की रिपोर्ट और अनुशंसाओं को लेकर क्या चर्चाएं होती हैं ?

भाग 141 : आयोग की क्लिन चिट पर राजनीति !

अगले दिन सुबह शहर के एक बड़े अख़बार के ऑफिस में रिपोर्टर, एडिटर, डेस्क हेड – सभी लोग अख़बार के फ्रंट पेज को लेकर चर्चा कर रहे हैं । एडिटर के हाथ में कॉफ़ी कप है और वह कॉफी की चुस्की लेने हुए कहता है- " तो, यही हेडलाइन जाएगी, मानवाधिकार आयोग ने साहस फाउंडेशन को क्लिन चिट दी, भीड़ उकसाने वालों के खिलाफ जांच शुरू ।"

रिपोर्टर एडिटर की बात का जवाब देते हुए कहता है-"सर सोशल मीडिया पर पहले ही #JusticeForSahas ट्रेंड कर रहा है । लोग सवाल उठा रहे हैं कि जो लोग फाउंडेशन पर आरोप लगा रहे थे,वो अब चुप क्यों हैं।"

डेस्क हेड अपनी प्रतिक्रिया देते हुए कहता है–"हमारा काम खबर देना है, रंग चढ़ाना नहीं। लेकिन फोटो का चयन मजबूत होना चाहिए।"

रिपोर्टर फोटो दिखाते हुए कहता है-"ये देखिए , अन्तिमा गाँव की तीन बच्चियों को पढ़ा रही हैं । नीचे कैप्शन दिया है: 'वो लौटीं हैं – डर नहीं, दिशा लेकर ।"

एडिटर हल्की मुस्कान के साथ कहता है- "परफेक्ट। यही मैसेज जाएगा – डराने वाले हार गए, पढ़ाने वाले लौट आए ।"

इधर टीवी न्यूज़ स्टूडियो में सुबह 9 बजे ब्रेकिंग न्यूज़ चल रही है । दो पैनलिस्ट, एक महिला एंकर, और एक राजनीतिक प्रवक्ता स्क्रीन पर हैं।

एंकर पूरे मसले पर अपनी बात रखते हुए कहती है- “कल देर रात मानवाधिकार आयोग की विस्तृत जांच रिपोर्ट ने साहस फाउंडेशन को क्लिन चिट दी है। आयोग ने साफ़ कहा है कि संस्था के खिलाफ लगाए गए आरोप बेबुनियाद हैं और कई जगहों पर संगठित भीड़ ने अफवाहें फैलाईं। अब बड़ा सवाल – क्या राज्य सरकार अफवाहें फैलाने और भीड़ को उकसाने वाले जिम्मेदारों पर कार्रवाई करेगी?”

पैनलिस्ट-1 मानवाधिकार विशेषज्ञ एंकर के सवाल पर प्रतिक्रिया व्यक्त करते हुए कहता है– “देखिए, ये सिर्फ एक संस्था का मुद्दा नहीं है। ये संकेत है कि सामाजिक बदलाव के खिलाफ संगठित ताक़तें किस तरह काम करती हैं । आयोग की रिपोर्ट ने साफ़ कर दिया कि न तो पैसे का ग़लत इस्तेमाल हुआ, न ही किसी सांस्कृतिक नियम का उल्लंघन । सब कुछ कानूनी और पारदर्शी था ।”

पैनलिस्ट-2 सत्तारूढ़ दल के प्रवक्ता अपनी स्थिति स्पष्ट करते हुए कहता है- “सरकार की प्राथमिकता कानून-व्यवस्था बनाए रखना है । आयोग की सिफ़ारिशें हमारे लिए गाइडलाइन का काम करेंगी। जो भी लोग भड़काने में शामिल थे, उन पर कार्रवाई होगी।”

एंकर कटाक्ष भरे अंदाज़ में कहती है- “लेकिन ये तो वही लोग थे जिनकी वजह से सड़कें और दुकानें जलीं, लोग ग़लतफ़हमी में उग्र हुए, और संस्था बदनाम हुई । क्या उनके नाम सार्वजनिक होंगे ?”

सत्तारूढ़ दल के प्रवक्ता साँस खींचते हुए कहते हैं- “जांच चल रही है। रिपोर्ट की कॉपी गृह विभाग को दी गई है। जल्द ही नाम सामने आएंगे।”

मानवाधिकार विशेषज्ञ अपनी बात रखते हुए कहते हैं-"याद रखिए, यह सिर्फ लीगल मामला नहीं, सामाजिक नैरेटिव की लड़ाई है। और आज की हेडलाइन बता रही है – साहस जीता, डर हारा।"

इधर राज्य सचिवालय में दोपहर बारह बजे मुख्यमंत्री अपने ऑफिस में, गृह सचिव, महिला एवं बाल विकास मंत्री, पुलिस महानिदेशक के साथ मौजूद हैं। मुख्यमंत्री कड़े निर्देश देते हुए कहती हैं- "आयोग की रिपोर्ट साफ़ है। अब कोई कन्फ्यूजन नहीं । मुझे आज ही आदेश चाहिए । जिन अफसरों ने बिना वेरिफिकेशन दबाव में आकर संस्था पर कार्रवाई की, उनका रिव्यू हो और जो लोग भीड़ भड़काने में शामिल थे, चाहे वो किसी संगठन के हों, उन्हें चिन्हित किया जाए ताकि उन पर कठोर कानूनी कार्रवाई की जा सके।"

गृह सचिव मुख्यमंत्री के निर्देश पर प्रतिक्रिया देते हुए कहते हैं- "मैडम, सूची तैयार हो रही है। अभी तक 16 नाम आए हैं । इनमें तीन स्थानीय नेताओं के नाम भी शामिल हैं।"

महिला एवं बाल विकास मंत्री संकोच के साथ अपनी बात रखते हुए कहती है- "हमें राजनीतिक कीमत चुकानी पड़ सकती है, मुख्यमंत्री जी।"

मुख्यमंत्री दृढ़ आवाज़ में जवाब देते हुए कहती है- "अगर हम सही काम की कीमत से डरें, तो फिर सरकार चलाने का क्या मतलब है ? ये सिर्फ साहस फाउंडेशन का नहीं, पूरे प्रदेश के सामाजिक ताने-बाने का सवाल है ।"

पुलिस महानिदेशक अनुमति लेकर बोलते हुए कहते हैं- "हम मीडिया ब्रीफ़ तैयार कर रहे हैं। शाम तक गिरफ्तारी की पहली सूची जारी कर देंगे।"

मुख्यमंत्री हल्की राहत की साँस लेते हुए कहती है- "अच्छा ! और साहस फाउंडेशन को पुनः सार्वजनिक तौर पर समर्थन दीजिए। इससे संदेश जाएगा कि सुधार के काम में सरकार साथ है, विरोधी नहीं।"

साहस फाउंडेशन के ऑफिस में शाम पाँच बजे अर्पिता, किशोर, अन्तिमा, स्टाफ़, कुछ स्थानीय नेता और पत्रकार मौजूद हैं। माहौल उत्साह, राहत और आँसुओं से भरा है। एक पत्रकार अर्पिता से सवाल करते हुए पूछता है- "अर्पिता जी, आयोग की रिपोर्ट के बाद आप क्या कहना चाहेंगी?"

अर्पिता की आँखें नम हैं पर वह मुस्कराते हुए जवाब देती है- " ये हमारी नहीं, उन बच्चियों की जीत है जिन्हें हमने स्कूल भेजने का सपना देखा था। जिन लोगों ने हमें झूठा कहा, उन्हें आज सच्चाई ने जवाब दे दिया।"

किशोर पत्रकारों की तरफ़ देखते हुए कहता है- "हमारे देश में अक्सर सबसे बड़ा संघर्ष सच को सच साबित करने का होता है। आज आयोग ने वो लड़ाई आसान कर दी, पर ज़ख्म अभी भरे नहीं हैं ।"

अन्तिमा धीरे, मगर गहरी आवाज़ में कहती है-"मैं लौटी हूँ, डर नहीं, दिशा लेकर और अब मैं चाहती हूँ कि गाँव की हर लड़की पढ़े, खड़ी हो, और किसी से ना डरे ।"

अन्तिमा की बात सुनकर वहाँ उपस्थित कार्यकर्ता तालियाँ बजाते हैं, कुछ स्थानीय महिलाएँ भावुक होकर रो पड़ती हैं। एक स्थानीय

महिला अन्तिमा को गले लगाते हुए कहती है-"बेटी, तूने सबको रास्ता दिखाया। लोग भड़कते रहे, पर तू डटी रही। अब हम सब तेरे साथ हैं ।"

पढ़ते रहिए,अगले भाग में आप पढ़ेंगे कि मानवाधिकार आयोग की क्लिन चिट पर गाँव में क्या चर्चाएं शुरू होती है ?

भाग 142 : आयोग की सिफ़ारिश के बाद प्रतिक्रियाएँ !

राष्ट्रीय मानवाधिकार आयोग से क्लिन चिट मिलने के बाद उसी शाम, एक टीवी चैनल द्वारा लाइव कवरेज किया जाता है । इस कवरेज का साहस फाउंडेशन के ऑफिस से सीधा प्रसारण किया जा रहा है, एंकर कह रही है कि - " अब आप को सीधे साहस फाउंडेशन लेकर चलते हैं जहाँ उत्साह, भरोसा और बदलाव की नई शुरुआत हो रही है । हमारे साथ हैं अर्पिता, किशोर और अन्तिमा ।"
साहस फाउंडेशन के ऑफिस से रिपोर्टर लाइव जुड़ते हुए बताते हैं कि - "यहाँ लोग कह रहे हैं कि यह केवल संस्था की जीत नहीं, बल्कि समाज में भरोसा वापस लाने का क्षण है । लड़कियाँ मुस्कुरा रही हैं, पढ़ाई पर चर्चा हो रही है, और दीवारों पर फिर से रंगीन चार्ट टंगने लगे हैं ।"
स्टूडियो से एंकर रिपोर्टर की बात को आगे बढ़ाते हुए कहती है-
"और यही तस्वीर बताती है कि अन्तिमा लौटीं हैं, डर नहीं, दिशा लेकर।"
उसी दिन शाम को साहस फाउंडेशन के मीटिंग रूम में एक मिटिंग चल रही है जिसमें सभी सीनियर स्टाफ़, वॉलंटियर, समर्थक, लीगल टीम के सदस्य मौजूद हैं। इस मीटिंग में सभी को संबोधित करते हुए

किशोर कहते हैं कि –"अब हमें सिर्फ क्लीन चिट से संतोष नहीं करना चाहिए। हमें सुधार, दस्तावेज़ीकरण, और कम्युनिटी पार्टनरशिप को और मज़बूत बनाना है । ताकि अगली बार कोई भी हम पर ऊँगली उठाने से पहले सौ बार सोचे ।"

किशोर की बात पर प्रतिक्रिया देते हुए लीगल टीम के हेड कहते हैं- "हम कोर्ट में उन लोगों पर डिफ़ेमेशन यानि मानहानि के केस भी डाल सकते हैं जिन्होंने झूठा प्रचार किया और साहस फाउंडेशन के नाम को बदनाम किया ।"

अर्पिता थोड़ा सोचते हुए जवाब देती है-"कर सकते हैं, पर हमें देखना होगा कि क्या लड़ाई अदालत की हो या ज़मीन पर शिक्षा की। हमारा काम डर को हराना है, शिक्षा के माध्यम से बदलाव लाना है, बदला लेना नहीं।"

अर्पिता की बात का समर्थन करते हुए अन्तिमा कहती है-"बिलकुल। अगर हमें जवाब देना है, तो उसी भाषा में देना है जिसमें हमारी ताक़त है, पढ़ाई, आज़ादी, और बराबरी की भाषा में ।"

एक सीनियर वॉलंटियर भी अन्तिमा की बात सुनकर कहती है- "यानी अन्तिमा लौटीं हैं, डर नहीं, दिशा लेकर... अब वही दिशा हमें आगे ले जाएगी। आज सभी टीवी चैनलों ने साहस फाउंडेशन का पक्ष और मानवाधिकार आयोग द्वारा दी गयी क्लिन चिट को प्रमुखता से प्रसारित किया है ।"

सीनियर वॉलंटियर की बात से सहमत होते हुए अर्पिता कहती है- "बिल्कुल, अब हमें देखना है कि प्रिंट मीडिया मानवाधिकार आयोग द्वारा दी गयी क्लिन चिट को को कैसे बयान करता है । कल शहर से प्रकाशित होने वाले सभी प्रमुख अखबार ऑफिस में मंगवाते हैं और उन पर कल की मॉर्निंग असेंबली में समस्त स्टॉफ के साथ चर्चा करते हैं ।"

सभी कार्मिक इस प्रस्ताव पर सहमत होते हुए तालियों की गड़गड़ाहट से सहमति व्यक्त करते हैं। अगले दिन ठीक सुबह 9:30 पर साहस फाउंडेशन के सभी कार्यकर्ता मीटिंग हॉल में मौजूद हैं। अन्तिमा सभी प्रकाशित अखबारों को हाथ में लेकर खुशी से झूमते हुए मीटिंग हॉल में आती हैं ।

मीडिया कवरेज का असर सबको बताते हुए कहती है- कि एक प्रमुख अखबार "दिशाध्वज" ने अपने संपादकीय की हैड लाइन में लिखा है कि- "अफवाहों से ज़्यादा ताक़त संस्थाओं के इमानदारी भरे काम में होती है।" दूसरे अखबार ने लिखा है कि-"साहस फाउंडेशन पर लगे झूठे आरोप, उन सभी संगठनों के लिए सबक़ हैं जो बदलाव की राह में कांटे झेलते हैं।"

तीसरे अखबार के संपादकीय में लिखा गया था कि -"राज्य सरकार को सराहना मिलनी चाहिए कि उन्होंने आयोग की रिपोर्ट के बाद त्वरित कार्रवाई की, वरना न्याय में देरी का मतलब न्याय से इंकार होता ।"

सभी उपस्थित कार्यकर्ता तालियाँ बजाकर और हिप हिप हुर्रे चिल्लाते हुए सीटियां बजाते हैं। उनमें से कुछ खुशी के मारे नाचने लगते हैं। पूरे मीटिंग हॉल में खुशी की लहर छा जाती है। थोड़ी ही देर में सभी कार्यकर्ताओं के लिए नाश्ते की प्लेट सर्व की जाती है और सभी एक दूसरे को गले लगाने लगते हैं ।

अर्पिता और किशोर भी भावुक हो उठते हैं । अर्पिता, अन्तिमा को गले लगाते हुए अपने आँसू पोंछती है और सभी को संबोधित करते हुए कहती है- "आज का दिन साहस फाउंडेशन के लिए गर्व और खुशी का दिन है । हम सभी ने मिलकर जिस तरह से संस्था पर छाए संकट के बादलों का मुकाबला किया है वह किसी एक के बस की बात नहीं थी । आप सभी कार्यकर्ताओं के संबल और विश्वास के दम पर ही हम इस लड़ाई को जीत पाने में सफल हुए हैं ।" अर्पिता के

इस संबोधन के साथ ही सभी कार्यकर्ता एक दूसरे को बधाई देते हैं और अपने अपने काम में व्यस्त हो जाते हैं । पढ़ते रहिए, अगले भाग में आप पढ़ेंगे कि साहस फाउंडेशन के विरोधियों में क्यों मची हलचल?

भाग 143 : विरोधियों में क्यों मची हलचल ?

मानवाधिकार आयोग द्वारा क्लिन चिट मिलने के बाद सरकार और मीडिया द्वारा साहस फाउंडेशन के कार्य की तारीफें हो रही थी मगर ग्राम प्रधान दलपत सिंह और महन्त जो जेल में बन्द हैं, की सह पर उनके गुर्गों द्वारा शहर और गांवों में साहस फाउंडेशन के खिलाफ जहर फैलाया जा रहा था । उसे बदनाम किया जा रहा था परन्तु गाँव वासी अब सच जान गए थे । वे साहस फाउंडेशन के काम को बेहतर ढंग से समझ गए थे और अपनी लड़कियों साहस फाउंडेशन के द्वारा संचालित केंद्रों पर अध्ययन के लिए भेजने हेतु सहमत थे।

गाँव के पंचायत सदस्यों द्वारा चौपाल पर पंचायत की खुली बैठक बुलाई गई है। इस बैठक में पंचायत के सरपंच कह रहे थे कि–"खबर है कि मानवाधिकार आयोग ने साहस फाउंडेशन को क्लिन चिट दी है। मीडिया और सरकार उसकी तारीफ कर रही है । लेकिन दलपत सिंह और महन्त, जो जेल में बंद हैं, उनके इशारे पर गुर्गे अफवाहें फैला रहे हैं। संस्थान को बेवजह बदनाम किया जा रहा है ।"

सरपंच जी की बात सुनकर पंचायत की शिक्षा समिति के प्रमुख एक हरिराम कहते हैं- "भाइयो-बहनो, आज की बैठक खास है। गाँव के सामने सच और झूठ की लड़ाई खड़ी है। एक तरफ साहस फाउंडेशन है, जिसकी सरकार और मीडिया तारीफ कर रहे हैं। दूसरी तरफ

हमारे ही बीच के कुछ लोग हैं, जो जेल से बैठकर गाँव में जहर फैला रहे हैं। हमें आज तय करना है कि हम किस ओर खड़े होंगे ।"

हरिराम की बात सुनकर गाँव के एक बुजुर्ग रामदयाल कहते हैं- "हरिराम सही कह रहे हैं । बरसों से गाँव में लड़कियाँ शिक्षा से वंचित थीं । साहस फाउंडेशन आया तो उम्मीद जगी। लेकिन दलपत और महन्त जैसे लोगों को ये अच्छा नहीं लगा। अब वे कहते हैं कि -"ये लोग हमारी परंपरा बिगाड़ देंगे ।"

मध्यम आयु की एक महिला सीता बुज़ुर्ग रामदयाल की बात पर प्रतिक्रिया देते हुए कहती है- " काका, परंपरा अगर औरत को अंधेरे में रखे, तो ऐसी परंपरा किस काम की ? मेरी बिटिया जब से साहस केंद्र पर पढ़ने जाती है, घर का हिसाब लिखना सीख गई है। अब वो खुद कहती है, "अम्मा, मैं आगे पढ़ूँगी, नौकरी करूँगी।" क्या ये खराब है ?"

एक युवा गोपीनाथ, जो पहले साहस फाउंडेशन का विरोधी था , कहता है- "सुनो, मैं पहले दलपत सिंह का समर्थक था। मानता हूँ, मुझे भी लगा था कि शहर से आए NGO वाले धोखा देते हैं । लेकिन जब देखा कि गाँव की बेटियाँ बदल रही हैं, आत्मविश्वास से बोल रही हैं, तो मुझे लगा गलती हमारी ही थी । हमने उनको गलत समझा ।"

इसी बीच गाँव में मीडिया का प्रवेश होता है। शहर से पत्रकार और कैमरा टीम आती है। एक रिपोर्टर अपना परिचय देते हुए कहता है- "नमस्कार गाँव वालों। मैं नाज़ तक टीवी चैनल से आया हूँ । हमें बताया गया कि साहस फाउंडेशन पर पहले विवाद था, मगर अब माहौल बदल रहा है । आप लोग हमें अपना अनुभव बताएँ। इस बारे में आप लोग क्या सोचते हैं ?"

एक बुजुर्ग महिला सरस्वती रिपोर्टर की बात का जवाब देते हुए कहती है- "बेटा, लिख लो । पहले हम डरते थे, सोचते थे कि बेटी

बाहर जाएगी तो क्या होगा । मगर अब हम खुद कह रहे हैं, "बेटी पढ़ेगी तभी घर रोशन होगा ।"

बुजुर्ग महिला सरस्वती की बात सुनकर रिपोर्टर अगला सवाल पूछते हुए कहता है- "बहुत अच्छा । लेकिन ये बताइए कि अभी भी कुछ लोग साहस फाउंडेशन के बारे में अफवाह फैला रहे हैं। आप उनका सामना कैसे करेंगे?"

एक युवा किसान मोहन इस सवाल का जवाब देते हुए कहता है- "अब डरने का सवाल ही नहीं। जो गुर्गा चौपाल पर आएगा, उसको सच्चाई दिखाएँगे। गाँव अब जाग चुका है ।"

इधर प्रधान दलपत सिंह और महन्त के गुर्गे अभी भी साहस फाउंडेशन के बारे में भ्रांतियां फैला रहे हैं । प्रधान दलपत सिंह और महन्त के दो गुर्गे आते हैं, उनके हाथ में पर्चे हैं। पहला गुर्गा हाथ में पर्चा लहराते हुए कहता है- "सुनो गाँव वालो ! मत बहको इनकी बातों में। साहस फाउंडेशन आपकी लड़कियों को विदेश भेज देगा और वापस कोई न आएगा ।"

भीड़ से आवाजें आती है- "झूठ ! झूठ !"

दूसरा गुर्गा कहता है- "अरे हम तो आप लोगों की भलाई के लिए कह रहे हैं। ये लोग तुमसे जमीन छीन लेंगे ।"

इसी बीच साहस फाउंडेशन की प्रमुख अर्पिता और किशोर भी पंचायत की बैठक में पहुँच जाते हैं । प्रधान दलपत सिंह और महन्त के गुर्गों की बात सुनकर अर्पिता कहती है- "सब साफ कर दूँ। हमारी संस्था का हर काम रजिस्टर में दर्ज है । सरकार और आयोग की नज़र में है । क्या हम जमीन छीन सकते हैं ? क्या हम बिना सरकार की अनुमति कुछ कर सकते हैं ?"

अर्पिता की बात को आगे बढ़ाते हुए किशोर कहते हैं- और रही बात लड़कियों को विदेश भेजने की तो यह बात झूठ है । शहर में भी

केवल उन्हीं लड़कियों को भेजा जाएगा जो कॉलेज में पढ़ाई करना चाहें। वो भी उनके माँ-बाप की लिखित सहमति से।"

मोहन गुस्से में प्रधान दलपत सिंह और महन्त के गुर्गों की तरफ बढ़ते हुए कहता है- "अब बस करो ! हमें तुम्हारे झूठ नहीं चाहिए । गाँव की पंचायत ने फैसला किया है कि साहस फाउंडेशन का समर्थन होगा।"

भीड़ तालियाँ बजाती है। गुर्गे शर्म से पर्चे फेंककर उल्टे पाँव भाग जाते हैं। इस बीच पंचायत की बैठक में आई महिलाएं आपस में बतियाने लगती हैं । सीता अपनी पड़ोसन रुक्मणी से कहती है- "देखा बहन ? पहले मैं भी डरती थी, पर अब मेरी पिंकी पढ़-लिखकर बदल गई है । कल उसने बताया कि उसका सपना डॉक्टर बनने का है।"

रुक्मणी सीता की बात का जवाब देते हुए कहती है- "मेरी रीता बिटिया भी पढ़ना चाहती है । पहले घर वाले मानते नहीं थे, मगर अब तो पंचायत का भी समर्थन मिल गया।"

"हाँ, अब कोई रोक नहीं सकता।" सीता रुक्मणी की बात का समर्थन करते हुए कहती है।

पंचायत की बैठक के बाद सभी गाँव वाले साहस फाउंडेशन द्वारा संचालित केन्द्र पर पहुँचते हैं, जहाँ लड़कियाँ पढ़ रही हैं । इस केन्द्र पर छात्राएं आपस में संवाद कर रही हैं । एक छात्रा पिंकी अपनी मां को अपनी नोटबुक दिखाते हुए कहती है- "अम्मा ! देखो, मैंने निबंध लिखा है, "शिक्षा का महत्व।"

सीता गर्व से अपनी बिटिया की पीठ थपथपाते हुए कहती है- "शाबाश बेटी। पढ़ाई से ही तेरी ज़िंदगी बदलेगी।"

दूसरी छात्रा रीता अर्पिता से मुखातिब होते हुए कहती है- "दीदी, पहले हमें लगता था कि हम बस खेत में काम करेंगे । अब लगता है कि हम भी डॉक्टर, टीचर बन सकते हैं।"

" बिलकुल बेटियों । यही तो साहस फाउंडेशन का सपना है । हर लड़की पढ़े और आत्मनिर्भर बने ।" अर्पिता जवाब देते हुए कहती है ।

ये सब देख सुनकर पंचायत के सरपंच पंचायत का औपचारिक फैसला सुनाते हुए कहते हैं- "सुनो गाँव वालो, पंचायत का निष्कर्ष यह है-

1. साहस फाउंडेशन गाँव में शिक्षा का काम जारी रखेगा ।

2. जो भी अफवाह फैलाएगा, उसके खिलाफ गाँव एकजुट होकर कार्रवाई करेगा ।

3. हर परिवार अपनी बेटी को साहस केंद्र भेजेगा ।

भीड़ एक साथ तालियाँ बजाकर कहती है- "हम सब सहमत हैं !"

मीडिया इस सारे घटनाक्रम का कवरेज करते हुए एक रिपोर्टर रिपोर्टर कैमरे की ओर कहता है- "आपने देखा, कैसे गाँव की सोच बदल रही है। अफवाहें अब यहाँ असर नहीं कर रहीं । साहस फाउंडेशन के प्रयासों से बेटियाँ नई रोशनी पा रही हैं। यही असली बदलाव है ।"

रिपोर्टर कैमरे से दिखाता है जहाँ गाँव वाले अपनी बेटियों का हाथ पकड़कर साहस केंद्र की ओर ले जाते हैं । हँसी-खुशी का माहौल है। लड़कियाँ किताबें लेकर गीत गा रही हैं। लड़कियाँ गाते हुए कहती हैं कि- "पढ़ेंगी-बढ़ेंगी बेटियाँ, रोशन होंगी झोपड़ियाँ ।"

गाँव का एक बुज़ुर्ग रामदयाल आँखों में आँसू भरकर भावुक होकर किशोर से मुखातिब होते हुए कहता है- "आज सच में लगता है, गाँव का भविष्य बदल रहा है।''

किशोर धीरे से रामदयाल का कंधा थपथपाते हुए कहता है- "ये बदलाव अब रुकने वाला नहीं ।"

भाग 144 : साहस फाउंडेशन में फिर क्यों छाए संकट के बादल ?

साहस फाउंडेशन को मानवाधिकार आयोग से क्लिन चिट मिलने के बाद सभी कार्यकर्ता बहुत खुश थे, बस खुश नहीं थे तो सिर्फ पूर्व ग्राम प्रधान दलपत सिंह और महन्त के गुर्गे । ये गुर्गे अब कोई नई चाल चलने और साहस फाउंडेशन के खिलाफ ऐसी बिसात बिछाने की जुगत में लगे थे कि उनका बदला पूरा हो जाए । लिहाजा पूर्व ग्राम प्रधान दलपत सिंह और महन्त के इशारे पर कुछ गुर्गों ने साहस फाउंडेशन के अन्दर कार्य कर रहे कार्यकर्ताओं को असंतोष के नाम पर भड़काना शुरू किया और संस्थान पर अर्पिता की बहिन अन्तिमा, मां विमला देवी सहित पूरे खानदान को नौकरी देने के आरोप लगा कर संस्थान के फंडर्स और डोनर्स को गुप्त पत्र लिखवा दिया जिससे संस्थान को डोनर्स की queries का सामना करना पड़ा ।

साहस फाउंडेशन के सभागार में सुबह नौ बजे अर्पिता, किशोर, विमला देवी, आचुकी, अन्तिमा सहित कई कार्यकर्ता मौजूद हैं। माहौल थोड़ा तनावपूर्ण है। दीवारों पर संस्था के कार्यक्रमों की तस्वीरें लगी हुई हैं। किशोर बैठक की शुरुआत करते हुए कहते हैं- " दोस्तों, जैसा कि आप सब जानते हैं, हमें मानवाधिकार आयोग से क्लिन चिट मिल चुकी है। यह हम सबके परिश्रम की जीत है । लेकिन खुशी के इस दौर में भी कुछ शक्तियाँ हमें कमजोर करने पर तुली हुई हैं।"

अर्पिता गंभीर स्वर में कहती है- "हाँ, दलपत सिंह और महन्त के गुर्गे अब अंदरूनी असंतोष फैलाने में जुट गए हैं। उन्होंने गुमनाम चिट्ठियाँ हमारे डोनर्स और फंडर्स तक पहुँचा दी हैं। आरोप यह है कि संस्था में मेरे परिवार के लोगों को ही नौकरी दी गई है और यहाँ Nepotism यानि भाई -भतीजावाद पनप रहा है ।

रजनी एक कार्यकर्ता, थोड़े उत्तेजित स्वर में कहती है- “लेकिन दीदी, यह बात तो आधी सच्चाई और आधा झूठ है । सही प्रक्रिया से ही भर्तियाँ हुई थीं । HR कमेटी, इंटरव्यू सब हुआ था । फिर भी बाहरवालों को कौन समझाए ?”

तन्वी जो संस्थान की HR हेड है, शांत लहजे में कहती है-“रजनी सही कह रही है । हमने पूरी प्रोसेस को डॉक्यूमेंट किया है । लेकिन समस्या यह है कि डोनर्स ने queries भेजी हैं, “क्या संस्था में Nepotism हो रहा है?” इस सवाल का हमें तथ्यात्मक जवाब देना होगा ।”

विमला देवी थोड़ी भावुक होकर कहती है-”बिटिया, मुझे तो ऐसा लगता है कि सिर्फ मेरा और मेरी बेटियों का नाम लेकर वे लोग तुमको बदनाम करना चाहते हैं । मैंने यहाँ किसी पर कोई एहसान नहीं किया। मैं भी कार्यकर्ता ही हूँ, और दिन-रात मेहनत करती हूँ ।”

अन्तिमा धीरे से अपनी माँ की बात का जवाब देते हुए कहती है- “लेकिन माँ, लोग बाहर यही कह रहे हैं कि यह संस्था ‘खानदान की नौकरीघर’ बन गई है। मैं कल बाज़ार गई थी, तो कुछ औरतें कानाफूसी कर रही थीं।”

आचुकी दृढ़ स्वर में कहती है-“अन्तिमा, हमें कानाफूसी से नहीं डरना। हम अपनी मेहनत और पारदर्शिता से जवाब देंगे ।” इस बीच एक स्टाफ सदस्य मेल का प्रिंटआउट लेकर आता है और कहता है- “मैम, ये डोनर एजेंसी की ताज़ा मेल है । उन्होंने साफ लिखा है- “Please clarify how many family members of the Director are employed in Sahas Foundation and under what process they were appointed.” जिसका तात्पर्य था कि “कृपया स्पष्ट करें कि निदेशक के कितने परिजन साहस फाउंडेशन में कार्यरत हैं और उनकी नियुक्ति किस प्रक्रिया के तहत की गई थी ।” किशोर स्टॉफ सदस्य के हाथ से प्रिंटआउट का कागज

पढ़कर, गहरी सांस लेते हुए कहता है-"यानी अब हमें तथ्यात्मक और विस्तार से लिखित स्पष्टीकरण देना होगा।"

कुछ कार्यकर्ता आपस में फुसफुसाने लगते हैं । एक कार्यकर्ता दूसरे के कान में फुसफुसाते हुए -"देखो, सच्चाई तो यही है कि बहिनें और माँ यहाँ काम कर रही हैं । चाहे सही तरीके से हुई भर्ती, पर सवाल तो उठेंगे ही ।"

दूसरा कार्यकर्ता जवाब देते हुए कहता है-"हाँ, और यही मुद्दा असंतोष की जड़ बनेगा। दलपत सिंह इसी को हवा दे रहा है ।"

अर्पिता दोनों कार्यकर्ताओं की फुसफुसाहट सुनकर कहती है- "मित्रों, कृपया स्पष्ट बोलिए । यह संस्था किसी एक की नहीं है । यदि आपको कोई शंका है तो अभी और यहीं रखिए ।"

पहला कार्यकर्ता थोड़ा झिझकते हुए कहता है-"अर्पिता दीदी, हमें आपसे कोई व्यक्तिगत शिकायत नहीं है । लेकिन बाहर जब लोग कहते हैं कि साहस फाउंडेशन परिवारवाद का अड्डा बन गया है, तो हमें भी जवाब देने में मुश्किल होती है ।"

किशोर प्रतिक्रिया व्यक्त करते हुए कहते हैं- "बिल्कुल सही मुद्दा है । हमें पारदर्शी जवाब देना होगा।"मानव संसाधन प्रमुख तन्वी किशोर की बात को आगे बढ़ाते हुए कहती है- "देखिए, HR रिकार्ड्स में साफ दर्ज है कि विमला देवी की नियुक्ति कैम्पस केयर टेकर के रूप में हुई थी, एक खुले विज्ञापन के बाद ।"

"अन्तिमा ने रिसर्च असिस्टेंट पद के लिए प्रतियोगी इंटरव्यू दिया था। आचुकी को फील्ड मैनेजर पद पर इंटरव्यू की पूरी प्रक्रिया से गुजरने के बाद ही चुना गया था ।"

किशोर HR प्रमुख तन्वी की बात सुनकर कहते हैं- "इन तीनों ने मेरिट पर जॉइन किया है, न कि सिर्फ रिश्तेदारी के आधार पर ।"

रजनी सवाल पूछते हुए कहती है-

"फिर भी गुर्गे झूठ क्यों फैला रहे हैं ?"

अर्पिता कड़वाहट भरे लहज़े में कहती है-"क्योंकि वे जानते हैं कि संस्था की सबसे बड़ी ताक़त उसकी विश्वसनीयता है। यदि उस पर दाग़ लगा दिया जाए, तो डोनर्स का भरोसा टूटेगा। संस्था में फंडिंग क्राइसिस आएगा और संस्था बिखर जाएगी।"

पढ़ते रहिए, अगले भाग में आप पढ़ेंगे कि साहस फाउंडेशन पर लगे नेपोटिज्म के आरोपों पर क्या सफाई दी जाएगी ?

भाग 145 : नेपोटिज्म के आरोपों पर सफाई दी जाएगी ?

साहस फाउंडेशन का कॉन्फ्रेंस हॉल। बाहर हलचल है। मीडिया रिपोर्टर कैमरे लेकर घूम रहे हैं । अंदर माहौल गंभीर है। अर्पिता, किशोर, विमला देवी, आचुकी, तन्वी, राजनी, और कुछ अन्य स्टाफ सदस्य एक लंबी टेबल के चारों ओर बैठे हैं ।

स्टाफ सदस्य एक ईमेल पढ़ते हुए अर्पिता से मुखातिब होते हुए कहता है- “मैम, आज सुबह ही हमें इंटरनेशनल डोनर्स ग्रुप से मेल आया है। इसमें साफ शब्दों में पूछा गया है कि - “Is nepotism prevailing in Sahas Foundation ? How many of the Director’s family members are employed here and under what process were they appointed ?”

सभी सदस्य एक-दूसरे की ओर देख रहे हैं । माहौल में बेचैनी है । किशोर भौंहें चढ़ाते हुए कहते हैं- “यानी अब डोनर्स के बीच भी ये जहर फैलने लगा। दलपत सिंह और महन्त की चाल काम कर रही है ।”

अर्पिता शांत किंतु गंभीर स्वर में कहती है- “किशोर, यही तो उनकी कोशिश है, डोनर्स का विश्वास तोड़ना । अगर हम गुस्से में या रक्षात्मक होकर जवाब देंगे, तो वही लोग कहेंगे, “देखो, कुछ छुपा रहे हैं।” हमें धैर्य और तर्क से काम लेना होगा ।”

अर्पिता की बात सुनकर आचुकी हल्की चिंता के साथ जवाब देती है- “लेकिन दीदी, सच यह भी है कि परिवार के लोग काम कर रहे हैं । मैं खुद भी यहाँ हूँ । लोग इसे गलत समझ सकते हैं ।”

रजनी सिर हिलाते हुए कहती है- “ हाँ, और समाज में पहले से ही यह धारणा है कि संस्थाएँ अक्सर परिवारवाद की शिकार हो जाती हैं । दलपत इसी पर चोट कर रहा है।”

मानव संसाधन प्रमुख तन्वी साफ स्वर में कहती है- " लेकिन फर्क यह है कि यहाँ नियुक्तियाँ प्रक्रिया से हुई हैं। विज्ञापन निकला, आवेदन आए, पैनल बैठा, और इंटरव्यू के आधार पर चयन हुआ। परिजन होना अपराध नहीं है, जब तक प्रक्रिया पारदर्शी हो।"

किशोर दृढ़ आवाज में जवाब देते हुए कहता है- "बिलकुल । सवाल यह नहीं है कि परिवार के लोग हैं या नहीं, सवाल यह है कि क्या प्रक्रिया निष्पक्ष रही या नहीं । और हमारी प्रक्रिया पूरी तरह पारदर्शी है ।"

अर्पिता टेबल पर हाथ रखते हुए कहती है- "ठीक है । तो मैं एक प्रस्ताव रखती हूँ कि एक आंतरिक जाँच समिति बनाई जाए जो सभी नियुक्तियों की फाइलें खंगाले और जाँच करें तथा डोनर्स को तथ्यात्मक रिपोर्ट दी जाए। हमारी टीम गाँव-गाँव जाकर जनता को सही जानकारी दे ।

और चौथा, हमारी वेबसाइट और सोशल मीडिया पर सभी नियुक्तियों और चयन प्रक्रिया को सार्वजनिक कर दिया जाए ।

आचुकी अर्पिता की बात का समर्थन करते हुए जोश से कहती है- "बहुत अच्छा ! इससे पारदर्शिता और साफ दिखेगी ।

तालियों की आवाज गूँजती है, लेकिन कुछ चेहरे अब भी चिंतित हैं । एक कार्यकर्ता अपनी शंका व्यक्त करते हुए कहता है- "मगर डोनर्स की queries आसान नहीं होंगी। वे सिर्फ "प्रक्रिया" नहीं पूछेंगे । वे यह भी पूछेंगे कि "क्या किसी ने family relationship छुपाया था ?"

तन्वी तुरंत जवाब देते हुए कहती है- "हम साफ लिखेंगे कि संबंध disclose किए गए थे और फिर भी स्वतंत्र पैनल ने चयन किया ।"

एक दूसरा कार्यकर्ता थोड़ी आशंका से कहता है-"लेकिन अगर डोनर्स पूछें कि "क्या किसी बाहरी उम्मीदवार को परिवार के कारण chance से वंचित किया गया था ?"

किशोर आवाज़ ऊँची करते हुए जवाब देते हैं-"तब हम दस्तावेज़ दिखाएँगे, कितने आवेदन आए, किसके कितने अंक थे, पैनल ने क्या रिपोर्ट दी । पारदर्शिता ही हमारी ताकत है ।"

अर्पिता सहमति में सिर हिलाते हुए कहती है- "हाँ । सच्चाई छुपाने से ही आरोप मज़बूत होते हैं । हमें पूरी ईमानदारी से सब उजागर करना होगा।"

सभी चर्चाओं के बाद पत्र के जवाब का एक मसौदा तैयार किया जाता है। अर्पिता इस मसौदे का ड्राफ्ट हाथ में लेती हैं और पढ़ना शुरू करती हैं। अर्पिता पढ़ते हुए-

"प्रिय सहयोगियों, आपकी queries हमारे लिए महत्वपूर्ण हैं । साहस फाउंडेशन पारदर्शिता और जवाबदेही में विश्वास करता है । हमारे संस्थान में निदेशक के परिजनों की नियुक्तियाँ हुई हैं, किन्तु सभी नियुक्तियाँ विज्ञापन, आवेदन और स्वतंत्र चयन समिति की सिफारिश के आधार पर हुई हैं । हर चरण का दस्तावेज़ तैयार है और आपके अवलोकन हेतु उपलब्ध कराया जा रहा है ।"

रजनी खुश होकर कहती है- "बहुत अच्छा जवाब है । इसमें साफ झलकता है कि हम छुपा नहीं रहे ।"

इस दौरान विमला देवी की आँखें भर आती हैं । वे अर्पिता से मुखातिब होते हुए धीरे से बोलती हैं- "बिटिया, कभी-कभी सोचती

हूँ, मेरी वजह से ही तुझे इतना सुनना पड़ रहा है । काश मैं यहाँ नौकरी करने न आती।"

अर्पिता माँ का हाथ पकड़कर कहती है- "नहीं माँ, यह तुम्हारी गलती नहीं। यह उन लोगों की चाल है, जो महिलाओं के सशक्तिकरण से डरते हैं ।"

किशोर प्रतिक्रिया देते हुए कहते हैं- "हाँ आंटी, और याद रखिए, हम अकेले नहीं हैं। जनता का विश्वास हमारे साथ है ।

पढ़ते रहिए, अगले भाग में आप पढ़ेंगे साहस फाउंडेशन के प्रति डोनर्स का क्या रुख रहता है ?

भाग 146 : साहस फाउंडेशन के प्रति डोनर्स का रुख?

साहस फाउंडेशन और डोनर्स के मध्य चल रही पूछताछ की भनक मीडिया को लग जाती है । अगले दिन साहस फाउंडेशन के ऑफिस के बाहर मीडिया का भारी जमावड़ा है । कैमरे चमक रहे हैं, माइक हवा में उठे हुए हैं । कार्यकर्ता अंदर-बाहर आते-जाते हैं। माहौल तनावपूर्ण है। रिपोर्टर सवाल दागते हुए पूछते हैं-(तेज़ आवाज़ में, माइक अर्पिता की ओर बढ़ाते हुए)

"अर्पिता जी, क्या यह सच है कि आपने अपने पूरे परिवार को संस्था में नौकरी दे दी है ?"

कैमरे की फ्लैश लाइट्स लगातार चमकती रहती हैं। अर्पिता थोड़ी देर शांत भाव से खड़ी रहती हैं, फिर हल्की मुस्कान के साथ बोलती है- "हम किसी आरोप से नहीं भागते । हाँ, मेरे परिजन यहाँ कार्यरत

हैं । लेकिन उनकी नियुक्ति प्रक्रिया पूरी तरह पारदर्शी रही है । हर पद के लिए विज्ञापन निकाले गए थे, चयन समिति बैठी थी, इंटरव्यू हुए थे और योग्यता के आधार पर निर्णय लिया गया था । हमारे पास हर दस्तावेज़ मौजूद है और हम उन्हें पहले ही सार्वजनिक कर चुके हैं।"

दूसरा रिपोर्टर आक्रामक लहजे में अगला सवाल पूछते हुए कहता है- "लेकिन दलपत सिंह और महन्त के लोगों का कहना है कि डोनर्स का पैसा परिवारवाद में जा रहा है, और यह संस्था एक परिवार तक सीमित होकर रह गई है ?"

किशोर कड़े स्वर में, माइक की ओर झुकते हुए कहते हैं- "दलपत सिंह और महन्त के साथियों की नीयत पर सबको पहले से शक है । वही लोग जनता को बरगलाने और झूठ फैलाने में लगे हैं। हम सच के साथ खड़े हैं और रहेंगे। डोनर्स का पैसा समाज के काम में ही खर्च होता है, हर एक पाई का हिसाब हमारे पास है।"

भीड़ में हलचल मच जाती है । कुछ पत्रकार और तीखे सवाल दागते हैं ।

एक तीसरा रिपोर्टर सवाल पूछते हुए कहता है- "तो क्या आप मानते हैं कि संस्था पर उठ रहे सवाल सिर्फ राजनीति से प्रेरित हैं ?"

अर्पिता शांत किंतु दृढ़ स्वर में जवाब देते हुए कहती है-"बिलकुल। यह राजनीति है, और झूठ की बुनियाद पर खड़ी राजनीति है । अगर हमारे खिलाफ सच में कोई ठोस प्रमाण होता तो आज तक सामने आ चुका होता। हमसे ज़्यादा कोई पारदर्शिता से काम नहीं करता ।"

चौथा रिपोर्टर सवाल पूछते हुए कहता है- "लेकिन जनता के बीच जो बातें फैल रही हैं, उनका असर संस्था की छवि पर तो पड़ ही रहा है, इस पर आपका क्या कहना है ?"

किशोर प्रतिक्रिया व्यक्त करते हुए कहते हैं- "हमारा मानना है कि जनता को अंततः सच ही दिखाई देगा । लोग देखेंगे कि कौन समाज

के लिए काम कर रहा है और कौन सिर्फ साज़िशें कर रहा है। हमारा काम हमारा जवाब है ।"

मीडिया की भीड़ अभी भी शोर मचा रही है। कुछ रिपोर्टर सवाल दोहराते हैं, तो कुछ नए सवाल उठाते हैं। धीरे-धीरे अर्पिता और किशोर ऑफिस के भीतर लौट जाते हैं। कैमरे अब भी दरवाज़े पर टिके हैं ।

ऑफिस के अंदर सभी कार्यकर्ता तनाव और जिज्ञासा से भरे बैठे हैं। जैसे ही अर्पिता और किशोर अंदर आते हैं, सभी उनके चारों ओर इकट्ठा हो जाते हैं ।

एक कार्यकर्ता धीरे से दूसरे से कहता है- "सच कहूँ तो अब मैं और भरोसे में हूँ । पहले थोड़ी शंका थी। लेकिन अब जब सारे दस्तावेज़ देख लिए हैं, तो लगता है कि आरोप बेबुनियाद हैं ।"

दूसरा कार्यकर्ता सिर हिलाते हुए कहता है- "हाँ, यही सही तरीका है। अर्पिता दीदी और किशोर सर ने सब कुछ साफ-साफ बता दिया। सच छुपाने से ही आरोप मज़बूत होते हैं ।"

तीसरा कार्यकर्ता चिंतित भाव से कहता है- "लेकिन मीडिया का दबाव कम नहीं होगा। रोज़-रोज़ नए सवाल उठाए जाएंगे । हमें इसके लिए तैयार रहना होगा ।"

किशोर सभी को संबोधित करते हुए कहता है-"बिलकुल, और यही वजह है कि हमें और भी मज़बूती से काम करना होगा। जब भी कोई आरोप आए, हम तथ्य और दस्तावेज़ सामने रखेंगे । हमें किसी से डरने की ज़रूरत नहीं।"

अर्पिता शांत स्वर में कहती है-"याद रखिए, जब तक हम सच के साथ हैं, हमें कोई हरा नहीं सकता । आरोप लगेंगे, बदनाम करने की कोशिश होगी, लेकिन सच्चाई अंत में सामने आएगी ।"

कुछ दिन बीत जाते हैं । ऑफिस में आंतरिक समिति की अंतिम बैठक चल रही है। सभी सदस्यों के सामने फाइलें और दस्तावेज़ खुले हैं ।)

आंतरिक समिति का पहला सदस्य बोलता है –"हमने प्रत्येक नियुक्ति प्रक्रिया की जाँच की। विज्ञापन से लेकर चयन तक, सब दस्तावेज़ों की समीक्षा की गई। सब कुछ नियमों के अनुरूप है ।"

आंतरिक समिति दूसरा सदस्य बोलता है-"हाँ, किसी भी प्रकार की हेर फेर या पक्षपात का सबूत नहीं मिला । यदि कोई उम्मीदवार अयोग्य होता, तो हम साफ लिखते। लेकिन यहाँ तो योग्य लोगों की नियुक्ति हुई है ।"

आंतरिक समिति का तीसरा सदस्य बोलता है -इस रिपोर्ट को अब डोनर्स को भेजा जा सकता है । इसमें कोई संदेह नहीं कि आरोप निराधार हैं।"

(सभी सदस्य सहमति में सिर हिलाते हैं और रिपोर्ट तैयार कर ली जाती है।)

(कुछ दिनों बाद ऑफिस में डाक आती है । एक स्टाफ सदस्य उत्साहित होकर लिफ़ाफ़ा खोलती है । सभी कार्यकर्ता उसके चारों ओर इकट्ठा हो जाते हैं ।)

स्टाफ सदस्य खुशी से पढ़ते हुए कहती है-"मैम, डोनर्स ने लिखा है– 'We appreciate your transparent clarification. We stand with the Sahas Foundation." "मतलब हम आपके पारदर्शी स्पष्टीकरण की सराहना करते हैं। हम साहस फ़ाउंडेशन के साथ खड़े हैं ।''

पूरे ऑफिस में तालियाँ गूंज उठती हैं । सभी के चेहरे पर मुस्कान आ जाती है । तनाव के बाद माहौल में राहत और खुशी भर जाती है ।

एक कार्यकर्ता उत्साहित होकर कहता है-"देखा ! आखिरकार मेहनत रंग लाई । डोनर्स का भरोसा हमारे साथ है ।"

दूसरा कार्यकर्ता जवाब देते हुए कहता है- "यह जवाब दलपत सिंह और महन्त के मुँह पर तमाचा है । उन्होंने जितनी भी अफवाहें फैलाईं, सब बेकार हो गईं।"

तीसरा कार्यकर्ता जोश में आकर कहता है- "अब हमें और तेज़ी से काम करना चाहिए। यही सही जवाब होगा । जनता को हमारे काम से ही पता चलेगा कि हम सच्चे हैं ।"

अर्पिता गंभीर किंतु दृढ़ स्वर में सबको संबोधित करते हुए कहती है- "देखा, सच्चाई कभी हारती नहीं । चाहे दलपत सिंह और महन्त कितनी भी चालें चल लें, हमारा रास्ता साफ है । यह जीत सिर्फ हमारी नहीं, बल्कि संस्था की साख और समाज की उम्मीद की जीत है । हमें और ईमानदारी से काम करना होगा ।"

किशोर आवाज़ में जोश भरकर कहता है-"और याद रखिए, यह संस्था किसी परिवार की नहीं, पूरे समाज की है । हम सब मिलकर इसे आगे बढ़ा रहे हैं । डोनर्स का भरोसा, जनता का विश्वास और कार्यकर्ताओं की मेहनत ही हमारी असली ताकत है ।"

सभी कार्यकर्ता तालियाँ बजाते हैं । माहौल उम्मीद और ऊर्जा से भर जाता है । बाहर अब भी मीडिया खड़ा है, लेकिन अंदर सभी के दिलों में आत्मविश्वास की एक नई रोशनी जल उठी है ।

पढ़ते रहिए ,अगले भाग में आप पढ़ेंगे कि डोनर्स से हरी झंडी मिलने के बावजूद अर्पिता और किशोर में मतभेद क्यों होते हैं ?

भाग 147 : अर्पिता और किशोर में मतभेद क्यों होते हैं ?

साहस फाउंडेशन पर लगे नेपोटिज्म के आरोपों को डोनर्स के द्वारा खारीज करने के बाद से संस्थान के सभी कार्यकर्ता बहुत खुश थे मगर किशोर को यह बात अब भी खाए जा रही थी कि उसने साहस फाउंडेशन में परिवार के सदस्यों को नौकरी पर रखा ही क्यों ? कार्यकर्ता खुश हैं, मगर किशोर भीतर से परेशान है और अर्पिता से इस पर गहन विमर्श करना चाहता है ।

साहस फाउंडेशन का दफ्तर । शाम ढल रही है । खिड़कियों से आती हल्की धूप अब धीरे-धीरे मंदिम हो रही है। कमरे में अर्पिता और किशोर अकेले बैठे हैं । चारों ओर फाइलों का ढेर है, लेकिन हवा में भारीपन है । बाहर गलियारों में स्टाफ की हंसी-खुशी की आवाजें आ रही हैं। डोनर्स की क्लीन चिट के बाद सभी के चेहरे खिले हुए हैं। लेकिन किशोर का चेहरा गंभीर है ।

किशोर धीरे से बोलता है -"अर्पिता...!"

अर्पिता मुस्कुराते हुए कहती है- "हाँ किशोर, तुम इतने चुप क्यों हो ? सब खुश हैं, डोनर्स ने साफ कह दिया कि हमारे यहाँ कोई ग़लत नियुक्ति नहीं हुई। सबकुछ पारदर्शी था । फिर तुम्हारे चेहरे पर ये बोझ क्यों ?"

किशोर गहरी साँस लेकर जवाब देता है- " हाँ, सब खुश हैं... लेकिन मैं नहीं हूँ ।"

अर्पिता चौंककर कहती है- "क्यों ? आखिर क्यों ? हमने तो बड़ी लड़ाई जीत ली । दलपत और उसके गुर्गों की चालें नाकाम हो गईं । हमारे कार्यकर्ता अब और मजबूत होकर खड़े हैं ।"

किशोर धीरे से जवाब देते हुए कहता है- " पर अंदर से मैं खुद से हार रहा हूँ, अर्पिता।"

अर्पिता भौंहें सिकोड़कर पूछती है–"खुद से हार ? तुम क्या कहना चाहते हो? साफ-साफ बोलो ?"
किशोर उदास मन से जवाब देते हुए कहता है- "मुझे ये बात भीतर ही भीतर खाए जा रही है कि मैंने अपने परिवार के लोगों को संस्था में नौकरी पर रखा ही क्यों?"
कमरे में कुछ देर सन्नाटा। अर्पिता उसे गहराई से देखती है और फिर कहती है- "लेकिन किशोर, क्या वो नियुक्तियाँ ग़लत थीं ? क्या प्रक्रिया का पालन नहीं हुआ ? क्या उनकी योग्यता पर कोई सवाल है?"
किशोर बेचैनी से जवाब देते हुए कहता है- "नहीं, प्रक्रिया बिल्कुल सही थी। योग्य लोग ही चुने गए। कोई पक्षपात नहीं किया गया। लेकिन अर्पिता... समाज की नज़र में ये कितना आसान मुद्दा बन जाता है ! देखो, हमें कितनी बार सफाई देनी पड़ी। मीडिया के सवाल, गाँव के ताने, और वो दलपत का प्रपंच, सबका आधार यही तो था कि हमने परिवार को शामिल किया।"
अर्पिता धीरे से जवाब देते हुए कहती है-"हाँ, समाज जल्दी उंगली उठाता है। लेकिन क्या हमें समाज की हर भ्रांति के आगे झुकना चाहिए ?"
"ये झुकने या न झुकने की बात नहीं है। बात विश्वास की है। साहस फाउंडेशन की बुनियाद ही पारदर्शिता और निस्वार्थ सेवा है। फिर अगर हमारी नियुक्तियों में ज़रा भी 'परिवारवाद' की छाया दिखी, तो लोग हमारे पूरे आंदोलन को शक की नज़र से देखेंगे।" किशोर अर्पिता की बात का जवाब देते हुए कहता है।
अर्पिता सहजता से कहती है- "लेकिन हर संस्था में लोग अपने विश्वसनीय और योग्य साथियों को साथ लाते हैं और अगर वो साथी संयोग से परिवार के हों तो क्या उन्हें बाहर कर देना चाहिए ?"

किशोर सिर हिलाते हुए कहता है- "मैं जानता हूँ कि यह सामान्य है। पर साहस फाउंडेशन सामान्य संस्था नहीं है । ये एक आंदोलन है और आंदोलन की ताक़त है उसका नैतिक बल । हमें दूसरों से अलग, ऊँचे मानक स्थापित करने होंगे ।"

अर्पिता गहरी सोच में पड़ जाती है । कुछ क्षणों की चुप्पी के बाद वह नरम आवाज़ में बोलती है- "किशोर, तुम्हारी चिंता जायज़ है । पर सोचो अगर हम परिवार के लोगों को सिर्फ इसलिए दूर कर दें कि लोग कुछ कहेंगे, तो क्या हम उनके साथ अन्याय नहीं करेंगे ?"

" मैं यही दुविधा तो झेल रहा हूँ अर्पिता ! एक तरफ़ संस्था की साख है, दूसरी तरफ़ अपने लोगों का भविष्य ।"

"और तुम्हें याद है न, जब हमने पहली बार ये रास्ता चुना था तो सबसे पहले हमारा परिवार ही हमारे साथ खड़ा हुआ था । माँ ने घर के काम सँभाले, आचुकी और अन्तिमा ने कठिन हालात में भी हमें सहयोग दिया। क्या उनकी मेहनत को अनदेखा करना न्याय होगा?" अर्पिता ने किशोर को समझाते हुए कहा ।"

किशोर धीमे स्वर में कहता है-"हाँ, उनका योगदान अमूल्य है । लेकिन देखो, लोग कहते हैं, "नेकी कर, दरिया में डाल ।" पर यहाँ हमसे पूछा जा रहा है, नेकी क्यों की, किसके लिए की, परिवार के लिए तो नहीं?" ये सवाल मुझे बेचैन करते हैं अर्पिता ।

अर्पिता किशोर के पास आकर कुर्सी खींच लेती है और उसकी आँखों में देखते हुए कहती है- "किशोर, मैं समझती हूँ। तुम संस्था को अपने बच्चे की तरह देखते हो और बच्चे की इज़्ज़त पर कोई दाग़ सहा नहीं जाता।"

"बिल्कुल । मैं नहीं चाहता कि साहस फाउंडेशन पर कभी भी उँगली उठे।" किशोर अर्पिता को समझाते हुए कहता है ।

"लेकिन हमें सच्चाई से भागना भी नहीं चाहिए । जो हुआ, उसे स्वीकार करना होगा। हमने परिवार को इसलिए नहीं रखा कि वो

परिवार है, बल्कि इसलिए रखा क्योंकि वो योग्य और निष्ठावान थे।" अर्पिता ने किशोर की बात का जवाब देते हुए कहा ।

किशोर उदास होकर कहता है-"मगर अर्पिता, इतिहास गवाह है कि बड़े-बड़े आंदोलन इसी वजह से कमजोर हुए हैं। परिवारवाद, पक्षपात, निजी स्वार्थ, ये सब धीरे-धीरे दीमक बनकर सब कुछ खा जाते हैं। मैं कई संस्थाओं को जानता हूँ जो बहुत ही अच्छे मक़सद को लेकर शुरू हुई थी, परन्तु उनके फाउंडर्स के पति या पत्नी अथवा बच्चों को उसी संस्था में नौकरी देने के कारण आज वो संस्थाएं एक-एक पैसे के लिए तरस रही हैं । उनके कर्ता- धर्ता पुराने कार्मिकों के आगे झोली फैलाते रहते हैं । डोनर्स परिवार वाद के कारण उन संस्थाओं को चाहकर भी फण्ड नहीं दे रहे हैं ।"

अर्पिता किशोर की बात को जवाब देते हुए कहती है- "हाँ, पर फर्क ये है कि हमने शुरू से नियम बनाए, पारदर्शी प्रक्रियाएँ अपनाईं और जब जाँच हुई, डोनर्स और आयोग ने भी हमें क्लीन चिट दी ।"

किशोर कठोर स्वर में कहता है-"लेकिन जनता का न्याय आयोग से बड़ा होता है, अर्पिता। जनता की अदालत में अगर हमें दोषी ठहराया गया, तो सारी उपलब्धियाँ मिट्टी में मिल जाएँगी ।"

कुछ देर के लिए दोनों के बीच चुप्पी छा जाती है। अर्पिता किशोर के कंधे पर हाथ रखती है और पूछती है –"तो बताओ, तुम्हारे मन की शांति किसमें है ? क्या तुम चाहते हो कि हम अपने ही परिवार को संस्था से अलग कर दें ?"

किशोर गहरी साँस लेकर कहता है- " शायद... हाँ। कभी-कभी लगता है यही रास्ता सही है ।"

अर्पिता चकित होकर कहती है- "लेकिन क्या तुम्हें लगता है वो इस निर्णय को सहजता से स्वीकार कर लेंगे ?"

"नहीं अर्पिता, और यही मुझे तोड़ता है। एक तरफ़ संस्था की साख, दूसरी तरफ़ परिवार की भावनाएँ।" किशोर जवाब देते हुए कहता है।

"किशोर, यही तो जीवन की सबसे कठिन कसौटी है जहाँ हमें संतुलन बनाना होता है।" अर्पिता ने कहा ।

" संतुलन... हाँ, लेकिन कैसे अर्पिता ?" किशोर ने पूछा ।

"शायद हमें बीच का रास्ता निकालना होगा। परिवार के लोग जिसके वास्तव में विशेषज्ञ हैं, वहीं काम करें और जहाँ ज़रूरी हो, वहाँ बाहरी विशेषज्ञों को प्राथमिकता दें। इस तरह आरोपों की गुंजाइश भी कम होगी और परिवार का योगदान भी बना रहेगा।" अर्पिता ने कहा ।

किशोर सोचते हुए कहता है- " यह बात ठीक है । पर हमें और कड़े नियम बनाने होंगे अर्पिता ।"

"बिल्कुल । एक कठोर आचार-संहिता कि पारिवारिक सदस्य अगर संस्था में हों तो उनकी नियुक्ति और पदोन्नति बाहरी पैनल के हाथों में हो। ताकि कोई पक्षपात का संदेह भी न रह जाए ।"

किशोर हल्की मुस्कान के साथ कहता है-"यही तो मुझे चाहिए था, अर्पिता। एक ऐसा रास्ता, जहाँ संस्था की साख भी बचे और परिवार के त्याग का सम्मान भी हो ।"

दोनों कुछ देर तक चुप रहते हैं। बाहर से कार्यकर्ताओं सहित अन्तिमा, आचुकी और जावेद की हँसी की आवाजें अब और साफ सुनाई देने लगती हैं ।

"देखो किशोर, हमें अपने भीतर भी भरोसा रखना होगा । अगर हम बार-बार खुद को ही कटघरे में खड़ा करेंगे तो विरोधियों को हमें गिराने का काम और आसान हो जाएगा।" अर्पिता ने किशोर के हाथों को पकड़ते हुए कहा ।

"हाँ, सही कह रही हो अर्पिता । मुझे लगता है कि मेरी यह बेचैनी भी संस्था के लिए वरदान है । क्योंकि यही बेचैनी हमें गलतियों से

बचाएगी।” किशोर ने भी अर्पिता के हाथों को कसकर पकड़ते हुए कहा ।

अर्पिता मुस्कुराते हुए कहती है-“और यही बेचैनी हमें हर दिन बेहतर बनाएगी किशोर।”

किशोर पहली बार हल्का-सा हँसता है । उसके चेहरे का बोझ थोड़ा उतरता हुआ लगता है ।

“तुम सही कहती हो अर्पिता। चलो, एक लिखित नीति तैयार करते हैं। ताकि आने वाले समय में कोई भी आरोप फिर से खड़ा न हो सके ।” किशोर ने कहा।

“ हाँ, और वो नीति सिर्फ परिवार के लिए नहीं, बल्कि हर नियुक्ति पर लागू होगी । ताकि कोई भी यह न कह सके कि साहस फाउंडेशन में पारदर्शिता की कमी है।” अर्पिता ने बताया ।

“यही हमारी सबसे बड़ी जीत होगी कि लोग सिर्फ हमारी सेवा भावना से ही नहीं, बल्कि हमारी नीतियों से भी प्रभावित हों ।” किशोर ने कहा ।

कमरे की खिड़की से झाँकते आसमान में अब अंधेरा घिर आया है । लाइट जल चुकी है । दोनों एक-दूसरे की आँखों में देख कर संतोष की साँस लेते हैं। बाहर से कार्यकर्ताओं की तालियों की आवाज़ आती है । शायद किसी ने खुशी में गीत छेड़ दिया है ।

अर्पिता मुस्कराकर कहती है- “देखो, यही है साहस फाउंडेशन की असली ताक़त । यह हँसी, यह विश्वास। हमें इसे कभी टूटने नहीं देना।”

किशोर दृढ़ स्वर में कहता है- हाँ । और अब से मैं खुद पर बोझ नहीं लूँगा। बल्कि इस बोझ को नीति और पारदर्शिता में बदल दूँगा ।”

दोनों हाथ मिलाते हैं । उनके चेहरे पर नई ऊर्जा झलक रही है । कमरे का भारीपन अब हल्का हो चुका है । बाहर उम्मीद का शोर है और भीतर संकल्प की गूँज ।

भाग 148 : साहस फाउंडेशन में क्यों अकेली पड़ी अर्पिता?

जावेद, राजीव, अन्तिमा आचुकी, और अर्पिता की मां विमला किशोर ओर अर्पिता की सभी बातों को सुन लेते हैं। उनको समझ आ जाता है कि संस्थान पर परिवार वाद के आरोप उनकी वजह से ही लग रहे हैं और उनके कारण संस्थान, अर्पिता और किशोर की छवि को नुकसान पहुँच रहा है। संयोग से अन्तिमा, आचुकी, राजीव और जावेद का सलेक्शन क्रमशः IAS, RAS और पुलिस अधीक्षक के लिए हो जाता है ।

ये चारों अपनी खुश खबरें और साथ में साहस फाउंडेशन की जॉब से अपने रेजिग्नेशन लेकर अर्पिता और किशोर के समक्ष पहुँच ते हैं। साहस फाउंडेशन का कॉन्फ्रेंस रूम। अर्पिता और किशोर गहरी बातचीत कर रहे हैं । तभी बाहर से धीरे-धीरे कदमों की आहट आती है । दरवाज़ा खुलता है और अर्पिता की मां विमला, बहनें अन्तिमा और आचुकी, राजीव तथा जावेद भीतर आते हैं । सभी के चेहरे पर गंभीरता और साथ ही हल्की चमक झलक रही है ।

किशोर चौंकते हुए कहते हैं- "अरे... आप सब ? इस वक्त...?"

अर्पिता थोड़ी असहज होकर कहती है-"माँ... आचुकी... अन्तिमा... जावेद... आप लोग यहाँ ?"

विमला धीरे से बोलते हुए कहती है- "बेटी, हमने सब सुन लिया। तुम और किशोर जी जो बात कर रहे थे... परिवारवाद, संस्थान की छवि, समाज के सवाल... सब कुछ हमारे कानों में पड़ गया।"

किशोर थोड़ा झेंपते हुए कहता है- "दरअसल... हम ये बातें आपके सामने नहीं कहना चाहते थे । क्योंकि हमारा उद्देश्य आपको ठेस पहुँचाना नहीं था ।"

अर्पिता भावुक होकर कहती है- " बिल्कुल माँ । मैं भी नहीं चाहती थी कि आप लोगों को ऐसा लगे कि हम आप पर दोष मढ़ रहे हैं । मगर सच्चाई से भाग भी तो नहीं सकते।"

अन्तिमा आँखों में चमक लिए कहती है- "दीदी... जीजा जी... हमें बुरा नहीं लगा । बल्कि हम खुद पिछले कुछ दिनों से यही सोच रहे थे कि कहीं हमारी वजह से ही तो साहस फाउंडेशन पर परिवारवाद के आरोप नहीं लग रहे ?"

आचुकी सिर झुकाकर कहती है- " सही कह रही है अन्तिमा । लोग बार-बार कहते हैं कि साहस फाउंडेशन 'परिवार ट्रस्ट' बन गया है और हम चुप रहकर जैसे उस बात को सही ठहराते रहे ।"

जावेद गंभीर स्वर में कहता है-"और सच यह है कि समाज को सवाल पूछने का अधिकार है । जब संस्थान न्याय और पारदर्शिता की बात करता है तो फिर हमें खुद भी तो उसी कसौटी पर खरा उतरना होगा।"

किशोर भावुक होते हुए कहता है- "यही बात मुझे खाए जा रही थी। लोग कहते हैं कि किशोर और अर्पिता ने अपनी फैमिली को ही नौकरी पर रख लिया। भले ही चयन प्रक्रिया पारदर्शी थी, मगर दिखने में तो यह परिवारवाद ही लगता है ।"

अर्पिता आँखों में आँसू लिए कहती है-"मैं जानती हूँ, आप सबने दिल से काम किया है । आपके बिना साहस फाउंडेशन यहाँ तक पहुँच ही नहीं सकता था। मगर...!"

विमला सख्त और दृढ़ आवाज़ में बीच में बोलते हुए कहती है- "मगर बेटी, अब समय आ गया है कि हम पीछे हटें । संस्थान को और ऊँचाई पर जाना है तो हमें अपनी व्यक्तिगत महत्वाकांक्षाओं को त्यागना होगा।"

किशोर और अर्पिता एक-दूसरे की ओर आश्चर्य से देखते हैं फिर किशोर कहता है- "माँ जी... आप क्या कह रही हैं ?"

विमला हल्की मुस्कान के साथ कहती है- "मैं कह रही हूँ कि आज से साहस फाउंडेशन से हम सबका रिश्ता एक अलग रूप लेगा । हम सहयोगी रहेंगे, शुभचिंतक रहेंगे, मगर कर्मचारी नहीं ।"

अर्पिता घबराकर विमला के पास आकर कहती है-"माँ...ये क्या...?"

अन्तिमा उत्साहित स्वर में कहती है- "दीदी, यही तो सरप्राइज है ! हमें आज ही खबर मिली है । मेरा चयन भारतीय प्रशासनिक सेवा यानि IAS में हो गया है !"

अर्पिता चकित होकर अन्तिमा को गले लगाते हुए कहती है- "सच...?"

अन्तिमा गर्व से जवाब देते हुए कहती है- "हाँ दीदी । अब मैं प्रशासनिक सेवा में जाकर सीधे समाज के लिए काम करूँगी ।"

आचुकी मुस्कुराते हुए कहती है- "और मेरा चयन राज्य प्रशासनिक सेवा यानि RAS में हुआ है । मैं राज्य प्रशासनिक सेवा में रहकर बदलाव की लड़ाई लड़ूँगी दीदी ।"

राजीव और जावेद गर्व के साथ आगे बढ़ते हुए कहते हैं –"और हम दोनों को .. . . पुलिस अधीक्षक की पोस्ट मिली है । अब कानून-व्यवस्था सँभालने और न्याय दिलाने का मौका मिलेगा ।"

अर्पिता और किशोर स्तब्ध होकर खुशी से सभी को गले लगा लेते हैं। अर्पिता आँखों में आँसू और होंठों पर मुस्कान के साथ कहती है- "ये तो... ये तो बहुत बड़ी खुशखबरी है ! मेरी बहनों... मेरे साथी... तुम सबने कर दिखाया !"

किशोर (गले से शब्द मुश्किल से निकलते हुए) कहता है- "ये तो सचमुच गर्व का क्षण है । हम हमेशा कहते थे कि शिक्षा और संघर्ष इंसान को ऊँचाई पर ले जाते हैं, और आज तुम सबने उसे साबित कर दिया ।"

विमला (गर्व से चमकती आँखों के साथ) कहती है-" बेटा, अब तुम समझ गए न कि हमारा असली स्थान कहाँ है ? साहस फाउंडेशन से हम सबने सीखा, पर अब समय आ गया है कि हम अपने-अपने क्षेत्र में समाज की सेवा करें ।"

किशोर संवेदनशील स्वर में जवाब देते हुए कहता है-"लेकिन... आपकी जगह हम कैसे भर पाएँगे ?"

अन्तिमा मुस्कुराते हुए कहती है-"जीजा जी, आपकी ताकत हमेशा 'मूल्य और पारदर्शिता' रही है। परिवार नहीं, संस्थान के विचार ही उसकी रीढ़ हैं। हमारी जगह नई पीढ़ी के लोग आएँगे ।"

आचुकी दृढ़ स्वर में कहती है-"और हम तीनों आज यहाँ सिर्फ खुशखबरी देने नहीं आए हैं। हम अपने-अपने रेज़िग्नेशन लेटर भी लेकर आए हैं ।"

वह बैग से फाइल निकालती है और टेबल पर रख देती है । जावेद फाइल की तरफ इशारा करते हुए कहता है- "इसमें लिखा है कि हम सभी अपनी इच्छा से संस्थान छोड़ रहे हैं ताकि साहस फाउंडेशन पर लगे परिवारवाद के सारे आरोप अपने आप खत्म हो जाएँ।"

अर्पिता काँपते हाथों से फाइल उठाती है और रोते हुए कहती है- "तुम लोग... इतना बड़ा कदम... मगर यह तो त्याग है !"

विमला प्यार से अर्पिता का सिर सहलाते हुए कहती है- "बेटी, यही तो असली सेवा है। कभी-कभी संस्थान की रक्षा के लिए हमें खुद पीछे हटना पड़ता है।"

किशोर गहरी साँस लेकर कहता है- " सच कहूँ तो... मुझे अब हल्का महसूस हो रहा है । क्योंकि अब कोई यह नहीं कह सकेगा कि साहस फाउंडेशन 'परिवारवाद' का गढ़ है ।"

अन्तिमा जोश में आकर कहती है- "और अब हम अपनी-अपनी नई जिम्मेदारियों से समाज के और बड़े हिस्से तक पहुँचेंगे ।"

आचुकी अर्पिता के नज़दीक जाकर कहती है- " साहस फाउंडेशन अब भी हमारा घर रहेगा, लेकिन अब हम इसके 'चेहरे' नहीं होंगे ।"

जावेद आचुकी की बात को आगे बढ़ाते हुए कहता है- " बिल्कुल । लोग देखेंगे कि साहस फाउंडेशन परिवार से बड़ा है, यह एक आंदोलन है ।"

कुछ क्षणों के लिए सब चुप हो जाते हैं । कमरे में गहरी भावनाएँ गूँज रही हैं। अर्पिता धीरे से सबको गले लगाते हुए कहती है- "माँ ... अन्तिमा... आचुकी... जावेद... राजीव . . . आज तुम सबने जो किया है, उससे साहस फाउंडेशन हमेशा-हमेशा के लिए ऊँचा उठेगा ।"

"मैं वादा करता हूँ कि तुम्हारे इस त्याग को कभी व्यर्थ नहीं जाने दूँगा । यह संस्थान अब और भी ज्यादा पारदर्शी और मजबूत बनेगा।" किशोर भी सभी को गले लगाते हुए कहता है ।

विमला मुस्कुराकर कहती है-"यही सुनना चाहती थी बेटा ।"

अन्तिमा हल्के मज़ाकिया अंदाज़ में कहती है- "तो अब हमसे नाराज़ नहीं हो न दीदी ?"

अर्पिता हँसते हुए आँसू पोंछती है और कहती है-"नाराज़ ? अरे पगली, मुझे तो तुम सब पर गर्व है !"

आचुकी मुस्कान के साथ कहती है- "अब दीदी आपको और किशोर जी को अकेले ही संस्थान की बागडोर सँभालनी है ।"

"और हमें यकीन है कि आप दोनों इसे और ऊँचाइयों तक ले जाओगे।" जावेद और राजीव प्रतिक्रिया देते हुए कहते हैं ।

अचानक कमरे में तालियों की गड़गड़ाहट सुनाई देती है । यह आवाज़ बाहर खड़े बाकी स्टाफ की है जो सब कुछ सुन चुके हैं । वे दरवाज़े पर खड़े हैं और इन चारों के त्याग व सफलता पर तालियाँ बजा रहे हैं । एक स्टाफ सदस्य भावुक स्वर में कहता है- "आज का दिन साहस फाउंडेशन के इतिहास में सुनहरे अक्षरों से लिखा जाएगा ।"

किशोर गर्व और विनम्रता से कहता है- "हाँ, आज से साहस फाउंडेशन और भी बड़ा हो गया है ।"

अर्पिता आँखें उठाकर सबकी ओर देखते हुए कहती है- “और यह सब सम्भव हुआ है त्याग, संघर्ष और सच्चाई की वजह से।”
सभी कार्मिक मिलकर जातेद, अन्तिमा और आचुकी को कन्धों पर उठा लेते हैं और देर तक सभी नारे लगाते रहते हैं “साहस फाउंडेशन अमर रहे!”

पढ़ते रहिए,अगले भाग में आप पढ़ेंगे कि अब किशोर की तरफ से क्या खुश खबरी मिलती है ?

भाग 149 : किशोर ने भी सुनाई खुश खबर !

साहस फाउंडेशन का दफ़्तर के बाहर शाम का धुँधलका उतर रहा है । चारों ओर हल्की हल्की हवा बह रही है । अन्दर अर्पिता अकेली बैठी है, दस्तावेज़ों के ढेर के बीच ऑफिस के कार्यों में मग्न। तभी किशोर अंदर आते हैं, उनके चेहरे पर एक अनोखी चमक है, वे उत्साह अर्पिता के नज़दीक जाते हुए कहते हैं-“अर्पिता...! तुम्हें एक बड़ी ख़बर सुनानी है।”

अर्पिता थकी हुई मुस्कान के साथ जवाब देते हुए कहती है-“अरे वाह, तुम तो चमकते हुए सितारे लग रहे हो । ज़रूर कोई खुशखबरी है । बताओ... क्या हुआ ?” किशोर गहरी साँस लेकर, आँखों में चमक के साथ कहते हैं-“अर्पिता, मेरा चयन हो गया है... राजस्थान ज्यूडिशियल सर्विसेस में ! मैं... मैं अब जज बन गया हूँ !”

अर्पिता चौंककर खड़ी होती है, आँखों में खुशी के आँसू पोंछती हुई कहती है- “क्या... सच में ? (तेज़ी से आगे बढ़कर किशोर का हाथ पकड़ लेती है) ओह माय गॉड... किशोर ! ये तो कमाल हो गया ! ये तो तुम्हारा सपना था, तुम्हारी बरसों की मेहनत का फल !”

किशोर भावुक होकर जवाब देता है-“हाँ अर्पिता, यूँ ही कुछ वकील साथियों के साथ शौक ही शौक में राजस्थान ज्यूडिशियल सर्विसेस का फॉर्म भर दिया था और मजाक मजाक में परीक्षा दे आया था । मैंने कभी सोचा भी नहीं था कि यूँ मेरा चयन हो जाएगा। सच कहूँ तो... ये तुम्हारे विश्वास और तुम्हारे धैर्य का ही नतीजा है ।”

अर्पिता किशोर को गले लगाते हुए कहती है- “नहीं, ये तुम्हारी मेहनत है... तुम्हारा संघर्ष है । मैंने तो बस तुम्हारा साथ दिया । मैं बहुत गर्व महसूस कर रही हूँ।”

दोनों कुछ देर चुपचाप एक-दूसरे को देखते रहते हैं। लेकिन फिर अर्पिता के चेहरे पर हल्की उदासी की परछाई आ जाती है। किशोर ध्यान देकर अर्पिता चेहरे को पढ़ते हुए कहते हैं- "अरे... ये क्या अर्पिता ? तुम्हारे चेहरे पर खुशी की जगह उदासी क्यों आ गई?"
अर्पिता धीरे से जवाब देते हुए कहती है- "क्योंकि... अब तुम जज हो गए हो। इसका मतलब है कि तुम फाउंडेशन से अलग हो जाओगे और अब पूरा बोझ... सारी ज़िम्मेदारी... मेरे कंधों पर आ जाएगी। मुझे यह भी पता है कि तुम हमेशा से यही चाहते थे कि साहस फाउंडेशन पर से परिवारवाद का ठप्पा हमेशा के लिए खत्म हो जाए।"
किशोर गंभीर होकर जवाब देते हुए कहते हैं- "हाँ, ये सच है। पर अर्पिता, क्या तुम्हें लगता है कि तुम अकेली रह जाओगी ? देखो, अन्तिमा, आचूकि, जावेद और माँ ने तो पहले ही फाउंडेशन से इस्तीफ़ा दे दिया है। उन्हें बेहतर जॉब मिल गया है। लेकिन क्या फाउंडेशन सिर्फ उन्हीं पर टिका था ? नहीं न। ये तो तुम्हारे सपनों पर टिका है।"
अर्पिता आवाज़ धीमी करते हुए कहती है- "कभी-कभी सोचती हूँ, क्या मैंने अपने कंधों पर बहुत भारी बोझ ले लिया है ? ये संस्थान अब इतना बड़ा हो चुका है कि मेरे लिए अकेले सँभालना मुश्किल होगा किशोर। लोग पहले ही आरोप लगाते थे कि फाउंडेशन परिवारवाद में फँस गया है। अब जब सब परिवार वाले जा चुके हैं, तो सवाल उठेंगे कि "क्या अकेली अर्पिता फाउंडेशन को चला पाएगी ?"
किशोर मुस्कुराकर अर्पिता के चेहरे को अपनी दोनों हथेलियों से सहलाते हुए पूछते हैं कि- "और तुम क्या सोचती हो ?"
अर्पिता आँखें झुकाकर जवाब देते हुए कहती है- "मैं डरी हुई हूँ... लेकिन हाँ, साथ ही भीतर कहीं एक आत्मविश्वास भी है।"

कुछ देर चुप्पी के बाद, दोनों बैठ जाते हैं । किशोर गहरी आवाज़ में बोलते हैं- “अर्पिता, याद है जब हमने पहली बार ये फाउंडेशन शुरू किया था ? हमारे पास न पैसा था, न कोई बड़ा सपोर्ट। सिर्फ जज़्बा था। आज वो जज़्बा कहाँ खो गया? तुम्हारे अंदर ही तो है ।”

अर्पिता मुस्कुराते हुए कहती है- “ हाँ, पर उस वक़्त तुम मेरे साथ थे । तुम्हारा साथ हमेशा मेरे लिए ताक़त था । अब तुम तो अदालत की चारदीवारी में रहोगे । जज के तौर पर तुम्हें दूरी बनानी होगी, पक्षपात से बचना होगा । तब मैं किससे अपने मन की बातें करूँगी?”

किशोर नरमी से जवाब देते हुए कहता है- “तुम्हारे पास लोग हैं । तुम्हारे पास पूरी टीम है, हजारों सपने देखने वाली लड़कियाँ हैं जो तुमसे प्रेरणा लेती हैं । मैं भले संस्थान से सीधे तौर पर न जुड़ा रहूँ, लेकिन मेरा दिल हमेशा तुम्हारे साथ रहेगा ।”

उसी समय, दरवाज़ा खटखटाने की आवाज़ आती है । अर्पिता कहती है – “आइए ।”

बाहर से राजीव और तन्वी अंदर आते हैं । राजीव अर्पिता से मुखातिब होते हुए कहते हैं- “मैम, हमने सुना है कि सर का सेलेक्शन ज्यूडिशियल सर्विसेस में हो गया है । हार्दिक बधाई !”

“जी सर, सच में गर्व की बात है । ये फाउंडेशन का ही नहीं, पूरे समाज का सम्मान है।” तन्वी किशोर के हाथ में फूलों का गुलदस्ता देते हुए कहती है ।

किशोर मुस्कुराकर जवाब देते हुए कहता है- “धन्यवाद आप दोनों का।”

“मैम, अब तो ज़ाहिर है कि फाउंडेशन की सारी कमान आपके हाथ में आ जाएगी। लेकिन हमें यकीन है कि आप अकेली नहीं हैं । हम सब आपके साथ हैं ।” राजीव अर्पिता से मुखातिब होते हुए कहता है ।

“हाँ मैम, ये संस्थान अब सिर्फ किसी परिवार का नहीं है । ये उन सभी का है जो यहाँ काम करते हैं और जिनकी ज़िंदगी बदली है ।” तन्वी अर्पिता की तरफ बढ़ते हुए कहती है ।

अर्पिता की आँखों में चमक आती है, मानो आत्मविश्वास लौट रहा हो। वह किशोर से मुखातिब होते हुए कहती है-“सच कहूँ तो, मैं डर रही थी कि सबके जाने के बाद मैं अकेली पड़ जाऊँगी । पर तुम्हारे शब्दों से लग रहा है कि ये संस्थान अब अपनी असली पहचान बना चुका है ।”

किशोर मुस्कुराते हुए जवाब देते हुए कहता है- “यही तो मैं कहना चाहता था। अर्पिता, तुम्हें अब अपने अंदर की शक्ति पहचाननी होगी। ये लड़ाई अब सिर्फ तुम्हारी नहीं है, ये पूरी टीम की है ।”

बातचीत भावनात्मक नोड़ ले लेती है । अर्पिता भावुक होते हुए कहती है- “ किशोर, क्या तुम्हें याद है... वो दिन जब हमने पहली बार गाँव की लड़कियों को पढ़ाना शुरू किया था ? झोपड़ी में बैठकर, सिर्फ दो कॉपियों और एक स्लेट के साथ ।”

किशोर हँसते हुए सहजता से जवाब देता है- “हाँ, और कैसे बच्चे बीच-बीच में बकरियाँ चरा कर भाग जाते थे।”

अर्पिता हँसते हुए, आँसू पोंछते हुए कहती है-“उसी दिन मैंने सोचा था कि अगर ये फाउंडेशन बना, तो ये किसी व्यक्तिगत महत्वाकांक्षा के लिए नहीं होगा, बल्कि उन बच्चों के सपनों के लिए होगा ।”

किशोर भी भावुक होकर कहता है- “और आज देखो, वो सपना साकार हो रहा है। हाँ, रास्ते में बहुत उतार-चढ़ाव आए । परिवारवाद के आरोप लगे, मीडिया ने सवाल किए। पर सच हमेशा जीतता है।”

तन्वी और राजीव बाहर चले जाते हैं। कमरे में फिर सन्नाटा छा जाता है।

अर्पिता धीरे से किशोर, से मुखातिब होते हुए कहती है-“मैं तुम्हें मिस करूँगी किशोर।”

किशोर नरमी से जवाब देते हुए कहता है-“मैं भी... लेकिन सोचो, जब मैं जज की कुर्सी पर बैठूँगा और देखूँगा कि किस तरह तुम्हारा फाउंडेशन समाज में बदलाव ला रहा है, तो मुझे गर्व होगा ।”

अर्पिता आवाज़ भारी करके कहती है- “लेकिन क्या तुम कभी फाउंडेशन की मीटिंग्स में आ पाओगे ?”

किशोर जवाब देते हुए कहता है- “शायद नहीं, सीधे तौर पर नहीं । लेकिन मैं दूर से हमेशा तुम्हें देखता रहूँगा, तुम्हारी जीतों पर खुश होता रहूँगा, और तुम्हारे संघर्षों में प्रार्थना करता रहूँगा ।”

रात का माहौल। बाहर चाँदनी खिड़की से अंदर आ रही है । अर्पिता खिड़की के पास खड़ी होती है, किशोर उसके पास आकर खड़े हो जाते हैं । किशोर को अपने नज़दीक देखकर अर्पिता कहती है- “कभी-कभी लगता है, ज़िंदगी बहुत अजीब खेल खेलती है। अभी तक हम दोनों साथ-साथ फाउंडेशन चलाते थे । अब तुम जज बनकर अदालत में न्याय दोगे और मैं समाज में बदलाव लाने के लिए संघर्ष करूँगी ।”

किशोर गहरी आवाज़ में अर्पिता का हाथ अपने हाथ में लेते हुए कहता है- “हाँ, लेकिन क्या तुम्हें नहीं लगता कि ये दोनों एक ही सिक्के के दो पहलू हैं? न्याय और समाज सेवा...दोनों का मकसद एक ही है, इंसाफ़।” अर्पिता गहरी साँस लेकर जवाब देते हुए कहती है- “सही कहते हो किशोर। शायद यही हमारी किस्मत है।”कुछ देर की चुप्पी । फिर किशोर अर्पिता का माथा चूमते हुए कहते हैं- “अर्पिता, मैं चाहता हूँ कि आज से तुम ये बोझ नहीं, बल्कि ज़िम्मेदारी समझो और याद रखो, तुम अकेली नहीं हो । मैं हमेशा तुम्हारे साथ हूँ... बस रूप बदल गया है ।”

अर्पिता बमुश्किल आँसू रोकते हुए मुस्कुराती है और कहती है- “शायद यही सच्चा साथ है ।”

दोनों खिड़की से बाहर चाँद को देखते हैं । एक ओर किशोर के सपनों की नई उड़ान है, तो दूसरी ओर अर्पिता के कंधों पर समाज के सपनों का बोझ । लेकिन दोनों के दिलों में एक-दूसरे के प्रति अटूट प्रेम है ।

भाग 150 : साहस फाउंडेशन अन्तरराष्ट्रीय सुर्खियों में क्यों ?

साहस फाउंडेशन की पहली खुशी राष्ट्रीय मानवाधिकार आयोग द्वारा क्लिन चिट मिलने की अभी तिरोहित हो रही थी कि अचानक संस्था को एक अंतर्राष्ट्रीय खुश खबरी मिली जिसके तहत उनको रतन मैग्से पुरस्कार दिए जाने की घोषणा की गई थी। यह पुरस्कार समाज सेवा, पत्रकारिता और सुधारों के क्षेत्र में दिया जाता है । साहस फाउंडेशन का प्रत्येक कार्यकर्ता यह खबर सुनकर खुशी से झूम उठा था ।

साहस फाउंडेशन के मुख्य सभागार में सभी कर्मचारी एकत्रित हुए थे । एक नव नियुक्त कर्मचारी रश्मि दौड़ते हुए ऑफिस में आती है, हाथ में मोबाइल लेकर और उत्साह से कहती है- "अरे सुनो-सुनो सब लोग ! बड़ी खबर है ! अभी-अभी न्यूज चैनल पर चल रहा है... साहस फाउंडेशन को अमन मैग्सेसे पुरस्कार देने की घोषणा हुई है !"

वरिष्ठ कार्यकर्ता अनिल खड़े होते हुए पूछते हैं कि- " क्या ? सचमुच? कहीं मज़ाक तो नहीं कर रही रश्मि?"

रश्मि मोबाइल दिखाते हुए कहती है- " देखिए... यही लिखा है– "इस वर्ष अमन मैग्सेसे पुरस्कार भारत के 'साहस फाउंडेशन' को महिला सशक्तिकरण, बालिका शिक्षा, सामाजिक न्याय और सुधारों के क्षेत्र में किए गए असाधारण योगदान के लिए दिया जा रहा है ।"

रश्मि की बात सुनकर पूरे हॉल में तालियों की गड़गड़ाहट गूँज उठती है ।

संगीता जो साहस फाउंडेशन में एक वॉलेंटियर है आँखों में आँसू भरके कहती है- "वाह... यह तो जैसे हमारी मेहनत का फल मिल

गया। कितनी मुश्किलों में काम किया हमने, बालिका शिक्षा के लिए कितने ताने सुने... आज सब सार्थक लग रहा है।"

मैनेजर राजीव गंभीर स्वर में कहता है- " यह पुरस्कार केवल संस्थान को नहीं, बल्कि हर उस महिला, हर उस बच्चे और हर उस वंचित वर्ग को समर्पित है जिनके लिए हमने लड़ाई लड़ी है । हम सब मिलकर इस खुशी को सेलिब्रेट करेंगे ।"

इसी के साथ साहस फाउंडेशन में जश्न की शुरुआत हो जाती है । हॉल में गुब्बारे और फूल लगाए जा रहे हैं, ढोलक बज रही है, सब झूम रहे हैं।

एक युवा वॉलेंटियर नीरज नाचते हुए कहता है-"अब तो गाँव-गाँव, शहर-शहर में हमारी पहचान बनेगी। लोग कहेंगे – यही है वो संस्था जिसे अंतरराष्ट्रीय सम्मान मिला है ।"

बुजुर्ग कार्यकर्ता एवं अर्पिता की माँ,विमला देवी   कहती है-"बेटा, मुझे तो लग रहा है जैसे मेरे संघर्ष के सालों का बोझ हल्का हो गया। कभी सोचा भी न था कि हमारी आवाज इतनी दूर तक जाएगी ।"

अर्पिता माइक लेकर कहती है- "साथियो, यह पुरस्कार सिर्फ हमारी उपलब्धि नहीं, यह उन लोगों की जीत है जिन्होंने अन्याय के खिलाफ आवाज उठाने का साहस किया। हमें याद रखना होगा कि इस सम्मान के साथ हमारी जिम्मेदारी और बढ़ गई है ।"

भीड़ से आवाजें एक स्वर में आवाजें आती हैं -बिल्कुल सही ! सही कहा!"

इसी बीच मीडिया का आगमन होता है और कुछ पत्रकार कैमरे लेकर आते हैं । उनमें से एक पत्रकार अर्पिता से मुखातिब होते हुए कहता है- "मैडम, साहस फाउंडेशन को इतने बड़े अंतरराष्ट्रीय पुरस्कार से नवाजा गया है । आपकी पहली प्रतिक्रिया क्या है ?"

अर्पिता मुस्कराते हुए जवाब देती है- " हमारी पहली प्रतिक्रिया है, कृतज्ञता। हम इस सम्मान को उन महिलाओं और बच्चों को समर्पित करते हैं, जिनकी कहानियों ने हमें काम करने के लिए प्रेरित किया।"

दूसरा पत्रकार अर्पिता से पूछता है- "आप पर कई बार आरोप लगे, विरोध भी हुआ, यहाँ तक कि पुलिस केस और सामाजिक बहिष्कार तक हुआ। फिर भी आप डटी रहीं। आज जब क्लिन चिट भी मिल चुकी और पुरस्कार की घोषणा भी हो गई, तो क्या लगता है, संघर्ष खत्म हो गया ?"

अर्पिता दृढ़ता से कहती है- "संघर्ष कभी खत्म नहीं होता। यह तो केवल एक पड़ाव है। असली काम अभी बाकी है ।"

अर्पिता इधर मिडिया से मुखातिब हो रही थी और उधर साहस फाउंडेशन के ट्रेनिंग हॉल के एक कोने में कार्यकर्ता आपस में बात कर रहे हैं। एक कार्यकर्ता सुनील दूसरे कार्यकर्ता से कहता है- "याद है, जब गाँव का प्रधान दलपत सिंह हमें बदनाम करने में लगा था? तब सब कहते थे –"ये संस्था ज्यादा दिन नहीं चलेगी।"

"हाँ, और महंत जी का गैंग तो धमकी देने तक आ गया था । पर देखो, सच की जीत हुई ।" रश्मि ने जवाब देते हुए कहा ।

एक अन्य कार्यकर्ता अनिल हँसते हुए कहता है-"अब वही लोग टीवी पर देखेंगे कि जिसे वो मिटाना चाहते थे, उसे अंतरराष्ट्रीय स्तर पर सम्मान मिल रहा है । यही तो साहस की असली पहचान है, मुश्किलें आईं, लेकिन हम झुके नहीं ।"

जेल में बैठे महंत और दलपत सिंह टीवी देख रहे हैं । साहस फाउंडेशन को अंतर्राष्ट्रीय सम्मान मिलने की खबर सुनकर दलपत सिंह गुस्से में कहता है- "धिक्कार है! ये कैसे हो गया ? जिस संस्था को हमने खत्म करने की कसम खाई थी, उसे अब पुरस्कार मिल रहा है !"

महंत दाँत पीसते हुए कहता है- "यह विदेशी ताकतों का खेल है। ये लोग हमारी संस्कृति तोड़ना चाहते हैं । मगर याद रखना दलपत, बाहर निकलते ही हम फिर से माहौल बिगाड़ेंगे।"

साहस फाउंडेशन जिन गाँवों में कार्य कर रहा है वहाँ गाँव में चौपाल पर समुदाय के लोग बात कर रहे हैं । एक ग्रामवासी रामेश्वर कहता है- "भाई, पहले तो हम भी सोचते थे कि साहस फाउंडेशन सिर्फ नाम और आंकड़ों के लिए काम करता है । लेकिन आज देख लो, अंतरराष्ट्रीय पुरस्कार मिल गया है ।"

उसकी बात का जवाब देते हुए ग्रामवासी गीता कहती है-"हाँ, हमारी बेटियों को पढ़ाई का मौका मिला, काम सिखाया गया । यही असली सेवा है।"

दूसरा ग्रामीण गीता की बात का समर्थन करते हुए कहता है-"अब हमें साफ दिख रहा है कि कौन सच बोल रहा था और कौन झूठ फैला रहा था।"

इस तरह साहस फाउंडेशन सब ओर चर्चा में था। देश- विदेश से मीडिया कर्मी अर्पिता और उसके सहयोगियों से साक्षात्कार लेने के लिए आ रहे थे। सोशल मीडिया पर भी साहस फाउंडेशन इस अंतर्राष्ट्रीय सम्मान के कारण चर्चा में था ।

भाग 151:कैसा रहा कोर्ट में किशोर का पहला दिन?

जज बनने के बाद आज किशोर का कोर्ट में पहला दिन था। कोर्टरूम में सभी लोग बैठ चुके हैं। गवाह, वकील, मीडिया के कुछ प्रतिनिधि भी मौजूद हैं। घड़ी में दस बजते ही जज किशोर अपनी कुर्सी पर आसीन होते हैं। कोर्ट का क्लर्क बताता है कि -"माननीय न्यायालय! आज की सुनवाई क्रमांक 112/2025, राज्य बनाम दलपत सिंह एवं महन्त पर है । विषय है, अच्छे आचरण के आधार पर पैरोल याचिका ।"

पूर्व ग्राम प्रधान दलप त सिंह और महन्त पुलिस सुरक्षा में अदालत में लाए जाते हैं । दोनों की निगाह जज किशोर पर पड़ती है । उनका चेहरा एकदम उतर जाता है । वे सोचते हैं कि जिनकी संस्था पर उन्होंने कभी हमला किया, उसी के सह-संस्थापक किशोर अब जज बने हैं । न्याय की उम्मीद कम ही है।

इसी बीच जज किशोर आदेश देते हैं कि- "अदालत की कार्यवाही शुरू की जाए ।"

पूर्व ग्राम प्रधान दलपत सिंह का वकील जज साहब को संबोधित करते हुए कहता है- "मान्यवर, मेरे मुवक्किल दलपत सिंह पिछले सात वर्षों से आजीवन कारावास की सजा काट रहे हैं । जेल प्रशासन की रिपोर्ट में स्पष्ट उल्लेख है कि उन्होंने इस अवधि में किसी भी प्रकार का अनुशासनहीन कार्य नहीं किया है । वे नियमित रूप से धार्मिक अनुष्ठान करते हैं, कैदियों को पढ़ाते हैं और जेल सुधार कार्यक्रमों में सहयोग देते हैं । संविधान के अनुच्छेद 21 के अंतर्गत

उन्हें भी गरिमापूर्ण जीवन जीने का अधिकार है । अतः मैं निवेदन करता हूँ कि उन्हें पैरोल का अवसर दिया जाए ।"

महन्त का वकील भी अपनी याचिका प्रस्तुत करते हुए कहता है- "मान्यवर, मेरे मुवक्किल महन्त भी सात वर्षों से जेल में हैं । उन्होंने न केवल कारावास की सभी शर्तों का पालन किया है बल्कि जेल प्रशासन के साथ मिलकर नशा मुक्ति अभियान भी चलाया है । यह उनके अच्छे आचरण का प्रमाण है । पैरोल का उद्देश्य अपराधी को समाज में दोबारा समाहित करने की प्रक्रिया शुरू करना है । कृपया उन्हें भी यह अवसर दिया जाए ।"

जज किशोर दोनों वकीलों की दलीलें सुनने के बाद सरकारी पक्ष की दलील सुनते हैं । सरकारी पक्ष का वकील दलपत सिंह और महन्त के पैरोल की याचिका का विरोध करते हुए कहता है- "मान्यवर, यह सही है कि जेल रिपोर्ट में दोनों कैदियों के आचरण को संतोषजनक बताया गया है, परंतु समाज पर उनके अपराधों का गहरा प्रभाव पड़ा था । दलपत सिंह ने अपने प्रभाव का दुरुपयोग किया, जबकि महन्त ने धार्मिक आवरण में कई गैरकानूनी गतिविधियाँ की थीं। इनकी पैरोल से जनता में गलत संदेश जा सकता है।"

सरकारी वकील की दलील सुनकर कोर्ट में सन्नाटा छा जाता है । जज किशोर ध्यान से सभी तर्क सुनते हैं । मीडिया कैमरे उनकी ओर टिके हुए हैं । सबको लगता है कि किशोर साहस फाउंडेशन के पुराने विवादों को याद करके इनकी याचिका खारिज कर देंगे । दलपत सिंह और महंत की आँखों में निराशा साफ झलक रही है ।

दलपत सिंह धीरे से महंत से कहता है- "देखा महंत जी, आज हमारी किस्मत का फैसला वही कर रहा है जिसके खिलाफ हमने कभी झूठे आंदोलन खड़े किए थे। अब इस जज से क्या उम्मीद रखनी ?"

"हाँ, लगता है हमारी पैरोल की कोई संभावना नहीं।" महंत निराश होकर कहता है ।

कुछ क्षण के मौन के बाद किशोर गम्भीर आवाज़ में बोलते हुए अपना फैसला सुनाते हैं-"न्यायालय सभी पक्षों को ध्यानपूर्वक सुन चुका है। यह सत्य है कि अपराध गंभीर थे, और समाज पर उनका असर भी हुआ । किंतु यह भी उतना ही सत्य है कि दंड का उद्देश्य केवल दंड देना नहीं है, बल्कि अपराधी में सुधार और समाज में पुनः स्थापना करना भी है । जेल प्रशासन की रिपोर्ट स्पष्ट रूप से बताती है कि दोनों कैदियों का आचरण आदर्श रहा है । उन्होंने न केवल नियमों का पालन किया है, बल्कि अन्य कैदियों के सुधार में भी योगदान दिया है ।

इस न्यायालय का मानना है कि यदि किसी व्यक्ति में बदलाव की संभावना है, तो उसे अवसर दिया जाना चाहिए । न्याय बदले पर नहीं, बल्कि बदलाव पर आधारित होना चाहिए ।"

जज के रूप में किशोर के विचारों को सुनकर कोर्ट में हलचल बढ़ जाती है । सभी एक-दूसरे की ओर देखने लगते हैं । जज किशोर निर्णय सुनाते हुए कहते हैं- "अतः न्यायालय आदेश देता है कि याचिकाकर्ता दलपत सिंह और महन्त, दोनों को सशर्त पैरोल दी जाती है । वे 30 दिनों की अवधि के लिए रिहा होंगे, इस शर्त पर कि

वे किसी भी अवैध गतिविधि में शामिल नहीं होंगे और निर्धारित समय पर स्वयं वापस जेल लौटेंगे ।"

फैसले के बाद मीडिया कर्मी बाहर दौड़ते हैं । दलपत सिंह और महंत चौंककर एक-दूसरे को देखते हैं। उन्हें विश्वास ही नहीं होता कि किशोर ने न्याय किया, बदला नहीं लिया ।

दलपत सिंह धीरे से महन्त से कहता है- "महन्त जी, यह तो चमत्कार हुआ । जिस आदमी से हमने कभी दुश्मनी निभाई, उसने ही आज हमें नया जीवन दिया।"

"सही कहा । यह बदले का नहीं, बदलाव का समय है।" महन्त ने कहा।

कोर्ट परिसर के बाहर पत्रकारों की भीड़ है । कैमरे और माइक जज किशोर के फैसले पर प्रतिक्रिया पाने के लिए तैयार हैं । एक मीडिया कर्मी लाइव प्रसारण करते हुए कहता है- "आज जज किशोर ने अपने पहले ही केस में ऐतिहासिक निर्णय दिया है । उन्होंने दिखा दिया कि न्यायालय केवल सजा देने की जगह सुधार और पुनर्वास की दिशा में भी सोच सकता है ।"

दूसरा रिपोर्टर कहता है- "यह निर्णय इसलिए भी खास है क्योंकि जिन अपराधियों ने कभी साहस फाउंडेशन पर हमला किया था, उन्हें न्याय देने का मौका भी किशोर को ही मिला । लेकिन उन्होंने व्यक्तिगत दुश्मनी को दरकिनार करके न्याय की मर्यादा निभाई । न्यायालय से निकलते ही यह खबर सोशल मीडिया पर छा गई है । लोग कह रहे हैं कि जज किशोर ने 'बदले से बड़ा बदलाव' का रास्ता चुना है।"

जज किशोर अपनी गाड़ी में बैठते हैं। उनके मन में गहरी शांति है । वे मन ही मन कहते हैं- "न्याय की असली कसौटी यही है कि वह व्यक्तिगत भावनाओं से ऊपर उठे । मैंने बदला नहीं लिया, बल्कि सुधार की उम्मीद को एक मौका दिया है । यही न्यायपालिका की आत्मा है ।"

अगले दिन अखबारों की सुर्खियाँ छपती हैं –"पहले ही केस में जज किशोर का बड़ा फैसला ।"

"बदलाव की ओर न्याय, दलपत सिंह और महन्त को पैरोल मंजूर।"

"जेल सुधार की नई मिसाल ।"

आम आदमी चाय की दुकान पर चर्चा कर रहे हैं - "देखा भाई, यह हुआ असली न्याय। जिसने दुश्मनी छोड़ इंसानियत को तरजीह दी । ऐसे जज ही देश की उम्मीद हैं ।"

दूसरा आदमी कहता है- "हाँ, अगर अपराधी सच में सुधर जाएँ तो समाज का भी भला है । सजा का मतलब जीवन भर कैद नहीं, बल्कि इंसान को दोबारा मौका देना भी है।"

इस फैसले से किशोर की पहचान सिर्फ एक जज नहीं, बल्कि न्याय के नए दृष्टिकोण वाले जज के रूप में स्थापित हो जाती है । उनके इस निर्णय की हर ओर प्रशंसा होती है । साहस फाउंडेशन से जुड़े लोग भी गर्व महसूस करते हैं कि उनके पूर्व सह-संस्थापक अब न्यायपालिका में एक नई मिसाल कायम कर रहे हैं ।

पढ़ते रहिए , अगले भाग में आप पढ़ेंगे कि साहस फाउंडेशन को अंतर्राष्ट्रीय सम्मान समारोह में कैसे सम्मानित किया जाता है ?

अन्तिम भाग 152 : साहस फाउंडेशन को मिला अन्तर्राष्ट्रिय सम्मान !

दिल्ली का विशाल सभागार। मंच पर सुंदर साज-सज्जा, बीच में "साहस फाउंडेशन" का बैनर, और स्क्रीन पर लिखा है- "International Aman Magsay Award Ceremony."

दर्शक दीर्घा खचाखच भरी हुई है । मंच पर मुख्य अतिथि न्यायाधीश किशोर, विशिष्ट अतिथि नव निर्वाचित ग्राम प्रधान विमल, फिलीपींस से आए अंतर्राष्ट्रीय सम्मान दल, तथा साहस फाउंडेशन की अध्यक्षा अर्पिता उपस्थित हैं ।

संस्थान की कार्यकर्ता रूबी संचालक के रूप में माइक पर सभी को संबोधित करते हुए कहती है- "महिलाओं और सज्जनों, आपका हार्दिक स्वागत है, इस ऐतिहासिक अवसर पर । आज हमें गर्व है कि हमारे देश की धरती पर फिलीपींस से आई टीम साहस फाउंडेशन को उसके प्रयासों के लिए अंतर्राष्ट्रीय रजत मैग्से सम्मान से नवाजने आई है । यह सम्मान केवल एक संस्था को नहीं, बल्कि उस जज़्बे, उस साहस,उस संघर्ष और हरेक उस कार्यकर्ता को है जिसने समाज की तस्वीर बदल दी है ।"

सभागार में तालियाँ गूंजती हैं। कैमरे चमकते हैं ।

फिलीपींस टीम लीडर अंग्रेज़ी में बोलते हैं जिसका हिंदी अनुवाद इस प्रकार है - "साहस फाउंडेशन ने विषम परिस्थितियों के बावजूद महिलाओं के अधिकार, समाज सुधार, बच्चों की शिक्षा और गरिमा के लिए जो काम किया है, वह पूरी दुनिया के लिए प्रेरणा है । इसलिए

हम आज उन्हें Aman Magsay International Award प्रदान कर गौरवान्वित हो रहे हैं ।"

कार्यक्रम संचालक रूबी कार्यक्रम को आगे बढ़ाते हुए कहती है- "अब मैं आमंत्रित करती हूँ मुख्य अतिथि माननीय न्यायाधीश किशोर जी को, कि वे इस अवसर पर अपने विचार रखें ।"

किशोर धीमे स्वर में, भावुक होकर कहते हैं- "मंच पर उपस्थित माननीय गण, विदेश से पधारे हमारे मित्रगण, और मेरे प्रिय देशवासियों... आज मैं न्याय के आसन से नहीं, बल्कि एक बेटे, एक पति, और एक साथी के रूप में आप सबके सामने खड़ा हूँ । साहस फाउंडेशन केवल संस्था नहीं, बल्कि हमारे समाज की आत्मा की पुकार है। आज जब यह सम्मान मिल रहा है, तो मुझे वे कठिन रास्ते याद आते हैं जिन पर चलकर हम यहाँ तक पहुँचे और यह सब संभव हुआ, केवल अर्पिता और उनकी टीम के अडिग साहस से ।"

देर तक तालियाँ गूंजती हैं । अर्पिता के चेहरे पर भावुक मुस्कान आ जाती है। संचालक के रूप में कार्यक्रम को आगे बढ़ाते हुए रूबी कहती है–"अब मैं आमंत्रित करती हूँ आज के विशिष्ट अतिथि, नवनिर्वाचित युवा ग्राम प्रधान विमल जी को ।"

विमल मंच पर आते हैं । सभागार शांत हो जाता है ।

नवनिर्वाचित ग्राम प्रधान विमल जब बोलने लगते हैं तो उनका कंठ भर आता है, वे कहते हैं- "आज मैं आपके सामने एक सच्चाई रखने आया हूँ। मैं दलपत सिंह का बेटा हूँ । हाँ, वही दलपत सिंह जिसने अपने गांव की कई महिलाओं को अपमानित किया... और मेरी माँ विमला जी उनमें से एक थीं । लेकिन उस अपमान की छाया में मैंने

जन्म लिया । कानूनी तौर पर डीएनए टेस्ट ने साबित कर दिया कि मैं दलपत का बेटा हूँ, मगर मेरे खून में मेरी माँ का साहस है । इसलिए मैंने अपनी माँ विमला के नाम से ही अपना नाम विमल रखा है।"

दर्शक स्तब्ध हैं । कैमरे विमला जी और अर्पिता की तरफ घूमते हैं । विशिष्ट अतिथि विमल अपनी बात को आगे बढ़ाते हुए कहते हैं-"मैंने बचपन में अपनी माँ को समाज के ताने सहते देखा । 'कलंकिनी' कहकर पुकारा गया... मेरी बहन अर्पिता को देवदासी बना दिया गया... मगर वही अर्पिता आज इस मंच पर खड़ी है और दुनिया उसकी जय जयकार कर रही है । **आज से अब हम उसे अर्पिता नहीं अपितु "साहसिका"** नाम से जाना करेंगे । (सभागार में तालियाँ बजती हैं ।)

आज मैं प्रण लेता हूँ कि मैं किसी भी नारी को अपमानित नहीं होने दूंगा। अपने गांव से लेकर पूरे देश तक,और जहाँ तक मेरी आवाज पहुंचेगी, वहाँ तक हर स्त्री की गरिमा की रक्षा करूंगा ।"

एक बार फिर पूरा सभागार तालियों से गूंज उठता है। कई दर्शकों की आँखें नम हो जाती है ।

विमल का भाषण सुनकर अर्पिता जो अब साहसिका बन गई है, मंच से कहती है- "भाई, आपका यह संकल्प केवल साहस फाउंडेशन की नहीं, पूरे समाज की ताक़त बनेगा ।"

इसी बीच मंच पर वृद्ध दलपत सिंह और महंत जी आते हैं जो आज पैरोल पर रिहा होने के कारण इस समारोह में यहाँ उपस्थित थे । भीड़ में खुसुर-पुसुर होने लगती है । लोग हैरान हैं कि मंच पर वृद्ध दलपत सिंह और महंत क्या बोलेंगे, दोनों के सिर झुके हुए हैं । पहले

दलपत सिंह गहरी सांस लेकर बोलना शुरू करते हैं - "आज मैं इस मंच पर खड़ा हूँ... मगर शर्म से सिर नहीं उठा पा रहा हूँ। मैंने अपने जीवन में अनेक पाप किए। मेरा सामंती व्यवहार ही मेरा दुश्मन बन गया । मैंने सब कुछ जानते-बुझते गाँव की बेटियों को देवदासी की भयानक आग में झोंका,मासूम औरतों की इज़्ज़त लूटी... आज जब मैं बूढ़ा हो चुका हूँ, तो समझ पाया हूँ कि स्त्री का अपमान, इंसानियत का अपमान है । हालांकि मेरा व्यवहार माफी लायक तो नहीं है फिर भी मैं सबके सामने विमला देवी सहित अर्पिता जी, नहीं साहसिका जी और सभी महिलाओं से हाथ जोड़कर माफी मांगता हूँ ।"

भीड़ में सन्नाटा छा जाता है । कैमरे दलपत सिंह की लजाती आँखें और कांपता चेहरा दिखाते हैं । इसी क्रम में मंच पर आगे बढ़ते हुए महंत धीमी आवाज़ में कहते हैं- "मैंने धर्म की आड़ में अधर्म किया । मंदिर जैसी पवित्र जगह की आड़ में औरतों का शोषण किया। लोगों की आस्था और विश्वास के साथ धोखा किया । जानते-बुझते अंधविश्वास और पाखण्ड को बढ़ावा दिया । गाँव की चारागाह भूमि पर अतिक्रमण किया जो कि नाजायज था । आज मैं सबके सामने पश्चाताप करता हूँ । उम्मीद है आप सभी मुझे माफ कर देंगे ।अगर साहस फाउंडेशन चाहे तो मैं अपनी शेष जिंदगी उनकी सेवा में एक सेवक के रूप में लगाना चाहता हूँ।"

महंत की बात सुनकर किशोर सख्त स्वर, में कहते हैं- " कानून ने आप दोनों को सज़ा दी है । अगर सच्चा पश्चाताप है तो समाज सेवा

में उतरकर ही आप प्रायश्चित कर सकते हैं । साहस फाउंडेशन अपराधियों को नहीं, प्रायश्चित करने वालों को साथ लेता है ।"

साहसिका (अर्पिता) किशोर की बात को आगे बढ़ाते हुए कहती है- "यदि सचमुच मन से पश्चाताप है, तो हमारी शर्त है कि आप दोनों उसी गाँव जाएंगे जहाँ आपने पाप किए, और उन्हीं स्त्रियों से माफी मांगेंगे । वहीं से सेवा का प्रारंभ होगा । बाकी आप दोनों की सजा के बारे में निर्णय तो अदालत ही करेगी ।"

दलपत सिंह और महंत सिर झुका कर स्वीकृति देते हैं । सभागार तालियों से गूंज उठता है । मंच पर लगी स्क्रीन पर फिल्म की तरह फ्लैशबैक चलता है । अर्पिता के देवदासी बनने की कहानी, उसका अपमान, धर्म और परम्परा के नाम पर विमला का शोषण, साहस फाउंडेशन की स्थापना, मीडिया ट्रायल्स, कोर्ट केस, जन आंदोलन, फाउंडेशन द्वारा समाज सुधार के लिए किए गए प्रयास, फाउंडेशन की टीम का एक-एक चेहरा, उनका संघर्ष और धीरे-धीरे संस्था की विजय । पृष्ठभूमि में संगीत बजता है। सभागार में मौजूद भीड़ और दर्शक अपने स्थान पर खड़े हो जाते हैं । मंच के सामने पुलिस अधीक्षक जावेद, राजीव, आईएएस अंतिमा, आचुकी साहस फाउंडेशन के प्रति अपनी कृतज्ञता व्यक्त करते हुए गार्ड ऑफ ऑनर देते हैं । भीड़ भावुक हो उठती है । पूरे समारोह में शान्ति छा जाती है ।

इस शान्ति को कार्यक्रम संचालक रूबी तोड़ते हुए कहती है- "और अब, हम सुनेंगे साहस फाउंडेशन की नई पीढ़ी वीरा की आवाज़ ।"

भीड़ तालियाँ बजाती है । अमेरिका से लौटी वीरा मंच पर आती है । उसके गले में "Harvard University" का बैज है । वीरा आत्मविश्वास से कहती है- "मेरा नाम वीरा (VEERA) है और मेरे नाम का अर्थ है-

V: Vision

E: Equality

E: Empowerment

R: Rights

A: Action

मैंने अपने माता-पिता से सीखा है कि साहस वही है, जो दर्द को ताक़त में बदल दे । मैं अमेरिका में पढ़ रही हूँ, लेकिन मेरा दिल भारत में धड़कता है, यहाँ के गाँवों में बसता है । मैं प्रण लेती हूँ कि मैं भी साहस फाउंडेशन की दिखाई राह पर चलूँगी, और समाज की हर बेटी को यह एहसास दिलाऊँगी कि वह कमजोर नहीं, बल्कि सशक्त है ।"

पूरा हॉल तालियों की गड़गड़ाहट से गूंज उठता है । कैमरे अर्पिता, विमला और किशोर के गर्वित चेहरे पर टिकते हैं ।

साहसिका (अर्पिता) आंसुओं से भीगी आवाज में कहती है- "वीरा, तुम्हारे रूप में हमारी लड़ाई आगे बढ़ेगी । यही हमारी सबसे बड़ी जीत है ।"

"जब तक ऐसी संताने आगे आती रहेंगी, तब तक समाज में आशा और न्याय जिंदा रहेगा ।" किशोर वीरा को गले लगाते हुए कहते हैं।

फिलीपींस से आई मेहमानों की टीम अर्पिता को पुरस्कार सौंपती है। सब खड़े होकर ताली बजाते हैं। राष्ट्रगान बजता है। पूरा दृश्य एक ऐतिहासिक क्षण की तरह खत्म होता है। आने वाली पीढ़ियों को प्रेरणा के लिए अर्पिता और साहस फाउंडेशन पर एक फिल्म बनाई जाती है जिसका नाम होता है - **"साहसिका !"**

लेखक का संदेश

अर्पिता : एक देवदासी, केवल अर्पिता की कहानी नहीं है । यह उन अनगिनत स्त्रियों की आवाज़ है जिन्हें परम्पराओं, पितृसत्ता, मिथकों और इतिहास ने हाशिये पर रखा, पर जिन्होंने साहस से अपने अस्तित्व को पुनः लिखा। “देवदासी” एक शब्द, जो कभी श्रद्धा का प्रतीक माना जाता था, समय के साथ शोषण और पीड़ा का पर्याय बन गया । परंतु हर अंधकार के भीतर एक दीपक जन्म लेता है । अर्पिता उसी दीपक का नाम है।

इस उपन्यास को लिखते समय मेरे मन में बार-बार एक प्रश्न उठता रहा, क्या समाज सच में बदलता है, या केवल चेहरे बदलते हैं ? क्या परंपरा के नाम पर अन्याय को अनंत काल तक ढोया जा सकता है? और सबसे बड़ा प्रश्न क्या एक स्त्री का संघर्ष केवल उसका निजी संघर्ष है, या वह पूरे समाज के आत्मसम्मान की लड़ाई है ?

अर्पिता का जीवन हमें यह सिखाता है कि पीड़ा मनुष्य को तोड़ती अवश्य है, परंतु वही पीड़ा यदि चेतना बन जाए तो इतिहास बदल देती है।

साहस कोई जन्मजात गुण नहीं है, यह परिस्थितियों की आग में तपकर निर्मित होता है । इस कहानी में न्याय केवल अदालतों का विषय नहीं है। यह सामाजिक न्याय है । यह उस मौन का प्रतिरोध है, जो वर्षों तक अन्याय को सहता रहा । यदि इस उपन्यास ने आपके मन में प्रश्न जगाए हैं,यदि कहीं आपकी अंतरात्मा ने हल्की सी बेचैनी महसूस की है, यदि आपने पढ़ते-पढ़ते किसी अर्पिता को याद किया है तो समझिए यह पुस्तक अपने उद्देश्य में सफल हुई । समाज परिवर्तन किसी एक व्यक्ति का कार्य नहीं। परंतु हर परिवर्तन एक व्यक्ति के साहस से प्रारंभ अवश्य होता है। शायद वह साहस आपके भीतर भी है। मैं उन सभी स्त्रियों को नमन करता हूँ जिन्होंने

विपरीत परिस्थितियों में भी अपने अस्तित्व को बचाए रखा और उन पुरुषों को भी, जिन्होंने बराबरी और न्याय के मार्ग को चुना। यह कहानी समाप्त अवश्य हुई है, पर संघर्ष की यात्रा अभी शेष है। क्योंकि साहस कभी मरता नहीं, वह निरन्तर जन्म लेता है।

नवलकिशोर सोनी

आभार

यह अर्पिता : एक देवदासी, उपन्यास केवल मेरे शब्दों का परिणाम नहीं है। यह उन अनुभवों, संवादों, संघर्षों और मौन पीड़ाओं का संचित स्वर है, जिन्हें मैंने जीवन में देखा, सुना और महसूस किया। मैं उन सभी स्त्रियों के प्रति अपनी गहरी कृतज्ञता व्यक्त करता हूँ, जिनकी अनकही कहानियाँ इस उपन्यास की आत्मा बनीं। उनका साहस, उनका मौन प्रतिरोध, और उनका आत्मसम्मान ही इसको लिखने की प्रेरणा है।

अपने परिवार का विशेष आभार, जिन्होंने मेरे लेखन के लंबे और एकांतपूर्ण क्षणों को समझा और स्वीकार किया। उनके धैर्य और विश्वास के बिना यह यात्रा संभव नहीं थी। मैं अपने पाठकों का भी हृदय से धन्यवाद करता हूँ। आपका विश्वास ही मेरी लेखनी की शक्ति है। यदि आप न होते, तो शब्द केवल शब्द ही रह जाते; अर्थ न बन पाते। साहित्य मेरे लिए केवल मनोरंजन का साधन नहीं, बल्कि समाज से संवाद का माध्यम है। इस संवाद में यदि कहीं कोई इंसानियत और सत्य की किरण दिखाई दी हो, तो उसका श्रेय जीवन के अनुभवों को हैं और यदि कहीं कोई त्रुटि रह गई हो, तो वह पूर्णतः मेरी है।

अंत में, मैं उन सभी का आभारी हूँ, जिन्होंने मुझे संवेदना दी, प्रश्न करने का साहस दिया, और शब्दों को अभिव्यक्ति का रूप दिया। यह पुस्तक आप सभी को समर्पित है, उन

लोगों को, जो अन्याय के विरुद्ध खड़े होने का साहस रखते हैं, और उन लोगों को भी, जो अभी अपने भीतर उस साहस को खोज रहे हैं।

-नवलकिशोर सोनी

लेखक की ओर से

प्रिय पाठकगण,

जब कोई पुस्तक अपने अंतिम पृष्ठ पर पहुँचती है, तब लेखक के भीतर एक साथ कई भाव जाग्रत होते हैं। जैसे-संतोष, विनम्रता, आशंका और कृतज्ञता। यह कृति केवल शब्दों का संकलन नहीं है; यह मेरे अनुभवों, चिंतन, संघर्षों, संवेदनाओं और आत्ममंथन की एक दीर्घ यात्रा का परिणाम है। प्रत्येक पंक्ति में कहीं न कहीं जीवन के स्पर्श, समय की धड़कन और समाज के प्रश्नों की प्रतिध्वनि समाहित है।

लेखन मेरे लिए केवल अभिव्यक्ति का माध्यम नहीं, बल्कि आत्मसंवाद का साधन रहा है। अनेक बार शब्दों ने मेरा साथ दिया, तो अनेक बार वे मौन भी हो गए। जो कुछ इस पुस्तक में व्यक्त हो सका है, वह उसी संवाद का प्रतिफल है। किंतु मैं यह भली-भाँति जानता हूँ कि कोई भी रचना पूर्ण नहीं होती। पूर्णता केवल एक आदर्श है, और मनुष्य का हर प्रयास उसकी ओर बढ़ता हुआ एक कदम मात्र।

संभव है कि इस कृति में कहीं भाषा की शुद्धता अपेक्षित स्तर तक न पहुँच पाई हो; कहीं व्याकरणिक त्रुटि रह गई हो; कहीं विचारों की अभिव्यक्ति और अधिक स्पष्ट या सुसंगत हो सकती थी। यदि ऐसी कोई त्रुटि आपकी दृष्टि में आए तो मैं उसे अपनी सीख मानूँगा, न कि आलोचना। आपकी सजग दृष्टि और सहृदय प्रतिक्रिया ही इस प्रयास को अधिक परिष्कृत बना सकती है। साहित्य केवल लेखक का नहीं होता; वह पाठक के स्पर्श से ही पूर्णता की ओर अग्रसर होता है। जब आप इन पंक्तियों को पढ़ते हैं, तब वे केवल शब्द नहीं रहते, वे संवाद बन जाते हैं। इसी संवाद की निरंतरता ही साहित्य की वास्तविक शक्ति है।

मैं आप सभी से विनम्र निवेदन करता हूँ कि अपने विचार, सुझाव, संशोधन और समीक्षाएँ अवश्य साझा करें। आपकी प्रत्येक प्रतिक्रिया मेरे लिए मार्गदर्शन का कार्य करेगी। इस पुस्तक के आगामी संस्करणों में मैं आपके सुझावों को सम्मिलित कर इस कृति को और अधिक सुस्पष्ट, सुसंगठित तथा साहित्यिक गरिमा से युक्त बनाने का प्रयास करूँगा।

यदि इस पुस्तक का कोई अंश आपके अंतर्मन को स्पर्श कर सका हो, किसी प्रश्न को जन्म दे सका हो, किसी पीड़ा को स्वर दे सका हो, या किसी आशा को पुष्ट कर सका हो तो यही मेरे लेखन की सार्थकता है।

लेखक का दायित्व केवल लिखना नहीं, बल्कि समाज के प्रति संवेदनशील रहना भी है। यह कृति उसी उत्तरदायित्व की एक विनम्र अभिव्यक्ति है। मैं स्वयं को अभी भी एक साधक मानता हूँ, सीखता हुआ, समझता हुआ, और बेहतर इन्सान होने का प्रयास करता हुआ। आपका स्नेह, विश्वास और मार्गदर्शन मेरे लिए अमूल्य है। आशा है कि भविष्य में भी यह साहित्यिक संवाद इसी प्रकार बना रहेगा और हम सब मिलकर विचार, संवेदना और मानवीय मूल्यों की इस यात्रा को आगे बढ़ाते रहेंगे। कोई भी रचना पूर्ण नहीं होती, वह निरंतर परिष्कृत होती है, लेखक के प्रयास से नहीं, पाठक की सजग दृष्टि से। आपके प्रति हृदय से कृतज्ञ,

सादर,

- नवल किशोर सोनी

navalkishor.s@gmail.com

www.ingramcontent.com/pod-product-compliance
Lightning Source LLC
LaVergne TN
LVHW100412051026
849518LV00004B/1242
9789356928220